21가지 유형으로 작품 이해의 눈을 활짝 틔워주는
한국 단편 소설 III

21가지 유형으로 작품 이해의 눈을 활짝 틔워주는
한국 단편 소설 III

초판인쇄 | 2005년 12월 24일
초판발행 | 2005년 12월 30일

엮은이 | 서울대 국문과 현대문학 박사과정(강심호 외 3인)
펴낸이 | 심만수
펴낸곳 | (주)살림출판사
출판등록 | 1989년 11월 1일 제9-210호

주소 | 413-756 경기도 파주시 교하읍 문발리 파주출판도시 522-2
전화 | 영업 031)955-1350 기획·편집 031)955-1370
팩스 | 031)955-1355
e-mail | salleem@chol.com
홈페이지 | http://www.sallimbooks.com

ISBN 89-522-0472-7 44810
89-522-0469-7 44810 (세트)

* 잘못된 책은 구입하신 서점에서 바꾸어 드립니다.

값 11,000원

21가지 유형으로 작품 이해의 눈을 활짝 틔워주는

한국단편소설 III

서울대 국문과
현대문학 박사과정
(강심호 외 3인)

살림

이 책을 읽기에 앞서……

고등학생이 문학작품을 읽어야 하는 까닭은?

다양한 삶의 간접체험……정서함양……교양습득……. 땡! 틀렸다. 정말로 그렇게 생각하나? 좀더 솔직하게 이야기하자. 바로 그렇다. 정답은 '공부' 때문이다. 내신 성적을 위한 시험에서건, 수학능력 시험에서건 좋은 점수를 받기 위해서다. 그런데 시험을 대비해서 문학을 공부하는 것이 앞에서 얘기한 문학작품을 읽는 목적과 전혀 다른 것은 아니다. 왜냐하면 시험에서 요구하는 것이 문학작품을 얼마나 잘 읽어낼 수 있는가이기 때문이다. 읽을 줄 알면, 문제도 풀 수 있다. 그렇다면 어떻게 문학작품을 읽어야 할까?

많은 작품을 읽는 것만이 왕도가 아니다 먼저 유형을 익혀야 한다

많은 작품을 읽으면 좋지만 무턱대고 여러 작품을 읽는 것은 좋은 방법이 아니다. 여러 가지 방식으로 작품들을 묶어서 그 연관성을 살펴보는 방법을 권한다. 여러 갈래의 시나 소설들을 한데 묶어 관련시켜 읽으면서 자신의 사고를 확장시켜 나가는 것이 중요하다. 여러 작품들을 이런 저런 테마로 묶어본다면, 처음 보는 작품을 만나더라도 당황할 필요가 없다. 중요한 주제는 이미 다 알고 있기 때문이다. 이 책에는 언급되지 않은 작품은 있어도 빠뜨린 테마는 거의 없다.

공부하듯 문학작품을 읽지 마라 암기과목이 아니다

어떤 책이든 각종 볼펜과 울긋불긋한 형광펜을 손에 들고 밑줄을 쳐가면서 외우려고 달려들면 그만큼 흥미는 반감된다. 그저 가벼운 마음으로 읽기를 권한다. 한 번에 모두 읽지 않아도 좋다. 목차를 보고 우선 관심이 가는 테마를 찾아서 읽어 보라. 한 꼭지 한 꼭지 읽어가다 보면 어느 사이에 세상과 인간에 대한 이해의 폭이 넓어져 있을 것이다.

감히 장담한다!

| 차례 |

Ⅶ. 지식인과 비판적 의식

21가지 유형으로 작품 이해의 눈을 확짝 틔워주는
한국 단편 소설 III

21가지 유형으로 작품 이해의 눈을 활짝 틔워주는

한국 단편 소설 I

21가지 유형으로 작품 이해의 눈을 활짝 틔워주는
한국단편소설
II

일러두기

· 이 책에 실린 작품들은 서울대 국어국문과 박사과정의 젊은 학자들로 구성된 필자들이 우리 문학사의 여러 작품들 가운데 학생들에게 꼭 읽혔으면 하는 비중 있는 작품들을 신중하게 선별한 것입니다. 그리고 아울러 그들의 감각과 안목을 바탕으로 알기 쉬운 해설을 덧붙였습니다.
· 소설 원작의 맞춤법 표기는 작가의 의도를 해치지 않는 범위 내에서 현재의 표기법을 따랐습니다. 그러나 속어와 사투리는 문학작품의 고유한 맛을 살리기 위해 고치지 않고 그대로 두었습니다.
· 작품에 표기된 년도는 초판 소설본의 발표 년도를 기준으로 했습니다.

07
지식인과 비판적 의식

현진건(1900~1943)

호는 빙허(憑虛). 대구 출생. 어린 시절에는 한문을 배웠고, 일본과 중국에서 유학했다. 중국의 대학에서는 독일어 전문부를 다녔다. 일찍부터 문학에 뜻을 두었다가 1920년 11월 『개벽』에 「희생화」를 발표하면서 문단에 등단했고, 1921년 「빈처」와 「술 권하는 사회」를 발표하면서 소설가로 인정을 받았다. 빈곤 속에서 나타나는 아내의 따뜻한 애정을 그린 「빈처」와 암담한 현실에서 지식인이 할 수 있는 일이라고는 술 마시는 일밖에 없음을 보여준 「술 권하는 사회」는 1인칭 화자의 고백 형식을 통해 작가 자신의 체험을 소설로 옮긴 것 같은 느낌을 준다. 초기 작품들에서는 이와 같은 경향이 짙다. 『백조』 동인으로 참가하여 「유린」 「할머니의 죽음」과 같은 사실주의적 작품을 발표하기도 했고 「운수 좋은 날」 이후의 작품에서는 3인칭을 도입하여 작중인물의 삶을 좀더 치열하게 묘사하기 시작하였는데, 그의 대표 단편들이 라고 할 수 있는 「운수 좋은 날」 「불」 「B사감과 러브레터」 「고향」 등이 여기에 속한다. 1931년 10월 그의 최후의 단편인 「서투른 도적」을 발표한 이후에는 「적도」 「무영탑」 「흑치상지」 「선화공주」 등 장편 역사소설만을 발표했다. 이러한 역사소설은 일제의 탄압이 심해지면서, 작품의 표면에 민족주의 이념을 내세울 수 없었기 때문에 역사적 상황을 통해 우회적으로 그 이념을 드러내려고 했던 작가의 의도에서 나온 것이다.

채만식(1902~1950)

호는 백릉(白菱), 채옹(采翁). 전북 옥구 출생. 1924년 이광수의 추천으로 단편 「세 길로」를 『조선문단』에 발표하면서 등단했다. 그 이후로 습작 수준의 단편을 발표하다가 1932년부터 계급문학에 동조하는 동반자 문학류의 작품들을 발표하면서 문단에서 주목받게 되었다. 일제시대 실업자 신세로 전락한 지식인의 고뇌를 다룬 단편 「레디메이드 인생」이나 「인텔리와 빈대떡」과 같은 풍자적인 작품이 이런 류에 속한다. 1936년 창작활동에 전념하기 위해 개성으로 거처를 옮긴 작가는 그곳에서 대표적인 장편소설 「탁류」 「천하태평춘」 등을 집필하였다. 「탁류」는 여주인공 초봉의 기구한 운명을 통하여 타락한 현실과 인정세태를 풍자한 작품이며, 「천하태평춘」은 식민지 치하의 현실을 제대로 인식하지 못하는 주인공을 내세워 역사를 비판하고 있다. 하지만 그는 결국 일제 말기에 친일 문인 단체인 조선문인보국회에 가담했고, 일본군의 만주전선을 시찰하기도 하는 등 일제에 협력하게 된다. 그래서 해방·직후에는 일제 말기 지식인의 친일 행위를 한 자신을 스스로 비판한 「민족의 죄인」 「역로」 등을 집필했다. 아울러 새로운 조국의 건설 과정에서 친일파가 다시 득세하는 민족적 현실을 비판적으로 풍자하는 「미스터 방」 「맹순사」 「논 이야기」 등의 작품도 함께 발표하였다.

유진오(1906~1987)

서울 출생. 1924년 경성제국대학 예과에 입학했고, 1926년에는 경성제국대학 법문학부 법학과에 입학했다. 이때, 사회주의적 색채를 띤 '경제연구회'에서 경제서 등을 강독하기도 했는데, 「김 강사와 T 교수」에는 이러한 경험이 반영되어 있다. 해방 후에는 1948년 대한민국 헌법기초위원을 역임하기도 했으며, 이후 초대 법제처장, 고려대학교 총장을 거쳐 정치계에서도 활약하였다.

1927년 『조선지광』에 「스리」를 발표하여 문단에 정식으로 등단하였다. 그는 「복수」 「여직공」 등 프로문학에 동조하는 경향의 작품을 발표하여 동반작가로 불렸다. 1935년에 그의 대표작인 「김 강사와 T 교수」를 발표했다. 이 작품에는 유진오의 개인적인 체험이 짙게 깔려 있을 뿐만 아니라, 일제 군국주의가 등장하면서 국내의 민족운동이 그 방향을 상실해 가는 1930년대 중반의 지식인의 내면이 잘 드러나 있다. 1930년대 후반에는 이데올로기적인 측면을 제거한 채 객관 현실에 대한 묘사를 주로 하는 「창랑정기」 「화상보」 등을 발표하였다. 해방 이후에는 몇 권의 수필집을 발간한 이외에는 소설 창작 활동을 거의 하지 않았다.

지식인의 삶과 고뇌

흔히 지식인을 '사회의 소금' 같은 존재라고 말한다. 이 말은 지식인은 우리 사회가 지향해야 할 방향을 제시하고, 일반 민중들에게 삶의 방향을 깨우쳐줌으로써 사회를 정의롭고 건전한 방향으로 이끌어갈 책임과 의무를 가진다는 뜻일 것이다. 하지만 책임과 의무를 다한다는 것이 말처럼 쉽지만은 않다. 옳은 소리를 하는 사람들은 항상 위협에 시달려야 하고, 또 편하게 살라는 달콤한 유혹을 견뎌야만 하기 때문이다.

그렇다면 일제시대의 지식인들은 무슨 생각을 하며 어떻게 살아갔을까. 일본의 지배를 받고 있으니 늘 조국의 독립만을 꿈꾸면서 살았을까. 아니면 안정된 직장에 들어가서 월급을 받아가며 가족들과 오손도손 살고 싶어했을까. 1910년대 외국 문물을 열심히 배워 부강한 나라를 만들겠다고 마음먹었던 유학생들은 고국에 돌아와서 자신들의 뜻을 이룰 수 있었을까. 우리는 현진건이나 채만식, 유진오 등이 쓴 지식인을 주인공으로 한 소설들을 통해서 이런 질문들에 대한 대답을 어느 정도 짐작해 볼 수 있다.

일제시대에는 통치 당국의 검열로 인해서 지식인들이 현실을 파헤치고 냉정한 사회비판을 할 수

삶 과 고 뇌

가 없었다. 때문에 당시의 작가들은 지식인의 삶을 소재로 할 경우, 대체로 그 주인공이 지식인으로서 본래의 역할을 다하지 못한 채 물질과 정신 양면에서 매우 어려운 삶을 유지해 간다는 구성을 보여준다. 실직, 빈궁 등으로 인해 지식인 스스로가 몰락해가는 과정을 그려냄으로써 지식인을 그렇게 만든 사회 현실을 거꾸로 비판하는 방법을 취했던 것이다.

현진건의 「술 권하는 사회」, 채만식의 「레디메이드 인생」, 유진오의 「김 강사와 T 교수」는 이와 같은 방식으로 일제시대 지식인의 고뇌와 좌절을 형상화하고 있다. 그들이 처한 입장을 통해 지식인의 사회적 책임과 의무에 대해 생각하면서 작품들을 감상해 보자.

:: 식민지 지식인의 고뇌와 좌절

현진건의 「술 권하는 사회」는 1927년 『개벽』에 발표된 작품으로 상해 호강대학에서 유학을 마치고 돌아온 작가의 체험을 바탕으로 한다.

이 소설에서 남편은 결혼 후 곧바로 동경에 가서 대학 공부를 마치고 돌아온다. 아내는 남편이 돌아오면 돈을 많이 벌어와서 호강할 줄 알았는데, 막상 돌아온 남편은 몇 달이 지나도록 돈벌이는 안 하고 걸핏하면 화만 낼 뿐이다. 그러던 어느 날 남편은 새벽 2시경에 만취해서 집에 돌아온다. 아내가 그런 남편에게 술을 먹인 사람들을 탓하자 남편은 조선의 현실을 비판하며 자신에게 술을 먹인 것은 사회라고 말한다. 그러면서 남편은 이런 사회에서 할 수 있는 일은 주정꾼 노릇밖에 없다고 탄식하지만 아내는 남편의 말을 이해하지 못하고 사회를 무슨 요릿집 정도로 생각한다. 남편은 이런 아내의 무지함을 답답해하며 다시 집을 나가고 만다.

이 작품에서 작가가 표현하려는 것은 억압받는 시대 환경에 적응하지 못한 지식인의 고뇌이다. 남편의 입장에서 생각해 보면 이 작품을 보다 잘 이해할 수 있다. 남편은 동경으로 유학을 떠날 때 커다란 포부를 가지고 있었다. 신학문을 배워와 조선이라는 나라를 더욱 부강하게 하고, 일본으로부터 독립하게 하겠다고 젊은 마음에 다짐했을지도 모른다. 그런데 막상 공부를 마치고 돌아온 고국에는, 말로는 민족과 나라를 위해 생명을 바치겠다고 하지만 속으로는 명예나 지위만을 바라는 사람들뿐이다. 무언가 해보려고 해도 자기 혼자의 포부나 힘만으로는 어떻게 해볼 도리가 없다. 너무나 답답해서 밤에 혼자 일어나 울기도 한다. 결국 술이나 마실 밖에 다른 도리가 없다. 이것이 바로 남편이 처한 상황으로, 그는 조선 사회의 표면에 드러난 모순과 부조리에 절망하고 있는 것이다.

게다가 남편은 누구에게 하소연할 사람도 없다. 자신의 고뇌와 절망을 아내에게 하소연하려 해도 아내는 사회를 요릿집으로 알 만큼 무지해서 자신의 말을 이해하지 못한다. 실제로 식민지 시절, 많은 유학생들이 유학 후 돌아와서 아내와 이혼을 했다. 그 이유는 어린 시절 집안 어른이 맺어준 결혼은 자신의 의지대로 한 것이 아니기 때문에 무효라는 것이었지만, 그 이면에는 이처럼 근대적인 지식에 무지한 아내에 대한 불만도 한몫한 것으로 보여진다.

이처럼 작가는 일제시대에 지식인이 겪어야 했던 고뇌와 좌절 그리고 무기력함을 한 가정 내의 남편과 아내의 경우로 축소해서 보여주고 있다. 하지만 사회의 모순과 부조리를 가져온 실질적인 근원에 대한 언급이 없다는 점은 이 작품의 한계로 지적될 수 있을 것이다.

1934년 5월에서 7월까지 『신동아』에 발표되었던 채만식의 「레디메이드 인생」은 이런 지식인의 고뇌와 좌절, 그리고 무기력함을 풍자의 기법으로 드러냈다는 점에서 「술 권하는 사회」와 비교해서 읽어볼 만한 소설이다.

동경 유학을 마치고 잡지사에도 근무한 적이 있는 고등 실업자인 주인공 P는 이력서를 들고 모(某)신문사 K 사장을 찾아갔다가 일자리는 거절당하고, 오히려 농촌계몽운동이나 하라는 충고를 받는다. 당장 먹고살기도 힘든 형편에 농촌계몽운동과 문맹 퇴치란 허구에 불과하다고 반발하면서 밖으로 나온 주인공은 광화문 거리를 걸으며, 차라리 무식했다면 농민이나 노동자라도 되어 실직을 하지 않았을 것이고 이런 불행을 의식하지도 않았을 것이라고, 자신이 인텔리인 것을 원망하기도 하고 자신과 같은 지식인 실업자를 양산(量産)해 낸 사회를 원망하기도 한다. 그러던 차에 고향의 형에게서 아홉 살짜리 아들 창선이를 올려 보내겠다는 편지가 온다. 어떻게 살아야 할지 아득해하던 그는 친구들과 술집으로 가지만, 거기서도 돈 몇 푼에 몸을 파는 여자들로 인해 비위가 틀려 집으로 돌아온다. 창선이가 온다는 날, P는 아들은 자신과 같은 인텔리 실업자를 만들지 않겠다고 다짐하고, 어느 인쇄소의 문선 과장을 찾아가서 아들놈을 무료 견습공으로 써 달라고 부탁한다.

이 작품은 지식인의 고뇌 외에도 당시 사회의 여러 가지 문제점들을 비판, 풍자하고 있다. 가령 K 사장이 P에게 권하는 농촌계몽운동은 사실 전혀 현실을 고려하지 않은 이상적인 생각이다. 작가는 이런 대화를 통해 지식인의 허위의식과 현실에서 벗어난 허황된 생각을 비판하고 있다. 또 P와 그의 친구 M, H 들의 삶은 당시 생활고

작가는 종합병원?

지금은 별로 그런 선입견이 없지만, 일제시대까지만 하더라도 문학하는 사람들은 보통 사람과 달리 비정상적이고 퇴폐적이며, 예술에의 탐닉과 사랑에의 함몰로 인해 기이한 행동과 절제 없는 생활을 해나간다는 선입견이 있었고, 작가들도 일부 그렇게 생각했다. 이러한 이유와 함께 나라 잃은 식민지 백성의 울분 때문에 당시 작가들은 술을 많이 마시거나 여타 다른 일로 몸을 혹사해서 크고 작은 질병들을 하나 둘씩 가지고 있었다.

김동인은 불면증으로 인해서 수면제를 오랜 기간 동안 복용해야 했고, 「봄은 고양이로다」의 낭만파 시인 이장희는 신경 쇠약으로 고생하다가 27살의 젊은 나이로 음독 자살했다. 당시 문인들이 특히 많이 걸렸던 병은 폐결핵이다. 나도향, 홍사용, 안석주, 이육사, 박용철, 채만식, 이상, 김유정 등 쟁쟁한 문인들이 모두 폐결핵을 앓고 있었고, 그중에서 나도향과 이상, 김유정은 폐결핵으로 인해 젊은 나이에 세상을 떠났다. 문인들은 매우 예민한 성격인데다가 방종한 생활을 했기 때문에 항상 병이 악화되었으며, 또한 가난했기 때문에 치료나 요양을 제대로 못 하고 생명을 빼앗겨야 했던 경우가 많았던 것이다. 「탈출기」 「홍염」 등 주로 가난한 하층민에 관한 소설을 많이 썼던 최서해의 경우는 조금 더 참혹하다. 최서해는 항상 배에서 '소나기 지나간 뒤의 도랑물 소리' 처럼 꼬르륵 소리가 날 만큼 배고픔에 시달렸다. 그의 고향인 함경도에서, 먹고살기 위해 떠난 간도에서 그는 늘 굶주림에 시달렸고 그런 배고픔 때문에 위 확장과 위경련이라는 질병을 얻게 되었다. 결국 최서해는 참혹한 가난으로 인해 생긴 병 때문에 31살때 위문협착증 수술을 받은 끝에 안타깝게 숨을 거두게 된다.

의 심각성을 예리하게 지적하고 있으며, 술집에서 20전만 주면 몸을 팔겠다는 여자와의 대화는 황금만능주의의 병폐를 비판적으로 묘사하고 있다.

그러나 이 작품에서 가장 중요하게 다루고 있는 것은 지식인이 처했던 경제적인 문제이다. 일제시대에는 고등 교육을 받은 사람을 인텔리(인텔리겐차 : 지식인)라고 불렀는데, 이들의 실업문제는 심각했다. 요즘으로 치면 대학까지 나온 사람들의 대부분이 집에서 빈둥빈둥 놀고 있어야 하는 상황이었던 것이다. 일제시대에 배움을 열망하는 사람들은 많았고, 또 한때 문화정치를 표방하면서 많은 사람들에게 교육을 장려하기도 했다. 그 결과 고등교육까지 받은 사람들은 엄청나게 쏟아져 나왔지만, 그들이 취업할 만한 일자리는 무척 적었고, 그나마도 일본인들이 대부분 차지하고 있어 지식인들의 취직은 더욱 힘들었다. 한마디로 말하면 수요는 일정한데 공급은 무작정 늘려놓은 상황이었던 것이다.

작가는 이처럼 수요에 비해 훨씬 많은 수가 배출되어 실업자가 되어버린 인텔리를 '개밥의 도토리'나 '초상집의 주인 없는 개' '기성품 인생' 등으로 풍자해 묘사함으로써 고등실업자를 양산하는 일제 당국의 무계획성을 비판하고 있다. 주인공 P가 아들 창선이를 초등학교도 안 보내고 인쇄소 직공으로 취직시키는 대목은 실업자 신세인 자신에 대한 비감 어린 풍자이기도 하지만 당대의 사회상을 염두에 둔다면 소극적인 저항으로 파악할 수도 있다.

마지막으로 1935년 1월 『신동아』에 발표된 유진오의 「김 강사와 T 교수」를 살펴보자. 동경제국대학을 나온 수재 김만필은 H 과장이라는 유력자의 소개로 S전문학교의 독일어 시간강사로 취직한다. 취임한 다음날, 선임자인 T 교수는 스즈키라는 학생을 조심하라고 친절하게 조언(助言)을 해 준다. 김 강사는 내심 고맙게 여기면서 긴장된 상태에서 첫 시간의 강의를 별탈 없이 마친다. 며칠 후에 김 강사는 H 과장에게 고맙다는 인사를 하러 갔다가 그의 집 대문 앞에서 T 교수와 마주친다. H 과장 집을 나온 T 교수는 김 강사를 데리고 찻집으로 가서, 자신이 김 강사를 교장에게 추천했다면서 작년에 김 강사가 쓴 '독일 신흥 작가 군상' 이라는 글을 신문에서 읽었는데 좋았다고 칭찬한다. 그러나 그 글은 좌익 작가들을 다룬 것으로 학교에서 알면 좋을 리가 없는 글이었다. 이로 인해 김 강사는 T 교수에게 두려움과 추악함을 느낀다. 어느 날, 독일문학에 아주 박식한 스즈키라는 학생이 김 강사를 찾아온다. 그 학생은 문학자 박해를 비난하고 파시즘을 공격하고 히틀러를 공격하다가, 김 강사의 숨겨진 과거도 너무나 잘 안다고 말한다. 김 강사가 어디서 들었느냐고 하니까 학생은 T 교수에게서 들었다고 한다. 김 강사는 혹시 이 학생이 T 교수의 스파이는 아닐까 하고 생각해 본다. 스즈키가 김 강사를 찾아온 목적은 독일 문학 연구 그룹을 지도해 달라는 것이었다. 김 강사는 단호하게 이를 거절한다. 새해가 되어 T 교수는 김 강사에게 H 과장을 한 번 찾아가라고 한다. 김 강사는 H 과장을 찾아갔지만 H 과장은 김 강사

문인들에 얽힌 술 이야기 1

〈시일야방성대곡(是日也放聲大哭)〉 등의 명사설로 유명한 위암 장지연*에게 수주 변영로(「조선의 마음」 등의 시를 쓴 일제시대의 시인)가 아버지 심부름으로 찾아갔다. 장지연 선생의 방문 앞에 다다르니까 "자네 차례일세 ……싫어? 그럼 내가 먹지" 하며 술을 권하는 대화가 밖으로 새어 나왔다. 변영로가 문을 열고 들어서 보니 손님은 없고 장지연 선생 혼자서 돌돌 말아놓은 이불을 사람 대신 앉혀 놓고 술을 권커니 마시거니 하고 있었다고 한다. 믿거나 말거나.

* 위암 장지연(韋庵 張志淵), 모른다고? 국사시간에 귀기울여 들었어야지……경북 상주 출생. 을미사변 때 명성황후가 시해되자 의병의 궐기를 호소하는 글을 각처에 발송하고, 1897년 아관파천 때 고종의 환궁을 요청하는 만인소를 썼다. 또 이승만 · 남궁 억 등과 만민공동회를 열어 정부의 실정을 규탄하는 등 민중계몽과 자립정신 고취에 전력을 다하였다. 1905년 을사조약이 체결되자 11월 20일자 《황성신문》에 '시일야방성대곡' 이라는 사설을 써서 일본의 흉계를 비판하다가 일본 관헌에 잡혀 3개월간 투옥되었다가 석방되었다.

의 과거를 들춰내며 남의 얼굴에 똥칠을 해도 되는 거냐고 욕을 한다. 김 강사는 자신은 결백하다고 항변한다. 이때 T 교수가 윗방에서 나오면서 김 강사를 보고 비열한 웃음을 짓는다

이 작품에서 김 강사의 처지는 딱하기 그지없다. 비록 동경대학을 나온 수재이지만 일 년 반 동안이나 룸펜(독일어로 부랑자나 무직자를 가리킴)으로 방구석을 지키고 있었던 것이다. 지식인도 먹고사는 문제에서는 자유롭지 않다. 일정한 나이가 되었는데도 돈벌이를 못 한다는 것은 삶을 무기력하게 만들고 냉소적인 태도를 갖게 한다.

따라서 그는 어떻게든 취직을 해야 했는데, 그것이 그렇게 간단한 문제가 아니었다. 그 시대에 취직을 한다는 것은 김 강사가 H 과장을 찾아가는 것처럼 누군가에게

문인들에 얽힌 술 이야기 2

「무정」으로 유명한 이광수나 「불놀이」의 시인 주요한 그리고 「화수분」의 작가 전영택 등 기독교 성향이 강한 몇몇을 제외한 1920년대의 대다수 문인들은 술을 대단히 즐겼고 주량도 엄청났다. 그들의 엄청난 주량을 말해 주는 일화 한 가지. 어느 날 문인 몇 명이 남대문에서 동대문까지 늘어선 술집마다 들러서 한 잔씩 마시기로 했다고 한다. 나중에 계산해 보니까 그날 밤 소설가 현진건과 박종화가 마신 술이 60여 잔이었고, 나도향과 차상찬이라는 문인이 마신 술이 70잔, 그리고 염상섭 혼자 마신 술이 100여 잔이었다고 한다. 소주 한 병에 7잔이니까……대단한 주당들이다.

특히 염상섭은 신혼 초에 3일 연속으로 술에 잔뜩 취해서 집에 들어가자 견디지 못한 신부가 친정집으로 도망을 치기도 했고, 너무 취한 나머지 공덕동에 있던 집을 지나쳐서 장마로 불어난 마포강에 실족해서 죽을 뻔하기도 했다. 그의 호인 '횡보(橫步)' 도 술에 취해 옆으로 걷는다고 해서 지어졌다는 설이 있을 정도다. 염상섭은 동경 유학 시절부터 같이 하숙하던 양주동(국문학자)과 어울려서 술을 부어 넣었는데, 당시 취하면 양주동이 지었던 시를 염상섭이 혀 꼬부라진 목소리로 외우기도 했다고 한다. '파차욱을 폽니아/파차욱을 폽니아……' 무슨 뜻이냐구? '발자국을 봅니다. 발자국을 봅니다.' 믿거나 말거나.

줄을 대고 청탁을 하는 등, 현실세계의 협잡에 타협해야만 했던 것이다. 아마 친일파나 매국노에게 허리를 굽혀야 하는 일도 많았을 것이다. 그런데 김 강사는 대학시절 좌익운동의 경력을 가지고 있다. 당시 좌익운동은 일본 제국주의에 저항하는 민족운동의 색채를 많이 띠고 있었다. 따라서 일종의 전과자나 다름없는 처지였던 그는, 취직을 위해서는 반드시 숨겨야 할 경력이었다. 이런 상황에서 김 강사가 취직을 한다는 것은, 젊은 시절의 이상과 신념을 포기하는 것을 의미하기에, 바로 여기에 김 강사의 정신적인 갈등이 놓여 있다.

결국 김 강사는 그 모든 것을 다 포기하고 현실에 적응하고자 하지만, 그 노력도 서툴러서 T 교수에 의해 과거가 폭로되어 실패하고 만다. 현실감각이나 인간관계에 있어서 능수능란하지 못했던 것이다. T 교수가 자신의 과거를 캐어 알고 있다면, 그를 자기편으로 끌어들여야만 김 강사는 학교에 붙어 있을 수 있을 것이다. 그러자면 T 교수처럼 유들유들하고 출세지향적이어야 했는데, 김 강사는 그럴 수 없었던 것이다.

결국 김 강사는 자신의 신념과 이상도 지키지 못하고, 현실에 적응하는 데도 실패하게 된다. 이와 같은 김 강사의 모습은 일제시대에 올곧게 살아가려던 모든 지식인들이 겪은 고뇌일 것이다. 이 작품은 양심을 지키면서 정당하게 살아갈 수 없는 불행한 시대에 지식인이 겪어야 했던 고통과 고뇌를 잘 드러내고 있다고 하겠다.

술 권勸하는 사회社會 _ 현진건

"아이그, 아야."

홀로 바느질을 하고 있던 아내는 얼굴을 살짝 찌푸리고 가늘고 날카로운 소리로 부르짖었다. 바늘 끝이 왼손 엄지손가락 손톱 밑을 찔렀음이다. 그 손가락은 가늘게 떨고 하얀 손톱 밑으로 앵두(櫻桃)빛 같은 피가 비친다. 그것을 볼 사이도 없이 아내는 얼른 바늘을 빼고 다른 손 엄지손가락으로 그 상처를 누르고 있다. 그러면서 하던 일가지를 팔꿈치로 고이고이 밀어 내려놓았다. 이윽고 눌렀던 손을 떼어보았다. 그 언저리는 인제 다시 피가 아니 나려는 것처럼 혈색(血色)이 없다. 하더니, 그 희던 꺼풀 밑에 다시금 꽃물이 차츰차츰 밀려온다. 보일 듯 말 듯한 그 상처로부터 좁쌀 낟 같은 핏방울이 송송 솟는다. 또 아니 누를 수 없다. 이만하면 그 구멍이 아물었으려니 하고 손을 떼면 또 얼마 아니되어 피가 비치어 나온다.

인제 헝겊 오락지로 처매는 수밖에 없다. 그 상처를 누른 채 그는 바느질고리에 눈을 주었다. 거기 쓸 만한 오락지는 실패 밑에 있다. 그 실패를 밀어내고 그 오락지를 두 새끼손가락 사이에 집어올리려고 한동안 애를 썼다. 그 오락지는 마치 풀로 붙여둔 것 같이 고리 밑에 착 달라붙어 세상 집혀지지 않는다. 그 두 손가락은 헛되이 그 오락지 위를 긁적거리고 있을 뿐이다.

"왜 집혀지지를 않아!"

그는 마침내 울 듯이 부르짖었다. 그리고 그것을 집어줄 사람이 없나 하는 듯이 방 안을 둘러보았다. 방 안은 텅 비어 있다. 어느 뉘 하나 없다. 호젓한 허영(虛影)만 그를 휩싸고 있다. 바깥도 죽은 듯이 고요하다. 시시로 퐁퐁 하고 떨어지는 수도의 물방울 소리가 쓸쓸하게 들릴 뿐. 문득 전등불이 광채(光彩)를 더하는 듯하였다. 벽상(壁上)에 걸린 괘종(掛鐘)의 거울이 번들하며, 새로 한 점을 가리키려는 시침(時針)이 위협하는 듯이 그의 눈을 쏜다. 그의 남편은 그때껏 돌아오지 않았다.

아내가 되고 남편이 된 지는 벌써 오랜 일이다. 어느덧 7, 8년이 지났으리라. 하건만 같이 있어본 날을 헤아리면 단 일 년이 될락말락한다. 막 그의 남편이 서울서 중학을 마쳤을 제 그와 결혼하였고, 그러자마자 고만 동경(東京)에 부급(負負)한 까닭이다. 거기서 대학까지 졸업을 하였다. 이 길고 긴 세월에 아내는 얼마나 괴로웠으며 외로웠으랴! 봄이면 봄, 겨울이면 겨울, 웃는 꽃을 한숨으로 맞았고 얼음 같은 베개를 뜨거운 눈물로 덥히었다. 몸이 아플 때, 마음이 쓸쓸할 제, 얼마나 그가 그리웠으랴! 하건만 아내는 이 모든 고생을 이를 악물고 참았었다. 참을 뿐이 아니라 달게 받았었다. 그것은 남편이 돌아오기만 하면! 하는 생각이 그에게 위로를 주고 용기를 준 까닭이었다. 남편이 동경에서 무엇을 하고 있나? 공부를 하고 있다. 공부가 무엇인가? 자세히 모른다. 또 알려고 애쓸 필요도 없다. 어찌하였든지 이 세상에 제일 좋고 제일 귀한 무엇이라 한다. 마치 옛날 이야기에 있는 도깨비의 부자(富者) 방망이 같은 것이어니 한다. 옷 나오라면 옷 나오고, 밥 나오라면 밥 나오고, 돈 나오라면 돈 나오고……저 하고 싶은 무엇이든지 청해서 아니 되는 것이 없는 무엇을, 동경에서 얻어가지고 나오려니 하였었다. 가끔 놀러오는 친척들이 비단옷 입은 것과 금지환(金指環) 낀 것을 볼 때에 그 당장엔 마음 그윽히 부러워도 하였지만 나중엔 '남편만 돌아오면—' 하고 그것에 경멸하는 시선을 던지었다.

남편이 돌아왔다. 한 달이 지나가고 두 달이 지나간다. 남편의 하는 행동이 자기의 기대하던 바와 조금 배치(背馳)되는 듯하였다. 공부 아니한 사람보다 조금도 다른 것이 없었다. 아니다, 다르다면 다른 점도 있다. 남은 돈벌이를 하는데 그의 남편은 도리어 집안 돈을 쓴다. 그러면서도 어디인지 분주히 돌아다닌다. 집에 들면 정신없이 무슨 책을 보기도 하고 또는 밤새도록 무엇을 쓰기도 하였다.

'저러는 것이 참말 부자 방망이를 맨드는 것인가 보다.'

아내는 스스로 이렇게 해석한다.

또 두어 달 지나갔다. 남편의 하는 일은 늘 한모양이었다. 한 가지 더한 것은 때때로 깊은 한숨을 쉬는 것뿐이었다. 그리고 무슨 근심이 있는 듯이 얼굴을 펴지 않았다. 몸은 나날이 축이 나 간다.

'무슨 걱정이 있는고?'

아내는 따라서 근심을 하게 되었다. 하고는 그 여윈 것을 보충하려고 갖가지로 애를 썼다. 곧 될 수 있는 대로 그의 밥상에 맛난 반찬가지를 붙게 하며 또 고음 같은 것도 만들었다. 그런 보람도 없이 남편은 입맛이 없다 하며 그것을 잘 먹지도 않았다.

또 몇 달이 지나갔다. 인제 출입을 뚝 끊고 늘 집에 붙어 있다. 걸핏하면 성을 낸다. 입버릇 모양으로 화난다, 화난다 하였다.

어느 날 새벽, 아내가 어렴풋이 잠을 깨어, 남편의 누웠던 자리를 더듬어 보았다. 쥐이는 것은 이불자락뿐이다. 잠결에도 조금 실망을 아니 느낄 수 없었다. 잃은 것을 찾으려는 것처럼, 눈을 부시시 떴다. 책상 위에 머리를 쓰러뜨리고 두 손으로 그것을 움켜쥐고 있는 남편을 보았다. 흐릿한 의식이 돌아옴에 따라, 남편의 어깨가 덜석덜석 움직임도 깨달았다. 흑 흑 느끼는 소리가 귀를 울린다. 아내는 정신을 바짝 차리었다. 불현듯이 몸을 일으켰다. 이윽고 아내의 손은 가볍게 남편의 등을 흔들며 목에 걸리고 나오지 않는 소리로,

"왜 이러고 계셔요."

라고 물어 보았다.

"……."

남편은 아무 대답이 없다. 아내는 손으로 남편의 얼굴을 괴어 들려고 할 즈음에,

그것이 뜨뜻하게 눈물에 젖는 것을 깨달았다.

또 한 두어 달 지나갔다. 처음처럼 다시 출입이 자주로다. 구역이 날 듯한 술냄새가 밤늦게 돌아오는 남편의 입에서 나게 되었다. 그것은 요사이 일이다. 오늘 밤에도 지금까지 돌아오지 않았다. 초저녁부터 아내는 별별 생각을 다 하면서 남편을 고대 고대하고 있었다. 지리한 시간을 속히 보내려고 치웠던 일가지를 또 꺼내었다. 그것조차 똑같이 아니 되었다. 때때로 바늘이 헛되이 움직이었다. 마침내 그것에 찔리고 말았다.

"어데를 가서 이때껏 오시지 않아!"

아내는 이제 아픈 것도 잊어버리고 짜증을 내었다. 잠깐 그를 떠났던 공상과 환영이 다시금 그의 머리에 떠돌기 시작하였다. 이상한 꽃을 수놓은, 흰 보(褓) 위에 맛난 요리를 담은 접시가 번쩍인다. 여러 친구와 술을 권커니 잡거니 하는 광경이 보인다. 그의 남편은 미친 듯이 껄껄 웃는다. 나중에는 검은 휘장이 스르르 하는 듯이 그 모든 것이 사라져 버리더니 낭자(狼藉)한 요릿상만이 보이기도 하고, 술병만 희게 빛나기도 하고, 아까 그 기생이 한 팔로 땅을 짚고 진저리를 쳐가며 웃는 꼴이 보이기도 하였다. 또한 남편이 길바닥에 쓰러져 우는 것도 보이었다.

"문 열어라!"

문득 대문이 덜컥 하고 혀가 꼬부라진 소리로 부르는 듯하였다.

"네."

저도 모르게 대답을 하고 급히 마루로 나왔다. 잘못 신은, 발에 아니 맞는 신을 질질 끌면서 대문으로 달렸다. 중문은 아직 잠그지도 않았고 행랑방에 사람이 없지 않지마는 으레 깊은 잠에 떨어졌을 줄 알고 자기가 뛰어나감이었다. 가느름한 손이 어둠 속에서 희게 빗장을 잡고 한참 실랑이를 한다. 대문은 열렸다.

밤바람이 선득하게 얼굴에 안친다. 문 밖에는 아무도 없다! 온 골목에 사람의 그림자도 볼 수 없다. 검푸른 밤빛이 허연 길 위에 그믈그믈 깃들었을 뿐이었다.

아내는 무엇에 놀란 사람 모양으로 한참 멀거니 서 있었다. 문득 급거히 대문을 닫친다. 마치 그 열린 사이로 악마나 들어올 것처럼.

"그러면 바람소리였구먼."

하고 싸늘한 뺨을 쓰다듬으며 해쭉 웃고 발길을 돌리었다.

"아니 내가 분명히 들었는데……혹 내가 잘못 보지를 않았나……길바닥에나 쓰러져 있었으면 보이지도 않을 터야……."

중간문까지 다다르자 별안간 이런 생각이 그의 걸음을 멈추게 하였다.

"대문을 또 좀 열어볼까……아니야, 내가 헛들었지. 그래도 혹……아니야, 내가 헛들었지."

망설거리면서도 꿈꾸는 사람 모양으로 저도 모를 사이에 마루까지 올라왔다. 매우 기묘한 생각이 번개같이 그의 머리에 번쩍인다.

"내가 대문을 열었을 제 나 몰래 들어오지나 않았나……."

과연 방 안에 무슨 소리가 나는 것 같았다. 확실히 사람의 기척이 있다. 어른에게 꾸중 모시러 가는 어린애처럼 조심조심 방문 앞에 왔다. 그리고 문간 아래로 손을 대며 하염없이 웃는다. 그것은 제 잘못을 용서해 줍시사 하는 어린애 같은 웃음이었다. 조심조심 방문을 열었다. 이불이 어째 움직움직하는 듯하였다.

'나를 속이랴고 이불을 쓰고 누웠구먼.'

하고 마음속으로 소곤거렸다. 가만히 내려앉는다. 그 모양이 이것을 건드려서는 큰일이 나지요 하는 듯하였다. 이불을 펄쩍 쳐들었다. 빈 요가 하얗게 드러난다. 그제야 확실히 아니 온 줄 안 것처럼,

"아니 왔구먼, 안 왔어!"

라고 울듯이 부르짖었다.

남편이 돌아오기는 새로 두 점이 훨씬 지난 뒤였다. 무엇이 털썩 하는 소리가 들리고 잇달아,

"아씨, 아씨!"

라고 부르는 소리가 귀를 때릴 때에야 아내는 비로소 아직도 앉았을 자기가 이불 위에 쓰러져 있음을 깨달았다. 기실, 잠귀 어두운 할멈이 대문을 열었으리만큼 아내는 깜박 잠이 깊이 들었다. 하건만 그는 몽경(夢境)에서 방황하는 정신을 당장에 수습하였다. 두어 번 얼굴을 쓰다듬자 불현듯 밖으로 나왔다.

남편은 한 다리를 마루 끝에 걸치고 한 팔을 베고 옆으로 누워 있다. 숨소리가 씨근씨근 한다.

막 구두를 벗기고 일어나 할멈은 검붉은 상을 찡그려 붙이며,

"어서 일어나 방으로 들어가세요."

라고 한다.

"응, 일어나지."

나리는 혀를 억지로 돌리어 코와 입으로 대답을 하였다. 그래도 몸은 꿈적도 않는다. 도리어 그 개개 풀린 눈을 자려는 것처럼 스르르 감는다. 아내는 눈만 비비고 서 있다.

"어서 일어나셔요. 방으로 들어가시라니까."

이번에는 대답조차 아니 한다. 그 대신 무엇을 잡으려는 것처럼 손을 내어젓더니,

"물, 물, 냉수를 좀 주어."

라고 중얼거렸다.

할멈은 얼른 물을 따라 이취자(泥醉者)의 코밑에 놓았건만, 그 사이에 벌써 아까 청(請)을 잊은 것 같이 취한 이는 물을 먹으려고도 않는다.

"왜 물을 아니 잡수셔요."

곁에서 할멈이 깨우쳤다.

"응 먹지 먹어."

하고, 그제야 주인은 한 팔을 짚고 고개를 든다. 한꺼번에 물 한 대접을 다 들이켜버렸다. 그리고는 또 쓰러진다.

"에그, 또 눕네."

하고, 할멈은 우물로 기어드는 어린애를 안으려는 모양으로 두 손을 내어민다.

"할멈은 고만 가 자게."

주인은 귀치않다는 듯이 말을 한다.

이를 어찌해 하는 듯이 멀거니 서 있는 아내도, 할멈이 고만 갔으면 하였다. 남편을 붙들어 일으킬 생각이야 간절하였지마는, 할멈이 보는데 어찌 그럴 수 없는 것 같았다. 혼인한 지가 7, 8년이 되었으니 그런 파수(破羞)야 되었으련만 같이 있어본 날을 꼽아보면, 그는 아직 갓 시집온 색시였다.

"할멈은 가 자게."

란 말이 목까지 올라왔지만 입술에서 사라지고 말았다. 마음 그윽히 할멈이 돌아가기만 기다릴 뿐이었다.

"좀 일으켜 드려야지."

가기는커녕, 이런 말을 하고, 할멈은 선웃음을 치면서 마루로 부득부득 올라온다. 그 모양은, 마치 주인나리가 약주가 취하시거든, 방에까지 모셔다 드려야 제 도리에 옳지요, 하는 듯하였다.

"자아, 자아."

할멈은 아씨를 보고 히히 웃어가며, 나리의 등 밑으로 손을 넣는다.

"왜 이래, 왜 이래. 내가 일어날 테야."

하고, 몸을 움직이더니, 정말 주인이 부스스 일어난다. 마루를 쾅쾅 눌러 디디며,

비틀비틀, 곧 쓰러질 듯한 보조(步調)로 방문을 향하여 걸어간다. 와지끈 하며 문을 열어젖히고는 방 안으로 들어간다. 아내도 뒤따라 들어왔다. 할멈은 중간턱을 넘어설 제, 몇 번 혀를 차고는, 저 갈 데로 가 버렸다.

벽에 엇비슷하게 기대어 있는 남편은 무엇을 생각하는 듯이 고개를 숙이고 있다. 그의 말라붙은 관자놀이에 펄떡거리는 푸른 맥(脈)을 아내는 걱정스럽게 바라보면서 남편 곁으로 다가온다. 아내의 한 손은 양복 깃을, 또 한 손은 그 소매를 잡으며 화(和)한 목성으로,

"자아, 벗으셔요."

하였다.

남편은 문득 미끄러지는 듯이 벽을 타고 내려앉는다. 그의 쭉 뻗친 발끝에 이불자락이 저리로 밀려간다.

"에그, 왜 이리 하셔요. 벗자는 옷은 아니 벗으시고."

그 서슬에 넘어질 뻔한 아내는 애닯게 부르짖었다. 그러면서도 같이 따라 앉는다. 그의 손은 또 옷을 잡았다.

"옷이 구겨집니다. 제발 좀 벗으셔요."

라고 아내는 애원을 하며, 옷을 벗기려고 애를 쓴다. 하나, 취한 이의 등이 천근(千斤)같이 벽에 척 들러붙었으니 벗겨질 리(理)가 없다. 애를 쓰다쓰다 옷을 놓고 물러앉으며,

"원 참, 누가 술을 이처럼 권하였노."

라고 짜증을 낸다.

"누가 권하였노? 누가 권하였노? 흥 흥."

남편은 그 말이 몹시 귀에 거슬리는 것처럼 곱삶는다.

"그래, 누가 권했는지 마누라가 좀 알아내겠소?"

하고 낄낄 웃는다. 그것은 절망의 가락을 띤, 쓸쓸한 웃음이었다. 아내도 따라 방긋 웃고는 또 옷을 잡으며,

"자아, 옷이나 먼저 벗으셔요. 이야기는 나중에 하지요. 오늘 밤에 잘 주무시면 내일 아침에 알으켜 드리지요."

"무슨 말이야, 무슨 말이야. 왜 오늘 일을 내일로 미루어. 할 말이 있거든 지금 해!"

"지금은 약주가 취하셨으니, 내일 약주가 깨시거든 하지요."

"무엇? 약주가 취해서?"

하고 고개를 쩔레쩔레 흔들며,

"천만에, 누가 술이 취했단 말이요. 내가 공연히 이러지, 정신은 말뚱말뚱 하오. 꼭 이야기하기 좋을 만해. 무슨 말이든지……자아."

"글쎄, 왜 못 잡수시는 약주를 잡수셔요. 그러면 몸에 축이 나지 않아요."

하고 아내는 남편의 이마에 흐르는 진땀을 씻는다.

이취자(泥醉者)는 머리를 흔들며,

"아니야, 아니야, 그런 말을 듣자는 것이 아니야."

하고 아까 일을 추상하는 것처럼, 말을 끊었다가 다시금 말을 이어,

"옳지, 누가 나에게 술을 권했단 말이요? 내가 술이 먹고 싶어서 먹었단 말이요?"

"자시고 싶어 잡수신 건 아니지요. 누가 당신께 약주를 권하는지 내가 알아낼까요? 저……첫째는 홧증이 술을 권하고 둘째는 '하이칼라' 가 약주를 권하지요."

아내는 살짝 웃는다. 내가 어지간히 알아맞췄지요 하는 모양이었다.

남편은 고소(苦笑)한다.

"틀렸소, 잘못 알았소. 홧증이 술을 권하는 것도 아니고, '하이칼라' 가 술을 권하는 것도 아니요. 나에게 술을 권하는 것은 따로 있어. 마누라가, 내가 어떤 '하이칼라' 한테나 홀려 다니거나, 그 '하이칼라' 가 늘 내게 술을 권하거니 하고 근심을 했으

면 그것은 헛걱정이지. 나에게 '하이칼라'는 아무 소용도 없소. 나의 소용은 술뿐이요. 술이 창자를 휘돌아, 이것저것을 잊게 맨드는 것을 나는 취(取)할 뿐이요."

하더니, 홀연 어조(語調)를 고쳐 감개무량하게,

"아아, 유위유망(有爲有望)한 머리를 '알코올'로 마비 아니 시킬 수 없게 하는 그것이 무엇이란 말이요."

하고, 긴 한숨을 내어쉰다. 물큰물큰한 술 냄새가 방 안에 흩어진다.

아내에게는 그 말이 너무 어려웠다. 고만 묵묵히 입을 다물었다. 눈에 보이지 않는 무슨 벽이 자기와 남편 사이에 깔리는 듯하였다. 남편의 말이 길어질 때마다 아내는 이런 쓰디쓴 경험을 맛보았다. 이런 일은 한두 번이 아니었다. 이윽고 남편은 기막힌 듯이 웃는다.

"홍 또 못 알아듣는군. 묻는 내가 그르지, 마누라야 그런 말을 알 수 있겠소. 내가 설명해 드리지. 자세히 들어요. 내게 술을 권하는 것은 홧증도 아니고 '하이칼라'도 아니요, 이 사회란 것이 내게 술을 권한다오. 이 조선 사회란 것이 내게 술을 권한다오. 알았소? 팔자가 좋아서 조선에 태어났지, 딴 나라에 났더면 술이나 얻어먹을 수 있나……."

사회란 무엇인가? 아내는 또 알 수가 없었다. 어찌하였든 딴 나라에는 없고 조선에만 있는 요릿집 이름이어니 한다.

"조선에 있어도 아니 다니면 그만이지요."

남편은 또 아까 웃음을 재우친다. 술이 정말 아니 취한 것같이 또렷또렷한 어조로,

"허허, 기막혀. 그 한 분자(分子)된 이상에야 다니고 아니 다니는 게 무슨 상관이야. 집에 있으면 아니 권하고, 밖에 나가야 권하는 줄 아는가 보아. 그런 게 아니야. 무슨 사회 사람이 있어서 밖에만 나가면 나를 꼭 붙들고 술을 권하는 게 아니야…… 무어라 할까……저 우리 조선사람으로 성립된 이 사회란 것이, 내게 술을 아니 못 먹

게 했단 말이요. ……어째 그렇소? ……또 내가 설명을 해드리지. 여기 회를 하나 꾸민다 합시다. 거기 모이는 사람놈 치고 처음은 민족을 위하느니, 사회를 위하느니 그러는데, 제 목숨을 바쳐도 아깝지 않느니 아니 하는 놈이 하나도 없어. 하다가 단 이틀이 못 되어, 단 이틀이 못 되어……."

한층 소리를 높이며 손가락을 하나씩 둘씩 꼽으며,

"되지 못한 명예 싸움, 쓸데없는 지위 다툼질, 내가 옳으니 네가 그르니, 내 권리가 많으니 네 권리 적으니……밤낮으로 서로 찢고 뜯고 하지, 그러니 무슨 일이 되겠소. 회(會)뿐이 아니라, 회사이고 조합이고……우리 조선놈들이 조직한 사회는 다 그 조각이지. 이런 사회에서 무슨 일을 한단 말이요. 하려는 놈이 어리석은 놈이야. 적이 정신이 바루 박힌 놈은 피를 토하고 죽을 수밖에 없지. 그렇지 않으면 술밖에 먹을 게 도무지 없지. 나도 전자에는 무엇을 좀 해보겠다고 애도 써보았어. 그것이 모다 수포야. 내가 어리석은 놈이었지. 내가 술을 먹고 싶어 먹는 게 아니야. 요사이는 좀 낫지마는 처음 배울 때에는 마누라도 아다시피 죽을 애를 썼지. 그 먹고 난 뒤에 괴로운 것이야 겪어본 사람이 아니면 알 수 없지. 머리가 지끈지끈 아프고 먹은 것이 다 돌아 올라오고……그래도 아니 먹은 것보담 나았어. 몸은 괴로워도 마음은 괴롭지 않았으니까. 그저 이 사회에서 할 것은 주정꾼 노릇밖에 없어……."

"공연히 그런 말 말아요. 무슨 노릇을 못 해서 주정꾼 노릇을 해요! 남이라서……."

아내는 부지불식간(不知不識間)에 흥분이 되어 열기(熱氣) 있는 눈으로 남편을 바라보고 불쑥 이런 말을 하였다. 그는 제 남편이 이 세상에 가장 거룩한 사람이어니 한다. 따라서 어느 뉘보다 제일 잘 될 줄 믿는다. 몽롱하나마 그의 목적이 원대하고 고상한 것도 알았다. 얌전하던 그가 술을 먹게 된 것은 무슨 일이 맘대로 아니 되어 화풀이로 그러는 줄도 어렴풋이 깨달았다. 그러나 술은 노상 먹을 것이 아니다. 그러면 패가망신하고 만다. 그러므로 하루바삐 그 화가 풀리었으면, 또다시 얌전하게 되었으면 하는 생각이 그의 머리를 떠날 때가 없었다. 그리고 그날이 꼭 올 줄 믿었다. 오늘부터는, 내일부터는……하건만, 남편은 어제도 술이 취하였다. 오늘도 한모양이다. 자기의 기대는 나날이 틀려간다. 좇아서 기대에 대한 자신도 엷어간다. 애닯고 원(寃)한 생각이 가끔 그의 가슴을 누른다. 더구나 수척해가는 남편의 얼굴을 볼 때에 그런 감정을 걷잡을 수 없었다. 지금 저도 모르게 흥분한 것이 또한 무리가 아니었다.

"그래도 못 알아듣네그려. 참, 사람 기막혀. 본정신 가지고는 피를 토하고 죽든지, 물에 빠져 죽든지 하지, 하루라도 살 수가 없단 말이야. 흉장(胸腸)이 막혀서 못 산단 말이야. 에엣, 가슴 답답해."

라고 남편은 소리를 지르고 괴로워서 못 견디는 것처럼 얼굴을 찌푸리며 미친 듯이 제 가슴을 쥐어뜯는다.

"술 아니 먹는다고 흉장이 막혀요?"

남편의 하는 짓은 본체만체하고 아내는 얼굴을 더욱 붉히며 부르짖었다.

그 말에 몹시 놀랜 것처럼 남편은 어이없이 아내의 얼굴을 바라보더니 그 다음 순간에는 말할 수 없는 고뇌(苦惱)의 그림자가 그의 눈을 거쳐간다.

"그르지, 내가 그르지. 너 같은 숙맥(菽麥)더러 그런 말을 하는 내가 그르지. 너한테 조금이라도 위로를 얻으려는 내가 그르지. 후우."

스스로 탄식한다.

"아아 답답해!"

문득 기막힌 듯이 외마디 소리를 치고는 벌떡 몸을 일으킨다. 방문을 열고 나가려 한다.

왜 내가 그런 말을 하였던고? 아내는 불시에 후회하였다. 남편의 저고리 뒷자락

을 잡으며 안타까운 소리로,

"왜 어디로 가셔요. 이 밤중에 어디를 나가셔요. 내가 잘못하였습니다. 인제는 다시 그런 말을 아니 하겠습니다. ……그러게 내일 아침에 말을 하자니까……."

"듣기 싫어, 놓아, 놓아요."

하고 남편은 아내를 떠다밀치고 밖으로 나간다. 비틀비틀 마루 끝까지 가서는 털썩 주저앉아 구두를 신기 시작한다.

"에그, 왜 이리 하셔요. 인제 다시 그런 말을 아니 한대도……."

아내는 뒤에서 구두 신으려는 남편의 팔을 잡으며 말을 하였다. 그의 손은 떨고 있었다. 그의 눈에는 담박에 눈물이 쏟아질 듯하였다.

"이건 왜 이래, 저리로 가!"

배앝는 듯이 말을 하고 휙 뿌리친다. 남편의 발길이 뚜벅뚜벅 중문에 다다랐다. 어느덧 그 밖으로 사라졌다. 대문 빗장 소리가 덜컥 하고 난다. 마루 끝에 떨어진 아내는 헛되이 몇 번,

"할멈! 할멈!"

하고 불렀다. 고요한 밤공기를 울리는 구두 소리는 점점 멀어간다. 발자취는 어느덧 골목 끝으로 사라져 버렸다. 다시금 밤은 적적히 깊어간다.

"가버렸구먼, 가버렸어!"

그 구두 소리를 영구히 아니 잃으려는 것처럼 귀를 기울이고 있는 아내는 모든 것을 잃었다 하는 듯이 부르짖었다. 그 소리가 사라짐과 함께 자기의 마음도 사라지고, 정신도 사라진 듯하였다. 심신(心身)이 텅 비어진 듯하였다. 그의 눈은 하염없이 검은 밤안개를 물끄러미 바라보고 있다. 그 사회란 독(毒)한 꼴을 그려보는 것 같이.

쌀쌀한 새벽바람이 싸늘하게 가슴에 부딪친다. 그 부딪치는 서슬에 잠 못 자고 피곤한 몸이 부서질 듯이 지긋하였다.

죽은 사람에게서 볼 수 있는 해쓱한 얼굴이 경련적으로 떨며 절망한 어조로 소곤거렸다.

"그 몹쓸 사회가, 왜 술을 권하는고!"

1921년

레디메이드 인생 _ 채만식

1

"뭐 어디 빈자리가 있어야지."

K 사장은 안락의자에 폭신 파묻힌 몸을 뒤로 벌―떡 젖히며 하품을 하듯이 시원찮게 대답을 한다. 미상불 그는 두 팔을 쭉 내뻗고 기지개라도 한 번 쓰고 싶은 것을 겨우 참는 눈치다.

이 K 사장과 둥근 탁자를 사이에 두고 공손히 마주 앉아 얼굴에는 '나는 선배인 선생님을 극히 존경하고 앙모합니다' 하는 비굴한 미소를 띠고 있는 구변 없는 구변을 다하여 직업 동냥의 구걸(求乞) 문구를 기다랗게 늘어놓던 P……P는 그러나 취직운동에 백전백패(百戰百敗)의 노졸(老卒)인지라 K 씨의 힘 안 드는 한마디의 거절에도 새삼스럽게 실망도 아니한다. 대답이 그렇게 나왔으니 이제 더 졸라도 별 수가 없는 것이지만 허실 삼아 한마디 더 해 보는 것이다.

"글쎄올시다. 그러시다면 지금 당장 어떻게 해주십사고 무리하게 조를 수야 있겠습니까마는……그러면 이 담에 결원이 있다든지 하면 그때는 꼭……."

이렇게 말하고 P는 지금까지 외면하였던 얼굴을 돌리어 K 사장을 조심성 있게 바라보았다. 그러나 K 사장은 우선 고개를 좌우로 두어 번 흔들고는 여전히 하품 섞인 대답을 한다.

"결원이 그렇게 나나 어디……그러고 가끔 결원이 난다하더라도 유력한 후보자가 몇 십 명씩 밀려 있어서……."

P는 아무 말도 아니하고 고개를 숙였다. 이제는 영영 틀어진 것이다. '안녕히 계십시오' 하고 일어서는 것밖에는 별 수가 없다.

별 수가 없으니 '네 그렇습니까' 하고 선선히 일어서야 할 것이지만 지금까지 은근히 모시고 있던 태도에 비하여 그것이 너무 낮간지러운 표변임을 알기 때문에 실망이나 하는 체하고 잠시 더 앉아 있는 것이다.

"거참, 큰일들 났어."

K 사장은 P가 낙심해 하는 것을 보고 별로 밑천이 들지 않는 일이라서 알뜰히 걱정을 나누어준다.

"저렇게 좋은 청년들이 일거리가 없어서 저렇게들 애를 쓰니."

P는 속으로 코똥을 '흥' 하고 뀌었으나 아무 대답도 아니하였다. K 사장은 P가 이미 더 조르지 않으리라고 안심한 터라 먼저 하품 섞어 '빈자리가 있어야지' 하던 시원찮은 태도는 버리고 그가 늘 흉중에 묻어두었다가 청년들에게 한바탕씩 해 들려주는 훈화를 꺼낸다.

"그렇지만 내가 늘 말하는 것인데……저렇게 취직만 하려고 애를 쓸게 아니야. 도회지에서 월급 생활을 하려고 할 것만이 아니라 농촌으로 돌아가서……."

"농촌으로 돌아가서 무얼 합니까?"

P는 말 중간을 갈라 불쑥 반문하였다. 그는 기왕 취직운동은 글러진 것이니 속시원하게 시비라도 해보고 싶은 것이다.

"허! 저게 다 모르는 소리야……조선은 농업국이요 농민이 전 인구의 팔 할이나 되니까 조선 문제는 즉 농촌 문제라고 볼 수가 있는데, 아 지금 농촌에서 할 일이 오죽이나 많다구?"

"저는 그 말씀 잘 못 알아듣겠는데요. 저희 같은 사람이 농촌에 가서 할 일이 있을 것 같지 않습니다."

"그럴 리가 있나! 가령 응……저……."

K 사장은 응……저……하고 더듬으면서 끝내 대답을 하지 못한다. 그것은 무리가 아니다.

그가 구직하러 오는 지식 청년들에게 농촌으로 돌아가 농촌 사업을 하라는 것과 (다음에 또 꺼내는 일거리를 만들라는 것은) 결코 현실에서 출발한 이론적 근거가 있는 것이 아니었다. 그저 지식 계급의 구직꾼이 넘치는 것을 보고 막연히 '농촌으로 돌아가라' '일을 만들어라' 고 해왔을 따름이다. 따라서 거기에 대한 구체적 계획이 있는 것도 아니었던 것이다. 한편으로는 한 행세거리로 또 한편으로는 구직꾼 격퇴의 수단으로 자룡이 헌 창 쓰듯 썼을 뿐이지.

그리하여 그동안까지는 대개는 그 막연한 설교를 들은 성 만 성하고 물러가는 것이 그들의 행티였었는데 오늘 이 P에게만은 그렇지가 아니하여 불가불 구체적 설명을 해주어야 하게 말머리가 돌아선 것이다. 그래서 그는 떠듬떠듬 생각해 가면서 생각나는 대로 주워섬기는 것이다.

"가령 응……저……문맹퇴치운동도 있지. 농민의 구 할은 언문도 모른단 말이야! 그리고 생활개선운동도 좋고……헌신적으로."

"헌신적으로요?"

"그렇지……할 테면 헌신적으로 해야지."

"무얼 먹고 헌신적으로 그런 사업을 합니까……? 먹을 것이 있어서 그런 농촌 사업이라도 할 신세라면 이렇게 취직을 못 해서 애를 쓰겠습니까?"

"허! 그게 안 된 생각이야……. 자기가 먹고살 재산이 있으면서 사회를 위해서 일도 아니하고 번들번들 논다는 것은 그것은 타락된 생각이야."

P는 K 사장이 억담을 내세우는 것을 보고 속으로 싱긋이 웃었다.

"그렇지만 지금 조선 농촌에서는 문맹퇴치니 생활개선이니 합네 하고 손끝이 하얀 대학이나 전문학교 졸업생들이 몰려오는 것을 그다지 반겨하기는커녕 머릿살을 앓을 것입니다. ……농민이 우매하다든지 문화가 뒤떨어졌다든지 또 생활이 비참한 것의 근본 원인이 기역 니은을 모른다던가 생활 개선을 할 줄 몰라서 그런 것이 아니니까요. 그러고 조선의 지식 청년들이 모두 그런 인도주의자가 되어집니까?"

"되면 되지 안 될 건 뭐야?"

"그건 인도주의란 그것이 한 개 공상이니까 그렇겠지요."

"허허……그러면 P 군은 ××주의잔가?"

"되다가 찌부러진 찌스레깁니다. 철저한 ××주의자라면 이렇게 선생님한테 와서 취직운동도 아니합니다."

"못써! 그렇게 과격한 사상으로 기울어서야 쓰나……정 농촌으로 돌아가기가 싫거든 서울서라도 몇 사람 맘 맞는 사람이 모여서 무슨 일을—조국에 신문이 모자라니 신문을 하나 경영하든지 또 조그맣게 하자면 잡지 같은 것도 좋고 또 영리사업도 좋고……. 그러면 취직운동하는 것보다 훨씬 낫지 않은가?"

"좋을 줄이야 압니다만 누가 돈을 내놓습니까?"

"그거야 성의 있게 하면 자연 돈도 생기는 거지."

P는 엉터리없는 수작을 더 하기가 싫어 웬만큼 말을 끊고 일어섰다.

속에 있는 말을 어느 정도까지 활활 해준 것이 시원은 하나 또 취직이 글렀구나 생각하니 입 안에서 쓴 침이 고여 나온다.

복도에서 편집국장 C를 만났다. P는 C와 자별히 사이가 가까운 터였다.

"사장 만나러 왔소?"

C가 묻는 것이다.

"아—니."

P는 거짓말을 하였다. 그는 지금 K 사장을 만나 거절당한 이야기를 하기가 어쩐

지 창피하기도 할 뿐 아니라 또 전부터 C더러 K 사장에게 자기의 취직운동을 부탁해 왔던 터인데 직접 이렇게 찾아와서 만났다고 하기가 혐의적기도 하여 시치미를 뚝 뗀 것이다.

"아주 단념하오."

C는 자기에게 부탁한 취직운동을 단념하란 말이다. 그러면 벌써 C가 K 사장에게 이야기를 하였고 그 결과 일이 틀어진 것을 P는 모르고 와서 헛노릇을 한바탕 한 것이다. P는 먼저 C를 만나보지 아니하고 K 사장을 만난 것을 후회하였다. C는 잠깐 멈추었던 말을 계속한다.

"어제 아침에 사장더러 P군의 사정이 퍽 난처하니 어떻게 생각해 봐 주면 좋겠다고 여러 말을 했다가 코 떼었소. 신문사가 구제기관이 아닌데 남의 사정 난처한 것을 어떻게 하라느냐고 그럽디다……. 하기야 그게 옳은 말이지만."

신문사가 구제기관이 아니라고 한다는 그 말이 P의 머리에는 침 끝으로 찌르는 것 같이 정신이 들게 울리었다.

"흥! 망할 자식들!"

P는 혼잣말로 이렇게 투덜거리며 C와 작별도 아니하고 밖으로 나와 버렸다.

2

P는 광화문 네거리의 기념 비각(紀念碑閣) 옆에서 발길을 멈추고 망설였다. 어디로 갈까 하는 것이다.

봄 하늘이 맑게 개었다. 햇볕이 살이 올라 포근히 온몸을 싸고돈다. 덕석 같은 겨울 외투를 벗어버리고 말쑥말쑥하게 새로 지은 경쾌한 춘추복의 젊은이들이 봄볕처럼 명랑하게 오고 가고 한다.

멋쟁이로 차린 여자들의 목도리가 나비같이 보드랍게 나부낀다. 그 오동보동한 비단 다리를 바라다보노라니 P는 전에 먹던 치킨까쓰가 생각이 났다.

창을 활활 열어젖힌 전차 속의 봄 사람들을 보니 P도 전차를 잡아타고 교외나 가고 싶었다. 그러나 크림 맛을 못 본 지 몇 달이 된 낡은 구두, 구겨진 어린 동복 바지, 양편 포켓이 오뉴월 쇠불알같이 축 처진 양복 저고리, 땟국 묻은 와이셔츠와 배배 꼬인 넥타이, 엿장수가 이 전어치 주마던 낡은 모자, 이렇게 아래로부터 훑어 올려보며 생각하니 교외의 산보는커녕 얼핏 돌아가서 차라리 이불을 뒤집어쓰고 드러눕고만 싶었다.

마침 기념 비각 앞에 자동차 하나가 머무르더니 서양 사람 내외가 내린다. 그들은 사내가 설명을 하고 여자가 듣고 하면서 기념 비각을 앞뒤로 구경한다. 여자는 사진까지 찍는다.

대원군이 만일 이 꼴을 본다면……. 이렇게 생각할 때 P는 저절로 미소가 입가에 떠올랐다.

3

대원군은 한말(韓末)의 돈키호테였다. 그는 바가지를 쓰고 벼락을 막으려 하였다. 바가지는 여지없이 부스러졌다. 역사는 조선이라는 조그마한 땅덩이나마 너무 오래 뒤쳐지게 하지는 아니하였다.

갑신정변(甲申政變)에 싹이 트기 시작하여 가지고 한일합방의 급격한 역사 변천을 거쳐 자유주의의 사조는 기미년에 비로소 확실한 걸음을 내디뎠다.

자유주의의 새로운 깃발을 내어 걸은 '시민(市民)'의 기세는 등등하였다.

"양반? 홍! 누구는 발이 하나길래 너희만 양발(반)이라느냐?"

"법률 앞에서는 만인이 평등이다."

"돈……. 돈이 있으면 무어든지 할 수 있다."

신흥 부르주아는 민주주의의 간판을 이용하여 노동자 농민의 등을 어루만지고 경제적으로 유력한 봉건 귀족과 악수를 하는 동시에 지식계급을 대량으로 주문하였다.

유자천금이 불여교자 일권서(遺子千金不如教子一券書)라는 봉건시대의 진리가 자유주의의 세례를 받아 일단의 더 발전된 얼굴로 민중을 열광시켰다.

"배워라. 글을 배워라……지식만 있으면 누구나 양반이 되고 잘살 수가 있다."

이러한 정열의 외침이 방방곡곡에서 소스라쳐 일어났다.

신문과 잡지가 붓이 닳도록 향학열을 고취하고 피가 끓는 지사(志士)들이 향촌으로 돌아다니며 삼촌의 혀를 놀리어 권학(勸學)을 부르짖었다.

"배워라! 배워야 한다. 상놈도 배우면 양반이 된다."

"가르쳐라. 논밭을 팔고 집을 팔아서라도 가르쳐라. 그나마도 못 하면 고학이라도 해야 한다."

"공자왈 맹자왈은 이미 시대가 늦었다. 상투를 깎고 신학문을 배워라."

"야학을 실시하여라."

재등(齋藤) 총독이 문화정치의 간판을 내어 걸고 골고루 학교를 증설하였다.

보통학교의 교장이 감발을 하고 촌으로 돌아다니며 입학을 권유하였다. 생도에게는 월사금을 받기는커녕 교과서와 학용품을 대주었다.

민간의 유지는 돈을 거두어 학교를 세웠다. 민립 대학도 생기려다가 말았다. 청년회에서 야학을 설치하였다. 갈돕회가 생겨 갈돕만주 외우는 소리가 서울에 신풍경을 이루었고 일반은 고학생을 존경하였다. 여학생이라는 새 숙어가 생기고 신여성이라는 새 여인이 생겨났다.

이와 같이 조선의 관민이 일치되어 민중의 지식 정도를 높이는 데 진력을 하였다. 즉 그들 관민이 일치하여 계획한 조선의 문화 정도는 급속도로 높아갔다.

그리하여 민중의 지식 보급에 애쓴 보람은 나타났다.

면서기를 공급하고 순사를 공급하고 군청 고원을 공급하고 간이 농업학교 출신의 농사 개량 기수를 공급하였다.

은행원이 생기고 회사 사원이 생겼다. 학교 교원이 생기고 교회의 목사가 생겼다.

신문 기자가 생기고 잡지 기자가 생겼다. 민중의 지식 정도가 높았으니 신문 잡지 독자가 부쩍 늘고 의사와 변호사의 벌이가 윤택하여졌다.

소설가가 원고료를 얻어먹고 미술가가 그림을 팔아먹고 음악가가 광대의 천호(賤號)에서 벗어났다.

인쇄소와 책장사가 세월을 만나고 양복점 구둣방이 즐비하여졌다.

연애 결혼에 목사님의 부수입이 생기고 문화 주택을 짓느라고 청부업자가 부자가 되었다. 그리하여 부르주아지는 '갑오'를 잡고 공부한 일부의 지식꾼은 진주(다섯끗)를 잡았다.

그러나 노동자와 농민은 무대를 잡았다. 그들에게는 조선의 문화의 향상이나 민족적 발전이 도리어 무거운 짐을 지어주었을지언정 덜어주지는 아니하였다. 그들은 배〔梨〕 주고 속 얻어먹은 셈이다.

인텔리……. 인텔리 중에도 아무런 손끝의 기술이 없이 대학이나 전문학교의 졸업증서 한 장을, 또는 조그마한 보통 상식을 가진 직업 없는 인텔리……해마다 천여 명씩 늘어가는 인텔리……. 뱀을 본 것은 이들 인텔리다.

부르주아지의 모든 기관이 포화상태가 되어 더 수요가 아니되니 그들은 결국 꼬임을 받아 나무에 올라갔다가 흔들리는 셈이다. 개밥의 도토리다.

인텔리가 아니되었으면 차라리……(원문 7~8자 탈락)……노동자가 되었을 것인데 인텔리인지라 그 속에는 들어갔다가도 도로 달아나오는 것이 99%다. 그 나머지는 모두 어깨가 축 처진 무직 인텔리요, 무기력한 문화 예비군 속에서 푸른 한숨만 쉬는 초상집의 주인 없는 개들이다. 레디메이드 인생이다.

4

"제—길!"

P는 혼자 투덜거리며 지금까지 서 있던 기념 비각 옆을 떠났다. ……(원문 80여 자 탈락)……P는 자기 자신이고 세상의 모든 일이고 모두 짜증이 나고 원수스러웠다.

광화문 큰거리를 총독부 쪽으로 어실어실 걸어가노라니 그의 그림자가 짤막하게 앞에 누워 간다. P는 그 자기 그림자를 콱 밟고 싶었다. 그러나 발을 내어 디디면 그림자도 그만큼 앞으로 더 나가곤 한다. 이 그림자와 자기 자신에서 그리고 그림자를 밟으려는 자기 자신과 앞으로 달아나는 그림자에서 P는 자기의 이중 인격의 모순상(相)을 발견하였다.

동십자각 옆에까지 온 P는 그 건너편 담배 가게 앞으로 갔다.

"담배 한 갑 주시요."

하고 돈을 꺼내려니까 담배 가게 주인이,

"네—마꼽니까?" 묻는다.

P는 담배 가게 주인을 한 번 거듭 떠보고 다시 자기의 행색을 내려 훑어보다가 심술이 버쩍 났다. 그래서 잔돈으로 꺼내려는 것을 일부러 일 원짜리로 꺼내려는데 담배 가게 주인은 벌써 마꼬 한 갑 위에다 성냥을 받쳐 내어민다.

"해태 주어요."

P는 돈을 되려 밀면서 볼멱은 소리를 질렀다. 그러나 담배 가게 주인은 그저 무

신경하게 "네!" 하고는 마꼬를 해태로 바꾸어주고 팔십오 전을 거슬러 준다.

P는 저편이 무렴해 하지 아니하는 것이 더욱 얄미웠다.

그는 해태 한 개를 꺼내어 붙여 물고 다시 전찻길을 건너 개천가로 해서 올라갔다. 이제는 포켓 속에 남은 것이 꼭 삼 원 하고 동전 몇 푼이다. 엊그제 겨울 외투를 사 원에 잡혀서 생긴 것이다.

방세와 전깃불 값이 두 달치나 밀렸다. 삼 원은 방세 한 달치를 주고 일 원에서 전등삯 한 달치를 주고도 싶었으나 그러고 나면 그 나머지로 설렁탕이나 호떡을 사 먹어도 하루밖에는 못 지낸다. 그래 그대로 넣어두고 한 이틀 지내는 동안에 일 원이 거진 달아났던 판인데 공연한 객기를 부리느라고 당치도 아니한 해태를 샀기 때문에 이제는 돈 일 원은 완전히 달아나고 삼 원만 남은 것이다.

P는 포켓 속에 손을 넣고 잔돈과 지폐를 섞어 삼 원 남은 돈을 만지작거렸다. 그러면서 왼편 손으로는 손가락을 꼽아가며 삼 원을 곱쟁이쳐 보았다.

육 원 십이 원 이십사 원 사십팔 원 구십육 원 백구십이 원 팔 원 모자라는 이백 원……사백 원 팔백 원 일천육백 원 삼천이백 원 육천사백 원 일만 이천팔백 원. 팔백 원은 떼어버리고 이만 사천 원 사만 팔천 원 구만 육천 원 십구만 이천 원 삼십팔만 사천 원 칠십육만 팔천 원 일백오십삼만 육천 원…….

삼 원을 열여덟 번만 곱집으면 일백오십만 원이 된다. 일백오십만 원, 그놈이 있으면……이렇게 생각함에 어깨가 으쓱해졌다.

삼 원의 열여덟 곱쟁이가 일백오십만 원이니 퍽 쉬운 일이다……. 그놈만 있으면 백만 원을 들여서 오십 전짜리 십육 페이지 신문을 하나 했으면 우선 K 사장의 엉엉 우는 꼴을 볼 수가 있을 것이다.

그러나 아쉬운 대로 십오만 원만 있어도 일만 오천 원 아니 일천오백 원만 있어도 아니 일백오십 원만 있어도 십오 원만 있어도 우선 방세와 전등삯을 주고 한 달은 살아가겠다.

P는 한숨을 내쉬었다. 한 달? 한 달만 살고 나면 그 다음은 어떻게 하나? ……그래도 몇백 원은 있어야지, 아니 몇천 원은 아니 몇만 원은…….

P는 늘 하는 버릇으로 이런 터무니없는 공상을 되풀이하였다.

그는 최근 이러한 공상을 하면서부터 취직을 시들하게 여겼다.

취직이 된댔자 사오십 원이나 오륙십 원이 월급이다. 그것을 가지고 빠듯빠듯 살아간들 무슨 아기자기한 재미가 있을 턱도 없는 것이다.

가령 근실히 해서 월괘 저금 같은 것도 하고 집도 장만하고 여편네도 생기고 사장이나 중역들의 눈에 들어 지위도 부장쯤으로는 올라가고 그리하여 생활의 근거도 안정이 되고 하면 지금 같은 곤란은 당하지 아니하겠지만 그러나 P에게는 아직도 젊은 때의 야심이 있어 그러한 고식된 안정이나 명색 없는 생활은 도리어 피하고 싶었던 것이다. 좀더 남의 눈에 띄고 좀더 재미있고 그리고 자유로운 생활.

물론 그는 지금이라도 누가 한 달에 삼십 원만 줄 테니 와서 일을 해 달라면 마치 주린 개가 고기를 보고 덤비듯이 덮어놓고 덤벼들 것이다. 그러나 속으로는 그와 딴판으로 배포를 부리고 있는 것이다.

P가 삼청동으로 올라가느라고 건춘문 앞까지 이르렀을 때 저편에서 말쑥하게 몸치장을 한 여자 하나가 마주 내려왔다.

역시 삼청동 근처에 사는 여자인지 P와는 가끔 마주치는 여자다.

P는 그 여자와 만날 때마다 일부러 눈여겨보지 않는 체하면서도 실상은 고비 샅샅 관찰을 하였고, 그리고 속으로는 연애라도 좀 했으면 하던 터였었다. 무엇보다도 동그스름한 얼굴에 이목구비가 모두 모지지 아니하고 얼굴의 윤곽이 둥글듯이 모가 나지 아니한 것, 그래서 마음도 그렇게 둥글려니 하는 것이 P의 마음을 끈 것이다.

그 여자는 자주 만나는 이 덥수룩한 양복장이 — P를 먼 발치로도 알아보았는지

처녀다운 조심스런 몸매로 길을 가장자리로 비껴 가까이 왔다.

P는 고개를 꼿꼿이 쳐들고 앞만 쳐다보면서도 속으로는,

'저 여자가 지금 내 옆으로 다가와서 조그만 소리로 정답게 구애(求愛)를 한다면 사뭇 들여 안긴다면? ……어쩔꼬?'

이런 생각을 하면서 히죽 웃는데 여자는 벌써 지나쳐 버렸다.

'흥! 어쩌긴 무얼 어째? ……이년아, 일없다는데 왜 이래! 하고 발길로 칵 차 내던지지.'

하고 P는 어깨를 으쓱하였다.

삼청동 꼭대기에 있는 집 — 집이 아니라 사글세로 들은 행랑방 — 에 돌아왔다. 객지에 혼자 있으니 웬만하면 하숙에 있을 것이로되 방값이 밀리고 그것에 졸릴 것이 무서워 P는 방을 얻어가지고 있던 것이다.

먹는 것이야 수중에 돈이 있는 데 따라 호떡도 설렁탕도 백화점의 런치도, 그러찮고 몇 끼씩 굶기도 하여 대중이 없었다.

볕 구경을 잘 못 해서 겨울에도 곰팡이가 슬고 이불을 며칠씩 그대로 펴두는 방바닥에서는 먼지가 풀신풀신 올랐다.

하도 어설퍼 앉으려고도 아니하고 방 가운데 우두커니 서 있으니까 안방문 여닫는 소리가 들리며 주인 노파가 나와서 캑하고 기침을 한다. P는 또 방세 졸릴 일이 아득하였다.

그러나 노파는 방세보다도 우선 편지 한 장을 들이밀어 준다. 고향의 형에게서 온 것이다.

편지를 뜯어 읽고 난 P는 말가웃〔一斗半〕이나 되게 큰 한숨을 푸 — 내쉬었다. 그러고는 편지를 박박 찢어버렸다.

5

편지의 요건은 P의 아들에 관한 것이다.

P에게는 연전에 갈라선 아내와의 사이에 생긴 창선이라는 아들이 있다. 금년에 아홉 살이다.

아내와 갈릴 때에 저편에서 다만 어린애만이라도 주었으면 그것을 데리고 기르는 재미로 혼자 사는 세상에 낙을 붙이겠다고 사정하였다. 그리고 적어도 중학까지는 마치게 하겠다는 것이었다.

그렇게 했으면 P도 한짐을 덜었을 것이다. 그러나 그는 듣지 아니하였다.

어릴 적부터 소박데기 어미의 손에서 아비의 원망과 푸념을 들어가면서 자란 자식은 자란 뒤에 그 아비에게 호감을 가지지 못한다. P는 자식을 꼭 찾고 싶은 것은 아니나 아뭏든 장성하면 아비라고 찾아올 터인데 그때에 P는 이미 늙고 자식은 팔팔하게 젊은 놈이 옛날에 제 어미를 소박한 아비라서 아니꼽게 군다면 그것은 차마 못 당할 노릇이다.

이러한 생각으로 P는 창선이를 내주지 않은 것이다. 그러나 빼앗아 놓고 보니 이제 겨우 너댓 살밖에 안 먹은 것을 자기 손으로 어찌할 수가 없다. 그리하여 할 수 없이 어렵사리 지내는 그 형에게 맡겨 놓고 다시 서울로 올라온 것이다. 보통학교에 다닐 나이가 되면 서울로 데려오겠다고 해 두고.

P의 형은 작년에 조카를 보통학교에 입학시켰다. 그러나 극빈 축에 드는 집안인지라 몇 푼 안 되는 월사금과 학비를 대지 못하여 중도에 퇴학시켰다. 애초에 입학시킬 상의로 P에게 편지를 했을 때에 P는 공부 같은 것은 시켜 봤자 소용이 없으니 차라리 뼈가 보드라운 때부터 막일〔勞動〕을 시키라고 하였다. P의 형은 그러나 백부(伯父)의 도리로나 집안의 체면으로나 창선이를 막일을 시킬 수가 없었다. 차라리 자기

손에 두어 헐벗기고 헐입히면서 공부도 시키지 못하느니 제 아비인 P더러 데려가라고 작년부터 편지를 하던 터이다.

금년도 입학 시기가 당함에 P의 형은 P에게 누차 편지를 하였다. 금년에 입학을 시키지 못하면 명년에는 학령이 초과되어 들여주지 않을 것이니 어서 데려다가 공부를 시키라는 것이다.

'그 어린것이 굶기를 밥 먹듯 하고 재주는 있으면서 남의 집 아이들이 학교에 다니는 것을 부러워하는 꼴은 차마 애처로워 볼 수가 없다. 차라리 이 꼴 저 꼴 보지 않는 것이 속이나 편하겠다.'

이번 편지에는 이러한 구절이 있고 끝에 가서,

'여비가 얼마쯤 변통되면 차를 태우고 전보를 칠 테니 정거장에 나와 데려가거라. 나도 웬만하면 객지에 혼자 있는 너에게 어린 자식을 떠맡기듯이 보내겠느냐마는 잘못하다가 그것을 굶겨 죽이겠기에 생각하다가 못 해 단행하는 것이다.'

이러한 말이 쓰여 있었다.

P는 박박 찢은 편지를 돌돌 뭉쳐 방구석에 내던지고 한숨을 푸— 내쉬었다.

이제는 자식을 데리고 있기가 피할 수 없이 되었는데, 어떻게 했으면 좋을까 하는 것이다. 그는 형이 원망스럽고 아니꼬웠다.

굳이 제 아비를 따라 보낸다는 것이 아니라 부득부득 공부를 시키라는 것 때문이다. 기왕 서울로 보내나 시골서 데리고 있으나 고생시키기는 일반이니 차라리 시골서 일찍부터 막일이나 시켰으면 P에게는 여러 가지로 좋은 것이었다.

"흥! 체면! 공부! 죽어도 인텔리는 만들지 않는다."

P는 혼자 이렇게 투덜거렸다.

"집에서 온 편지유? 무슨 걱정이 생겼수?"

말거리를 찾지 못하여 머뭇거리고 섰던 안방 노인이 동정이나 하는 듯이 이렇게 묻는다.

"아니요."

P는 마지못해 코대답을 하였다.

"필경 무슨 걱정이 생긴 게구려!"

노인은 자기의 말거리를 만들려고 아니라는데도 이렇게 걱정을 내어놓는다.

"그게 모두 가난한 탓이지……저렇게 젊고 똑똑한 이가 저게 모두 가난한 탓이야! 어디 구실〔職業〕자리 말한다더니 아직 아니됐수?"

"네, 아직……".

"거 큰일났구려! 어서 돼야 할 텐데……. 나두 죽겠수……. 이 늙은 것이!……. 돈 좀 마련되잖았수?"

"네, 아직 좀……."

"저걸 어쩌나! 오늘은 물 값이야 전깃불 값이야 사뭇 받으러 달려들 텐데!"

"며칠만 더 미루십시오. 설마하니 마나님이야 아니 드리겠습니까……."

"아무렴! 실수야 없을 줄 알지만 내가 하도 옹색하니깐 그러는 거지……."

P는 노인이 지껄이게 두어 두고 혼자 생각하였다. 전에 아는 집에서 셋방을 얻어 들었을 때에는 두 달이고 석 달이고 세가 밀려도 조르는 법이 없었다.

밀려도 조르지 아니하는 아는 집……. 이것이 P는 도리어 미안해서 이곳으로 옮겨온 것이다. 옮겨와 가지고 막상 졸림질을 당하니 미안해도 졸리지는 아니하던 옛집이 그리워지는 것이다.

노인이 문을 가로막고 서서 수다스런 소리로 더 지껄이려고 하는데 마침 P의 동무 M과 H가 찾아왔다.

"어디 나가나?"

M이 그러잖아도 벌씸한 코를 한 번 더 벌씸하고 사이 벌어진 앞니를 내어보이며

싱끗 웃는다.

몸집은 M과 같이 통통하지만 키가 적어 M의 뒤에 가려 섰던 H가 옆으로 나서며,

"안녕하시오."

하고 인사를 한다.

P는 싱끗이 웃었다. 이 M과 H는 같은 하숙에 있는데 두 사람은 곧잘 같이 돌아다닌다. 같이 가는 것을 나란히 세워 놓고 보면 하나는 키가 커서 우뚝하고 하나는 키가 작아서 납작 붙어가는 것 같다.

얼굴도 M은 우둘부둘한 게 정객 타입으로 생겼고 — 잘못하면 복싱 링에 내세워도 좋겠고 — H는 안존한 게 사무원 타입이다.

일상의 언행을 보아도 H는 무슨 이야기가 자기 전문인 법률에 관한 것에 다다르면 육법전서의 조목을 따르르 외우면서 이러고 저러고 하다고 설명을 하고 M은 동경서 학생 ××에 제휴를 했던 만큼, 그리고 전문이 정경과인 만큼 좌익 진영에서 쓰는 어투가 그대로 나온다.

"여전히 모두 동색(冬色)이 창연하군!"

P는 두 사람의 두터운 겨울 양복을 보고, 그리고 자기의 행색을 내려보며 웃었다.

M이 신을 벗고 들어와 먼저 앉은 책상 위에 걸터앉으며,

"춘래불사춘일세."

하고 한마디 외운다. H도 따라 들어와 한편에 앉으며 한마디 한다.

"아직 괜찮아……. 거리에서 보니까 동복 입은 사람이 많데……."

"괜찮기는 무어 괜찮아……우리가 길로 돌아다니니까 사방에서 아이구 아야! 소리가 들리데."

"왜?"

"봄이 발밑에서 짓밟히느라고."

"하하하하."

세 사람은 소리를 내어 웃었다.

"참 시험 본 것 어떻게 되었소?"

P는 H가 일전에 총독부에서 본 고원 채용시험을 생각하고 물어 보았다.

"말두 마시우……. 이제는 꼭 들어앉아 공부나 해서 변호사 시험이나 치겠소."

사람이 별로 변통성도 없고 그렇다고 여기저기 발도 좁아 취직이 여의치 않은 것을 볼 때에 P는 가엾은 생각이 늘 들곤 하였다.

"가만있게……. 어서 변호사 시험만 통과하게. 그러면 이제 내가 백만 원짜리 주식회사를 조직해 가지고 자네를 법률 고문으로 모셔옴세."

이것은 M이 늘 하는 농담이다. M도 일 년 동안이나 취직운동을 하면서 지냈건만 그는 오히려 배포가 있다. 조금 더 재빠르게 했으면 M은 벌써 취직이 되었을는지도 모르나 그는 타고난 배포와 그리고 남에게 아유구용을 하기 싫어하는 성질로 말하자면 취직 전선의 낙오자다.

별로 만나야 할 일도 없다. 그러나 제각기 혼자 있으면 우울해지니까 이렇게 서로 찾으며 자주 만나게 된다.

만나 앉아서 이야기라도 지껄이면 그동안만은 명랑해진다. 지금 서울 안에 P니 M이니 H와 매일 만나 하는 일 없이 돌아다니고 주머니 구석에 돈푼 있으면 서로 털어 선술잔이나 먹고 하는 룸펜의 패가 수없이 많다.

무엇이나 일을 맡겼으면 불이 번쩍 일게 해낼 팔팔한 젊은 사람들이다. 그렇건만 그들은 몸을 비비꼬고 있다.

아무 데도 용납지 못하는 사람들이다. ××적 ××에서 그들을 불러들이기에는 ××적 ××의 주관적 정세가 너무도 미약하다. 그것은 그들의 몇 부분이 동경서 학생으로 있을 시절에는 그 속에서 활발하게 ××을 계속하던 것이 조선에 나오면서 탈리되는 것으로 보아 그러한 해석을 내리지 아니할 수가 없다.

그렇다고 부르주아의 기성 문화기관에 들어가자니 그곳에서는 수요를 찾지 아니한다. 레디메이드로 된 존재들이니 아무 때라도 저편에서 필요해야만 몇씩 사들여 간다.

M이 마꼬를 꺼내 놓고 붙여 문다. P는 포켓 속에 들어 있는 해태를 차마 내놓기가 낮이 따가워 M의 마꼬를 집어 당겼다.

……(원문 80여 자 탈락)……

P는 설명을 시작한다. P 자신 그러한 장난 비슷한 공상은 하면서 일단 해보라고 하면 주저할 것이지만 어쨌거나 그랬으면 통쾌하리라는 것이다.

"먼저 경무국에 들어가서 아주 까놓고 이야기를 한단 말이야. 우리가 지금 대상으로 하는 것은 총독부가 아니라 조선의 소위 민간측 유지들이니까 간섭을 말아달라고."

"그러면 관허(官許) 메—데—로구만."

"그래 관허도 좋아……. 그래 가지고는 거기에다가는 무어라고 쓰느냐 하면 '우리에게 향학열을 고취한 놈이 누구냐' ……어때?"

"좋지!"

"인텔리에게 직업을 내라……이렇게 노래를 지어 붙이거든."

"응……유지와 명사의 가면을 박탈시키라고……한 몇 십 명이 그렇게 데모를 한단 말이야!"

"하하하하."

M은 이렇게 웃고 H는 시원찮게 핀잔을 준다.

"시끄럽소. 여보……아, 글쎄 멀끔멀끔한 양복쟁이들이 종로 네거리로 길을 밟고 그렇게 다녀 봐! 애들이 와서 나 광고지 한 장 주—하잖나."

"하하하하."

"허허허허."

창 밖에서 냉이 장수가 싸구려 소리를 외치고 지나간다. M이 그에 응하여,

"이크! 봄을 덤핑하는구나!"

"흥, 경제학자라 다르군……참 우리 하숙에서는 채소를 좀 먹여주어야지!"

"밥값을 잘 내보지."

"그도 그렇지만."

"나는 석 달 치 밀렸네."

"나도 그렇게 될걸."

"그러니까 나처럼 이렇게 아파트 생활을 해요."

이것은 P의 말이다. 아파트라고 말해 놓고도 서글퍼서 허허 웃었다.

"조선식 아파트! 그렇지만 우리가 아파트 생활을 했다면 아마 두어 달 전에 굶어 죽었을걸."

"나는 돈을 보면 초면 인사를 해야 되겠네……본 지가 하도 오래여서 낯을 잊었어."

"여보게."

하고 M이 의젓하게 H를 달군다.

"돈 구경한 지 오래 됐다지?"

"응."

"좋은 수가 있네."

"뭣?"

"자네 책 좀 삼사(三四) 구락부에 보내세."

"싫으이."

"자네 돈 구경하고……. 구경하고 나서 그놈으로 한 잔 먹고……."

"한 잔 말이 났으니 말이지 요즘 같으면 술이나 실컷 먹고 주정이라도 했으면 속이 시원하겠네."

"그러니까 말이야……. 가세. 가서 다섯 권만 잽혀."

"일없다."

"내가 찾아주지."

"흥."

"정말이야."

"싫여."

6

그날 밤.

P와 M은 H를 졸라 그의 법률 책을 잡혀 돈 육 원을 만들어 가지고 나섰다.

선술집에 가서 엔간히 취하도록 먹은 뒤에 C라는 카페에 가서 술 두 병을 놓고 자정이 되도록 노닥거렸다.

그곳에서 나올 때는 육 원 돈이 이 원 남았다. 이 원의 처치를 생각하던 세 사람은 일제히 동관으로 가기로 하였다.

세 사람이 모두 다리가 비틀거렸다. 그중에도 P는 더욱 취하였다.

날날이 가락으로 들어박힌 갈보집,

다 쓰러져 가는 초가집을 세 사람이 아는 집 들어서듯이 쑥쑥 들어서니,

"들어옵시요."

"어서옵시요."

라고 머리 딴 계집애와 배가 북통같이 애 밴 계집이 마루로 나선다.

P가 무심결에 해태갑을 꺼내어 붙여 무니까 머리 딴 계집애가 P의 목을 걸싸안고 볼에다 입을 쪽 맞추더니,

"나도 하나."

하고 손을 벌린다. P는 기가 막혀 담배갑을 내미는데 H와 M은 박수를 하며,

"부라보!"

하고 굉장하게 큰소리로 외친다.

건넌방에 들어가 앉으니 마루에서 따그락따그락 소리가 난다.

배부른 계집은 푸대접을 받고 머리 딴 계집애가 H와 M의 손으로 옮겨다니면서 주물린다. 깩깩 소리를 지르고 엄살을 한다. 말을 붙이고 대답을 주고받고 하는 것이 H와 M은 전에 한 번 와본 집인 듯하다.

술상이 들어왔다.

잔은 사발만 한데 술주전자는 눈알만 하다. 술을 부어놓으니 M이 척 받아놓고는 노래를 투정한다. 계집애는 그보다 더 약아서 제가 그 술을 쭉 들어 마시고는 빈 잔만 M의 입에 대어 준다.

P는 개숫물같이 밍밍한 술을 두어 잔 받아먹는 동안에 비위가 콱 거슬려서 진정하느라고 드러누웠다.

H가 계집애를 무릎에 올려놓고 신이 나게 노래를 부른다. 물론 고저도 장단도 맞지 아니하는 노래다.

M이 애 배인 계집을 실컷 시달려주다가 머리 딴 계집애를 빼앗아가더니 귀에 대고 무어라고 속삭거린다. 그러면서 둘이서 연해 P를 건너다보며 싱글벙글 웃는다.

조금 있다가 계집애가 P에게로 오더니 귀에다 입을 대고 속삭인다.

"저이가 나더러 당신하고 오늘 저녁……응, 어때?"

"그래라."

P는 불쑥 성난 것처럼 대답했다.

"아이! 싱거워!"

계집애는 P를 한 번 꼬집어 주고 다시 M에게로 달아났다.

M에게로 가서 또 무어라고 속삭거리더니 재차 와 가지고는 귓속말을 한다.

"자고 가, 응."

"그래 글쎄."

"꼭."

"응."

"정말."

"응."

술은 네 주전자가 들어왔는데 세 사람 손님은 두서너 잔씩밖에 안 먹었다. 그 나머지는 다 저희가 먹었다. 계집애가 술이 곤주가 되게 취해 가지고 해롱해롱 까분다.

술값을 치르는 것을 보고 P도 따라 일어섰다. M이 몸뚱이로 슬쩍 밀어서 방 안으로 들여보내고 뒤에서 계집애가 양복 뒷깃을 잡아당긴다.

"그래라, 자고 간다."

P는 방 가운데 벌떡 드러누웠다.

"너희 집이 어디냐?"

계집애가 옆에 와서 앉는 것을 보고 P가 물었다.

"××도 ××."

"언제 왔니?"

"작년에."

P는 몸을 일으켰다. 또 속이 왈칵 뒤집혀 좀더 진정하려고 하는 생각인데 계집애

가 콱 밀어뜨린다.

"나이 몇 살이냐?"

"열여덟."

"부모는?"

"부모가 있으면 여기서 이 짓을 해?"

"왜 이 짓이 나쁘냐?"

"흥……나도 사람이야."

"에꾸! 나는 네가 신선인 줄 알았더니 이제 알고 보니까 사람이로구나!"

"시끄러!"

계집애는 눈을 쪽 흘기고는 갑자기 웃으면서 P의 목을 껴안는다.

"자고 가, 응."

"우리 마누라한테 볼기 맞고 쫓겨난다."

"그러면 나한테 와서 나하고 살지……여기 내 빚 팔십 원만 물어주면……."

"팔십 원이냐?"

"응."

"가겠다."

P가 또 일어나려는 것을 계집이 껴안고 놓지 아니한다.

"자고 가……내가 반했어."

"아서라."

"정말!"

"놔."

"아니야, 안 놔. 자고 가요, 응……. 자고……. 나 돈 좀 주어."

"돈? 내가 돈이 있어 보이니?"

"돈 소리가 절렁절렁 나는데?"

미상불 P의 포켓 속에서는 아까부터 잔돈 소리가 가끔 잘랑거렸다.

"자고 나 돈 좀 주고 가, 응."

"얼마나?"

"아무래도 좋아……오십 전도, 아니 이십 전도."

계집애의 말이 떨어지기도 전에 P는 불에 덴 것 같이 벌떡 일어섰다. 일어서면서 그는 포켓 속에 손을 넣어 있는 대로 돈을 움켜쥐어 방바닥에 홱 내던졌다. 일 원짜리 지전 두 장과 백동전이 방바닥에 요란스럽게 흐트러진다.

"아따, 돈!"

P는 뛰어나왔다. 그의 눈에는 눈물이 고였다.

7

P는 정조(貞操)적으로 순진한 사나이가 아니다. 열네 살 때에 소꿉질 같은 장가를 갔고 그 뒤 동경 가서 있을 동안에 거기 여자와 살림도 하였다.

조선에 돌아와 직업을 가지고 있는 사이에 기생과 사귀어 한동안 죽을 둥 살 둥 모르게 지내기도 하였다.

그밖에도 정을 두어 지낸 여자가 두엇 더 있다. 그러나 삼십이 되도록 지금까지 유곽을 가거나 은근짜 집을 가거나 동관의 색주가 집에 가서 잠자리를 한 일은 없다.

그것은 P의 괴벽이다. 어떠한 여자를 막론하고 그가 정이 들지 아니한 여자이면 절대로 관계를 아니한다는 것이다.

그 대신 한 번 P의 눈에 들고 따라서 정이 들면 아무 것도 돌아보지 아니하고 심각한 열정에 맡기어 완전히 그 여자를 움켜쥐어 버리며 또한 그 여자에게 전부를 내

주어 버린다. 그리하여 그는 늘 올 오어 너싱(all or nothing)을 말한다.

이것이 처세상 퍽 이롭지 못한 것을 P도 잘 안다. 또 공연한 승벽이요 고집인 줄 알건만 그는 그것을 고치지 못한다.

이날 밤에도 그는 그 계집애를 조금도 어떻게 하겠다는 생각은 나지 않았다.

술 취한 끝에 속이 괴로우니까 진정을 하자는 판인데 '오십 전 아니 이십 전도 좋아' 하는 소리에 번쩍 홍분이 된 것이다.

너무도 인간이 단작스럽고 악착스러운 것 같았다. P가 노상 보고 듣는 세상이 돈을 중간에 놓고 악착스럽게 아등바등하는 것임을 모르는 바는 아니나 정조의 대가로 일금 이십 전을 요구하는 것은 처음 보았다.

P는 그러한 여자가 정조를 파는 데 무신경한 것도 잘 알고 있으며 따라서 그것이 비도덕이니 어쩌니 하는 것도 아니다.

그의 관점과 해석은 그런 것보다 더 나아간 입장에 있었다.

그러나 '이십 전만 주어도……' 소리에는 이것저것 생각하고 헤아릴 나위도 없었다. 더럽고 얄미우면서 그러면서도 눈물이 고였다. 삼 원쯤 되는 전 재산을 털어내 던지고 정신없이 뛰어나온 것이다.

술취한 P를 혼자 남겨둔 H와 M은 골목에 기다리고 서 있었다. P가 뛰어나오는 것을 보고 그들은 우선 농을 건넨다.

"한 턱 하오."

"장가 간 턱 하게."

P는 고개를 흔들었다. 그리고 멍하니 서서 생각을 하였다.

다분의 가면 밑에서 꿈틀거리는 인도주의에 몹시 증오를 느끼는 P는 이날 밤 자기의 행동을 어떻게 해석할지 몰라 괴로워하였다.

내일을 굶어야 할 그 돈이지만 돈이 아까운 것이 아니다. 정조 값으로 이십 전을 주어도 좋다는데 왜 정조는 거절하고 돈만 있는 대로 다 털어 주었는가 왜 눈에 눈물은 고였는가?

8

P는 머리가 띵하고 속이 뉘엿거려 정신을 차릴 수가 없었다. 그는 두 친구에게 인사도 변변히 하지 않고 코를 베인 듯이 삼청동으로 올라왔다. 어서 바삐 좀 드러눕고만 싶었던 것이다.

아무리 방구들은 차고 지저분하게 늘어놓았어도 제 처소는 반가운 것이다. 더구나 몸이 괴로울 때는!

P는 누더기 양복이나마 벗으려고도 않고 그대로 펴두었던 이부자리 속에 몸을 파묻었다. 드러누우니 취기가 새삼 더하여 영영 옷 벗을 생각도 잊어버리고 그대로 잠이 들었다.

얼마를 자고 났는지 괴로워 부대끼다 못하여 잠이 깨었을 때는 목이 타는 듯이 말랐다.

물은 없다. 물이 없어 못 먹는다고 생각하니 목은 더 말랐다.

밤은 어느 정도 깊었는지 짐작할 수가 없다. 전등은 그대로 켜져 있다. 밖에서는 사람 지나다니는 발자국 소리도 들리지 아니한다. 전차 달리는 소리도 들리지 아니하고 가끔 가다가 자동차의 경적이 딴 세상의 소리같이 감감하게 들려 온다.

밤이 깊지 아니했으면 잠긴 안 대문을 두드려 주인 노인에게라도 물을 청하겠지만 이 깊은 밤에 그러기도 미안하다. 그것도 방세나 여일하게 내었을 때 말이지 얼굴 대하기를 이 편에서 피하는 판에 차마 못 할 일이다.

물지게 장수의 삐득거리는 소리가 들리나 하고 귀를 기울였으나 감감히 소리가 없다.

목은 더욱더욱 말라온다. 입술이 바싹 마르고 입 안이 침기가 없고 목구멍이 바삭바삭 소리가 날 듯이 마르고, 그리고는 창자 속까지 말라 내려가는 듯하다.

방금 미칠 듯하다.

눈앞에 용용하게 흘러가는 푸른 한강이 어릿어릿하고 쏴 쏟아지는 수통 꼭지가 보이는 듯하다.

P는 배고픈 고비는 많이 겪어 보았으나 이처럼 목마른 적은 당하기 처음이다.

배는 고프면 기운이 없이 착 가라앉을 뿐이었지만 목이 극도로 마름에는 금시 미치고 후덕후덕 날뛸 것 같다.

일어나서 삼청동 꼭대기로 올라가면 산골짝의 물도 있고 또 우물도 있기는 하다. 그러나 이 어두운 밤에 어디가 어딘지 보이지 아니할 테고 또 우물에는 두레박도 없을 것이다.

겨우겨우 참아가며 몇 시간을 삐대었다. 실상 한 시간도 못 되는 동안이지만 P에게는 여러 시간인 듯만 싶었다.

그런 뒤에 겨우 물지게 소리를 듣고 그는 수통 있는 곳을 찾아 뛰어나갔다.

사정 이야기도 변변히 하지 아니하고 쏟아지는 수통 꼭지에 매어달려 한 동이는 되리시피 냉수를 들이켰다. 물장수가 어이가 없어 멀끔히 쳐다보고만 있다가 P의 꾸벅하고 돌아서는 등 뒤에다 혀를 끌끌 찬다.

밥보다도 더 다급하게 그립던 물을 실컷 들이키고 나니 찌뿌둥하게 엉킨 듯 불쾌하던 취기(醉氣)도 적이 걷히고 정신이 말쑥하여졌다.

P는 새삼스럽게 양복을 벗어 던지고 다시 자리에 파묻혔다. 이제는 잠이 십리 밖으로 달아나고 눈이 초랑초랑 하여진다. 그러면서 어젯밤 일이 머리에 떠오른다.

그것은 마치 못 먹을 것을 먹은 것처럼 께름칙한 기억이다. 아무렇게나 씻어 넘겨 버리재도, 그러나 머리 한구석에 박혀 사라지려 하지 아니하는 어룽[斑點]과 같다. 어떻게 해서라도 시원스러운 해석을 내리고라야 마음이 놓일 것 같다.

정조 대가로 일금 이십 전을 부르는 여자…….

방금 세상에는 한 번 정조를 빼앗긴 것으로 목숨을 버려 자살하는 여자가 있다. 그러는 한편 '이십 전도 좋소' 하는 여자가 있다.

여자의 정조가 그것을 잃었다고 자살을 하도록 그다지도 고귀한 것이라면 '이십 전에도 팔겠소' 하는 여자가 눈을 멀끔멀끔 뜨고 살아 있는 사실은 무엇으로 설명할 것인가?

또 정조를 '이십 전에도 팔겠소' 하는 여자가 있도록 그것이 아무렇지도 아니한 것이라면 그것을 한 번 빼앗긴 때문에 생명을 내버리는 여자가 있는 것은 무엇으로 설명할 것인가?

이 두 여자가 모두 건전한 양심의 소유자라고 볼 수는 없다.

그러나 그 가운데 나무라기로 들면 차라리 정조를 빼앗긴 것으로 자살한 여자를 나무랄 것이지 '이십 전에 팔겠소' 하는 여자를 나무랄 수가 없다.

열여섯 살부터 시작하여 이래 삼 년이나 색주가 집으로 굴러다니는 여자다.

언제 누구에게 귀떨어진 도덕관념이나 정당한 인생관을 얻어들은 적이 없을 것이다.

술잔을 들고 앉아 한 잔이라도 오는 손님에게 더 먹여 한 푼어치라도 주인의 수입을 도와주면 칭찬이 오니 그만이다.

"고년 어여쁘다. 나하고 ××."

하고 손님이 말하면 그에조차 비록 조발(早發)일지언정 생리적 만족을 얻는 한편 그야말로 단돈 이십 전이라도 벌면 그만이다.

옆에서 그것을 시키기는 할지언정 그것이 나쁘다고 가르쳐 주는 사람이 있을 턱이 없는 것이다. 사실 일반 매춘부가 정조적으로 양심을 가진 듯이 보인다는 것은 그 대부분이 되려 한 가식(假飾)에 지나지 못하는 것이다.

그것은 그들에게 있어서 일종의 정당성을 가진 노동인 것이다.

그러니까 그것을 보고 불쌍하다고 여기고 동정을 하는 것은 위문이 폐문이다.

지금 세상은 정당한 성도덕(性道德)이 서 있는 때도 아니다.

그것은 한 세대에 여러 가지의 시대 사조가 헝클어져 있는 때문이다. 그러니까 여자의 정조에 대하여도 일률적으로 선악과 시비를 가릴 수는 없는 것이다.

하룻밤 몸값을 '이십 전도 좋소' 하는 여자, 그에게는 다른 사람이 갖는 성도덕도 없고 따라서 자신을 타락이라서 슬퍼하지도 아니한다.

그 여자 자신을 나무랄 필요도 없는 것이요, 동정을 할 필요도 없는 것이다. 그 여자 자신은 결코 불쌍한 사람이 아니다.

예수의 사랑(?)도 아무리 그 사랑이 크고 넓다 했을지언정 그것은 '불쌍한 사람' '죄지은 사람'에게 미칠 수 있는 것이다.

'불쌍하지 아니한' '죄짓지 아니한' 동관의 색주가 계집애에게는 누구의 동정이나 사랑도 일없는 것이다.

'뭣? 관념적이라고?'

그렇다. 관념적이라도 할 수 없다. 그러나 그것은 그 여자의 주관을 객관화한 것이다. 그러니까 그것은 한 엄연한 현실이다.

……(원문 30여 자 탈락)……

또 그 병적 현실에 메스를 대는 것은 집단의 역사적 문제이지만 룸펜 인텔리의 결벽과 흥분쯤으로는 문제도 되지 아니한다.

다만 취객이 삼 원 각수를 던져 주었으므로 해서 그 여자는 감격 없는 기쁨을 맛보았을 뿐일 것이다.

'이게 웬 떡이냐……어제 저녁에 꿈이 괜찮더니 이런 땡을 잡을 양으루 그랬구나. 웬 얼간망둥이냐.'

그 계집애는 응당 그렇게밖에는 더 생각되지 아니하였을 것이다. 그것이 결코 무리가 없는 당연한 일이다.

P는 여기까지 생각하고 입맛 쓴 고소를 띠었다.

'흥! 되지 못하게……. 장님이 눈병 앓는 사람더러 불쌍하다고 한 셈인가.'

P는 돌아누우면서 혀를 끌끌 찼다.

9

일천 구백 삼십 사 년의 이 세상에도 기적이 있다.

그것은 P가 굶어 죽지 아니한 것이다. 그는 최근 일주일 동안 돈이 생긴 데가 없다. 잡힐 것도 없었고 어디서 벌이를 한 적도 없다.

그렇다고 남의 집 문앞에 가서 밥 한술 주시요 하고 구걸한 일도 없고 남의 것을 훔치지도 아니하였다.

그러나 그동안 굶어 죽지 아니하였다. 야위기는 하였지만 그래도 멀쩡하게 살아 있다. P와 같은 인생이 이 세상에 하나도 없이 싹 치워진다면 근로하는 사람이 조금은 편해질는지도 모른다.

P가 소부르주아 축에 끼이는 인텔리가 아니요 노동자였더라면 그동안 거지가 되었거나 비상수단을 썼을 것이다. 그러나 그에게는 그러한 용기도 없다. 그러면서도 죽지 아니하고 살아 있다. 그렇지만 죽기보다도 더 귀찮은 일은 그를 잠시도 해방시켜 주지 아니한다.

그의 아들 창선이를 올려 보낸다고 어제 편지가 왔고 오늘은 내일 아침에 경성역에 당도한다는 전보까지 왔다.

오정 때 전보를 받은 P는 갑자기 정신이 난 듯이 쩔쩔매고 돌아다니며 돈 마련을 하였다. 최소한도 이십 원은……하고 돌아다닌 것이 석양 때 겨우 십오 원이 변통되었다.

종로에서 풍로니 남비니 양재기니 숟갈이니 무어니 해서 살림 나부랭이를 간단하게 장만하여 가지고 올라오는 길에 전에 잡지사에 있을 때 안 ××인쇄소의 문선과장을 찾아갔다.

월급도 일없고 다만 일만 가르쳐 주면 그만이니 어린아이 하나를 써 달라고 졸라대었다.

A라는 그 문선 과장은 요리조리 칭탈을 하던 끝에 — 그는 P가 누구 친한 사람의 집 어린애를 천거하는 줄 알았던 것이다.

"보통학교나 마쳤나요?"

하고 물었다.

"아니요."

P는 솔직하게 대답하였다.

"나이 몇인데?"

"아홉 살."

"아홉 살?"

A는 놀라 반문을 하는 것이다.

"기왕 일을 배울 테면 아주 어려서부터 배워야지요."

"그래도 너무 어려서 원……뉘집 애요?"

"내 자식이랍니다."

P는 그래도 약간 얼굴이 붉어짐을 깨달았다. A는 이 말에 가장 놀라운 일을 보겠

다는 듯이 입만 벌리고 한참이나 P를 물끄러미 바라다 본다.

"왜? 내 자식이라고 공장에 못 보내란 법 있답디까?"

"아—니, 정말 그래요?"

"정말 아니고?"

"괜히 실없는 소리! ……자제라고 해야 들어줄 테니까 그러시지?"

"아니 그건 그렇잖아요. 내 자식놈이요."

"그럼 왜 공부를 시키잖구?"

"인쇄소 일 배우는 것도 공부지."

"그건 그렇지만 학교에 보내야지."

"학교에 보낼 처지도 못 되고 또 보낸댔자 사람 구실도 못할 테니까."

"거 참 모를 일이요……. 우리 같은 놈은 이 짓을 해 가면서도 자식을 공부시키느라고 애를 쓰는데 되려 공부시킬 줄 아는 양반이 보통학교도 아니 마친 자제를 공장엘 보내요?"

"내가 학교 공부를 해본 나머지 그게 못 쓰겠으니까 자식은 딴 공부를 시키겠다는 것이지요."

"글쎄 정 그러시다면 내가 내 자식 진배없이 잘 데리고 있으면서 일이나 착실히 가르쳐 드리리다마는……. 원 너무 어린데 애처롭잖아요?"

"애처로운 거야 애비된 내가 더하지요만 그것이 제게는 약이니까."

P는 당부와 치하를 하고 인쇄소를 나왔다. 한 짐 벗어놓은 것 같이 몸이 거뜬하고 마음이 느긋하였다.

그는 집으로 올라가는 길에 싸전에 쌀 한 말을 부탁하고 호배추도 몇 통 사들였다. 그렁저렁 오 원을 썼다.

십 원 남은 중에 주인 노인에게 육 원을 내어주니 입이 귀밑까지 찢어진다. 그 끝에 P가 사온 호배추를 내어주며 김치를 담궈 달라고 하니 선선히 응낙한다. 그리고 자식을 데리고 자취를 하겠다니까 깍두기야 간장이야 된장 같은 것을 아까운 줄 모르고 날라다 주곤 한다.

10

이튿날 전에 없이 첫새벽에 일어난 P는 서투른 솜씨로 화로밥을 지어놓고 정거장으로 나갔다.

그의 형에게서 온 편지에 S라는 고향 사람이 서울 올라오는 길에 따라 보낸다고 했으니까 P는 창선이보다도 더 낯익은 S를 찾았다.

과연 차가 식식거리고 들어서며 인간을 뱉아 내놓는 찻간에서 S가 창선이를 데리고 두리번거리며 내려왔다.

어디서 생겼는지 새까만 고구라 양복을 입고 이화표 붙은 학생모자를 쓰고 거기다가 보따리를 하나 지고 무엇 꾸린 것을 손에 들고 차에서 내리는 어린아이……. 저게 내 자식이구나 생각하니 P는 어쩐지 속으로 얼굴이 붉어지며 한편 가엾기도 하였다.

S가 두 손에 짐을 가득 들고 두리번거리다가 가까이 온 P를 보고 반겨 소리를 지른다. 창선이가 모자를 벗고 학교식으로 경례를 한다. 얼굴을 자세히 보니 네댓 살 적에 보던 것보다 더한층 저희 외가를 닮았다. P는 그것이 몹시 불만이었다.

"그새 재미나 좋았나?"

S의 첫인사다.

"뭘 그저 그렇지……. 괜한 산 짐을 지고 오느라고 애썼네."

P는 이렇게 인사 겸 치하를 하였다.

"원 천만에! ……그 애가 나이는 어려도 어떻게 속이 찼는지……. 너 늬 아버지 알아보겠니?"

S는 창선이를 돌아보며 웃는다. 창선이는 고개를 숙이고 수줍은지 아무 대답도 아니한다.

P는 S와 창선이를 데리고 구름다리로 올라왔다.

"저희 외할머니가 저 양복이야 떡이야 모두 해 가지고 자네 댁에까지 오셨더라네……오셔서 어제 떠나는데 정거장까지 나오셨는데 여러 가지 신신당부를 하시데……. 자네에게 전하라고."

S는 P가 그다지 듣고 싶지도 아니한 이야기를 뒤따라오며 늘어놓는다. 그의 가슴에는 옛날의 반감이 솟구쳐 올랐다.

"별 걱정 다 하던 게로군……내 자식 내가 어련히 할까 봐 쫓아다니며 그래!"

"그래도 노인들이야 어디 그런가……. 객지에서 혼자 있는데 데리고 있기 정 불편하거든 당신에게로 도로 보내게 하라고 그러시데……."

"그 집에 내 자식이 무슨 상관이 있어서 보내라는 거야? ……보낼 테면 그때 데려 왔을라구……."

P는 그것이 모두 그와 갈린 아내의 조종인 줄 알기 때문에 더구나 심정이 났다. 화가 나는 대로 하면 어린아이가 입고 온 양복도 벗겨 내던지고 싶었으나 꿀꺽 참았다.

11

일찍 맛보지 못한 새 살림을 P는 시작하였다.

창선이가 도착한 날 밤.

창선이는 아랫목에서 삭삭 잠을 자고 있다. 외롭게 꿈을 꾸고 있으려니 생각하니

전에 없던 애정이 솟아오르는 듯하였다.

이튿날 아침 일찍 창선이를 데리고 ××인쇄소에 가서 A에게 맡기고 내키지 않는 발길을 돌이켜 나오는 P는 혼자 중얼거렸다.

"레디메이드 인생이 비로소 겨우 임자를 만나 팔리었구나."

1934년

김 강사와 T 교수 _ 유진오

1

문학사 김만필(金萬弼)은 동경 제국 대학 독일 문학과를 우수한 성적으로 졸업한 수재이며 학생 시대는 한때 문화비판회의 한 멤버로 적지 않은 단련의 경력을 가졌으며 또 학교를 졸업한 후에는 일 년 반 동안이나 실업자의 쓰라린 고통을 맛보아 왔지만 아직도 '도련님' 또는 '책상물림'의 티가 뚝뚝 듣는 그러한 지식 청년이었다.

S전문학교 교문을 들어선 택시가 기운차게 큰 커브를 그려 육중한 본청 현관 앞에 우뚝 섰을 때에는 벌써 김만필의 가슴은 두근거리기 시작하였다.

오늘이 2학기 개학하는 날이라 학생들은 둘씩 셋씩 떼를 지어 웃고 떠들고 하면서 희희낙락하게 교문을 들어가고 있었다. 저 학생들—저 다 큰 학생들을 앞에 놓고 내일부터 강의를 하는 것이로구나 하고 생각하니 몹시 기쁘기도 하나 일변 겁이 나서 가슴이 두근거리는 것이었다. 김만필은 세내 입은 모닝의 옷깃을 가다듬고 넥타이를 바로잡아 위의를 갖춘 후에 자동차를 내렸다. 그윽한 나프탈렌 냄새가 초가을 아침의 신선한 공기가 함께 새삼스레 코를 찔렀다. 그는 천천히 일 원짜리를 한 장 꺼내 주고 거스를 필요는 없다는 의미로 손짓을 하고 무거운 정문을 열고 들어갔다.

오늘은 김만필이 그의 울울턴 일 년 반 동안의 룸펜 생활을 청산하는 날이며, 새로이 이 전문학교의 선생으로서(시간 강사로나마) 취임하는 날이며 또 이도 또한 이번에 새로 임명된 이 학교 교련 선생과 함께 취임식의 단 위에 오르는 날이었다. 그러므로 그가 기쁨에 가슴을 두근거리며 이 학교 교문을 들어선 것은 이상해 할 일이 아닌 것이다.

현관을 들어서서 한참 어리둥절하다가 그는 겨우 수부(受付)에 가서 교장실이 어디냐고 물었다. 누구냐고 되묻는 것을 명함을 내주며 자기는 이번에 이 학교 독일어 선생으로 새로 임명된 사람이라고 대답하니 그제야 사무원은 몸을 납신하고 '아, 그러셔요' 하면서 이 복도를 오른쪽으로 꺽이어 바로 둘째 방이 교장실이라고 일러주었다.

교장실은 넓고 화려하였다. 교장은 그 넓은 방 한복판에 커다란 테이블을 앞에 놓고 두툼한 회전 의자 위에 버티고 앉아 있었다. 마치 김만필이가 들어오기를 기다리고 있었던 것이나시피. 이왕에 김만필은 교장을 그의 사택으로 찾아간 일이 사오차나 있었지만 그때에는 김에게 대하는 태도가 몹시 친절한 데다가 교장의 생김생김이 쭈그렁밤송이 같았으므로 마치 시골집 행랑아범이나 대하듯이 몹시 만만했는데 이날 아침 교장실에 와서 그는 교장이요, 자기는 일개 시간 강사로서 마주 대하니 고개가 저절로 숙여지는 것을 어쩔 수 없었다. 거기다가 교장의 태도는 전과는 아주 딴판으로 독난 뱀 모가지같이 고개를 반짝 뒤로 젖히고 있어서 속으로는 꿀 같지 않기 짝이 없었으나 큼직하게 유덕스레 생긴 사람보다도 도리어 더 무서웠다.

"어! 잘 오셨소. 자 이리 와 앉으시오."

교장은 목소리를 지어 가며 테이블 앞에 놓인 의자를 가리켰다. 말할 때에 그는 두 볼의 주름살 한 줄기 움직이지 아니하였다. 김만필은 몸이 오그라지는 것을 느끼며 황송해 의자에 앉았다.

"우리 학교에 이왕에 오신 일이 있던가요. 아마 처음이죠?"

"네, 처음입니다."

"어때요. 누추한 곳이라서……."

"천만에요, 정말 훌륭합니다."

김만필은 교장실 창에 반쯤 걷어 놓은 호화스런 커튼으로 눈을 옮기며 대답하였다. 커튼은 정말로 훌륭하였다.

교장은 테이블 위에 놓인 종을 서너 번 울렸다. 급사가 들어오나 했더니 옆방으로 통하는 문이 열리며 뚱뚱한 모닝을 입은 친구가 허리를 굽실굽실하며 들어왔다.

"여보게, 그것 가져오게."

"핫."

뚱뚱한 친구는 교장의 말이 끝나기도 전에 허리를 굽실하고 도로 나갔다.

잠깐 있다가 그는 무슨 종이조각을 들고 들어와 교장에게 전했다. 교장은 김만필에게,

"김만필 씨, 이것이 당신 사령서입니다. 자 이리 오시오."

김만필은 공손히 걸어가 사령서를 받아들고 허리를 굽혔다.

"인젠 자네도……."

김만필이 허리도 채 펴기 전에 교장은 그의 머리 위에 대고 말을 퍼부었다.

"우리 학교의 한 직원이니까 우리 학교를 위해 전력을 다해 주게. 더구나 우리 학교에서 조선 사람을 교원으로 쓰는 것은 자네가 처음이니까 한층 더 주의하고 노력하도록 하게."

"핫."

김만필은 아까 그 뚱뚱한 친구가 하던 그대로 거의 반사적으로 허리를 굽히지 않을 수 없었다.

"에……그리고 김 군. T 군을 소개하지. 우리 학교 교무 일을……."

교장이 말도 맺기 전에,

"내가 T올시다."

하며 뚱뚱한 친구는 몹시 친절하게 허리를 굽혔다. 김만필은 아까는 그를 경멸의

눈으로 보았지만 지금 그가 이 학교 교무를 보는 이인 줄을 알고 더구나 이렇게 공손하게 자기한테 하는 것을 보니 도리어 황송해서 그보다도 한층 더 허리를 굽혔다.

"자, 저 방으로 가서 기다립시다. 곧 식이 시작될 테니까. 이번에 새로 오게 된 교련 선생 A 소좌도 벌써 와 계십니다."

T 교수는 앞서서 김만필을 그 옆방 교무실로 안내하였다. 교무실에는 A 소좌가 긴 칼을 짚고 만들어논 사람같이 단정하게 앉아 있었다. 모든 것이 김만필에게는 어째 꿈나라에나 온 것 같았다.

김만필과 A 소좌의 취임식은 개학식 끝에 간단하게 거행되었다. 위엄을 차리느라고 한층 더 눈에 살기를 띤 교장이 먼저 단 위에 올라가 김만필을 동경 제국 대학 출신의 보기 드문 수재라고 소개하고 이어 이번에 새로 교련을 맡아보게 된 A 소좌는 그의 경력과 인물에 대해 자기로서 감히 어떻다고 말할 생각도 없으며 다만 이번에 특히 그의 분주한 사무의 틈을 타 우리 학교 일을 보아 보게 된 데 대하여 감사의 말을 드릴 뿐이라는 인사를 한 후에 김만필과 A 소좌는 동시에 단 위로 올라갔다. 얼굴이 창백하고 몸이 가는 김만필이 앞서서 나프탈렌 냄새를 피우며 층대를 올라가고 바로 그 뒤에 검붉은 햇볕에 탄 얼굴과 강철 같은 체격에 나이도 김만필의 존장뻘이나 됨직한 A 소좌가 가슴에 훈장을 빛내며 유유히 따랐다. 강당 안에 가득 찬 학생들은 이 진기한 행진에 거의 무의식적으로 웃음을 터뜨릴 뻔하였으나 '기오쓰켓(정신 차렷)' 하는 체조 선생의 일갈로 겨우 참았다. 김만필과 A 소좌가 나란히 단 위에 서자 체조 교사는 다시 '겡게이레잇(경렛)' 하고 외쳤다. 동시에 수백 명 검은 머리가 일제히 숙였다.

생각하면 S전문학교의 신임 교원 취임식이 이렇게 장엄할 줄이야. 미리부터 모를 바 아니었지만 막상 눈앞에 대하고 보니 김만필은 기가 막혀 정신을 차릴 수가 없었다. 자기는 무엇으로 수백 명 학생의 경례를 받을 가치가 있는가. 김만필은 예를 받고 섰는 그 짧은 동안에 착잡된 모순의 감정으로 그의 과거와 현재를 생각하였다. 대학 시대에 문화비판회의 한 멤버이었던 일, 졸업하자 '취직'을 위해 일상 속으로 멸시하던 N 교수를 찾아갔던 일, N 교수로부터 경성의 어떤 유력한 방면으로 소개장을 받던 일, 그리고 서울로 돌아온 후 수차 조선일보, 동아일보 등에 독일의 좌익문학운동을 소개하던 일, 그리고 H 과장의 소개로 작년 가을에 이 S전문학교 교장을 찾던 일—이 모든 기억은 하나도 모순의 감정없이 생각할 수 없는 것이었다. 인생의 모순의 축도를 자기 자신이 몸소 보이고 있는 것 같이 생각되었다. 지식 계급이란 것은 이 사회에서는 이중 삼중 사중, 아니 칠중 팔중 구중의 중첩된 인격을 갖도록 강제되는 것이다. 어떤 자는 그 수많은 인격 중에서 자기의 정말 인격을 명확하게 쥐고 있다. 그러나 어떤 자는 자기 자신의 그 수많은 인격에 현황해 끝끝내는 어떤 것이 정말 자기의 인격인지도 모르게 되는 것이다. 그러면 지금 자기는 이 두 가지 중의 어느 것인가?

이 모든 생각이 김만필의 머리를 번개같이 지났다. 그는 학생들이 경례하고 있는 그 짧은 시간이 지긋지긋하게 지루하게 생각되었다. 어째 눈이 핑핑 도는 것 같고 다리가 떨리는 것 같았다.

식이 끝나고 강당을 나올 때 T 교수는 친절히 김만필—아니 김 강사의 옆으로 오며,

"긴상, 몸이 약하시구먼. 얼굴 빛이 대단히 좋지 않은데요. 어디 괴로우십니까?" 하고 물었다.

"아뇨, 별로 몸에 고장은 없습니다마는……."

김 강사는 등에 식은땀이 흐른 것을 느끼며 대답하였다.

2

김만필은 생전 처음 서는 교단이라 실수를 하지 않으려고 그날 밤은 늦도록 공부하였다. 학생들의 독일어는 거의 '아, 베, 체'부터 가르치는 것이나 다름없는 것이었지만 그래도 실수가 있을까 봐 '아, 베, 체' 하고 발음 연습까지 해보았다.

아침의 교원실은 요란스럽기 짝이 없었다. 선생님들은 기운 찬 소리로 의미 없는 회화를 낄낄거리며 끝없이 계속하였다. 김 강사는 원래가 말이 적은 데다가 신참이고 보니 어디가 말 한마디 붙여 볼 용기가 없었다. 교원실의 그 소동을 피해 신문실로 들어가 새로 온 독일의 그림 신문을 펴 들고 있노라니 문이 열리며 T 교수의 벙글하는 친절한 얼굴이 나타났다.

"어어 여기 와 계셨습니까. 신진 학자는 다르시군."

김 강사는 의미없이 얼굴을 붉히며,

"어떠십니까. 오늘은 매우 산들산들합니다."

하고 인사에 궁했다.

T 교수는 신문실로 들어와 김 강사 옆에 와 앉으며,

"바로 이번 첫째 시간이 당신 시간이지요?"

"네."

"허……무어, 어련허실 거 아니지만 그래두 당신은 교단에 서시는 것이 처음이 되니까. 더구나 우리 학교로 말하면 학생이 섞여 있으니까 한층 더 해나가기가 어렵습니다. 그리고 학생들의 버릇이란 처음 오는 선생, 더군다나 당신 같이 젊은 선생에게는 쓸데없는 질문을 자꾸 해 괴롭게 굽니다. 나도 역시 그 전에 당한 일입니다만 말하자면 학생이 선생을 시험하는 게랄까요. 이 시험에 급제를 해야만 학생들을 다스려 나가지, 만일 떨어지는 날이면 뒤가 몹시 괴롭습니다. 허……어허……."

T 교수는 말을 끝내고 호걸 같은 웃음을 폭발시켰다. 그러나 김 강사는 T 교수의 친절을 감사하지 않을 수 없었다. 그런 일쯤이야 자기도 미리 짐작하고 있었던 바이지만 아무도 자기한테 좋은 말을 해주는 사람이 없는 이때에 일부러 자기를 찾아와 이런 귀띔을 해주는 것이 몹시 고마웠다.

T 교수는 몇 마디 잡담을 더 하고 곧 일어나 나갔다. 뚱뚱한 몸을 흔들흔들하며 나가는 뒷모양이 김 강사에게는 몹시 믿음직해 보였다. 사실을 말하면 김 강사는 과거에 문화비판 회원이었던 것이 선생으로서는 '정강이의 흠집' 인데다가 이 학교를 오게 된 것도 초빙을 받아서 온 것이 아니라 이 학교 교장이 H 과장 밑에 꼼짝을 못하는 관계로 또 H 과장은 보통 사제 이상으로 무슨 특별한 관계가 있는 동경 제대 N 교수에 대한 의리로, 이렇게 어쩔 수 없는 김만필에게 일 주일에 네 시간의 강사의 자리가 차례로 온 것이었으므로 김만필은 이 학교 안에 우선 교장을 필두로 자기를 환영치 않는 공기가 있을 것을 예기하고 있었다. 교장은 정말로 김 강사를 싫어서 그러는 것인지 또는 그의 오종종한 성미 때문에 그렇게 보이는 것인지는 알 수 없으나 어쨌든 그를 별로 환영하지 않는 듯하지만 그것이 도리어 당연한 일이요, T 교수같이 친절하게 구는 것은 예기치 못하였던 바이다.

학생들은 예상보다 얌전들 하였다. 김 강사는 교수의 말도 있고 해서 몹시 경계하였으나 아무 일도 없었다. 질문이 있을 때마다 김 강사는 이키 인제 왔구나 하며 원수나 만난 듯이 준비를 차렸지만 일부러 선생을 골탕먹이기 위한 질문은 하나도 없었다. 도리어 새로 온 젊은 선생에 대한 호기심으로부터 오는 동정의 빛이 보였다.

시간을 끝내고 교원실로 돌아오자 T 교수는 친절하게도 또 찾아와서 처음 서는 교단의 감상이 어떠냐고 물었다.

"감상이 무어 별거 있습니까. 학생들은 생각던 이보다 얌전하더구먼요."

김 강사는 학생들이 처음 온 선생에 대해 으레 해본다는 그 시험에 자기가 합격이나 한 듯이 약간 득의의 웃음을 띠며 대답하였다.

"그렇지만 긴상, 얌전한 것은 표면뿐입니다. 별별 고약한 놈이 다 있으니까요. 미리 주의해 드립니다마는……."

하면서 T 교수는 학교 수첩 — 학생들이 엠마쵸라 부르는 것 — 을 꺼내 김 강사 앞에 놓고 연필 끝으로 죽 훑어 내려가다가,

"우선 이 스즈키란 놈만 해도 웬 고약한 놈입니다. 학교는 결석만 하고 모처럼 출석하면 선생한테 시비나 걸려 덤비고 교실에서는 장난이나 치고, 그리구 게다가 품행이 좋지 못해 여학생한테 편지질하기가 일쑤입니다. 스즈키뿐입니까, 옳지, 이 놈 이 야마다란 놈도 그보다 더함 더했지 덜하진 않은 놈, 또 이 김홍규란 놈도, 옳지, 또 이 가토란 놈도. 도대체 이 반은 급장부터 맘에 안 듭니다. 학교 성적은 좋지만 성질이 못되어서……."

김만필은 T 교수의 의외의 열변에 기가 막혀 가만히 그의 얼굴을 쳐다보았다. 그의 눈은 충심으로부터의 미움에 타고 있었다. 신참자인 김 강사에게 들려주는 친절한 조언으로서는 좀 정도가 지나치리라고 생각이 되리만큼.

"허지만……."

하고 김 강사는 T 교수의 얼굴빛을 보아 가며 가만히 자기의 의견을 끼웠다.

"우리는 학생을 대할 때 좀더 허심탄회한 마음으로 대하여야 할 것이 아닌가요."

"허……."

하고 T 교수는 조금 체면이 안 된 듯,

"그야 물론 그렇지요. 허지만 학생들이 선생들의 그 친절을 받아주지 않는 데야 어떡하오. 당신도 이제 좀 치어나보시면 차차 내 생각에 가까워집니다. 두고 보시오."

T 교수는 마침 급사가 찾아왔으므로 그대로 교무계로 가 버렸다. 그러나 김 강사는 몹시 우울하였다. T 교수가 인격상 결점이 있는 것인가? 또는 자기가 아직 책상물

림에 지나지 않는 것인가? 그러나 어쨌든 김 강사에게는 T 교수에게 몹시 탈을 잡히던 스즈키란 학생이 도리어 홍미가 되었다.

3

며칠 지난 후 토요일 밤이었다. 김만필은 오래 찾아보지도 못한 H 과장에게 치하의 인사를 하러 찾아갔다. H 과장이 교장에게 억지로 떼를 쓴 것이 아니었더면 김만필은 도저히 S전문학교에 자리를 얻을 수 없었을 것이다. H 과장은 조선에 와 있는 관리로서는 퍽으나 평민적인 친절한 신사였다.

H 과장의 집은 북악산 및 관사촌의 북쪽 끝으로 있었다. 저녁 후의 고요한 관사촌은 김만필의 발자국 소리에 놀란 셰퍼드인지 무서운 개들의 짖는 소리로 몹시 요란스러웠다. 김만필이 H 과장 집으로 들어가는 골목을 돌려는 순간 바로 등 뒤에서 다른 사람의 발자국 소리가 들렸다. 고개를 획 돌리자 바로 등 뒤에까지 온 그 사람의 얼굴과 거의 마주칠 뻔하였다.

"어!"

"어, 이거 누구시오."

두 사람은 거의 동시에 입을 열었다. 뒤에 온 것은 무슨 보퉁이를 낀 T 교수였다.

"얏데루나(할 짓은 다 하는구먼)."

T 교수는 김만필의 어깨를 툭 치며 비밀을 서로 통한 사람들끼리만이 서로 주고받는 그러한 미소를 띠었다.

"베쓰니 얏데루 와케데모 아리마셍카(별로 무슨 짓을 하는 것도 아닙니다)."

"흥, 당신도 나는 책상물림으로만 알았더니 상당하구먼."

T 교수는 여전히 그 미소를 띠고 있었다.

"하긴 당신도 아시겠지만 나는 H 과장하고 고향이 한 곳이라오."

"네 그러세요."

김만필은 더 할 말이 없었다.

T 교수는 잠깐 무슨 생각을 하더니 별안간 H 과장 집 부엌으로 들어가는 문을 열며 김만필을 보고,

"잠깐만 거기서 기다려 주시오. 우리 같이 들어갑시다."

"뭐요?"

"허……이거 왜 이러슈. 세상이란 다 이런 게 아니우?"

하며 T 교수는 손에 들었던 물건을 한 번 번쩍 쳐들어 보이고 부엌문으로 사라졌다.

김만필은 T 교수가 가지고 들어간 것이 무엇인지를 깨달았다. 이 꼴을 한 번 학생들에게 보여 주었으면—하고 생각하니 김만필의 마음은 몹시 우울하였다.

부엌에서 하녀하고 무엇인지 쏘곤쏘곤하는 소리가 들리더니 곧 T 교수는 도로 나왔다. 이번에는 들어갈 때와는 달리 몹시 위엄 있는 태도를 회복하고 있었다.

"기다리셨지요."

그는 김만필에게 간단히 말하고는 잠자코 앞서 가서 정면 현관의 초인종을 눌렀다.

그날 밤 H 과장 집에서 나온 후 T 교수는 자꾸 어디든지 잠깐 차라도 마시러 같이 가자고 졸랐다. 김만필은 그것을 감사하게는 여길망정 거절할 이유는 없었으므로 그를 따라갔다.

두 사람은 세르팡이라는 찻집으로 들어갔다. 이 집은 김만필도 몇 번 간 일이 있었으나 T 교수는 매우 친히 아는 것 같았다. 카운터에 앉은 매몰스럽게 된 여자가 T 교수가 문을 들어서자마자,

"아라 센세〔先生〕, 이랏샤이마세. 스이붕 오히사시부리네(아, 선생, 어서 오시오. 퍽 오랜만이오)."

하고 정떨어지게 외쳤다. 무슨 의미인지 T 교수는 입에다 손가락을 대고 쉬이쉬 하면서, 그러나 벙글벙글 웃으면서 구석 테이블을 차지하였다.

"홍차 둘, 위스키를 타 다구."

T 교수는 보이에게 주문을 하고 김만필을 보며,

"긴상, 어떠슈, 술을 잘하신다지요."

"천만에요, 조금만 먹으면 빨갛게 올라서……."

"이거 왜 이러슈. 소문 다 듣고 앉았는데, 허……어허……."

T 교수는 의미 모를 너털웃음을 크게 웃고 나서,

"긴상, 긴상 일은 내 다 잘 알고 있지요. 벌써 작년에 H 과장께 당신 말씀을 들었어요. 사실은……이거 무어 내가 공치사하는 게 아니라 당신을 교장에게 추천한 것도 사실은 내가 한 것이지요. 허……어……."

김만필은 T 교수의 후림대와 너털웃음에 몹시 야비한 느낌을 받았으나 하여간 고개를 숙여 그에게 감사의 표정을 아니할 수 없었다. T 교수가 무엇 때문에 자기를 추천한 것인지는 알 수 없으나 적어도 H 과장의 명령을 교장에게 전하는 일만은 하였음직한 일이었다.

T 교수는 차를 한숨에 마시고 이번에는 알짜 위스키를 청하며,

"당신은 나를 모르셨겠지만, 나는 당신을 이왕부터 잘 알고 있었습니다. 사실은 저 작년부터 나는 조선말을 공부하느라고요."

김만필은 T 교수가 하는 말을 알아들을 수가 없었다. T 교수가 배우는 조선말과 김만필과의 사이에는 무슨 연락이 있단 말인가? T 교수가 이 말을 하는 것은 김만필에게 친밀의 감정을 표시하기 위한 것 같았으나 김만필은 무슨 말이 또 나올는지 몰

라 슬그머니 겁이 나는 것이었다.

"……조선말을 배우느라고 신문에 나는 소설과 논문을 학생더러 통역해 달래며 읽었는데 우연히 당신이 쓰신 「독일 신흥 작가 군상(群像)」이란 논문을 읽었어요. 정말 경복하였습니다. 독일 문학에 대해 당신만큼 연구와 이해가 깊은 이는 온 일본 안에도 적을 것입니다. 그래서 나는 H 과장 집에서 당신 이야기가 났을 때 그런 분을 우리 학교에 맞았으면 얼마나 좋을 것인가 하고 속으로 대단 바랐던 것입니다. 허허허, 좋은 일입니다. 앞으로도 많이 써주십시오."

김만필은 상처나 다친 듯이 속이 뜨금하였다. 도대체 이런 말을 하는 T 교수의 내심을 알 수 없었던 것이다. 작년 겨울에 《조선일보》에 연재하였던 「독일 신흥 작가 군상」이란 논문은 몇 푼 안 되는 원고료를 목표로 총총히 쓴 것에 지나지 않으며 더구나 그 논문의 내용은 독일 좌익 작가의 활동을 소개한 것이므로 지금 그런 종류의 일은 그의 S전문학교에서의 지위를 위해서는 절대로 비밀에 부쳐야 할 것이다. 그러므로 이러한 비밀을 T 교수가 일부러 쳐들어 칭찬하는 것은 칭찬이라기보다 도리어 위협으로 들렸다. 도대체 T 교수는 무슨 까닭으로 김만필에게 친절을 억지로 보이려는 것일까, 모를 일이었다.

세르팡을 나왔을 때에는 둘이 다 얼근히 취하고 시간도 열한 시가 지났었다. 그러나 T 교수는 어디든 한 군데 더 다녀가자고 놓지 않았다. T 교수는 몹시 명랑한 태도로 앞장을 서서 '바흐트 암 라인'을 콧노래로 부르며 아사히마치(욱정) 어느 뒷골목 깨끗하게 차린 오뎅집 '노렌'을 젖히고 안으로 들어갔다. 여기에도 그는 가끔 오는 눈치인 것이 삼십이 넘을락말락한 게이샤(기생) 퇴물인 듯싶은 여자가 아까 세르팡의 마담이 외치던 것과 똑같은 소리로 외치는 것으로 알 수 있었다. 다만 '센세'를 '센세이'라고 발음하는 것만이 달랐다.

김만필과 T 교수가 그 오뎅집을 나왔을 때에는 둘이 다 비틀걸음을 쳤다. 삼월백

화점 앞에 와서 T 교수는 단장을 들어 지나가는 택시를 불렀다. 걸어가겠으니 택시는 일없다고 김만필이 사양하니까 전차도 끊어졌는데 여기서 동소문 안까지 어떻게 걸어가느냐, 당신 집이 우리 집에서 가깝지 않느냐, 라고 T 교수는 말했다.

"아니 우리 집은 어떻게 아십니까?"

김만필은 너무나 의외여서 물었다.

"아다마다요. 더러 댁 문 앞으로 지나다니는걸요. 긴상 문패가 붙었기에 그저 그런가 했지요. 우리 집은 긴상 댁에서 바로 거깁니다. 그 저 C 씨의 커다란 문화 주택이 있지 않습니까. 바로 그 밑입니다. 인제 자주 놀러 오세요."

"네 놀러 가지요."

하고 김만필은 대답했으나 속심으로는 결단코 T 교수를 찾아가지 아니하리라고 생각하였다. 어째서 그는 탐정견같이 모든 것을 다 알고 있는 것일까? 그와 교제를 계속하면 할수록 자기는 손해만 볼 것 같이 생각되었다.

자동차가 박석고개를 전속력으로 넘어갈 때 T 교수는 김만필의 귀에다 대고,

"인제 차차 아시겠지만 우리 학교 안에도 여러 가지 세력이 있어 대단 시끄럽습니다. 긴상도 주의하시오. 그리구 C 군에게도 주의하시오."

하고 수수께끼 같은 말을 속삭였다. C라는 사람은 지난봄부터 S전문학교의 독일어 강사로 있는 사람이었다. 인물이 심술궂게 된데다가 김만필과 같은 독일어 선생이므로 어찌 생각하면 경쟁자의 입장에 있는 듯도 하나 C의 우월한 지위는 도저히 김만필의 대적이 아니었으며 또 김만필은 일주일에 네 시간이든 한 시간이든 시간을 얻은 것만 고마웠지 그것을 오래 하리라 또는 좀더 얻어 보리라는 욕심도 없었던 것이다.

김만필이 무슨 영문을 모르고 대답을 못 하고 있노라니까, T 교수는 별안간 껄껄 웃으며,

"아니 무어 별로 마음에 새겨들을 것은 없습니다. 그저 그렇단 말이지요."

"그렇습니까."

김만필은 고개를 끄덕이며 동떨어진 대답을 하였다. 무슨 무서운 악몽에 붙들린 것 같아서 일각이라도 빨리 T 교수의 옆을 떠나고 싶었다.

4

S전문학교에는 김만필은 일주일에 이틀밖에 출근하지 않았다. 그러나 그 이틀이 김 강사에게는 여간 큰 부담이 아니었다. 첫째로 그 쭈그렁밤송이 — 외양도 맘씨도 쭈그렁밤송이 같은 교장을 생각하면 당초에 정이 뚝 떨어졌다. 교무계에를 가면 T 교수가 너털웃음을 치며 친절스레 말을 거는 것이 무서웠고, 교원실에를 가면 모두가 제 잘났다고 김 강사 같은 것은 외쪽 눈으로 거들떠도 안 보는데다가 언젠가 T 교수가 주의하라고 말하던 C 강사의 그 심술궂게 생긴 낯짝도 보기가 싫었다. 하루 이틀 지나가는 동안에 김 강사는 학교에 나가도 교장실에도 교무계에도 들르지 않고 교원실에 모자를 벗어 걸고는 바로 신문실로 들어가 독일서 온 신문, 잡지를 펴 들고 종 칠 때를 기다리는 것이 습관이 되었다.

교실에서는 언젠가 T 교수가 귀띔해 주던 스즈키라는 학생에게 특별히 주의를 했으나 별로 시비를 걸려는 눈치도 안 보이고 평범하게 착실히 공부하는 모양이었다. 가끔 역독(譯讀)을 시켜 보아도 번번이 예습을 해온 것이었다.

시월 하순의 어느 일요일, 아침 후 김만필이 자기 집에서 새로 도착한 룬드샤우를 펴 들고 있노라니까 마당에서 '긴 센세이'를 찾는 소리가 들렸다. 문을 열고 보니 그것은 의외에도 무슨 책을 옆에 낀 스즈키였다. T 교수의 말이 생각났으나 도리어 반가운 생각이 나서 거뜬 방으로 청해 들었다.

스즈키란 학생은 광대뼈가 약간 내밀고 아래턱이 크게 생긴 것이 조선 사람의 얼굴 비슷한데다가 고집이 좀 있어 보였다. 그 얼굴의 인상이 T 교수를 불쾌케 하는 것인가 싶었다. 그러나 말하는 품은 그의 생김생김과는 달리 상냥하고도 조리가 있어 두뇌가 명석함을 보였다. 그는 독일어는 배우기 시작한 지 아직 일 년도 안 되었건만 독일 문학에 대해 많은 지식을 갖고 있었다. 어떤 것은 김 강사도 모르는 것을 알고 있었다. 더구나 그해 봄에 히틀러가 독일의 정권을 잡은 뒤의 일은 김만필이 취직에 쪼들려 자세히 알아볼 여유가 없었던 만큼 스즈키가 도리어 더 자세하였다.

"에른스트 톨러, 게오르그 카이저, 렌 레마르크, 심지어 토마스 만 형제까지 예술원을 쫓겨났다지요?"

"그랬지요."

김만필은 어디까지든지 스즈키를 경계하면서 대답하였다. 그러나 이야기는 문학자 박해로부터 파시즘 자체의 공격으로 들어갔다. 스즈키는 열을 띠어 가며 히틀러를 공격하였다. 처음 찾아온 김만필을 어째서 그리 신용하는지 스즈키는 할 말 아니 할 말 섞어 떠들었다. 그 이야기하는 품이 몹시 단순하였다. 만일 스즈키가 김만필 이외의 선생을 찾아가, 이를테면 T 교수 같은 이를 찾아가 그런 말을 떠들어댄다면 미움을 받을 것은 정한 이치였다.

이야기는 파시즘으로부터 다시 일본으로 돌아왔다. 스즈키는 S전문학교 학생들이 대부분은 아무 생각없이 그시그시의 생활에 도취되어 있는 것을 몹시 공격하고 그것도 다 시세의 변천, 학교 당국의 가혹한 탄압 때문이라고 불평을 말했다.

"선생님이 동경 제대서 문화비판 회원으로 활동하실 때만 해도 그렇지는 않았지요?"

스즈키는 김만필의 얼굴을 쳐다보며 물었다.

"문화비판회요? 내가?"

스즈키의 질문은 김 강사에게는 청천의 병력—까지는 안 가더라도 너무나 의외였다. 김만필은 취직운동을 시작한 후로는 그가 일찍이 문화비판 회원이었던 것은 아무에게도 말한 일이 없고, 그것이 혹시나 알려질까봐 몹시 주의해 왔던 것이다.

"문화비판회라니요?"

"선생님이 그 회원으로 굉장하게 활동하신 것은 학생들이 모두들 압니다."

스즈키는 빙글빙글 웃으며 대답하였다.

"아아뇨, 그건 무슨 잘못이겠죠. 나는 그런 회는 잘 모르는데."

김만필은 모처럼 얻은 그의 지위와 자기의 양심과를 저울에 달아가면서 고개를 좌우로 흔들었다.

"그러세요?"

스즈키는 몹시 의외라는 표정을 하면서,

"아, 그 회가 해산할 때 선생님이 일장 연설까지 하셨다는데요?"

그것은 사실이었다. 또 그 사실은 지금의 김 강사로서 결코 후회하는 사실은 아니다. 그러나 대체 자기의 현재 지위에 불리한 이러한 소문은 어디로부터 나는 것일까? 김 강사는 자기가 가르치는 학생 중의 이 사람 저 사람을 생각해 보았으나 자기의 과거를 암직한 사람은 생각나지 않았다.

"그런 소문은 대체 어디서 들었소?"

"요전 다카하시라는 학생이 T 교수한테 놀러 갔더니 T 선생님이 그러시더래요."

"T 선생님이 무어라구?"

"김 선생님은 그만큼 수재시라구요."

스즈키는 김 강사의 질문에 그만 겸연쩍어 얼굴이 붉어지며 웃는 얼굴을 지었다. T 교수는 또 어떻게 해서 그런 사실을 알았으며, 알았기로 무엇 때문에 그런 말을 학생들에게 펴놓는 것일까? 필연코 그것은 무슨 계교를 쓰는 것에 틀림없다고 생각되었다. 이것은 정녕코 김 강사를 먹으려는 것이다. 그렇게 생각하고 보니 김만필에게는 오늘 자기를 찾아와 독일 문학으로부터 히틀러와 파시즘과 현사회 정세의 공격까지를 탁 터놓고 이야기하던 스즈키의 본심까지도 의심되기 시작하였다. 의심을 시작하고 보면 다음다음 끝이 없었다. 대체 개학식 다음날 왜 T 교수는 유난스럽게도 스즈키의 험담을 자기에게 들려주었을까? H 과장 집에서 만나던 밤에 왜 T 교수는 자기에게 한턱을 써가며 친절을 보여주면서 슬그머니 자기의 비밀을 아는 것을 암시하였을까? 그리고 이 스즈키란 학생은 사실은 T 교수와 한통이어서 오늘 김만필의 본심을 한 번 떠보려 온 것이나 아닐까……이렇게 생각하고 보니 김만필은 공연히 모든 것이 무서워지며 앞에 앉아 있는 스즈키의 얼굴이 새삼스레 쳐다보이는 것이었다. 그러나 스즈키는 김만필의 표정이 별안간 심각해지는 것을 보고 도리어 의외라는 듯이 김만필의 얼굴을 쳐다보고 있었다. 김만필은 '이놈이 이렇게 순진한 체하고 있어도 실상은 T 교수의 스파이이기가 쉽다' 하고 생각하니 스즈키의 그 놀란 듯한 표정이 도리어 가증스럽고도 무서웠다.

스즈키는 흥이 깨진 듯이 한참 앉았다가 모자를 들고 일어선다. 그의 얼굴에는 무엇을 생각하는지 미처 결단을 못해 곤각(困却)하는 표정이 떴다. 일어선 채 잠깐 머뭇거리더니 그는 결심한 듯이 소리를 낮추어,

"사실은 선생님께 청이 있어 왔는데요."

하고 김만필의 얼굴을 잠깐 쳐다보고,

"우리 반 안에 조금 생각 있는 동무 몇이 모여 독일 문학 연구의 그룹을 만들었는데 선생님 좀 참가해 주시지 못할까요?"

스즈키의 목소리는 몹시 진실하였다. 그러나 불안과 회의에 쪼들린 김만필에게는 모든 것이 자기를 해하려는 흉계로만 들렸다.

"바빠서 난 참가 못 하겠소."

그는 단번에 스즈키의 청을 딱 거절했다.

"선생님 틈 계신 대로라도……."

스즈키는 다시 열심으로 청했다.

"몹시 바쁘니까 도저히 못 가겠소."

김 강사는 여전히 딱 잡아떼었다.

"정 그러시면 하는 수 없지요. 안녕히 계십시오."

스즈키는 몹시 실망한 낯으로 모자를 빙글빙글 돌리며 대문을 나갔다.

5

스즈키가 찾아왔다 간 후 김만필의 우울은 한층 더 심했다. 일종의 강박 관념에 쪼들리는 정신병자같이 김만필은 항상 무엇엔가 마음의 위협을 느끼고 있었다. 그의 우울은 또 그의 태도를 한층 더 비겁하게 하였다. 그는 S전문학교에 가면 어째 모든 사람이 자기를 손가락질하며 공론하는 것 같아 점점 더 동료들과 말을 하기도 싫어졌다. 교장도 T 교수도 H 과장까지도 영영 찾아가지 않았다. 그래도 T 교수는 가끔 자진해 김 강사를 찾아와 말을 붙였지만 교장은 가을 이후 겨우 두서너 번 낭하에서 마주쳐 간단히 인사를 교환하였을 뿐이었다.

그러나 그런 중에도 날이 감을 따라 김 강사는 S전문학교 직원 사이의 공기를 차차로 짐작하게 되었다. 자세히는 모르나 지금 세력을 잡고 있는 교장과 T 교수의 일파가 대가리를 휘젓고 있고 그에 대항해 물리학의 S 교수와 독일어의 C 강사가 대립해 있는 듯싶었다. 김만필은 그 어느 편에도 가담할 이유도 자격도 없었으나 교장과 T 교수에 대한 반감 때문에 슬그머니 C 강사 편으로 동정이 갔다.

S 교수는 교장 반대파라 해도 비교적 든든한 지위를 갖고 있었으나 C 강사는 까

딱하면 이 두 파의 알력의 희생이 될 듯싶어 과부의 설움은 과부가 아는 격으로 그에게로 동정이 가는 것이었다.

그러나 C 강사의 심술궂게 된 얼굴과 김 강사의 히포콘드리(우울증)는 결합될 기회가 없이 지냈다.

흐린 하늘에서 가느다란 눈발이 날리고 가게 처마마다 '세모 대매출'의 붉은 깃발이 휘날리는 연말이 가까운 어느 날 아침 김 강사는 수업하러 들어가다가 낭하에서 T 교수와 마주쳤다.

"몹시 춥습니다."

"대단히 추운데요."

인사를 던지고 지나려니까 T 교수는 무엇을 생각하였는지,

"저 잠깐만."

하고 돌아서서 김 강사를 멈추었다.

"저……이런 말씀은 허기가 좀 무엇하구먼두……."

하고 T 교수는 싱글싱글 웃으면서 소리를 낮추어,

"긴 상, 가을 생각나세요? 저 H 과장 집에서 만나던 밤……."

무슨 의미인지를 몰라 김 강사는 잠자코 T 교수를 쳐다만 보았다. 교수는 여전히 웃으며,

"내가 과자 상자 들고 간 것 보았지요. 세상이란 다 그런 겝니다. 우리 교장도 그런 것을 대단 생각하는 사람이니 연말도 되구 허니 한 번 과자나 한 상자 사가지고 찾아가 보시란 말이오."

"흐……."

김 강사는 할 말이 없어 얼굴을 비뚤어뜨린 웃음으로 대답하고 그대로 교실로 들어갔다. 그러나 그 시간에는 가르치는 데는 정신이 하나도 없고 T 교수의 그 말에만

정신이 팔렸다. T 교수는 대체 무슨 동기로 자기에게 그런 말을 또 들려주는 것일까? 친절인가? 조롱인가? 그러나 그것은 어쨌든 T 교수의 그 말로 교장이 김 강사에 대해 몹시 불쾌하게 생각하고 있는 것은 짐작할 수 있었다.

그날 밤에 김 강사는 명치옥에 가서 서양 과자를 한 상자 샀다. 윗덮개에 교장의 이름을 쓰고 그 밑에 자기의 명함을 붙였다. 그러나 그의 마음속에서는 종시 두 가지 의사가 싸우고 있었다. 창피하다. 아무리 자리를 위해서라 해도 차마 이 짓만은 할 수 없다. 이제 이왕 노염을 산 다음에야 이까짓 과자 상자를 사다 주면 무얼 하느냐. 도리어 노염을 돋울 뿐이다. 내가 이것을 사다 주면은 등 뒤에서 T가 그 능글능글한 웃음을 띠고 나의 어리석음을 조소할 것이다. 아니 그래도 그렇지 않아. 이것이 세상이 아닌가. 나는 나의 선물을 받고 기뻐하고 또는 나의 어리석은 심정을 조롱하는 사람을 도리어 경멸하면 그만 아닌가. 선물을 보내는 것 때문에 더럽혀지는 것은 나의 인격이 아니라 도리어 받는 자의 인격이 아닌가…….

그러나 김 강사는 드디어 그 과자 상자를 교장의 집에까지 가지고 갈 용기는 없었다. 전차를 타고 가다 말고 중간에서 내려 한참이나 헤매다가 생각난 것이 욕심쟁이로 일가간에 돌림뱅이가 난 아주머니였다. 아주머니는 뜻하지 않은 선물에 무슨 영문을 모르고 그러나 넌지시 과자 상자를 받아들었다.

6

어느덧 동기 휴가가 되고, 새해가 되고, 다시 학교가 시작되었다. 그러나 그동안 김 강사는 아무 데도, 아무도 찾아가지 않았다. 책상 위에는 먼지가 쌓이고, 외국서 온 신문, 잡지는 겉봉도 안 뜯긴 채 방 안에 흩어졌으나 그것을 정돈하기도 싫었다. 김 강사는 아침에 일어나서는 밥을 한술 떠넣고 바람 부는 거리로 헤매는 것이 일과가 되었다. 피곤하면 거리에 갑자기 많아진 찻집을 찾아 정신나간 사람같이 앉아 있었다. 날이 갈수록 그는 점점 더 피곤을 느꼈다. 감당해 나가기에는 너무나 많은 모순을, 그는 알고 있는 것이다. 어느 편으로든가 그는 그 모순이 터져 나갈 길을 구하지 않으면 안 되었으나 그것을 구할 방도와 용기가 없는 것이었다.

'lui vint luivint(그에게 권태가 밀려왔다).'

벌써 칠팔 년 전에 읽던 도데의 소설에서 우연히 기억한 이 짧은 구절이 무슨 깊은 의미나 가진 것처럼 매일같이 머리에 떠올랐다.

T 교수는 겨울 동안에 몸이 한층 더 뚱뚱해진 것 같았다. 아무리 추워도 답답하다고 바지 밑에는 잠방이 하나밖에 안 입고 다니건만 얼굴은 기름이 번질하게 흐르고 붉은빛이 이글이글하였다. 교무실 안은 그의 너털웃음과 떠드는 소리로 일상 떠들썩하였다. 겨울 이후로는 그는 조선의 민속을 연구한다고 젊은 무당과 양금, 가야금 뜯는 기생을 돼지 떼처럼 몰고 돌아다녔다. 학교에서는 누구를 붙들기만 하면 무당의 신장 내리는 신비에 대해 끝없는 열변을 토하였다. 그러나 T 교수가 젊은 무당이나 기생을 데리고 무엇을 연구하는지 아무도 모르듯이, 또 그가 일상 떠들고 웃고 하는 이면에는 무엇을 생각하고 무엇을 하는지 아는 사람은 아무도 없었다. 하루는 T 교수가 또 예의 인품 좋은 웃음을 띠고 김 강사를 찾아와 집으로 나가는 길에 잠깐만 어디로 같이 가자고 청하였다. 김 강사는 지금까지 T 교수와 접촉해서 유쾌한 기억을 가진 일은 한 번도 없었으나 어쨌든 또 따라가지 않을 수 없었다. 두 사람은 언젠가 같이 갔던 세르팡이라는 찻집으로 갔다. 그러나 T 교수의 이야기는 또 언제나 마찬가지로 불쾌한 것이었다.

"어젯저녁에 H 과장을 만났더니 긴 상을 좀 만나자고 그럽디다. 우리 교장의 성미는 내가 잘 아니까 요전에도 무슨 과자 상자라도 갖다 주라니까 아마 안 그랬지요. 허……, 긴 상은 실례의 말이지만 아직 세상을 모른단 말요. 무슨 말이 어떻게 들어

갔는지 나는 모르지만 어째 도무지 공기가 좀 재미없는 듯하던 걸요. 아마 H 과장도 이 근래는 한 번도 안 찾아갔지요. 그것도 다 긴 상의 선부른 짓이란 말씀이오. 긴 상으로 말하면 H 과장의 추천으로 들어왔것다, 잘만 하면 차차 시간도 더 얻을 수 있구 할 텐데 왜 헤다(실수)를 한단 말씀요."

T 교수는 충심으로 김 강사를 동정하는 눈치를 보였다. 어찌 생각하면 그 말도 그럴 듯한 말이나 김만필에게는 어째 T 의 하는 말이 뺨치고 등 만지는 수작같이 생각되었다.

"네, 잘 알았습니다. H 과장은 곧 찾아가지요."

그는 침이나 뱉듯이 대답하였다. 그러나 그는 그날 밤으로 곧 H 과장을 찾아갔다. 불안해 견딜 수 없었던 것이다.

H 과장 집 현관에는 마침 손이 있는지 구두 한 켤레가 놓여 있었다. 그러나 응접실에는 H 과장 혼자서 앉아 있었다. 하녀가 와서 테이블 위에 찻종을 치우고 있는 것이 누가 왔다가 금방 간 모양이다. H 과장은 웬일인지 노기가 등등해 앉아 있었다. 일상의 그 온후하던 안색은 간곳없고 독살스런 눈으로 김만필을 노려보았다.

"무얼 하러 왔나?"

그는 김만필이 방을 들어서자마자 대고 쏘았다. 김만필은 너무나 의외여서 어쩔 줄을 모르다가 겨우 대답하였다.

"T 말이 과장께서 좀 만나자고 하신다기에……."

"만나자고 해야만 만나겠나. 자네한테 긴할 때는 자꾸 찾아오고 자네한테 일없이 되니까 발을 뚝 끊는 그런 실례의 경우가 어디에 있나! 그러기에 조선 사람은 배은망덕을 한다고들 하는 게야."

"잘못되었습니다."

김만필은 앉지도 못하고 과장 앞에 고개를 숙이고 서 있다. 하녀가 차를 가져왔

다. H 과장은 노한 소리를 한층 높여,

"자네는 또 그런 경우가 어디 있나. 나는 자네만 믿었지, 남을 그렇게 감쪽같이 속여 남의 얼굴에 똥칠을 해주는 그런 법이 어디 있나."

"제가 과장님을 속이다니요?"

"속이다니요? 자네는 나한테 와서 취직 청을 할 때 무어라고 그랬어. 사상 방면에는 절대로 관계없다고 그랬지. 그래 그렇게 남을 감쪽같이 속이는 데가 어디 있나."

올 것이 온 것이다,라고 김만필은 생각하였다. 그러나 이렇게 되고 보면 어디까지 한번 버티어 보는 수밖에 없었다.

"무슨 말씀인지 저는 잘 모르겠습니다. 저는 사상이니 무어니 그런 것은 아무 것도 모르고, 더군다나 과장님을 속이다니요. 그건 천만의 말씀입니다."

"무엇! 그래도 자네는 나를 속이려나?"

H 과장은 소리를 버럭 지르며 찻종을 덜그럭 하고 놓고 의자를 뒤로 떼밀며 몸을 벌떡 젖혔다. 그때 이웃방으로 통하는 문이 열리며 언제나 일반으로 봄 물결이 늠실늠실하듯, 온 얼굴에 벙글벙글 미소를 띤 T 교수가 응접실로 들어왔다.

1935년

1. 채만식의 「레디메이드 인생」에 나타난 지식인의 자기 풍자적인 모습에 대해 설명하시오.

「레디메이드 인생」은 지식인이 그 존재 이유마저 부정당하는 사회적 초상을 풍자와 냉소로 그려내고 있는 작품이다. 사회주의의 실천적 지식인이 되고자 했던 P는 결국 '되다가 찌부러진 찌그러기'로서 무력한 지식인이 되어 '직업 동냥'에 나서보지만 끝내 실패한다. 그는 아들을 공장에 보내면서 자조적인 쓴 웃음을 짓는다. 채만식은 사회 현실에서 낙오되고 좌초하는 지식인의 초상을 통해 지식인을 소외시키는 당대 사회의 물질주의적인 맹목성을 비판한다.

이처럼 지식인을 버려진 기성품의 인간으로 전락시킬 뿐만 아니라 직업으로부터도 소외시키는 사회의 모순을 탄핵하고 있는 것이다. 이러한 비판은 비단 사회만을 대상으로 한 것이라기보다 자기 풍자의 자조적인 면까지도 갖추고 있다. '직업 동냥의 구걸', '개 밥의 도토리', '초상집의 주인 없는 개' 같은 자조적인 자기 비하의 표현이 작품 곳곳에서 눈에 띈다. 그는 자기를 백안시한 K사장에 대한 복수심으로 갈등을 느낀다. 20전에 정조를 파는 창부를 보고 '정당성을 가진 노동'이라 자조하던 그는 이러한 태도를 정리하고 아들 창선과의 새로운 생활을 시작한다. 그러면서 아들을 학교 대신에 공장의 공원으로 입사시킨다. 채만식이 보여주는 이러한 반지성주의적인 결말은 작가의 식민지 교육에 대한 불신과 더불어 노동 계층에 대한 동반자적인 의식을 드러내는 것이라 할 수 있다.

2. 유진오의 「김 강사와 T교수」에 나타난 자기분열의 모습에 대해 설명하시오.

유진오의 「김 강사와 T교수」의 배경이 되는 1930년대 중반의 시대적 상황은 식민지 지식인들이 추구하던 이념적 지표와 현실적 조건이 서로 충돌하면서 정신적 갈등이 심화되었던 시기였음을 알 수 있다. 특히 문학의 경우 KAPF를 중심으로 한 진보적 문학운동이 일제의 탄압에 의해 좌절당했으며, 대부분의 문인들이 사상 전향을 강요당했다. 이 작품은 바로 이 같은 상황의 가운데에 서 있는 지식인을 주인공으로 설정하고 있다. 과거의 세계관을 포기할 수도 없고 그것을 포기하도록 강요당하는 시대적 제약에도 따르기 어려운 상황에서 남는 것은 의식의 분열뿐이다.

김 강사는 동경제대 시절 문화비판회의 회원으로 활약하고 신문에 좌익 작가 지지 논문을 발표하기도 한다. 그러나 그는 자신의 이러한 모습을 현실적 요구에 따라 부정해야만 한다. 이 소설에서 그가 겪어야 하는 비극은 현실 자체의 모순으로 생겨난 것이다. 그러나 이보다 더 비극적인 것은 현실에 대한 순응이 결국 자신이 지표로 삼았던 이념에 배치되는 소시민적 타협이며 속물로 전락하는 것이라는 점을 스스로 간파하고 있으면서도 그 길을 선택해야 한다는 데에서 비롯된다. 이 소설은 당대 현실에 대한 비판적 시각을 견지하면서도 지식인 주인공의 내면적인 나약함을 냉정하게 고발하고 있는 것이다.

김남천(1911~1953)

평남 성천 출생. 김남천은 임화, 박영희 등과 함께 1920~30년대 프로문학을 이끈 핵심인물이다. 1929년 조선 프롤레타리아 예술가동맹에 가입하여 활발한 활동을 펼쳤고, 그로 인해 1931년, 1934년 두 차례 일제에 의해 검거되어 감옥살이를 해야 했다. 결국 1935년, 김남천은 임화 등과 함께 카프를 해산하게 된다. 문학적으로 김남천은 리얼리즘에 깊은 관심을 가지고 있었다. 그는 소련의 사회주의적 리얼리즘을 한국적 상황에 맞게 도입하고자 모색했으며 모럴론, 고발문학론, 관찰문학론 등 일련의 리얼리즘론을 펼쳤다. 8.15 광복을 맞게 되자 김남천은 임화, 이원조 등과 함께 조선 문학 건설 본부를 조직하고 1946년 조선 문학가 동맹 결성에 주도적 역할을 하는 등 활발한 정치활동을 펼치다가 1947년 월북했다. 월북한 문인들이 대다수 그렇듯이 김남천도 1953년 숙청당한 것으로 알려져 있다. 대표작으로는 장편 『대하』 『사랑의 수족관』 그리고 중편 「맥」 「경영」 등을 꼽을 수 있다.

한설야(1900~1963)

함남 함흥 출생. 한설야는 1925년 『조선문단』에 「그날 밤」이 추천되면서 문단에 등장했다. 그는 그해 카프에 가담하여 활발한 활동을 펼치게 된다. 한설야의 초기 작품은 주로 만주나 간도 등을 떠돌던 개인적인 체험을 소설화한 것이 많다. 그는 만주, 간도 등 고향을 떠난 사람들이 겪는 개인적인 고통의 현실을 자신의 경험을 살려 잘 형상화했다. 그렇기 때문에 그의 소설은 농촌을 배경으로 하는 경우가 많으며 계급의식을 강조하는 경향적인 색채가 중심을 이룬다는 평가를 받는다. 그의 대표작 「황혼」은 1934년 한설야가 카프 제2차 검거 사건으로 인해 투옥되었다가 출감하면서, 일제의 탄압으로 무력해진 조선의 프로 문학을 되살리기 위해 발표한 것이다. 「황혼」은 지식인의 불안사조를 바탕으로 성장하는 노동계급의 삶의 현장을 잘 다루었다고 평가된다. 한설야는 광복 후 남한에서 활발한 정치활동을 하다가 월북해서 초기 북한 문단을 주도했지만, 1962년 말경에 숙청된 후 생사는 확인되지 않고 있다.

최명익(1903~)

평남 평양 출생. 최명익은 1936년 단편 「비오는 길」을 『조광』에 발표하면서 정식으로 문단에 나왔다. 그의 소설의 특징은 인간의 내면에 대해 깊은 관심을 가지고 소설에서도 그것을 드러내고자 했다는 점이다. 또, 그와 함께 심리주의적인 기법을 활용하기도 했다. 「역설」이나 「무성격자」에 등장하는 인물들은 염세적이고 성격이 없는 듯 느껴질 만큼 생기 없는 모습을 보이는데, 이는 만주사변 이후 일본의 군국주의가 힘을 뻗치는 과정에서 외부 세계와의 적극적인 참여를 단절당한 지식인들의 자의식을 암시적으로 대변한 것이라고 할 수 있다. 특히 「심문」은 당대의 시대적 분위기와 그 당시 지식인의 생활을 탁월한 심리묘사로 밀착시킨 작품으로 평가된다. 최명익의 이와 같은 특징은 이후 유항림, 김이석, 최정익 등의 『단층』(1937)지의 동인들에게 큰 영향을 끼쳤다. 최명익은 광복 후에 북한에서 평양 예술 문화 협회장, 북조선 문학예술 총동맹 중앙 상임위원 등을 역임하며 북한의 최상위층 인사가 되었다고 전해진다.

2

이념의 좌절과 전향

처를 때리고

김남천

이녕

한설야

심문

최명익

TV나 신문에서 '비전향장기수'에 관한 뉴스를 접한 적이 있을 것이다. 비전향장기수라는 말은 전향을 하지 않아서 사면되지 못하고 오랫동안 감옥에 갇혀 있는 사상범들을 말한다. 여기서 전향이란 사전적 의미로는 종래의 사상이나 이념을 바꾸어서 그와 배치되는 사상이나 이념을 따른다는 뜻이다. 우리 나라에서는 일반적으로 사회주의자가 자신의 사상을 포기하는 것을 의미한다.

1920년대 중 · 후반에 우리 나라에 도입되었던 사회주의 사상은 그 이후 30년대 초반까지 많은 지식인들에게 영향을 주었다. 당시에는 가난한 사람들이 무척 많았기 때문에 부의 공평한 분배를 주장하는 사회주의 운동은 많은 사람들의 공감을 쉽게 얻을 수 있었다. 그러다가 일본이 점점 더 군국주의로 굳어가면서 내부의 체제를 더욱 굳게 유지하고자 했기 때문에 당연히 사회주의 운동은 탄압을 받을 수밖에 없었다. 게다가 당시 사회주의 운동은 민족주의적 색채가 짙었기 때문에 일본의 입장에서는 더더욱 간과할 수 없었던 것이다. 따라서 일본의 사상탄압은 심해졌고, 1930년대 후반이 되면서 사회주의자들 대부분이 검거되고 언론은 엄격한 통제를 받게 되었다.

계급주의 문학을 옹호하고 그에 입각하여 작품 활동을 했던 당시 여러 작가들도 이때 대다수가 사상 전향을 했다. 특히 1934년에는 일제에 의해 대다수의 KAPF 소속 작가들이 검거되어 감옥살이를 하게 되었다. 그 와중에서 정말 사회주의에 회의를 느껴서 자진해서 사상을 바꾼 사람도 있었고, 외부의 강압이나 생활고에 못 이겨서 억지로 사상을 바꾼 사람도 있었다. 일제는 전향을 하면 죄를 사해 주기도 했고, 옥살이가 끝나면 직업까지 마련해 주었기 때문에 전향에 대한 유혹은 훨씬 컸다.

이렇게 사회주의로부터 전향한 작가의 작품 가운데 전향 문제를 다루거나 그것이 주요한 창작의 동기가 된 작품을 일컬어 '전향소설'이라고 부른다. 여기서 살펴볼 작품들은 신념을 지키지 못하고 포기한 전향자의 모습과 심리를 그린 '전향소설'들로서, 사회주의자가 생활인으로 변모하면서 겪어야 했던 갈등과 고통이 잘 드러나 있다.

:: 소설로 풀어낸 전향자의 내면

한 인간이 자신이 추구했던 신념과 사상을 부정하고 포기하는 것은 그다지 쉬운 일이 아니다. 특히 외적인 강압이나 불가피한 생활의 어려움으로 인해 사상을 포기하는 경우라면 그 고통은 더욱 크기 마련이다. 따라서 사회주의를 이상으로 하여 현실을 개혁하려고 했던 사람들이 전향을 하게 되면 자신의 삶의 목적과 이상을 잃게 되는 것은 어찌 보면 당연한 일일지도 모른다. 그들은 자신의 이상을 위해 자신의 인생에서 소중한 모든 것을 포기했었다. 게다가 이들은 현재의 질서와 체제를 부정했던 사람들이다. 따라서 그만큼 현재의 질서에 순응하여 새 삶을 사는 것은 어려운 일일 수밖에 없었다.

대체로 사회주의자 검거 열풍 때 잡혀 들어가서 옥살이를 하고 나온 이들이 제일 먼저 맞닥뜨리는 것은 생활문제이다. 1939년 『문장』 5월호에 발표된 한설야의 단편소설 「이녕」에는 전직 신문기자이자 사회주의 운동가였던 주인공 민우가 출옥 후 가정을 꾸려나가며 겪게 되는 생활고의 문제가 그려져 있다.

민우는 출옥하고 나서 세 아이를 먹여 살리고 생활을 꾸리기 위해, 그리고 아내의 등쌀에 어쩔 수 없이 사상범 보호 관찰소에 취직을 부탁한다. 창고회사에 취직이 되려는 그이지만, 마음속은 너무나 쉽게 생활에 굴복하는 자기 자신에 대한 못마땅함이 가득 차 있다. 그래서 싸우면 매번 맞고 들어와 어머니를 찾는 아이들이 못마땅하다. 그러던 어느 날 이웃집에서 건너온 족제비가 민우네 닭을 물어뜯는 사건이 일어난다. 민우는 족제비를 잡기 위해 날뛰며, 내일은 꼭 그 족제비를 잡으리라 마음속으로 다짐한다.

이 작품에는 취직을 못 하고 이불 속을 뒹구는 무능한 주인공과 억척스런 아내의 갈등이 생생하게 표현되어 있으며, 자신의 무능과 나약함을 조소하는 지식인의 심리가 잘 드러나 있다. 사회주의 운동가가 자신의 사상을 포기하는 대가로 취직 자리를 알선받았다면 어떤 느낌이 들까. 지금껏 살아 온 자신의 일생이 무의미하게 느껴지지 않을까. 그리고 얼마 전까지 자신을 탄압하던 일제 총독부의 보호를 받아야 한다는 사실에 대해 심한 굴욕감을 느끼지 않았을까. 이 작품의 제목인 '이녕(진흙 구덩이라는 뜻)'은 주인공이 살아가야 할 세상을 은유적으로 드러낸 말이다. 정의나 올바름보다는 힘이 지배하는 세상, 그것을 진흙구덩이라고 표현한 것이다.

그래서인지 주인공 민우는 그러한 굴욕감을 아이들에게 투사한다. 나약하게만 커가는 아이들이 못마땅한 것은 바로 그 때문인 것이다. 힘이 지배하는 세상, 약자는 살아남기 어려운 세상에서 부모의 덕을 볼 수 없다면 스스로 악착스럽기라도 해야 한다는 생각이 깔려 있는 것이다.

민우는 현실에서 느끼는 굴욕감과 우울, 절망감 그리고 아이들에 대한 안타까움 등을 자기 집 닭을 훔치려던 족제비를 통해 해소하고 싶어 한다. 족제비에 대해 억누를 수 없는 분노를 느끼는 그는 그 동물을 때려눕히고야 말겠다는 비장한 모습을 보인다. 그러나 마치 족제비를 잡는 일이 상처 입은 자존심을 회복시켜 주기라도 할 듯이 덤비는 주인공의 모습은 우리에게 처량한 느낌을 불러일으킨다.

김남천의 「처를 때리고」는 1937년 『조선문학』 6월호에 발표된 단편소설로, 왕년의 사회주의자로 오랜 옥살이를 하고 나온 주인공 차남수가 현실에서 상처입고 몰락해 가는 모습을 담고 있다. 「처를 때리고」에 나타난 전향한 사회주의자의 모습은 「이녕」의 경우보다 좀더 비참하다. 「이녕」에서는 생활고나 취직 문제를 둘러싼 갈등들이 아낙네들의 대화나 족제비 사건 등을 통해 비교적 어둡지 않게 처리되어 있다. 그러나 「처를 때리고」에 나타난 주인공의 상태는 좀더 심각해 보인다.

주인공 차남수는 왕년의 사회주의자로서 6년간의 감옥살이 끝에 출감한 지 3년이나 지났지만 직장을 얻지 못해 변호사 허창훈에게 빌붙어 사는 신세다. 허창훈은 차남수의 옛날 명성을 이용해서 자신의 사회적 지위를 높이기 위해 용돈이나 주면서 보살피고 있는 것이다. 그런데 차남수는 이 같은 사정을 알면서도 그것을 역이용하여 생활비를 짜낸다. 허창훈의 후원으로 김준호라는 인물과 함께 출판사 설립을 추진하던 어느 날, 부부간에 큰 싸움이 벌어진다. 그 와중에 아내의 말을 통해서 차남수의 치부(恥部)가 여지없이 폭로된다. 부부 싸움은 김준호와 아내 사이를 의심한 차남수의 의처증으로 인한 것이다. 아내가 영악한 속물인 김준호와 저녁식사를 하고 산책을 잠깐 한 것이 왕년의 사회주의자로서의 완강한 자존심에 상처를 입혔기 때문

만주사변 滿洲事變

1931년 9월 18일 류타오거우사건(柳條溝事件)을 빌미로 일본 관동군(關東軍)이 만주 지방을 침략한 전쟁을 말한다. 만주에는 러 · 일전쟁의 결과로 일본이 획득한 특수 권익이 있었으나, 중국의 국권 회복 운동이 거세게 일고, 소련이 1928년부터 추진한 제1차 5개년 계획이 진척되자 이에 자극받은 관동군이, 참모 이타가키 세이시로(板垣征四郞) 대좌 등을 중심으로 하여 전 만주를 점거할 계획을 모의했다. 그들은 그 구실을 만들기 위해 봉천(奉天:瀋陽) 외곽의 류타오거우에서 스스로 만철(滿鐵) 선로를 폭파하고 이를 중국측 소행이라고 트집잡아 군사 행동을 개시하였다. 일본군은 32년 초까지 대부분의 만주 전역을 점령하고, 같은 해 3월 1일에는 일본의 괴뢰국가인 만주국의 성립을 선포하여 만주를 일본 침략전쟁의 병참기지로 만들었다. 국제연맹은 중국측의 제소에 따라 조사단을 파견하고 그 조사 보고서를 채택, 일본군의 철수를 권고하였으나, 러허성(熱河省)을 점령한 일본은 이를 거부하고 33년 3월 국제연맹을 탈퇴하였다. 이를 계기로 일본 정국은 정당내각에 종지부를 찍고 파시즘 체제로 전환했으며, 이러한 침략 행위는 37년의 중 · 일전쟁과 41년의 태평양전쟁으로 확대되었다. 만주사변으로 인해 일본 정국이 급속도로 얼어붙자 식민지 조선에서도 사상 탄압이 심각해졌고, 그로 인해 결국 1934년 계급주의 문학 운동을 주도했던 카프가 해산하게 된다.

이었다. 하룻밤이 지나고 서먹서먹해진 부부에게 김준호가 찾아와 자신은 신문기자로 채용되어서 더 이상 출판사 설립에 관여할 수 없게 되었다고 말한다. 김준호의 속물스러움이 드러나자 차남수는 마음속으로 그와 같은 속물에게 잠시나마 마음을 준 아내에게 더욱 분노를 느낀다.

이 소설은 작가 김남천이 주장한 '자기 고발의 문학' 유형에 속하는 작품이다. 여기서 자기 고발의 문학이란 '사상적 지주를 잃고 방향을 잃은 채 방황하는 지식인의 고민을 파헤치는 문학'을 말한다. 이 작품에서는 이와 같은 태도에 입각해서 지식인이자 왕년의 사회주의자인 차남수의 행적을 비판하고 있는데, 그것은 작가 스스로에 대한 비판이라고도 할 수 있다.

특히 이 작품에서는 그와 같은 비판을 위해 매우 독특한 형식을 취하고 있다. 등장인물들의 독백을 통해 모든 사건이 전개되고 서술되는 것이다. 그런데 그 독백은 드라마에서 전화 통화하는 장면을 연상시킨다. 가령, "응? 응. 알았어. 6시에 약속다방 앞에서 만나자는 거지? 뭐? 화장대 위에 있는 서류 좀 꼭 가지고 오라고? 알았어. 그럴게. 조금 있다가 만나." 이런 말을 들으면 우리는 전화기 저쪽에 있는 인물이 무슨 말을 했는지 충분히 알 수 있다. 상대방의 말은 들리지 않지만, 말하는 사람의 말만으로 상대방이 무슨 말을 했는지 알 수 있도록 설정되어 있는 것이다. 작가는 이와 같은 서술 기법을 통해 우회적인 방식으로 자기를 비판하고 또 합리화하고자 하는 전향자의 심리를 잘 드러내고 있다.

아내는, 차남수에게 전처를 두고도 자신과 결혼해서 애도 낳지 못하게 수술을 시키고, 온갖 뒤치다꺼리를 하게 하고, 생활비 한푼 벌어 오지 않아 굴욕을 당하면서 돈을 구해 오게 하며, 입으로는 온갖 정치담이나 시국담을 논하면서 사소한 질투로 때리기나 하는 비겁한 사람이라고 비난한다. 이런 아내의 비난은 곧 전향자에 대한 비판임과 동시에 아내의 입을 빌린 자기 고발이라고 할 수 있다.

「이넝」의 경우보다 「처를 때리고」의 주인공이 더욱 비참한 처지에 몰린 것은 작가 의식과도 관계가 있다. 「이넝」에서 주인공은 마음 깊은 곳에서는 이념을 포기하지 않고 있다. 비록 먹고 살기 위해 취업을 하러 돌아다니지만, 그것은 단지 내가 약해서이지 잘못했기 때문은 아니라고 생각한다. 하지만 「처를 때리고」의 주인공은 자신의 행동에 대해 어느 정도 죄책감을 느끼고 있으며, 이는 이념이 약화되어 있다는 것을 나타낸다.

그렇다면 완전히 몰락한 사회주의자의 모습은 어떠할까. 1939년 6월 『문장』에 발표된 최명익의 단편소설 「심문」을 살펴보면 또 다른 몰락한 사회주의자의 모습을 찾아볼 수 있다. 최명익은 30년대 말 한국 심리주의 소설의 대표적인 작가로 손꼽힌다. 그는 직접적으로 사상 운동이나 계급주의 문학에 참여한 적은 없지만, 사회주의 이념이 쇠퇴한 30년대 말의 암울한 시대 분위기와 그 속에서 좌절한 인물들의 내면을 깊이 있게 다루었다는 평가를 받는다. 「심문」이 그 대표적인 작품인데, 아내를 잃고 삶의 의욕을 잃은 화가 명일이 옛 여인 여옥을 찾아 할빈(하얼빈)을 기행한 여행기의 형식을 띠고 있다.

3년 전 아내를 잃은 주인공 명일은 화가이다. 그는 어린 딸을 학교 기숙사에 맡기고 친구인 이 군을 만나러 할빈으로 여행을 떠난다. 할빈은 예전에 애인이었던 여옥을 모델로 삼아 그림을 그리러 왔던 곳이기도 하다. 여옥은 동경에서 유학한 문학소녀였고 청년 투사 현혁의 연인이었으나, 명일이 출입하던 다방의 새 마담으로 오게 되어 그와 알게 되었던 것이다. 여옥은 명일을 사랑하였으나 그가 부인을 못 잊어 하는 것을 알고는 첫정을 주었던 현혁을 찾아 만주로 떠났었다. 명일은 이번 여행에서 여옥을 만날 의도는 없었으나 이 군의 안내로 그녀를 만나게 된다. 그는 그곳에서 한때 사회주의 운동가로 유명하였던 현혁과 여옥이 동거하고 있으며 둘 다 아편 중독자가 되어 있는 사실을 알게 된다. 현혁은 화를 내며 명일에게 둘 사이에 개입하지 말고 떠날 것을 요구하지만, 결국은 아편을 얻기 위해 여옥을 명일에게 양도한다. 그러한 현혁의 행위에 배신감을 느낀 여옥은 스스로 생을 마감한다.

이 작품의 등장인물인 명일, 여옥, 현혁은 모두 공통적으로 정신적인 허무에 사로잡힌 생활 무능력자이거나 절망에 빠진 인간들이다. 그와 같은 성격을 갖게 된 이유는 제각각이지만 공통적으로 일제 말기의 어둡고 암울한 시대 상황을 반영하고 있다. 나라 밖으로는 전쟁의 암운(제2차세계대전)이 사회를 뒤덮고 있고, 안으로는 탄압이 더해져 가는 상황에서 미래에 대한 희망이나 현재에 대한 명랑한 기분을 갖기는 어려웠다. 그 때문에 일제 말기 문학은 심리적 · 사상적으로 허무하고 절망적인 색채를 띠는 경우가 많았다. 이 작품의 경우도 마찬가지이다.

이 소설의 화자는 명일이지만 '전향'과 관련해서 볼 때 중요한 의미를 띠는 인물은 여옥의 첫사랑이었던 현혁이다. 계급운동의 좌절 후 마약중독자로 타락한 모습은 당시 좌절한 사상운동가의 또 다른 모습이기도 했다. 그는 출옥 후 사회에 적응하지 못하고 마약중독자가 되어, 폐인과도 같은 삶을 살고 있었다. 현실에 어떻게든 적응

카프 KAPF

카프는 '조선프롤레타리아 예술가 동맹'을 뜻하는 에스페란토어 Korea Artista Proleta Federatio의 머릿글자를 딴 약칭이다. 1917년 10월 러시아 혁명 이후 세계적으로 사회주의 사상이 널리 전파되었다. 이러한 세계적인 추세의 영향을 받아 우리나라에도 1919년 3.1 운동 이후 국권회복 운동의 한 방편으로 사회주의 사상이 도입되었다. 사회주의 사상을 받아들인 문학가들은 당시의 문학을 퇴폐적이고 감상적이라고 비판하면서 박영희, 김기진을 중심으로 신경향파 문학운동을 전개했다. 그와중에서 사회주의 경향의 문인단체인 '염군사'와 '파스큘라'가 1925년 8월에 통합되어 결성된 조직이 카프이다. 1920년대 중 · 후반 활발한 계급주의 문학활동을 펼치다가 1931년과 1934년, 두 차례의 검거사건으로 조직이 약화되어 1935년 5월 공식 해체되었다.

해 살아가려는 「이녕」의 민우나 「처를 때리고」의 남수와는 달리, 그는 철저하게 현실로부터 격리된 삶을 선택한 것이다. 그는 여옥을 놓아주는 대가로 명일로부터 마약을 살 수 있는 돈을 받는다. 이처럼 돈 때문에 기꺼이 애인을 포기하는 현혁의 태도는 철저한 자기 모욕이라고 할 수 있다. '내 자신을 내가 철저히 모욕하는 것으로 받은 모욕감을 씻겠다' 는 태도는 결국 자신을 모욕함으로써 최후의 자존심을 지키겠다는 역설적인 모습으로 볼 수 있다. 따라서 궁극적으로 「이녕」 「처를 때리고」 「심문」은 모두 전향한 사회주의 운동가와 생활, 지식인과 자존심의 문제를 다루고 있으며, 전향한 지식인의 마음 깊은 곳에는 최후의 자존심이 꿈틀거리고 있음을 보여주고 있다.

처妻를 때리고 _ 김남천

1

남수(南洙)의 입에서는 '이년' 소리가 나왔다.

자정 가까운 밤에 부부는 싸움을 하고 있다.

그날 밤 열한 시가 넘어 준호(俊鎬)와 헤어져서 이상한 흥분에 몸이 뜬 채 집에 와 보니 이튿날에나 여행에서 돌아올 줄 알았던 남편이 열 시 반 차로 와 있었다. 그는 트렁크를 방 가운데 놓고 양복을 입은 채 아랫목에 앉았다가 정숙(貞淑)이가 문을 열고 들어오는 것을 힐끗 쳐다보곤 아무 말도 안 했다. 한참 뒤에 "어데 갔다 오느냐" 고 묻는 것을 바른대로 "준호와 같이 저녁을 먹고 산보한 뒤에 들어오는 길이라" 면 좋았을 것을 얼김에 "친정쪽 언니 집에 갔다 온다" 고 속인 것이 잘못이었다.

그 말을 듣고 남수는 불만은 하나 어쩔 수 없는 듯이 "세간은 없어도 집을 그리 비우면 되겠소" 하고 나직이 말한 뒤에 그대로 윗방으로 올라가서 자리에 누웠다.

정숙은 준호와 저녁을 먹고 산보한 것이 감출 만한 것도 안 되는 것을 어째서 자기가 난생 처음 거짓말을 하였는가 하고 곧 후회되었으나 준호와 산보하던 때의 기분으로 보아 준호도 그것을 남수에게 말하지 않을 것이라 생각하고 다시 두말없이 그대로 아랫방에 자리를 깔았다.

그것이 오늘 남수가 저녁을 먹고 나가서 준호와 만났을 때에 탄로가 난 것이다. 하리라고는 생각도 않았던 준호가 무슨 생각으론지 남수에게 그 말을 해버렸다. 참으로 모를 일이다. 물론 준호 역시 말해서 안 될 만한 불순한 행동을 하지는 않았다. 그 역시 그만 일을 숨기느니보다 탁 털어놓고 농담으로 돌리는 것이 마음에 시원했을 것이다. 그는 늘 남수를 우당(愚堂) 선생이라 부른다.

"우당 선생 부재중에 부인과 산보 좀 했으니 그리 아우" 쯤 말하고 껄껄 웃었는지 모른다. 아니 준호의 일이니 "내가 핸드백이 된 셈이죠. 어쨌거나 우당 선생 주의하슈. 그만 연세가 꼭 스왈로를 기르고 싶을 시깁니다" 정도의 말은 했을 것이다.

이런 농담을 들을 때 남수는 얼굴에 노기를 그릴 수는 없었으나 마음만은 몹시 불쾌하였을 것이다. 가랫물을 먹은 듯한 찡그린 얼굴로 애써 웃어 보려는 남수의 표정이 생각된다.

원체 자기네들이 남수에게 그날 밤 일을 어떻게 말할까―다시 말하면 속일까 바른대로 말할까, 또 말한다면 어느 정도로 고백할 것인가를 협의해 두지 않은 것이 실수였다. 그러나 그런 협의를 해둘 만큼 그들은 남수에게 죄를 짓고 있다고는 생각지 않았다. 그런 죄를 의식하고 그런 협의를 할 필요가 있다고 생각했다면 그들은 적어도 양심의 가책 때문에 산보까지도 중지했을 것이다.

그날 밤의 산보―그것은 정숙이 혼자만의 생각인지는 몰라도 물론 단순하게 길을 걷고 불이 아름답다느니 얼마 안에 꽃이 피겠느니 하는 것으로 시종된 것은 아니었다. 입으로 나온 말은 그 정도인지 몰라도 정숙이가 가졌던 흥분만은 이상하게 높았던 까닭이다.

어쨌든 그 말이 준호의 입에서 탄로가 나서 그 자리에선 웃고 만 모양이나 밤에 돌아오는 대로 남수는 정숙에게 치근스럽게 트집 비슷한 말을 걸었다. 그것이 벌어져서 드디어 싸움이 되었다.

지금 정숙은 팔을 걷어 붙이고 남편에게 대든다.

「왜 그랬으면 어떠우, 속였으면 어떠우. 밥 먹고 산보한 건 좋으나 속인 게 불쾌하다구. 밥 먹구 산보만 한 줄 안다면 속였다고 불쾌할 게 뭐유. 그 이상 딴 짓을 했으리라는 더러운 생각이 없다면 불쾌할 게 뭐유. 내가 그날 밤 속인 건 털어놓구 말하믄 오도카니 양복을 입은 채 맹초같이 앉아 있는 게 불쌍해서 속인 거우. 그래 어린애가 돼서 옷을 벗기구 자리를 깔아주어야 되우. 언제 온다는 통지두 없는 걸 허구한 날 당신만 기다리구 있어야 옳소.

사흘 밤이나 기다렸수. 이날일까 저날일까. 기다리다 지쳐서 저녁 전에 거리나 한 바퀴 돌려구 나갔댔수. 돌아오다 길에서 만나서 준호 씨와 저녁 먹은 게 그리 큰 잘못이구려. 저녁 먹구 집에 와야 할 것두 없구 심심만 허겠기에 같이 산보 좀 헌 게 큰 잘못이구료.

왜. 그렇게 채려 놓구 있다 맞아들이는 게 좋거들랑 기다리는 사람 생각두 좀 해보죠. 전보 치고 온다는 걸 내가 일부러 나가고 집을 비워 두었던가.

뭐이 어때요. 그게 속인 변명이 되느냐구. 안 되믄 말어요. 애써 변명허는 건 아니니. 만일 내가 일이 있어서 언니 집에 갔다 온다구 안 했더면 그날 당장에 오늘 같은 싸움판이 벌어졌을걸. 그래 그때 준호 씨와 밥 먹구 산보하다 온다구만 말했다면 거, 참, 잘했군 하고 칭찬할 뻔 했수. 뭣이, 씨는 무슨 씨냐구. 당신의 친구를 대접해서 부르는 거요. 준호 씨 준호 씨 자꾸 씨자를 넣어 부르길. 그 입에 발린 소리 좀 작작해요. 그날 밤으루 당신이 엉뚱한 시기를 했을게유. 질투에 불이 붙어 밤잠두 못 잘게 불쌍해서 속인 겐 줄두 모르구.

왜. 어때. 흥. 너 같은 것에게 질투는 무슨 질투라구. 그래 지금 하구 있는 당신의 생트집은 질투가 아니구 질투 사촌이유. 당신은 몇 살이구 내 나인 몇이요. 내 나이두 반칠십에 당신은 내일 모레믄 사십이 아니요. 어제 오늘 길거리나 술집에서 만난 사람들인가.

옳아. 옳아. 내가 아무리 주릿댈 안길 년이믄 그런 어린애들과 치정관계를 맺을라구. 푸. 그만두. 그만두. 그럼 그게 그 소리지 뭔가. 그래. 옳아 옳아.

뭣이 어째. 남이 말두 허기 전에 발이 재린 거라구. 저지른 죄가 있어 미리부터 넘겨짚어 본다구. 그래 내가 행실을 망쳤단 말이지. 이 쓸개 빠진 소리 좀 그만두어요. 사나이가 오죽 못났으면 제 여편네가 바람이 날라구. 저두 저 부족헌 줄은 아는 게다. 어째서 준호보구는 못 해봤노. 눈앞에 자기 원수를 놓구 왜 아무 말 못허구 웃기만 했나. 그리구는 지금 와서 나보구 이 야단인가.

흥. 죄는 준호에게 있는 게 아니라구. 속인 것이 죄라구. 그래두 자기 여편네가 남에게 농락되었다는 생각은 갖고 싶지 않은 게지.

뭣이 어째. 이년이라구. 이년. 말 잘했다. 반말하는 년 이년이라구 그러믄 어떠냐구. 잘했다. 뭣이 더러운 년.

더러운 걸 볼라믄 거울을 보구 말해. 누가 더러운 놈인가. 제 여편네를 농락했노라구 비웃는 놈을 앞에 놓고 뺨 한 개 못 갈기고 씁쓸히 돌아와서 여편네보구 속인 게 잘못이라구. 왜 준호헌테 내가 반했수. 그랬으면 어떡헐테요. 준호허구 산보할 때 난 행복을 느꼈수. 당신에게 준호에게 있는 게 있수.

더러운 놈허구 누가 살라는가구. 응. 안 살어두 좋다. 차남수 아니면 서방 헐 사람 이 세상에 없는 줄 아는가. 차남수가 하늘 같애서 내가 이 생활을 하고 있는 줄 아는가. 차남수가 나를 호강을 시켜서 내가 그를 떠나면 거지질을 할 줄 아는가. 차남수가 위대한 인물이 돼서 내가 그를 떠나면 금시에 하늘을 잃은 듯이 미친년이 될 줄 아는가.

응. 안다 알어. 네가 어차피 그 말헐 줄은 벌써부터 알었다. 네가 시골 있는 년을 이혼하지 않는 것도 그 심보가 어데 있는지 난 벌써부터 알었다. 십 년 전엔 그런게 문제두 안 됐었다. 그건 너나 내가 가정 안의 적은 사람이 아니었기 때문이다. 지금은 그걸 가지구 나를 내어쫓을려는구나.

난 도마에 오른 고기다. 내 밑에 계집애 하나라도 있다믄 이 학대는 안 받었을 게다. 애는 운동에 방해가 된다구 수술을 해서 너는 나를 불구자를 만들었지. 너는 시골에 큰아들도 있고 딸새끼도 있으니까. 응, 그리구는 나는 병신을 맨들고 첩으로 떨어뜨리고 애새끼 하나 안 붙여주고 지금 와서는 나가달라구.

어디 말 좀 해봐. 무슨 큰 운동을 지금 하고 있나. 어째 나와 속이고는 아이 만나러 시골은 다녔나. 내가 비럭질해 온 돈으로 나 몰래 학비는 왜 보냈는가. 너의 집은 아직 천석은 한다드라. 그 머리칼이 빠질 영감쟁이는 아들도 모르나. 내가 너의 돈 한닢이나 쓴 줄 아니.

이놈 네 피를 뽑아 풀어봐라. 그 피가 무엇으로 뛰고 있는가. 누구 때문에 아직도 피가 네 몸에 돌고 있는가.

누가 너를 옥중에서 구해냈노. 네가 감옥에 있는 동안 육 년이란 허구긴 날 너는 그래도 전보질을 해서 나를 부르드구나. 차입두 날보구 시키드구나.

네 집에선 그때 돈 한푼 보탠 줄 아냐. 영감두 할미두 네 본 계집두 그때만은 아는 척도 안 하드구나.

친정에서, 친구들헌테서, 별별 굴욕을 겪어가며 너에게 옷을 대고 밥을 대고 책을 대는 동안 네 영감은 아들이 옥에 간건 그 몹쓸 년 탓이라구 물을 떠놓고 빌드라드라. 어서 그년이 죽어야 아들이 화를 면한다구. 그래두 그런 소리두 내겐 우스웠다. 난 너를 구해 내려구 뼈가 가루가 되도록 미친년같이 헤매었다. 그래 지금 와서 그 보수로 나는 너헌테 헌신짝같이 버림을 받어야 하느냐.

너한테 십 년 동안 뼈가 가루되도록 해바친 게 죄가 돼서 이년 소리를 듣구 더러운 욕을 먹어야 되니. 입이 밑구멍에 가 붙어두 그런 말은 못 하는 법이다. 입이 열 개래두 그런 수작은 못 하는 법이다.

감옥에서 나왔어두 벌써 삼 년이 되건만 네가 쌀 한 말을 사왔나. 네 계집 속옷 하라구 융 한 자를 사왔나.

응 허창훈(許昌薰)이. 그렇다. 허 변호사 그놈이 미친놈이다. 너를 여태껏 먹여 오는 그놈이 미친놈이다. 아니 너는 세상에서 뭐라구 하는지나 알구 있니. 허 변호사는 영리한 놈이라 차남수가 옛날엔 ○○게 거두니까 돈이나 주어 병정으로 쓰구 제 사회적 지위나 높이려구 한다는 소문이나 너는 알구 있니. 또 차남수는 자기가 이득되는 줄 알면서 그것을 거꾸로 이용하야 생활비를 짜낸다는 소문을 너는 알구나 있니. 그래 그게 청렴한 사람의 소위 청이불문이냐.

응 그놈 허창훈이놈 내 오늘이야 이 말을 한다. 너는 그 집에 가서 구구한 말 한마디 하기두 싫어서 돈관계엔 늘 나를 내세운 걸 알고 있지. 잊히지도 않는 작년 가을 김장 때이다.

아 나는 이 말만은 안 하려고 했다. 그대로 잊어버리려고 했다. 그러나. 아아 가을비가 마른 오동나무 잎을 울리던 것이 아직도 나의 귀에 새롭다. 나는 열린 창 밖으로 불빛이 쏟아져서 그 빛 가운데 빗발이 실발같이 반들거리는 것을 보면서 허 변호사가 나오는 걸 기다리구 있었다. 너도 잘 알고 있을 허창훈이의 응접실이다. 나는 이십 분은 기다렸다. 그대로 와버릴까 하고도 생각해 봤다. 더러운 놈들, 돈 몇 푼 가지고 사람을 곯릴 작정인가 하구 분한 마음도 생겼으나 돈은 급하고 또 어제 오늘 사귄 사람도 아니고 제 편에서 와달라고 사람을 보낸 터이라 나는 분을 누르고 기다렸다. 응접실 문을 벌꺽 열더니 닝글닝글 웃더라. 얼굴이 벌건 게 술을 처먹었더라. 쓱 들어서서 문을 닫고 다시 창문 있는 쪽으로 갈 때에 그의 몸에서 술 썩은 냄새가 쿡 코를 찌르더라. 문을 닫고 찬장을 내려덮은 뒤에 그놈이 하는 말이 비오시는데 무슨 용무가 계십니까 그러면서 테이블 맞은 쪽에는 의자도 있고 저편에는 소파도 있건만 그놈은 으슬으슬 내 옆으로 다가들더라. 내가 비둘기 같은 처녀라면 모르거니와 나두 천군만마의 속을 겪어온 년이 그놈의 눈알이 붉어진 것과 씨근거리는 숨결과 그 말하는 투로 그 지더구하는 몸가짐으로 그놈의 속이 무엇을 탐내고 있는지야 모를 겐가. 이리같이 덤벼들면 나는 사자와 같이 대항하여 그놈을 가리가리 찢어버릴 만한 기운은 있었다. 그러나 나는 모른 척했다. 애써 그놈의 변해진 태도를 모른 척해서 효과를 낼까 했다. 그는 다시 말하더라. 무슨 의논하실 용무가 계시느냐구. 그의 목소리가 떨리고 나의 볼때기에 술 썩은 뜨거운 입김이 휙 스쳐가면서 나는 갈퀴 같은 손이 나의 젖통을 부여뜯는 것을 느꼈다. 나의 손은 번개같이 그놈의 빰을 갈겼다. 그 잘칵하는 소리. 그것은 그놈에게두 의외였고 나의 귀에도 뜻밖인 듯했다. 나는 의자를 옮겨 길을 막으며 문 있는 쪽으로 종종걸음을 쳤다. 그러나 한참 동안 그놈은 벙벙하여 어쩔 줄을 모르고 그 자리에 서 있더라. 그 짧은 순간 변호사 허창훈도 그가 한 행동에 대하여 반성했을 게고 현관으로 뛰어나오며 나도 내가 당하고 또 행동한 것에 대하여 생각했었다. 나는 슬펐다. 눈물이 연거푸 볼편으로 쏟아져 흘렀다.

나는 때렸건만 맞은 때보다도 분하였다. 나는 신을 어떻게 신었는지 모른다. 나는 비를 맞으며 오동나무와 노가주나무와 전나무 사이를 지나 대문 있는 쪽으로 걸어갔다. 정숙 씨 정숙 씨 하고 부르는 소리가 등 뒤에서 나더라. 물론 허창훈이가 뒤쫓아오는 것이다. 그는 나뭇잎이고 나뭇가지고 풀숲이고 분간없이 비 내리기 시작하는 뜰 안을 뛰어오더라. 그리고 나를 붙들더니 펄썩 그 앞에 엎드려 죽을 죄로 용서해 달라고 빌더라. 나는 발길로 찰까 했다. 그러나 잠깐 그것을 내려다보다가 그대로 그를 비껴서 대문을 향하여 걸었다. 그는 다시 쫓아와서 봉투를 내밀더라. 내가 뿌리

치매 그는 나에게 꽂듯이 내던지고 총총히 뛰어가 버리더라. 나는 울면서 한참 그 자리에 서 있었다. 비는 더 세게 내렸다. 그래 그 봉투를 어떻게 했는지는 네가 잘 알게다. 배추를 사고 무를 사고 고추를 사고 소금을 샀다. 아니 마늘도 사고 미나리도 사고 굴도 샀다. 젓국도 샀다. 오늘 저녁 짠김치는 너도 먹었고 나도 먹었다.

아 아. 이것이 너의 친구다. 십 년 아니 이십 년이나 너를 돌보아 주는 애비보다 에미보다 낫다는 너의 친구다.

말 좀 해봐. 왜 아무 소리도 없나. 너는 지금 나를 보고 부르짖어야 한다. 이것을 여태 동안 감추고 네 앞에 티끌만치도 그런 빛을 뵈이지 않은 것두 내가 허창훈이와 치정 관계가 있어서이냐.

말해 봐라. 이것은 산보한 걸 속인 것보다두 결코 적지 않은 일일 게다.

또 네가 사나이라면 이 즉시로 칼을 들고 허창훈이를 쫓아가라. 그에게 돈을 던지고 그의 가슴에 칼을 꽂아라.

그놈이 돈을 낸다구 출판사를 하겠다구. 출판사를 하여 문화 사업을 한다구. 너두 양심이 있는 놈이면 잡지책이나 내구 신문 소설이나 시 나부랭이를 출판하면서 그것이 다른 장사보다 양심적이라는 말은 안 나올 게다. 새로난 법률이 무섭지. 직업이 필요했지. 그따위 장사를 하려면 왜 여태껏 눈이 말뚱말뚱해 앉았었나. 작년에 하지. 아니 재작년에 하지. 문화 사업. 이름은 좋다. 우정이 두터운 봉사심이 많은 허창훈이를 패트론으로 해가지구 문화 사업에 착수한다.

홍 사회주의 이름은 좋다. ○○계의 수령이라구. 그 철없는 것들이 웅게중게 모여들어 선생 선생하니 그게 그리 신이 나던가. 우쭐해서 갈팡질팡, 드럽다 드러워.

제 여편네 젖통 만지는 건 모르구 눈앞에 내놓는 지폐장만 보이나.

징역이나 치른 게 장한 줄 아는가. 거지에게 돈 한푼 준 게 십 년 뒤에두 적선인 줄 아는가.

왜 때려. 왜 때려. 이놈이 내게 손을 걸어. 이놈. 이 도적놈. 이놈아. 이놈아. 날 죽여라. 이 도적놈. 날 죽여라.

네가 뭘 잘했기에 나에게 손을 거니. 이놈아. 날 죽여라. 죽여라. 자. 이걸로 날 찔러라. 응 이놈아.

야 사회주의자, 참 훌륭허구나. 이십 년간 사회주의나 했기에 그 모양인 줄 안다.

질투심. 시기심. 파벌 심리. 허영심. 굴욕. 허세. 비겁. 인찌끼(속임수). 브로커— 네 몸을 흐르는 혈관 속에 민중을 위하는 피가 한 방울이래도 남아서 흘러 있다면 내 목을 바치리라.

정치담이나 하구 다니면 사회주읜가. 시국담이나 지껄이고 다니면 사회주읜가. 백 년이 하루같이 밥 한술 못 벌고 십여 년 동안 몸을 바친 제 여편네나 때려야 사상간가. 세월이 좋아서 부는 바람에 우쭐대며 헌 수작이나 지껄이다가 감옥에 다녀온 게 하늘 같애서 백 년 가두 그걸루 행세꺼릴 삼어야 사회주의자든가.

그런 사회주읜 나두 했다. 난 남의 은혜를 주먹으로 갚지만 못했다. 애 낳는 것까지 두려워 수술을 해가면서두 오늘 이 꼴 당하게 될 생각만 못 가졌다. 미련한 이년은 십 년이 하루 모양으로 남편을 하늘같이 알고 비방과 핍박 속에서 더울세라 추울세라 남편만을 섬겼건만 그게 뒷날 첩으로 되어 쫓겨나게 될 줄만 몰랐다. 두를 걸 못 두르구 먹을 걸 못 먹으면서도 남편에게 의식 걱정시켜서는 안 된다는 미련한 마음만을 먹을 줄 알았다. 남편에게 불만이 있고 가정 안에 울화가 있어도 그걸 누르고 참을 줄만 알었지 어디 대고 한 번 떳떳하게 분풀이 헐 줄은 몰랐다. 그게 죄가 돼서 오늘 너에게 매를 맞고 주먹다짐을 당해야 하는구나.

왜. 왜 나가니. 왜 윗방으루 도망허니. 헐 말두 많을 게구 갈길 힘두 많을 게구나. 좀더 때리고 가지 응 응.

호윽 호윽 호윽—」

2

힘없이 그는 쓰러진다. 아직도 귀 밖에서 처의 울음소리가 들리건만 그의 머리는 연기로 가득 찼다. 연기는 무거운 쇳덩어리로 변하고 다시 물 축인 해면같이 엉켜 돌다간 구름같이 피어서 와사 모양으로 꽉 찬다. 아래로 몰렸던 피가 얼굴로 올라온다. 얼굴빛이 점점 붉어지고 머리칼 속에서 비듬이 따끔따끔 간지럽다. 관자놀이를 몽치가 두드린다. 푸 한숨도 제대로 안 나온다. 남수는 담배도 안 피우며 그대로 장판 위에 번듯이 자빠졌다. 십 촉 전등이 물끄러미 그를 내려다 보고 있다. 눈을 감아도 천장에 얼굴이 나타난다. 안경 끼고 콧수염 난 점잖은 신사의 얼굴. 남수는 우선 생각한다.

「허창훈 군. 네가 내 아내를 어떻게 했나. 내 아내의 젖통을 도적하고 그 다음 너는 내 아내를 어떻게 할 작정이었나. 그전 순간도 아니요 그 다음 순간도 아니요 바로 그 순간만 너는 내 아내를 약탈할 생각이었나.

네가 내 아내의 젖통을 약탈하고 내 아내의 볼때기에 술 썩은 더운 김을 끼얹고 떨리는 목소리로 무슨 의논할 말이 있느냐고 물으면서 너는 내 아내와 진심으로 무엇을 의논하고 싶었는가.

정숙이는 내 아내다. 내 애인이다. 내 동지다. 창훈이. 누구보다 네가 그건 잘 알게다. 너는 내 애인과 무엇을 의논하고 싶었는가.

나는 정숙이가 고백하는 이상의 일이 그날이나 또는 내가 이 세상에 없고 내 아내가 혼자 있던 날이나 아니 그 뒤에도 어느 때에도 너와 정숙이 사이에 있었다고는 믿지 않는다. 나는 안 믿으련다. 그 이상의 일이 있은 것을 가령 세상 사람이 모두 알고 세상 사람이 수군거리고 비웃더라도 나는 그것만은 믿지 않으련다. 믿지 않아야 나는 구할 수 있다. 그것을 믿게 되는 날 나는 무엇이 되느냐. 이 더러운 연놈들 하고 나는 칼을 들어 마치 어떤 치정극에 나오는 불쌍한 주인공 모양으로 너희들을 질투와 의분에 불타는 칼로 찔러버려야 할 것이다. 너희들은 나에게 그런 연극을 시킬 작정이냐. 창훈이. 너는 네가 여태껏 나에게 베푼 수많은 은혜의 보수로 내 칼을 받아야 할 것이냐.

옳다. 나는 너도 또한 사람이던 것을 잊었다. 계집에게서 매력을 느낄 때에 그것이 자기에게 어떤 관계에 서는 계집인 줄을 잊고 성적 충동과 흥분을 느끼게 되는 동물적인, 아니 진실로 인간적인 한 개의 사람이란 것을 잊어버리고 있었다. 혹은 자기와 피를 같이 나눈 누이, 피를 같이 나눈 형이나 동생의 아내, 혹은 삼촌댁, 혹은 조카며느리, 아니 제 애비의 젊은 첩, 다시 말하면 자기의 서모다―엷게 입은 옷 속으로 여태껏 생각도 않았던 불룩한 젖가슴을 처음 볼 때 보두루한 솜털 속으로 흰 살이 등골로 흐른 것을 멀거니 볼 때, 물기 품은 짬 같은 입술이 쫑긋쫑긋 웃고 있는 것을 눈앞에 직면하여 볼 때, 자고 깨어나서 기지개를 하는 순간 흘러내린 치마 허리로 흰 살이 슬쩍 눈에 띌 때, 커다란 못 같은 두 눈이 이글이글 타고 있는 것을 숨결로 느낄 때, 아 이때에 그 누구더냐, 누가 감히 그 순간 그것이 자기 자신을 동물로 환원해 버리는 것을 느끼지 않을쏘냐.

하물며 제 동지도 아니요 이러저러한 친구의 마누라가 합체 뭐냐. 친구의 마누라 쯤이 대체 뭐냐.

그런 일은 나도 있었다. 너도 있었다. 아니 세상의 모든 사나이에게 모두 있었다.

내 아내에게서 그것을 느낀 놈이 비단 허창훈이 하나뿐이랴. 준호도 그걸 느꼈으리라. 아니 준호에게 내 아내가 느꼈는지도 모르나 이건 마찬가지다. 아니 그 전 옛날 청년회관에 출입하던 모든 남자, 그 중에서도 정숙이를 먹으려고 하던 몇 사람의 남자. 그들은 밤마다 생각하고 틈 있을 때마다 그것을 느꼈으리라.

내가 없는 동안 남자들이 정숙이에게 어떻게 굴었고 또 정숙이가 사나이들에게서 무엇을 느꼈으며 이것을 누르기에 얼마나 힘을 썼는지는 이 자리의 누가 감히 보증할 수 있을 것이냐.

그러나 옥중에 있는 동안 참말로 말할 수 있다만 나는 그것을 생각해 보고 안타까워하며 몸이 달아한 적은 한 번도 없었다. 그런데 이것이 웬일이냐. 나는 오히려 세상에 나와서 아내를 내 옆에 놓고 가끔 그것을 느끼니 이것이 대체 어찌된 일이냐. 오히려 내가 없었을 때 일까지를 상상하고 나는 때때로 몸이 달아한다. 아내는 그 전과 조금도 다름없이 굴건만 아니 그 전보다도 더 얌전하게 집안에만 들어있건만 나는 그 전과는 판이하게 그것을 느낀다. 나는 의처병(疑妻炳)에 걸렸을까.

물론 이런 것은 나도 안다. 아내가 나에게 불만을 가지고 있다는 것 이건, 벌써부터 내가 잘 알고 있다. 그것은 오늘 밤 방금 정숙이가 한 말로 증명할 수 있지 않느냐. 사실 나는 그에게 불만이 있다는 것을 느낀 적은 퍽 오래 전부터이다. 그러나 나에 대한 그의 불만이 이렇게 그의 전 몸뚱이에 혈관 같이 퍼져 있는 줄은 몰랐었다. 그가 말하는 모든 불만, 그가 내게 대들며 삿대질을 하듯이 들씌우는 모든 불평이란 것들이 하나도 거짓은 없고 그것 전부가 사실이라 할지라도 그리고 나 역시 그것을 희미하게나마 생각하고 있었다 할지라도 나는 그것이 정숙이의 몸에 그렇게 뿌리 깊게 적어도 그러한 형태로 퍼져 있는 줄은 상상하지 못하였었다. 어디서 옛날의 정숙의 면모를 찾을 수 있느냐. 그의 생각 그의 관찰 그의 비판—모든 관점이 다른 염집 부인네보다 못하면 못하지 조금도 나을 것이 없다.

나는 울고 싶었다. 나는 때리고 싶었다. 그래서 나는 생전 처음 그를 갈겼다. 내 주먹은 몇 번 주저하고 또 몇 번은 스스로 억제할 수도 있었으나 드디어 나는 그를 갈겼다. 나는 아무 말도 못하면서 그를 갈겼다. 아 그것은 내 자신을 때리는 것이었다.

창훈아. 너는 지금 말하여라. 너는 지금도 내 아내를 낚으고저 나를 시켜 출판사를 맨드느냐. 너는 내가 없을 때마다 정숙이를 찾아 와서 돈을 가지고 내 아내를 압박할려느냐. 또 젖통을 부르뜯고 그의 얼굴에 더운 김을 내뿜을 터이냐. 그리고 뻔히 뭣하러 온 줄을 알면서 닝글닝글 웃으며 무슨 용무가 계십니까 하고 내 아내의 옆으로 다가들 터이냐. 이것을 알면서도 나는 너와 함께 주식회사를 조직하여야 하느냐.

오냐 그런 것을 알면서도 나는 할 것이다. 네가 나에게 정책적으로 논다면 나는 너헌테 지지는 않을 게다. 어떻게 했든 나는 눈을 감고 이번에 오만 원은 출재시키고 말겠다. 네가 눈가리고 아웅하면 나두 한다. 네가 내 아내에게 그런 행동을 한 이튿날 나는 너와 만났다. 그때 너는 천연스럽더구나. 너는 고민도 안 하였니. 네가 정숙이에게서 느낀 것은 애정이 아니고 성욕이냐. 성욕도 애정도 마찬가진 줄은 안다. 그러나 그 어느 것이냐.

아 이런 건 다 쓸데없는 질문이다. 최정숙이는 나의 아내다. 그러기에 나는 그를 때렸다. 그도 울면서 나에게 대들었다. 지금 그는 아무 말도 안 하고 윗방에 엎드러져 있다. 그는 제가 방금 무슨 말을 하였는지를 비로소 생각할 수 있을 게다. 그는 자기가 한 말에 스스로 놀래일 것이다. 내가 때린 주먹자리를 지금 만져볼는지 모른다. 멍울이 졌겠지. 그러나 그도 자기 볼때기를 때리고 머리를 문지른 것이 자기 자신인 것을 깨달을 것이다. 그 증거로 그는 지금 윗방에서 자지도 않으나 울지도 않고 그대로 조용하다. 부ськ부석 부은 눈은 지금 말뚱말뚱 무엇을 뚫어지게 바라보고 있을 것이다.

김준호, 나는 너에게도 말할 것이 있다. 너는 좋은 청년이다.

처음 나는 너를 내 처에게 총명한 청년이라고 말했더니 처는 나를 비웃으며 김준호는 경박한 청년이라고 완강히 나에게 반대했다. 글쎄 그만둬요. 무슨 김준혼지 뭔지 당신은 어째 그리 감격하길 잘 허우. 사람이란 첫인상만 보구 어찌 그리 내막을 알 수 있수 하고 나를 톡 쏘아 붙였다.

그러나 너도 알다시피 지금은 너를 싫어하지 않는다. 너와 저녁을 먹고 너와 산보할 때에 내 처는 행복을 느낀다고 말하였다. 내 처는 너에게 반했다고 말했다. 이렇게 말하는 나의 아내가 진심으로 너에게 애정을 느끼고 참말로 반했는지 그것은 좀더 생각해 볼 여지가 있을 것이다. 감정이 격한 나머지에 일종의 반발로 약을 올릴 양으로 그럴 수도 있으니까. 그러나 너와 산보할 때 행복을 느낀다는 말이 전혀 근거가 없는 말이라고는 나도 생각할 수 없다. 나의 처는 드디어 이렇게까지 질문하지 않았느냐. 준호에게 있는 것이 당신에게 있수.

그렇다. 나는 지금 나에게는 없고 준호 너에게만 있는 것을 생각해본다. 너는 과연 나에게 없는 어떠한 것을 가지고 있느냐. 천박하다고 경멸하고 냉소하면서도 너를 만나면 기쁘고 너와 같이 걸을 때 행복과 흥분을 가지게 되는 어떠한 것이 너에게는 있느냐. 경박, 그 자체가 너의 매력이냐. 그렇지 않으면 여자를 압도하고 그들을 뇌살해 버릴 만한 두 살난 표범 같은 억센 정열이냐.

나는 지금 내가 너를 처음 만나고 또 출판 주식회사의 계획을 함께하는 동안 너에게서 느낀 솔직한 감상을 분석해 볼 흥미를 가지고 싶지 않다. 그것보다도 나는 지금 뚜렷하게 너와 나의 아내인 정숙이와의 관계를 추궁해 보고 싶다.

처는 아까와 같이 남편에게 불만을 가지고 있었다. 세속적인 불만 외에 여러 가지 불만이 함께 엉클어져 있었다. 그것을 그는 명확하게는 인식하지 못하였고 또 그렇게 되는 것을 두려워하고 있었다. 그러나 그의 몸에는 이 불만이 흠뻑 젖어서 구석구석까지 침윤되어 있었던 것을 지금 깨달을 수 있다.

너는 그런 때에 우리들 앞에 나타났다. 찬란하나 포착할 수 없고 경쾌하나 걷잡을 수 없고 편협한 듯하면서 자기 행동에는 지극히 관대하고 무겁지 않으나 어디로 흐르는지 알 수 없는 굴신자재한 성격 — 이것이 정숙이의 눈에 강렬한 자극을 준 것이 사실이다. 그러므로 당장에 그는 반발하였다. 그까짓 경솔하고 천박한 자식 신문기자란 부랑자가 아닌가. 이렇게 그는 입으로 공언하고 자기 내심에도 타일렀다. 그러므로 그는 너의 말에 내가 찬성하여 허창훈이와 기타 호남 지방에 있는 돈 있는 이들을 움직여 출판사와 인쇄소의 주식회사를 만들려는 것을 속으로 비웃었을 것이다. 그런 놈하고 무슨 사업이냐.

그러나 그는 경멸하고 기피하고 증오하면서도 아니 그러기 때문에 더욱더욱 너에게서 오는 자극을 일층 강렬하게 받았다.

나는 지금 내 자신에 대하여 끝까지 잔인하면서 이것을 추궁해 본다. 이렇게 하는 것은 내 자신에 대한 모욕이다. 나는 그것을 느낀다. 제 여편네가 나이 어린 젊은 녀석에게서 제 서방에게 없는 매력을 느껴 그것에 끌려 들어가는 것을 냉혹하게 관찰해 나가는 과정은 준호야 네게는 아무것도 아닐지 모르나 나에게는 큰 고통이다. 준호야. 너는 아마 다른 계집을 대하는 듯이 내 아내에도 대하였을 것이다. 사실 네가 내 아내의 어느 곳에 매력을 느꼈을는지는 도저히 상상할 수 없기 때문이다. 그러나 나는 네가 여자에게 대하여 취하는 태도를 알고 있다. 그것은 의식하건 안 하건 여자에 대한 너의 비결이다. 너는 그것을 아무 여자에게도 사용한다. 여급 기생 처녀 남의 부인—더구나 권태기에 빠져 있는 중년 부인에게는 상당히 강렬한 자극이 된다.

언뜻 보면 여자에게 흥미를 가지고 호의를 느끼는 듯이 보이면서 또 그렇지도 않게 보이는 것, 다른 사람들은 낯을 붉히고 부자연한 태도를 가지고야 말할 수 있는 것을 대번에 싱글싱글 웃어 가며 참말같이 또는 농말도 같이 말해 버리는 것—이런 것이 여자에게 흥미를 던져 준다. 어떤 때는 사랑하는 남자같이 행동하나 또 어떤 때는 전혀 딴 사람같이 대해 준다. 누가 자기의 애정을 고백하면 너는 여지없이 그를 환멸의 심연으로 떨어뜨린다. 그러나 그가 완전히 단념해버리도록 거절도 안 하고 어디에곤 야릇하게 한 줄기의 실오리를 붙여둔다. 너는 거침없이 표범과 같이 날쌔게 그들의 눈앞에서 정력을 휘두른다.

네가 그 이상 숨어서 이러한 여성들에게 어떤 행동을 취하는지는 나는 알 수 없다. 네가 네 앞에 나타나는 성적 대상에 대하여 생물과 같이 대하지는 않는다고 하여도 적어도 비루한 트릭을 써가지고 그들을 농락하지 않는 것만은 사실일 것 같다.

나와의 십여 년 동안의 생활에서 자극을 잃고 권태에 빠져있는 나의 아내 최정숙이가 나에게서 찾을 수 없던 포착할 수 있는 매력을 너에게서 느끼기 시작한 것은 결코 이상한 일은 아니다. 나는 퍽 전에 이것을 느꼈다. 무엇보다도 정숙이의 지나치게 심한 너에 대한 과소평가에서 나는 언뜻 그것을 느꼈다. 하루는 정숙이가 저녁녘에 종로를 다녀오더니 이렇게 나보고 말하더라.

백화점에서 나오다가 바로 문 옆에서 준호 씨를 만났는데 웬 양장한 여자와 웃고 지껄이더니 내가 물끄러미 서서 보는 것을 눈치채곤 그대로 인사하고 갈라지지 않겠수. 그래 여자와 갈라지더니 시침을 떼고 내게로 오길래 풍경이 아름답구려 했더니 훙훙하고 코웃음을 치며 둘이 한 번 그런 풍경 만들어 볼까요 하겠지. 그래 내가 어린 것이 그게 무슨 버릇없는 소리냐고 했더니 그럼 죄지었으니 차래도 어디서 먹읍시다. 그리군 어딘가 낮에는 차 팔고 밤에는 술 판다는 무슨 빠엔가를 앞서서 갑디다. 가면서 하는 말이 이제 그게 영화배운데 젖통 크기루 유명허우 하면서 싱긋싱긋 나를 보는구려. 그 허는 수작이 너무 천하구 품위가 없어서 욕이래두 해줄까 했으나 원체 버들가지 모양으루 바람이 몰아치면 부러질 사람이유. 그런데 또 찻집에 들어가서 하는 짓이 장관이죠. 당번 여급이 보자하니 활량인데 이걸 턱 옆에다 앉히더니 자 내가 하나 물으니 대답하면 내가 한턱 내구 지면은 너의 제일 귀한 걸 내게 바쳐야 한다. 또 나도 제일 귀한 걸 바치라면 그걸 걸어두 좋지. 이러구는 그 앞에 있는 네모난 흰 종이를 쓱 들더니 자 이게 무슨 그림인가. 여급이 아무리 봐야 백지밖에. 쳐들고 보아도 안 보이고 스쳐 보아도 안 보이니 그 여자의 대답도 걸작이지. 하는 말이 바람을 그렸다. 바람은 눈에 안 보이니까. 준호는 고개를 쫑긋쫑긋하며 그 말도 비슷하나 가작이지 걸작일 수는 없다. 내 해석은 이렇다. 이 그림은 토끼가 거북이를 따라가는 그림이다. 거북은 앞서서 이미 이 종이 밖으로 달아나고 토끼는 늦어서 아직 종이까지 오지 못했다. 계집애도 좋아라고 손뼉을 치니 준호 하는 말이 너두 낙제는 아니니 키스쯤으로 용서한다고 막 야단이겠지. 그래 레디를 앞에 앉히고 그게 무슨 상스러운 장난이요. 당신 동무 참 훌륭합디다. 그게 망나니지 뭡니까. 배라먹을 놈.

이 말을 싱글싱글 웃으며 듣고 있던 나는 마지막 말이 나올 때 언뜻 느꼈다. 정숙이 자신이 준호에게 의식적으로 반발하고 있다는 것을 그때에 눈치챈 때문이다. 의식적으로 애써 그를 밀쳐 버리려는 노력 — 그것은 허면 헐수록 더욱더욱 그 속으로 밀려 들어가기만 한다.

그리고는 매일에 한두 번은 반드시 내 처가 네 욕을 한다. 까분다. 부랑자다. 행실머리 없다. 이럴 때마다 나는 속으로 지금 제가 저 자신과 싸우고 있구나 하고 생각했다.

오늘 밤 싸움만 해도 물론 이렇게 될 일이 아니었다. 정숙이가 속인 것에서 시기심을 느꼈다든가 너희들이 산보할 때 무엇을 했을까 하는 것을 쓸데없이 상상하고 질투를 느끼고 트집을 건 것은 아니다. 내가 농말 비슷하게 이야기를 걸었더니 갑자기 낯이 해쓱해지며 쓸데없이 바빠한다. 나는 그때만은 가슴이 찌르르했다. 이것은 분석해 보면 질툰지 모른다. 몇 마디 오고 가고 하는 동안 쓸데없는 싸움인 줄 알면서도 걷잡을 수 없게 되었다.

자 준호 군. 어찌되었던 나는 군을 믿고 일을 계속하세. 군이 내 아내를 어떻게 했겠는가. 내 마누라는 감춘 것을 군은 스스로 고발하지 않았는가. 또 그 이상의 일이 있다해도 나는 그것에 대해선 생각지 않으려네. 세상 사람의 웃음거리가 되어도.

어쨌든 최정숙은 내 아내다. 오늘 밤 한 말은 아내로서 할 만한 말은 아니었으나 그가 불만을 과장해서 지적하고 나에게 대든 것은 나에게는 좋은 약이 되겠지. 지금은 처가 저렇게 흥분하고 있으나 곧 본 정신으로 돌아갈 것이다.

여하튼 출판사는 해야만 한다. 결심한 이상 꼭 해놓고야 말 것이다. 사업이 아니라면 장사라고 불러도 좋다.

주식회사가 되기까지는 허창훈이도 필요하고 김준호도 절대로 필요하다. 허창훈—너는 돈을 가졌고 김준호—나는 너의 기술이 필요하다. 자본가를 끌기 위하여는 김준호—네가 꼭 있어야 한다.

아. 나는 마누라와 밤을 새워 치정싸움을 일삼게 되었구나.

그러나 창훈아. 준호야. 아니 누구보다도 정숙아. 나는 너희들과 함께 출판사를 하련다. 아니 장사를 하련다.」

3

일곱 시가 되어 햇발이 영창에 퍼졌을 때에 아랫방에서 자던 정숙이는 일어나서 거울을 보았다. 눈알이 충혈이 되어 핏줄이 둥글고 퍼런 눈알에 실꾸리같이 엉키었다. 두어 번 눈을 서먹서먹 해보고 얼굴을 바싹 유리에다 들이대니 갑자기 안계가 캄캄해지고 머리가 아찔하다. 그는 손으로 머리를 짚고 탁 엎드렸다. 코가 근질근질하여 손가락을 콧구멍 속에 넣어 보니 피다. 종이를 비비어 꽂고 그는 부엌으로 내려갔다.

새벽녘에 피로에 지쳐서 간신히 들었던 잠을 윗방에 누웠던 남수도 문소리 때문에 깨버렸다. 머리가 아프다. 그러나 눈이 떠지자 그는 벌떡 일어났다. 그는 어젯밤 일을 생각지 않으려 한다. 아니 자기가 혼자서 생각하던 끝에 얻은 결론만을 회상하려고 한다.

아내가 부엌으로 가서 덜컥거리는 것을 보니 그도 그가 한 말과 남수에게서 맞은 것에 대하여는 생각지 않고 그가 울다 남은 끝에 도달한 건강한 결론만을 지금 마음에 갖고자 하는 것이 분명하다고 남수는 생각한다.

이 방이 있는 집채와 안대문 하나로 사이를 둔 회사원네 집에서는 아이들이 벌써 참새와 같이 재깔댄다. 아버지와 함께 라디오에 맞추어 체조를 하려고 모두 일어나서 자리를 개는 모양이다.

남수도 그들과 같이 체조를 할까 하였다. 그러나 명랑한 결론만을 생각하고 라디오 체조를 할 만큼 단순할 수는 없었다. 무엇보다도 그의 명랑해지려는 노력은 밥을 지으려고 부엌에 간 줄 알았던 아내가 금시에 아랫방으로 돌아와서 펄석 앉으며 땅이 꺼져라고 깊고깊은 긴 한숨에 부딪혀 깨어지고 말았다.

역시 아내는 어제 일을 깨끗이 잊어버릴 수는 없는 모양이다. 그는 자기의 입으로 쏟아진 말에 대하여 생각하고 있는가 그렇지 않으면 남편에게서 맞은 것을 분하게 회상하고 있는가.

한숨 — 그것은 분할 때보다도 후회할 때 흔히 나오는 물건이라고 남수는 생각해 본다. 그렇다면 그는 자기가 쏟아 놓은 말에 새삼스런 두려움을 일으키고 땅에 흩어진 물을 다시 주워담을 수 없는 자의 경지를 헤매고 있는 것이나 아닐까.

남수는 측은한 마음이 생겼다. 아내의 괴로움이 남수 자신의 뼈에 사무치는 것 같아서 아내가 불쌍해졌다.

뭘. 자기는 그만 것을 이해하고 용서해 줄 만한 포용성과 관대한 마음은 가지고 있건만 — 이렇게 생각하고 그는 아랫방으로 내려가서 아내의 등을 뚜덕뚜덕 두드려 주며 그를 위로해 주고 싶은 충동을 느낀다.

그러나 샛문을 열어 젖힐 용기는 나지 않는다.

그때에 조간 신문이 왔다. 마루 위에 대문 틈으로 들이치는 소리가 싸르르 하더니 턱 한다. 그는 미닫이 여는 소리를 내고 마루로 나가 신문을 집었다. 신문을 왈가닥 소리를 일부러 내며 이리 뒤치고 저리 뒤치고 한다.

아내는 지금 남편이 일어나서 여느 날과 다름없이 기지개를 하고 신문을 뒤적거리는 것을 알았을 것이다. 어젯밤 전에 없던 싸움이 벌어졌건만 남편은 아무렇게도 생각지 않는다. 이런 것을 남수는 정숙이에게 보여 주고 싶었다.

남수는 신문을 드려 트리고 뜰로 내려갔다. 태양을 향하여 낑 하고 기지개를 한 뒤에 칫솔질을 하고 냉수에 세수를 하였다.

정숙이도 다시 부엌으로 나온다. 세수를 하노라고 꾸부리고 서서 다리짬으로 남수는 정숙이의 모양을 슬쩍 본다. 뽀로통한 듯도 하나 얼굴은 무표정에 가깝다. 늘 하는 버릇으로 낯을 씻기 전에 얼굴을 크림으로 닦은 모양이다.

이제는 되었다. 이해는 성립되고 화해가 되었다. 남수는 방 안에 쭈그리고 앉아서 다시 신문을 본다. 정숙이는 부엌에서 왔다갔다 한다.

"우당 선생 기침하셨습니까."

준호의 목소리다. 대문 밖에서 이 소리가 날 때에 일순간 가슴이 덜컥 내려앉고 바빠서 들었던 것을 떨어뜨릴 뻔한 것은 남수뿐만이 아니었다. 부엌에서 솥을 가시던 정숙이도 혈액순환이 정지된 사람 모양으로 한참이나 어찌된 셈인지를 몰랐다.

준호—모든 것의 원인을 진 장본인이 지금 찾아온 것이다.

목소리는 다시금 안대문 밖에서 들려 온다.

"우당 선생 아직 주무시우."

뜰로 뛰어나간 것은 남수나 정숙이나 동시였다. 그러나 남수는 마루 위에서,

"네 나갑니다."

하고 대답만 하고 문은 정숙이가 열었다. 허리를 구부리고 대문을 들어서더니,

"단잠을 깨워서 미안합니다."

하고 두 사람을 번갈아 본다.

"지금이 몇 신데 여적 잘라구."

남수는 손을 내민다. 그에게 악수를 청하는 것이다. 이것으로 모든 문제는 해결되는 듯이 내심에도 기뻤다. 그들은 손을 쥐고 흔들었다. 손을 놓고 나서 얼굴을 돌리고 옆에서 뻔하게 보고 섰는 정숙을 보더니,

"며칠 동안에 상하신 것 같습니다. 머 몸이 편찮습니까."

한다. 정숙은 불시에 얼굴을 만져 보고

"뭘 상하긴 그렇거니 하니까 그렇죠. 또 나는 봄을 타서."

하고 간신히 웃어 보였다.

"네 봄을 타서요. 좋으십니다. 봄을 타는 건 대단히 좋은 일입니다."

준호는 싱겁게 껄껄 웃는다.

"망칙해. 봄을 타는 게 좋긴 머이."

"그런데 광대뼈 옆에 퍼런 건 무업니까."

준호가 쳐다보는 바람에 정숙이는 얼굴이 발개지는 것을 느끼며 손으로 멍울진 곳을 만져 보았다. 아직도 좀 아프다. 그러나 그는 아픈 것을 참아가며 몇 번 그것을 손으로 꾹꾹 누르고,

"어느 거, 이거 여기 뭐 있어. 아무렇지두 않은걸요. 아마 버짐인 게죠."

하며 얼굴을 좀 돌렸다.

"자 어서 올라오슈. 이렇게 뜰 안에서 이럴 게 아니라."

윗방에 둘이 마주 앉아서 담배를 붙여 물었다. 뭘 하러 이렇게 어제 저녁에도 만난 사람이 오늘 새벽에 또 찾아왔는가 하고 궁금도 했으나 어쨌건 그가 찾아 준 것은 아내와의 화해를 위하여 좋은 기회가 되었다고 남수는 기뻐하였다.

한참 담배를 태우면서도 준호는 용건될 만한 말은 꺼내지 않고 잡담만 한다. 그래서 남수는 말이 좀 끊어졌을 때에,

"그런데 오늘은 머 누가 돈을 새로 내겠다는 사람이나 생겼수. 미상불 좋은 소식

을 가진 것 같은데."

하고 준호의 눈치를 보았다.

"머 용건 없이 놀러는 못 올 집이요."

하고 준호는 싱긋이 웃더니 천천히 담뱃불을 끄고 얼굴을 정색한다.

"다른 게 아니라"

이러면서 준호가 이야기한 것은 다음과 같다.

준호는 남수들에게는 비밀히 어느 신문사에 취직 운동을 하고 있었는데 오늘 아침에 그것이 결정이 나게 되었다는 것이다. 그러므로 출판회사 조직에는 금후에도 조력은 아끼지 않겠으나 직접 관계는 끊어야 할 것이며 이삼 일 후부터는 출근을 하게 될 판이므로 자기가 나서서 모아 놓은 것을 인계해 주겠다는 말이다.

"어차피 하급사원으로 재본 밑에서 봉급 생활을 할 바엔 신문기자를 몇 해 좀더 해보려고 합니다. 그리구 이번엔 사회부로 가서 총독부 출입을 하라고 하므로 조건도 좀 좋고 또 여러 가지로 배울 것도 있을 것 같애서—"

원수와 마주 대하여 앉아서도 불쾌한 낯을 나타내지 않을만한 사교적 세련은 치러 왔건만 이때만은 남수도 웃는 낯으로 장래를 축복한다고 기쁨을 표시할 수는 없었다. 소한테 물렸다는 말이 속담에 있거니와 남수는 이 어린 것한테 한밥 잘 먹히고 만 것이 되고 말았다.

남수는 말이 잘 나오지 않았다. 속이 찌르르 하고 물 끓듯이 가슴이 부글부글 끓어 오른다.

내 마누라를 농락한 놈이 이놈이다, 하는 생각이 새삼스럽게 생겨나며 이놈이 나를 농락하고 말았구나, 하는 분격한 마음이 끓어 오른다.

제가 먼저 제안하고 제가 선두에 서서 일을 꾸며 놓고는 그 뒤에 숨어서 그는 취직 운동을 하였다. 그리고 일이 막 되어가려고 할 즈음에 돌연히 뱀장어 모양으로 빠져나가는 것이 무슨 행동이냐.

"또 종이값이 좀 내릴 것 같드니 오늘 시세도 그만인걸요. 앞으로 내릴 가망은 없는 모양이구료."

준호는 출판사 경영 앞에 암초까지를 암시하고 마치 남의 일을 비방하듯 한다. 남수는 주먹을 부르쥐고 그의 볼때기를 후려 갈길까 했다.

그러나 냉정히 주먹을 굳게 쥐고 생각해 보면 제가 미련한 놈이었다. 그는 아무것도 모르고 부엌에서 밥을 짓고 있는 처를 갈기고 싶었다.

"이년 이런 놈하고 산보할 때 너는 행복을 느끼느냐."

이렇게 처를 두드리고 싶었다. 그러나 그 때리고 싶은 마음은 결국 제 자신에게로 돌아오는 불쌍한 심리였다.

준호는 호주머니에서 문서를 꺼내서 우물거리고 있다. 남수는 아무것도 눈붙여 보지 않으며 창문 있는 쪽을 멍하니 바라보고 있다.

라디오 체조의 호령 소리가 갑자기 그의 귀에 어지럽다.

1937년

이녕 _ 한설야

1

민우가 석후에 식곤이 나서 시들푸러 한잠 자고 나니 정주에서는 지금 바로 아낙네들의 이야기가 한창이다.

단 두 칸 방 집인데 전등은 윗방과 정주 어름에 하나뿐이다. 슴뜬 손님이 오기 전에는 항시 샛문을 열어 놓고 그 어간에 켜 놓으면 아래윗방이 다 환하다.

그런데 오늘은 알심을 써서 민우를 편히 쉬라고 그런 것인지 그렇지 않으면 입심 좋은 아낙네 마실꾼들이 한바탕 늘어지게 옥화사담을 펼 양으로 그런 것인지 샛문을 닫아 버려서 윗방은 아주 까마귀 나라다.

어린애들은 벌써 한잠이 들었는지 아무 소리도 없다. 여느 날과 마찬가지로 아마 방 윗목에 덧놓인 윷가락처럼 널려서 혼곤히 자고 있으리라.

민우는 낮에 시장했던 탓인지 또는 다모토리(소주) 잔이나 좋이 걸었던 때문인지 물이 키이는 것을 눌러 참고 있다. 아내의 들뜬 웃음소리만 들어도 벌써 맘에 꺼름한 점이 있어서 약간 불쾌해질싸하였다. 아내가 어째서 저리 수선을 떠는지 민우는 그의 이야기를 차근히 밭아 들을 것도 없이 벌써 잘 안다는 듯이 혀를 한 번 쩍 갈기고 저편으로 돌아누웠다. 아무 소리도 듣지 말려는 거다. 그러나 기실 귀는 더 감가진다.

민우가 거기서 나온 지도 벌써 거의 반년이 된다. 민우가 돌아온 후 온 집이 다만 반가운 빛과 소리로 찼던 한동안이 지나간 그 뒤에 온 아내의 당부는 제발 이제부터 되지도 않을 딴생각말고 살아갈 연구—아내는 늘 이렇게 말한다—를 하라는 거다. 민우가 낸들 어디 살 일 안 하고 죽을 연굴 하느냐고 웃으면 아내는 아니 그런 게 아니라 인제 남의 일 다 아랑곳할 것 없이 집안일에만 고스란히 착념하라는 거다. 그리고 끼니마다 막 잠을 자고 난 누에처럼 밥을 처조기는 아이들을 보며 알아들으란 듯이,

"글쎄 저애들 먹는 것만 좀 보우."

하고 식성 좋은 아내는 제김에 침을 삼키며 흐뭇한 듯이 이번은 혼잣말로 비젓이 발을 단다.

"참 좀좀이 벌어 가지구는 안 되겠다."

그러다가 나중은 민우더러 글까지 쓰지 말라는 거다. 글 없는 사람은 글이 필요할 때면 아무 데 가서도 돈 안 주고 얻어오지만서도 곁집에 도끼 빌러 가면 있구두 없답디다, 하는 아내는 사실 민우가 그리로 가 있은 한 사 년 동안에 글보다 장작 팰 도끼가 더 필요하다는 걸 육신으로써 체험한 것이다. 민우도 그만 것은 듣지 않아도 잘 안다.

그래서 민우는 거기는 별로 할 말이 없고 또 애써 그렇지 않다고 타이르기도 싫어서 그런대로 잠자코 있다가 그 후 한 번 아내가 맏놈이 인제 소학 졸업도 오라지 않았으니 중학교에 넣어야겠다, 재산증명을 맡을 수 없으니 누구 일가친척 중에서 돈냥 있는 사람을 미리 보호자로 당부해 두라는 말을 할 때, 왜 그 전에는 글보다 도끼가 낫다구 했는데, 나은 걸 주지 않고 못한 걸 주자느냐고 웃으니까 아내는 글도 시속을 잘 맞춰서 쓰면 팔모야광주보다 낫다는 거다. 그리고 실례로 왜 내지 신문을 보면 무슨 국민가요 한 수에 몇백 원 현상이 붙어 있고 무슨 시국 영화소설이니 논문이니 하는 글 한 편에 몇천 원 현상이 붙었으니 재주가 없어 그렇지 재주만 있으면 그게 다 제 주머니 돈이 아니겠느냐는 거다.

그러니 아내의 말을 따져보면 민우는 결국 글재주가 부족하다는 결론이 된다. 그러나 그렇다고 민우라는 위인이 무슨 장사치가 되겠느냐 하면 노상 그렇지도 못하고, 그렇다고 벼슬아치는 더욱 될 수 없고 보니까 결국 어디 허름한 취직이라도 하라는 말이 된다. 신이 나게 버쩍 떠들어 봤댔자 그저 제 손해고 미운 놈을 밉다고 했댔자 성나서 바위차기요 하늘을 우러러 침 뱉는 격이다. 속담에 미운 놈 떡 한 짝 더 주랬다고 아니꼬운 꼴을 당하더라도 더 좋게 해주라고 어디로 나갈 때마다 아내는 신신당부다.

아내는 본시 성미가 괄괄하고 왈패이나 애당초 켸가 안 될 일은 맘으로부터 항복하고 들지만, 민우는 그 반대로 약한 성격이면서도 제 맘에 못마땅하다고 생각하는 사람이면 한때 그 서슬에 눌리고 무섬을 타면서도 한 대목 늦어만 지면 속으로라도 욕하고 미워해야 하는 성격이다.

그래서 아내는 요샛세상이란 그저 싫거니 좋거니 덮어 놓고 단냥끔으로 청탁을 가리지 않고 두덮어 살아가야 한다고 생각하지만 민우는 실지에 있어서 아내의 말대로 그저 그렇게 벙어리 삼 년, 장님 삼 년 격으로 비위 상하는 일이라도 그런대로 보아 가고, 때로는 속에 없이 남 좋다는 대로 좋다, 옳다 하고 꾸벅꾸벅 살아갈 수밖에 없는 것을 알면서도 그래도 아니꼬운 꼴, 옳지 못한 것을 보면 속으로 이따금 혼자 용굴대를 부려 보고, 하다못해 남 안 보는 그늘에 가서 침이라도 탁 뱉어 줘야 맘의 한구석이 좀 들린다.

그러자니까 자연 아내와는 더욱 위치가 맞지 않을 수밖에…… 그래서 민우는 이따금 속으로 '약자!' 라고도 불러보고 심하면 '소갈머리 없는 것' 하고 기껏 업신여기기도 해본다.

그러나 아내는 또 아내대로 남편이 아주 하찮게 보이는 것을 어찌할 수 없다. 재주도 없는 주제에, 아니 그보다 사람 모인 데 가선 변변히 말 한 마디 못 하는 화상이 이불 속에서나 활개를 치면 무슨 소용이람, 똥 찌른 꼬쟁이 따위가 하고 속으로 욕지거리를 하지만 겉으로는 아직 그까지 바닥을 들지는 못한다.

"당신은 마치 갑은 물 같소."

아내의 소견으로는 남편의 성미는 마치 충충 갑은 오랜 늪물처럼 만날 그대로만 있어서 언제 보든지 전장끔이다.

도대체 변할 줄을 모른다. 물로 치더라도 좔좔 흐르는 물이라야 맑고 시원하다. 그래도 남의 말을 들으면 남편은 퍽 재미나는 사람이라는데 집에 들어서는 가타부타 쇠통 말이 없다. 그리고 무슨 생각을 하는지 이불을 돌돌 감고 돌아누웠거나 그렇지 않으면 책과 씨름이다. 그래서 아내는 그놈의 책 죄다 살라버리고 싶은 때가 적지 않다. 책이 아무리 좋다기로서니 온 아내까지 모르고 살게 할 말이면 그따위 것을 그대로 둘 수 있으랴 싶었다.

그러나 한편 생각하면 민우는 그리로 갔다 온 후 성미가 변한 것도 적지 않다. 첫째 식성이 변했다. 김치깍두기만 먹고 제삿날에도 입쌀과 핍쌀을 섞고 게다가 콩팥을 둔 밥이라야 먹던 남편이 인제는 흰밥도 그만이요 길짐승, 물고기도 고작이다. 평생 국을 안 먹어서 허리가 한 줌만하더니 인제는 제법 국맛도 아는 속이다. 식성 좋고 지방질적인 아내에게는 우선 이것이 적이 기뻤다.

그리고 자식에게 대한 태도도 많이 변했다. 그 전에는, 어려서 다리를 앓아서 끝내 한쪽 다리를 살룩거리는 맏놈은 물론, 그 다음 아이들 이름조차 잘 부르려고 안 하고 무슨 잘못이 있든가 울든가 하면 당장 욕하고 때리고 했는데 지금은 그 버릇이 없다.

민우는 무엇보다 우는 것이 제일 질색이다. 그래서 맏놈이 세 살 때엔가는 우는 아이를 앞 개천에 팽개친 일이 있고, 둘째놈은 한 번 무슨 책장을 찢어 놓아서 마당 김치독 파낸 구덩에 절반이나 파묻은 걸 아내가 파낸 일이 있고, 셋째놈은 방에다 잉

크를 엎지르고 따귀를 맞아 코피 터진 일이 있고, 제일 귀염을 받는 것이 그 담 딸인 데 그도 에밀 닮아서 울길 잘 하기 때문에 여러 번 휘태손이를 먹었다. 그 다음 다섯째놈은 민우가 그리로 가던 바로 그날 새벽에 낳았는데 그래서 그런지 그 안에서 이름을 지어 보내고 자주 안부를 물었는데 거기서 나와서 첨은 안아 보는 일도 없더니 다섯 살밖에 안 되는 놈이 제법 형놈들을 따라 글씨도 쓰고 그림도 그리는 흉내를 내어서 못내 만족해하는 속이다. 막내놈말고는 모두 학교에 다니는데 말로는 그까짓 학교성적 같은 거야 나쁘면 어떠냐고 심상한 체하지만 그러면서도 이따금 아이들 몰래 아내에게 학교성적을 묻고 어느 놈이 제일 재주 있느냐고 묻는다.

그런데 또 요새는 회심이 들어서 취직 운동을 하는 중이다. 그 전에는 "내가 왜 무직업쟁이란 말이냐, 나는 생각하고 있다, 그게 직업인 줄을 모르니 답답하지 않으냐" 하고 말하여 아내가 "그까짓 가난뱅이 되는 연구!" 하고 비꼬아도 끝내 직업 같은 데는 구미가 없었다. 그런데 요새는 별말 없이 취직 운동을 다닌다. 더구나 그 취직 운동은 예전과 달라서 재판소 판사니 검사니 하는 사람들이 배후에 있어 힘써 준다는 말을 민우에게서 직접 들은 건 아니로되 풍편에 들은 아내는 이런 별세상 별시대가 있느냐고 못내 놀랐다.

그러나 알고 보니 사실은 사실이다. 보호관찰소라는 것이 생겨서 직업을 주선해 준다는 말을 아내는 남편이 나와서 얼마 만에야 딱히 알았다.

또 오늘 낮에 민우가 그리로 갔다 온 것도 아내는 잘 안다. 민우는 딴 데 놀러갔다 온 체하지만 그건 집안에서 너무 조급해할까 봐서 위정 시치미를 떼는 거요 사실은 잠시 지나는 길에라도 들기는 꼭 들었으리라 싶었다.

"그래 만나 봤소?"

아내는 넘겨짚듯이 웃으며 이렇게 물었다.

"누굴 말요?"

"거기…… 왜 요전부터……."

"응, 거기 말이지…… 들르나 마나 하지. 말은 다 해뒀으니까."

"그렇지만……."

아내는 이렇게 말하다가 민우의 동정을 살피며 더 묻지 않고 저녁상을 차리었다. 육중한 몸이 행결 개가워진다. 밥도 수둑이 담고 국도 남상남상이다.

민우는 그러한 아내의 성미가 비위에 맞지 않아서 때로는 좀 담박하게 해보라고 일깨워주고 때로는 국을 조금 떠 마시고 삭은 코를 찌푸려 불쾌한 빛을 보이며 국그릇을 통으로 집어 내려놔도 아내의 타고난 지방질은 어찌할 수 없었다. 그저 수북수북 담아 놔야 맘이 놓이는 거다.

그런데 마침 오늘 저녁은 배가 몹시 고파서 아내의 떡심이 그다지 맘에 걸리지 않았다. 그래서 그런지 아내는 오늘 밤 대단히 기분이 좋다.

2

정주에 모여 온 아낙네들이란 거의 다 민우의 아내와 처지가 어슷비슷한 사람들이다. 한때는 그 남편들이 역시 민우와 같이 나랏밥술이나 좋이 얻어 먹은 일들이 있으나 지금은 대개 직업을 가지고 있다. 옛날에는 어깨를 살리고 모여들 다니고 고작 형이니 아우니 하다가도 금시 핏줄을 세우고 말쌈질을 하고 직업 잡고 돈벌 일 하라면 무슨 파문(破門)이나 당하듯이 꺼리던 사람들이지만 지금은 어찌된 바람인지 하다못해 단돈 이삼십 원 벌이라도 잡고 들었다. 그래서 아낙네들은 사람이란 나이 먹으면 지각이 드는 것이라는 옛 사람 말을 여기서 또 한번 참답게 되씹어 본다.

"참 저어 김 무언가 그 전 연극두 하고 하던 얼굴이 곱상한 사람 있지 않소. 그 사람이 자동차부엘 다니더군그래. 요전에 보니까."

수득이 어머니가 이렇게 말하고는 잇달아서,

"요전에 내호로 가자고 다꾸시 타러 갔더니만서두 그 사람이 자동차부에서 호각을 불구 있겠지."

하고 발을 단다. 그 자동차부에서 호각 부는 김동일이라는 사나이보다 갑절 나은 자리에 있는 자기 남편을 염두에 두고 이 말을 했던 것은 물론이지만 또 한편 어떻게 자기 남편 자랑을 터보았으면 해보기도 한다. 그의 남편은 어느 목재회사 무슨 주임으로 있다.

"그 사람 취직한 지 언제라구…… 건데 그 사람보다 청년회패 중에서는 그 전에 극장에서 연설두 하구 제일 똑똑하다던 박의선인가 한 사람은 출옥하자 얼마 안 돼서 재판소 누구라나 한 사람의 소개로 도청 무슨 과에 취직했는데 월급도 그 패 중에서는 제일 많이 받는대."

민우의 아내 말이다. 아내는 인제 자기 남편이 그 사람보다도 나은 자리를 얻으리라 생각하니 속으로 슬며시 기뻐진다.

"참 세월이 좋아졌어. 그 전 같으면 거게 한 번 다녀오기만 하면 아무 데두 명함 낼 엄두를 못 하더니만서두 지금은 그런 사람이 외려 더 잘 씨이는구려 글쎄."

만수네 어머니 말이다. 만수네 아버지는 어느 촌 사립학교 교원을 무슨 일 때문에 밀려난 후 인차 목공을 배워 가지고 조그마나마 지금은 자영하고 있다. 살림은 교원 노릇 할 때보다 차라리 나은 편이나 아내는 역시 선생 노릇 하던 그 시절이 낫다고 생각한다. 학생 집에서 달걀꾸러미 가져오던 생각을 아무리 해도 잊을 수 없다. 그나 그뿐이랴. 그 동리에서는 모두들 안 선생댁이라고 존대하지 않았는가. 그러나 지금은 쬐고만 까까중이 어린 놈이 와서도 여기 목수 어디 갔소, 하고 성씨조차 부르지 않는다. 그리고 남편은 인물로 보든지 지식으로 보든지 수득이 아버지보다도 때가 벗었건만 그래도 수득이 어미 속성으로는 말 속에 늘 지질한 직업을 가질 때에는 사람 나위가 그만밖에 안 되게 그런 거지 그럴싸하는 말투다.

"그때 그리구 다니던 사람들도 지금은 모두 돈벌이하고 얌전들 해졌어. 철들이 나서 그런지 세월이 좋아서 그런지."

수득이 어미가 이렇게 말하자 곁에서 따라서 누구는 수리조합에 다니느니, 누구는 부청 토목계 칙량반으로 다니느니, 누구는 어느 회사 고원으로 다니느니, 누구는 무슨 장사를 하느니, 누구는 신문지국 기자로 다니느니 하는 이야기를 창황히 주워댄다.

"글쎄 신문기자도 요새는 세목이면 횡재가 생긴다는구려. 관청에서랑 회사에서랑 다문 얼마씩이라두 찔러 준다니……그 전에는 신문기자라면 제일 미워하더니만서두."

그 전에 지방 신문지국 기자로 있은 일이 있는 민우의 아내에게는 이런 일도 한 가지 이문(異聞)이 아닐 수 없다. 그 전에는 돈 생기기는커녕 걸핏하면 떼어가곤 하였다.

"그래 이 집 쥔은 어쩌우. 또 신문사 일을 보게 되우?"

제 집 자랑하고 싶은 수득이 어미가 목이 간질간질해서 민우 아내에게 나지막한 소리로 묻는다.

"글쎄 아직 모르겠소만 인제 신문사에는 한사코 안 있겠다구 하고……."

그러면서 민우 아내는 싱긋 웃는다. 남편은 좋은 취직 희망이 있다는 의미리라.

"그래 몸은 건강하오. 몸이 제일이지요, 그까짓 벌이야 있다가도 없고 없다가도 있는 거지만."

목수의 아내 말이다. 자기 남편이 교원 노릇 할 때보다 몸이 튼튼해진 것이 사실이고 또 각중에 그것이 제일 유복한 일이어니 생각해야 할 자기인 것도 그는 잘 안다.

"그럼 몸이 제일이지요, 우리 쥔도 나와서 첨은 창자에 털이 났다고 하며 안 자시던 고기도 자시고 국도 자시고 하더니만 지금은 몸이 팔팔결인데 글쎄, 잔밥(아이들)을 수두그러 늘어놓고 몸까지 성치 못해 보오. 어떻게 되나."

날마다 닭의 배를 만져 보고 알만 낳으면 남편 상에 올려놓는 민우의 아내도 목수 아내와 동감이다.

"아이구, 아일랑 인제 그만 좀 나소."

수득 어미가 위정 놀리는 투로 말해 놓고는 다음으로 제 집 이야기로 넘어간다.

"나는 아이 둘을 가지고도 아주 죽겠소. 복개고 성가시고…… 아이 보는 애년이 혼자 힘에 부쳐서 밥 짓는 애까지 하나 더 두었는데 그래도 연극 구경 한 번 맘놓고 못 다닌다우."

수득이 어미 팔자 늘어진 건 이만해도 알 일이지만 그에게는 그보다 더 나은 자랑이 또 있다. 그것은, 여태 별말 없이 듣고만 있는 덕근이 아내의 존재를 새삼스레 생각한 때부터 버쩍 더 말하고 싶어진 자랑이다. 그는 슬쩍 딴전을 써서 덕근이 아내에게 이렇게 묻는다.

"그래 그 집 귄은 요새 바람이 좀 잤소."

수득이 어미 남편 자랑하려는 차부는 이렇게 시작된다.

"자길 언제 자겠소. 제 말마따나 복상사하고야 그 버릇 떨어지지요."

덕근이 아내는 벌써 가슴이 화끈해난다. 눈 밑에서 불이 튄다. 남편은 나이 먹을수록 외도가 더 심하다. 인제 나이 먹었으니 더 늙기 전에 하나만 더 하고…… 이렇게 염량 좋은 소리를 하는 것이나 그 하나라는 것이 바뀌고 바뀌어서 끝날 날이 없다.

덕근이 집은 선대 유산냥이나 있어서 지금도 꽤 유족한 편이다. 촌에는 열흘갈이도 넘는 과수원이 있다. 옛날, 청년들 호기 놀랍던 그 시절에는 돈 드는 일은 누구보다 첫대 그가 대맡았다. 공용으로 쓰는 돈은 물론이지만 친구들 술 밑천도 어지간히 대주었다. 그러나 그 낱용보다 남몰래 나가는 오입 밑천이 훨씬 더 많았다. 가만히 따져보면 그는 밭날가리, 논마지기를 소리없이 져다가 숱한 계집에게 안겨 준 폭이다. 그때부터 계집이라면 오금을 못 추고 계집에게 던지는 돈은 아낄 줄을 몰랐다.

그러나 때가 때라, 그 당시는 쥐새도 모르게 하더니만 요새는 아내 소견으로 보면 아주 놓인 말이다. 삼십 넘은 여자의 남편 욕심이 남편 오줌 누는 소리에도 깊은 의혹을 가지게 하는 것까지 회계에 넣고 보면 사실 남편의 버릇이 더해지지 않은 것을 알 수 있는 것이나 타고난 이 아내의 욕심이란 한이 없다. 그의 눈과 귀와 머리는 다른 데로는 꼼짝 돌아가지 않고 목고대로 오로지 남편 행장에만 쏠리고 있다.

남편이 아침밥만 좀 덜 떠도 흥 두 집에 신 벗고 두 벌 밥 먹을 사람 식사부터 다르군 하고, 오늘 밤쯤 남편의 발이 우선 제 이불 속의 다리를 건드리려니, "아이구, 추운 데 다녔더니 발이 꽁꽁 얼었어." 이런 헛소리를 하려니 하고 있는데 점도록 소식이 없으면 이 조죽놈이 일을 치고 왔구나 하고, 감기가 들어서 구미를 잃으면 어떤 년한테 잘 먹었구나 하지 않으면 아주 곤냐꾸 다 됐구나 다 됐어 하고 바지 고춤을 잡아흔들어 준다. 겨울 밤 어디 갔다가 늦게 들어오면 아내는 우선 술냄새 나는가를 맡아 보고, 그 다음으로는 발로 남편의 발다리를 진맥해 본다. 그래서 술이 취하고 또 발이 차야 말이지 좀 푸근히 녹았던 기미만 뵈면 어느 년 궁둥이에 엎더졌다 왔느냐고 나중은 너 죽고 나 죽자고 칼까지 가지고 덤빈다.

그래서 덕근이가 아내를 광새 돈은 년이라고 욕지거리를 하면 아내는 으레 그래 내가 지금 몇 살이야, 마흔이야 쉰이야 하고 대들고 또는 반타작만 아니면사⋯⋯ 그래 평생 한 계집 데리구 살아본 일 있어? 하고 설친다. 그러면 덕근이도 악이 받치다 못해 "너 이년, 꿩 잡아서 복장, 밑구멍 다 들어내고 솔잎 처박은 걸 봤지. 네년도 아마 꿩이 되구라야 말이 없을까 부다." 이렇게 악다구니를 해도 아내는 여전하다. 덕근이는 사실 인제는 실속 없이 강짜받는 통에 머리가 셀 지경이나 그래도 놀기 좋아하는 버릇 때문에 여전히 밤늦도록 떠돌아 다닌다.

"아니 그래 여태 그러오?"

민우의 아내 말. 민우도 얌전한 체하면서도 옛날에는 헐치 않는 색시날뤄다. 그런데 그 버릇도 그리로 갔다온 지 후로는 아직 찾아볼 수 없다. 생각하면 참으로 고마운 곳이다.

"그래 이 집 권은 어떻소. 예전에는 우리 집 쥔과 밤낮 얼려다니지 않었소. 뒤로 호박씨 잘 깐다구들 했는데."

덕근의 아내 말이 민우의 아내에게는 동무 끌고 들어가는 물귀신 심사같이 들렸다.

"천만에 인제는 그런 버릇 다 없어졌다우. 요전에 한 번 눠 말을 하는데 그눔 여태 계집질하구 다닌다니 쳐죽일 놈 아니냐구."

"그래도 맘놓지 마우. 인제 돈벌이나 해보지. 말 타면 견마잡이 생각 난다우."

여기서 엽때 대기(待機)하고 있던 수득이 어미가 자기 차례라고 나선다.

"우리 쥔은 평생 그런 법 모르지 않소. 처내없는 양귀비라도 제 계집만 못하다는구려. 그리고 술은 공짜 외에는 안 자시구. 연회 같은 데 갔다가두 슬쩍 먼저 빠져오구 그러니 돈 쓸 데가 있소. 월급. 상여금을 타면 꼭꼭 내게 갖다 맡기지요…… 참말 요전에 어떻게들 웃었는지. 숱한 돈이 모두 여자 손에서 죽는다고, 애써 벌어다주면 모두 여자들 손에서 흩어져 나가니 대체 여자처럼 돈 많이 쓰는 사람이 어디 있느냐구."

수득이 어미 남편 자랑 첫 대문이다.

"나 같으면 남편이 만약 외입한다면 죽지 못살겠소."

수득이 어미는 제김에 목을 쩔레쩔레 흔든다.

"외입 못 하는 사내 데리구 살 재미 있소."

만수 어미가 위정 내부쳐 보는 말이다. 그저 못난 체 별말 없이 제 직업이나 부지런히 하고 있는 남편을 가진 그는 수득이 어미처럼 남편 자랑할 재비도, 또 덕근이 아내 본으로 남편 패담할 건지도 없다.

그러니만치 그 어느 편에도 슬그머니 증이 났다. 남편 자랑에 아가리를 닫지 못해도 정작 알고 보면 그 남편이란 중학도 변변히 마치지 못한 뜨내기 골생원이요, 그 반대로 나무라는 남편을 알고 보면 의외로 싹싹하고 늠름하고 물리 탁 틔운 사나이가 많다. 그러니 도대체 자랑하는 것들도 염치 없는 계집이지만, 그렇다고 나무라고만 다니는 계집도 고얀 년들이라고 생각한다. 따져 보면 그 어느 편이고 흘쩨 남편 욕심이 육실하게 많아서 아가리를 가만두고 배기지 못하는 거라고도 생각해 본다. 또는 엉치를 분질러 계집 구실 못 하게 해야 할 따위 즌판들이라고도 생각해 본다.

"만수 어머니 말마따나 정말 외입두 좀 해야겠습디다. 그도 노비상 너무 안 하니까 어떤 때는 구찮어 죽겠습디다. 나만 가지고 못살게 구니까…… 글쎄 술잔이나 자시고 들어오면 귀를 다 깨물어 준달밖에."

수득이 어미 남편 자랑은 점점 더 진경으로 들어간다. 워낙 입심 좋고 육담 잘 하고 중구메(뱀장어의 일종)같이 징그러운 아낙네가 남보다 내외간 정분 좋은 근경거리기가 천하일수다.

"그저 그도 저도 말고 농사꾼이 제일이겠습디다. 촌사람이 덥덥하고 진정이고…… 반질벌게 출입깨나 합네 하는 사내치고는 외도 안 하는 사내가 어디 있겠소. 아따 글쎄 사내들 혼 빼먹으랴는 갈보 칠보가 올빼미 눈처럼 노리고 있는데 반반한 사내치구 안 걸리는 장수가 있소. 열 번 찍어 안 드는 나무가 없다구."

남편 때문에 만날 속을 썩이는 덕근이 아내가 진심으로 세 벌 상투 촌보리 동지를 데리구 가난하나마 비둘기처럼 구구구하고 살아보고 싶은 토심으로 한 말인데 수득이 어미 귀에는 그 말이 제 남편 치는 언사로 들렸다.

그저 촌사람이 좋다는 것부터 위정 엇가는 말인데다가 사내 잘나면 외입 안 하고 배길 수 없다 한즉 외입 못 하는 내 남편은 무슨 얼간이나 사람사촌으로 치자는 심보가 아닌가…… 수득 어미는 이렇게 생각하고 못내 비위가 상한다.

"석 냥짜리 말 이두 들어 보지 말라구 흙내 나는 촌사내 좋으면 얼마나 좋겠소. 그래도 사내랍시고 출입도 제법 하고 인물도 깨끗하고 지식도 상당하면서 외입 안 하고 아내 하정 잘 알고 해야지…… 아닌게아니라 사내 신사가 돌부처 아닌 담에야 계집들 꼬임 안 받을 사람 어디 있겠소만 그래도 거게 안 넘어가는 사람이라야 가위 진짜지요. 좋아하자는 여자가 없어서 외도 못 하는 거야, 못 하는 거지 어디 안 하는 건가, 그리게 우리 쥔 말이 우습지. 이제 늙어서 여자들이 본숭만숭할 때쯤 해서 한 번 손을 써본다구."

수득이 어미 남편 자랑도 인제 종장인 줄 알았는데 또 발이 달린다.

"그리구 또 여자들이 지지리 따르는 까닭은 꼭 돈이 있기 때문이라고 생각하면 맘이 내키다가도 그만 쑥 들어가 버린다는구려. 돈도 명색도 없이 돼서도 그렇게 따르는가 보구 싶다구. 글쎄 날더러 말이, 임자 내 돈 없으면 설마 죽도록 따라 살겠소. 그러니 조강지처가 그럴 바에야 장삼이사 놀어먹는 계집을 어떻게 믿는단 말이냐구."

이 여인들의 세계는 완전히 남편의 품행 여하로 어둡게도 밝게도 되는 것이다. 또 그들 세계의 전부요, 그러기 때문에 그 이야기는 곧 세계의 문제요 또 그러기 때문에 이 문제는 한량없이 심각하고 넓고 끝날 줄을 모르는 것이다. 그래서 결국 이 밤도 남편 자랑이나 험담이 다 끝나지 못하고 만 것이다.

"계집질 좋아하는 사내는 그저 한 번씩 톡톡히 큰집 구경을 시켜야지. 그래야 버릇이 떨어진다니까."

민우의 아내가 이렇게 운을 떼자 모두 참 그렇다는 듯이 맞장구판이 벌어진다. 누구는 그리로 다녀오자마자 곧 취직해서 인제는 돈을 모으고, 누구는 책사를 해서, 누구는 토지 거간을 해서, 또 누구는 부자 과부를 얻어서 전장을 거느리고 아들딸 낳고 깨고소하게 산다는 등, 어떤 사람은 지위 있는 관리들과 상종하고 무슨 대표로 동경까지 갔다 왔는데 누구만은 아직도 징역살이가 부족해서 길이 좀 덜 들어 궁을 못 벗은 것이라는 등 이야기가 한창이다.

3

민우가 맘 가운데 저울을 들고 정주에 모인 아낙네들의 머리를 달아 보기 시작한 지 이미 이슥하되 저울추는 거의 움직임이 없다. 아무것도 없는 것이나 일반이다. 그는 사막과 같이 텅 빈 공허감(空虛感)을 느끼는 한편, 사람의 지혜를 진창으로 반죽해 주려는 무서운 우치(愚痴)의 세계를 또한 본다. 그것은 지옥을 보는 것보다 더 싫고 미운 일이다.

아내는 동리 아낙네들을 보내자마자 쪽대문을 절컥 건 다음 잠시 뒷간에 들렀다가 우두두 떠는 시늉을 하며 윗방으로 들어왔다.

"여보오."

아내의 목소리는 사뭇 가늘다.

그러나 민우는 일부러 모르는 척 해 본다.

"여, 여보."

아내의 목소리는 더 가늘고 안삽해진다. 그러나 약간 떨린다. 아내는 지금 제 목소리에 일종 매력을 느끼고 또 간드러지거니 그렇게 생각하렸다 하고 궁리해 보니 민우는 까닭 없이 이마에 핏줄이 선다.

"여보오, 일어나요…… 아이, 몸이 아주 반쪽이네, 어떻게 말랐는지."

아내는 민우의 몸을 매만지며 끔찍한 듯이 이런 말을 되풀이한다. 민우의 몸이 여윈 것을 오늘 첨 안 배 아니로되, 늘 하는 버릇으로 아내는, 이 몸이 언제 그 전처럼 성해질까, 음식물이 나쁘니까 뼈만 남을 수밖에…… 나나 바꿔서 그 고생 했더면…… 이런 혀 아랫소리를 되씹으면서 민우를 흔들어 깨운다. 그러며 속으로는 민우가 "약하긴 왜 약해. 이래봬도 남만치 악세다네" 하고 손목을 꽉 쥐어 주었으면 싶었다.

아내의 말과 손이 좀 즘즛해진 때에 민우는 우뚝 일어났다. 밖에 나가서 오줌을 누고 들어오니 아내는 치마를 벗고 단속곳 바람으로 자리를 펴고 있다.

"방이 추워서…… 남들은 한 달에 이십 원 어치씩 불을 땐다는데 우리는 그 반에 반도 널락말락하니……."

아내는 또 혼잣말로 중얼댄다.

"어서 어린애들이나 자라나야지, 혼자서 벌어서 숱한 식구를 살리자니 좀좀한가. 오만 세상에 우리처럼 곁이 없는 사람은 없을 거야. 사오 년을 그 고생해도 누구 하나 들여다 보는 친척이 있나. 계봉이(막내아들) 낳고 사흘 만에 쌀 꾸러 갔달밖에."

이 말은 아마 모르면 몰라도 벌써 열 번은 들었으리라. 그때마다 꼭 같은 음성과 꼭 같은 사설로 되씹고 또 되씹던 말이다. 그러니 너무 들어서 구찮은 것이야 물론이지.

그보다 같은 소리를 열 번, 스무 번, 또 앞으로도 무수히 들어야 할 그것과 그리고 무수히 외일 아내의 점액질(粘液質)이 찌끗찌끗하다.

아내는 남편에게 무슨 불만이 있든가 또는 남에게 무슨 앙치가 있으면, 그 날짜, 그 경위, 그 증인까지를 하나 빼지 않고 몇 번이든지 곱집어 외이고 사설한다. 그런데도 그것은 증오심으로 욕지거리하는 때는 아직 좋다. 그렇지 않고 비창해지는 때라든가 또는 나약해지는 때면 그 소리가 비리고 못생겨진다.

그런데 오늘 지금 아내가 하는 조는 그도 저도 아니고 딴에는 한 가지 애교다. 사설은 열 번 듣던 그 소리 그대로이되 그 음성은 확실히 간드러져 보려는 청이다. 워낙 건강하고 덥덥스런 아내는 애교와 간드러진 목청에는 천은(天恩)이 없다. 그래서 거게다가 보고 들은 조로 다소 색채를 놓으려고 들면 얼른 듣기에는 하릴없는 신음 소리다. 그런 때는 응당 건강한 소리가 원수라는 듯이 비리고 뇌리치한 청을 내보는 것이다. 부드럽고 간드러진 음성을 용납할 줄 모르는 세괏은 건강이 때로는 원망스러우리라.

아내는 좀더 다정히 남편에게 묻는다.

"어디 몸이 아프오."

그러나 민우는 오줌을 누고 난 뒤처럼 몸을 한 번 우두두 떨 뿐—그것은 아무렇지 않다는 대답도 되려니와 또 한편 몸이 저절로 아슬떼려지는 표이기도 하다.

따뜻한 가정이라는 말이 지금 세상에서는 벌써 자취를 감춘 지 오랜, 수만 년 옛일인 성싶다. 달과 같이 차고 수정과 같이 맑은 그 위에 이루어질 정열과 인정과 풍속은 없을까. 그러나 아내는 남편의 기분 여하를 알 까닭이 없다. 아니 좋거니 생각한다.

"계란 좀 잡숫고 자겠소?"

"아니 또 소화가 나쁜 걸, 감기가 왔는지."

민우는 얼른 이렇게 대답하며 제 자리에 혼자 드러누웠다가 문득 생각이 들어 다시 일어나 솜보료를 집어다가 머리를 가리고 드러누었다. 몸이 좀 불편하다는 표다. 그러나 그래 놓고도, 지금 바로 눈앞에서 무척 애교 있어지려 하고, 요사이 무슨 회리바람이 불었는지 갑자기 서울 여편네들 옷매무새가 부러워나서 인조견 단속곳까지 해 입은 아내를 생각하고는 또 한번 왕청되게,

"여보, 그런데 나 죽으면 임자 어쩔 테요."

이렇게 물어 놓고 다시 발을 달았다.

"암만해도 오래 살 성싶지 못해, 요새같이 버쩍 쇠약해져서는 아닌게아니라 몇

날 볕 못 보지."

오늘 밤 기분으로 말하면 민우는 이런 말 저런 말 하고 싶지 않았지만 삼십 전후의 피둥피둥한 아내를 잡념 없이 수이 자게 하려니까 자연 이따위 된서리를 아내의 건강 위에 던져 두지 않을 수 없다.

"말을 해도 왜 해필 그따위 복받지 못할 소릴 한단 말요. 죽긴 왜 죽어요. 숱한 잔잡을 버려 놓고 죽었으면 꼴 좋겠소."

아내는 제 몸이 떨려졌다. 민우의 말투는 모르면 몰라도 신수에 무척 화를 불렀으리라. 그는 지금 바로 보이지 않는 앙화가 남편의 머리를 향하고 내려오는 것 같았다.

"나 죽어도 살기야 살겠지."

민우는 그렇다고 푸시시해 버리기도 무엇해서 뒤를 한 번 더 조져 놓고 나서 말을 슬쩍 돌려,

"여보, 나 등 뒤로 바람이 들어오니 이불 좀 꼭 눌러주오."

하고 저편으로 돌아누워 그리고는 암말도 더 묻지 않는다.

아내는 자리에 누워서 한참 좋이 신문을 버서석거리더니 그럭저럭 잠이 든 모양이요, 민우는 초저녁에 한잠 자고 난 탓인지 아닙때까지 이불 속에서 이 생각 저 생각 하다가 새벽녘에야 잠이 들었다.

민우는 아침에 어린애들 떠드는 소리에 눈이 뜨였으나 보료 속에 얼굴을 파묻은 대로 있었다.

그는 떠들썩하는 어린애들 소리를 읽으면서 한 놈씩 성격을 생각해 본다.

맏놈은 그저 순하다. 맏이치고 얼뜨기 아닌 것이 없다는 속담을 생각한다. 그러나 음식 덜 먹고 말없는 것이 좋다. 둘째놈은 성미가 팩하다. 재주 있다. 하나 그보다 자존심이 강한 것이 좋다. 셋째놈은 역시 순하나 울컥이다. 비위성이 좋다. 그 담 딸년은 왈패다. 사내 형제들을 깔고 돌려는 게 좋다. 쌍꺼풀이 눈딱지도 이 집에서는

귀물이다. 또 단 하나 외갓집 모습을 닮지 않은 것이 좋다. 그 담 놈은 욕심이 많다. 어쩐지 애비 성미에 안 맞는다. 하나 다섯 살밖에 안 되는 놈이 무슨 글자든지 써주면 그대로 받아쓰고 그림도 곧잘 그린다. 그래서 요새 공책 하나를 사주었다.

어쨌든 두루두루 보니 모두 그만그만하다. 그러나 에미를 닮아서 울기를 잘한다. 민우에게는 우는 것이 제일 질색이다. 성격들이 어느 연놈 없이 모두 너무 약하다. 저희들끼리는 씨름도 하고 싸움도 하고 사무라이 놀음도 하고 꽤 영악한 것 같지만 정작 남과 맞서면 그저 베베하고 물러서리라고 애비는 생각한다.

그러게 동리애들과 다투는 소리만 나면 에미가 쫓아나가서 편역을 든다. 그래서 그 때문에 민우는 여러 번 아내와 말다툼을 하였다.

"제 자식 편역 드는 집 연놈 잘 되는 걸 못 봤다."

하고 민우는 도거리로 욕하고 다음으로,

"못생긴 놈의 새끼들, 쩍하면 얻어 패고 울고…… 그 따위가 인간질하다 뒈지는 걸 못 봤다. 왜 그놈의 허벅다리라도 물어떼지 못해."

하고 아이들을 나무라는, 한편에는 그 따위 약한 자식을 낳은 제 성격에 대한 발악도 다분히 있는 것이나 아내는 그걸 알 턱이 없다. 덮어놓고 제 아이 편역이다.

"이 애보다 곱절이나 되는 놈인데 당허길 어떻게 당해 낸단 말요. 온, 그놈의 새낄, 목댈 시들궈 놓지 못한 게 분해 죽겠는데 급살 맞을 놈의 새끼."

"듣기 싫어. 힘이 모자라 얻어팼으면 팼지, 울긴 왜 울어. 설사 분해서 울었다 치드라도 남 안 보는 데 가서 울 일이지 울면서 집으로 들어올 건 뭐람. 못생긴 망나니들 같으니라구."

"그래 그놈한테 맞아죽어도 알리지 않어야 옳겠소."

"에미란 게 저러구 주책없이 픽하면 새끼들 역성을 들고 나서니까 그렇지."

"참 답답한 소리 하구 있소. 양같이 순한 애들을 때리는 놈이 나쁘지 그래 얻어

맞는 놈이 나쁘단 말요."

"얻어패는 놈이 더 나빠."

"온 별말을 다 듣겠네. 제 새끼 편역 든다고 나무라는 양반이 남의 새끼 역성은 어째 들우, 온."

"나쁜 놈이면 이로 물어뜯어도 좋고 돌멩이로 대가릴 까도 좋지. 왜 되려 얻어패고 울며불며 집으로 쫓겨 들어오느냐 말야. 맞어죽는대도 불쌍한 꼴 하고 죽는 놈 하나도 불쌍할 거 없어. 기왕 죽을 바이면 우는 대신에 악을 좀더 써보는 게 옳지 울면 무슨 소용이란 말여."

"아이구, 참 답답허우. 당신 같은 사람 분복에 자식새끼 다섯씩 생기는 게 용소."

"그까짓 거, 대구처럼 무럭무럭 낳아서 남의 단밥 만들 거 뭐야. 그 따위 새끼들 세상에 내놔 보지 어떻게 되나."

이것도 사실 민우의 뼈저린 체험에서 우러나온 말이다. 그는 차라리 자기의 약한 성격을 찢어발기고 싶었다.

"아이구, 그래 남의 새끼만 못 될 줄 알우. 그래두 당신은 자식 덕 입겠다니 걱정이지⋯⋯ 그러나 그 따위로 하다가는 말경에 자식들한테 들것에 들려나리다."

"제발 덕분에 그래 달래, 그만침 영악해지란 말야. 그러면 돌꼭대기에 올려논들 살아 못 갈까만 지금 그 따위 새끼들은 밤낮 남의 손아귀에 들고 엉뎅이 아래 깔리고 짓밟히고 멸시받다가 마쳐버리는 거야."

"제가 착하기만 하면 그만이지 누가 뭘 어쩐단 말요, 남한테 못 할 일 안 하니깐 아무 무서운 거 없습디다."

"착하고 악하고 간에 제 하는 일에는 그저 강해야 하는 거야. 극성스리, 악마같이 강해야 하는 거란 말야. 엉거주춤한 놈은 한평생 남에게 놀리다가 우물쭈물 죽어버리는 법이니 그래 제 새끼가 그 꼴을 해야 옳단 말인가. 그리게 범을 낳아. 양을 낳더라도 범으로 기르란 말야, 범으로."

그 전에는 이런 쌈이 며칠 걸러씩 있었다. 그러나 사실 따져 보면 민우의 이 쌈은 그가 약한 성격을 가졌기 때문에 삼십 년 동안 세상에서 받은 가지가지 체험에서 우러나온 울분에 지나지 않는다.

맘만은 늘 속에서 격분에 타면서도 천생 약한 성격을 가지고 세상에 나왔기 때문에 겉으로는 필요 이상으로 공손히 살아왔다.

맘속에는 도적놈이 두세 놈씩 들어앉아 있으면서도 그것을 용케 숨겨 가지고, 그리고 강한 성격을 가졌기 때문에 제 몸을 남에게 좋게 인식시키고, 그리하여 어진 사람보다 영화롭게 사는 것이다. 약하고 착한 사람은 못난이, 열패자가 되는 수밖에 없다. 그러니 제 자식이 그 꼬락서니로 일생을 살아야 옳을까.

목도래를 찬 강아지를, 목장에 갇힌 양의 새끼를, 암만 친들 무슨 소용이랴, 그따위 약한 놈의 새끼들, 얼간이 망나니들, 쩍하면 울고 약차하면 물러서고, 남의 힘 부러할 줄이나 알고 일껀해야 그 잘난 에미 역성이나 바라고 에미 아니면 못 사는 줄 알고 — 배 밖에 떨어지면서부터 에미애비 없이도 사는 거 아닌가 — 뭐 바쁜 일이 있으면 에미부터 찾고 싸움하다 울고 들어오기 일쑤고, 울고 들어와선 편역 들어 줄까 바라고…… 이 따위에 올 선물은 묻지 않아도 빤하다.

민우가 거의 반생을 살아온 경험으로 보아도 그것은 의심할 나위가 없다. 민우 자신이 그 성격 때문에 얼마나 가엾은 꼴을 당했는가. 비 오는 날 고무신을 끌고 가는데 자동차란 놈이 호기 있게 진창을 탁 끼얹고 지나가지 않았는가. 그러면 민우는 울상을 하고 입 속으로 투덜거렸지 자동차 번호를 외워 가지고 자동차부에 가서 한바탕 후려대려는 것은 아예 꿈도 꾸지 않았다.

또 조그만 물건 하나를 사러 상점에 들어갔다가도 이것저것 주물럭거리다가 종내 사지 못하고 돌아오는 때, 남의 조소나 손가락질을 꺼릴 것 없이 왜 버젓이 어깨를 살구고 나오지 못하는가.

길을 가는데도 하많은 사람 중에서 못생기고 순하고 늙은이는 자기를 보고 길을 묻는다. 자기는 그만치 남에게 물쩍해 보이고 만만해 보이고 어리무던해 보이는 것이다. 제 약점을 행길가에서도 남에게 들키는 것이다.

그러나 새끼들만은 좀 뼈대가 있는 연놈을 만들고 싶다.

민우는 마침내 이불을 탁 차고 일어났다. 괜히 속이 찌푸드하다. 날씨조차 흐리터분해서 집안은 더한층 침울하다.

4

그럴싸 보아서 그런지 아내의 서두는 품이 여느 날보다 행결 더 고분고분하다. 오늘 민우가 어디로 가는지 벌써 잘 알고 있는 것이다. 장차 민우가 돈벌이를 해서 한 집에는 늦게나마 안도와 즐거움이 오리라는 생활설계도가 지금 아내의 가슴에는 정녕 그려져 있으리라. 민우만 약게 돌아서 직업을 구하자고 하면 누구보다도 유력한 소개자가 있는 터이니 안 될 리 없다. 그런데 민우도 일자리를 잡으려고 하고 또 오늘은 그 유력한 소개자에게로 가는 것이다.

민우의 밥상을 차리는 아내의 손은 벌써 약간 떨리기까지 한다.

"생계란 가져올까요."

아내는 감기가 들었는지 코를 약간 들여그며 얕은 콧소리로 묻는다. 마땅히 애교가 없어선 안 될 마당이리라.

그러나 민우는 동작으로도 대답하려 하지 않는다.

"그 국에 말아 잡수시구려."

아내는 민우의 구미를 돋워주려는 듯이 제가 먼저 입을 다신다. 민우는 역시 잠자코 국그릇을 비끗 내려놓고 숭늉이나 달라는 뜻으로 가마를 흘끔 본다. 아내는 꼭 밥상 곁에 붙어 앉아서 혼잣말 모양으로 무슨 반찬을 좀 만들어야 하느니 사람이란 고기를 많이 먹어야 근력이 나는 법이니 하는 등 이러루한 소리를 되씹는다. 그리고 별안간 생각난 듯이 요사이 신문을 보니까 소위 무슨 강장제(强壯劑)라는 것은 대개 소족이나 소꼬리 같은 것을 고아서 만든 것이라는 것도 이어 말해 본다.

그러는 판에 저어편에서 밥을 먹고 있던 아이 연놈들이 얼려서 짝자그르 야단이다. 쌈이 생긴 것이다.

민우는 한 번 찔 그편을 깔보고는 그대로 못 본 체한다.

아이들의 쌈은 더 법석판이 된다. 술치로 머리를 때리기도 한다. 필시 대가리 큰 놈들이 딸년의 밥이나 밥그릇 옆에 놓아둔 누룽지나 반찬을 슬쩍 차다가 먹은 속이다. 그래서 서로들 그랬느니 안 그랬느니 하고 얼려 싸우는 모양이다. 결국 울음이 터졌다.

"얘, 울지 말어!"

민우는 대번에 소래기를 질렀다. 민우의 성미가 비록 제 자식일지라도 차곡차곡 타이를 줄을 모른다. 그래서 웬만한 일은 보고도 못 본 체해 버리고 매우 언짢은 일이면 한두 마디 툭 쏘아붙이고 만다.

"싸우면 싸웠지 쩍하면 울긴 왜 우는 거냐."

또 울면 진 놈 하나가 울겠지. 이긴 놈 진 놈 없이 쌍나팔을 부는 것이 더욱 언짢다.

울음소리는 딱 그쳤다.

"계집애년이 툭하면 제 형들을 깔고 들려니. 저년 이 담에 시집가서도 저럴까."

아내는 역시 사내새끼들 편이다. 어쨌든 계집애부터 나무라는 것이 아내의 버릇이다.

"뚱뚱보, 데부짱."

계집애년이 눈을 깔뜨고 술치로 에미 때리는 시늉을 한다.

"내 아버지한테 일러 놀 테야. 점은 왜 치라 갔어. 아갸갸 죽겠지."

"저년 저 거짓말하는 것 봐, 너 어디 이따가 보자."

아내의 말을 민우가 차갔다.

"망할 놈의 새끼들, 밖에 나가선 찍소리 못 하는 주제에 집에만 들면 쌈굿이야. 찍하면 울구."

아이들의 쌈도 울음도 딱 그쳤다. 민우의 화닥닥하는 손택을 잘 아는 것이다.

"저 못난 놈의 새끼들, 꼴에 그래도 사무라이 노릇만 하지. 거 체격허구 훌륭허다."

민우는 한편으로 웃음이 났다.

아이들은 하나 영실한 게 없다. 모두 피들피들한 편편약질들이다. 아내의 설명을 들으면 맏놈은 먹성이 적어서 약하고 둘째놈 셋째놈은 어려서 젖이 모자라는 관계로 우유와 그도 없어서 설탕물을 먹여서 그렇고 딸년과 막내놈은 어릴 적, 민우가 나랏밥 먹는 사이에 굶기를 부자 이밥 먹듯 해서 그렇다는 거다.

"저놈의 새끼들 암만해도 죄인의 간을 좀 빼 먹여야겠어."

민우는 이렇게 말하며 아내에게 웃는다. 그리고 나서 또,

"글쎄 그러면 말야, 아무리 쪼무래기 시라소니라도 담이 커진다는구려."

"아이구, 끔찍끔찍한 소리 그만 허우."

아내는 대번에 기급할 상이다. 그런 소리 듣는 것부터 무섭고 끔찍하다는 상이다. 그리고 아내의 속은 들여다 안 봐도 지금 "말해 먹는 것만 봐도 잘되기는 애당초 틀렸다. 돈 안 드는 말이사 푼푼히 못해" 하고 있는 것이 민우에게는 정녕 들리는 듯하였다. 그것이 민우에게는 밉성이기도 하고 또 재미성도 있는 일이다.

"아니 그러니까 살인 죄수의 간쯤 빼 먹였으면 어쩔 거야. 그러면 마지막 죽는

순간까지도 초라한 꼴은 안 하겠지."

민우의 눈에는 정말 아이새끼들이 너무 성질이 약해서 걱정이다. 그놈들이 범광장다리처럼 날쳐도 지금 세상에 나가서 가엾은 꼴 안 하고 살아가기가 나나한데 지금 보는 바로는 어디 가서 어떻게 곯아떨어질지 알 수가 없다.

아이새끼들뿐 아니라 자기 자신부터도 그렇다. 하나 민우 자신은 그래도 부모 덕에 공부깨나 착실히 했으니까 하다못해 대서쟁이 서사 노릇이라도 하겠지만 이놈의 새끼들이란 돈 없는 데다가 외눈에 안질로 몸까지 약하고 보니까 어느 학교가 두드리라 열어 주리라 하고 받아줄 것인가. 그러니 겨우 소학교나 마친 놈들이 낮거미같이 약한 팔다리로 이 산 눈 뺄 세상을 어떻게 걸어가랴. 그나마 타고난 배리들이나 영악했으면 하련만 그것조차 은혜 받지 못했으니 그놈들 눈물이 오줌같이 흔한들 누가 불쌍히 생각해서 도와줄 것이랴.

민우는 밥상을 탁 밀치고 다 떨어진 외투 주머니에 책 한 권을 찌르고 총총히 밖으로 나왔다.

나와서 맨 첨으로 만나노라 만나니 보는 때마다 고연히 불쾌한 인상을 주는 돈비 입은 그 사내다. 요새는 뉘게 붙어먹는지 되지 않게시리 목도리에 가짜 수달피까지 달고 무슨 대단한 소사나 있는 듯이 분주히 싸댄다. 그런데 여기 또 걸음을 어떻게 늘게 떼는지 낭자가 땅에 닿을 것 같은 느룽태가 지나간다. 중절모자를 사서 고대로 주름도 안 잡은 채 쓰고 다니는 무슨 관청에 스물 몇 핸가 다닌다는 치가 지나간다.

그 담 사람들은 또 어떤가. 오고 가는 사람이 모두 바보와 같다. 대체 무슨 생각이 있는지…… 저 퀭한 눈동자는 무엇을 말하는가. 대가리가 돌멩이처럼 굳어버린 치가 아니면 호박 속같이 서벅서벅한 축들이다. 좀 무얼 안다고 하고 뜻있는 구실을 하려는 사람들도 기실은 모두 머리가 새대가리만치 줄어들어서 양심도 비판도 없이 뉘 집 늙은이 상사인지도 모르고 진종일 어이퍼이를 부르는 강개 의사가 아니면 그저 남 좋다는 대로 덩달아 따라가는 친구들이다. 그 담 대부분의 인간들은 말하자면 기왕 살아 있으니까 그저 그런대로 할 수 없이 살아가는가 싶다.

촌사람들까지도 요새는 무슨 회장이니 위원이니 직원이니 또는 무슨 족보 편집이니 하고 동떠다닌다.

대체 그 오고 가는 사람들의 옷매무새와 걸음걸이만 보아도 밉성이다. 아무 광채도 영리함도 사람다움도 찾을 수 없는 그런 따위 바보의 그림자가 춤을 추고 있는 것이다.

차라리 범 잡아먹는 주지와 같이 사나웁고 솔직하면 어떨가. 맹수도(猛獸島)가 그리울 지경이다.

차라리 보지 않으리라. 그러나 이놈의 눈은 어떻게 된 놈의 것인지 보지 말려면 더 똑똑히 본다. 민우는 급기야 제 눈을 미워해야 할 지경이다.

민우는 바로 관찰소 전촌 씨를 찾아갔다. 그는 매우 반가운 낯으로 취직은 전부터 말이 있던 창고회사에 거의 확정이 되었으나 자네 일이니만치 남보다 돈 좀더 받게 하려고 지금 교섭중이라고 한다. 그리고 또 요새는 물가가 비싸지고 또 민우 집 식솔이 여느 사람 집보다 많으니까 소불하 오십 원은 굳겨 준다는 거다.

민우가 모든 것을 그에게 맡긴다는 뜻으로 네네 대답만 하고 돌아오려는 때에 역시 전촌 씨 소개로 도청 사회과에 취직한 박의선이가 — 카키빛도 새로운 쓰메에리 양복을 입고 늠름히 들어온다. 본시 친밀한 사이일 뿐 아니라 그 사람이 그 전에 그 안에 있을 때에 민우가 서적이니 지리가미(휴지)니 하는 것을 넣어 주었고 또 그 사람도 민우가 그 안에 있을 때에 편지와 서적 차입을 자루 해주었던 것도 물론이다.

그런데 하도 오래간만이어서 그런지 두 사람은 잠시 서로 얼굴을 붉히고 몇 마디 바꾼 담에 민우가 먼저 돌아서 나왔다.

나올 때에 얼른 본 박 군의 왼편 뺨 모습이 이상스레 눈 밑에서 떠나지 않는다.

그러다가 깜박 그 생각을 잊었는데 별안간 무엇이 머릿속에서 번쩍한다.

"옳지, 꼭 그의 아버지 모습이야."

사람은 어쨌든 나이 먹으면 그 부모 모습을 나타내는 건가 보다고 민우는 생각하였다. 알은 작지만 그 씩씩하고 연설 잘하기로 이름난 박 군도 어느새 늙었구나 싶었다. 그리하여 박군도 그렇게 서로 싸우던 그 아버지의 모습으로 차차 변하여 가는 것이라 생각하니 사람의 일이란 실로 헤아리기 어려운 것이다. 그때 같아서는 박 군과 그 아버지는 짜장 물과 불로 서로 그 일생을 마쳐 버릴 것만 같더니만 듣자니 지금은 그 아버지는 사 남매 중에서 박 군을 제일 사랑—사랑이라는 것보다도 요새는 명색이 그렇지 않아서 은근히 존경하는 터이라 한다.

민우는 뜻하지 않고 늙어 죽을 그때를 생각하였다. 아직 그때까지는 삼사십 년이 남아 있는데, 지난 삼십 년 동안에도 그만치 헤아릴 수 없이 세사는 변하고 또 변했은즉 장차 앞으로 올 그 시간은 또 얼마나한 변천을 남겨 줄 것이랴. 실로 몸소름나는 일이다.

그는 또 뜻하지 않고 관 속에 가로누운 자기를 생각하였다. 그 관 뚜껑 위에 먹으로만 쓴 글씨—민우의 약력이 나타난다. 그 담에는 주묵 글씨 또 그 담에는 백묵 글씨…… 이렇게 수없이 바뀌어진다. 그러다가 이 가지가지 빛깔 글씨가 얼룩덜룩 섞여 쓰인 것이 보인다. 그는 또 한번 몸소름을 친다. 차라리 관 뚜껑에 아무것도 씌어지지 않기를 바란다.

5

그는 산에 올라가서 움푹하고 향양한 남역바위에 기대어 가지고 간 책을 한참 좋이 읽다가 거리에 내려와서 신문지국에 들러 요 며칠 동안의 신문을 대강 춰본 다음 책사에 들렀다가 석양편에 집으로 돌아왔다. 집에 돌아오니 아내가 쪽박 깨는 소리를 하며 울상을 하고 있다. 알고 보니 막내놈이 이웃 아이들과 장난질을 하다가 길바닥에 넘어져서 무르팍을 벗긴 것이다.

"어느 놈의 새끼가 떠밀어 놨는 게지, 글쎄 이 피나는 걸 봐요."

그래도 민우는 잠시 암말이 없다.

"맨무릎 고드리가 돼서 쉬 낫지 않을 건데…… 내복이 다 떨어진 걸 입었으니 다칠 밖에……."

민우는 또 한번 일부러 잠잠해 본다.

"어쩌면 우리 집 애들만 밤낮 다친단 말이냐, 온."

그제사 민우가 무중 툭 쏘아붙인다.

"거기 약 가져와."

아내가 어정어정 책궤를 드비더니 무슨 약병을 꺼내 왔다.

"이거 뭐야, 소독부터 해야지."

그러나 아내는 어느 건지 찾지 못하고 잠시 망설이고 있다.

"거, 붉은 물약을 가져와, 다친 데 만수나 부르고 있으면 되나."

아내는 성이 났는지 아까보다도 더 어물어물한다.

"이리 비켜. 거미장을 지져 먹었는지 왜 어름어름하고 있어."

"아이구, 찾아보구려. 그놈의 새끼들이 어디다가 처박았는지 알길 누가 알어."

아내도 대뜸 고들머리까지 약이 오른 상이다. 또 눈물이 나오나 하고 흘끔 쳐다보니 그런 내색은 없다. 민우는 좀 안됐다는 생각도 해본다.

"글쎄 다치면 인차 약새질을 해줘야지, 사설이 무슨 소용이란 말요."

말은 순하게 하였지만 속으로는 고연히 또 아내에게 일종 증오심이 났다.

그러고 나서 저녁을 먹는데 아내는 밥상을 비스듬히 내놓고 모른 척한다. 모른

척할 이 저녁일 수 없는 판국에 모른 척하자니까 화가 더 난다.

민우도 별말 없이 밥을 먹는다. 여느 날보다 성찬이다. 아내는 저래 가지고 있으면서도 오늘 갔다온 경과를 알려고 매우 궁금증이 나리라. 그러나 좀처럼 성이 풀리지 않는 모양이다. 눈결에 도적해 본 것이지만 아내의 눈은 약간 붉어진 듯하다. 노염만 풀린다면 아내는 곁에 다가앉아서 제 입을 씨루며 밥 많이 먹기를 권할 것이요 목소리를 병적으로 구슬려서 애교청을 낼 것이로되 성이 나면 사람이 좀 소갈머리가 서는지 시치미를 따고 있다.

민우는 저녁을 먹고 나서 곧 자리에 누워 책을 보다가 시더더 잠이 들었다. 얼마 만에 잠이 깨니 아내는 자리에 누워서 여태 자지 않는 속이다. 맘이 편해야 잠도 자지 오늘 밤은 또 자기 틀렸다. 밥 안 먹은들 누구 하나 알아줄 사람 있나 아이새끼들도 말이 자식이지 흘쩨 도리깨 아들이나 마찬가지다 — 하는 아내의 혼자 한탄이 고대 들리는 것 같다.

그래서 한참 동안 동정을 살피려니까 저편으로 돌아누운 아내는 이불 속에서 무엇을 부시적거리고 있다. 신문이나 무슨 잡지를 들추고 있는 것인가 하고 비슬떼려 넘겨다 본 순간, 민우는 입 속으로 혀를 갈기고 제대로 자리에 드러누워 버렸다.

아내는 이불 속에서 금년 민력(民曆)과 무슨 비결책인 듯한 것을 드비적거리고 있다. 그는 오늘 경과를 민우에게서 듣지 못하는 대신, 비결책에서 금년 신수를 찾아보는 속이다. 얼핏하면 잘 하는 버릇이다. 태세 월건, 일진을 아내는 잘 안다. 육갑 세는 것도 민우보다 훨씬 낫다. 그런데 만일 그 비결책에서 금년 신수 길하다는 것을 찾아낸다면 민우가 꼭 취직되리라 믿을 것이다.

이번에 화가 난 것은 민우다. 그러나 얼마 후 그는 잠이 들었다.

얼마나 지냈든지 민우는 아내의 아갸갸 하는 다급한 소리에 화닥닥 잠이 깨었다. 어인 영문은 알 수 없으나 대번에 가슴이 철렁 내려앉으며 기가 칵 막히는 것을 느꼈다.

"아이구, 저걸 어쩌나."

그러며 아내는 단속곳 바람으로 정주 허릿문을 차고 나간다. 민우는 그제사 나무허청에서 닭이 꽥꽥 소리치는 것을 들었다.

"이놈의 족제비, 이놈의 족제비."

민우는 맨샤쓰 바람으로 우당탕 뛰어나갔다.

"거게 놔두고 가지 못하겠니, 이놈의 족제비."

아내는 나무허청에 가서 무슨 작대기 같은 것으로 나뭇단을 두드리며 소리소리 외친다. 닭이 족제비한테 물린 것이다.

"이눔, 이눔의 족제비 죽어 봐라."

민우도 손에 쥐는 대로 아무것이나 가지고 닭소리 나는 데로 뛰어가서 나뭇단을 때리고 헤쳤다. 닭은 닭의 우리에서 물려 가지고 나뭇단 속에까지 끌려 내려온 것이다. 민우는 재빠르게 나뭇단을 집어 넘겼다. 그러자 닭소리가 딱 멈추고 동시에 이번은 또 아내의 짝 짜개지는 소리가 난다. 족제비가 닭을 내버리고 도망간 것이다.

"이놈의 족제비 죽어 봐라."

그러자 대문이 짝 하고 소리친다. 족제비를 겨눈 작대기가 대문에 헛맞은 것이다.

"저놈의 족제비, 눈이 새파래져서 도망을 가겠지, 아이 그저 그놈을……."

아내는 헐레벌떡거리며 못내 분해한다. 아내뿐이 아니다. 민우는 더 분하다. 민우는 닭을 찾으며 금시 손에 잡히기만 하면 그놈의 족제비를 오리가리 발겨 놓으리라 하였다. 어째서 이렇게 분한지 민우 자신도 알 수 없다. 한편 또 아내의 오늘 밤 무용전(武勇傳)을 어떻게 춰주었으면 좋을지 알 수 없다.

"그런데 닭은 어디로 갔나."

닭은 질겁을 했는지 찍소리도 없고 어디 가 박혔는지도 얼른 알 수 없다. 아내가 전등을 밖으로 내다 건다.

그러자 민우는 나뭇단 속에서 얼떠름해진 닭을 끄집어내 가지고 정주로 들어왔다. 바로 볏을 물려서 대골통이 왼통 피투성이다.

"참 그 약 좀 가져오우."

아내는 이번은 바로 그 붉은 물약을 가져왔다. 민우는 다시금 아내에게 감사했다. 그놈의 족제비를 놓치고 부들부들 떨던 아내가 어찌 고마운지 알 수 없다.

"인차 알았으니 말이지…… 그런데 참 그때까지 안 잤소."

"아니 어슴푸러 잠이 들었는데 어디서 꽥소리가 나게 뛰어나갔지요."

"거 참 잘했소. 잠이나 깊이 들었더면 그놈이 물어 가고 말었지."

"한동안 그런 일이 없더니, 그놈이 또 냄새를 맡구 온 모양이야요. 그게 바루 저 건넌집 족제비라우."

"건넌집?"

그 집까지 못마땅하게 생각되었다.

"그럼요, 그게 아주 그 집 자릿족제빈데 똑 남의 닭만 물어 가요. 이 동리에서 얼마나 잃었는지 알우."

"저런, 그런 걸 그저 둬."

민우는 손아귀에 기운이 버쩍 솟았다. 손이 떨린다.

"그놈을 잡아 죽이지 못해. 당장 그 집 토고리라도 파헤치고 말지."

"글쎄 저놈이 인제 닭 있는 줄 알어 놨으니깐두루 밤마다 올 텐데…… 늘 꼭 같은 시각에 옵넨다."

"가만있어, 낼은 덫을 사다가 놔야겠어. 내 꼭 잡고 말지. 이눔 밤을 새여 가면서라도 내 잡구야 말걸."

닭은 정신이 뗑해서 세워 놔도 자꾸 모로 쓰러진다. 그리고 눈가물을 치는 꼴이 죽기가 십상이다.

"가만둬요, 흙냄샐 맡으면 살아납넨다."

"옳아, 흙냄새가 약이지."

민우는 정히 닭을 땅바닥에 뉘고 살아나기를 기다리나 좀처럼 일어날 성싶지 않다.

"설마 죽지야 않겠지."

민우는 날이 밝기를 고대하였다. 밤만 얼뜬 밝으면 돋을 사다가 밤을 기다려 족제비를 잡고 말리라 하였다.

아침에 민우는 닭이 눈을 뜨고 몸을 좀 가누는 것을 바라보며 어제 아침보다 매우 유쾌한 낯빛으로 집을 나섰다. 돋을 사러 나선 것이다.

1939년

시속 50 몇 킬로라는 특급 차창 밖에는 다리 쉼을 할 만한 정거장도 역시 흘러갈 뿐이었다. 산, 들, 강, 작은 동리, 전선주, 꽤 길게 평행한 신작로의 행인과 소와 말. 그렇게 빨리 흘러가는 푼수로는 우리가 지나친 공간과 시간 저편 뒤에 가로막힌 어떤 장벽이 있다면, 그것들은 캔버스 위의 한 터치, 또 한 터치의 오일같이 거기 부딪쳐서 농후한 한 폭 그림이 될 것이나 아닐까? 고 나는 그러한 망상의 그림을 눈앞에 그리며 흘러갔다. 간혹 맞은편 홈에, 부풀듯이 사람을 가득 실은 열차가 서 있기도 하였다. 그러나 무시하고 걸핏걸핏 지나치고 마는 이 창 밖의 그것들은 비질 자국의 새로운 홈이나 정연히 빛나는 궤도나 다 흐트러진 폐허 같고, 방금 브레이크가 걸리고 남은 관성과 새 정력으로 피스톤이 들먹거리는 차체도 폐물 같고, 그러한 차체에 빈틈없이 나붙은 얼굴까지도 어중이떠중이 뭉친 조련사같이 보이는 것이고, 그 역시 내가 지나친 공간 시간 저편 뒤에 가로막힌 캔버스 위에 한 터치로 붙어 버릴 것같이 생각되었다.

이런 생각은 무슨 대단하다거나 신기로운 관찰은 물론 아니요, 멀리 또는 오래 고향을 떠나는 길도 아니라 슬픈 착각이랄 것도 없는 것이다. 그렇다고 내가 영전이 되었거나, 무슨 사업열에 들떴거나 어떤 희망에 팽창하여 호기와 우월감으로 모든 것을 연민시하려 드는 것도 아니다. 정말 그도 저도 될 턱이 없는 내 위인이요, 처지의 생각이라 창연하다기에는 너무 실없고 그렇다고 그리 유쾌하달 것도 없는 이런 망상을 무엇이라 명목을 지을 수 없어, 혹시 스피드가 간질여 주는 스릴이라는 것인가고 생각하면 그럴 듯도 한 것이다.

결코 이 열차의 성능을 못 믿는 것은 아니지만 이렇게 무도(?)하게 돌진 맹전하는 차 안에 앉았거니 하면 일종의 모험이라는 착각을 느낄 수 있고, 그것이 착각인 바에야 안심하고 그런 스릴을 향락할 수 있는 것이다. 이렇듯 거진 십 분의 안전율이 보장하는 모험이라 스릴을 향락하는 일종의 관능 유희다. 명수의 바이올린 소리가 한껏 길고 높게 치달아 금시에 숨이 넘어갈 듯한 것을 들을 때, 그 멜로디의 도취와는 달리 이 순간! 다음 순간! 이렇게 땅 하니 줄이 튀지나 않을까? 하는 소연감을 아실아실 느껴 보는 것도, 일종의 관능 유희로 그리 정연할 수 없는 음악 감상술의 하나일 것이다. 그처럼 내가 탄 특급의 속력을 무모로 느끼고, 뒤로뒤로 달아나는 풍경이 더 물러갈 수 없는 장벽에 부딪쳐 한 폭 그림이 되고, 폐허에 버려둔 듯한 열차의 사람들도 한 터치의 오일이 되고 말리라고 망상하는 것은 한 번도 가본 적이 없는 곳으로 달려가는 이 여행의 스릴로서 내게는 다행일지언정 그리 경멸한 착각만은 아닌 듯싶었다.

그러나 나 역시 이렇게 빨리 달아나는 푼수로는 어느 때 어느 장벽에 부딪쳐서 어떤 풍속화나 혹은 어떤 인정극 배경의 한 터치의 오일이 되고 말는지 예측할 수는 없을 것이다.

어느덧 국경이 가까워, 이동 경찰이 차표와 명함을 요구한다. 김명일(金明一)이라는 단 석 자만 박힌 내 명함을 받아든 경찰은 우선 이런 무의미한 명함을 내놓는 나를 경멸할밖에 없다는 눈치로 직업과 주소와 할빈은 왜 가느냐고 물으며 수첩을 꺼내 들었다. 그리고 나의 무직업을 염려하고 또 일정한 주소가 없다는 체면에 그럴 법이 있느냐는 듯이 뒤캐어 묻는 바람에, 나는 미술 학교를 졸업했으니 화가랄밖에 없고, 재작년에 상처하고 하나뿐인 딸이 지난 봄에 여학교 기숙사로 입사하자 살림을 헤치고는 이리저리 여관 생활을 하는 중이라고, 그러나 지금 가는 할빈에는 옛 친구 이 군이 착실한 실업가로 성공하였으므로 나도 그를 배워 일정한 직업과 주소를 갖게 될지 모른다고 무슨 큰 포부를 지닌 듯이 그 자리를 꿰맬밖에 없었다. 그러나 이런 내 말이 전연 거짓이랄 수도 없는 것이다. 사실 나는 일정한 직업과 주소도 없는 지금의 생활이 주체스러워 견딜 수가 없는 것이다.

삼 년 전에 처 혜숙이가 죽자 나는 어느 중학교의 도화 선생이라는 직업을 그만둔 후에는 팔리지 않는 그림을 몇 폭 그렸을 뿐인 화가라는 무직업자였다. 그리고 지난 봄에 딸 경옥이를 기숙사에 들여보내고는 혜숙이와 신혼 당시에 신축하여 십여 년 살던 집을 팔아 버렸으므로 일정한 주소가 없었다.

내가 늘 집에 있는 것도 아니요, 있더라도 아침이면 경옥이가 학교에 간 후에야 일어나게 되고 밤이면 경옥이가 잠든 후에야 들어오게 되는 불규칙한 내 생활이라, 나와 한 집에 있더라도 어미 없는 경옥이는 언제나 쓸쓸하고 늘 외로울밖에 없는 애였다. 그뿐 아니라 차차 자라서 감수성이 예민해 가는 그 애에게 나 같은 아버지의 생활이 좋은 영향을 줄 리도 없을 것이었다. 그래서 내 누님은 경옥이를 자기 집에 맡기라고도 하는 것이었으나, 마침 경옥이와 같은 소학교를 졸업하고 한 여학교에 입학하여 입사하게 된 친한 동무가 있었으므로 경옥이는 즐겨 기숙사로 들어간 것이었다. 그리고 보니 늙은 어멈만이 지키게 되는 집을 그저 둘 필요는 없었다.

내가 상처한 후에 늘 재취를 권하던 누님은, 정식 결혼을 할 의사가 없으면, 첩살림이라도 차려서 그 집을 팔지 말라고 하였지만, 십여 년 혜숙이의 손때로 길든 옛집에 새 처나 첩이 어색할 것 같고, 그 집에서는 내가 무심히 "여보" 하고 부르는 것이 자연 혜숙일밖에 없을 것이나 "네" 하고 나타나는 것이 딴 여자라면 나의 그 우울은 어찌할 도리가 없을 것이다. 또한 어린 경옥이 역시 한 성 안에 제가 나서 자란 옛집이 있으면서 기숙 생활을 하거니 생각하면 더 외로워질 것이요, 혹시 외출하는 날 별러서 찾아온 옛 집에 제가 닮지 않은 새 어미의 얼굴을 보게 될 때마다, 제 어머니의 생각이 더한층 새로울 것이다.

이런 심정으로 내가 재취를 않는다면 나는 경옥이와 같이 옛 집을 지키면서 좀더 그애 곁을 떠나지 않아야 할 것이었다. 생각만은 그러리라고 애를 써 가면서도, 그런 생각으로 학교를 사직까지 하고도, 오히려 그 모든 시간을 여행이라기보다—방랑, 그리고 방탕—술과 계집과 늦잠으로 경옥이를 더욱 외롭게 해온 것이다.

이러한 생활에서도 나는—팔리지 않는—그림을 간혹 그리었고, 그런 혜숙의 초상으로 경옥이의 방을 치장하는 것으로 그 애를 위로하는 보람을 삼아 온 것이다. 그러한 내 생활이다. 이번에도 역시 방랑이나 다름없이 떠난 여행이지만, 근 십 년 전에 만주로 표랑하여 지금은 실업가로 일가를 이루었다는 이 군을 만나서 혹시 생활의 새 자극과 충동을 얻게 된다면 다행일 것이다.

무사히 세관을 치르고 국경을 넘은 나는 식당으로 갔다. 대만원인 식당에 겨우 자리를 얻은 나는 첫눈에도 근엄하달 수밖에 없는 어떤 중년 여자와 마주 앉게 되었다. 가수 미우라의 체격에 수녀 비슷한 양장을 한 그 중년 여자는 국방색 안경알 위로, 연방 기울이는 나의 맥주잔을 이따금 넘겨다보는 것이었다. 그런 중년 여자가 뒤적이는 작은 『신약전서』로 나는 방인시되는 나를 느낄밖에 없었고, 그런 불쾌한 우연을 저주하며 마시는 동안에 창 밖의 풍경은 오룡배로 가까워 갔다. 익어 가는 가을의 논과 밭으로 문채 돋힌 들 한가운데는 역시 들이면서도 사람의 의도로 표정이 변해 갔다, 차차 더 매스러운 손길로 들의 성격이 정원으로 비약하는 초점 위에 온천 호텔 양관이 솟아 있고, 그 주위에는 넘쳐흐르는 온천물로, 청등한 가을 하늘 아래 아지랑이같이 김이 떠오르는 것이었다.

들어닿은 홈에는 유랑에 곤비한 발걸음이나 분망에 긴장한 얼굴이나 찌든 생활의 보따리는 볼 수 없이, 오직 꽃다발 같은 하오리의 부녀와 빛나는 얼굴의 신사 몇 쌍이 오르고 내릴 뿐이었다. 구십 퍼센트의 분망과 유랑과 전쟁과 혹은 위독 사망 등 생활의 음영으로 배를 불리고 무모하게 달아나던 이 시꺼먼 열차도 이러한 유한에 소홀치 않은 풍류적인 성격의 일면이 있었던 것이다. 그러한 이 열차의 성격을 이용하여 나도 이 오룡배에 소홀하지 않은 인연의 기억을 남긴 것이다.

지난 봄에 나는 여옥이를 데리고, 그때도 이 열차로 여기 와서 오래간만에 모델을 두고 (如玉이를) 그려 본 것이었다. 여옥이는 동경 유학시대에 흔히 있는 문학 소녀로 그 당시의 어떤 청년 투사의 연인이었다는 염문을 지닌 여자였다.

그때 나는 간혹 출입하던 어느 다방의 새 마담으로 여옥이를 알았고, 방종한 내 생활면을 오고간 그런 종류의 한 여자라는 흥미로 여기까지 데려온 것이었다.

여옥이는 건강한 육체미의 모델이라기보다도 어떤 성격미랄까, 그러나 그때처럼 나는 그 모델의 성격을 마스터하지 못하여 애쓴 적은 없었다.

전연 처음 대하는 모델일 때에는 직감적으로 느껴지는 성격의 힘에 이끌려서 저절로 운필이 되거나, 그렇지 않으면 그 모델의 어떤 특징을 고조하여 자유롭게 성격을 창조할 충동과 용기가 나는 것이다. 그래서 제작자의 해석과 의도로 뚜렷이 산 인물이 그려지는 것이지만 그러나 그때의 여옥이는 그렇지가 못하였다. 아마 뚜렷하게 통일된 인상을 주기에는 나와의 관계가 너무도 산문적이었다. 이 말은 그때 우리 사이의 권태를 의미하는 말은 아니다. 우리는 권태를 느꼈다기보다 내 흥미가 사라지기 전에 헤어지고 말았던 것이다. 권태라기에는 오히려 그때 여옥이를 보는 내 눈이 때로는 너무도 주관적으로 도취되었고 때로는 객관적으로 여옥이의 정열을 관찰하게 되는 것이었으므로 그림이 되기에는 여옥이의 인상이 너무 산란하였다는 말이다.

침실의 여옥이는 전신 불덩어리의 정열과 그러면서도 난숙한 기교를 갖춘 창부였고, 낮에는 교양인인 듯 영롱한 그 눈이 차게 빛나고 현숙한 주부인 양 다정한 입술은 늘 침묵하였다. 그리고 무엇을 주고받을 때 무심히 닿힌 그의 손가락은 새삼스럽게 그 얼굴을 쳐다보게 되도록 싸늘한 것이었다. 그렇게 산뜩한 손은 이지적이랄까, 두 사람만이 거닐던 호젓한 봄 동산에서도 애무를 주저케 하는 것이었다. 그뿐 아니라, 그 영롱한 눈과 침묵한 입술, 그 사이에 오연히 높은 코까지 어울려, 어젯밤은 언제더라 하는 듯한 그 표정은 나를 당황케 하였고 마침내는 그 뺨을 갈겨 보고 싶도록 냉랭한 여옥이었다.

"혹시 나는 여옥이를 정말 사랑하게 될까 봐!"

나는 내 손바닥 위에 가지런히 놓인 여옥이의 그 싸늘한 손끝의 감촉을 만지며 이렇게 말하는 것이었으나 자기는 알 바 아니라는 듯이 여옥이는 금시에 하품이라도 할 듯한 무료한 표정이었다.

나는 간혹 여옥이의 얼굴에서 죽은 내 처의 모습을 발견하게 되는 것이 반갑고도 슬픈 것이었다. 여옥이의 중정과 인당은 이십여 년 평생에 한 번도 찌푸려 본 적이 없는 듯한 것이다. 혜숙이 역시 죽은 그 얼굴까지도 가는 주름살 작은 티 한 점 없이 맑고 너그러운 중정과 인당이었다. 나는 그 생전에, 어머니의 젖가슴같이 너그러우면서도 이지적으로 맑은 아내의 인당에 마음 붙이고 응석인 양 방종을 부려 본 적이 한두 번이 아니었다. 그러나 그러한 남편을 둔 혜숙이는 한 번도 그 얼굴의 윤곽을 이그러쳐 보인 적이 없었다. 나는 그러한 아내의 온후한 심성을 그의 귀 탓이거니 생각하기도 하였다.

영롱한 구슬같이 맑고 도타운 그 승주는 마음의 어떠한 물결이든 이모저모를 눌러서 침정하는 모양으로 그의 예절이 더욱 영롱할 뿐 아니라, 방종에 거칠은 나의 마음도 온후한 보살상의 저를 우러러보는 매처럼 가라앉는 것이었다.

나는 그때도, 혜숙이의 귀보다 좀 작고, 작기는 하나 같은 모양으로 영롱한 여옥이의 귀를 바라볼 때 침실의 여옥이의 열정을 의아히 생각하리만큼 이 낮의 여옥이는 귀엽도록 단아하였다. 여옥이의 그 귀뿐 아니라 전체로 가냘픈 몸 매무새와 작은 얼굴 도래에, 소복 단장을 하여 상덕스러우리만큼 소탈한 한 가지의 백합으로 그릴까? 진한 녹의 홍상으로 한 묶음의 장미 꽃다발로 그릴까? 이렇게 그 초상화의 성격

을 궁리하면서,

"안 그래? 내가 여옥이를 정말 사랑하게 될 것 같잖아?"

고 다시 물었을 때,

"글쎄요. 그럼, 낮에요? 밤에요?"

여옥이는 이렇게 반문하였다. 그렇게 묻는 여옥이를 나만이 밤의 여옥이와 낮의 여옥이가 딴 사람이라고 보아 왔지만 여옥이 역시 나를 밤과 낮으로 구별하여 보는 것이 분명하였다. 그렇다면 본시부터 모호하던 두 사람의 심정의 초점이 더욱 모호해진다기보다도 밤과 낮으로 다른 두 여옥이와 두 나로 분열하고 무너져 가는 마음의 풍경을 멀거니 바라볼밖에는 별도리가 없는 듯하였다.

그러한 모델을 대하는 제작자인 나라, 이중의 관찰과 이중의 인상으로 갈피를 잡을 수 없는 몽타주가 현황히 떠오르는 캔버스 위에 애써 초점을 맞추어 한붓 한붓 붙여 가노라면 나타나는 것이 눈앞의 여옥이라기보다, 내 머릿속의 혜숙이에 가까워지므로 나는 화필을 떨어치거나 던질밖에 없었다.

처음 그런 때 여옥이는 어디가 편찮으세요? 물었고, 그 다음에는 내가 흰 칠로 화면 얼굴을 뭉갤 때마다 모델로서 자기가 마음에 안 드는가 물었다. 한 번은 내가 채 지워버리지 못한 그림을 보자, 그것은 누구야요?…… 아마 선생님의 옛 꿈인 게죠? 하였던 것이다. 그 다음부터 모델대에 서는 여옥이의 눈은 한순간도 초점을 맞추지 않았고 그 입 가장자리에는 인광같이 새파란 미소가 흘렀다. 그러한 여옥이는 비록 그 얼굴은 내 붓끝 앞에 정면하고 있지만 그 마음은 늘 내 눈앞에서 외면하는 것이 분명하므로 나는 더욱 갈팡질팡하게 되어 마침내는 화를 내서 찢어지라고 화폭을 뭉갤밖에 없었다. 그런 때면 여옥이는 치맛자락이 제 다리를 휘감으리만큼 돌아서 방으로 들어가고 말았다. 나는 미안한 생각에 따라 들어가면 여옥이는 침대에 엎대서 작은 팔목 시계의 뒷딱지를 떼 들고 속을 들여다보고 있는 것이다. 시계의 고장으로 그러는 것이 아니라 여옥이는 혼자 심심하거나 나와 말다툼이라도 하여 화가 나는 때면 언제나 시계 속을 들여다보거나 귀에 붙이고 소리를 듣거나 하는 버릇이 있었다. 여옥이의 그러한 버릇에 나는 한끝 요망스러운 잔인성을 느끼기도 하였다. 그러나 때로는 어린애 장난같이 귀엽기도 하여 들여다보고, 그 산득한 손 끝으로 귀에 대주는 시계 소리를 번갈아 들어 가며 한나절을 보내는 때도 있었다. 그런 때 혹시 여옥이는 마음이 싸라서 하는 말로, 언젠가는 사내 가슴에 귀를 붙이고 밤새도록 심장의 고동을 듣고 나서, 머리가 욱신거려 사흘이나 앓은 적이 있었다고 하였다.

그런 말에 시계 속을 들여다보는 여옥이의 취미가 혹 여러 개 보석으로 찬란한 시계 속에서 사물거리는 산 기계를 작은 생명같이 사랑하는 연인다운 심정이거나, 시간이라는 추상적 관념을 걸어가는 치차에 신비를 느끼려는 것이 아니라, 밤새도록 심장을 들을 사내의 가슴 속이나 머리 속을 들여다보고 싶은 요망스러운 잔인성이어니도 생각되는 것이었다. 사실 그렇다면 여옥이의 그런 상징적 행동이 궁금하여, 지금 그 시계 속에서 여옥이는 누구의 마음 속을 엿보고, 시계 소리에서 누구의 심장을 듣는 것인가고도 생각되었다.

그때 여옥이를 따라 들어온 나는 넓은 더블베드 요 속에 잠기고 남은 여옥이의 잔등이와 허리와 다리의 매끄러운 선을 그리고 그 손에 든 것을 시계 대신에, 소프트 쓴 인형을 크게 그려 만화를 만들까 망설이면서,

"여옥인 시계 속을 보면서 무슨 생각을 하나?"

하고 중얼거리듯이 물어 보았던 것이다. 그 말에 여옥이는,

"선생님은 나를 모델로 세워 놓고 누굴 그리세요?"

하는 것이었다.

"……"

"부인을 그리시지요? 아마."

"여옥인 옛날 애인을 생각하나? 그럼."

"그렇다면 누 탓일까요?"

"내 탓일까?"

"그럼 내 탓인가요?"

"……"

"흥! 미안하게 된 걸요. 그렇게 못 잊으시는 부인의 꿈을 도와드리진 못하구 훼방을 놓아서……."

이렇게 말하며 여옥이는 시계를 방바닥에 팽개치고 엎드려서 느껴 울기 시작하였다.

그때 나는 말로 여옥이를 위로하려고는 않았으나 끝없이 미안하였다. 이지적으로 명철하다기보다 요기롭도록 예민한 여옥이의 신경을 내 향락의 한 자극제로만 여겨 온 것이 미안하고 죄송스럽기도 하였다. 낮과 밤이 다른 여옥이는 여옥이가 그런 것이 아니라, 맹목적이어야 할 사랑과 순정을 못 가지는 나의 태도에 여옥이도 할 수 없이 그런 것이 아닐까? 여옥이와 나는 열정과 순정이 없다면 피차의 인격과 자존심을 서로 모욕하고 마는 관계가 아닐까? 그런 관계이므로 낮에 냉랭한 여옥이의 태도는 밤의 정열의 육체적 반동이 아니라 여옥이의 열정을 순정으로 받아 주지 않는 나에게 대한 반항일 것이다. 그러므로 나는 그 히스테릭한 여옥이의 열정을 순정으로 존중하여야 할 것이요, 낮에 보는 여옥이의 인당과 귀에 혜숙이의 그것은 이중 노출로 보는 환상을 버리고 여옥이 그대로 사랑해야 할 것이다. 여옥이도 나의 처지와 심정을 이해하므로 결혼을 전제로 하는 사이는 물론 아니지만, 그러니만큼 나는 더욱 인격적으로 여옥이의 열정을 받아들이고 사랑하여야 할 것이었다.

그래서 나는 새로운 눈으로 여옥이를 그리려고 부족한 화구를 사러 그 이튿날 안동으로 갔던 것이다. 그러나 그날 저녁에 돌아온즉 여옥이는 낮에 북행차로 혼자 떠나

고 말았던 것이었다. 여옥에게 맡겼던 지갑과 같이 호텔 지배인이 내주는 편지에는,

이렇게 돌연히 떠나고 싶은 생각이 스스로 놀랍기도 하였사오나 돌이켜 생각하면 본시 그런 신세로 그렇게 지내 온 몸이라 갈 길을 가는 듯도 하올시다. 저로서도 무엇을 구하여 가는지 전혀 지향 없는 길이오니 애써 찾아 주지 마시옵소서. 얼마의 여비를 가져갑니다. 그리고 주신 반지도 가지고 갑니다.

여옥 배.

하였을 뿐이었다. 그때 여옥이는 이 차를 탔을 것이다. 찾지 말아 달라는 여옥이의 편지가 아니더라도 나는 그럴 염치조차 없는 듯하였고, 오히려 무거운 짐이나 부린 듯이 마음이 가벼워졌다. 그렇게 헤어진 여옥이라고 그 후에 무슨 소식이 있을 리 없었다.

그러나 한 월여 후에, 할빈 이 군의 편지 끝에, 어느 카바레의 댄서인 여옥이라는 미인이 군과 소홀치 않은 사이던 모양이니 멀리서나마 군의 만년 염복을 위하여 축배를 드네, 한 의외의 문구로 여옥의 거취를 짐작하였을 뿐이다.

그러나 이번 내 여행이 결코 여옥이를 만나러 가는 길은 아니다. 연래로 이 군이 편지마다 오라는 것이요, 나 역시 가고 싶던 할빈이라 가는 것이지만, 일부러 여옥이를 만날 욕심도 흥미도 없는 것이다. 그러나 우연히 만나게 된다면 애써 피하지도 않을 것이다.

나는 이렇게 담담히 생각하기는 하면서도 그러나 담담히 생각하려는 노력같이도 느껴지는 것이었다. 그렇다고 여옥이에 대한 내 생각이 담담하지 못하여 그런 것은 아닐 것이다. 단순히 나를 반겨 맞아 줄 이 군만이 기다리는 할빈이 아니라 — 애욕 때문이랄까! 복잡한 심리적 암투를 하다가 달아난 여옥이가 있는 곳이라 생각하면,

이국적 호기심을 만족할 수 있고, 옛 친구를 만나는 기쁨만이 기다리는 할빈이 아니요, 혹시 어떤 음울한 숙명까지도 나를 노리고 있을 같이 생각되는 것이다. 숙명이란 이렇다할 원인이 없는 결과만으로 우리에게 던져 주는 것이다. 원인이 있다더라도, 지금 마주 앉은 중년 여자의 『신약전서』에 있을 '죄는 죽음을 낳고' 라는 죄같이 추상적인 것으로, 그런 추상적인 원인이 죽음이라는 사실적 결과를 맺게 하는 것이 숙명이라면 우리는 그런 숙명 앞에 그저 전율할밖에 없을 것이다.

그런 무서운 숙명이 나를 기다리는지도 모를 할빈이라고 생각하면 그곳으로 이렇게 달아나는 이 열차는 그런 숙명과 같이 음모한 괴물일는지도 모른다고 나는 좀 취한 머리 속에 또 한 가지 이런 스릴을 느꼈다. 그러면서 큰 고래 입 속으로 양양히 헤엄쳐 들어가는 물고기들을 상상하며 그런 물고기의 어느 한 부분인지도 모르는 피시 프라이의 한 조각을 입에 넣고 씹으며 마주 볼 때, 나보다 한 접시 앞선 중년 여자는 소위 어느 한 부분인지도 모를 스테이크의 마지막 조각을 입에 넣고 입술에 맺힌 핏물을 찍어 내는 것이었다.

할빈—

내 이번 여행은 앞서도 한 말이지만 역시 전과 다름없는 방랑이라 어떤 기대를 가졌던 것은 아니지만 그러나 이같이 우울한 여행일 줄은 몰랐다. 가는 차 중에서 일종의 모험이니 무서운 숙명과의 음모니 하여 즐겨 꾸민 망상이, 단순한 망상이 아니었고, 어김없이 들어맞는 예감이었던 것이다.

물론 할빈서 이 군을 만났고 그의 십 년 풍상과 지금의 성공과 사업과 장차의 경륜을 듣고 보아 의지의 인, 이 군을 탄복하고 축하하는 바이지만, 나의 이 여행기는, 그런 건전하고 명랑한 기록은 아니다. 내가 치우쳐 침울한 이야기만을 즐겨 한다거나 이야기로서의 소설적 흥미와 효과만을 탐내 그런 것은 물론 아니다.

'이 군의 성공담'은 이야기의 주인공 격인 '나'라는 나와는 별개의 것이 되고 말았으리만큼 이 할빈서 나는 나와 너무나 관련이 깊은 사건에 붙들리고 말았으므로 우선 그 이야기를 할밖에 없는 것이다. 그것은 물론 여옥이의 이야기다.

이 군의 안내로 할빈 구경을 나섰다—천생 소비자인 자네라, 할빈의 소비면부터 안내하세—하는 이 군을 따라 이름난 카바레, 레스토랑, 댄스 홀, 그리고 우리가 '할빈'으로 연상하는 소위 에로 그로를 구경하는 동안에 밤이 되고 두 사람은 좀 취하였던 것이다.

"……누구라던가? 그 미인 말일세. 자네 만나 봐야지 않나!"

"여옥이 말인가? 글쎄……."

"글쎄라니……."

이렇게 시작된 이야기로,

"타향에 봉고인이라고 이런 데서 만나면 다아 반갑다네, 자 가세."

하고 이 군은 나를 끌었다. 그러나 금시에 "내가 어디서 만났더라?" 여옥이가 어디 있는지 분명치 않은 모양으로 중얼거리던 이 군은 언젠가 그때도 역시 구경 온 손님을 데리고 갔던 어느 카바레에서, 그리 흔치 않은 조선 댄서라, 이야기를 붙인 것이 여옥이었다는 것이다. 더욱이 고향에서 온 여자라기에 자연 이야기가 벌어져 마침내 나와의 관계도 짐작하게 되었다는 것이다. 그러나 이 군은 나와 여옥이가 어떻게 헤어지게 된 것까지는 모르는 모양이다. 여옥이가 지내는 형편이 어떤가고 묻는 내 말에 그때 만나 본 것뿐이라 알 수 없지만 그런 삼류 사류 카바레의 댄서라 물론 수입이 많을 리 없고, 혹 파트론이 있다면 몰라도 겨우 먹고 지내는 정도일 것이라고 하였다. 그러면서—만나면 반가울 사이니, 내일은 하루 여옥이를 앞세우고 그 방면의 생활 내막을 엿보아 두라고 하였다.

—아마 여긴 듯하다—고 하면서 뒷골목 보도 밑에서 음악이 들리는 지하실 카

바레를 헛 들어갔다. 서너 집만에야 여옥이를 발견하였다.

높은 천정, 찬란한 샹들리에, 거울 같은 마루 바닥, 휘황한 파노라마, 그 속에서 음악의 물결을 헤엄치는 무희들, 이렇게 내 눈이 어느덧 높아진 탓인지, 여옥이가 있는 카바레는 너무도 초라한 것이었다. 사오 명밖에 안 되는 밴드의 소란한 재즈와 구두 바닥에 즈벅거리는 술 냄새로 머리가 아팠다. 이 구석 저 구석에 서너 패 손님이 있을 뿐, 텅 빈 듯한 홀 저편 모퉁이에는 십여 명 댄서들이 뭉켜 있었다. 그 중에는 호복을 입은 것도 있고, 기모노를 걸친 백인 계집도 있었다. 전갈하는 만주인 보이를 따라 우리 테이블에 가까이 온 여옥이는 나를 바라보자 눈을 크게 뜨고 한순간 걸음을 멈추었다.

"내가 반가운 손님 모셔 왔죠? 자 앉으시우."

이러한 이 군의 말에, 그를 알아보고 비로소 자기 앞에 나타난 나를 이해할 수 있는 모양으로 여옥이는 다시 침착한 태도를 회복하여 우리 앞에 와 앉으며,

"오래간만에 뵙겠습니다."

하고 숙인 머리를 한참이나 들지 않았다.

이 군은 또 술을 청하였다. 이 군은, 나와 여옥이의 관계를 자세히 모를 뿐 아니라, 만주 십 년에 체득한 대륙적 신경으로 그러한 여옥이의 태도나 나의 어색한 표정 같은 것은 개의하지도 않는 모양이었다. 그저 쾌하게 웃고 마시면서, 내일은 내가 영 시로부터 한 시까지 여옥이를 찾아갈 것과 여옥이는 여옥이로서 내게 보이고 싶은 곳을 안내할 것과, 자기는 세 시나 네 시까지 전화를 기다릴 터이니 만나서 같이 저녁을 먹기로 하자고 이 군은 작정하고 말았다. 그 작정에 여옥이는 특별히 안내할 곳은 없지만 내가 간다면 그 시간에 기다리겠다고 하며 내 여관에서 자기 아파트까지의 지도를 그리고 주소를 적어 주는 것이었다.

그래서 나 역시 정한 시간에 여옥이를 찾아가기로 하였다. (독자 중에는 이 '그래서 나 역시……' 라는 말에 불쾌를 느끼고, 그만 것을 동기나 이유로 행동하는 나를 경멸하는 이가 있을는지 모를 것이다. 사실은 나는 그러한 독자를 상대로 이 여행기를 쓰는 것이다.) 그때 내게는 굳이 여옥이를 찾지 않고 말 이유가 없었던 것이다. 오히려 나는, 어젯밤에 주저하는 기색도 없이 나를 기다린다고 한 여옥이가 인사성으로만 그런 것이 아니라 혹시 조용한 기회를 지어 지난 봄의 자기 소행을 사과하려는 것이나 아닐까고도 생각되었던 것이다. 물론 사과하고 말고가 없을 일이나, 그도 아니라면, 피차에 긴한 이야기도 없을 처지에 여옥이의 자존심으로 일부러 구차한 자기 생활면을 보이려고 나를 집으로 오라고 할 리도 없을 것이다. 사실 어젯밤에 본 여옥이는 반년이 되나마나한 동안에 생활에 퍽 시달린 사람같이 초췌하고 차가운 하늘빛 양장도 파뜻한 맛이 없이 고운 때가 오른 것이었다. 그리고 그 빨갛게 손톱을 물들인 손가락에 그런 직업 여자에게는 큰 장식일 것이건만, 내가 주었던 반지가 없는 것만으로 미루어 보아도 그의 생활이 구차하게 상상될밖에 없는 것이다.

들어선 여옥이의 살림은 사실 거칠은 것이었다. 방 한가운데는 사기 재떨이만을 올려놓은 둥근 탁자와 서너 개 나무 의자가 벌어져 있고, 거리 편으로 잇대어 단 난두 폭이, 벼락닫이 창 밑에는 유난히 닳아 모서리에는 소가 비죽이 나온 장의자가 길게 누운 듯이 놓여 있었다. 그것은 사실 길게 누운 듯이라 할밖에 없이 그 작은 방에는 어울리지 않게 큰 것이었고, 진한 자줏빛 유단이나 육중한 나무다리의 미끄러운 결태와 은은한 조각이 장중하고 호화스럽던 가구였다. 그리고 화문이 다 낡은 맞은편 담과 방 윗목을 병풍 치듯 건너 막은 판장 담모퉁이에는 역시 낡은 삼면 경대가 비즛히 서 있었다. 체두리 나무의 칠이 벗고 조각의 획이 긁히고 거울면 한복판에는 고두터운 유리가 국살진 듯이 수은이 들뜨고 밀린 것이나, 본 체재만은 역시 호화롭고 장중한 것이었다. 그런 경대나 장의자가 여옥의 손때로 그렇게 낡았을 리는 없을 것이다. 당초에 여옥이같이 가냘픈 몸집, 가볍게 떠도는 생활에 맞추어 만들어진 것부터가 아닐 것이었다.

방 윗목을 가로막고, 그런 장중한 가구가 차지하고 남은 좁은 방이라, 더욱 길길이 높아 보이는 침침한 천장을 쳐다보는 나는, 할빈의 여옥이는 이다지도 황폐한 생활자던가 느껴지는 것이다. 그뿐 아니라 이런 가구를 주워들인 것이 여옥이의 취미였다면 그 역시 하잘것없는 위인이라고도 생각하였다.

여옥이는 내가 기억하는 그 몸매의 선을 그대로 내비치듯이 달라붙은 초록빛 호복을 입고 붉은 장의자에 파묻히듯이 앉아서 열어 놓은 창틀 위에 팔 굽이를 세운 손끝에 담배를 피워들었다. 짧은 호복 소매 밖의 그 손목은 가늘고 시들어서 한 가닥 황촉을 세운 듯하고 그 손 끝의 물들인 손톱은 홍옥같이 빛나는 것이다. 그런 손 끝에서 피어오르는 담배 연기를 바라볼 뿐 나는 별로 할 말이 없이 묵묵히 앉아 있었다. 여옥이도 무슨 생각에 잠기는 모양이었다. 그런 여옥인 줄 아는 나라 실례랄 것도 없이 나는 나대로 창 밖을 내다보고 있었다. 거리 맞은 집 유리창은 좀 기운 햇볕에 눈부시었다. 고기 비늘무늬로 깔아 놓은 화강석 보도에 메마른 구두 발소리가 소란하고 불리는 먼지조차 금싸라기같이 반짝이는 째인 햇볕 속을 붉고 파란 원색 옷의 양녀들이 오고 간다. 높은 건축의 골짜구니라 그런지, 걸싼 양녀들은 헤엄치는 열대어나 금붕어같이 매끄럽고 민첩하다. 그러한 인어의 거리에 무더기무더기 모여 앉은 쿨리(바다의 노동자)떼는 바다 밑에 깔린 바윗돌같이 봄이 가건 겨울이 오건 무심하고, 바뀌는 계절도, 역사의 파도까지도 그들을 어쩌는 수 없는 존재같이 생각되었다. 그러한 창 밖에 눈이 팔려 있을 때 들창 위에 달아 놓은 조롱에서 새가 울었다. 쳐다보는 조롱의 설핀 대살을 격하여 맑은 하늘의 한 폭이 멀리 바라보였다. 종달새도 발돋움을 하듯이 맨 웃가름대에 올라서서 쫑쫑쫑 — 쪼르르릉 쫑쫑 — 을 연달아 울어 가며 목을 세우고 관을 세우고 가름대 위를 초조히 오고 간다. 금시에 날아 보고 싶어서, 날갯죽지가 미미적거리는 모양이나, 그저 혀를 채고 말 듯, 쫑쫑 — 외마디 소리를 해 가며 가름대 층계를 오르내릴 뿐이다. 나는 그러한 종달새 소리에 알 수 없이 초조해지는 듯하고 이야기 실마리조차 골라 낼 수 없이 무료한 동안이 길었다. 여옥이는 간간이 손수건을 내어 콧물을 씻어 가며 초록빛 호복자락으로 손톱을 닦고 있었다. 나는, 그의 직업 탓이려니도 생각하지만, 그러나 천한 취미로 물들여진 여옥의 손톱이 닦을수록 더 영롱해지는 것을 보던 눈에 종달새의 며느리발톱이 띄우자 깜짝 놀랄밖에 없었다. 그것은 병신스럽게 한 치가 긴 것이었다. 나는 길게 드리운 호복 소매 속에 언제나 감추어 두는 왕이나 진이라는 대인들의 손톱을 연상하였으므로,

"이건 만주 종달샌가?"

물었다.

"글쎄요, 예서 산 거라니까, 아마 만주 칠걸요."

"……"

"뒷발톱이 어지간히 길죠?"

"병신스럽구 징그러운걸."

"병신이라면 병신이지만, 그래두 배 안의 병신은 아니래요. 제 손톱두 그렇구요."

여옥이는 빨간 손톱을 가지런히 들어 보이며 웃었다. 그리고는 종달새의 발톱은 왕 대인이나 진 대인같이 치레로 기른 것은 아니지만 누가 깎아 주지도 않고 조롱 속에서 닳지도 않아서 자랄 대로 자랄밖에 없는 것이고 또 길면 길수록 오래 사람의 손에 태운 표적이 되어 값이 나가는 것이라고 설명하였다.

"저 발톱만치 길이 들었다면 들었고, 사람의 손에서 병신이 된 게라면 병신이구…… 환경이나 처지의 힘이랄까요!"

여옥이는 이러한 자기 말에 소름이 끼치는 듯이 오싹 몸짓을 하고는 또 콧물을

씻어 가며 조롱을 쳐다본다.

나는 그 종달새 역시 여옥이의 손에서 뒷발톱이 그렇게 길었을 리는 없다고 생각되어, 혹시 이 방에는 또 다른 누가 있지나 않은가고 새삼스럽게 방 안을 둘러보았다. 그러자 여옥이는 재채기를 연거푸 하며 눈물과 콧물을 씻는 것이었다.

"감기가 든 모양인데, 추운가?"

"아뇨."

하는 여옥이는 새삼스럽게 나의 얼굴을 쳐다보고, 수줍은 듯이 인작 내려 까는 그 눈에는, 그리고 그 입술에는 알 수 없는 미소가 떠오르기 시작하였다.

그 알 수 없는 미소는 오룡배에서 "꿈을 그려요?" 하던 때의 웃음 같기도 하였으나, 지금의 여옥이가 새삼스럽게 예전의 그 웃음으로 나를 빈정거릴 리는 없을 것이다. 다시 보아도 그 웃음은 사라지지 않는다.

(혹시!) 지금 여옥이는 밤과 낮을 혼동하는 것이나 아닌가? 그것은 여옥이의 밤의 웃음 비슷한 것이므로 나는 이렇게까지도 생각하였다. 이렇게 쌀쌀하다리만큼 청등한 낮에는 볼 수 없던 웃음이므로 혹시 여옥이는 제 말대로, 이 할빈, 그리고 지금 그의 처지의 힘으로 홱 변하여 이런 때 무절제한 충동을 느끼게 되고, 또 충동하려 드는 요망한 웃음이나 아닐까? 이렇게 혹시! 설마 하는 눈으로 바라볼 때, 여옥이는 역시 같은 웃음을 띄운, 그리고 좀더 가늘게 뜬 눈으로 나를 바라보면서 몸을 차차 기울여 마침내 장의자 팔걸이에 어깨를 기대고 반쯤 누워 버리고는 눈을 감았다. 나는 더 의심할 여지가 없었다. 오직 그 퇴폐적 작태를 경멸하면 그만이라고 생각되어 짐짓 그의 얼굴을 빤히 들여다볼 때, 눈동자가 내비칠 듯이 엷은 여옥이의 눈꺼풀이 떨리며 한 방울 눈물이 쏙 비어져 눈썹 끝에 맺히자 하하 하하 하는 웃음소리가 그 엷은 어깨를 흔들며 새어 나오는 것이었다.

나는 오싹 등골에 소름이 끼쳐서 머리를 싸 쥐고 눈을 감았을 때, 머리 위의 조롱이 푸득거리며 찍찍하는 쥐 소리 같은 것이 크게 들리었다. 놀라 쳐다본즉, 종달새가 가름대에서 떨어져 조롱 바닥에서 몸부림을 하는 것이었다. 새는 다시 날려고 애써 몸을 솟구다가는 또 떨어지고 그때마다 그 긴 발톱과 모즈라진 날개로 헤적이면서 쥐 소리 같은 암담한 비명을 지르는 것이다. 새는 몇 번인가 조롱이 흔들리도록 몸을 솟구다 못하여 그만 제 똥 위에 다리를 뻗고 눈을 감아 버린다. 아직도 들먹거리는 새의 가슴을—나는 그 암담한 광경을 그저 멍히 보고만 있을 때,

"그 그 조롱 이리 내려 주세요. 네, 어서 좀."

하며 여옥이는 내 팔을 잡아 흔드는 것이다.

한 손에 그 조롱을 든 여옥이는 한 손으로 쓸어 더듬듯이 담을 의지하고 방 윗목에 쳐 놓은 판장 병풍 속으로 들어갔다. 들어가자, 침실인 듯한 그 안에서는 판장 위로 담배 연기가 무럭무럭 떠오르기 시작하고, 무슨 동물성 기름을 타치는 듯한 냄새가 풍겼다. 그러자 푸드득거리는 날개 소리가 나고 쫑쫑하는 맑은 소리가 들렸다.

다시 살아난 조롱을 들고 나와 제자리에 걸어 놓고 앉은 여옥이는,

"지금 제가 웃지요?"

하고 어색한 듯이 빨개진 얼굴의 웃음을 더욱 뚜렷이 지어 보이며,

"…… 웃잖아요? 이렇게 뻔뻔스럽게."

하고는 웃음소리까지 내었다.

"……"

사실 나는 무엇이라 대답할 말을 몰랐다.

"웃잖으면 어떡해요?"

하고 여옥이는 조롱을 툭 쳐서 빙그르 돌리며,

"너나 내나 그 새를 못 참아서 이 망신이냐?"

하였다.

거리에 나선 나는 여옥이가 안내하는 대로 카바레나 레스토랑에서 센 워카와 진한 커피를 조금씩 맛볼 뿐이었다. 나 역시 너무 강한 자극물이 싫고 으리으리할 뿐 아니라 마주 앉은 여옥이는 그런 것에 입을 적실 뿐으로도 기침을 하므로 더욱 마실 생각이 없었다. 그리고 여옥이는 몇 번 코를 풀고 나서 핸드백에 든 흰 약(모르핀)을 내어 담배에 찍어 피우며, 그때마다—웃긴 왜 싱겁게—하고 싶도록 외면을 하고 싱글거리는 것이다.

지나가던 길에 들려 본 박물관에서는 나 역시 여옥이에 덩달아 재채기만을 하고 나왔다. 우중충한 집 속에 연대순으로 진열된 도자기나 불상이나 맘모스의 해골이나가 지니고 있는 오랜 시간이 휘잉한 찬 바람으로 느껴질 뿐이었다. 차근차근히 보고 싶은 이 역사를 이렇게 설질러 놓으면 또다시 와 볼 용기가 있을까고도 염려되었다. 이 박물관뿐 아니라 여옥이를 앞세우고 다닌다면 나의 할빈 구경은 모두가 이 모양일 것이라고 염려하였다. 대체 나는 여옥이와 아직 어떤 인연이 남았을까고 속으로 중얼거리며,

"이번엔 송화강엘 가세요."

하고 앞서는 여옥이를 또 따라갈밖에 없었다.

아직도 노서아 사람과 유태인이 많이 살 뿐 아니라 할빈으로 연상하는 에로 그로의 이국적 향락과 소비 기관이 집중되었다는 기다이스카야를 거쳐 송화강 부두로 나갔다. 여옥이의 퍼머넌트 한 편에 붙인 모자의 새 깃이 내 빰을 스치도록 나란히 걸으면서도,

"대동강의 한 삼 배? 한 오 배? 혹시 한 십 배 될지 몰라요."

"글쎄, 장히 넓군요."

이런 삭막한 이야기를 주고받을 뿐이었다. 그뿐 아니라 나는 내 키보다도, 마음눈을 더 높이 쳐들고 내려다보며—이 계집애의 운명은 장차 어찌 될 것인가? 고, 여

옥이를 동정하기보다 오히려 여옥이를 멀찍이 떠밀어 세워 놓고 왼 공론을 하는 듯한 내 마음씨였다. 무료한 침묵이 주체스러워 그저 걷기만 한다. 부두의 쿨리들이 욱 몰려와서는 오리떼같이 뜬 경묘한 배를 가리키고, 강 건너 수영장을 손질하며 선유를 강권한다. 그들의 생활에 흔히 있을 것 같지 않은 웃음을 지어 보이며 우리깐에 이렇게 웃을 젠 얼마나 좋겠느냐는 듯이 손짓을 해 가며 알 수 없는 말로 우리를 유혹하는 것이다. 그러나 여옥이는 — 배 — 타 보세요? 하는 기색도 없이 손을 내젓고 그대로 따라오면 "부요" 소리를 지르고 발을 구르기까지 하였다.

"곤하시죠?"

"머, 괜찮소."

이렇게 대답은 하고도 여옥이가 자주 손수건을 꺼내는 것을 생각하자,

"참, 이 군이 기다리겠군요."

하고 마차를 불렀다.

아파트 현관에 닿았을 때는 네 시가 퍽 지났다. 여옥이가 전차를 탈 동안 자기 방에서 기다리라고 하며 같이 층계를 올라갔다. 컴컴한 복도를 서너 칸 걸어 방문 앞에 선 여옥이가 핸드백에서 열쇠를 뒤질 때, 그 문은 우리 앞에 저절로 풀썩 열렸다. 불의의 일이라 나는 놀랄밖에 없었다. 한 걸음 앞섰던 여옥이도 깜짝 놀라는 모양이었다.

"어서 이리 들어오시죠." 무겁게 울리는 듯한 녹슨 음성이 들렸다. 짧은 가을 해가 높은 건축 저 편으로 완전히 기울어 굴 속같이 음침한 방 한가운데 — 길고 해쓱한 유령 같은 얼굴이 나를 바라보는 것이었다.

"자아, 들어가세요."

여옥이의 또렷한 음성에 한순간 잊었던 나를 발견하고 나는 비로소 걸음을 옮겨 방 안에 들어섰다.

"인사하시죠. 이 이는……."

이렇게 소개하려던 여옥이의 말을 앞질러서 그 남자는,

"머어 소개 않어두 김명일 씬 줄 짐작하지…… 자아 앉으시우."

하고 자기가 먼저 의자에 털썩 주저앉았다.

여옥이는 기가 질린 듯이 더 말이 없고 그 남자는 자기 소개를 하려는 기색도 없이 담배를 붙이는 것이었다. 그가 그런 인사를, 미처 생각 못 했거나, 또는 짐짓 않더라도 나 역시 그 남자가 혹시 여옥이의 옛 애인이던 현모가 아닐까고 짐작되었다.

이런 때 담배란 참 요긴한 것이었다. 자기 소개도 않고 인삿말도 없이 담배만 피우고 있는 그 남자의 거만하다기보다 모욕적 태도에 (그렇다고 단박 싸움을 걸 계제도 아니라) 나도 담배를 붙여서 그의 얼굴 편으로 길게 뿜는 것으로 이 무언극의 상대역을 할밖에 없었다. 그러나 그 남자는 팔꿈치를 테이블에 세운 손 끝에서 타들어가는 담배를 별로 빨지도 않고 무슨 생각으로 차차 골똘히 잠겨들어가는 얼굴이었다. 생면 손님을 눈앞에 앉혀 놓고 혼자 생각에 정신을 팔고 있는 것은 더욱 나를 무시하는 배짱이라고 생각하면 내가 느끼는 모욕감은 더할밖에 없었다. 그러나 단순히 나를 모욕하는 수단으로 그런다기보다도, 이 남자가 — 내 짐작에 틀리지 않은 현모라면 이 삼각관계(?)의 한 점이 되는 그로서 자연 어떤 생각에 잠기는 것도 무리한 일이 아니라고도 생각되었다. 사실 그렇다면 모욕감으로 혼자 흥분하고 있는 나보다 그는 퍽 침착한 사람이라고도 생각되었다.

그 남자는 꽤 벗어진 이마로 더욱 길고 여위어 보이는 창백한 얼굴이 석고상같이 굳어져 있다가 다 탄 담배를 부벼 끄고 일어나 좁은 방 안을 거닐기 시작했다. 검푸른 무명 호복이 파리한 어깨에서 발뒤꿈치까지 일직선으로 흘러서 더 수척하고 길어만 보이는 그 체격은 더욱더 짙어가는 방 안의 어둠을 한몸에 휘감은 듯하였다. 그보다도 어둠이 길게 엉기고 뭉치어서 내 눈앞에 흐느적거리는 것 같이도 생각되는 것이다.

불은 왜 안 켜나? 나는 어둠이 주는 그런 착각이 싫고 그 남자의 길고 빠른 백골 같은 손 끝이 비수로 변하지나 않을까도 생각하며, 그저 연달아 담배를 피울밖에 도리가 없었다.

"혹시 여옥 군한테 들어 짐작하실는지 모르지만 나는 현일영이라고 합니다."

갑자기 내 앞에 발을 멈추고 이렇게 말을 시작한 그는 다시 걸으며,

"아주 보잘것없는 낙오자지요. 낙오자라기보다 지금은 어쩔 수 없는 아편 중독자요…… 그러나 한때 나는 젊은 투사로 지도 이론 분자로 혁혁한 적이 있었더랍니다."

여기까지 하던 말을 그친 현은 문 옆의 스위치를 눌러 전등을 켰다. 켰더라도, 천장 한가운데 드리운 줄에 갓도 없이 매달린 작은 전구의 불빛은 여간 희미하지 않았다. 현은 장의자에 털썩 주저앉아 호복 안섶 자락에서 뒤져 낸 흰 약을 궐련에 찍어서 빨기 시작하였다. 그 누르지근한 냄새를 풍기는 연기가 판장 병풍 뒤에서 떠오르는 것이었다. 여옥이가 거기에 들어가기 전에 삼면 경대 위에 들여다 놓았던 조롱에서는 은방울을 굴리는 듯이 종달새가 반겨 울었다.

"아마 방면은 달랐어도 현혁이라면 짐작하실걸요. 한때 좌익 이론의 헤게모니를 잡았던 유명한 현혁이 말입니다. 현혁이 하면 그때 지식 계급으로는 모른 이가 없을 만치 유명한 현혁이었으니까요. 언제나 현혁이 신변에는 현혁이를 숭배하는 청년들이 현혁이를 따라다녔지요." 이러한 현의 말에 하도 자주 나오는 현혁이를 나도 신문이나 잡지에서 간혹 본 기억이 있다. 나는 한 번도 유명해 본 경험이 없어 그런지는 모르나, 그렇게 씹고 씹듯이 불러 보고 싶도록 매력이 있는 현혁일까고 이상스럽게 들렸다. 혹 현이 취한 탓일까? 모르핀도 취하면 술과 같이 흥분하는가 하여 침침한 전등 빛에 유심히 바라보았으나 현의 얼굴은 더욱 해쓱하게 쪼들어지고 눈은 더 가늘어진 듯 하였다.

"여옥이도 그렇게 유명한 현혁이를 숭배하던 학생 중의 하나였답니다. 그때 패

기 만만한 현혁이는 연애에도 패자였지요. 연애도 정치입니다. 정치는 투쟁, 극복입니다. 여자란 남자의 투쟁력과 극복력이 강하면 강할수록 숭배하고 열복하는 것입니다. 결혼이니 부부니 하는 형식은 문제가 아니지요. 여옥이는 오륙 년이나 현혁이가 감옥으로 방랑으로 떠돌아다니는 동안에 떨어져 있었지만 종시 현혁이를 잊지 못하고 이렇게 따라온 것입니다. 따라와서는 여급으로 댄서로 나를 벌어 먹이지요. 지금의 현일영이는 계집이 벌어 주는 돈으로 이렇게 아편까지 먹습니다. 왜 아편을 먹는가 하겠지만 지금은 이것이 밥보다도 소중하고, 없으면 반나절도 살 수 없으니까, 계집이 벌어 준 돈이니 어떠니 하는 체면이나 의리 문제는 벌써 지나친 일입니다. 그럼 왜 당초에 아편을 시작했는가고 대들겠지요……."

그때 판장 병풍 뒤에서 흐득흐득 느끼는 여옥이의 울음소리가 들렸다. 말을 멈춘 현은 약을 피우던 담배 꽁다리를 던져 버리고 일어나서 뒷짐을 지고 다시 거닐며 말을 계속한다.

"……김 선생도 으레 그렇게 물으실 겝니다. 지금은 다 나를 버렸지만 옛날 친구나 동지들이 그랬고 다시 만난 여옥이도 그렇게 묻고 대들고, 울고 야단을 치고 이제라도 끊으라고 애걸을 했지요. 간혹 제 정신이 든 때마다 나 역시 내게 묻고 대들고 울고 야단을 치는 때도 있었습니다. 물론 아편을 먹는 이유랄 것도 없는 것은 아닙니다. 신병, 빈곤, 고독, 절망, 자포자기, 이런 이유랄까 핑계랄까. 아마 그 중에 제일 큰 이유나 동기랄 것은 '자포자기'겠지요. 신병, 빈곤, 고독, 절망, 이런 순서로 꼽아 내려가다가 흔히들 자포자기하는 것이지만, 반드시 그런 것은 아니라고 나는 생각합니다. 신병이나 빈곤은 그리 쉽게 마음대로 안 되는 것이지만, 자포자기를 하고 않는 것은 각자 그 사람에게 달렸다고 생각합니다. 나와 못지않은 역경에서도 칠전팔기란 말 그대로 자기의 운명을 개척해 나가는 친구도 많았습니다. 백팔십도의 재주넘기를 해서라도 새 길을 찾은 옛 동지도 있습니다. 이 말은 결코 야유가 아닙니다.

그런데 나만은 자포자기를 하였습니다. 비록 신병이 있고 빈곤하더라도, 시작을 하지 않았으면 그만일 아편을 자포자기로 시작했지요. 그래서 지금은 아주 건질 수 없는 말기 중독자가 되고 말았죠. 말하자면 아무런 시대나 환경이라도, 사람을 타락시킬 힘은 없다고 봅니다. 그 반대로 타락하는 사람은 어떤 시대나 환경에서든지 저스스로 타락하고야 말, 성격적 결함이 있는 것입니다. 그래서 나는 내 환경을 저주하거나 주제넘게 시대를 원망할 이유도 용기도 없습니다. 오직 내 약한, 자포자기하게 된 내 성격을 저주하는 것뿐입니다. 그러나 지금에는 그런 반성을 하는 것도 지난스러워지고 말았습니다. 사실 그런 반성이 지금 내게 무슨 소용이 있습니까? 이런 말을 내가 하고 보면 도리어 우스운 말이 되고 마는군요. 내가 지금 초면에 김 선생 앞에서 이같이 장황히 지껄인 것은 혹시 옛날의 내 교양의 찌꺼기나마 자랑하고 싶은 허영이었을는지도 모릅니다. 그보다도 이런 과거의 교양이랄까 지식을 씹으며 즐기는 수단이겠지요."

현은 더 말할 수도, 거닐 수도 없이 피곤한 모양으로 장의자에 몸을 던지듯이 주저앉아서 두 손으로 이마를 받들어 짚고, 아직도 그치지 않은 여옥이의 느껴 우는 소리를 한참 동안 듣고 있다가 또 흰 약 담배를 피워 물었다.

"사실, 나는 지금 이렇게 모히 연기와 추억의 꿈을 먹고사는 사람입니다. 반성에는 지쳤고, 자책에는 양심이란 게, 이성이 마비되고 말았지만, 옛날 현혁의 명성을 더 히로익하게 꾸미고, 그리 풍부하달 수도 없는 로맨스를 연문학적으로 과장해서 씹어 가며, 호수(湖水) 같은 시간 위에 떠도는 것입니다. 그러는 내게도, 여옥이가 김 선생을 버리고 내 품 속으로 돌아온 것입니다. 여옥이로서는 제 첫사랑의 추억으로도 그랬겠지만, 나는 옛날의 혁혁하고 유명하던 현혁이, 즉 나의 패기와 극복력에 이끌린 것이라고 생각하지요. 지금 여옥이에게 물어 보아도 알 것입니다. 그래서 내 과거의 기억은 더 찬란해지고 내 꿈의 양식은 더 풍부해진 것입니다. 그러므로 나는 이

처지에는 행복을 느낄 수 있습니다. 내 곁에 여옥이만 있어 주면 나는 죽는 날까지 행복일 것입니다. 여옥이도 내가 죽는 날까지는 내 옆을 떠나지 않겠지요. 꼭 그래야 할 것입니다. 그런데 이미 여옥이를 놓쳐 버렸던 김 선생이 돌연히 우리 앞에 나타난 것은 무슨 까닭입니까? 지금 와서 김 선생이 아무리 금력으로 유혹한댔자, 사내다운 매력이 없는 김 선생을 따라갈 여옥이가 아닙니다. 그뿐 아니라, 결코 내가……."

현은 벌떡 일어나서 내 앞에 다가선다.

"이 이 내가 만만히 놓아주질 않는단 말이요. 네? 이 내가 말이요. 알아듣겠소?"

이렇게, 흥분으로 떨리는 높은 음성으로 말하는 현은 두 팔로 탁자를 짚고 드러낸 얼굴에 살기 등등한 눈으로 나를 노리며,

"네? 알아듣느냐 말요. 이 내가 만만히 놓아주질 않는단 말요."

이렇게 버럭 고함을 지르며 현은 주먹으로 제 가슴과 탁자를 두들기었다.

좀 전의 예감이 종내 이렇게 실현되고야 마는 것을 눈앞에 보고 있는 나는 그저 난처할 뿐이었다. 이렇게 발작된 현의 병적 흥분과 오해를 풀려면 장황한 이야기가 필요할 것이나, 그럴 시간의 여유가 없으므로 나는 할 수 없이 의자에서 일어나 모로 서며, 나도 주먹을 부르쥐고 노리는 현의 눈을 마주 노려볼밖에 없었다. 짧은 동안이었다.

금시에 현은 파리한 어깨가 들먹거리고 숨이 가빠지는 것이었다. 그때, 어느 결에 튀어나온 여옥이가 두 사람 사이에 막아서며 허전허전한 현의 허리를 붙안아 의자에 주저앉히고 그 무릎에 쓰러져 느껴 울기 시작하였다.

테이블 위에 놓인 모자를 집으려다가 현의 코 언저리에 번쩍번쩍 흐르는 눈물을 보게 되자 나는 웬 까닭인지 그 자리에 멍하니 섰을밖에 없었다. 그러한 그들을 그 자리에 그대로 차마 버려 두고 나올 수 없었음인지, 혹은 더덟인 영마같이 뭉켜 앉은 그들의 눈물에 냉담한 호기심을 느낀 탓인지는 아직도 모르지만, 그때 나는 그들 앞

에 의자를 당겨 놓고 다시 앉았던 것이다.

이때껏 나는 현의 장황한 독백을 들을 뿐, 그의 착잡한 심리적 독백의 결론이라 할 수 있는 오해를 풀려고도 않고 훌쩍 일어서 가 버리면 너무 심한 모욕이 아닐까 하여, 간명하게 변명할 이야기의 실마리를 찾아보려고도 하였다. 내가 여옥이를 유혹하러 왔다는 현의 오해를 풀려면, 다른 말보다도, 지금 나는 결코 여옥이를 사랑하지 않는다고 하여야 할 것이다. 그뿐 아니라, 사랑 여부가 없이 아무런 호기심까지도 느끼지 않는다고 해야 할 것이다. 현의 흥분이 단순한 오해가 아니요, 영락한 자신과 나와의 대조로 인한 자굴적 질투이기도 할 것이므로, 변명하려면 이렇게까지도 말해야 할 것이다. 그런 내 말이 현의 흥분과 오해를 풀기에는 효과적이겠지만, 그러나 본인 여옥이 앞에서는 그런 말은 삼가야 할 것이다. 여옥이의 여자로서의 자존심을 위해서만도 그러려니와, 그러한 솔직한 내 말이, 어떻게 되면 현의 자존심까지도 상할 염려가 없지 않을 것이다.

이런 주저로 미처 할 말이 없이 그저 담배만 피우면, 이따금 쫑쫑거리는 새소리를 듣고 있을 때 눈물 젖은 여옥이의 음성으로,

"지금 이런 나를 가지구, 누가 유혹을 하느니 질투를 하느니, 모두 우스운 일이 아니야요?……김 선생은 어서 돌아가세요."

하고 여옥이는 마침 자리를 일어 옷자락을 터는 것이다.

나는 더 주저할 것도 없이 되었으므로 모자를 집어들고 나왔다.

내가 현의 오해를 풀자면, 더듬고, 에둘러 중언부언 늘어놓아야 할 말을 단 한 마디로 포개 놓고 마는 여옥이의 그 총명이 다시금 놀라웠다. 그러나 여옥이의 그런 말에 내 마음이 경쾌하다기보다, 그 총명과 직감력으로 여옥이는 더욱더 불행한 여자가 되는 것이라고 오히려 우울할밖에 없었다.

그 날 밤에 만날 이 군은, 일이 끝나서 네 시까지 내 전화를 기다리다 못 해, 아파

트 사무실에 전화로 여옥이를 찾았더니 웬 남자의 음성으로 여옥이가 돌아오면 전할 터이니 무슨 말이냐고 묻기에, 무심히 내 이름을 일러주고, 지금 여옥 씨와 같이 나갔을 모양이니, 돌아오면 이라는 사람이 기다린다는 말을 전해 달라고 부탁했던 것이라고 한다.

일이 그렇게 된 것이라면, 현이 첫눈에 나를 알아본 것이 조금도 신비로울 것은 없었다. 시초가 그렇다면 갑자기 우리 앞에 열린 문이나, 홀연히 나타난 그러한 인물의 괴이한 독백이나 흥분이나, 그리고 활극 일순 전의 수탄(愁嘆)으로 끝난 그 일막극은 모두가 몰락한 정치 청년이 꾸며 놓은 가소로운 멜로 드라마였던 것이 아닐까? 사실 그렇다면 그때 일종의 귀기와 압박감을 느끼고 마침내는 슬픈 인생의 매력에 감동(?)했던 나는, 그들이 피운 마약에 오히려 내가 취하였던 것이라고도 할 것이다.

이런 생각에, 본시 나의 버릇인 급성 신경 쇠약으로 또 판단력을 잃고 만 나는 마주 앉은 이 군이 미처 권할 사이도 없이 연방 잔을 기울이면서 그때의 여옥이의 '눈물' 과 '총명한 말' 까지도? 이렇게 속에 걸리는 것을 느끼면서도 그것은 모두가 다 현이 자작자연한 엉터리 희극이었다고만 치우쳐 설명하는 것으로 그때 흔들린 내 마음을 위로하였다. 그래서 나는, 언제나 제 권모술수에 빠져서 솔직한 말과 행동을 하지 못하는 소위 정치가 타입의 인물을 싫어하는 것이라고 현을 조소하는 것이었으나, 그러한 내 조소에 천박한 여운을 들을밖에 없었고, 그럴수록 나는 그런 여운을 안 들으려고 더욱 크게 웃을밖에 없었다. 그래서 눈이 둥그래진 이 군이,

"봉변은 하구두, 옛 애인을 만나 대단히 유쾌한 모양일세."

하도록 나는 유쾌한 듯이 웃었던 모양이다.

그 이튿날 늦잠을 자고 일어나자, 보이가, 벌써부터 로비에서 기다린 손님이라고 안내한 것은 여옥이었다.

정오의 양기가 가득 찬 방 안에 들어선 여옥은 분홍 저고리에 초록 치마가 오룡배(五龍背)적 차림이요, 풍기는 향료까지도 새로운 추억이었다. 오직 그 눈만이 정기를 잃었을 뿐이다.

"어제는 나 때문에 두 분을 괴롭혀서 미안하외다."

하는 내 말은 어색하도록, 경어로 나왔다.

"천만에요."

역시 어색하도록 공손히 시작된 여옥이의 말은 이러하였다.

그러한 제 생활을 애써 숨기려고 한 것만도 아니지만, 잠시 다녀 가는 나에게 알릴 필요도 없던 일이, 그만 공교롭게 그 모양으로 알려져서 도리어 미안하다고 하였다. 이미 탄로된 일이라 더 숨길 필요도 없으므로 저간 지내 온 이야기를 다하고, 또 부탁도 있으니 들어 달라고 하는 여옥이는,

"중독자에게서 흔히 볼 수 있는 몰염치한 생각인지는 모르지만……." 내가 잠시 손을 내밀어 준다면 여옥이는 내 손을 붙잡아 의지하고 지금의 생활에서 자기를 건져 내고 싶다는 것이었다.

"제가 중독자의 몰염치로 이런 말씀을 하게 되는 것인지는 모르지만……." 여옥이는 또 이런 말을 앞세우고, 아직 자기의 몰염치를 자각할 수 있고, 애써 자기를 건져야겠다는 의지가 남아 있는 이때를 놓치면 영 자기는 폐인이 되고 말 것이라고 말하는 그의 눈에는 눈물이 고인다.

그러한 여옥이의 말을 듣고 눈물을 보고 나는, 언제나 나의 의식을 분열시키고야 말던, 그 역시 분열된 의식으로 갈피를 잡을 수 없던 여옥이의 표정이 갱생에 대한 열정과 동경을 초점으로 통일된 것을 발견하고, 지금의 여옥이면 역력히 그럴 수 있다고 생각하였다. 어제 장의자에서도 여옥이의 눈물을 보았지만 그것은 역시 병적 권태에 물들고 니힐한 웃음에 떨리는 눈물이었다.

지금 한 초점으로 통일된 의식과 순화한 정서로 맺힌 맑은 눈물을 바라보는 나는 여옥이가 잠시 내밀어 달라는 손을 어떻게, 얼마나 잠시 내밀어야 하는 것이며 현과의 관계는 어떻게 되는 것이며를 전혀 알 수 없지만 당장 그런 조건을 묻는 것은 너무 타산적으로, 혹시 여옥이의 자존심을 건드려 존중해야 할 그 결심을 비누 풍선같이 깨치게 될지도 모르므로 나는 우선,

"참 좋은 결심입니다. 그래야지요. 내가 할 수 있는 일이면 해야지요." 할밖에 없었다. 그러한 내 말에 눈물 어린 눈으로 나를 쳐다보던 여옥이는 자기 무릎에 얼굴을 묻고 느끼어 우는 것이다. 나는 한참이나 떨리는 그의 어깨를 바라보다,

"자아 이젠, 어떻게 할 방도를 의논해야지 않소?"

하였다.

"……네, ……감사합니다."

눈물을 씻고 난 여옥이는 창 밖을 내다보며,

"무엇보다 저는 이곳을 떠나야 해요. 할 수만 있으면 저를 데리시구 조선으로 나가 주셨으면 합니다."

그러한 여옥이의 말에,

"?"

나는 그저 잠잠히 귀를 기울일 뿐이었다.

"……전같이, 결코, 그런 염치없는 생각으로 말씀드리는 것은 아닙니다. 단지 병인을—사실 병인이니까요. 한 정신병자를 감시하는 셈치시구 저를 조선까지 데려다만 주세요. 저 혼자서는 무섭기는 하면서도, 그 마약의 매력과, 또…… 그런 것을 저버리고 이겨 나갈 자신이 없을 듯해요."

마약의 매력과 또…… 이렇게 여옥이가 주저하다 흐려 버리고 만 '그런 것'이란 무엇일까? 현? 현에 대한 애착일까? 나는 이런 의문에 어제 저녁에 현의 무릎에 쓰

러져 울던 여옥이의 모양을 다시 눈앞에 그릴밖에 없었다. 그때―아무리 내가 뒤덮인 영마 무더기라도 경멸의 눈으로 보면서도, 낙척, 패부, 그리고 절망과 눈물에 젖은 슬픈 인생에도 황홀한 매력과 감격한 인정을 은연중 느끼는 듯하고 그들 중에 나만이 그런 감격과 인정의 문밖에 호젓이 서 있는 듯한 고독감을 느끼기도 하였던 것이다. 나의 그런 느낌이 혹시 여옥이에 대한 미련의 질투나 아닐까?고 생각되자 '천만에' 하고 떨어 버렸던 생각이다.

"어제 보신 바와 같이, 현은 한 과대 망상광일 뿐 아니라, 제게는 무서운 악마같이 보이는 때도 있습니다. 제가 모르핀을 시작하게 된 것도 현이 강제로 그런 것이죠."

이렇게 다시 시작된 여옥의 이야기는,

사실 현혁이라면, 조선은 물론 일본의 동지 간에도 주목되던 이론 분자였고, 심각한 지하 운동에도 민활히 활동한 사람이었다. 그때 여옥이는 현의 애인이었지만, 현은 감옥으로, 출옥 후에는 정처 없는 방랑으로 5, 6년간의 소식을 몰랐다. 그동안 본시 고아인 여옥이는 여급으로, 티룸 마담으로 전전하다가 평양까지 와서 나를 알게 되었다. 얼마 후에 우연히 만난, 동경 시대의 현의 친구에게 현이 할빈에 있다는 소식을 들었다. 그러나 그때는, 5, 6년이라는 세월을 격하여 현을 따라갈, 몸도 처지도 못 되므로 용기는 내지 못하였던 것이다. 그러나,

"오룡배가 얼마 멀지는 않아도, 아마 국경을 넘었다는 생각만으로도 할빈이 지척같이 생각되었던 게죠……. 그러구 또, 그때는 참 그럴 만도 하게 되잖았어요!"

하는 여옥이는 얼굴을 붉히며 웃었다.

나 역시 따라 웃을밖에 없었다. 서로 어이없는 일이었다는 듯이 웃고 나서,

"지금 이런 말을 한대서 부질없는 말이지만, 그때 일은 전연 내 잘못이지요. 너무 진실성이 없었으니까요. 그때 여옥 씨가, 그런 내 태도에 모욕감을 느끼셨을 것도, 그래서 달아나신 것도 여옥 씨다운 총명한 행동이었지요."

이런 내 말에 여옥이는 금시에 또 솟는 눈물을 씻었다.

"……그때 선생님의 심정도 당연히 그랬을 게죠. 만일 그 반대로, 그때 선생님이 진정으로 저를 사랑하셨다면, 저는 도리어 감당할 수 없어서 더 송구스러웠을 게죠."

잠시 말을 끊고 주저하던 여옥이는,

"……또, 참을 수가 없구만요."

하고 핸드백에서 마약을 내어 피워 물고 외면한 얼굴에 눈물이 어린다.

여옥이는 그만큼이라도 내 앞에 터놓은 마음이라 부끄러움을 싱글싱글한 웃음으로 가릴 처지가 아니므로, 그만 눈물이 나는 모양이었다.

"지금 제 말씀같이, 그렇게는 생각하면서도, 그때 선생님이 저를 사랑하시려는 노력이 아니라, 그림을 위해서만이라도 옛 환상을 버리시려고 애쓰시면서도 못 하시는 것을 볼 때 저는 저대로 자존심은 상하고, 그러니 자연 반발적으로 저도 옛날 꿈을 그리게 될밖에 없었어……."

그래서 달아와 이곳에서 만난 현은, 명색 어느 변호사의 사무원이지만, 정한 수입도 없고 하는 일도 없는 하잘것없는 중독자였다는 것이다. 현은 다년간 혹사한 신경과 불규칙한 생활로 언제나 아픈 안면 신경통과 자주 발작하는 위경련으로, 없는 돈에 가장 수월하고 즉효적인 약으로 시작한 마약에 중독되기 시작하였다는 것이다.

그래서 여옥이는 현을 애걸하다시피 달래고 얼러서 모르핀 환자 수용소까지 데리고 갔으나, 한 번은 문 앞까지 가서 현이 삐치고 달아났고 한번은 여옥이가 현에게 설복되어 그저 돌아오고 말았던 것이다.

"이 편이 도리어 설복되다니요."

내가 묻는 말에,

"참 괴상한 일 같지만, 거역할 수 없는 사정이었어요."

그 사정이란 것은 지금 마약에 눌려 있는 현의 신경통과 위경련은 마약의 힘이 사라지기가 무섭게 전보다 몇 배의 고통과 발작을 일으켜 그 병만으로도 지금이나 다름없는 폐인이 될밖에 없고, 따라서 생명도 중독으로 죽으나 다름없이 짧을 것이라는 것이다. 그럴 바에는 죽는 날까지 고통이나 없이 살겠다는 것이요, 그뿐 아니라 적극적으로 현재의 자기 생활을, 혼자서나마 합리화하고 살자는 것이다.

그것은 역사적 결론의 예측이나 이상은 언제나 역사적으로 그 오류가 증명되어 왔고, 진리는 오직 과거로만 입증되는 것이므로, 현재나 더욱이 미래에는 있을 수 없다는 것이다. 그러므로 사람의 생활은 그런 이상을 목표로 한다거나, 그런 진리라는 관념의 율제를 받아야 할 의무도 없을 것이요, 따라서 엄숙하랄 것도 없다는 것이다. 그뿐 아니라 사람은 허무한 미래로 사색적 모험을 하기보다도 거짓 없는 과거로 향하는 것이 현명하다는 것이다. 그러기에는 아편 연기 속에서 지난 꿈을 전망하는 것이 얼마나 황홀하고 행복스러운지 모른다고 하며 현은 여옥이에게도 마약을 권하였다는 것이다.

그러나 여옥이가 그런 말을 들었을 리가 없었다. 오직 두 사람의 생활을 위하여 홀의 댄서로 카바레의 여급으로 피로한 밤낮을 지낼 뿐이었다. 그러한 생활에 밤 세 시 네시까지 지친 몸으로 곤히 잠들었다가도, 혹시 심한 기침에 몸을 뒤치다 눈을 뜨게 되면 현은 그때도 일어나 앉아서 모르핀을 피우고 있었다. 그러던 중, 어느 날 밤은 얼굴에 더운 김이 훅훅 끼치는 것을 느끼며 자꾸 기침이 나면서도 가위에 눌린 듯이 목이 답답하고 움직일 수 없이 사지에 맥이 풀려, 간신히 눈만을 떴을 때…… 깊은 안개 속으로 보이는 듯한 현의 얼굴이 막다른 담과 같이 눈앞에 크게 막히고 그 입으로 뿜어내는 마약 연기를 여옥의 코에 불어넣고 있었다. 그런 줄 알자 여옥이는 비명을 지르고 달아나려 하였다. 그러나 현에게 붙잡힌 손목을 용이히 뿌리칠 기력도 없이, 그저 현이 무서워 떨고, 야속한 설움에 주저앉아 울 수밖에 없었다. 여옥이는 그때 그러한 광경을 지옥으로 느꼈다고 한다.

그러나 현은 가장 엄숙한 음성으로,

"미안하다. 내가 죽일 놈이다. 그러나 지금 나는 너 없이는 살 수 없는 위인이 아니냐."

하면서, 그대로 두면 여옥이는 언제든지, 혹시 내일이나 모레라도 현을 버리고 달아날는지 모르므로, 현은 잠시도 불안하여 견딜 수가 없다는 것이었다. 그래서 같이 중독자가 되어 현이 죽는 날까지 자기를 버리지 말아 달라고 울며 애걸하였다는 것이다.

그때 그러한 현의 말이, 여옥이 없이는 못 살만큼 여옥이를 사랑한다는 뜻인지, 여옥이가 벌어 먹이지 않으면 못 산다는 말인지 분명히 알 수는 없으면서도 어느 편이건, 여옥이는 그저 현이 애처롭고 불쌍하게만 생각되었다는 것이다.

"웃지 마세요. 여자란 아마, 저 없이는 못 산다면, 몸에 휘감긴 상사 구렁이도 미워는 못 하나 봐요."

하고 여옥이는 얼굴을 붉히며 웃었다.

그래서 그때부터 여옥이는 현이 권하는 대로 무서운 중독자가 되어 가면서도, 한 남자의—더욱 첫정을 바쳤던—사람의 마음을 아직도 완전히 붙잡고 있다는 여자의 자존심이랄까? 로 만족하게 지낼 수가 있었다고 한다.

"그러시다면, 지금 조선으로 나가실 결심은? 또 현씨는 어떻게 하시구서?"

비로소 나는 아까부터 궁금하던 생각을 물을 수가 있었다.

"네에, 제 말씀을 들으세요."

하고 계속한 여옥이의 말은, 그런 생각으로 의지하는 현을 받들어 지내가면서도 문득문득 일생의 파멸이라는 생각이 들 적마다, 여옥이는 전율에 떨고 울기도 하였다는 것이다. 혹시 그러한 여옥이를 보게 되면 현은—왜? 아직도 딴 세상에 미련이 남았나? 내가 짐스러운가? 물론 그렇겠지만 병신 자식을 둔 어머니의 운명으로 알고 얼마 머지 않아서 올 나이니까, 좀만 더 참으면 오래잖아 자유로운 몸이 될 터이니까 — 현은, 여옥이를 위로하는 셈인지 이런 말을 하게 되었다. 그 말을 들을 때마다, 여옥이는, 여옥이 없이는 못 산다는 현의 말뜻이 어떤 것인지 짐작되어, 차차 파멸에 대한 공포가 더 커 가서 울게 되는 때가 많아졌다. 이즈음에는 여옥이가 울 때마다, 현은 그렇게 내가 여옥이의 젊은 육체의 자유까지를 구속하려는 것은 아니니 자기 앞에서 그렇게 울어 보이지는 말아 달라고 성을 내는 것이다. 현의 그런 말이 본시부터의 심정인지, 나날이 쇠약해 가는 생리적 타격으로 변한 생각인지는 모르지만 여옥이에 대한 현의 생각을 너무도 분명히 알게 되어 한없이 슬픈 것이라고 한다. 그러나 여옥이는,

"선생님이 어떻게 들으시라고 하는 말씀은 결코 아니지만, 여자로서 선생님에게 업수임을 받은 자존심을, 살리기 위해서만이라도, 현이 내게 의지하는 것이 어떤 심정이건, 그 마음만은 내가 지니려는 노력을 해 왔지요만."

현은 훔쳐 낼 처지가 아니고 필요도 없으련만 여옥이 모르게 돈을 뒤져 내기도 하고, 심지어 여옥이가 다니는 홀이나 카바레 주인에게 선채할 수 있는 대로 돈을 취해 가지고는 겨우 지내 가는 구차한 살림이라 물론 집에 많은 돈이 있을 리 없고 선채를 한대도 중독자에게 큰돈을 취해 줄 이도 없지만 돈이 없어질 때까지는 흰 약보다 더 좋다는 아편을 빨 수 있는 비밀 여관에 들어박혀서 집에 들어오는 법이 없었다. 그러한 현이 어제 집에 있는 것은 여옥이로서도 의외였다.

그러나 여옥이는 어젯밤까지도, 현을 버리고까지 제 몸만을 건져 보려는 생각은 없었다. 현의 말대로 병신 자식을 둔 어머니의 운명으로 남은 반생을 단념하고 현이 사는 날까지 현을 지키려고 했다는 것이다.

그러나 어젯밤에 내가 나오자 김명일이가 여옥이를 따라온 것이 아니냐고, 하도 여러 번 재차 묻는 현의 말씨나 태도가 단순한 질투나 시기라고 할 수 없으므로 짐짓

여옥이는,

"아마 그런지도 모를걸요" 해보았더니 현은 으레 그럴 것이라고 자기의 추측이 어김없는 것이 자긍하듯이 만족해하며,

"그럼 여옥이도 역시 김명일이를 못 잊어 하지? 아마."

"……"

"그러면 그렇다고 솔직히 말하면 아무리 내가 니힐한 에고이스트라도 송장이 다 된 나만을 위해서 여옥이를 희생할 염치도 없으니까" 하면서 자기(玄) 앞에서 김명일이가 아직도 여옥이를 사랑한다고 언명하면 현은 두말없이 물러 설 터이니 여옥이의 심정부터 솔직히 말하라고 다졌다는 것이다. 그래서 여옥이는, 그럼 당신은 내가 없어도 살 수가 있느냐? 이젠 내가 소용이 없느냐? 고 되물었더니, 현은 결코 그런 것은 아니라고 하며 자기 욕심만 같아서는 죽는 날까지 여옥이가 있어 주었으면 그 이상 행복이 없지만, 아직 장래가 투철한 두 사람이 서로 사랑하는 것을 눈앞에 뻔히 보면서야 산송장인 자기 욕심만 채우잘 수도 없으므로, 두 사람이 자기 앞에서 솔직한 대답을 하라는 것이다. 그래서 여옥이는, 나에게만 솔직한 대답을 강요하지 말고, 당신부터 — 당신은 나보다 돈이 필요해서 김명일 씨가 나를 사랑한다고만 하면 그 말을 빌미로 잡아 가지고 돈을 강청할 심사가 아닌가! 좀 솔직히 말해 보라고 하였던 것이 현은 하도 의외의 말이라는 듯이 펄쩍 뛰며, 비록 지금 여지없이 타락하였지만, 아직도 현혁이의 자존심만은 남아서 제 계집을 팔아먹게까지는 안 되었다고 하며 여옥이의 말이 너무 야속하다는 듯이 현은 울었다고 한다. 그래서 나는,

"그건 사실 여옥 씨가 너무 현씨의 심정을 야속하게만 곡해하는 것이 아닐까요?"

하고 물었다.

"혹 그런지도 모르죠."

하는 여옥이는 곧 말머리를 돌려서,

"선생님 지금 저와 같이 가셔서, 현이 묻는 대로 아직도 저를 사랑하신다고 말씀해 주세요. 쑥스러운 일 같지만 그 한 마디 말씀으로 저는 현에게서 벗어나 갱생할 수 있을는지도 모르니까요…… 그리구 이것 가지셨다 현이 요구하면 내주세요."

하면서 여옥이는 핸드백에서 백 원 지폐 석 장을 내 손바닥에 놓았다.

"이 돈은 선생님이 주셨던 보석을 지금 팔아 온 것입니다."

고 하는 여옥이는 내가 준 다이아 반지를 수식물로만 아껴 지니고 있었다기보다 어느 때 닥쳐올지 모를 불행을 위하여 현도 모르게 간직해 두었던 것이라고 한다.

나는, 이 돈이 현의 장비였구나! 그러나 지금은 여옥이의 몸값이 되는구나! 생각하면서도,

"설마…… 현씨가……."

이렇게 시작하려는 나의 말을 앞질러서,

"죄송하지만 지금 곧 가 주셨으면……."

하고 여옥이는 먼저 일어선다.

이 일을 장차 어떻게 될 것인가? 속으로 중얼거리면서도 나는 여옥이의 단호한 기상에 더 주저할 여유가 없었다.

마차 위에서 여옥이의 몸은 가볍게 흔들리지만 그 마음은 호수같이 가라앉은 모양으로, 어느 한 곳을, 아마 매진 결심으로 한 점 구름 같은 잡념도 없이 맑은 호수 같은 제 마음을 들여다보는 듯한 그 눈은 깜빡이지도 않았다.

그러한 여옥이 옆에 앉은 나는 그에게 미안하면서도, 아까 중동무이된 "설마…… 현씨가" 하던 나의 의문을 "현이 설마 돈을 요구 할라구요?" 하고 계속해 보는 것이었다. 그러나 그것은 단지 의문의 형식으로 여옥이의 자존심을 위한 인사말이었고, 오히려 의문은, 혹시 — 만일 현이 의외로 담박하게 돈 이야기 같은 것은 하지도 않고 만다면, 그때의 여옥이는 어떻게 할 것인가? 이것이 더 궁금한 의문이다.

물론 현이 돈을 요구할 것으로 예측하는 것이요, 그 예측이 맞는다면 여옥이를 돈으로 바꾸는 현을 여옥이도 마음 가뜬히 버리고 나를 따라 조선으로 가는 것이 정한 순서일 것이다. 그러나 천만 의외에도 현이 여옥이의 행복만을 위하여 여옥이를 버린다면 그때의 여옥이는 어떻게 될 것인가? 정녕 여옥이는 다시 현을 따라가게 될 것이다. 현이 돈을 요구하든 말든, 지금의 결심대로 여옥이가 나와 같이 조선으로 간다면 이 연극은 제법 막이 닫히고 끝나는 것이지만, 만일 여옥이가 다시 현을 따라가고 만다면, 나는 중토막에서 히로인이 뛰어들어가고 만 무대에서 혼자 어떤 제스처를 해야 할 일일까?

또 그것은 결과라 기다려 봐야 할 것이나 그 전에 그러한 인물 현 앞에서 결혼식도 아닌데 여옥이를 사랑하느냐? 고 물으면 '네' 대답해야 할 것은 또 얼마나 싱거운 희극일까? 이런 생각에 자연 싱글거려지는 내 옆의 여옥이는 또 얼마나 새색시같이 얌전한가! 생각하면 본 무대에 오르기 전에 하나미찌인 이 할빈 거리에서부터 희극은 연출된 것이라고 더욱 싱글거리자, 그렇게 싱글거리는 나를 본 집시 계집애는 부리나케 손을 벌리고 웃으며 따라온다. 나는 포켓에서 집히는 돈 한 푼과 같이 웃음도 집어던지고, 한순간 후에 좌우될 운명으로 긴장하고 슬픈 여옥이와 같이 긴장하여, 내 생활에도 적지 않게 영향이 있을지도 모르는 이 일을 생각해 보려는 사이에 마차는 현관에 닿고 말았다. 막상 그 문밖에 서게 되자 나는 지나치게 긴장하여 두근거리는 가슴으로 심호흡을 할 때 여옥이는 앞서 문을 열고 들어섰다.

"어서 이리 들어오시죠."

어제 저녁과 꼭 같은 말소리가 나며 현은 문 어귀까지 나와서 내 앞에 손을 내밀었다. 그림에서 본 유령의 손같이 희고 매듭이 올군볼군한 긴 손이 반가울 리 없으나 마지못하여 잡은 장바닥에 의외로 누직한 온기가 무슨 권모술수 같아서 더욱 불쾌하였다.

"어제는 퍽 놀랐었을 걸요."

사실은 사실이지만 무어라 대답할 말이 없는 인사이므로 묵살하고 말았다.

"자아, 앉으세요."

현은 또 이렇게 나에게 의자를 권하면서 먼저 털썩 앉았다.

묽은 구름이 엉긴 초가을 북만(北滿) 하늘은 백동색으로, 해 안 드는 방 안은 물속같이 냉랭하다. 마주 앉아 낮에 보는 현의 벗어진 이마와 빰가죽은 낡은 양피같이 윤기 없고 구기었다. 나는 그의 성긴 머리털 속에서 방금 날아올 듯한 비듬에서 눈을 돌리며 그저 지나는 말로,

"만주 사시는 재미가 어떠십니까?"

물었다.

"저 같은 사람에게 그런 말씀을 물으시는 것은 실례죠, 허허."

"?"

"송화강을 보셨나요?"

"네에, 어제 잠깐."

"대학에서는 만주 농사 경제사를 연구한 적도 있었죠. 하나 지금은…… 이걸 좀 보시우."

현은 담에 붙여 놓은 낡은 만주 지도 앞에 가서,

"지도를 이렇게 붙여 놓고 보면 송화강이 이렇게 동북으로 치흐른다기보다 오호쓰구 바닷물이 흑룡강으로 흘러 들어와서 한 갈래는 송화강이 되어 만주로 흘러 내려가 이렇게 여러 줄기로 갈리고 갈려서 나중에는 지도에 그릴 수도 없을 만치 작은 도랑이 되고 만다면 어떻습니까. 재미나잖아요?" 하고는 허허 웃었다. 나도 따라 웃는 것이 인사겠으나 그만두었다. 부질없는 말을 물어서 이런 객설을 듣게 되었다고 후회하면서, 대체 이 현이라는 인물은 어디서 시작한 이야기가 어디로 번지어 어떤

결론을 낼는지 모를 자라고, 나는 이 앞으로 나올 이야기가 더욱 창망할 것을 머리로부터 염려하며 무료히 담배만을 피웠다.

여옥이도 무료히 장의자에 앉아서 조롱을 내려놓고 모르핀 연기를 뿜어 주고 있었다.

한동안 호신을, 닳아 처진 리노리움 바닥에 철덕거리며 나와 여옥이 사이를 왔다 갔다 거닐던 현은 역시 거닐면서,

"이렇게 두 분이 같이 오셨을 적엔, 여옥이에게 내 말을 들으시구 오신 것이니까 일부러 김 선생님의 말씀을 들어 보잘것도 없겠지요. 어제 나는 김 선생 앞에서 흥분하고 눈물까지 보였고, 여옥이는 아시다시피 소리내 울었습니다. 그렇게 눈물을 흘리면서 나는 왜 이렇게 슬퍼하는가고 생각하였지요. 영락, 폐인, 절망, 이런 것들은 어제도 말씀한 것같이 새삼스럽게 지금 설움이 될 수는 없고, 오직 우리 앞에 나타난 김 선생님의 탓이라고 할 수 있습니다."

"?"

나는 자연 머리를 들어 크게 치뜬 눈으로 그를 바라볼밖에 없었다.

"가만, 제 말씀을 들으시죠."

현은 역시 거닐면서,

"처음에는, 여옥이가 김 선생을 버리고 내게로 돌아왔지만, 그 생활을 슬퍼하고 후회하는 지금의 여옥이라, 김 선생이 그런 여옥이를 내게서 빼앗기는 여반장이리만치, 지금의 나는 김 선생의 적수가 아니라는 생각과, 설사 여옥이가 김 선생의 유혹을—어폐가 있는 말인지는 모르지만—뿌리치고 여전히 내 곁에 있어 준대도, 김 선생이 나타나기 전과는 다른 여옥일 것입니다. 여옥이의 본시 슬픈 체관은 더욱 슬픈 체관일 것이고, 내게 대한 동정은 더 의식적 노력이 될밖에 없을 것입니다. 그러한 여옥이의 강인한 희생의 신세를 지게 된다는 고통, 그리고 김 선생 같으신 신사가 아

직도 못 잊으시고 여기까지 따라올 만치 아담한 여옥이를 나는 아낄 줄 모르고 폐인을 만들어 놓았거니 하는 자책과, 그보다도 새삼스럽게 더욱 나를 원망하게 될 여옥이의 심정, 이러한 가지가지의 우리의 심리적 고통은 우리 앞에 나타난 김 선생 탓이 아니면 누구 탓일까요? 설사 김 선생이 여옥이를 찾아온 것이 아니요, 단지 우리 앞에 우연히 나타난 것이라 하더라도, 우리 여옥이의 마음을 흔들어 놓고, 내가 애써 잊어버리려던 내 자존심과 반성력을 일부러 일으켜 세워 가지고 때리고 휘둘러서 비록 인간답지는 못하더라도 그런대로 평온하던 우리 두 사람의 생활을 김 선생이 여지없이 흐트러 놓고 만 것입니다. 그렇잖아요? 김 선생, 이렇게 생각하는 것도 역시 중독자의 착각일까요, 김 선생?"

이렇게 묻는 현은 내 앞에 의자를 당겨 놓고 앉아서 대답을 기다리는 듯이 내 얼굴을 바라보는 것이다. 그러나 나는 무엇이라 대답할 바를 몰랐다. 내가 그들 앞에 나타난 것이 우연이었더라도 결과로는, 그들의 생활을 흐트러 놓은 셈이라는 현에게 사실 여옥이를 유혹 — 현의 말대로 — 하러 온 길이 아니라고 변명할 필요도 없을 것이다. 있더라도 여옥이와의 언약이 있는 나는 지금 그런 말을 할 처지가 아니었다. 그것은 그렇다하고, 현이 당장 묻는 것은 내가 그들의 생활을 흐트러 놓은 셈이냐 아니냐가 문제일 것이다. 그래서 나는,

"아마 그렇게 생각할 수도 있겠지요. 그러나 그렇게도 생각할 수 있다는, 단지 그뿐이겠지요."

할밖에 없었다.

"그뿐?"

현은 눈을 치떠 노리듯이 한순간 나를 바라보다가,

"아마 김 선생으로선 그렇게 생각하시겠지요. 우리 앞에 나타나신 것이 고의건 우연이건 간에 김 선생 자신이 의식적으로 나를 모욕했다고 생각하시지는 않으실 터

이니까, 단지 그뿐이라고 아무런 책임감도 안 느끼시겠지요. 그러나 내가 모욕을 당하고, 여옥이의 마음이 흔들리고, 그래서 우리 생활이 흐트러진 것은 너무나 분명한 사실입니다. 안 그럴까요?"

"……"

사실 그렇다더라도 그것이 내 책임일까고 나는 속으로 중얼거렸을 뿐이다. "사실입니다. 김 선생의 의식적 모욕이 아니라고, 우리 앞에 나타난 김 선생으로 해서, 이렇게 우리가 받은 모욕감과 고통을 어떻게 합니까? 김 선생 때문에 받는 이 모욕감이 김 선생의 책임이 아니라면 나는 어떻게 해야 합니까? 물론 김 선생님의 책임이라고만도 할 수 없겠지요. 이런 내 모욕감은 김 선생과의 대조로서 비교도 안 되는 약자의 모욕감이라고 할 것입니다. 그렇다면, 그렇다고 지금의 내가 다시 당자가 되어 김 선생에게서 받은 모욕과 박해를 설욕할 수가 있을까요? 지금 김 선생은 내게 여옥이를 내놓으라고 내 앞에 뻗치고 앉아 있지 않습니까! 그것이 박해와 모욕이 아니고 무엇입니까? 그렇지만 나는 설욕할 만한 강자가 될 수 없습니다. 영원히 될 수 없습니다. …… 그래서 나는 피로써 피를 씻는다는 격으로 — 그렇다고 김 선생의 모욕을 모욕으로 갚을 수 없는 나는, 자신을 내가 철저히 모욕하는 것으로 받은 모욕감을 씻어 볼밖에 없습니다. 그러자면 김 선생에게 자진하여 여옥이를 내주는 것입니다. 김 선생 때문에 마음이 흔들린 여옥이를 그대로 내 옆에 두고두고 모욕감을 느끼기보다, 내가 자굴해서 물러가는 것이 오히려 내 맘이 편하겠지요. 그렇다고 김 선생을 따라가는 여옥이의 행복을 위한다거나, 김 선생의 연애를 축복하자는 것도 아닙니다. 오늘 아침까지도 여옥이에게 그런 말을 했습니다. 그러나 내게 그런 인간다운 생각조차 남았을 리는 없지요. 그저 김 선생님과 겨룰 수 없는 폐인의 자굴입니다. …… 나는 여기 더 있을 필요가 없는 사람입니다. 가겠습니다."

하며 현은 일어선다.

나는 그의 그런 장황한 이야기가 그런 결론으로 끝나는 것이 의외였다. 사실 현은 그러한 자기의 결론 그대로 행동할 것인가? 고, 망연히 그를 바라볼 때, 아까부터 장의자에 엎드려 소리없이 울던 여옥이가 일어선 현의 앞에 막아선다.

"머어 이제 더 할 말도 없을 것이고. 이렇게 김 선생을 모셔 온 것만으로도 알 수 있으니까, 여옥이가 이제 무슨 말을 한다면 제 마음을 속이고 또 나를 속이는 것뿐이니까……."

현은 이렇게 말하면서 여옥이를 비켜서 내 앞에 다가서며,

"김 선생, 스스로 나를 모욕하려는 나는 철저히 할밖에 없습니다. ……지금 김 선생은 이것이 필요할 것입니다."

하고 현은 호복 안섶을 뒤져서 열쇠 하나를 꺼내어 탁자 위에 놓는다.

"이것은 여옥이와 내가 하나씩 가진 이 방의 열쇠입니다. 지금 내게는 소용없는 것이지만 김 선생은 필요할 것입니다. ……이 열쇠를 사 주시우. 천 원이고 만 원이고, 김 선생에게는 필요한 것이니까 사셔야 할 것입니다."

하고 현은 내 얼굴을 바라보는 것이었다. 의외리만큼 현은 너무 태연한 얼굴이었다. 하기는 그의 장황한 이야기의 결론으로 당연한 일일 것이다. 그러나 나는 한 번 여옥이를 쳐다볼밖에 없었다. 그러나 쳐다본 여옥이는 두 손으로 얼굴을 감싸쥐고 있었다. 돈을 주고받는 것을 차마 못 보는 뿐일 것이다. 나는 더 주저할 필요가 없음을 깨달았다. 그래서 아까 여옥이가 준 지폐 석 장을 그 열쇠 위에 던졌다.

"고맙습니다."

현은 많다 적다는 말도 없이, 오히려 의외로 많은 돈에 버럭 탐이 난 듯이 덥석 움켜쥐고,

"이것으로 나 자신을 모욕할 대로 해서 만족합니다. 자아, 나는 갑니다."

하고 현은 도망이나 하듯이 문밖으로 나가 버렸다.

철덕철덕하는 호신 끄는 소리마저 사라지자 여옥이는 의자에 쓰러져 느껴 울기 시작하였다. 들먹거리는 여옥이의 어깨를 바라볼 뿐 나는 위로할 말도 없이 한동안 멍하니 앉아 있을 뿐이었다.

얼마 후에 눈물을 씻고 일어나 앉은 여옥이는,

"죄송하올시다. 여기 일은 될 대로 끝난 셈입니다. 현도 — 현에게는 돈은 곧 아편이니까요 — 아편이 풍부해졌다고 만족할 것입니다. 현은 본시 지식인이던 사람이 벌써 중독자의 필연적 증상이랄 수 있는 파렴치를 애써 변호해 보려고 그같이 궤변을 늘어놓는 것입니다. 그래서 자기 말에 스스로 흥분하고 슬퍼도 했지만, 지금쯤은 멀쩡히 잊어버리고 그저 제 생활이 풍족하다고 좋아할 것입니다. …… 저는 또 제 일을 생각해 봐야겠습니다."

하며 또 새로운 눈물을 씻었다.

그래서 나는 슬픔과 흥분으로 피곤한 여옥이를 우선 누워서 쉬라고 이르고 여관으로 돌아왔다. 목욕을 하고 저녁을 먹고 나니 어느덧 밤이었다. 나 역시 피곤하여 이 군을 찾을 생각도 없이 반주로 좀 취한 김에 일찍이 자리에 들고 말았다. 그러나 흥분하였던 탓인지 깊이 잠들 수도 없었다. 어렴풋한 머리 속에, 당장 잘 생각하려고도 않는 생각들이 짤막짤막 뒤섞여 떠오를 뿐이다 — 여옥이는 장차 어떻게 되는가, 어떻게 할 셈인가 정말 나를 따라 조선으로 나가는가, 내가 데리고 가는가, 나가면 어떻게 하나, 우선 입원시킬밖에 없다. 그래 완인이 되면? 그 후의 여옥이는 또 어떤 길을 밟게 될까? 혹시 또 나와! 그렇게 될지도 모른다. 사람의 일이라니 알 수 있을라구 — 이런 뒤숭숭한 생각이 자꾸 반복되었다.

얼마나 지났을까? 잠이 풀깃 드는 듯할 때 똑똑 문 두들기는 소리가 나는 듯하여 벌떡 일어나 앉았다. 역시 누가 문을 두들기는 것이었다. 보이의 안내로 백인 애 메신저가 들어와 네모난 서양 봉투의 묵직한 편지를 주고 간다. 여옥이의 편지였다.

죄송한 말씀이오나 내일 아침 좀 일찍이 저를 찾아 주시면 감사하겠습니다. 혹 제가 없이 문이 걸렸더라도, 제 방에서 잠시 기다려 주시옵소서, 열쇠를 동봉하옵니다.

이런 간단한 사연에, 아까의 그 열쇠가 들어 있었다.

무슨 일일까? 할 말이 있으면 잘 아는 길이라 자기가 오면 그만인데, 일부러 메신저를 보내고, 나를 오라고—

혹시 앓는가? 앓아서 못 올 사람이라면 이른 아침에 "혹 제가 없이……" 라는 것은 웬일일까? 나는 이런 생각을 하면서도, 내일 가보면 알 일이라고 다시 자리에 들어 자고 말았다.

이튿날 아침에 일어나자 이 군에게서 전화가 왔다. 어젯밤에도 전화로 나를 찾았으나 잔다기에 깨우지 않았다고 하며 지금 가도 좋으냐고 묻는다. 그러나 여옥이를 찾아보아야 할 것이므로 볼일을 보고 내가 찾아가마 하였더니 — 자네가 할빈서 볼일이 무엇이냐고 하며 아마 여옥 씨부터 찾아 뵙는 판이냐고 껄껄대는 큰 웃음소리를 방송하는 것이었다. 나 역시, 그런가 보다고 웃었다.

상쾌하게 맑은 날씨였다. 내가 여옥이의 아파트에 가기는 아홉 시였다. 방 문밖에서 기침을 하고, 문을 두들겼으나 대답이 없었다. 사실 열쇠가 필요했구나…… 하고, 언제나 찬찬한 여옥이가 고마운 듯한 당치 않은 착각에 찰깍 열리는 쇠 소리도 경쾌하게 들으며 방 안에 들어섰다. 들어서자, 써어늘한 공기가 묵직하게 가슴에 안기는 듯이 틈틈하다. 밤 자고 난 창문을 열지 않아서 그런가? 하였으나, 그 느긋한 마약 냄새도 식어 날아 버린 듯하고 사람의 온기도 느낄 수 없이 냉랭한 바람이 휘잉하면서도 가슴이 틉틉하고 불쾌하였다. 그러나 나는 여옥이를 기다려야 할 것이므로 장의자에 앉아 담배를 붙였다. 창을 열고 내다보며 이 맑은 날 잘 울 종달새를 생각하고 방 안을 둘러보았으나 조롱은 없었다. 그때였다. 침실이라고 생각되는 판장 병풍 뒤에서 푸득거리는 소리와, 이어서 찍찍 하는 소리가 들렸다. 첫날 와서 들은 그 암담한 비명이었다. 그대로 두면 또 제 똥 위에 다리를 뻗고 누워 버릴 것이다. 여옥이가 와서 마약을 뿜어 주지 않으면 그대로 죽어 버릴 것이다. 또 몸을 솟구는 모양으로 푸득거리고 쥐소리를 지른다. 여옥이는 어디를 갔나? 나는 초조한 생각에, 별도리는 없을 줄 알면서 보기라도 할밖에 없었다.

판장 문을 열었다. 그 안에 여옥이가 있었다. 비좁은 침실이라 빼곡 찬 더블베드, 한가운데 그린 듯이 누운 여옥이는 잠들어 있었다. 조롱도 그 침대 위에 놓여 있었다.

내 앞에 내놓인 여옥이의 한 팔은, 그 빨간 손톱으로 찢어지도록 침대 요를 한 줌 그러쥐고 있었다. 그 손 아래 침대 밑에는 겉봉에 '김명일 선생전'이라 쓴 편지가 떨어져 있었다. 여옥이의 손은 본시 이 편지를 쥐고 있던 모양으로 편지는 구겨져 있었다.

나는 조용히 장의자로 돌아와 그 편지를 뜯었다.

아무리 염치없는 저이지만 선생님에게 이런 괴로움까지는 안 끼치려고, 송화강, 철도를 생각하기도 하였으나 인적이 부절하고 경계가 엄하와 실패할 염려가 없지 않사오므로, 이런 추한 모양을 보이게 되옵니다.

혹 선생님이 떠나신 후에나, 또는 지금 멀찍이 떠나서 죽을 곳을 찾을까도 생각하였사오나, 죽음을 지니고 어디를 가거나 시기를 기다리고 있을 만한 힘도 용기도 없었습니다. 그뿐 아니라 너무 외롭고 무서웠습니다. 야속한 생각이오나, 시체나마 생전에 아무런 인연도 없는 손으로 처리된다고 생각하오면, 너무 외롭고 무서웠습니다.

선생님의 괴로우심을 만 번 생각하면서도 믿고 이렇게 갑니다. 저는 갱생을 꿈꾸기도 하였습니다.

선생님을 따라 본국으로 가겠다 말씀드린 것은 본심이었습니다.

선생님이 "설마…… 현이……?" 하실 때, 저 역시 그런 의문이 있었사옵고, 만일 현이 그런 만일의 태도를 갖는다면 저는 또 현을 따라갈 것이 아닐까 염려되도록 명확한 결심이 없었다면 없었고, 또 그만치 갱생을 동경하였던 것이라고 할 것입니다. 그러나 현은 제가 예상한 태도로 나갔습니다. 그것이 현의 본심이라기보다 병(고칠 수 없는)인 줄 아옵는고로, 현에게 버림받은 것이 분해서 죽는 것은 아니외다. 그저 외롭습니다. 지금 제가 다시 현을 따라간대도, 이미 저를 사랑하기를 잊은 현은 기회만 있으면 누구에게나 열쇠를 팔 것이외다.

그렇다고 저의 지금 병(중독)을 고친댔자 다시 맑아진 새 정신으로 보게 될 세상은 생소하고 광막하기만 하여 저는 더욱 외로울 것만 같습니다. 갱생을 꿈꾸던 것도 한때의 흥분인 듯하올시다. 지금 무엇을 숨기오리까. 요사한 말씀이오나 저는 선생님의 심정을 완전히 붙잡을 수 없음을 슬퍼하면서도 선생님을 잊으려고 노력할밖에 없었습니다.

그러한 제가 이제 다시 선생님을 따라가 완인이 된댔자, 제 앞에 무슨 희망이 있을 것입니까—내내 선생님 기체 만강하시옵소서.

8일 밤 6시 여옥 상

나는 여옥이의 유서를 읽고 다시 침실로 들어갔다.

한 점의 티나 가는 한 줄기 주름살도 없는 여옥이의 인당(印堂)을 들여다보면서 죽은 내 처 혜숙이의 그것을 다시 보는 듯이 반갑기도 하였다.

그 영롱한 인당에 그들의 아름다운 심문(心紋)이 비치어 보이는 것이다.

여옥이는 그러한 제 심정을 바칠 곳이 없어 죽었거니! 나는 그러한 여옥이의 심정을 받아들일 수 없었거니! 하는 생각에 자연 복받쳐 오르는 설움을 참을 수 없었다.

나는 그 싸늘한 여옥이의 손을 이불 속에 넣어 주면서 갱생을 위하여 따라 나서기보다, 이렇게 죽어 가는 것이 여옥이의 여옥이다운 운명이라고도 생각하였다.

1939년

1. 위 소설들에 나타난 작가의 자기고발적 특성에 대해 설명하시오.

위 소설 중 김남천의 「처를 때리고」와 한설야의 「이녕」은 전향소설의 범주에 놓을 수 있다. 김남천과 한설야 모두 과거 KAPF의 핵심적인 인물로 활동했던 사람들이어서 그들이 발표한 전향소설은 당대 소설계에 큰 파문을 몰고 왔다. 특히 이 두 소설은 각기 과거 사회주의에 몸담았었다가 일제의 탄압과 회유 등에 의해 사상을 바꾸어야만 하는 사회주의자들의 처지를 적나라하게 드러내고 있다.

「이녕」에 등장하는 민우는 전직 신문기자이자 사회주의 운동가이다. 그는 출옥 후 집안을 건사하기 위해 보호관찰소에 취직을 부탁한다. 이런 처지의 그에게 아내는 글은 쓰지 말고 죽지 않을 연구를 하라고 재촉한다. 글로 먹고 살던 사람에게 글을 쓰지 말고 생활의 문제를 고민하라는 것은 고욕이다. 이러한 처지의 민우를 더욱 비참하게 만드는 것은 족제비이다. 집의 닭을 물어 죽인 족제비를 쫓아다니는 그의 처지를 보는 작가의 시각에는 과거 스스로 사회주의에 몸담았던 자신에 대한 자조가 드러난다고 할 수 있다.

「처를 때리고」에서는 이러한 자조가 의처증으로 바뀌어 나타난다. 감옥에서 출옥한 차남수는 새로 출판사를 차리려고 하지만, 동업자 김준호와 아내 사이를 의심한다. 결국에 그는 아내 정숙을 때리게 된다. 아내는 그를 두고 입으로는 정치 이야기를 하면서 사소한 질투로 때리는 비겁한 사람이라고 욕한다.

최명익의 경우에는 위의 두 작가처럼 KAPF에 가입하지도 않았고, 동반자 작가로 분류되지도 않는다. 따라서 「심문」에 나타난 현혁이라는 사회주의자를 두고 작가의 자기고발에 의한 산물이라고 보기는 어렵다.

2. 과거 KAPF에 몸담았던 작가들이나 동반자 작가들이 전향할 수밖에 없었던 이유를 시대적 배경과 결부시켜 설명하시오.

KAPF는 1931년 6월 제1차 검거사건으로 인해 박영희가 퇴맹원을 제출하면서 전향기에 들어간다. 1934년 조직원 80여명이 체포되는 제2차 검거사건으로 인해 KAPF의 조직 해체의 길을 걷게 된다. 1930년대 문학의 흐름에 있어서 KAPF의 강제해체(1935)는 중요한 의미를 지닌다. 일제의 식민지 지배 세력은 군국주의적 색채를 강하게 드러내면서 한국의 정치, 사회 전반에 걸쳐 탄압을 가중시켰다. 민족 사상운동에 대한 방해 공작은 신간회의 해산을 촉진시켰으며, 특히 문단의 경우 KAPF의 조직 맹원에 대한 검거 사건을 통해 그 활동 기반이 실질적으로 와해되기에 이르렀다.

김남천, 한설야, 임화 등 KAPF의 핵심 맹원들은 지속적인 보호 관찰에 시달렸으며, 그들은 결국 문학 작품을 통해 그들이 사회주의 사상으로부터 전향했음을 공표해야만 했다. 소설을 주로 창작했던 김남천, 한설야는 위의 작품들을 통해 전향을 표명했고, 임화의 경우 몇 편의 평론을 통해 창작방법론의 전환을 꾀했다. 따라서 KAPF 해체 이후의 문학은 사회적 경향성보다는 문학의 영역 안에서 인간정신의 다양한 면모를 깊이 있게 추구해 보려는 실험적인 작품들이 많이 나오게 되었다.

조명희(1894~1938)

호는 포석(抱石), 필명은 목성(木星). 충북 진천 출생. 월북 작가. 1928년 소련으로 망명하여 1934년 소련작가동맹의 맹원으로 활동하다가 1936년부터 하바로프스크 시 작가동맹 원동 지부에서 일한 특이한 경력을 가지고 있다. 1937년 스탈린의 지시에 의해 중앙 아시아 지방으로 강제 이주를 당했으며, 일제의 간첩이란 죄목으로 1938년 4월 15일(혹은 1942년 2월 20일)에 총살된 것으로 전해진다. 극작가 김우진과 함께 극예술협회를 조직했고, 희곡 「김영일의 사」 등의 희곡과 시집 『봄 잔디밭 위에』를 남겼다. 1925년 8월 카프가 결성되자 그 창립위원으로 참가하여, 생활고나 지식인의 가정생활에 대한 환멸을 그린 「땅속으로」 「R군에게」 「저기압」 등과, 자신들의 농토에서 쫓겨나 간도나 일본 등지로 이주하거나 도시 빈민으로 전락하고 마는 식민지 농민들의 가혹한 현실을 문제삼은 「농촌 사람들」 「마음을 갈아먹는 사람」 「새 거지」 등의 작품을 계속 발표했다. 한편 1927년에 발표한 대표작 「낙동강」을 통해 농촌 현장에서의 삶의 변혁을 모색하는 인물을 서정성 짙은 묘사력으로 부조해 내는 성과를 거두기도 했다.

이기영(1896~1984)

호는 민촌(民村). 충남 아산 출생. 1924년 7월 「오빠의 비밀편지」가 잡지 『개벽』의 현상문예에 3등으로 당선됨으로써 문단에 등단했다. 1925년에는 카프에 가담했고, 이후 가난한 소작농의 삶을 다룬 「민촌」 「농부 정도룡」 「고향」 등의 농민소설을 주로 창작했다. 그의 소설은 염상섭의 「표본실의 청개구리」, 현진건의 「술 권하는 사회」 등과 같이 청년 지식인들의 고뇌를 주로 문제삼았던 직전의 소설과는 달리 하층민의 삶을 탐구, 구체적으로 형상화했다는 점에서 문단의 주목을 받았다. 이기영은 특히 농촌현실과 농민들의 삶을 깊이 탐구해서 구체적으로 형상화했다는 평가를 받는다. 이기영의 문학은 1935년 카프가 해체되면서 변모한다. 풍자적 수법을 실험한 장편 「인간수업」, 전향자의 내면을 다룬 전향소설 「설」, 유년을 그린 장편 「봄」 그리고 일제의 경제정책을 무비판적으로 반영한 장편 「대지의 아들」, 「광산촌」 등에서 그 양상을 확인할 수 있다. 일제 말기에는 강원도 산촌으로 들어가 직접 농사를 지으며 견디다가 거기서 해방을 맞았다. 해방 후에는 한설야와 함께 조선프롤레타리아예술연맹을 이끌다가 월북, 이후의 북한 문학과 문학정책을 주도했으며, 「두만강」 등의 작품을 남기고 1984년 병으로 사망하였다.

이북명(1910~?)

본명은 순익(淳翼). 함남 함흥 출생. 함흥고보를 졸업한 후 1927년 흥남질소비료공장의 현장노동자로 취직하여 공장 친목회 사건으로 피검되기까지 3년간 일했는데, 이때의 경험으로 「질소비료공장」을 썼다. 해방 후 조선프롤레타리아문학동맹에 가담하여 활동하다가 월북해서 조선노동당 중앙위원 등을 역임했다. 이북명은 공장체험을 바탕으로 작품을 창작하여 '최초의 노동자 작가'로 불리게 된다. (이 당시 계급문학은 대부분 공장 노동자보다는 농민들의 삶을 중점적으로 다뤘다. 왜냐하면 공장 노동자의 수가 농민보다 훨씬 적었기 때문이다.) 1932년 《조선일보》에 「질소비료공장」을 연재했으나 2회만에 중단되었으며, 실제 등단작은 1932년 『신계단』에 재수록된 「기초공사장」이다. 이북명의 소설은 「답싸리」를 기점으로 전후기로 나눌 수 있다. 전기에는 자신의 체험을 바탕으로 민중의 삶을 구체적으로 형상화한 노동소설들을 주로 발표했고, 후기에는 인정과 세태의 인간적인 측면을 그리면서 건강한 생명력과 웃음을 잃지 않은 모습을 그렸다고 평가된다.

이데올로기와 문학

낙동강

조명희

홍수

이기영

질소비료공장

이북명

옛날에는 태어난 신분에 따라서 계급이 정해졌다. 조선시대에는 양반계급, 상인계급 그리고 천민계급 등으로 출생 신분을 나누었으며, 인도에는 카스트라는 계급제도가 아직까지도 남아 있다.

그러나 현대 자본주의 사회는 출생 신분보다는 소유한 부(돈)에 의해 계급이 나뉘는 경향이 있다. 쉽게 말해 부자와 가난한 자로 나뉜다는 것이다. 마르크스주의는 부자와 가난한 자 사이의 계급 관계를 지배자와 지배당하는 자, 착취자와 착취를 당하는 자의 관계로 파악했다. 즉, 부자는 공장이나 기계 같은 설비를 가지고 있거나 그것을 살 수 있는 자본, 혹은 농사를 짓거나 공장을 지을 만한 토지 등을 가지고 있다. 그들은 이것을 이용해서 가난한 사람들을 고용하고 그들의 노동력을 이용하지만, 그에 대한 정당한 대가를 주지 않고 착취한다는 것이다. 때문에 마르크스주의는 '프롤레타리아트의 계급 투쟁'을 내세우고 있다. 노동자와 농민 등의 가난한 프롤레타리아트 계급이 부르주아 계급을 타도하고 사회주의, 공산주의 사회를 건설하면 사회 · 경제적 불평등이 사라지게 된다는 것이다. 이와 같은 이론은 사회의 경제 수준이 낮고, 빈익빈 부익부가 심할 경우

더 널리 전파되게 된다.

우리 나라의 대도시는 1920년대 후반부터 건설, 교통 등의 사회 기반이 마련되면서 지금의 모습을 갖추기 시작했다. 자본주의 사회로 가는 과도기에 일찍 적응한 몇몇 사람들은 큰돈을 벌어들이기도 했다. 하지만 농민과 도시 주변의 하층민들은 더 가난하고 배고픈 삶을 살아야 했고, 사회 · 경제적인 불평등 또한 심화되어 갔다. 이러한 상황 속에서 1920년대 일본이나 러시아에서 마르크스주의 사상을 습득한 지식인들은 계급주의 이념을 바탕으로 사회주의 운동을 펼치게 된다.

다음에 살펴볼 작품들은 이와 같은 이념이나 경향에 영향을 받아 사회를 계급적 대립 관계로 파악하고, 이중 가난한 노동자와 농민의 입장에서 쓰인 작품들이다.

:: 계급주의 이념과 노동자 · 농민의 문제

조명희의 「낙동강」은 1927년 『조선지광』에 실린 단편소설로, 식민지 시대의 피폐한 농촌 현실과 이를 개혁하려 했던 혁명가의 비극적인 죽음을 그리고 있다. 작품은 어느 겨울밤 병보석으로 출옥한 박성운의 귀향 장면부터 시작한다. 이후 성장 과정과 그가 사회주의 이념을 받아들이게 된 내력을 서술하면서, 한 농민의 아들이 어떻게 혁명가가 되는지를 보여준다.

박성운은 가난한 어부의 손자이자 농민의 아들로 태어나 농업학교를 나온 인물이다. 농민의 궁핍한 삶을 물려주고 싶지 않았던 아버지의 바람 때문에 그는 농부가 아닌 직업인의 길을 걷게 되지만, 현실은 그를 평범한 군청 조수의 삶에 안주하게 하지 않는다. 독립운동에 뛰어들어 옥살이를 하고 나와 중국 서간도로 이주한 그는 점차 사회주의 이념에 공감하게 되면서, 현실을 바꾸기 위한 험난한 투쟁의 길로 들어선다. 그는 고향으로 돌아와 농민들과 삶의 고락을 함께하며 지주의 횡포에 대항해 소작 쟁의를 일으키며 점차 운동가로서의 역량을 키워 간다. 그러던 중 마을 앞 낙동강 기슭의 만여 평의 갈대밭이 일본인들에게 불하되어 넘어가는 사건이 일어나자, 성운은 마을 사람들을 모아 격렬하게 항의한다. 일제는 이 봉기를 힘으로 제압하고, 성운은 주모자로 붙들려 모진 고문을 받다 병을 얻어 보석으로 풀려나게 된다. 한편, 백정의 딸로서 고등 교육을 받은 로사(폴란드 출신 사회주의 혁명가 로사 룩셈부르크의 이름을 빌려 개명함)는 성운의 농민 운동에 감화되어 안락한 삶의 길을 버리고 성운과 의기 투합하여 농민운동에 뛰어든다. 두 사람은 혁명 동지이자 연인으로서 같은 길을 걷자고 굳게 다짐하지만, 성운은 병이 악화되어 끝내 죽고 만다. 로사는 성운이 부탁한 대로 혁명가가 되기를 다짐하면서 고향 구포역을 떠난다.

「낙동강」은 1920년대의 신경향파 문학보다 한층 발전된 작품으로 평가된다. 여기서 신경향파 문학이란 식민지의 빈곤과 계급 차별을 폭로하고 이에 저항하는 인물들을 그린 1920년대 후반의 소설을 가리킨다. 이 소설들은 기아 상태에 빠져 있는 조선의 하층민들이 가난에 허덕이는 이유가 빈부의 대립이라는 사회 모순에서 파생되었다는 점을 분명히 했다. 하지만 전체적으로는 끔찍한 현실의 고통을 묘사할 뿐이고 개인적인 복수, 즉 살인이나 방화와 같은 극단적인 결말로 끝나는 경우가 많았다. 따라서 계급적인 시각이나 승리를 강조하는 본격적인 계급주의 문학은 아니었다. 그래서 보통 신경향파 문학은 자연발생적으로 생겨난 초보적인 단계의 프로문학이라고 평가된다.

「낙동강」은 신경향파의 자연발생적인 계급주의 문학에서 더 나아가 의도적으로 계급 의식과 정치 투쟁에 입각하여 쓴 작품이다. 신경향파 문학이 추상적인 구호에 그쳤다면, 이 작품은 구체적인 인물의 제시나 사회를 변화시킬 사회운동을 구체적으로 제시하고 있다는 점에서 상당히 발전된 모습을 보여주고 있다고 평가된다.

그렇다고 이 작품이 사회주의 사상만을 전면에 내세운 것은 아니다. 주인공 박성운이 보여주는 운동은 계급 해방이라는 사회주의적 이념보다는 민족주의적 면모를 더 많이 보여준다. 다시 말해서 일제의 수탈과 잔인성을 폭로함으로써 계급과 계급 간의 대립을 강조하는 사회주의적 이념보다는 일본 제국주의와 식민지 조선인 사이의 민족적 대립이 더 강하게 부각되어 있다. 그러므로 이 작품은 사회주의 사상을 가진 박성운의 일생을 그리면서, 민족주의 운동의 성장과 좌절의 과정을 동시에 그려 나가고 있다고 보는 것이 타당할 것이다.

1930년 《조선일보》에 연재되었다가 KAPF의 『농민소설집』에 재수록된 이기영의

「홍수」는 「낙동강」과 마찬가지로 농촌을 무대로 했다. 그러나 「낙동강」이 혁명가 한 사람의 활동상과 그의 비극적인 삶을 중심에 두었다면, 「홍수」는 농민들이 단결해 가는 과정을 그려냈다는 특징을 갖는다.

주인공 박건성은 열다섯 살 때 일본의 방적공장으로 팔려갔다가, 7년만에 고향으로 돌아온다. 그는 노동자 생활을 통해 노동자야말로 역사의 주인이라는 깨달음을 얻고, 노동쟁의단에 가입했다가 감옥까지 갔다 온 인물이다. 그가 나타나기 전의 T촌 마을 사람들은 제각기 돈벌이를 하려고 노력하지만 그럴수록 점점 더 가난해지기만 하고 서로간의 다툼만 심해지는 상태였다. 그런 T촌의 마을 사람들에게 박건성은 그들이 점점 더 가난해지는 이유와 "노동자와 농민의 대다수가 가난의 지옥에서 면하려면 오직 ××(투쟁)해야 한다"는 생각을 가르쳐준다. 또한 박건성은 노름만을 일삼고 살아가던 원식이나 머슴 완득이를 각성시키고, 부자 사위를 얻어 덕을 보려던 치삼이를 설득해 그의 딸 음전이를 머슴인 완득이와 결혼시키게 만든다. 그리고 음

계급주의 문학

계급주의 소설이란, 왜곡된 경제 구조와 계급 대립 상황이라는 구체적인 조건을 바탕으로 노동자나 농민의 의식과 행동의 변화를 그린 소설들을 지칭한다. 때문에 '가지지 못한 자'의 현실을 그렸다 해서 모두 계급주의 작품으로 분류되는 것은 아니다. 같은 하층민을 다루었어도 김유정이나 현진건을 계급주의 작가로 분류하지는 않는다.
1920년대에 접어들면서 대거 등장하기 시작한 계급주의 소설은 1930년대 초반부터는 '프롤레타리아트의 계급 투쟁'을 추구하는 작품들이 본격적으로 창작되었다. KAPF(조선 프롤레타리아 문학 동맹)는 이런 문학을 추구하는 작가들의 대표적인 문학 단체이다. 그런데 그들의 작품들은 이념이 문학보다 더 강조되었기 때문에 추상적인 관념이 앞서고 지나치게 도식적이라는 평가를 받기도 한다. 그러나 개인적인 문제에서 벗어나 비참한 현실을 바꾸기 위한 진지한 노력이 담겨 있다는 평가가 더해지기도 한다.

전과 완득의 결혼식, 백중 놀이를 통해 농민으로서의 공동체 의식을 고양시킨다.

T촌을 덮친 '홍수'로 피해를 입은 마을은 수해를 복구하는 과정에서 더욱 공동체의식이 단단해지고, 농민조합까지 결성하게 된다. 그리고 소작료 문제를 놓고 지주 정 고령과 대결하게 된다.

「홍수」의 박건성은 공장 노동자 출신으로 농촌에 뛰어들어 농민들에게 새로운 의식을 불어넣는 역할을 하는 인물이다. 특히 이 작품에서는 그 새로운 의식의 내용, 즉 '이념'이 생경한 구호로만 나열되어 있지 않다. 궁핍한 삶 속에서도 홍수를 견디며 공동체의식을 싹 틔우고 농민조합을 결성하는 과정이 생생하게 묘사되어 있기 때문이다. 이는 이념을 직설적으로 표출하던 다른 계급주의 문학들과는 구별되는 뛰어난 면모라고 할 수 있다.

그러나 1년이라는 짧은 기간 동안, 박건성이라는 한 사람의 힘으로 농민들의 집단의식이 고취되고 저항의식까지 갖게 된다는 점은 지나치게 작위적이라는 비판이 가능하다. 또한 박건성은 매사에 합리적이고 희생적, 결점이 없는 현실에는 찾기 힘든 인물로 묘사된다. 즉 농민들을 이끌어주는 존재가 필요하다는 이유로 설정된, 지나치게 이상화되고, 비현실적인 인물이라는 한계를 가진다.

한편 이 작품에서 홍수는 두 가지 의미를 갖는다고 볼 수 있다. 홍수는 인간의 힘으로는 막기 어려운 거대한 자연의 힘을 의미하지만 또한 동시에 "그들의 이 힘은 마치 저 K강의 홍수 때와 같이 앞길을 막는 것은 무엇이든지 박차고 나갈 힘이었다"는 대목에서 알 수 있듯이 단결된 농민들이 힘에 의해 이루어지는 거대한 역사를 상징하고 있다. 이렇게 본다면 조명희의 「낙동강」에서 낙동강이 갖는 의미와도 유사하다고 볼 수 있다. 소설에서 작가는, 낙동강이 기나긴 세월 동안 불평 없이 흘러왔지만 이제는 '사회주의'가 쏟아내는 여러 운동들로 인해 낙동강에 폭풍우가 몰아칠 것이라고 말한다. 여기서 낙동강은 파란만장한 애환의 삶을 살아온 우리의 역사를 말하는 것이며, 특히 단결된 농민들, 노동자들이 만들어낼 역사를 상징한다고 볼 수 있다.

앞의 두 작품과는 달리 이북명의 「질소비료공장」은 농촌이 아닌 공장을 무대로 하는 노동자 소설이다. 이 작품은 1932년 5월 29일에서 31일까지 《조선일보》에 2회까지 연재되다가 중단된 이북명의 처녀작이다. 그는 함남 질소비료공장에서 3년여 동안 노동자로 근무했는데, 그때의 체험을 바탕으로 1928년부터 집필하기 시작했다가 원고를 압수당하고, 다시 1930년부터 집필하기 시작하여 2년 후에 다시 발표한 것이다. 작가의 개인적인 체험이 반영되어선지 작품의 초반부에 제시된 공장의 묘사는 무척 생생하다.

작가는 체험에서 우러나온 세세한 묘사를 통해 열악한 질소비료공장의 작업환경을 고발하고 있다. 이 소설에 자주 언급되는 '유안'은 대표적인 질소비료로 황산에

검열과 복자

김민기가 작곡하고 양희은이 부른 '아침 이슬'은 시적인 가사와 귀에 쏙 들어오는 멜로디로 인해, 많은 사람들이 기억하고 즐겨 부르는 노래다. 그런데 이 노래가 1973년 정부에 의해 한때 금지곡으로 지정되었다는 사실을 알고 있는지? 이유는 가사 중에 나오는 '태양'이 북한의 유력 인사(누군지 짐작할 수 있겠지? '민족의 태양이시며 영원한 우리의 지도자' 등의 휘황찬란한 수식어로 치장되는 북한의 독재자)를 상징한다는 터무니없는 추측 때문이었다.

이렇게 대중가요 '아침 이슬'이 독재정권의 검열로 인해 금지곡이 됐던 것처럼, 일제 식민지 치하에서는 우리의 많은 예술작품이 일제의 검열을 받아야만 했다. 우리가 책을 읽으면서 복자(XX)표시나 '원문탈락'이라는 부분은 그처럼 일제에 의해 검열되어 지워지거나 삭제되어서 알아보기 힘들게 된 부분이다. 정치적인 색깔이 강한 문학활동을 했던 카프계열 작가들의 작품에서는 이런 부분을 매우 자주 접하게 된다. 「홍수」 중에 XX나 '원문탈락'이라고 되어 있는 부분은 그런 검열의 흔적이다. 물론 때로는 현재까지 남아 있는 자료가 너무 훼손되어서 식별이 불가능한 경우에도 그와 같은 표기를 한다.

암모니아를 흡수시켜 만든 투명한 결정인데, 이때 사용되는 황산(소설 속에서는 '유산')은 대표적인 강산으로 무척 위험한 화학물질이다. 이런 화학물질이 '이층에서 가끔 낙숫물 같이 떨어지는 상황', 유독한 유산이 눈에 들어가서 시력이 악화되어도 공장에서 해고될까봐 안경을 쓰지 못하는 문호의 모습, 가슴을 파먹는 유독한 암모니아 냄새, 그리고 고된 노동에 대한 묘사는 1930년대 질소비료공장의 작업환경이 얼마나 열악한지를 잘 보여주는 대목이라고 할 수 있다.

작가는 이렇게 공장의 열악한 환경과 그로 인해 고통받는 노동자의 모습을 보여줌으로써 노동자들의 분노와 투쟁의 정당함을 뒷받침하려 한 것이다. 이러한 사실적 묘사는 그 이전의 노동소설들이 보여주었던 관념적인 성격에서 벗어나 계급 문학의 공식성과 도식성을 어느 정도 극복했다고 평가된다.

「초진」과 「질소비료공장」

이북명의 「질소비료공장」은, 1935년 일본 잡지에 「초진初陣」이라는 제목으로 게재되면서 연구자들의 관심을 끌었다. 초고를 압수당했던 작가는 나중에 「초진」을 다시 우리말로 번역하였다. 참고로 「초진」의 작품 줄거리는 다음과 같다.

주인공 문길은 황소처럼 건강한 몸을 가진 노동자로, "노동은 신성하다. 부지런히 일하는 자에게는 신이 복을 내려준다"는 경구를 철석같이 믿고 있었던 인물이다. 그러나 열악한 노동 조건과 낮은 보수 그리고 해고의 위협 속에서 이러한 믿음은 산산이 부서지고 만다. 질소비료공장에서 만 3년을 근무한 뒤 극도로 건강이 나빠졌을 때 그를 기다리고 있던 것은 가차없는 해고 조치뿐이었던 것이다. 그는 일개 노동자의 힘이 얼마나 보잘것없는 것인가를 절감하고 노동자들의 힘을 모아야 함을 깨닫는다. 동료들과 힘을 합해 조직적인 투쟁을 벌이던 문길은 경찰서에 끌려가고 극심한 고문을 받은 후 각혈을 하면서 죽어간다. 동료들은 그의 죽음을 하나의 시발점으로, 그의 장례식 날 대규모의 '메이데이' 시위를 벌인다. 문길의 상여는 동료 노동자들의 시위와 노래 속에 묘지를 향해 간다.

낙동강 _ 조명희

낙동강 칠백 리 길이길이 흐르는 물은 이곳에 이르러 곁가지 강물을 한몸에 뭉쳐서 바다로 향하여 나간다. 강을 따라 바둑판 같은 들이 바다를 향하여 아득하게 열려 있고 그 넓은 들 품안에는 무덤무덤의 마을이 여기저기 안겨 있다.

이 강과 이 들과 저기에 사는 인간—강은 길이길이 흘렀으며, 인간도 길이길이 살아왔다. 이 강과 이 인간, 지금 그는 서로 영원히 떨어지지 않으면 아니 될 것인가?

봄마다 봄마다
불어 내리는 낙동강 물
구포벌에 이르러
넘쳐넘쳐 흐르네—
흐르네—에—헤—야.

철렁철렁 넘친 물
들로 벌로 퍼지면
만 목숨 만만 목숨의
젖이 된다네
젖이 된다네—에—헤—야.

이 벌이 열리고—

이 강물이 흐를 제
그 시절부터
이 젖 먹고 자라 왔네
자라 왔네—에—헤—야.

천 년을 산, 만 년을 산
낙동강! 낙동강!
하늘가에 간들
꿈에나 잊을쏘냐
잊힐쏘냐—아—하—야.

어느 해 이른 봄에 이 땅을 하직하고 멀리 서북간도로 몰려가는 한 떼의 무리가 마지막 이 강을 건널 제, 그네들 틈에 같이 끼여 가는 한 청년이 있어 뱃전을 두드리며 구슬프게 이 노래를 불러서, 가뜩이나 슬퍼하는 이사꾼들로 하여금 눈물을 자아내게 하였다 한다.

과연, 그네는 뭇 강아지 떼같이 이 땅 어머니의 젖꼭지에 매달려 오래 오랫동안 살아왔다. 그러나 그 젖꼭지는 벌써 자기네 것이 아니기 시작한 지도 오래였다. 그러던 터에 엎친 데 덮친다고 난데없는 이리 떼 같은 무리가 닥쳐와서 물어 박지르며 빼앗아 먹게 되었다.

인제는 한 모금의 젖이라도 입으로 들어가기 어렵게 되었다. 하는 수 없이 이 땅에서 표박하여 나가게 되었다. 이렇게 된 것을 우리는 잠깐 생각하여 보자.

이네의 조상이 처음으로 이 강에 고기를 낚고, 이 벌에 곡식과 열매를 딸 때부터 세지도 못할 긴 세월을 오래오래 두고 그네는 참으로 자유로웠었다. 서로서로 노래

부르며, 서로서로 일하였을 것이다. 남쪽 벌도 자기네 것이요, 북쪽 벌도 자기네 것이었다. 동쪽도 자기네 것이요, 서쪽도 자기네 것이었다.

그러나, 역사는 한바퀴 굴렀다. 놀고먹는 계급이 생기고, 일하여 먹여 주는 계급이 생겼다. 다스리는 계급이 생기고, 다스려지는 계급이 생겼다. 그럼으로부터 임자 없던 벌판이 임자가 생기고 주림을 모르던 백성이 굶주려 가기 시작하였다. 하늘의 햇빛도 고운 줄을 몰라 가게 되고, 낙동강의 맑은 물도 맑은 줄을 몰라 가게 되었다. 천 년이다 오천 년이다 이 기나긴 세월을 불평의 평화 속에서 아무 소리 없이 내려왔었다. 그네는 이 불평을 불평으로 생각지 아니하게까지 되었다. 흐린 날씨를 참으로 맑은 날씨인 줄 알듯이. 그러나 역사는 또 한 바퀴 구르려고 한다. 소낙비 앞잡이 바람이다. 깃발이 날리었다. 갑오동학이다. 을미운동이다. 그 뒤에 이 땅에는, 아니 이 반도에는 한 괴물이 배회한다. 마치 나래 치고 다니는 독수리같이. 그 괴물은 곧 사회주의다. 그것이 지나치는 곳마다 기어가는 암나비 궁둥이에 수없는 알이 쏟아지는 셈으로 또한 알을 쏟아 놓고 간다. 청년운동, 농민운동, 형평운동, 노동운동, 여성운동……오천 년을 두고 흘러가는 날씨가 인제는 먹장구름에 싸여 간다. 폭풍우가 반드시 오고야 만다. 그 비 뒤에는 어떠한 날씨가 올 것은 뻔히 알 노릇이다.

이른 겨울의 어두운 밤, 멀리 바다로 통한 낙동강 어귀에는 고기잡이 불이 근심스러이 졸고 있고, 강기슭에는 찬 물결의 울리는 소리가 높아질 때다. 방금 차에서 내린 일행은 배를 기다리느라고 강 언덕 위에 웅기중기 등불에 얼비쳐 모여 섰다. 그 가운데에는 청년회원, 형평사원, 여성동맹원, 소작인조합 사람, 사회운동단체 사람들이 대부분을 차지하였다. 동저고리 바람에 헌 모자 비스듬히 쓰고 보따리 든 촌사람, 검정 두루마기, 흰 두루마기, 구지레한 양복, 혹은 루바시카 입은 사람, 재킷 깃 위에 짧은 머리털이 다팔다팔하는 단발랑(斷髮娘), 혹은 그대로 틀어 얹은 신여성,

인력거 위에 앉은 병인, 그들은 ○○감옥의 미결수로 있다가 병이 위중한 까닭으로 보석 출옥하는 박성운이란 사람을 고대 차에서 받아서 인력거에 실어 가지고 마을로 들어가는 길이다.

"과연, 들리는 말과 같이 지독했구먼. 그같이 억대호 같던 사람이 저렇게 될 때야 여간 지독한 형벌을 하였겠니. 에라 이 몹쓸 놈들."

이 정거장에 마중을 나와서야 비로소 병인을 본 듯한 사람의 말이다.

"그래 가지고도 죽으면 병이 나서 죽었다 하겠지."

누가 받는 말이다.

"그러면, 와 바로 병원을 갈 일이지, 곧장 이리 온단 말고?"

"내사 모른다. 병인 당자가 한사라고 이리 온닥 하니……."

"이기 와 이리 배가 더디노?"

"아, 인자 저기 뱃머리 돌렸다. 곧 올락 한다."

한 사람이 저쪽 강기슭을 바라보며 지껄인다. 인력거 위의 병인을 쳐다보며,

"늬, 춥지 않나?"

"괜찮다. 내 안 춥다."

"아니, 늬 춥거든, 외투 하나 더 주까?"

"언제. 아니다 괜찮다."

병인의 병든 목소리의 대답이다.

"보소, 배 좀 빨리 저어 오소."

강 저편에서 뱃머리를 인제 겨우 돌려서 저어 오는 뱃사공을 보고 소리를 친다.

"예—."

사이 뜨게 울려 오는 소리다. 배를 저어 오다가 다시 멈추고 섰다.

"저 뭘 하고 있노?"

"각중에 담배를 피워 무는 모양이라꾸나. 에라, 이 문둥아."

여러 사람의 웃음은 와그르 쏟아졌다.

배는 왔다. 인력거 탄 사람이 먼저다.

"보소, 늬 인력거, 사람 탄 채 그대로 배에 오를 수 있는가?"

한 사람이 인력거꾼보고 묻는 말이다.

"어찌 그럴 수 있능기요."

"아니다, 내사 내리겠다."

병인은 인력거에서 내리며 부축되어 배에 올랐다. 일행이 오르자 배는 삐꺽삐꺽 하는 노 젓는 소리와 수라수라 하는 물 젓는 소리를 내며 저쪽 기슭을 바라보고 나아간다. 뱃전에 앉은 병인은 등불빛에 보아도 얼굴이 참혹하게도 야위어졌음을 알 수 있다.

"보소, 배 부리는 양반, 뱃소리나 한마디 하소, 예?"

"각중에 이 사람, 소리는 왜 하라꼬?"

옆에 앉은 친구의 말이다.

"내 듣고 싶다. ……내 살아서 마지막으로 이 강을 건너게 될는지도 모를 일이다……."

"에라 이 백주 짬 없는 소리만 탕탕……."

"아니다, 내 참 듣고 싶다. 보소, 배 부리는 양반, 한마디 아니 하겠소?"

"언제, 내사 소리할 줄 아능기오."

"아, 누가 소리해 줄 사람이 없능가?…… 아, 로사! 참 소리하소, 의……내가 지은 노래하소."

옆에 앉은 단발랑을 조른다.

"노래하라꼬?"

"응, '봄마다 봄마다' 해라, 의."

"봄마다 봄마다

불어 내리는 낙동강 물

구포벌에 이르러

넘쳐넘쳐 흐르네

흐르네……에……헤……야.

……."

경상도의 독특한 지방색을 띤 민요(民謠) '닐리리 조' 에다가 약간 창가 조를 섞은 그 노래는 강개하고도 굳센 맛이 띠어 있다. 여성의 음색으로서는 핏기가 과하고 음률로서는 선(線)이 좀 굵다고 할 만한, 그러나 맑은 로사의 육성은 바람에 흔들리는 강물결의 소리를 누르고 밤하늘에 구슬프게 떠돌았다. 하늘의 별들도 무엇을 느낀 듯이 눈을 끔벅끔벅 하는 것 같았다. 지금 이 배에 오른 사람들이 서북간도 이사꾼들은 비록 아니었지마는 새삼스러이 가슴이 울리지 아니할 수 없었다.

그 노래 제삼절을 마칠 때에 박성운은 몹시 히스테리하여진 모양으로 핏대를 올려 가지고 합창을 한다.

"천 년을 산 만 년을 산

낙동강! 낙동강!

하늘가에 간들

꿈에나 잊을쏘냐

잊힐쏘냐—아—하—야."

노래는 끝났다. 성운은 거진 미친 사람 모양으로 날뛰며, 바른팔 소매를 걷어들고 강물에다 잠그며, 팔에 물을 적셔 보기도 하며, 손으로 물을 만지기도 하고 끼얹어 보기도 한다. 옆사람이 보기에 딱하던지,

"이 사람, 큰일났구먼. 이 병인이 지금 이 모양에, 팔을 찬물에다 정구고 하니, 어쩌잔 말고."

"내사 이래 죽어도 좋다. 늬 너무 걱정 마라."

"늬 미쳤구나……백죄……."

그럴수록에 병인은 더 날뛰며 옆에 앉은 여자에게 고개를 돌려,

"로사! 늬 팔 걷어라. 내 팔하고 같이 이 물에 정궈 보자, 의."

여자의 손을 잡아다가 잡은 채 그대로 물에다 잠그며 물을 저어 본다.

"내가 해외에 가서 다섯 해 동안을 떠돌아다니는 동안에도, 강이라는 것이 생각날 때마다 낙동강을 잊어 본 적은 없었다. ……낙동강이 생각날 때마다, 내가 이 낙동강의 어부의 손자요, 농부의 아들임을 잊어 본 적도 없었다. ……따라서, 조선이란 것도."

두 사람의 손이 힘없이 그대로 뱃전 너머 물 위에 축 처져 있을 뿐이다. 그는 다시 눈앞의 수면을 바라다보며 혼잣말로,

"그 언제인가 가을에 내가 송화강(松花江)을 건널 적에, 이 낙동강을 생각하고 울은 적도 있었다. ……좋은 마음으로 나간 사람 같고 보면, 비록 만 리 밖을 나가 산다 하더라도 그같이 상심이 될 리 없으련마는……."

이 말이 떨어지자, 좌중은 호흡조차 은근히 끊어지는 듯이 정숙하였다. 로사는 들었던 고개가 아래로 떨어지며 저편의 손이 얼굴로 올라갔다. 성운의 눈에서도 한 방울의 굵은 눈물이 뚝 떨어졌다.

한동안 물소리만 높았다. 로사는 뱃전에 늘어져 있던 바른손으로 사나이의 언 손을 꼭 잡아당기며,

"인제 그만둡시다, 의."

이 말끝 악센트의 감칠맛이란 것은 경상도 여자의 쓰는 말 가운데에도 가장 귀염

성이 드는 말투였다. 그는 그의 손에 묻은 물을 손수건으로 씻어 주며 걷었던 소매를 내려 준다.

배는 저쪽 언덕에 가 닿았다. 일행은 배에서 내리자, 먼저 병인을 인력거 위에다 싣고는 건넛마을을 향하여 어둠을 뚫고 움직여 나갔다.

그의 말과 같이, 박성운은 과연 낙동강 어부의 손자요, 농부의 아들이었다. 그의 할아버지는 고기잡이로 일생을 보내었고 그의 아버지는 농사꾼으로 일생을 보내었다. 자기네 무식이 한이 되어 그 아들이나 발전을 시켜 볼 양으로 그리하였던지, 남하는 시세에 좇아 그대로 해보느라고 그리하였던지, 남의 논밭을 빌려 농사를 지어 구차한 살림을 해나가면서도, 어쨌든 그 아들을 가르쳐 놓았다. 서당으로, 보통학교로, 도립 간이농업학교로…….

그가 농업학교를 마치고 나서, 군청 농업 조수로도 한두 해를 있었다. 그럴 때에 자기 집에서는 자기 아들이 무슨 큰 벼슬이나 한 것 같이 여기며, 만나는 사람마다 자기 아들 자랑하기가 일이었다. 그리할 것 같으면 동네 사람들은 또한 못내 부러워하며, 자기네 아들들도 하루바삐 어서 가르쳐 내놀 마음을 먹게 된다.

그러다가, 마침 독립운동이 폭발하였다. 그는 단연히 결심하고 다니던 것을 헌신짝같이 집어던지고는, 독립운동에 참가하였다. 일 마당에 나서고 보니 그는 열렬한 투사였다. 그때쯤은 누구나 예사이지마는 그도 또한 일 년 반 동안이나 철창생활을 하게 되었다.

그것을 치르고 집이라고 나와 보니 그동안에 자기 모친은 돌아가고, 늙은 아버지는 집도 없게 되어 자기 딸(성운의 자씨)에게 가서 얹혀 있게 되었다. 마침 그해에도 이곳에서 살 수가 없게 되어 서북간도로 떠나가는 이사꾼이 부쩍 늘 판이다. 그들의 부자도 그 이사꾼들 틈에 끼어 멀리 고향을 등지고 떠나가게 되었었다. (아까 부르던 그 낙동강 노래란 것도 그때 성운이 지어서 읊던 것이었다.)

서간도로 가보니, 거기도 또한 편안히 살 수가 없는 곳이었다. 그 나라의 관헌의 압박, 횡포는 여간이 아니었다. 그들 부자도 남과 한가지로 이리저리 떠돌았다. 떠돌다가 그야말로 이역 타향에서 늙은 아버지조차 영원히 잃어버리게 되었다.

그 뒤에 그는 남북 만주, 노령, 북경, 상해 등지에 돌아다니며, 시종이 일관하게 독립운동에 노력하였다. 그러는 동안에 다섯 해의 세월은 갔다. 모든 운동이 다 침체하고 쇠퇴하여 갈 판이다. 그는 다시 발길을 돌려 고국으로 향하게 되었다. 그가 조선으로 들어올 무렵에, 그의 사상상에는 큰 전환이 생기었다. 그것은 다른 것이 아니라 이때껏 열렬하던 민족주의자가 변하여 사회주의자로 되었다는 말이다.

그가 갓 서울로 와서, 일을 하여 보려 하였으나, 그도 뜻과 같지 못하였다. 그것은 이 땅에 있는 사회운동단체란 것이 일에는 힘을 아니 쓰고, 아무 주의주장에 틀림도 없이, 공연히 파벌을 만들어 가지고, 동지끼리 다투기만 일삼는 판이다. 그는 자기와 뜻이 같은 사람끼리 얼리어 양방의 타협운동도 일으켰으나 아무 효과도 없었고, 여론을 일으켜 보기도 하였으나, 파쟁에 눈이 뻘건 사람들의 귀에는 그도 크게 울리지 못하였다. 그는 분연히 떨치고 일어서며,

"이 파벌이란 시기가 오면 자연히 파멸될 때가 있으리라."

고 예언같이 말을 하여 던지고서는, 자기 출생지인 경상도로 와서 남조선 일대를 망라하여 사회운동단체를 만들어서 정당한 운동에만 힘을 쓰게 되었다.

그리고 자기는 자기 고향인 낙동강 하류 연안지방의 한 부분을 떼어 맡아서 일을 보게 되었다.

그리고, 그는 이 땅의 사정을 보아,

"대중 속으로!"

하고 부르짖었다.

그가 처음으로, 자기 살던 옛마을을 찾아와 볼 때에 그의 심사는 서글프기 가이없었다. 다섯 해 전 떠날 때에는 백여 호 대촌이던 마을이 그동안에 인가가 엄청나게 줄었다. 그 대신에 예전에는 보지도 못하던 크나큰 함석지붕집이 쓰러져 가는 초가집들을 멸시하여 위압하는 듯이 둥두렷이 가로 길게 놓여 있다. 그것은 묻지 않아도 동척창고임을 알 수 있다. 예전에 중농이던 사람은 소농으로 떨어지고, 소농이던 사람은 소작농으로 떨어지고, 예전에 소작농이던 많은 사람들은 거의 다 풍지박산하여 나가게 되고 어렸을 때부터 정들었던 동무들도 하나도 볼 수 없었다. 그들은 모두 도회로, 서북간도로, 일본으로, 산지사방 흩어져 갔다. 대대로 살아오던 자기네 집터에는 옛날의 흔적이라고는 주춧돌 하나 볼 수 없었고(그 터는 지금 창고 앞마당이 되었으므로) 다만 그 시절에 사립문 앞에 있던 해묵은 느티나무〔槐木〕만이 지금도 그저 그 넓은 마당 터에 홀로 우뚝 서 있을 뿐이다. 그는 쫓아가서, 어린아이 모양으로 그 나무 밑둥을 껴안고 맴을 돌아 보았다 빰을 대어 보았다 하며 좋아서 또는 슬퍼서 어찌할 줄을 몰랐다. 그는 나무를 안은 채 눈을 감았다. 지나간 날의 생각이 실마리같이 풀려 나간다. 어렸을 때에 지금 하듯이 껴안고 맴돌기, 여름철에 꼭대기까지 기어올라가 매미 잡다가 대머리 벗겨진 할아버지에게 꾸지람 당하던 일, 마을의 젊은이들이 그네를 매고 놀 때엔 자기도 그네를 뛰겠다고 성화 받치던 일, 앞집에 살던 순이란 계집아이와 같이 나무 그늘 밑에서 소꿉질하고 놀 제 자기는 신랑이 되고 순이는 새악시 되어 시집가고 장가가는 흉내를 내던 일, 그러다가 과연 소년 때에 이르러 그 순이란 새악시와 서로 사모하게 되던 일, 그 뒤에 또 그 순이가 팔려서 평양인가 서울로 가게 될 제, 어둔 밤, 남모르게 이 나무 뒤에 숨어서 서로 붙들고 울던 일, 이 모든 일이 다 생각에서 떠돌아 지나가자 그는 흐르륵 느껴지는 숨을 길게 한 번 내어 쉬고는 눈을 딱 떴다.

"내가 이까짓 것을 지금 다 생각할 때가 아니니다. …… 에잇…… 째……."

하고 혼자 중얼거리고는 이때껏 하던 생각을 떨어 없애려는 듯이 휙 발길을 돌려 걸어나갔다. 그는 원래 정(情)의 사람이었다. 그러나 그는 근래에 그 감정을 의지로 누르려는 노력이 많은 터이다.

'혁명가는 생무쇠쪽 같은 시퍼런 의지의 마음씨를 가져야 한다!'

이것이 그의 생활의 지표이다. 그러나 그의 감정은 가끔 의지의 굴레를 벗어나서 날뛸 때가 많았다.

그는 먼저 일할 프로그램을 세웠다. 선전, 조직, 투쟁, 이 세 가지로. 그리하여 그는 먼저 농촌 야학을 설치하여 가지고 농민 교양에 힘을 썼다. 그네와 감정을 같이할 양으로 벗어붙이고 들이덤비어 그네들 틈에 끼어 생일도 하고, 농사 일터나, 사랑 구석에 모인 좌석에서나, 야학시간에서나, 기회가 있는 대로 교화에 전력을 썼다.

그 다음에는 소작조합을 만들어 가지고 지주, 더구나 대지주인 동척의 횡포와 착취에 대하여 대항운동을 일으켰다.

첫해 소작쟁의에는 다소간 희생자도 내었지마는 성공이다. 그 다음해에는 아주 실패다. 소작조합도 해산명령을 받았다. 노동 야학도 금지다. 동척과 관영의 횡포, 압박, 이루 말할 수가 없었다. 아무리 열성이 있으나, 아무리 참을성이 있으나, 이 땅에서는 어찌할 수가 없었다. 모든 것이 침체되고 말 뿐이었다. 그리하여 작년 가을에 그의 친구 하나는 분연히 떨치고 일어서며,

"내 구마 밖으로 갈란다. 여기에서 무슨 일을 할 수 있는가? 하자면 테러지. 테러 밖에는 더 없다."

"아니다, 그래도 여기 있어야 한다. 우리가 우리 계급의 일을 하기 위하여는 중국에 가서 해도 좋고 인도에 가서 해도 좋고 세계의 어느 나라에 가서 해도 마찬가지다. 하지마는 우리 경우에는 여기 있어 일하는 편이 가장 편리하다. 그리고 우리는 죽어도 이 땅 사람들과 같이 죽어야 할 책임감과 애착을 가지고 있다."

이같이 권유도 하였으나, 필경에 그는 그의 가장 신뢰하던 동무 하나를 떠나 보내게 되고 만 일도 있었다.

졸고 있는 이 땅, 아니 움츠러들고 있는 이 땅, 그는 괴칠할이 생기고 말았다. 그것은 다른 것이 아니다. 이 마을 앞 낙동강 기슭에 여러 만 평 되는 갈밭이 하나 있었다. 이 갈밭이란 것도 낙동강이 흐르고 이 마을이 생긴 뒤로부터, 그 갈을 베어 자리를 치고 그 갈을 털어 삿갓을 만들고, 그 갈을 팔아 옷을 구하고, 밥을 구하였었다.

기러기 떴다 낙동강 위에
가을 바람 부누나 갈꽃이 나부낀다.

이 노래도 지금은 부를 경황이 없게 되었다. 그 갈밭은 벌써 남의 물건이 되고 말았다. 그것은 이 촌민의 무지로 말미암아, 십 년 전에 국유지로 편입이 되었다가 일본 사람 가등이란 자에게 국유미간지 철일[拂]이라는 명의로 넘어가고 말았다. 이 가을부터는 갈도 벨 수가 없었다. 도 당국에 몇 번이나 사정을 하였으나, 아무 효과가 없었다. 촌민끼리 손가락을 끊어 맹세를 써서 혈서동맹까지 조직하여서 항거하려 하였다. 필경에는 모두가 다 실패뿐이다. 자기네 목숨이나 다름없이 알던 촌민들은 분김에 눈이 뒤집혀 가지고 덮어놓고 갈을 베어 제쳤다. 저편의 수직꾼하고 시비가 생겼다. 사람까지 상하였다. 그 끝에 성운이 선동자라는 혐의로 붙들려 가서 가뜩이나 검찰당국에서 미워하던 끝에 지독한 고문을 당하고 나서 검사국으로 넘어가 두어 달 동안이나 있다가 병이 급하게 되어 나온 터이다.

그런데 여기에 한 에피소드가 있다. 그것은 이해 여름 어느 장날이다. 장거리에서 형평사원들과 장꾼 — 그중에도 장거리 사람들과 큰 싸움이 일어났다. 싸움 시초는 장거리 사람 하나가 이곳 형평사 지부 앞을 지나면서 모욕하는 말을 한 까닭으로 피차에 말이 오락가락하다가 싸움이 되고 또 떼싸움이 되어서, 난폭한 장거리 사람들이 몽둥이를 들고 형평사원 촌락을 습격한다는 급보를 듣고, 성운이가 앞장을 서서, 청년회원, 소작인 조합원 심지어 여성동맹원까지 총출동을 하여 가지고 형평사원 편을 응원하러 달려갔었다. 싸움이 진정된 후,

"늬도 이놈들, 새 백정이로구나."

하는 저편 사람들의 조소와 만매를 무릅쓰고도 그는,

"백정이나 우리나 다 같은 사람이다. ……다만 직업의 구별만 있을 따름이다. …… 무릇 무슨 직업이든지, 직업이 다르다고 사람의 귀천이 있는 것은 결코 아니다. 그것은 옛날 봉건시대 사람들의 하는 말이다. ……더구나 우리 무산계급은 형평사원과 같이 손을 맞붙잡고 일을 하여 나가지 않으면 아니 된다. ……그러므로 형평사원을 우리 무산계급은 한형제요 동무로 알고 나아가야 한다……."

하고 여러 사람 앞에서 열렬히 부르짖은 일이 있었다.

이 뒤에, 이곳 여성동맹원에는 동맹원 하나가 더 늘었다. 그것이 곧 형평사원의 딸인 로사다. 로사가 동맹원이 된 뒤에는 자연히 성운과도 상종이 잦아졌다. 그럴수록에 두 사람의 사이는 점점 가까워지며 필경에는 남다른 정이 가슴속에 깊이 들어 배게까지 되었다.

로사의 부모는 형평사원으로서, 그도 또한 성운의 부모와 마찬가지로 딸일망정 발전을 시켜 볼 양으로 그리하였던지 서울을 보내어 여자고등보통학교를 졸업시키고 사범과까지 마친 뒤에 여훈도가 되어 멀리 함경도 땅에 있는 보통학교에 가서 있다가 하기 방학에 고향에 왔던 터이다. 그의 부모는 그 딸이 판임관이라는 벼슬을 한 것이 천지개벽 후에 처음 당하는 영광으로 알았다. 그리하여 그는,

"내 딸이 판임관 벼슬을 하였는데, 나도 이 노릇을 더 할 수 있는가?"

하고는, 하여 오던 수육업이라는 직업도 그만두고, 인제 그 딸이 가 있는 곳으로

살러 가서 새 양반 노릇을 좀 하여 볼 뱃심이었다. 이번에 딸이 집에 온 뒤에도 서로 의논하고 작정하여 놓은 노릇이다. 그러나, 천만뜻밖에 그 몹쓸 큰 싸움이 난 뒤부터 그 딸이 무슨 여자 청년회동맹이니 하는데 푸떡푸떡 드나들며, 주의자니 무엇이니 하는 사나이 틈바구니에 가서 끼어 놀고 하더니, 그만 가 있던 곳도 아니 가겠다, 다니던 벼슬도 내어놓겠다 하고 야단이다. 그리하여 이네의 집안에는 제일 큰 걱정거리가 생으로 하나 생기었다. 달래다, 구슬리다, 별별 소리로 다 타일러야 그 딸이 좀처럼 듣지를 않는다.

필경에는 큰소리까지 나가게 되었다.

"이년의 가시내야! 늬 백정놈의 딸로 벼슬까지 했으면 무던하지, 그보다 무엇이 더 나은 것이 있더노?"

하고 그의 아버지가 야단을 칠 때에,

"아배는 몇백 년이나 몇천 년이나 조상 때부터 그 몹쓸 놈들에게 온갖 학대를 다 받아왔으며, 그래도 그 몹쓸 놈들의 썩어 자빠진 생각을 그저 그대로 가지고 있구먼. 내사 그까짓 더러운 벼슬이고 무엇이고 싫소구마……인자 참사람 노릇을 좀 할란다."

하고 딸이 대거리를 할 것 같으면,

"아따 그년의 가시내, 건방지게……늬 뭐라 캤노? 뭐라 캐?"

그의 어머니는 옆에서 남편의 말을 거드느라고,

"야, 늬 생각해 보아라. 우리가 그 노릇을 해가며 늬 공부시키느라꼬 얼마나 애를 먹었노. 늬 부모를 생각기로 그럴 수가 있는가? ……자식이라꼬 딸자식 형제에서 늬만 공부를 시킨 것도 다 늬 덕을 보자꼬 한 노릇이 아니냐?"

"그러면, 어매 아배는 날 사람 노릇 시킬라꼬 공부시킨 것이 아니라, 돼지 키워서 이(利) 보드끼 날 무슨 덕 볼라꼬 키워 논 물건으로 알았는게오?"

"늬 다 그 무슨 쏘리고? 내사 한마디 몬 알아듣겠다. ……아나, 늬 와 이라

노? 와?"

"구마, 내 듣기 싫소……내 맘대로 할라요."

할 때에, 그 아버지는 화가 버럭 나서,

"에라 이……늬 이년의 가시내, 내 눈앞에 뵈지 마라. 내사 딱 보기 싫다구마."

하고는 벌떡 일어나 나가 버린다.

이리하고 난 뒤에 로사는 그 자리에 푹 엎으러져서 흑흑 느껴 가며 울기도 하였다. 그것은 그 부친에게 야단을 만나고 나서 분한 생각을 참지 못하여 그러는 것만도 아니었다. 그의 부모가 아무리 무지해서 그렇게 굴지마는, 그 무지함이 밉다가도 도리어 불쌍한 생각이 난 까닭이었다.

이러할 때도, 로사는 으레 성운에게로 달려가서 하소연한다. 그럴 것 같으면 성운은,

"당신은 최하층에서 터져 나오는 폭발탄 같아야 합니다. 가정에 대하여, 사회에 대하여, 같은 여성에 대하여, 남성에게 대하여, 모든 것에 대하여 반항하여야 합니다."

하고 격려하는 말도 하여 준다. 그럴 것 같으면 로사는 그만 감격에 떠는 듯이 성운의 무릎 위에 쓰러져 얼굴을 파묻고 운다. 그러면 성운은 또,

"당신은 또 당신 자신에 대하여서도 반항하여야 되오. 당신의 그 눈물—약한 것을 일부러 자랑하는 여성들의 그 흔한 눈물도 걷어 치워야 되오……우리는 다 같이 굳센 사람이 되어야 합니다."

이같이, 로사는 사랑의 힘, 사상의 힘으로 급격히 변화하여 가는 사람이 되었다. 그의 본 성명도 로사가 아니었다. 어느 때 우연히 로사 룩셈부르크의 이야기가 나올 때에 성운이가 웃는 말로,

"당신 성도 로가고 하니, 아주 로사라고 지읍시다, 의."

그리고 참말 로사가 되시오 하고 난 뒤에, 농이 참 된다고, 성명을 아주 로사로 고쳐 버린 일이 있었다.

병든 성운을 둘러싼 일행이 낙동강을 건너 어둠을 뚫고 건넛마을로 향하여 가던 며칠 뒤 낮결이었다. 갈 때보다도 더 몇 배 긴긴 행렬이 마을 어귀에서부터 강 언덕을 향하고 뻗쳐 나온다. 수많은 깃발이 날린다. 양렬로 늘어선 사람의 손에는 긴 외올 벳자락이 잡혀 있다. 맨 앞에 선 검정 테 두른 기폭에는 '고 박성운 동무의 영구'라고 써 있다.

그 다음에는 가지각색의 기다. 무슨 '동맹', 무슨 '회', 무슨 '조합', 무슨 '사', 각 단체 연합장임을 알 수 있다. 또 그 다음에는 수많은 만장이다.

'용사는 갔다. 그러나 그의 더운 피는 우리의 가슴에서 뛴다.'

'갔구나, 너는! 날 밝기 전에 너는 갔구나! 밝는 날 해맞이 춤에는 네 손목을 잡아 볼 수 없구나.'

'…….'

'…….'

이루 다 셀 수가 없다. 그 가운데에는 긴 시구같이 이렇게 벌여서 쓴 것도 있었다.

'그대는 평시에 날더러, 너는 최하층에서 터져 나오는 폭발탄이 되라, 하였나이다. 옳소이다. 나는 폭발탄이 되겠나이다.

그대는 죽을 때에도 날더러, 너는 참으로 폭발탄이 되라, 하였나이다.

옳소이다. 나는 폭발탄이 되겠나이다.'

이것은 묻지 않아도 로사의 만장임을 알 수 있었다.

이해의 첫눈이 푸뜩푸뜩 날리는 어느 날 늦은 아침, 구포역(龜浦驛)에서 차가 떠나서 북으로 움직여 나갈 때이다. 기차가 들녘을 다 지나갈 때까지, 객차 안 들창으로 하염없이 바깥을 내다보고 앉은 여성이 하나 있었다. 그는 로사이다. 아마 그는 돌아간 애인의 밟던 길을 자기도 한 번 밟아 보려는 뜻인가 보다. 그러나 필경에는 그도 멀지 않아서 다시 잊지 못할 이 땅으로 돌아올 날이 있겠지.

1927년

홍수 _ 이기영

1

박건성이가 일본에서 나오기는 지금부터 한 달 전이었다. 그는 칠 년 전에 고향을 떠났었는데 그동안에 아주 몰라볼 만큼 딴사람이 되어 나왔다.

K강의 맑은 물은 여전히 굽이굽이 흐른다. 예나 이제나 한결같이 꾸준히 흐른다.

뒷산 밑으로 탁 터진 넓은 들, 들 건너로 하늘갓을 막아선 먼 산, 그 사이로 큰 뱀같이 흰 배를 번득이며 꿈틀거리는 것이 K강이었다.

여름이다. 넓은 들 일면은 푸른 물결이 출렁거린다. 벌써 벼는 걷었다. 강 언덕에는 우뚝우뚝 수양버들이 섰다. 아직 나어린 포플러 숲은 일렬로 군대처럼 늘어서기도 하였다. 강 위로는 물새들이 떼를 지어 난다. 강변의 모래톱에서는 돌비늘이 백인(白刃)처럼 번득인다.

쩔쩔 끓던 태양도 너웃너웃 석양에 비꼈다. 맑은 강 위에서는 서늘한 바람이 분다. 아직 달 뜨기 전 해질 무렵의, 침통한 강촌에 저물어가는 황혼! 낙조는 하늘가에 피 흘리고 그것은 다시 강 속으로 물기둥을 처박았다.

땅 위에도 피가 흐른다. 그 위로 검푸른 땅거미는 마치 거먹곰〔黑熊〕같이 기어왔다. 그것은 미구에 모든 것을 한입에 삼키고 말았다. 장미꽃의 붉은 입술도, 귀부인의 화려한 복장도, 황금의 찬란한 광채도……그러나 이때의 '자연'은 힘차게 자라나는 성장의 기쁨을 상징하지 않느냐?

T촌 사람들은 하나둘씩 마을 앞 강변으로 모여들었다. 사람뿐 아니라 개와 소도 나왔다. 그리하여 아이들은 모래톱에서 뛰놀고 소는 아귀를 삭이며 푸른 풀밭에 누웠다. 일꾼들은 혹은 앉고 혹은 서서 어두워 가는 이때의 강색을 굽어본다.

그들은 오늘도 왼종일 들에 나가서 일하고 돌아왔다. 그래 그들은 피곤하고 쩔은 땀을 들이기 위하여 서늘한 강변을 찾아온 것이다.

만일 이러한 광경을 어떤 무심한 사람이 본다면 이들의 청한한 생활을 부러워할는지도 모른다. 사실 이러한 전원의 경치만 보고 농촌을 찬미하는 시인이 얼마나 많은지 모른다. 그러나 금강산도 식후경이라 하지 않더냐?

과연 그렇다! 지금 이들에게도 '생활'에 부족함이 없다면, 그래서 제각기 타고난 재능을 다하여 인생의 행복을 한가지로 누릴 수가 있다면, 그들의 눈에 비치는 이 강이 얼마나 아름다우랴? 그러나 그들은 가난한 농군이었다. 풀뿌리, 나무껍질로 연명하는 농촌이었다.

뒷산 밑에 마치 사태에 밀려내린 바윗돌처럼 함부로 굴러 있는 것이 그들의 집이었다. 그 속에서 무엇이 꾸물거린다. 그것은 마치 유령 같다! 과연 그들은 유령이다. 유령은 밥을 먹지 않고 산다. 그러므로 그들은 초근목피를 먹고살지 않느냐? 그리고 그들의 지은 곡식은 부잣집 창고 속으로 들어간다는 말이다.

K강은 일 년에 한두 번씩은 홍수가 난다. 큰물이 나게 되면 이 강 연안의 촌락들은 다시 물난리를 겪는 것이다. 바람 앞에 등불 같은 그들의 운명은 오직 자연의 횡포에 맡길 수밖에 없었다.

그래서 심할 때는 집이 떠나가고 사람이 죽고 농작물까지 물속에 처넣고 마는 것이다. 그들은 좀더 산 위로 집을 짓든지 이사를 했으면 좋겠지만, 물론 그들에게 그러한 자유가 없었던 것이다.

그러나 지금의 K강은 평화한 꿈속에 곤히 잠들어 있었다. 그는 거울 속같이 맑고 비단결 같은 물결을 희롱쳤다. 그것은 마치, 모든 가난한 이 마을 사람들아! 어서 나의 품안으로 오너라! 하는 듯이. 그래 그들은 올에는 홍수가 나지 않기를 바라고 있었다.

이런 때면 마을 사람들은 다시 강변으로 모이는 것이다. 그리하여 무어라고 말할 수 없는 이 K강을 굽어본다. 그들은 K강이 무서웠다. 하기는 거저 받는 청풍은 고맙기도 하였다. 무엇이나 돈 안 주고는 얻을 수 없는 세상에서 어째서 거저 주는지 이상하기도 하였지마는. 그러나 지금 T촌 사람들은 이곳을 다만 잠시 동안 휴식을 얻는 장소로만은 두지 않았다. 그들은 이 강변에서 야학을 시작한 것이다.

야학! 누구나 배워서 모를 사람은 없다. 그들도 차차 호두 속 같은 이 세상 이치 속을 알 수 있었다.

그것은 건성이가 나와서 새로 시작한 노동야학이 있은 연후이었다.

2

건성이가 ○○방적공장으로 팔려 가기는 그의 열다섯 살 먹던 해 봄이었다.

보통학교를 겨우 졸업한 건성이는 두 해 동안 부친의 농사짓는 것을 거들어보았으나 그렇다고 가세가 늘지는 않았다. 그런데 고생살이에 지레 늙은 모친은 중병이 들어서 누워 있었다.

공부를 더 할 수도 없었지마는 언제까지 그 노릇만 하기도 싫었다. 그럴 때에 마침, 일본 ○○방적공장에서 유년직공을 모집하러 왔었다. 이 소문을 들은 건성이는 자기도 뽑혀가지라고 그의 부친을 졸랐던 것이다. 그래 그는 읍내 사는 그와 동창생인 삼룡이와 함께 팔려 간 것이었다. 모친은 아들을 노동시장에 판 돈으로 병을 고쳤다. 그때 그들은 서로 붙들고 울었다. 옛날 심청이는 공양미 삼백 석에 뱃사공에 팔려 가서 그의 부친 심봉사의 눈을 뜨게 하였다고 그를 하늘이 낸 효녀라고? 하였다.

그러나 오늘날 건성이는 단돈 몇십 원에 그의 대장부를 팔아서 모친의 죽을병을 고쳐 놓았다. 그와 같이 팔려 간 삼룡이는 들어간 지 석 달 만에 기계에 말려서 치어 죽었다.

지금 세상에서 이러한 효자효녀를 들추어내려면 그야말로 거재두량일 것이다. 그런데 웬일이냐? 이 세상은, 이 개명한 세상은 이런 효자를 표창하기는 고사하고 도리어 학대하지 않느냐?

그러나 그들은 효자효녀가 아니었다. 그들은 다만 노동자에 불과한 것이다. 예전의 효자는 지금의 노동자다! 효자가 가난한 집에서 태어나듯이 노동자도 가난한 집에서만 나온다!

건성이도 훌륭한 노동자가 되어 나왔다.

그는 칠 년 동안의 노동생활을 회상해 보았다. 처음에 방적공장에 들어갔을 때 감독의 학대와 공장주의 무리한 ××로 쉴새없이 노동하는 수천 명 직공의 참담한 생활을! 기숙사에서 마치 ××와 같이 갇혀서 햇빛을 못 보는 여직공들의 얼굴! 폐병 들린 그들의 기침과 각혈! 그런데 음침한 공장 속에서는 악마 같은 기계가 쉴새없이 돌아갔다. 그러는 대로 그들은 산 기계와 같이 수족을 놀린다. 그러다가 까딱하면 금시에 멀쩡하던 사람이 송장으로 떼메어 나오지 않는가? 그는 삼룡이가 그렇게 죽었을 때 얼마나 놀랐는지 모른다. 그때 그는 자기도 조만간 저와 같은 운명에 부딪히지나 않을까 하는 무서운 공포에 떨고 있었다.

그러나 그는 언제까지 제단에 오른 조그만 양으로만은 있지 않았다. 저 콜럼버스가 아메리카 신대륙을 발견한 때와 같이 마음속에서 새 세상을 발견하고 기뻐하였다.

사람은 운명에 매여 사는 것이 아니라, 사람은 밥을 먹지 않고는 살 수 없다면,

그 밥은 누가 만드느냐? 우리 같은 노동자의 손으로……아……(원문 탈락)……직까지 모르고 있었다. 세상은 이 '밥'을 둘러싸고 모든 복잡한 현상이 일어난다……(원문 탈락)……밥을 남보다 더 많이 먹으려는 사람, 가만히 앉아서 잘 먹고 살려는 사람! 그러니 노동자는 가난할 밖에……(원문 탈락)……이것은 모두 사람과 사람끼리의 관계이다.

귀신의 작희도 사주팔자도 아니다!

전생의 업원도 조물주의 조화도 아니다!

일평생 노동한 죄로 일평생 가난해야 한다는 그런 망할 이치가 어디 있담!

작년 봄에 일어난 저 유명한 ××사건 때에는 그도 쟁의단의 한 사람으로 열렬히 싸우는 투사가 되었다. 공장에서 쫓겨나기는 물론, ××까지 갔었다.

한번 쫓겨난 그는 다시 공장에 들어갈 수 없었다. 그래 그는 한동안 자유노동을 해오다가 지난달에 고국으로 나왔다. 그는 고국에 나오고 싶었음이다.

그러니 마을 사람들이 그가 몰라볼 만치 변하였다고 놀래는 것도 무리가 아니다. 그는 과연 ×××××로 변하여 왔다.

칠 년 만에 나오는 고국은 그동안에 얼마나 변하였던가? 강산은 의구하다마는 촌락은 더욱 영락해 갈 뿐이었다. 늙은 부모는 그동안에 더 늙고, 어린 동생과 누이는 몰라보도록 컸다. 누에 번데기 같은 모친은 그의 생전에 다시 보지 못할 줄 알았던 아들을 보고 기뻐하였다. 그러나 그는 끝으로 이런 말을 꺼내었다.

"너 돈 좀 벌어가지고 왔니? 난 돈 아쉬워서 똑 죽겠구나."

"아이, 어머니는 밤낮 돈."

이것은 건성이의 누이 순남이 말이었다.

"참말로 돈에 갈급이 났다. 웬일로 사람 살기는 점점 극난이라니?"

그는 이 알지 못할 수수께끼를 건성이에게 묻는 것 같았다.

멀리 타향에 가서 칠 년 동안이나 있다 온 개화한 아들에게.

벌써 처녀태가 나는 순남이는 부끄러운 듯이 건성이를 흘겨보았다. 그도 타향에서 멀리 나온 건성이에게 호기심이 났던 것이다.

모친의 말을 들은 건성이는 아무 대답이 없이 다만 빙끗 웃었다. 그리고 순남이를 쳐다보며 물어보았다.

"넌 돈이 좋지 않으냐?"

순남이는 고개를 푹 숙였다. 어쩐지 그는 자꾸 부끄럽기만 하였다. 건성이는 말없이 호주머니를 뒤져서 여비를 쓰고 남은 지전 몇 장을 모친의 손에 쥐어주었다.

그는 여전히 빙그레 웃으며 칠 년 만에 만나는 집안 식구를 둘러보았다. 영양 부족에 걸린 그들을! 그는 건강한 육체를 가지고 있었다.

그는 그날 밤에, 다른 식구들은 모두 코를 골고 자는데도 웬일인지 잠이 오지 않았다. 그는 장차 앞일을 이리저리 궁리해 보다가 끝으로 이렇게 부르짖었다.

"어머니, 돈 못 벌어온 이 아들을 용서해 주서요! 비록 돈은 벌지 못하였습니다마는 어머니의 아들 되기에 과히 부끄럽지 않은 자식이 되어 온 줄 아십시오."

그는 다시 아까 듣던 모친의 말이 생각났다.

'……웬일로 사람 살기는 점점 더 극난이라니?'

밤은 깊었다. 사방은 괴괴한데 오직 그들의 피곤한 숨소리가 어둠을 뚫고 흐른다. 모기 소리가 앵—하고 귓가로 지나간다. 인간의 피에 주린 벌레는 빈혈증에 걸린 그들의 피라도 빨지 않고는 견딜 수가 없는 모양이었다.

3

자본주의의 잔인한 '마수'는 농촌의 구석구석까지 빈틈없이 침입하였다. 저들

자본가는 '광대'한 농촌을 원료시장과 식료공급지로 만들었다. 그래 그들은 본값도 안 되는 '금새'로 농산물을 모조리 몰아간다. 목화가 그렇고 밀보리 두태며 벼와 쌀도 그런 셈이다. 그래도 부족하여 그들의 '부하'인 부정 상인과 불량한 거간들은 그 속에서 또 속여먹기를 예사로 한다. 잠견 공동 판매를 할 때 부정 사실이 가끔 돌발하지 않는가? 이것은 어쩌다가 폭로되는 것이니까 드러나지 않고 감쪽같이 속여먹는 수도 얼마든지 있을 것이다. 그들은 근량을 속이고 품질을 속이고 값을 깍아서 — 어리숙한 농민들을 온갖 부정한 짓으로 속여먹는다마는, 그것이 훌륭한 법칙으로 행하여진다. 그래서 농촌을 기근의 막다른 골목으로 몰아넣었다. 농촌은 지금 신음한다. 농촌은 정말로 '아귀'에게 물려 있다. 농촌뿐이랴. 공장지대도 그렇지만, T촌 이십여 호에도 조석 걱정 없는 집안이 한 집도 없다. 그들은 모두 농사를 지었지마는 웬일인지 살기는 점점 어려워 간다.

그것은 흉년이 드나 풍년이 드나 노동을 하나 안 하나 굶주리기는 일반인 것처럼 흉년이 들면 소작료도 모자란다. 풍년이라도 소작료와 각항 무리꾸럭을 치르고 나면 역시 남는 것이 별로 없다. 설령 남는 것이 좀 있다 해도 그것이 돈이 되지 않았다. 가을이 되면 빚쟁이는 성화같이 조른다. 또는 각항 세금도 바쳐야 한다. 그런데 신곡이 나오면 곡식금이 별안간 뚝 떨어진다. 흉년이 들어도 곡식금만은 오르지 않는다. 그래서 그들은 빚 얻고 장리 얻어먹고 지은 곡식을 헐가로 팔아버리지 않으면 안 되는 것이다. 일 년 내 쌀농사를 지어서는 죄다 팔아버리고 다시 만주 좁쌀을 비싼 금으로 사 먹어야 한다. 세상에 이런 빌어먹을 일이 있어야 옳단 말이냐? 그러나 사실이 그러하다.

그런데도 근래에는 그 정도가 점점 심해 간다. 이것을 불경기라 하고 긴축정책 때문이라 한다. 그러나 왜 '불경기'가 오고 긴축정책을 쓰지 않으면 안 된다는 것이냐? 산업합리화니 돈이 귀해졌느니 하지마는 왜 돈이 귀하고 산업합리화를 하지 않으면 안 되느냐 말이다! 돈이 귀하다 하지마는 있는 데는 더미로 쌓이지 않았는가? 은행에는 지전 뭉치가 금궤 속에 잔뜩 간히어 있지 않은가? 요컨대 그들의 이런 불경기는 자본을 더 늘이지 못해서 애쓰는 '불경기'에 불과하다. 그러나 이 때문으로 노동자와 농민에게 오는 '불경기'는 실업자와 기근의 홍수를 내게 한다. 저들은 상품을 과잉생산하여 재고품이 산같이 쌓였는데 노동자와 농민은 그것을 살 돈이 없어서 굶어죽고 얼어죽어야 한다. 그들은 그들이 피땀을 흘리고 생산한 물건과 곡식을 다시 돈을 주고 사지 않으면 아니된다. 한데 그들에게는 돈이 없다! 세상에 이런 기급할 놈의 일이 또 있단 말이냐……?

지난 겨울부터 양식이 떨어진 마을 사람들은 이른 봄부터 풀뿌리와 나무껍질을 벗겨다가 연명을 하는 사람이 많았다. 그래 그들 중에는 부황이 나서 퉁퉁 부어 죽은 사람도 있었다. 그래도 그를 매장하는 수속에는 분명히 '무슨 병'으로 죽었다는 의사의 진단서가 붙어 있었다.

아래 골목 간난네 집도 이렇게 죽을 지경이어서 그의 부친은 어린 간난이를 올봄에 제주도 섬에서 온 뱃사공에게 좁쌀 한 포대를 받고 팔아먹었다. 간난이는 올에 열한 살. 그는 뱃사공에게 끌려갈 때 몸부림을 치며 울었다. 허기가 져서 딸을 팔아먹은 그의 부모도 그를 붙들고 마주 울었다. 간난이는 다시 인육시장으로 팔려 갔다.

이런 비극이 있기는 비단 간난네 집뿐만이 아니었다. 한참 춘궁 무렵이라 보릿고개를 앞둔 사람들은 모두 양식이 떨어져서 죽을 지경이었다.

그들은 돈에 갈급이 났다. 그래 무슨 짓을 하든지 돈을 좀 벌어보려고 발버둥을 쳤다.

혹부리 김 서방은 간밤에 뒷동산에서 금덩이를 주운 꿈을 꾸었다고 마치를 둘러메고 산으로 치달았다. 그는 왼종일 산으로 쏘다니며 바윗돌을 깨뜨려 보았지마는 금덩이커녕 납덩이도 얻지 못하고 돌아왔다. 투전 잘하는 원식이는 인근 동으로 노름판을 찾아다녔다. 광성이는 점순네가 몰래 술 해먹는 것을 군청 술 조사 다니는 관리에게 밀고하였다. 그는 범칙자를 고발하면 ××의 눈에 잘 보여서 논마지기나 얻어볼까 함이었다.

점순 어머니는 앞 못 보는 소경이었다. 그는 자기 같은 병신을 데리고 사는 영감을 지성껏 공경하였다. 영감은 술을 좋아하였다. 가난한 살림살이는 그에게 술 대접할 도리가 없었다. 그래 그는 찬밥덩이를 누룩에 삭여서 그것을 술이라고 가끔 영감을 해먹이었던 것이다. 군청에서는 조사를 나와서 점순네를 샅샅이 뒤진 결과 살강 밑 조그만 항아리 속에 든 이 찬밥덩이를 발견하였다. 관리는 그것을 증거품으로 압수해 갔다.

그 이튿날 영감은 군청으로 불려가서,

"이십 원의 벌금을 당장 바쳐라, 그렇지 않으면 경찰서로 고발하겠다."

는 청천벽력 같은 명령을 받게 되었다. 밤이 지나도 영감이 돌아오지 않으니 소경 마누라는 무슨 일인지 궁금하여 그 이튿날 아침에 어린 딸을 앞세우고 삼십 리나 되는 군청에를 들어가보았다. 영감은 벌써 유치장 속으로 들어갔다 한다. 그는 ×× 앞에 무릎을 꿇고 앉아서 애걸복걸해 보았으나 아무 소용이 없었다. 이리하여 그들은 집을 팔아서 벌금을 물고 이 집 저 집으로 빌어먹으러 다니는 걸인이 되고 말았다. 그러나 광성이는 밀고했다고 땅 한 뙈기도 얻지 못하였다.

옛날 어떤 철학자는 하늘에 있는 별만 쳐다보고 가다가 구렁에 빠졌다 한다. 지금 이들은 배금철학(拜金哲學)에 눈이 어두워서 돈만 쳐다보고 갈팡질팡하다가 서로 이마받이를 하고 나가자빠지는 격이었다. 그럴수록 인심은 점점 강박해지고 살 수는 점점 더 없었다. 그들은 제각기 잘살려고 서로 칠푼 오리를 다투었다마는 웬일인지 살기는 점점 더 어려워 갈 뿐이다.

그럴 판에 건성이가 나왔다. 칠 년 전에 돈벌이를 하러 일본으로 들어간 건성이가 나왔다 하매 그들의 눈에는 우선 그의 묵직한 돈지갑이 어른거리었다. 그래 그들은 오래간만에 만나는 반가움보다도 제각기 소망을 품고 건성이를 찾아갔었다. 무슨 살 도리가 없을까? 하고.

'인제는 박 첨지도 허리끈을 끌러놓겠다. 설마 건성이가 빈손으로 나왔을 리 없겠지.'

하고 그를 은근히 부러워하는 사람도 있었다. 과년한 딸을 둔 치백이는 건성이를 사위 삼고 싶은 생각이 슬그머니 났다. 심지어 아랫말 술장수 마누라인 뚱뚱보까지,

'저렇게 외국 박람을 많이 하고 하이칼라가 되어 나왔으니 읍내 건달 친구들 많이 사괴어서 자기 집 술동이나 좋이 팔어주겠지!'

하는 소망을 품게 하였던 것이다.

그런데 그들의 소망이 여지없이 깨지고 말 줄을 누가 알았으랴? 그는 단돈 십 원을 못 벌어가지고 나온 모양이다. 그래 그들은 모두 건성이를 손가락질하였다. 뒷집 치백이도 그를 사위 삼고 싶은 마음이 쓱 들어갔다.

그러나 건성이는 돈은 못 벌어가지고 왔을망정 돈 있는 사람을 무서워하지도 부러워하지도 않는 것 같다. 그는 술도 안 먹고 노름도 할 줄 몰랐다. 지금 그만 나이면 한참 계집애들 궁둥이를 따라다니기에 바쁠 터인데 그는 그렇지도 않았다. 그는 건달도 아니요 선비도 아니었다. 그는 낮에는 끙끙 일을 하고 밤에는 무슨 책을 읽었다. 그리고 가끔 순사가 나와서 그를 찾았다. 그가 일본서 나오던 이튿날 아침에도 읍내에서 순사가 나왔었다. 그러나 그는 칼 찬 경찰관 앞에서도 조금도 무서운 기색이 없이 유창한 일본말로 쾌활하게 담화하였다.

"대체 건성이는 어떻게 생긴 사람이라나? 참 별 희한한 사람이 되었네그려!"

"글쎄 원, 그 사람이 일본 갔다오더니만 아주 별사람이 되었던데."

그들은 이렇게 건성이를 아주 별사람으로 취급하게 되었다. 그들은 그밖에는 도

무지 다시 더 형용할 수가 없었던 것이다.

그가 나오던 사흘날 아침 해돋기 전이다. 건성이는 그의 부친을 따라서 고지논을 매러 갔다. 박 첨지가 그날 식전에 건성이의 입에서 저도 논을 매러 가겠다는 말을 들을 때 그는 부지중 한숨이 흘러나왔다. (그러나 그의 건달 같지 않은 행동을 가상히 여길 수는 있었다.)

"안 해 본 상일을 별안간 어떻게 하겠니? 고만두어!"

하고 부친은 볼먹은 목소리로 만류하였다.

"목도판 일도 해보았는데 그까짓 논을 못 매요!"

그는 한사하고 따라가게 된 것이었다.

고지논 매러 가는 일꾼들은 마을 뒤에 있는 느티나무 정자 밑으로 모여서 '농자는 천하지대본' 이라 쓴 기폭을 날리며 풍물을 치고 나갔다. 그들은 일제히 꽁무니에다가 호미를 차고 머리에는 수건을 썼다. 쇠잡이는 그 위에 벙거지를 쓰고 벙거지 꼭대기에는 상모를 달았다. 그들은 벌써부터 홍이 나서 그것을 뺑뺑 돌리며 뛰논다. 그러다가 일렬로 늘어서서 농장으로 나갔다. 건성이도 그들과 같이 차리고 그들 가운데 섞이었다.

"깽매갱깽 깨매갱깽 깨매갱깽 깨매갱깽 깽매갱깽꾸강깽매갱 깽깽깽……."

하는 풍물 소리와 함께 아침 바람에 기폭을 펄펄 날리고 나가는 광경이 건성이에게는 다시없이 즐거웠다. 그것은 마치 원시 부락민족이 전쟁에 나가는 것 같은 건장한 기분을 느끼게 하였다.

일터로 나가자 건성이도 다른 일꾼과 같이 호미를 빼들고 논 속으로 들어갔다.

"어—하 얼러를 가—세—."

그들에게서는 또 이러한 농부가가 흘러나왔다. 선소리는 앞니 빠진 준필이가 메겼다. 처음으로 논을 매보는 건성이는 호미가 벼포기 사이로 잘 돌아가지 않았다. 그래 그의 서투른 호미질하는 것을 보고 농군들은 모두 웃었다. 건성이는 그들의 호미질하는 것을 한참 동안 견습을 해보았다.

"타국에 가 칠 년 동안이나 있다가 온 것이 기껏 논매러 왔던가!"

"논을 맬 터이면 진작 상일을 할 노릇이지 타국에는 뭐 하러 갔노?"

"상일도 연골에 배워야 되는게지……인제는 뼈가 굳어서 되거디."

"남의 일이라도 참 딱하군……박 첨지가 인제는 셈평이 좀 펠 줄 알았더니 저게 무슨 일이람. 끌끌!"

그들은 건성이를 이렇게 흉보고 비양하고 싶었다.

그러나 그런 말이 그들의 입 밖에까지 나오지 않았다. 그것은 어디인지 모르게 건성이의 인금에 눌려서 그런 말을 감히 토하지 못하였음이다. 그의 진중하고 늠름한 기상에는 어디인지 넘보지 못할 구석이 있었다.

건성이는 그들과 농담도 잘하였다. 그러나 그의 이야기 끝은 언제든지 다만 잡담으로만 그치지는 않았다. 그들은 그에게 생전 듣지 못하던 신기한 말을 들었다. 그의 이야기는 다만 '유식'한 이야기가 아니었다. 그것은 고담(古談)에서도 글방에서도 듣지 못하던 말이었다.

"참말로 그렇지! 그래여!"

하고 자기네도 모르게 무릎을 탁탁 치게 하는 말이었다. 그래 그들은 차차 이 세상 속을 짐작하게 되었다. 자기네가 왜 가난한 까닭도 알게 되었다. 부자는 왜 점점 더 부자가 되고 가난한 사람은 왜 점점 가난해지는 까닭도 짐작하게 되었다. 그들은 도회의 공장 노동자도 자기들과 같이 비참한 생활을 하고 있다는 이야기, 그래 그들은 자본가들에 대항하여 ××××한다는 이야기, 노동자와 농민의 대다수가 가난의 지옥에서 면하려면 오직 ××하여……한다는 이야기.

그와 같이 ××도 ××××해야 한다는 이야기…….

그리하여 건성이는 그들의 진정한 동무로 사귀게 되었던 것이다. 그는 인제는 한 사람 몫의 일꾼으로 대우받게 되었다. 그래 그는 날마다 그들과 같이 일하러 다녔다. 그가 품일을 하게 되는 날에는 하루에 삼십 전씩 품삯을 받아왔다.

일꾼이 하나 더 생긴 박 첨지 집에는 농사일이 한결 수월하게 되었다. 박 첨지는 은근히 건성이를 사랑하게 되었다. 그래 그는 돈푼이나 벌어왔다고 가만히 앉아서 늙은 애비를 부려먹으려는 난봉자식보다도 건성이와 같이 진실한 아들을 도리어 탐탁히 생각할 수 있었다.

그는 오늘도 왼종일 강 건너 큰 들에 가서 고지논을 매고 돌아왔다.

4

차차 둥글어가는 초승달은 큰 희망을 품고 중천에 솟아올랐다. 은근한 달빛에 잠긴 강색(江色)은 다시 밝는 날의 광명을 꿈꾸고 있었다.

강변에다 떼우적을 치고 멍석을 깐 위에 조그만 램프등을 달아놓은 것이 그들의 간단한 야학원이었다. 늙은이들은 그 옆에 둘러앉아서 젊은이들의 배우는 것을 구경하고 있었다. 야학 교사로는 건성이 외에도 한 사람의 보통학교 졸업생인 일룡이가 있었다. 건성이는 야학을 시작하기 전에 우선 자기 돈으로 신문을 사서 밤마다 낭독을 하였다. 그는 낭독을 한 후에 그것을 정확히 비판하였다. 이 신문독회가 차차 자라서 야학이 된 것이다.

그들의 교과서로는 농민독본을 가르쳤다. 그들은 그야말로 낫 놓고 ㄱ자도 모르는 터이므로 가갸거겨부터 가르치지 않으면 안 되었다.

야학생의 한 사람인 투전 잘하는 원식이는 밤마다 모이는 사람들을 웃기었다. 그는 한문 숫자를 읽을 때에도 마치 투전 글자 외우듯이 '석삼' '넉새' 라고, 산술을 할 때에도 '오륙 따라지' 니 '칠팔 진주' 니 하였다. 그러나 그들 중에는 열심으로 공부하는 사람이 많았다. 가르치는 사람이 열심으로 가르치게 되면 배우는 사람도 열심으로 배우게 되는 것이다. 장 접장네 집에서 머슴 사는 완득이는 한문자를 두 팔뚝에다 써놓고 그것을 틈틈이 들여다보았다. 그는 하루에 몇 자씩을 작정해 놓고 날마다 그것을 익히는 터이었다.

오늘밤도 야학이 끝나자 신문독회를 전과 같이 마치고 그들은 다시 이야기판을 벌이게 되었다.

"완득이가 저렇게 공부를 잘하니 장가 쉬 들겠다. 허허허……."

하고 조 첨지는 농담을 꺼내었다.

"글쎄, 완득이 국수를 좀 얻어먹어야겠는데 올 가을에나 먹어질랴나 원!"

이것은 앞니 빠진 준필이 말이었다.

완득이는 벙글벙글 웃으며,

"장가는 들면 뭐하나요! 돈 없는 놈이!"

"넌 그럼 돈 벌어가지고 장가들 셈이냐? 네까짓 게 무슨 돈을 벌어!"

하고 원식이는 완득이를 놀려 댄다.

"고만두어. 나도 네까짓 것은 부럽지 않다. 투전은 너를 못 당하지만……."

좌중에는 와—하고 홍소가 일어났다. 사실 완득이는 원식이와 투전을 하게 되면 판판이 떨어졌다. 그는 일 년 내 머슴살이한 '사경' 을 받아가지고는 원식이와 투전을 해서 하룻밤에 올려 보내고 만다. 그리고 나서 그는 쓴 입맛을 다시고는 다시 일 년 동안 머슴살이를 또 한다. 그러나 그는 자승지벽이 대단하였다. 그래 원식이와 해마다 또 노름을 해서 전과 같이 잃어버리는 것이다. 그것은 원식이가 그의 사경 받은 눈치를 알고 슬금슬금 골을 올려 줄라치면 그는 당장에 돈주머니를 풀어놓고 팩 달려들어서 단판에 승부를 다투는 것이다. 그러나 워낙 수가 부족하므로 원식이를 당할 수 없었다. 그는 지금 삼십이 불원하였지마는 아직 장가도 들지 못한 총각대방이었다.

완득이는 오히려 긴장한 표정으로 건성이를 쳐다보며 호소하는 것처럼,

"저 자식이 노름을 하게 되면 나를 번번이 속인단 말이지……그러나 원수대로만 정당히 해보지, 내가 너한테 지나."

건성이는 빙그레 웃으며,

"그러나 그것은 원식이만 나무랄 것도 아니야. 노름이란 서로 빼앗어 먹자고 하는 것이니까. 그런 것을 같이 하여 속는 사람도 옳지 못하겠지."

"그도 그렇지만!"

하고 완득이는 고개를 끄덱끄덕하였다.

"얘, 이담부터는 우리 노름을 하지 말자."

그는 금시에 맘이 풀려서 원식이를 웃는 낯으로 쳐다볼 수 있었다. 이 동리에서 제일 늙은 조 첨지의 말이다.

"참말로 인제는 노름들을 하지 말게. 우리도 소싯적에는 노름을 좀 했지마는 노름친구란 술친구만도 못한 게니. 그것도 다 예전 시절같이 돈이 흔할 때 말이지. 이건 먹고살기가 난리인데 노름할 경황이 어디 있느냐 말이야. 없는 놈끼리 서로 빼앗어 먹으랴니 빼앗어 먹을 것이 무엇이 있어야지."

"저희도 다시야 노름할 리가 있어요. 그전에는 다 모르고 그런 짓을 했지요만."

하고 노름꾼 대장 원식이가 말을 꺼냈다.

"참 그렇지요. 그전에는 동리가 바로잡히지 않어서 그런 일 저런 일이 생겼지만 인제야 그런 짓을 할래도 할 틈이 있어야지요. 이렇게 야학을 늦도록 하고나면……."

사실 그들에게는 다른 잡념이 생길 여유도 없었다.

5

치백이도 저녁마다 야학에 다니었다. 그는 열일곱 살 먹은 딸 음전이를 아직 여의지 못하여 은근히 걱정 중이었다. 아직 장가들지 않은 줄을 안 건성이가 처음 나왔을 때는 그를 사위 삼고 싶었지마는 그가 돈 벌지 못하고 나온 줄을 안 때에는 그 맘이 쓱 들어가고 말았더니 건성이의 위인을 정작 알게 되자 그는 다시 먼저 생각이 부활되었다. 그러나 건성이에게 그 의향을 물어본즉 그는 장가는 안 들겠다고 거절하였다. 음전이는 비록 농촌에서 자라났을망정 인물이 똑똑하니만치 그들은 사위를 잘 얻고자 오랫동안 고르던 중이었다. 자기와 같은 농군을 구할 양이면 진작 여윌 곳도 많았겠지마는 무지막지한 데 한이 된 그들 내외는 글공부한 사위를 얻고 싶었던 것이다. 그런데 건성이가 나와서 야학을 시작한 후부터 그의 인생관에도 차차 변동이 생기게 되었다. 노동자나 농민은 결코 천한 인간이 아니다. 도리어 일하지 않고 놀며 살려는 인간이 기생충 같은 천한 인간이다. 노동자와 농민이 그러한 지식계급에 딸을 주려는 것은 마치 부잣집으로 딸을 첩으로 파는 것이나 다름이 없다. 그는 차차 이런 생각이 들게 되었다. 그래 그는 건성이에게 부탁하였다.

"그럼 어디 중신 하나 해주게. 그렇더래도 자네는 나보다 발이 넓을 터이니……."

"네……그러지요. 아니 바로 한 동리에 좋은 남자가 있지 않아요?"

건성이는 빙그레 웃으며 이런 말을 하였다.

"응, 누구?"

치백이는 잠깐 놀래며 묻는다.

"완득이가 어떠세요?"

"아, 완득이!"

많은 기대를 가지고 있던 치백이는 다소 실망하는 표정을 나타냈다.

"완득이가 왜 어때서 그러세요? 제 생각 같애서는 그만한 자리도 없을 것 같은데요."

"완득이도 위인은 진실하지마는……남의 집에서 머슴 사는 사람이라……하나 내야 관계없겠지만 안에서 좀……."

하고 치백이는 말끝을 흐리마리한다.

"머슴이면 어떤가요! 그런 말씀을 또 하십니다그려. 아들같이 한집에서 다리고 살면 좋지 않습니까?"

"글쎄 그도 그렇지마는……어디……."

"정히 마땅치 않으시다면 고만두셔도 좋겠지요마는 저는 그런 이유로는 반대하고 싶지 않습니다."

그날 저녁에 치백이는 식구들과 같이 저녁상을 받고 앉아서 마누라에게 하는 말이었다.

"여보 마누라, 난 애기 혼인을 어서 정하고 싶소."

"누구는 안 그런가요? 어디 마땅한 곳이 있수?"

"응, 있어……저……완득이 말일세."

"응, 누구요?"

"아따, 완득이 말이야."

"아니, 여태 고르고 있다가 겨우 완득이를 골랐단 말씀이우? 난 싫소!"

마누라는 별안간 성이 나서 쌔근쌔근한다.

"조런 소가지 좀 보았나. 아니 완득이가 어때서 그래! 남의 말을 자세히 듣지도 않고."

"어떻긴 무에 어때. 남의 집 머슴꾼이지. 집도 절도 없이 무밑둥 같은 남의 집 머

승꾼이지!"

치백이는 숟갈을 든 채로 한참 동안 마누라를 흘겨보다가,

"그렇지 않대도 그러는군. 나도 그전에는 이녁같이 생각했었지만 우리 같은 노동자는 노동자끼리만 상종을 해야 한단 말이야. 이 세상에서 제일 천대받는 사람이 제일 옳게 사는 사람이란 말이다. 마누라! 예전 노래도 있지 않은가. 나물 먹고 물 마시며 팔을 베고 누웠으니 대장부의 살림살이 이만하면 족하다고."

그의 노래곡조 비슷한 말에 음전이는 그만 웃음을 터쳤다. 마누라는 기가 막힌 듯이 따라 웃으며,

"그럼 거지로 사는 것이 제일 옳겠소그려! 난 가난이라면 아주 지겨워 죽겠소!"

"아니 그럼 이녁은 음전이를 어떤 부잣집으로 여의어 사위 덕을 볼 것 같소? 부자들이 무엇이 부족해서 우리네 같은 가난한 농군의 딸을 다려가겠소. 돈만 있다면 여학생들도 대가리를 싸매고 대드는데, 기껏 한대야 첩으로 줄 터인데. 윗말 정 고령집 아들을 좀 못 보느냐 말이야. 불과 몇 달을 안 살고 내보내고는 또 얻고 하는 것을. 그래도 첩으로 주고 싶단 말이야! 이 발겨갈 년아!"

"누가 첩으로 주고 싶댔소! 툭하면 욕은 웬 욕이야."

"그럼 뭐야, 딸의 덕을 보자면."

"누가 덕을 본댔다고 그리우. 공연히 당신 혼저 야단을 치면서."

"아니, 대관절 당자한테 물어볼 일이야. 제 자식이라고 강제 혼인을 하는 것은 구식이니까. 네 맘엔 그래 어떠냐? 응?"

치백이는 음전이에게 입을 가까이 하며 묻는다.

그러나 음전이는 별안간 고개를 푹 숙이며 아무 대답도 않았다.

"아이, 별것을 다 묻는구려! 오늘 약주를 자셨소? 왜 그러시우. 남 부끄럽구먼……."

"약주는 웬 약주야, 밀밭 근처도 안 갔는데. 마누라도 야학을 다녀봐요! 내 말이 옳지 않은가. 가난한 사람의 살길이 마치 신작로같이 환하게 내다보인단 말이야. 아니 그것은 아모리 무식한 마누라도 짐작이 있겠구려! 저, 광성이가 점순네를 고발해서 제게 유익한 노릇이 무엇이었소! 그리고 지금 점순네는 어떻게 되었느냐 말이야……저도 지금은 후회한답디다. 저도 사람놈이면 후회해야 싸지. 그리고 웃말 정고령 집에 조석으로들 문안을 하며 서로 논을 좀 얻을라고……서로들 아첨을 하며 '누구네 부치는 논을 나를 떼어달라' 고 없는 닭 마리와 계란 근을 갖다 바쳐서 서로 소득이 무엇이었더냐 말이야. 그럴수록 살찌는 놈은 누구냐 말이야? 나도 전자에는 더러 그렇게 생각하고……아니 나는 그래도 그렇게 내 욕심만 채우려 들지는 않었었지. 마누라도 잘 알다시피……."

"그러니까 작년 겨울에도 나를 시켜서 암탉 두 마리를 그 집에다 주라 안 했구려?! 쇠통!"

치백이는 잠깐 얼굴을 붉히다가,

"그것은 내가 어디 남의 논을 뗄라고 그런 것인가. 논 서너 마지기 얻어부치는 것을 윗말 어떤 놈이 뗄란다는 소문을 듣고 그란 것이지……그런 소리는 새삼스레 왜 해!"

치백이는 소리를 꽥 질렀다.

건성이가 저녁을 먹고 나오다가 왁자지껄하는 소리를 듣고 치백이 집으로 들어왔다.

"무엇들을 그라셔요?"

건성이는 마당에 놓인 절구통 끝에 걸터앉으며 이렇게 물어보았다.

"아—참, 자네 잘 왔네! 저녁 먹었나……."

"네, 지금 먹고 옵니다."

"다른 게 아니라 저 애 혼인말이 나서 이야기를 하는데 도모지 땅파기같이 힘이 드네그려! 여봐요! 우리 건성이가 여북 잘 알고서 완득이를 말하겠나."

"아니, 그럼 그게 건성이가 말한게요?"

"완득이 말인가요? 그 사람을 나는 좋은 사람으로 봅니다."

하고 건성이는 말하였다.

"그렇고말고. 사람이 진실하고 요새는 야학도 잘하고 하는데, 마누라는 쥐뿔도 모르고 반대적이란 말이야. 남의 집 머슴이라고 안 된다구 하니, 이런 제 — 기 그야말로 비렁뱅이가 거지를 넘보는 게나 일반이지. 대체 이녁은 뭐냐 말이야! 명색이 뭐냐 말이야!"

"명색이 가난한 농군의 마누라지 뭐야……이를테면 그렇단 말이지, 누가 완득이를 못생겼댔소? 고자랬소?"

"그러니까 잠자코 내 말을 들어요. 어련히 알아서 할라고. 응 건성이, 그렇지 않은가?"

"네, 그렇게 작정하셔도 좋겠지요."

음전이는 벌써 상을 들고 부엌으로 들어가서 설거지를 하기 시작하였다. 이러하여 그들은 딸의 혼인을 거의 작정하다시피 하였다.

음전이도 완득이를 그리 싫어하는 모양은 아니었다. 그는 부잣집 첩으로 가든지 그렇지 않으면 콧물을 흘리는 어린 신랑한테로 가느니보다는 차라리 완득이 같은 튼튼한 총각이 낫지나 않을까 생각되었음이다.

6

음력으로 유월 그믐께, 어느덧 더위도 고개를 넘은 늦은 여름철이었다. 올에는 비가 알맞게 와서 T촌 사람들도 농사를 잘 지었다. 인제는 기심도 거진 다 매서 한편으로는 두렁풀을 베기 시작하였고 일손을 일찍이 뗀 사람들은 산으로 기어올라서 '나뭇갓'을 뜯기도 하였다. 그들이 살포를 집고 들에 나가서 장한 벼가 허옇게 팬 것을 볼 때에는 비록 남의 곡식이라도 배가 저절로 부른 것 같아 보였다. 그래서 올 칠월 백중에는 '두레'를 한밥 잘 먹자고 그들은 벌써부터 개를 잡느니 돼지를 잡느니 하며 벼르고들 있었다. 이런 기미를 알은 건성이는 그날을 무의미하게 보내고 싶지 않았다. 그래 그는 그날을 어떻게 보낼까 하고 궁리를 하다가 마침내 그날에 완득이와 음전이의 결혼식을 거행했으면 좋겠다 하였다.

치백이는 건성이의 이 말을 들을 때,

"아모 준비도 없는데 별안간 어떻게 지내나!"

하고 입맛을 다시었지마는,

"가을에 가면 별수 있겠소. 공연히 새잡이로 빚을 지느니 그런 계제에 간단히 치르고 맙시다."

하는 건성이의 말에 그도 그렇다고 동의하게 되었던 것이다.

뜻밖에 장가들게 된 완득이는 너무나 좋아서 어쩔 줄을 몰랐다. 그래 그는 주인집에서 선사경을 몇십 원 타오고 점순네도 건성이가 주선을 하여서 의복감과 약간의 준비를 하게 되었다. 물론 모든 혼인절차는 건성이가 지휘하게 되었다.

그는 재래의 '구습'을 타파하고 아주 간단한 농민의 결혼식을 새로 만들어서 거행하기로 하였다.

어느덧 기다리던 백중날이 돌아왔다.

일랑풍청한 좋은 날이었다. 이날 식전부터 T촌 일경은 발끈 뒤집혀서 잔치 차리기에 분주하였다. 백중 놀음에 혼인까지 겸하였으니 촌에서 이만큼 큰일을 치르기도 과연 처음이었던 것이다.

건성이는 먼저 결혼식부터 거행하자 하였다. 그래 마을 뒤 느티나무 정자 밑에다가 차일을 치고 결혼식장을 베풀었다. 그 밑에다가는 멍석을 깔고 신랑 신부가 들어올 길에는 정한 볏집을 두 귀를 맞추어서 쭉 깔아놓았다.

탁자 위에는 들꽃을 꺾어서 한 병을 꽂아놓았다. 그리고 그 옆에는 신랑 신부의 예물이 놓였다. 예물은 호미와 낫이었다.

구경꾼은 차일 안팎으로 꽉 들어찼다. 기다리던 신랑 신부가 초례청에 들어섰다. 이때 쇠잡이들은 농악을 쳤다. 피아노 대신이다. 신랑은 베 고의적삼에 두루마기를 입었다. 신부도 모시 치마적삼을 수수하게 입었을 뿐이다. 그는 분도 바르지 않았다. 들러리로는 신랑편에는 원식이가 서고 신부편에는 일룡이 부인이 섰다.

풍악 소리 속에 그들이 들어서자 이 예식의 주례인 건성이는 지금부터 신랑 박완득과 신부 김음전의 결혼식을 거행하겠다는 개회사를 시작하였다. 그는 우선 종래의 강제혼인과 매매혼인과 정략혼인의 옳지 못함을 통론한 후, 혼인이란 진실하게 두 사람의 행복을 위하여 결합할 것이란 뜻을 말하고, 또한 예식에 있어서도 종래의 번폐한 제도는 지금 시대에 맞지 않을 뿐 아니라 우리 같은 가난한 농민에게 있어서는 인간의 행복을 위하여 거행되는 혼인 예식이 도리어 감당치 못할 큰 빚을 지게 하여 일가가 파산하는 비극을 낳게 한다, 혼인을 잘 지냈다는 것은 결코 음식을 많이 차렸다거나 기구가 놀라웠다는 데 있는 것이 아니고 그것은 오직 두 사람의 만남이 행복하냐 않느냐 하는 데 달린 것이다, 그러므로 냉수 한 그릇을 떠놓고 초례를 지낸다 할지라도 그 혼인이 두 사람에게 행복을 주는 진실한 혼인이라면 그것을 잘 지낸 혼인이라 할 것이지, 비단 치맛자락으로 눈물을 씻는 혼인은 그것이 혼인이 아니라 죄악이라고 열렬히 부르짖었다.

"그러므로 여러분들께서도 앞으로는 재래의 모든 허위와 허식을 버리고 이 두 신랑 신부같이 간단한 예식으로 하시기를 바랍니다!"

하고 끝을 맺은 후에,

"지금은 신랑 신부가 이 결혼을 맹세하는 의미로서 예물을 주고받겠습니다. 그런데 농민에게 제일 귀중한 게 무엇이냐 하면 호미와 낫과 같은 농구올시다. 우리는 우리의 생활에는 도모지 당치도 않은 금가락지니 보석반지니 하는 그런 허영을 버리고 우리와 가장 친한 호미와 낫을 우리의 결혼 예물로 선택하였습니다. 그럼 여러분 생각은 어떠십니까?…… (청중에서는 좋소 좋소 하는 소리가 일어난다.) 신랑 신부는 지금 이 예물을 교환하겠습니다."

건성이가 이렇게 선언하자 신랑은 신부의 바른팔에 호미를 걸어주고 신부는 신랑의 왼편 어깨에 낫을 얹어주었다. 낫은 날이 서지 않았다.

이것으로서 결혼식은 마치고 말았다. 신랑 신부가 나갈 때에 쇠잡이들은 또 농악을 쳤다. 군중 속에서는 나가는 신랑 신부에게 '여물'을 끼얹어주었다.

식이 파하자 그들은 다시 잔치를 베풀었다. 원래 백중 놀음으로 준비된 음식과 혼인집에서 따로 준비한 음식이 있기 때문에 그들은 배를 두들기며 한바탕 잘 먹을 수 있었다. 술, 떡, 고기, 국수, 과실, 모든 것이 골고루 있었다. 그래 그들은 진종일 잘 놀았다. 농기를 내다 꽂고 풍물을 치며 뛰놀기도 하였다. 신랑을 달아먹는다고 헹가래질도 치고 춤도 추고 소리도 하고……이리하여 백중 놀음과 결혼식은 성대하게 거행되었다.

완득이는 내년부터 음전이 집으로 오기로 하고 올 일 년은 그대로 장 접장의 집에서 머슴을 살기로 하였다.

그들 부부는 참으로 결혼 예물인 호미와 낫을 귀중히 여기었다.

7

T촌 사람들이 백중 놀이를 잘 치르고 난 그 이튿날 밤부터 난데없는 비가 퍼붓기 시작하였다. 그래도 그들은 생각하기를 설마 비가 오면 얼마나 오랴? 원체 한동안 가물었으니 비가 좀 와야 전곡 해갈도 되고 진장밭도 깨생이 되겠다고 아주 안심을 하고 있었다. 그러나 어찌 뜻하였으랴? 부실부실 오던 비가 어느덧 폭우로 변하고 폭우가 놋날드리듯 연사흘을 내리쏟더니 그만 큰 장마가 지고 말 줄을…….

K강은 별안간 '새빨간 뱀〔蛇〕'으로 변하였다. 장마는 마침내 칠월 한 달 내 개지 않았다. 그동안에 넓은 들도 바다와 같이 물이 괴고 강 연안은 진흙바다로 화하였다. 그런데 비는 개지 않고 자꾸 퍼부었다.

인제는 강변의 농작물은 말할 것도 없이 모두 침수되고 산 밑에 있는 마을 집들까지 물속에 들어갈 지경이었다. K강 상류에서는 집이 떠내려온다. 그 지붕 위에 사람이 올라서서 "사람 살려라!" 하는 처참한 소리가 들린다. 어린애 송장이 떠내려온다. 소와 말도 떠내려오고 세간살이 ― 농짝과 절구통 등이 떠내려온다. 어떻든지 을축년보다도 더 큰 장마라 한다. 강원도 어디서는 산이 무너져서 여러 백 명이 한꺼번에 몰사를 하였다 하고, 충청도, 경상도, 전라도, 함경도 각처에서 죽은 사람이 수천 명이요 여기저기 전멸된 동리가 부지기수라는, 각처의 물난리 소문은 온 조선에 빗발치듯 하였다. 그런데 K강 연안에 있는 T촌도 각일각 위험에 빠지게 되었다. 물은 점점 불어서 집 안으로 대들었다. 마을 사람들은 인제는 집을 버리고 산으로 피난하는 외에는 별도리가 없을 지경이었다. 그들은 곡식이 물에 잠길 때에도 하늘을 부르짖어 울었다. 정작 땅 임자는 그렇게 울지 않았는데 이들 소작인이 무슨 정성으로 그렇게 울 것이랴마는 그래도 풍년이 들면 단 한 톨이라도 자기 앞에 떨어지는 것이 있기 때문이다. 그런데 인제는 토막살이나마 집이 떠나가고 보면 나무에도 돌에도 부칠 곳이 없는 그들은 장차 어떻게 살 것이냐! 그들은 이 불의지변에 참으로 망지소조하였다. 그러나 하늘에서는 쉬지 않고 폭우가 내리 쏟아졌다.

마을 사람들은 마을 뒤 정자나무 밑에 모여서 엄청나게 물이 나가는 K강을 건너다보았다. 건성이도 그들 중에 섞여서 바라보았다. 그는 암만 생각하여도 마을이 위험할 것 같았다. 그래 그는 부랴부랴 서둘러서 완득이, 자선이, 원식이, 그 외에도 누구누구를 선발하여 '구호반'을 꾸미었다. 그래서 제각기 한편으로는 세간살이를 간단하게 짐을 메는 외에 또 한편으로는 장정들과 합력하여 그것을 모두 정자나무 밑으로 옮겨 놓았다. 그는 자기도 무거운 짐을 져나르며 각 집의 살림살이가 서로 섞이지 않도록 잘 단속하였다. 그래 마을 사람들은 네것 내것 할 것 없이 모두 성의껏 일을 보았다. 그리하여 그들은 어둡기 전에 세간살이를 모조리 옮겨 놓게 되었다. 강물은 마을 앞마당까지 들어왔다. 마을 사람들은 모두 정자나무 밑으로 올라왔다.

밤은 점점 깊어가는데 비는 여전히 쉬지 않고 쏟아진다. 깜깜한 밤중, 지척을 분별할 수도 없는데 그들의 귀에는 무서운 빗소리와 물소리만 처참하게 들렸다. 그 사이로 우르르 하는 천둥 소리와 번갯불이 쫙—하늘을 긋고 사라진다. 그들은 무서웠다.

또한 자기네 집이 떠나가지나 않나 하고 서로들 조바심을 하였다. 그러나 새까만 어둠 속에서는 아무 것도 보이지 않았다.

그들은 배가 고팠다. 물이 급히 대들어서 저녁 해 먹을 겨를도 없었던 것이다.

밤이 깊을수록 찬비를 맞는 그들은 속이 비어서 우장과 삿갓을 있는 대로 두르고 정자나무 밑으로 은신을 하였지마는 그나마 사람마다 차례가 못 갔을 뿐외라 원체 몹시 쏟아지는 폭우이므로 그들은 아주 노박이를 하고 있지 않으면 안 되었다. 그래 노인들은 앓는 소리를 연발하고 어린애들도,

"아이고, 추워…… 배고파!"

하고 어머니 아버지를 부르짖었다.

그것은 노약이 아니라도 아래윗니가 딱딱 들어맞게 떨릴 지경이다. 그런데 나뭇잎 사이로 쏟아지는 빗소리는 폭포수처럼 무섭게 떨어진다. 이런 때는 이야기를 할 수도 없었지만 비바람 소리에 들리지도 않을 것이다. 그러나 한줄기 쏟아진 뒤에는 다시 뜸하여서 그동안에 정신을 좀 차릴 수가 있었다. 지금도 비가 다시 뜸하자 어둠 속에서는 사람의 목소리가 들리었다.

"누구 성냥 가졌어?"

"성냥은 있지마는 추져서 될라구!"

"그래도 인내, 어디 좀 켜 보세. 원 담배가 먹고 싶은데 성냥이 있어야지."

하는 것은 선소리 잘 먹이는 준필의 목소리였다.

"원, 아저씨는 이 경황 중에 웬 담배는 자신다구 그라시우!"

"그래도 먹어야 살지! 이 사람아."

하는 말에 여러 사람들은 와—하고 웃음이 나왔다. 준필이는 바람맞이를 피하여 여러 번 만에 간신히 담배 한 대를 피워 물었다. 불이 번쩍 하는 동안에 여러 사람들은 자기들의 참혹한 광경을 비쳐볼 수 있었다. 그것은 참으로 유령 같았다. 누가 그런 생각이 들었던지 깔깔 하고 웃음을 내놓자 여러 사람들은 또 따라 웃었다. 바람이 분다.

"그런데 밤은 언제나 샐 모양이야!"

"닭도 아직 안 울었지."

완득이와 걸출이 목소리다.

"건성이, 여보게."

"네!"

"그런데 참 어떻게 산다나. 집이 안 떠나가도 무엇을 먹고 살는지 모를 터인데,

후—집마저 떠나가게 되면 장차 어떻게들 산단 말인가?"

조 첨지는 새삼스럽게 기운 없는 소리로 이런 말을 꺼내었다.

"뭐! 그리 걱정 마시지요."

"자네는 참 만리타국에 가서 박람도 많이 하고 개명을 잘 하고 왔으니 말이지, 참 자네 말을 들으면 속이 시원하단 말일세, 그런데 우리 같은 무식한 사람은 아주 꿈속에서 살어온 셈이 아닌가? 허허허."

"글쎄요, 이거 큰일났는데. 대관절 비가 개어야지! 내둥 잘하다가 늦장마는 웬 늦장마야! 제기랄, 하늘이."

"글쎄 말이지. 야속한 하느님도 있지. 어떻게 좀 살 도리를 마련하게. 후—우리 같은 무식한 사람이야 무엇을 알겠나."

"저 혼자서야 무슨 힘이 있겠습니까? 다 여러분과 함께 힘을 합해야 되겠지요! 참으로 우리의 믿을 곳은 우리들 자신밖에 없습니다. (건성이는 차차 흥분되어서 목소리에 힘을 주었다.) 여러분께서도 이미 경험이 많으시니 말이지 우리들 노동자나 농민을 위해서 유익을 준 사람이 누구입니까? 정자말 사는 정 고령 집입니까, ××이나 ××입니까? 그들은 한푼이라도 긁어가고 한 시간이라도 우리를 부역시킬 뿐 아니었어요."

(남녀노소는 모두 그의 말을 정신없이 듣고 있었다.)

건성이는 기침을 하고 목소리를 가다듬어서 다시 말끝을 이었다.

"여러분들은 지금까지 나는 무식하다, 우리는 아무 힘없는 가난한 농민이다 하고 오즉 팔자 한탄만 하고 한숨만 쉬고 있었지만 그것은 우리에게 있는 힘을 서로 합치지 못한 까닭입니다. 여러분! 보십시오! 지금 이 강의 저 무서운 큰물[洪水]도 그 근원을 살펴보면 한 개의 조고만 개울물에 지나지 않습니다. 그 여러 갈래 개울물이 서로 합쳐서 흐른 까닭으로 저와 같은 큰 강이 되고 지금 우리들의 머리 위에 떨어지는 빗방울이 합해서 그렇게 큰물이 되지 않습니까? 저 큰 강은 본래부터 큰 강이 아닙니다. 조고만 개울물들이 한데 합쳐서 흐르니까 저렇게 큰 강이 된다는 말입니다. 그러면 여러분! 조고만 개울물은 아모 힘이 없어서 어린애라도 무난히 건널 수가 있지마는 저렇게 큰 강이 되고 보면 능히 산을 무너뜨리고 상전을 벽해로 만들고 우리 T촌의 백여 명이나 되는 인총들도 집을 내버리고 저 물에 쫓겨서 이렇게 피난하게 되지 않었습니까. (그렇지! 참말 그래여.) 그와 마찬가지외다. 여러분을 한 사람씩 떼어놓고 생각하면 마치 이 산골 저 산골의 조고만 개울물과 같지마는 여러분이, 서로 처지가 똑같은 여러분이 지금이라도 일심합력만 하게 되면 저 강물과 같이 큰 힘을 내일 수가 있습니다. 그러면 그 여러분의 힘으로 무슨 일을 못하겠습니까? 또한 우리는 무엇이 겁나겠습니까? (옳다! 그렇소!) 그러면 우리의 살길은 오직 이 일심합력이 있을 뿐입니다. 그래서 우리들……(원문 1행 탈락)……굳은 힘과 마주 ××××야 되겠습니다. 그렇지 않으면 우리는 점점 더 가난하고 못살게 될 뿐입니다! 여러분은 생각해 보십시오, 그런가? 그렇지 않은가?"

건성이는 어느덧 한마당의 연설을 하게 되었다. 그는 자기가 어느 틈에 일어섰는지 모르게 일어선 것도 지금서야 비로소 알 수 있었다.

"참 그래, 그렇고말고."

"한맘 한뜻만 된다면 세상에 못할 일이 없지. 내남없이 그렇지 못하니까 못하지만."

"원체 악이 나면 겁날 것도 없느니, 이래……저래……나……는 일반이 아닌가?"

"그러면 어떻게 한맘 한뜻이 되게 한단 말인가?"

조 첨지가 다시 묻는 말이다.

"그것은 농민조합 같은 것을 만들어서 우리들은 아주 한집안 식구처럼 한데 뭉쳐야 되겠지요!"

"농민조합? 저 큰 들에서들 한다는 것과 같은 것 말인가?"

하며 혹부리 김 서방이 의심스럽게 묻는다.

"그렇지요."

"그러면 그것을 속히 좀 만들세그려!"

"그러나 그것은 말로만 되는 것이 아니라 여러분의 힘을 합해야 될 것입니다."

"그야 두말할 것인가. 우리 중에서 설마 딴맘을 먹을 사람이야 있겠나."

"암, 그렇지요. 딴맘 먹을 사람이 어디 있겠어요."

"자―그럼 속히 만들어보자구그려!"

"하긴 우리도 강 건너 큰 들에서는 발써부터 그런 것이 생겼다는 말을 듣고 우리 동리도 그런 것을 해보고 싶은 생각이 있었지마는 누가 선도할 사람이 있어야지요. 우리같이 무식한 사람들끼리야 무엇을 할 수 있어야지."

"참 그렇지요. 누가 먼저 선등 나서서 그런 것을 꾸미면 따라갈 수야 있지마는."

그들의 의식은 이렇게 한곳으로 모이었다. 농민조합이란 어떠한 것인가? 하고 그들은 제각기 몽롱한 생각을 쥐어짜보기도 하였다. 그러나 그들은 어떠한 호기심과 아울러 거기에 큰 희망을 붙여보았다. 참으로 그들의 살길은 그것밖에 없나보다 생각되었다.

피난한 우중에서도 닭은 홰를 치고 울었다. 어떠한 곤란 중에도 그는 제 맡은 바 직분을 다하려는 것처럼.

차차 밤은 밝아간다. 어둠 속에서 분명히 보이지는 않았으나 물은 엄청나게 불어서 온 동리 집이 물속에 든 것 같았다. 그들은 이 정자나무 돈대 위에도 위험하지나 않을까? 하고 성냥을 그어서 추진 나무로 횃불을 놓아보았다. 아직 그렇지는 않았다. 그러나 그들은 경계를 게을리하지 않고 돌을 던져 보기도 하며 불을 비춰 보기도 하며 밤을 새우고 있었다. 이 경황 중에도 잠자는 사람이 있었다.

그러는 동안에 먼동이 훤하게 터간다. 그들의 지리한 밤은 차차 밝아 왔다. 비도 그만저만 그쳐간다.

8

이튿날 아침에 일어나 보니 T촌은 하룻밤 동안에 수라장이 되어버렸다. 물가로 가까이 있는 얕은 집들은 모두 떠나가고 그렇지 않은 집도 거의 무너지지 않았으면 반쯤 쓰러지고 말았다. 물은 엄청나게 온 동리 집에 침수하였던 것이다. 그리하여 조사한 결과는 유실가옥 5호, 도괴가옥 12호, 반괴가옥 8호라는 종래에 보지 못한 큰 수해를 내었다. 집을 떠나 보낸 사람들은 제 집터에 가 앉아서 땅을 치며 울었다. 온 동중은 마치 초상난 집같이 "아이구 아이구지구" 하며 울부짖는다. 어른들이 우는 서슬에 어린애들도 덩달아 울어서 아주 악머구리 끓듯 한다. 떠나간 집 중에는 원식이와 일룡이 집도 끼었고 준필이네, 조 첨지네, 장 접장네 집도 끼었다. 치백이, 박 첨지 집은 전부 무너졌다.

건성이는 이럴 것이 아니라고 그들을 쫓아다니며 일일이 위로하는 한편에 '구호반'을 독려하여 우선 거접할 곳을 준비하였다. 홑이불 같은 것으로 천막을 치고 있는 대로 양식을 내어서 밥을 지어가지고 공동으로 나눠 먹었다. 그들은 밤새도록 떨고 잠을 못 자서 근력이 없던 차에 더운 밥으로 우선 허기진 배를 채우게 되었다.

날은 완구히 개기 시작하였다. 강물도 쉽사리 빠져간다. 한낮이 되어가자 면소와 군청에서 수해조사를 나왔다. 신문기자도 오고 순사도 나왔다. 그들이 일일이 조사해 간 후에 농민조합에서도 조사를 나왔다.

건성이와 조합에서 온 사람은 무슨 이야기를 한참 하다가 다저녁때 돌아갔다.

마을 사람들은 우선 무너진 집을 다시 건축하기 시작하였다. 그래 온 동리 사람들이, 일제히 나서서 공동으로 일을 하는 동안에 ○○조합과 그 외 각 단체에서도 수해구제금이 나왔다. 그래 그것으로 또 유실된 집들을 새로 짓게 되었던 것이다. 이런 역사로 그들은 팔월 한 달 내 눈코 뜰 새 없이 바쁘게 지내었다. 그러나 그들은 조금도 피곤한 줄을 모르고 모두 제 힘껏 부지런히 일을 하였다. 그것은 거저 하는 부역이 아니기 때문이었다. 다 같은 자기네의 일이요 또한 진정한 동정을 하는 일이었다. 그들은 이 한 달 동안의 공동생활 중에서 많은 교훈을 얻게 되었다. 그것은 과연 한 사람 한 사람이 각자 위심하느니보다는 온 동리 사람의 힘을 서로 합치는 데서 얼마나 큰 힘이 생기는지를 두 눈으로 똑똑히 볼 수가 있었음이다. 이 한 달 역사할 동안에는 그들은 모든 것을 공동으로 생활하였다. 따라서 그들은 제각기 분업으로 일을 맡아보았던 것이다. 우선 밥을 짓는 것도 각 사람이 차례차례 돌려가며 짓는데 식구비례대로 양식을 추렴하여다가 큰 솥에 한데 지어서 한자리에 둘러앉아 먹었다. 물론 양식 없는 이는 추렴에서 빠졌다. 그렇게 하는 것이 나무도 덜 들고 양식도 덜 들고 제일 간편하였다.

그것은 이런 비상한 때에는 그렇게 하는 수밖에는 다른 도리도 없었음이다. 대관절 제가끔 집이 없는데 어떻게 각각 살림을 할 수가 있느냐 말이다. 그래서 나무하고 절구질하고 심부름하고 반찬 만들고 하는 모든 일을 모두 떼어 맡아서 돌려가며 하고 그리고 자기 차례가 돌아오기 전까지는 편안히 놀 수 있었다. 나무는 대개 건석이 같은 소년들이 해오고 식사는 여자들이 맡아보게 되었다. 그리고 장정들은 오직 집 짓는 역사에 전력하였던 것이다.

그러나 처음에는 좀 어수선하여서 정신을 차릴 수가 없더니 차차 치러나니까 두서를 알게 되었다. 그것은 건성이가 질서 있고 공평하게 잘 지휘한 보람도 있었지마는 큰일을 많이 치러 본 장 접장 마누라가 시원스럽게 팔을 걷어붙이고 나서서 일을 잘 보살피기 때문이었다. 밥 때가 되면 한 아이가 징을 꿍꿍 울리었다. 그러면 일꾼들과 어른 아이가 정자나무 밑으로 쭉 모여들었다. 그들이 멍석 위로 가족끼리 죽 늘어앉으면 식사 보는 사람들이 밥과 반찬을 똑같이 나눠 주는 것이었다.

이러는 동안에 팔월 한가위가 돌아왔다. 그동안에 마을 역사는 거죽일은 거의 끝나고 인제는 흙일과 잔일이 많이 남게 되었다. 그래 올 벼 심은 집에서는 벼를 베어다가 송편을 빚고 막걸리 동이와 북어 마리를 사다놓고 백중 이후의 처음으로 추석놀이도 잘하였다.

구월 초생부터는 모두 집을 들게 되었다. 그래 그들은 오래간만에 각기 자기 집을 찾아들고 제각기 솔을 붙이게 되었다.

그러나 그들이 각기 자기 집으로 흩어진 후에도 한번 결합한 힘은 그대로 뭉치어 있었다. 그들은 한 달 동안의 공동생활에서 이 힘을 길러낸 것이다. 그들은 그전에 다 각기 남보다 잘살아보려고 허덕이던 것이 모두 공상인 줄을 알게 되었다. 자기 한 몸의 조그만 힘과 맘뿐으로는 잘살아지지는 않는다는 것을. 그것은 마치 헤엄칠 줄 모르는 사람은 아무리 허위대며 물 밖으로 나오려고 하여도 점점 더 물속으로만 들어가고 말듯이 그들은 허덕일수록 점점 더 가난이 파고들었다. 그들은 이런 공상을 언제까지 되풀이하고 있느니보다는 차라리 야학이라도 하는 것이 얼마나 나은지 알 수 있었다. 덮어놓고 안 벌어지는 돈을 벌려고 하느니보다도 돈이란 게 어떻게 생겨서 어떻게 유통되는 것인가? 하는 경제의 초보지식부터 배울 필요가 있었다. 그래 혹부리 김 서방, 광성이, 원식이부터도 그렇게 생각되었던 것이다. 그들은 종래의 모든 공상과 미신과 소경 제 닭 잡아먹는 셈과 같은 사리사욕을 차차 버리고 대동지환(大同之患)에 처한 자기네의 전체 운명을 바라보게 되었다. 그러나 인간이란 다만 관념적으로 "이것이 옳으니 이대로 해라!" 한다고 그대로 곧 실행되는 것은 아니다. 행동은 언제든지 '실제'를 요구한다. 종래의 그들은 다 각기 막다른 골목에서 저 혼자만 잘살아보려고 발버둥이를 쳐보았다. 그러나 더 나갈 곳이 없는 그들은 그 자리에서 서로 이마받이를 할 뿐이었다. 그 길밖에 모르는 그들은 막다른 골목에서 서로 맞부비고 떠밀고 드잡이하며 다 각각 저 혼자만 돈구멍으로 빠져 나가려고 조바심을 쳤다마는 다시 더 빠져나갈 곳은 없지 않은가!

그런데 그들에게는 난데없는 딴 길이 발견되었다! 그 길은 지금까지 걸어온 반대 방향에 있는 큰 신작로였다. 아니 아까까지도 도무지 보이지 않던 새 길이었다. 그것은 마치 지금까지 안개가 자욱한 속에서 보이지 않던 것이 차차 안개가 사라지며 새로 보이는 길 같았다. 그래 그들은 이 신작로를 한 달 동안이나 걸어왔다. 이 신작로는 탄탄대로였다. 그것은 마치 이 앞 K강과 같이 아래로 흐를수록 넓은 강이었다. 강은 마침내 양양한 바다로 통하듯이 이 신작로도 그런 길로 뚫린 것 같았다. 자유의 바다로!

그들의 힘은 마침내 ○○농민조합 지부를 설립하게 되었던 것이다. 그들의 이 힘은 마치 저 K강의 '홍수' 때와 같이 앞길을 막는 것은 무엇이든지 박차고 나갈 힘이었다. 그들은 ○○농민조합 후원 밑에서 그들 일동의 굳건한 결합으로 이 조합을 만든 것이었다.

그들은 미리 준비하고 벌써 역사할 때에 공청 한 채를 더 지어놓았었다. 그것을 조합 사무실로 사용하게 되었다. 그래 그들은 지부 위원장인 장 접장 이하로 건성이, 치백이, 완득이, 원식이, 준필이, 일룡이, 그 외에도 적당한 사람으로 집행위원을 선정한 후 각기 부서를 나누어서 사무를 집행하게 되었다. 조합에는 조합기가 꽂혀 있었다.

야학도 이 사무실로 옮기었다. 그들은 남자뿐 아니라 여자 야학도 시작하였다. 거기에는 음전이와 순남이도 열심으로 다녔다.

이리하여 그들의 모든 힘은 조합으로 집중되어 갔다.

9

어느덧 수확할 무렵이 돌아왔다. 그래 T촌 사람들도 일제히 나서서 벼를 베기 시작하였다. 그러나 큰 수해를 치르고 난 농작물은 아주 여지가 없이 되어서 소작료를 정한대로 치르고 나면 아무 것도 남지 않을 뿐외라 도리어 부족할 집도 많았다. 이에 그들은 소작료를 전수확의 이 할 혹은 아주 면제해 주기를 제각기 수해 정도를 따라서 지주에게 진정하고, 그렇지 않으면 소작료……동맹을 일으키기로 하였다. T촌 사람들의 짓는 전장은 거의 윗말 사는 정 고령 집 땅이었다. 큰 들에도 그 집 전장이 많았으므로 ○○농민조합에서도 쟁의를 일으키게 되었다. 그래 T촌에서도 그들과 공동투쟁을 취하게 되었다. 그러나 쟁의는 쉬이 끝나지 않았다. 이에 조합에서도 지구전을 할 준비와 또는 명년 보릿동까지 살아갈 식량 준비로 매 호마다 노동을 징발하고 단 한푼이라도 생리할 부업을 하기 시작하였다. 여자들도 멱을 치고 새끼를 꼬아서 팔았다. 장정들은 큰 들로 마당질 품팔이를 나갔다. 노인들은 신을 삼아 팔았다. 그들은 모든 것을 공동으로 하였다. 공동으로 사들이고 공동으로 팔았다. 물론 이 모든 것을 조합에서 처리하게 되었다.

쟁의에는 혹시 그중에서 배반하는 자가 있을지도 몰라서 그들은 서로 경계하였다. 그래 저녁을 먹으면 일제히 조합으로 모여서 쟁의에 대한 방책과 오늘까지에 조사한 보고를 듣고 늦도록 이야기하다가 돌아가 자고 그 이튿날 아침에는 또 누구누구는 무슨 일을 하러 어디로 가고 누구누구는 무엇을 하겠다는 것을 일일이 조합에 와서 보고하였다. 그래도 미심하여서 그들 중에서는 또 규찰대를 조직해가지고 그들의 행동을 엄중히 감시하기까지 하였다.

이런 판에 건성이는 그만 검속이 되었다. 그러나 그 후로도 완득이, 원식이, 치백이, 준필이, 장 접장 등이 꾸준히 잘 싸우고 있었다. 그러나 그들이 아직 처음 경험이니만치 혹시는 실패할는지도 모른다마는 그것은 그저 실패만은 아니었다. 이미 뿌리 잡고 든든히 선 조합은 그로 말미암아 흔들리지 않았다. 그들에게는 참으로 '홍수' 같은 힘이 점점 한데로 뭉쳐오를 뿐이었다.

1930년

질소비료공장 _ 이북명

1

"아직 이십 분이나! ……제—기 시간도 안 간다."

문호는 소음같이 피곤한 육신을 기지개 펴면서 중얼거렸다.

아침 일곱 시부터 오후 다섯 시까지 쉴새없이 급속도로 돌아가는 분리기에서 흘러내리는 하얀 사탕가루 같은 유안(硫安)을 도록고에 받아서 엔드리스에 운반하는 일은 쉬운 일이 아니었다.

이층에서 가끔 낙숫물같이 떨어지는 유산은 문호(문호뿐 아니다)의 작업복을 벌집같이 구멍을 내어 주었다. 그리고 유안 결정(結晶)이 마치 얼음이 얼어붙은 듯이 들어붙어서 걸을 때마다 와사삭 와사삭 쓰리었다. 짜개신발(지카다비)은 며칠 안 신어서 꺽이는 부분마다 칼로 엔 듯이 싹싹 끊어졌다. 그러나 유산과 유안이 묻은 데는 씻을 수가 없었다. 씻으면 몬작몬작 다 녹아빠지는 까닭이다.

그러나 손이나 얼굴에 묻은 유산은 몇 번이고 수도에 달려가서 씻지 않으면 안 된다. 유일한 재산인 육신을 빵구낼 수는 없으니까.

그러나 그는 불행히 요전번에 이층을 올려다보다가 위로부터 떨어지는 유안 결정이 눈에 들어가서 그때부터 눈이 텁텁하게 잘 보이지 않았다. 시력이 대번에 십도나 나빠졌다는 말과 안경을 쓰라는 의사의 말을 들었으나 문호는 그대로 참고 있었다.

'빌어먹자면 할 수 없는 일이지.'

하고 문호는 생각하였을 뿐이다.

질소비료공장이 처음 H라는 조그만 이 어촌에 터를 닦을 때부터 문호는 직공으로 들어가 있었다. 그런 관계로 지금은 삯전이 꽤 많은 편이었으나 그러나 일급 팔십오 전이라는 돈으로는 다섯 식구를 살리고 나면 그밖에 병이라든가 다른 용에는 갈라붙일 여유가 없었다.

고된 노동과 이 공장의 특수한 공기는 벌써 문호의 가슴속 어느 부분을 파먹기 시작한 지가 오래다. 그러나 약을 먹을 수는 없었다.

약을 먹을 수 없는 대신에 한 달이면 닷새는 쉬어야 하였다.

"이십 분이면 아직 몇 도록고냐?"

그는 자기의 흐린 눈을 부비며 또 한 번 시계를 쳐다보았다.

"가기는 가는 셈이냐? 대관절."

"이 사람아, 시계가 구멍이……빵꾸가 나겠네."

농담 좋아하는 용수가 그의 어깨를 탁 친다.

"참 정말 시간도 안 가네."

그는 다시 도록고를 밟기 시작하였다.

"빨리 가면 빨리 신단지야."

"오래 가면 뭘 하나?"

"죽으면 또 뭘 하나? 한때 한때는 다 있는 거야."

"암 살구야 볼 일이지."

하고 도록고를 밀고 오던 상호가 별안간 말을 던진다.

"미래는 ××의 것이니까."

"요건 아직 파랑파랑한 때니까 큰소리를 탕탕 치는구나. 요녀석 대감 나이나 돼봐라."

문호의 말을 받아치며 용수가 상호에게,

"이 사람 저 영감한테 연설을 좀 해주게. 오백 년 자던 잠을 깨게…… '만국 노동자' 군(君) 철의 식(式)으로……."

그들은 '만국 노동자여 ××하자' 하는 말을 잘하는 철호를 호자를 떼어 버리고 그저 철이라고 불렀다.

"쉬―."

하고 문호는 그 근방을 휘둘러 보았다. 요행 감독은 보이지 않았다.

"야! 미역국 먹을 소리 마라."

"미역국마따나, 참 이 사람 자네 오카미상(마누라)……이번은 쌍둥이같이 아내 배가 남산이데그려."

"그러기에 말야. 좀 조동아리들을 가만히 가지고 있으란 말이야. 남까지 걸리게 말고……받는 소는 씩 하지 않고도 받는다네……왜 친목회사건을 못 보나? 툭 하면 등걸음(미역국)일세."

기실 글자만 들여다보아도 한참 무슨 생각을 하고 있어도 요놈 수상하구나 하고 회사 ××실로 불러들이는 판이다. 일터를 찾는 노동자가 알감자같이 들여밀리는 맛에 이전에 이삼 전씩 올려 주던 승급(昇給)도 그만 까먹고 까불릴 생각만 하는 판이라.

"그러기에 말일세. 까불리지 않도록 하잔 말이야. 피차……."

"흥! 요전 친목회 일만 보게. 그리고 또 철호 일만 보게. 꼭꼭 일러바치는 놈이 있는데야 어쩌나."

"아니 철호가 어쨌나?"

"철호도 미안미안하데."

하고 문호가 말을 이으려다가,

"쉬……왔다."

사 년이나 공장에서 눈치코치를 치러 낸 문호는 두 사람에게 눈짓을 하고 아니 멋은 채 살같이 도록고를 재빠르게 밀었다. 웃을 줄 모르는 감독이 우줄우줄 걸어오고 있다. 쇠 썩는 냄새, 급도로 돌아가는 기계에서 타는 기름 냄새, 거미줄 같은 물색 칠한 파이프 짬으로 씨, 씨 하며 새어 나오는 암모니아 냄새가 서로 얽히어 마스크를 쓴 그들의 코를 잔침질한다. 눈독도 그리고 식욕까지를 빼앗아 가는 고약한 냄새다. 뿐만 아니라 얼굴이 노래지고 기침을 컥컥 하게 된다. 게다가 콘크리트 벽과 바닥이 흔들리는 요란한 모터와 블로어(送風機) 벨트의 소리에 신경은 극도로 과민해지고 가슴은 빈 구역이 치민다.

나이 먹고 공장에 있은 지 오랜 문호는 숨이 차고 선땀이 흘렀다. 컹 하고 기침을 하면 가슴은 구새먹은 나무같이 펑 소리가 나고 찌르듯 아픈 기운이 흐른다. 그러나 감독! 미역국……이런 생각이 나서 그는 기침을 누르고 땀을 흐르는 대로 내버려두었다.

위—익.

사이렌이 목 메인 소리를 뿜었다. 점심시간이다.

'후—' 하며 문호는 도록고를 내놓고 기계 짬에 박아 두었던 넝마에 손을 씻고 식당으로 들어갔다.

2

식당에 들어서 보니 게시판에는 다음과 같은 게시가 씌어 있다.

금일 점심 후 제품 창고에서 유안 대 유산 발리볼 시합이 있으니 선수는 물론 유안 동무는 맹렬한 응원을 하라.

가래질하듯 점심을 퍼넣고 직공들은 제품 창고에 모였다. 넓이 삼십 칸 길이 사십 칸이나 되는 아스팔트로 꾸민 창고! 장차 그들의 땀과 기름으로 만들어질 비료가 차는 이 창고! 이곳이 지금 그들의 유일한 운동장이다. 기둥과 기둥 사이에는 벌써 네트가 쳐 있다. 유안의 뚱뚱보 성만이가 이 틈에 낀 밥알을 혀끝으로 쑤시며 나왔다. 이런 운동이 있을 때마다 그는 으레 심판장이 되었다.

선수들은 벌써 좋아라고 볼을 쳐 넘기기도 하고 연락을 취하며 스매싱을 넣기도 한다.

"식카리야레(기운 내라), 이기면 술 사준다."

말썽 좋아하는 용수가 말문을 떼자,

"이기는 양반은 유산 양반, 지는 놈은 유안 놈!"

하고 말솜씨에는 둘째로 가라면 역증을 낼 만한 유산의 철암이가 재빠르게 맞불을 놓는다. 그리고 서로 볼을 주고받고 하며 유쾌한 웃음소리가 가끔 터졌다.

"이마카라 하지메낫스(이제부터 시작하겠소)."

조금 지나서 성만이가 호각을 호로록 불었다. 선수들은 몸자세를 가다듬었다. 유안에서 유산으로 볼을 넘기자 시합은 시작되었다.

지지 마라.

스매싱을…….

……(생략)……

유안 야케다(기권해라).

유산 야케다.

야지 소리, 박수 소리, 고함 소리, 달리는 소리, 부딪는 소리에 창고는 떠들썩하였다. 시합이 점점 격렬하여질수록 소리 소리는 높아 갔다. 취업 사이렌이 날 때까지에 점수가 많이 난 쪽이 이기는 규정이다.

유안—9……15……27

유산—7……17……23

27대 23이 되었을 때에 급사가 나와서 철호를 찾았다.

"공장장이 부릅니다, 얼른."

하고 급사는 여러 사람의 시선을 피하듯이 시합하는 것을 비슬비슬 곁눈질하며 돌아간다.

시합이 흥미의 마루턱을 올라가는 중에서도 몇몇 사람의 시선은 이 불시의 침입자에게로 쏠렸다. 벌써 불길한 예감이 몇 사람의 가슴을 쳤다.

'해고!'

그러나 누구보다도 철호 자신의 예감이 제일 따가웠다.

'결국 내 차례가 왔구나.'

……얼마 전 어느 날 저녁 동윤이 영구, 창호, 철호네의 발의로 유안 친목회를 서호(西湖) 해안 백사장에서 벌인 일이 있다. 아직 아무런 회합도 조직도 없는 그들 중에서 맨 나아간 몇몇 사람이 무슨 형식으로든지 모임의 터전을 닦으려고 친목회를 묶었던 것이다. 살을 아프게 하고 뼈를 저리게 하는 그 가운데서 스스로 깨달아진 모임의 조그만 싹이었던 것이다. 발의자인 철호 외 몇 사람은 물론 친목이라는 막연한 공원(公園)에 언제까지든지 그들을 놀게 하자는 것이 아니었으나 지금의 형편으로는 그 이상의 형태를 드러낼 수가 없었다.

1932년

주제심화 Q&A

1. 조명희의 「낙동강」에 등장하는 지식인 주인공 박성운의 의식의 변화 과정을 작가의 주제의식과 결부하여 설명하시오.

「낙동강」에 등장하는 박성운은 낙동강 하구 구포에서 농민의 아들로 태어나 보통학교, 도립 간이 농업학교 등에서 교육을 받았으며, 군청 농업 조수 생활을 하기도 한다. 3·1 운동이 일어나자 그는 자신의 안일한 생활을 박차고 독립운동에 적극 뛰어들게 되었으며, 1년 6개월간의 옥살이를 끝낸 후 서북간도로 이주하여 해외에서의 독립운동에 적극 참여한다. 그가 5년만에 귀국하게 되었을 때, 그는 사회주의자로 변모해 있다. 실천적 사회주의자가 되어 고향에 돌아온 박성운은 야학 등을 통해 농촌 계몽 활동을 펼치기도 하고 소작조합운동을 주도하기도 한다. 그는 농민들과 함께 국유지인 갈밭을 일본인에게 넘겨준 조치에 항의하다 연행되어 유치장에서 고문으로 사망하게 된다. 그러나 그의 죽음은 그 자체로 종결되지 않고 그의 투쟁 의지는 그의 애인인 로사와 농민들에 의해 계승된다.

이처럼 이 작품은 당대 현실의 모순에 눈뜨고 그 모순의 타개를 위해 실천적으로 투신하는 한 개인의 변모 과정을 그려내고 있다. 여기서 주목해야 할 것은 이 같은 주인공의 변모 과정이 당대 사회운동의 전개 과정에서 볼 수 있는 보편적인 특성에 해당된다는 점이다. 특히 이 작품이 계급해방이라는 사회주의적 이념의 구현을 위한 것에 국한되지 않고 반식민주의적 민족 투쟁으로 나아가는 점에 주목해야 한다. 「낙동강」은 계급해방이라는 목표를 추구하면서도 일본의 수탈과 잔인성을 폭로하고 있기 때문이다.

2. 이기영의 「홍수」의 주인공이 조명희의 「낙동강」의 주인공과 어떤 측면에서 같고 어떤 측면에서 다른지 설명하시오.

조명희의 「낙동강」과 이기영의 「홍수」는 모두 농촌의 현실과 그 계급적인 모순 구조를 파헤치고 있는 작품이다. 그러나 조명희의 「낙동강」의 주인공인 박성운이 비록 농민의 아들로 태어나기는 했지만 근대적인 교육을 받은 인물임에 반해 「홍수」의 박건성은 지식인도 아니고 농민도 아니다. 그는 일본의 방직공장으로 팔려갔다가 7년 만에 고국에 돌아온 노동자이다. 노동운동의 경험자가 되어 농촌의 현실 속으로 돌아온 그는 농민들의 집단적 의식을 불러일으켜 홍수에 대비하고, 조합을 결성하여 지주에게 대항하도록 농민들의 세력을 조직화한다. 농민들은 자신들의 단합된 힘을 바탕으로 삶에 대한 의욕과 새로운 전망을 가지게 된다.

이처럼 이기영의 「홍수」에서는 기존 소설에서 지식인에 의해 농민의 각성이 자극되었던 것과는 달리 노동자의 자생적인 각성에 의해 농촌 운동이 진행되고 있다는 점이 돋보인다. 물론 이 작품에서도 농민 계층에서 그러한 운동이 자발적으로 촉발된 것은 아니지만, 노동운동을 직접적으로 경험한 박건성이라는 인물에 의해 운동이 조직되었다는 점이 의미를 지닌다. 농민과 노동자는 모두 당대의 피지배계층이라는 측면에서 계급적인 동질성을 지니고 있다. 따라서 「홍수」에서 박건성이 보여주는 농촌 운동의 계급적 투쟁은 피지배계층의 자발적인 각성이라는 측면에서 의미를 가진다고 말할 수 있을 것이다.

이문열(1948~)

경북 영양 출생. 이문열은 1977년 대구 매일신문 신춘문예에 단편 「나자레를 아십니까」가 당선되면서 문학활동을 시작했다. 그러나 그가 문단의 주목을 받게 된 것은 1979년 동아일보 신춘문예에 당선된 중편 「새하곡」을 발표하면서 부터이다. 이문열은 작품구성이 치밀하며, 다루는 소재와 주제의 폭이 넓고 다양하다고 평가된다. 그의 작품세계는 몇 마디로 설명하기 어렵다. 내놓는 작품마다 화제작이고 문제작이기 때문이며, 그 관심사의 폭도 무척 넓기 때문이다. 그의 대표작 몇 편을 통해 이문열 작품세계의 일부만을 살펴보면, 『사람의 아들』에서는 기독교를 소재로 '종교적 이념과 배치된 사회현실의 극복과 인간 존재의 근원적 의미 추구'라는 주제를 다뤘고, 『우리들의 일그러진 영웅』에서는 '절대권력의 허구성과 부조리한 현실에 이기적으로 적응하는 소시민적 근성'을 학교 교실의 풍경을 통해 우의적으로 드러내었다. 한편 『황제를 위하여』에서는 한 기인(奇人)의 삶을 통해 '이상세계와 현실세계'의 문제를 다루었다. 이문열은 80년대 가장 많은 독자를 확보한 작가로 손꼽히며, 대중들로부터 문체와 필력이 뛰어나다는 평가를 받는다.

전상국(1940~)

강원도 홍천 출생. 전상국은 1963년 조선일보 신춘문예에 단편 「동행」이 당선되어 등단했다. 그의 작품세계에서 한 축을 이루는 것은 분단 현실이라는 주제다. 전상국의 작품에서는 6.25가 종종 소재로 사용된다. 작가는 이 6.25란 상황을 이후 우리 사회에서 일어나는 비극적 사건들의 원천으로 파악한다. 그리고 더 나아가 전통적인 인간관계에 항상 존재하고 있는 갈등과 대립의 드라마를 극적으로 드러낼 수 있는 계기로 파악한다. 전상국의 작품세계는 이렇듯 크게 분단 현실을 주제로 한 것이 있고, 다른 한편으로는 교단에서의 체험을 형상화한다거나 고향 상실의 아픔, 고향에의 회귀 의식을 주된 내용으로 한 것이 있다. 전상국이 이와 같은 여러 소재와 주제를 소설로 형상화하면서 일관되게 가지고 있는 생각은 인간의 삶에 있어서 폭력과 같은 부정성은 원체부터 근원적이라는 생각이다. 거기서부터 사회의 부정과 부패가 싹튼다고 생각한다. 따라서 그의 작품에는 언제나 사회적인 맥락이 작은 사건들 속에 녹아 있다. 대표작으로는 「아베의 가족」 「우상의 눈물」 「지빠귀 둥지 속의 뻐꾸기」 등이 있다.

최서해(1901~1932)

본명은 학송, 함북 성진 출생. 최서해는 1924년 『조선문단』에 「고국」이 추천되면서 등단했다. 그는 너무도 가난해서 성진 보통학교를 중퇴하고 막노동과 날품팔이, 나무장수, 두부장수 등 안 해본 일이 없을 정도로 밑바닥 생활을 뼈저리게 경험해야만 했다. 1917년부터는 살기 위해 간도로 이주를 했지만, 거기서도 최극빈층의 생활을 경험한다. 그 때문에 최서해는 유랑생활을 하는 틈틈이 독학으로 문학을 공부해야만 했다. 최서해는 보통 신경향파 문학의 대표적인 작가로 손꼽힌다. 그는 자신이 직접 겪은 체험을 바탕으로 하층민의 비참한 생활을 실감나게 형상화하면서 극심한 빈곤과 기아가 인간의 감정과 행동에 미치는 영향을 소설로 잘 표현했다. 최서해의 체험과 생리에서 나온 '빈궁문학'은 작가의 체험이 잘 배어있는 데다가 간결하고 직선적인 문체로 인해 많은 사람들에게 호소할 수 있었다. 작품활동 후반기의 최서해는 시대의식과 역사의식을 실감나게 묘사하면서 현실성과 낭만성을 다양하게 수용했다고 평가된다. 1932년 그는 가난에서 비롯한 위장병으로 세상을 떠난다. 대표작으로는 「박돌의 죽음」 「탈출기」 「기아와 살육」 「홍염」 등이 있다.

4

권력과 폭력

우리는 흔히 '권력하면 국가나 단체를 좌지우지할 수 있는 힘이라고 생각한다. 그래서 권력에 대한 일반적인 이미지는 옛날 전제군주 시대의 '권력'과 가까워 보이는 것이다.

이와 유사한 현대적인 개념의 '권력'은 '정치 권력'이나 '국가 권력'에 해당한다. '노사분규의 현장에 공권력을 투입하기로 결정했다'는 기사에서 '공권력'이 이것이다. 사전적으로 정의를 내려보면 '개인 또는 집단이 다른 개인 또는 집단의 행동을 자기의 뜻대로 움직여가기 위해 통제하는 힘'이라고 할 수 있다.

이와 같은 설명은 상당히 좁은 의미에서 권력을 정의한 것이고, 넓은 의미의 권력은 사실 도처에서 작용하고 있다. 가령, 우리들은 선생님께서 교탁에 서서 "조용히 해!"라고 말씀하시면 조용히 하게 된다. 선생님께서 우리들의 행동을 통제할 수 있는 것이다. 넓은 의미에서 권력을 정의해 보면 이와 같이 '의도한 효과를 만들어 내는 힘'을 말하는 것이다.

그런데 좁은 의미의 권력이건 넓은 의미의 권력이건 '권력'은 종종 물리적인 강제력, 즉 폭력을

폭 력

동반하기 때문에 문제거리가 된다. 국가 권력의 경우 권력을 행사하기 위해 경찰이나 군대, 교도소 등의 물리적인 강제력을 갖는다. 그리고 그 강제력은 합법적이라는 특색이 있다. 또 넓은 의미에서 정의된 경우의 '권력'도 그 힘을 관철시키기 위해서는 폭력에 의존하는 경우가 많다. 이러한 폭력은 보다 직접적으로 발현될 수도 있고, 관계 속에서 집단 따돌림이나 불이익을 주는 것과 같이 간접적으로 행사될 수도 있는데, 그 폭력의 비인간성과 정당성 여부에 대해서는 많은 학자들이나 소설가들이 관심을 기울여왔다. 그만큼 미묘한 문제이기 때문이다. 다음에 나오는 소설들을 감상하면서 권력과 폭력의 본질에 대해 깊이 생각해 보도록 하자.

:: 폭력의 세 가지 양상 :
비합리적인 폭력, 합법적인 폭력, 물리적인 폭력

1980년 『작가』라는 동인지에 실렸던 이문열의 「필론의 돼지」는 군용열차 안에서 벌어지는 사건을 통해 권력과 폭력의 본질적인 측면을 묻고 있는 작품이다. 이 소설의 주인공은 삼 년간의 군대생활을 마친 제대병이다. 그는 아마도 끔찍한 군대생활을 했던 모양이다. 절대로 군용열차를 타고 고향으로 돌아가지 않겠다고 생각한 걸 보면 말이다. 하지만 상황은 주인공의 결심대로 돌아가지는 않는다. 제대 기분을 내느라 친구들과 술 한 잔 걸치다보니 고향으로 돌아갈 차비가 남지 않았던 것이다. 하는 수 없이 주인공은 제대병을 위한 열차에 몸을 싣게 된다.

객차 가운데쯤 자리를 잡은 주인공은 우연히 훈련소 시절의 동기인 '홍 똥덩이', 홍동덕을 만나게 된다. 홍동덕은 한마디로 말하면 '고문관'이다. 마음 씀씀이가 못된 것이 아니라, 군대라는 곳이 생리와 맞지 않아서 본심과는 다르게 다른 사람에게 피해를 입히는 사람이 바로 고문관이다. '군인의 길'과 같은 암기사항을 제대로 못 외우거나 병사에게 필수적인 소총분해결합을 제 시간에 못 해내는 것은 못된 마음씨 때문은 아니다. 하지만 단체생활을 강조하는 군대에서는 그런 홍동덕 때문에 다른 동료들이 고달프게 된다. 주로 어리숙하고 순박한 사람들이 종종 이러한 고문관이 된다. 그런데 3년이라는 군대생활은 행동이 굼뜨고 군생활에 잘 적응하지는 못했지만 순박한 농부였던 홍동덕을 얼치기 건달로 바꾸어 놓았다. 그리고 주인공은 그 점을 씁쓸해 한다.

우리는 여기서 군대에 대한 작가의 시각을 엿볼 수 있다. 작품의 초반부 곳곳에 드러나있는 군대에 대한 언급을 잠시만 살펴봐도 금방 알 수 있다. '지난 삼 년의 병역생활은 생각만 해도 끔찍했다' '사병이 편해 자빠져서는 도대체 유지되지 않는 게 그 조직이었다' '군기의 명분 아래 인간적인 모멸을 당하면서……' 이런 구절들에서 우리는 작가가 군대를 부정적으로 파악하고 있음을 금방 눈치챌 수 있다. '불합리와 폭력' 으로 유지되는 조직이라고 생각하는 것이다. 군대는 인간적인 모멸과 폭력을 통해 불합리한 상황이나 명령에도 복종할 수 있도록 사람을 순응시키는 측면이 있다. 바로 그런 점이 작가에게는 못마땅하게 생각되었던 것이다.

그런데 다음 장면에서 이 '불합리와 폭력' 은 군대조직을 넘어서서 인간의 본질적인 측면에 대한 성찰로 확장된다. 지나간 군대시절에 대한 이야기로 시끌벅적하던 기차간에 갑자기 한때의 현역 군인들이 들이닥쳐서 강제적으로 돈을 걷는 일이 벌어지게 되었던 것이다. 마치 버스나 지하철에서 무서운 분위기를 연출하며 볼펜이나 구두깔창 같은 것을 파는 전과자들처럼 검은 각반을 찬 현역들은 술에 취해 제대병들에게 돈을 요구한다. 그리고 돈을 적게 내놓거나 내놓기를 거부한 제대병에게는 폭력을 휘두른다. 이런 검은 각반들의 모습에서 우리는 폭압적이고 불합리한 권력을 떠올릴 수 있다. 작게는 동네 골목의 깡패들을 생각해볼 수 있고, 크게는 독재권력을 떠올릴 수도 있다. 하여간 이 모두는 불합리하고 폭력적인 방식으로 자신의 힘을 관철시킨다는 공통점이 있다.

객차 안에 있는 제대병들은 그러한 폭력 앞에서 무력한 모습을 보안다. 조용히 숨죽이고 헌병이나 공안원이 나타나서 검은 각반들을 제지해 주기를 기다릴 뿐이다. '가만히 있으면 중간은 간다' 는 말이나, '모난 돌이 정 맞는다' 는 말을 철썩같이 믿으며 단지 상황이 어떻게 돌아가나 지켜볼 뿐인 것이다. 대다수의 사람들은 불합리한 폭력에 이렇게 대처하는 경우가 많다. 자신에게 주어지는 불합리한 상황을 용기

있게 고쳐나가려 하기보다는 혹시 자신에게 가해질지도 모르는 폭력이 두려워 가만히 있는 경우가 훨씬 많다.

하지만 간혹 반발하는 경우도 있다. 이 소설에서는 한 제대병이 검은 각반들에게 반발해 일어선다. 백골섬에서 근무했다는 그 제대병은 그를 향해 주먹을 날리는 검은 각반을 제압할 수 있을 만한 힘을 갖추었다. 하지만 그는 검은 각반들이 함께 술이나 마시자는 달콤한 제안에 그만 넘어가고 만다. 불합리한 권력에 대항하는 사람들 중에서도 이런 경우를 찾아볼 수 있을 것이다. 처음에는 자신에게 가해지는 폭력이나 불이익을 참지 못해 저항하지만, 달콤한 제의에 쉽게 넘어가 버리는 경우 말이다.

또 다른 경우도 있다. 소설에서는 얼마 후 또 한 명의 제대병이 검은 각반들에게 대항한다. 그는 창백하고 깡말랐지만 정당한 명분을 근거로 꼿꼿하게 대들다가 결국 검은 각반들의 폭력에 처참하게 린치를 당하게 된다. 불합리함을 참지 못하는 희생양이라고 할 수 있다. 거대한 폭력 앞에 개인적인 저항은 그 힘이 너무나 미약하지만, 이 작은 저항은 여러 사람들을 각성시키는 도화선이 되기도 한다. 객차 안의 제대병들도 깡마른 제대병의 이와 같은 저항을 보고 조금 술렁거린다. 그런데 그때 그들을 배신하고 검은 각반들을 따라 나갔던, 백골섬에서 근무했다는 제대병이 얼굴을

희생양 scapegoat

고대 유대에서 속죄일(贖罪日)에 여러 사람들의 죄를 대신하는 의식의 일환으로 황야로 내쫓았던 양에서 유래된 말이다. 군중의 집단적인 욕구불만으로 발생하는 파괴적인 충동이 직접 그 원인으로 향하지 않고, 방향을 돌려서 다른 대상에게 전가하여 불만의 해소를 도모할 때, 바로 그 대상을 가리키는 말이 희생양이다. 보통 희생양으로는 사회적 약자가 선택되는 경우가 많다. 나치 정권하에서의 유대인들이 대표적인 희생양에 해당한다. 군중의 욕구불만을 해소하기 위한 희생양은 또한 대중조작의 한 수단으로 활용되는 경우가 많다.

알아볼 수 없을 정도로 두들겨 맞은 채로 검은 각반들에게 끌려 들어온다. 이로 인해 객차 안의 제대병들 사이에서는 조금 더 구체적인 반항의 분위기가 형성되게 된다.

마침내 누군가 익명의 제대병이 검은 각반들에게 당하고만 있을 것이냐면서 단결을 부추긴다. 그리고는 힘을 합쳐서 검은 각반들을 제압하게 된다. 그런데 문제는 객차 안의 제대병들이 힘을 모아 검은 각반들을 쓰러뜨린 후에 일어난다. 제대병들은 검은 각반들이 행사했던 폭력보다 훨씬 더 잔인한 린치를 쓰러진 검은 각반들에게 가했던 것이다. 그들은 제 정신이 아닌 듯 광포하고 잔혹하게 검은 각반들에게 폭력을 가한다. 주인공이 바라보기에 그들에게는 눈 먼 증오와 격앙된 감정, 그리고 군중심리만 있을 뿐 그들의 폭력을 뒷받침할 만한 대의는 없었다. 말하자면 검은 각반들이나 객차 안의 제대병들이나 똑같이 불합리한 폭력을 행사했을 뿐이었던 것이다.

검은 각반들이 행패를 부릴 때, 분을 참으며 조용히 숨죽이고 있었던 것처럼 제대병들이 단체로 검은 각반들을 구타할 때도 주인공은 말릴 수가 없었다. 다른 누군가가 그것을 말리려고 했다가 성난 목소리에 의해 비난받았기 때문이다. 결국 주인공은 객차를 빠져나와 다음 객차의 빈자리로 옮겨갈 뿐이다. 그곳에서 뒤따라온 홍동덕과 소주를 기울이는 것이 주인공이 할 수 있는 유일한 행동이었던 것이다.

우리는 여기서 홍동덕의 행동을 유심히 살펴볼 필요가 있다. 홍동덕은 검은 각반들이 행패를 부릴 때도 좋은 게 좋은 것이라며 그냥 돈을 주고 조용히 숨죽이고 있었다. 또 객차의 제대병들이 힘을 모아 검은 각반들에게 린치를 가할 때에도 적극적으로 참여하지 않고 그 난리통에서 멀찌감치 떨어져 방관할 뿐이었다. 주인공은 그런 홍동덕의 모습을 '돼지' 같다고 생각한다. 우화 속의 '필론의 돼지'는 현실에 대해 방관하는 태도를 뜻하는 것이다. 하지만 결국 주인공은 자신 또한 결국 홍동덕처럼 행동할 수 있을 뿐이라는 사실을 깨닫게 된다. 그 어느 쪽에 가담하든 폭력에 동의하는 꼴이 되고 마니까 말이다.

이 소설은 제대병이 귀향하는 열차 속에서 일어난 사건을 통해 인간사회에서 일어나는 비합리적인 폭력의 문제를 제기하고 있다. 소설의 내용은 폭력을 통해 사람들을 억압하는 권력이나 그 권력에 대항하는 감정적이고 폭력적인 저항, 양자를 함께 비판하고 있다. 우리는 이 소설을 읽으면서 반드시 이 작품의 결말만을 유일한 길이라고 생각할 필요는 없다. 소설 말미에 제시된 우화 속의 돼지(필론의 돼지)처럼 가만히 방관하고만 있다면 불합리한 현실을 타개해 나갈 방법이 없을 것이다. 불합리한 현실은 폭풍우와 같은 자연현상처럼 어쩔 수 없는 상황이 아니라 인간의 힘으로 극복할 수 있는 것이니까. 다만, 이 소설을 통해 폭력에 대항하는 과정에서 또 다른 폭력이 유발될 수 있음을 경계하고, 그러한 인간의 비합리성에 대해 성찰해 보는 기회를 가질 수 있어야 할 것이다.

1980년 『세계의 문학』 여름호에 실렸던 전상국의 「우상의 눈물」은 「필론의 돼지」와는 조금 다른 양상의 폭력을 다루고 있다. 문제아인 '최기표' 와 그를 길들여서 학생들을 장악하려는 담임교사와 반장 '형우' 사이에 얽혀있는 권력과 폭력의 관계를 화자인 '이유대' 를 통해 드러내고 있는 소설이다. 이 작품에서 특히 비판의 대상이 되는 것은 담임교사와 반장이 공모해서 행사하는 '보이지 않는 폭력', 혹은 '간교한 폭력' 이다. 꼭 때리거나 괴롭히는 경우만 폭력이 아니다. 여러 사람이 한 사람을 집단으로 외면해버리는 것도 분명한 폭력이다. 당사자는 아주 심각한 상처에 시달려야 하기 때문이다. 이처럼 폭력은 반드시 외적이고 물리적으로 작동하는 것이 아니다. 조용히 은밀하게 행해져서 당사자의 마음에 큰 상처를 입히는 폭력도 있는 것이다. 이제 이 작품을 통해 그 '보이지 않는 폭력' 에 대해 살펴보기로 하자.

소설은 화자인 '이유대' 가 토요일 늦은 오후 학교 강당 뒤편 으슥한 곳에서 '재수파' 라고 불리는 아이들에게 린치를 당하는 장면으로 시작된다. 한 학년을 유급한 일곱 명의 '재수파' 가 화자에게 가하는 폭력은 끔찍하다. 정강이를 걷어차고 허벅지를 담뱃불로 지지는 장면은 소름이 돋을 정도이다. 기표를 중심으로 한 재수파가 화자에게 린치를 가한 것은 '메스껍다'는 이유 때문이었다. 어떤 이유에서건 폭력은 옳지 않다. 그런데 단지 '메스껍다', 즉 기분 나쁘다는 이유로 린치를 가하는 행동은 도무지 납득할 수 없다. 그래서 이 장면을 보면 이 소설은 학교폭력에 대한 고발을 다룰 것으로 짐작하게 된다.

그러나 그 다음 장면을 보면 이 소설의 작가가 다루려는 문제는 그리 간단하지 않다는 사실을 알게 된다. 새 학기가 시작되면서 화자의 담임이 된 김 선생은 반 학생들에게 일사불란한 행동을 요구한다. 사랑과 신뢰 속에서 자율적으로 1년간 반을 잘 이끌어가자고 학생들을 회유하고자 한다. 그렇지만 화자는 '우리들의 항해를 방해하는 자'는 '여러분 스스로가 엄단'해야 한다는 담임선생의 말에서 학생들의 머리 위에 군림하려는 담임의 의도를 간파하고 저항하다가, 의도하지 않게 임시반장을 맡게 된 것이다. 그리고 바로 그 때문에 기표들에게 린치를 당하게 된 것이다.

이제 소설의 중심적인 갈등은 담임선생과 기표의 대결로 옮아가게 된다. 담임선생은 여러 가지 방법으로 문제아인 '기표'를 순하게 길들이려고 한다. 우선, 기표를 부반장에 임명하려고 하는데, 이는 말하자면 기표에게 작은 권력을 쥐어주려는 것이다. 권력을 가지고 있는 사람이 난폭하게 '반항'할 수는 없기 때문이다. 담임선생은 기표가 권력을 행사하면서 그 권력에 순응하도록 유도하려고 했던 것이다. 또 집이 가난해서 체육복을 살 수 없는 기표에게 체육복을 사주기도 한다. 물질적인 은혜를 베풀어서 기표의 반항을 길들이겠다는 것이다.

그러던 중, 담임선생은 반장으로 임명된 '임형우'를 사주해서 부정한 방법으로 기표의 유급을 막으려고 한다. 하지만 기표는 부정행위를 단호히 거부하고, 그 행위를 주도한 임형우에게 폭력을 행사한다. 그 때문에 임형우는 응급실에 실려가게 된다. 진심에서 우러나오는 호의가 아니라면, 그 호의는 종종 올가미가 된다. 가령, 사기꾼들은 뭔가 아주 중요한 부탁을 하기 전에 밥도 사고, 술도 사는 등 여러 호의를 베풀어 상대방이 자신의 부탁을 거절하지 못하도록 만든다. 또 선거철에 부정직한 정치인들이 주민들에게 식사대접을 하는 것도 비슷한 이유에서 비롯된 것이다. 누군가에게 어떤 호의를 받는 순간부터 도움을 받은 이는 도움을 준 이에게 빚을 진 셈이나 마찬가지가 되는 것이다.

임형우가 그렇게 두들겨 맞고 응급실에 입원해서도 가해자가 누구인지 밝히지 않는 것도 바로 그런 이유에서이다. 자신이 입을 벌리지 않음으로 해서 기표와 '재수파'가 무사할 수 있었고, 바로 그 이유 때문에 기표와 '재수파'는 '임형우'에게 빚을 진 셈이 되기 때문이다. 임형우가 병원에 있을 때 재수파들이 찾아와 사과를 한 것도 바로 그 때문이다. 결과적으로 임형우의 입원은 재수파를 와해시킨 셈이 되어버렸던 것이다.

이제 담임선생과 반장에게 기표는 마지막 남은 문제아가 되었다. 그들은 기표의 불량한 행동을 가난의 고통에서 온 것이라고 제멋대로 해석함으로써 기표를 완벽하게 길들이려고 한다. 이전까지 기표는 학생들에게 신화적인 존재였다. 잔인한 물리적 폭력과 자신에게 베푸는 호의를 거부하는 단호함은 학생들에게 기표에 대해 어떤 경외심을 불러일으켰던 것이다. 그런데 담임선생과 반장은 그런 기표의 폭력을 가난에서 비롯된 것으로 제멋대로 해석하고 그것을 유포시킨다. 기표와 학급 동료를 둘러싼 조작된 미담은 신문에도 실리고 영화로까지 만들어진다. 이러한 상황은 한마디로 말해 기표의 카리스마를 빼앗는 행위나 다름없다. 이제 기표의 모든 악행은 가난에서 비롯한 일탈행위로 사람들에게 두려움이나 경외심을 불러일으키는 대신에 동정심을 불러일으키게 된다.

사람은 보통 잘 모르는 대상, 이해할 수 없는 대상에 대해 두려움이나 경외심을 느낀다. 먼 옛날 과학이 발달하기 이전에 사람들은 자연현상이 주는 두려움에서 벗어나기 위해 신화와 종교를 창안해 냈다고 한다. 번개가 치는 이유는 제우스 신이 화가 났기 때문이다, 이렇게 생각하면 공포를 해결할 방법이 생겼던 것이다. 제사를 지낸다든가, 잘못을 회개한다든가 하는 것이 그 한 방식이다. 그렇게 함으로써 원인을 몰랐던 자연현상에 대한 두려움을 극복할 수 있게 되는 것이다. 마찬가지로 담임선생과 형우는 기표의 이유를 알 수 없는 악행을 가난이라는 이유로 해석함으로써 그를 길들이고자 한 것이다. 기표가 뿜어내는 야생의 폭력성과 그로 인한 카리스마 역시 그 순간 우리가 납득할 수 있는 방법으로 이해되면서 그 힘을 잃게 된다.

우리는 이 작품에서 두 가지의 폭력을 찾아볼 수 있다. 우선 기표가 행사하는 물리적인 폭력이 있다. 이 물리적인 폭력의 폐해도 간과할 수는 없다. 많은 학생들은 아직도 그 같은 학교폭력으로 인해 고통을 겪고 있다. 하지만 이 작품에서 작가는 또 다른 폭력에 보다 관심을 기울인다. 눈에 보이는 물리적인 폭력보다는 눈에 보이지 않는, 교묘하게 위장되고 호의를 가장한 합법적인 폭력이 어쩌면 더욱 잔인한 폭력일 수도 있다는 사실을 작가는 말하고 있다. 질서와 안정이라는 미명하에 모든 사람을 획일적으로 길들이고자 하는 권력이라는 이름의 폭력, 그것을 비판하고 싶었던 것이다.

1927년 『조선문단』에 실린 최서해의 「홍염」은 서간도 조선 이주민의 비참한 생활과 악독한 지주에 대한 소작인의 저항을 잘 드러낸 작품이다. 소설의 주인공 문 서방은 경기도에서 소작인 생활을 하다가 남부여대하고 간도로 이주해 온다. 이유는 바로 소작제도에 있다. 일제시대에 농민이 지주에게 농토를 빌리면 가을에 추수한 곡식이나 현금을 지불해야 했다. 대체로 추수한 곡식의 30% 정도로 소작료가 정해져 있었지만 잘 지켜지지 않았다고 한다. 농사 지을 사람이 널려 있었기 때문이다. 그러다 보니 소작료는 살인적인 수준에 이르렀고, 결국 일제시대 때에는 높은 소작료로 인한 헐벗음을 견디지 못해 간도를 비롯한 해외로 이주하는 사람들이 많아졌다.

하지만 간도에서의 삶이라고 해서 더 나을 것은 없었다. '소작' 이 '지팡살이' 로 이름만 바뀌었을 뿐 생활형편은 조금도 달라질 게 없었던 것이다. 어딜 가나 지주의 폭력은 똑같았던 것이다. 사회적인 약자를 위한 제도가 정비되기 전까지는 권력을 가진 이의 폭력이 아무런 제한을 받지 않고 튀어나온다. 쉽게 말해 돈과 힘, 땅을 가진 이들은 가난하고 헐벗은 사람들에게 제 맘대로 할 수 있었다는 뜻이다.

「홍염」의 중국인 지주 인가의 경우도 마찬가지다. 빚을 갚지 못하는 소작인 문 서방의 얼굴을 주먹으로 때리기도 하고 '껍질을 벗긴다' 고 협박을 하기도 한다. 그리고 끝내는 문 서방의 딸을 빼앗아가기까지 한다. 현대사회는 어느 정도 약자를 보호하는 시스템이 갖춰져 있기 때문에 이런 모습을 보기 힘들지만, 1920년대만 하더라도 힘없는 사람은 항상 이와 같은 폭력 앞에 당하기만 해야 했다.

하지만 지렁이도 밟으면 꿈틀거린다는 말이 있듯이 그 누구라도 참는 데는 한계가 있는 법이다. 중국 사람들에게 딸 팔아먹은 놈이라는 욕을 먹으면서도 어떻게든 참고 살아가려고 했던 문 서방이었지만, 아내가 딸을 찾으며 애처롭게 죽었을 때는 눈이 뒤집히게 된다. 중국인 지주는 죽어가는 사람이 딸을 만나고 싶어 하는 마지막 소원도 인정머리 없이 뿌리쳤기 때문이다. 결국 문 서방은 중국인 지주 인가네 집에 불을 놓고 인가를 도끼로 살해하게 된다.

현재의 시점에서 보면 문 서방의 행동은 납득하기 힘들다. 아마 현재라면 다른 방식으로 지주의 폭력에 대항하는 방법을 찾을 수 있었을 것이다. 그러나 그 폭력에 대항하는 방법을 알지 못했던 식민지 시대의 사람들에게 마지막 남은 것은 '너 죽고 나 죽자' 와 같은 극단적인 방법이었던 것이다. 부당한 권력과 폭력을 제한할 수 있는 다른 어떤 수단도 없을 때, 그 부당한 권력과 폭력은 그에 대항하는 또 다른 폭력을 낳게 된다. 물론 그 폭력은 자포자기 상태의 충동적인 행위에 불과할 뿐이다. 이 작품의 제목이기도 한 '홍염' 은 그와 같은 자포자기 상태의 폭력을 뜻한다. 즉, 그와 같은 형태의 폭력은 잘못된 사회질서와 모순에 찬 현실에 대한 부정과 항거의 정신이자 자신의 권한을 찾을 다른 출구를 못 찾은 사람의 충동적인 행위를 뜻한다고 볼 수 있을 것이다.

이렇게 「홍염」과 같이 사회의 구조적인 모순, 즉 궁핍의 문제와 지주/노동자의 대립, 혹은 공장주/노동자의 대립을 다루면서도 그 결말이 살인, 방화와 같은 우발적인 사건으로 이루어지는 소설유형을 우리는 '신경향파 소설'이라고 부른다. 이러한 경향의 소설들은 점점 약자의 결집을 통해 문제를 해결하고자 하는 카프문학으로 변모해 나가게 된다.

그는 원래 되도록 군용열차는 피하려고 했었다. 지난 삼 년의 병역생활은 생각만 해도 끔찍했다. 바깥 사회에 있을 적에 그도 가끔씩 자기들의 군대생활을 그리웁게 회상하는 사람들을 본 적이 있다. 그러나 그가 복무기간 중에 한 여러 개의 맹서 중의 하나는, 나만은 제대해 나가더라도 결코 그런 쓸개 빠진 짓은 않으리라는 것이었다. 하물며 이제 막 그 원한에 찬 생활을 끝맺고 귀향하는 마당에 또 그놈의 군용열차라니—적어도 전날 밤 그의 생각은 그랬다.

그런데 사정은 밤새 달라지고 말았다. 친구들도 술잔깨나 사고 그 자신도 미리 약간의 돈을 준비했었지만, 막상 서울을 떠나려고 보니 주머니 사정이 말이 아니었다. 지나치게 흥청흥청 제대 기분을 낸 탓으로 만약 제값 치르고 일반열차를 탄다면 대구에서 고향까지 이백 리 길은 걷기 알맞게 되어 있었다. 용산역으로, 현역 때조차 기를 쓰고 피해 보려던 그 쓰라린 장소로 가는 도리밖에 없었다.

다행스럽게도 그날은 우리 전 육군의 제대출발일이어서 그가 탄 군용열차에는 제대병을 위한 객차가 따로 마련돼 있었다. 객차 안도 복잡하지 않아 한결 마음이 놓였다.

그는 습관대로 출입구에서 열 번째쯤 되는 곳의 마침 비어 있는 좌석을 골라 자리를 잡았다. 객차 가운데에 앉는다는 것은 부담스런 일이었다. 왠지 어떤 상황의 가운데에 자리잡게 된 것 같은 느낌, 따라서 무언가 성가신 일에 부딪칠 것 같은 불안 때문이었다.

그런데 그가 막 작은 세면도구함을 열차시렁에 얹고 자세 편하게 앉으려 할 무렵, 비어 있던 앞 좌석에도 두 사람의 제대병이 자리를 잡았다.

"곱배(객차) 가운데 타문 마음이 안 놓이예. 사고라도 나문 빠져나오기 힘들꺼 아닙니꺼. 글타코(그렇다고) 입구에 앉으면 너무 분답고(복잡스럽고)…… 이쯤이 딱 알맞지예."

서로 말을 올리는 것으로 보아 역광장의 대폿집이나 식당 같은 데서 만난 사이 같았다. 그는 무심히 떠들고 있는 쪽을 바라보니 이상하게도 어딘가 낯익은 얼굴이었다. 그런데 흘긋 그를 건네 본 상대편이 먼저 아는 체를 했다.

"아이코, 이게 누군교? 이 형이구만예, 날 모르겠능교? 홍동덕(洪東德)이, 홍동덕이라예."

그러자 대뜸 '홍 똥덩이' 가 떠오르고, 뒤이어 상대가 뚜렷이 기억돼 왔다.

홍(洪)은 수용연대에서 만난 친구로 그와는 제2훈련소 입교동기였다. 거기다가 그 후로도 같은 중대 같은 소대에다 분대까지 함께였다. 그러나 그가 홍을 그토록 쉽게 기억해낼 수 있게 된 것은 결코 그 예사롭지 않은 인연 때문만은 아니었다. 비슷한 인연이 있는 여러 훈련소 동기 중에서 유독 홍만을 삼 년이 지난 지금까지 선명하게 기억하게 한 것은 홍으로 보아서는 좀 민망스런 훈련소 시절의 추억 때문이었다.

경남 어느 두메산골에서 머슴살이를 하다가 학력을 속여 가며 입대한 홍은(그때도 이미 국졸 이하는 입대를 받지 않았다) 훈련기간 6주 동안 '군인의 길' 은 물론 간단한 수하요령조차 못 외운 유일한 소대원이었다. 소총분해결합도 끝내 규정시간에 대지 못해 몸으로 때웠다. 홍이 끊임없이 분실한 수많은 보급품을 채우기 위해 분대장인 그가 겪은 고초도 이만저만한 게 아니었다. 오죽하면 모든 소대원이 엄연히 '홍동덕' 이란 이름이 있는데도 그를 '홍 똥덩이' 로 불렀을까.

그 모든 걸 상기하자 그는 자신도 모르게 불쑥 묻고 말았다.

"고생이 심하셨지요?"

그러자 홍의 얼굴이 눈에 띄게 실쭉해졌다. 아직도 나를 그런 식으로 보느냐는, 항의 섞인 표정이었다.

"고생이사 뭐, 집 떠나면 다 한 가지 아잉교. 나는 그래도 보직이 좋아 남카모는 잘 보냈구마. 이 형은 어땠능교?"

"말 마쇼. 나는 제대 일주일 전까지 근무했어요."

그는 검열용 차트를 그리느라 철야하다시피한 일주일 전과 애원 반 협박 반으로 그를 닦달하던 정훈참모를 떠올리며 대답했다.

"저런, 그 흔한 제대말년도 몬 찾고? 어데 있었는데?"

홍은 그 보라는 듯 말투마저 반말로 나왔다.

"XX사단 정훈참모부요."

"말이 글타카데만(그렇다 하더니만) 참말이구마. 육본이다, 무슨 사령부다 카는 번지리한 데가 속 골빙(골병)든다 카디."

사실 대졸 학력 때문에 사단사령부로 차출될 때만 해도 그는 약간 우쭐한 기분이었다. 그러나 그는 곧 깨달았다. 형태나 방식이 다를 뿐, 모든 대한민국 젊은이가 그 삼 년간에 바쳐야 할 봉사의 양은 동일하다는 것을. 그 땀과 눈물과 피도. 사병이 편해 자빠져서는 도대체 유지되지 않는 게 그 조직이었다.

"홍 형은 어디 있었는데요?"

"내사 말단 소총중대지, 장파리(長坡里) 있었구마. 그래도 두 달 전부터 열외(列外)였제. 차라리 속닥한 데(조용하고 한쪽진 데)가 편트마."

그러자 그는 문득 떠오르는 게 있었다. 언젠가 전방 소총중대에 검열을 나갔다 만난 사병들의 그 지치고 짓눌린 표정이었다. 산촌에서 지게지기보다 나을는지는 모르지만, 홍처럼 번번이 편했던 것을 내세울 만한 곳 같지는 않았다.

그러자 홍은 그런 그의 마음을 읽기라도 한 듯 자기가 얼마나 편안하게 잘 지냈는가를 열심히 늘어놓기 시작했다.

“중대 보급계를 안 봤던가베. 먹는 거 입는 거 흔전만전이었구마. 닭고기 나오는 날 서너 마리 치아났다가(감춰뒀다), 식용유에 튀가(튀겨) 놓으믄 그 맛 참 기찼제.”

하지만 중대 보급계 정도로는 어려운 일이었다. 더구나 생판 무식인 홍에게 그런 보직이 주어질 리도 없었다. 오히려 두 가지 모두 가능한 곳은 취사병 쪽이었다. 그러고 보니 홍의 몸이 유난히 비대해지고 뭉툭한 손끝에 어딘가 기름과 그을음이 밴 듯한 느낌이 들었다. 일반적으로 보직 분류를 할 때 나이가 많거나 학력이 낮아 별 쓸모가 없는 병력은 취사부로 돌려지게 마련이었다. 그는 홍의 경력을 어느 정도 정확히 알아낼 것 같았다. 그러나 홍은 더욱 열심히 뻔한 얘기를 계속하는 데 신명을 내고 있었다.

“선임하사도 내게는 꼼짝 몬 했능기라. 쌀말이라도 얻어 갈라카믄 내 눈치를 바야 하잉까. 토요일 일요일은 산 너머 주막에서 안 살았나. 쌀이고 라면이고 내 쓰는 건 언(어느) 놈도 ‘타치’ 몬 했능기라…….”

누구에게 들은 어느 시절 군대얘긴 줄 모르겠지만, 확실히 홍은 많이 변해 있었다. 그러나 감탄보다는 아아, 이 삼 년이 순박한 농부 하나를 얼치기 건달로 바꾸어 놓았구나, 하는 느낌에 그는 왠지 쓸쓸해졌다.

홍은 이제 그에게는 신경도 쓰지 않고 맞장구 치는 옆자리의 제대병과 이야기에 열을 올렸다. 그러고 보니, 어느새 객차는 거의 차고, 얘기소리로 시끄러웠다. 대개가 홍과 같이 그렇고 그런 얘기였다.

사람의 기억이란 이렇게 간사한 것일까. 추운 겨울밤 외곽동초를 서며, 혹은 군기의 명분 아래 인간적인 모멸을 당하면서, 혹은 별 이유도 없는 특수훈련(기합)으로 이를 악물던 때가 언제였던가. 십 년 전이던가, 이십 년 전이던가.

그는 약간 한심한 기분이 들어, 시끌덤벙한 주위를 무시한 채 눈을 감았다. 잠이라도 청해볼 작정이었다. 어느새 출발한 기차는 한강철교를 건너고 있었다.

얼마쯤 지났을까. 아슴프레 잠이 들려던 그는 갑자기 출입문이 거칠게 열리는 소리와 함께 난폭하고 독기어린 고함소리에 눈을 떴다.

"야이, 땅개(육군)새끼들아."

보니 검은 각반 두른 현역 하나가 술에 취해 고래고래 악을 쓰고 있었다. 뒤이어 다른 검은 각반 하나가 나타나 그를 말렸다.

"아서, 여기는 제대병 형님들이다."

하지만 바이 말리고 싶은 눈치는 아니었다. 빙글거리며 좌중을 돌아보는 폼이 차내의 반응을 살피는 것 같았다. 차중은 갑자기 쥐죽은 듯 조용해졌다.

"제대 좋아하네. 왕년에 제대 한번 안 해본 놈 어딨어? 이 새끼들한테도 거둬들여."

그러자 상대가 다시 한번 눙을 친다.

"어이, 임 하사. 한번 봐주라. 삼 년 시집살이 이제 눈물 씻고 콧물 닦고 돌아가는 길이야."

"안 돼, 새꺄. 그러니까 더 거둬. 어떤 놈은 엉덩이에 못이 박히도록 맞고도 아직 13개월이 창창한데, 어떤 놈은 말랑말랑 엉덩이로 비실대다가 제 집으로 기어들어? 어이……."

그는 다시 출입문을 거칠게 걷어차며 통로 쪽에다 손짓을 했다. 기다렸다는 듯 대여섯 명의 검은 각반이 몰려들었다. 그러자 말리던 상대는 못 이긴 척 히죽이 웃으며 돌아서더니 본격적인 용건을 꺼냈다.

"형님들 미안합니다. 고생하는 후배를 위로하는 셈치고 동전 한 푼씩이라도 술값 좀 보태 주십시오. 절대로 공짜로 받지는 않겠습니다……."

익숙한 솜씨로 제법 유창한 연설이었다. 뒤이어 그는 새로 들어온 검은 각반 하나를 앞세우며 거창하게 소개했다.

"저희 부대의 자랑, 왕년의 가수 나XX군을 소개해 올리겠습니다. 박수로 맞아 주십시오."

그러자 지난 삼 년 휴가 때마다 당해온 나머지일까, 몇 군데서 어정쩡한 박수소리가 나왔다. 기다렸다는 듯 사회자는 다시 방금 소개한 앳된 검은 각반에게 말했다.

"어이 나XX, 한 곡 불러."

시종 나XX라고 불리운 검은 각반은 그러나 노래도 얼굴도 진짜 근처에도 가지 못했다. 곧 째지는 듯한 노랫소리가 차간을 메웠다. 그 사이 나머지 서넛은 객석을 순례하기 시작했다. 곧 딸랑딸랑 동전소리가 들려왔다.

"야, 너 정말 사람 거지 취급할 거야?"

갑자기 노랫소리가 중단되면서 욕설이 들려왔다. 뒤이어 무어라고 우물우물하는 소리, 철썩, 퍽 하는 소리, 그가 소리 나는 쪽을 보니 대여섯 칸 앞에 제대병 하나가 당하고 있었다.

"옛다. 동전 두 개. 네 애인 XX에나 넣어줘라, 이 새꺄. 술이 고파 죽어도 고린내 나는 네 놈 돈은 싫다, 임마."

잠시 객차 한 켠이 수런거리는 것 같았으나 검은 각반들의 매서운 눈길이 두어 번 보내지자 이내 조용해졌다. 처음부터 그들의 출현이 못마땅하던 그의 가슴에 은은한 분노의 불길이 타올랐다. 이제 그 모든 불합리와 폭력에서 벗어났다고 생각한 때이기 때문에 더욱 그런 것 같았다.

그러나 그뿐이었다. 그가 할 수 있는 일은 빨리 헌병이나 열차 공안원이 와서 그들을 제지해 주기를 기다리는 것뿐이었다. 하지만 헌병이나 공안원의 특징은 필요 없을 때만 나타나는 점이다. 노래는 다시 계속되고 징수는 계속되었다.

"이노무 차에는 헌병도 없나? 만날 이 꼴이고."

앞 좌석 홍이 마치 그의 기분에 맞장구라도 치듯 투덜거렸다. 그는 갑자기 홍이 밉살스러웠다. 몇 명의 난폭자에게 고스란히 당하고만 있는 백여 명의 동료들에 대한 혐오감이 갑작스레 홍에 대한 증오로 변해버린 것일까. 그러나 이내 그 증오는 다시 자기혐오로 되돌아왔다. 아, 나의 팔은 너무 가늘고 희구나, 내 목소리는 너무 약하고, 내 심장은 너무 여리구나, 저들의 폭력을 감당하기에는. 학대받고 복종하는 데 익숙한 내 동료들을 분기시키기에는.

그 사이 징수인들은 그의 의자 두어 칸 앞에까지 다가왔다. 무력감과 자기혐오에 지친 그는 거의 참담한 심경으로 주머니 속의 백 원짜리 주화 한 닢을 만지작거렸다. 홍도 주머니에 손을 찌르고 있는 폼이 백동전을 찾고 있는 것 같았다. 그때였다. 돌연 바로 앞줄에서 거친 얼굴에 건장한 제대병 하나가 일어났다.

"씨팔, 보자보자하니 정말 더러워서 못 봐주겠네."

돈을 거두던 검은 각반들이 험한 눈길로 그를 쏘아보았다.

"엇쭈, 넌 뭐야?"

"시끼, 임마. 너 같은 건 들어도 몰라. 저 문 앞에 기대 서 있는 치, 너희 선임자야?"

완전히 상대를 안중에도 안 두는 태도였다.

"어? 이 새끼 봐라."

검은 각반 하나가 잽싸게 주먹을 내질렀다. 그러나 그 제대병이 무얼 어떻게 했는지, 주먹의 주인은 비명을 지르며 주저앉았다. 그 기세에, 힘을 얻은 제대병 몇이 여기저기서 가세하고 일어났다. 그러자 무더기로 덮칠 기세이던 검은 각반들도 주춤했다.

"뭐야, 뭐야?"

그때껏 입구에서 취한 체 비틀거리던 검은 각반 하사가 이상한 낌새를 느낀 듯

끼어들었다.

“너는 하사니 좀 알겠군. 백골섬 들어봤어? 나 거기서 집에 간다.”

그로서는 처음 듣는 말이었다. 하사는 알아듣는 것 같았다. 그러나 쉽게 기죽을 수는 없다는 듯 애써 너털웃음을 지었다.

“알 만하면서 왜 그래? 냄새 나는 땅개새끼들하고 어울리지 말고 우리 같이 한 잔 하지.”

그는 간절한 기대의 눈길로 이 갑작스럽게 출현한 영웅의 표정을 살폈다. 그의 영웅은 뜻아니한 검은 각반의 제안에 잠시 어리둥절한 것 같았다. 그러나 이내 그의 표정에는 계산의 표정이 떠올랐다.

“어때? 같이 가지.”

다시 한번 검은 각반 하사가 종용했다. 차내의 눈길은 모두 올바른 계산이 나오기를 기대하며 그 용감한 동료를 살피고 있었다. 그러나 결과는 반대였다.

“괜찮지, 술 있으면 한 잔 줘.”

그리고는 검은 각반 하사와 함께 입구 쪽으로 사라져 버렸다. 그 제대병이 준 배신감은 그를 한층 참담한 기분에 젖게 했다. 동조해 일어섰던 몇몇도 무너지듯 제자리에 앉았다.

드디어 그에게도 차례가 왔다.

“이 친구, 왜 이리 벌레 씹은 얼굴이야?”

그들도 눈은 있다는 듯 백 원짜리 주화를 벌린 모자 속에 던져넣는 그를 보며 이죽거렸다. 그는 정말로 벌레를 씹는 기분이었다. 그러나 그 기분은 그들의 이죽거림으로 인해 더 격렬해졌다.

(아아, 기어코…….)

“몸이 아푸구만예, 나뚜소.”

갑자기 홍이 끼어들었다. 그의 분노로 창백한 얼굴을 그렇게 본 것이었을까. 그들도 홍의 말을 듣고는 더 이상 시비 않고 다음 좌석으로 건너가 버렸다.

"그저 좋은 기, 좋은 기다. 절마들(저놈들) 사람도 아이구마. 속상하겠지만 참으소."

홍은 결코 그가 몸이 아픈 것이라고 오인한 것이 아니었다. 오히려 정확히 그의 심중을 꿰뚫어보고 있었다. 그것이 그를 더욱 화나게 했다.

"정말 3년 동안 더러운 것만 배웠군……."

그는 거의 자신을 걷잡지 못한 채 내쏘고 말았다. 홍은 피식 웃었다.

"깨끗한 거 배운 사람도 별수 없더마. 이 형이 낸 거나 내가 바친 거나 다 같이 백 원짜리 동전잉께. 너무 그러들 마소."

그리고 한없이 너그러운 소리를 덧붙였다.

"쏘주나 한 잔 하고 마음 푸소. 어이…… 여기 소주 힌 빙(병)."

마침 판매원이 손수레를 끌고 지나가는 걸 보고 홍이 호기롭게 불러 세웠다.

"혼자 들어요."

그는 부글거리는 속을 간신히 억누르며 조용히 대답했다. 사실 홍에게 화낼 일은 아무것도 없었다. 홍은 그런 그의 속을 한번 더 뒤집었다.

"지는 못 먹는 술을 남 사준다카몬 그거야 참말로 벨 꼴리는 일이제. 홧김에 서방질이락꼬. 한 잔만 하소."

기어이 그는 고함을 꽥 지르고 말았다.

"그만 해."

그의 새파랗게 날선 표정을 보자 홍도 약간 움찔했다. 홍은 계면쩍은 웃음을 흘리더니 곁에 앉은 제대병에게로 술잔을 돌렸다.

그는 모자를 깊이 눌러쓰고 다시 의자 등받이에 몸을 기댔다. 잠이 올 리 없지만 그렇게라도 이 굴욕의 시간을 외면하고 싶었다. 그러나 귀까지는 막을 수 없었다.

"아이구 형님 고맙습니다."

멀지 않은 곳에서 어느 쓸개 빠진 제대병이 마음먹고 상납을 한듯 검은 각반 하나가 과장스레 외쳤다.

"어이, 여기 이 형님한테 술 한 잔. 아우들을 위해 센다이(천 원)를 내셨다……."

그 무슨 이해 못할 변화일까. 한 번 그런 일이 있자 무슨 전염처럼 그 부근에서 두어 번 그런 소동이 더 일었다.

그런데 갑자기 그 모든 것에 찬물을 끼얹는 사태가 벌어졌다. 한동안 순조롭던 징수에 다시 제동이 걸렸다. 객차 한가운데쯤에서였다.

"야, 너 정말 째째하게 굴 거야? 백 원짜리 동전 한 개가 그렇게도 아까워?"

검은 각반의 거친 고함.

"돈이 아까운 게 아니라, 내야 할 이유가 없기 때문이오."

야멸차고 카랑카랑한 목소리였다. 그는 원인 모를 부끄러움을 느끼며 그쪽을 바라보았다. 창백하고 깡마른 제대병 하나가 검은 각반들과 꼿꼿이 맞서 있었다.

"이 새끼, 노래는 공으로 들으려는 수작이군."

"그 노래 도대체 누가 청했소? 내게는 안면 방해밖에 안 됐소."

"개새끼, 문자 쓰고 있네."

갑자기 곁에 있는 검은 각반 하나가 주먹을 날렸다. 깡마른 제대병은 한 번 휘청했지만 쓰러지지는 않았다. 맞은 얼굴을 감싸 쥐었다 풀자 코피가 터진 듯 피가 흘렀다. 그러나 그는 침착하게 손수건을 꺼내 피를 닦았다. 그러는 그의 눈은 이상하게 번쩍거렸다. 목소리도 더 카랑카랑했다.

"당신, 사람을 쳤소. 더구나 나는 아직 전역신고를 안 했으니 현역병장이요. 그런데 당신은 일병이오. 하극상이야. 내 반드시 군법회의에 당신을 걸겠소."

그때 어느새 왔는지 검은 각반 하사의 주먹이 다시 그의 복부를 쳤다.

"나는 하사니까 쳐도 되겠군. 염(殮)하다 놓친 것 같은 새끼야, 입 닥치고 돈이나 내. 이것도 명령이야."

잠시 복부의 타격으로 몸을 접었던 깡마른 제대병이 다시 몸을 일으켰다.

"부당한 명령은 거부할 수 있소. 거기다 당신은 내게 명령권도 없소. 이건 폭행이오. 당신도 고발하겠소."

"지미랄, 이 새끼는 판사 검사를 에미 애비로 태어났나? 아나, 법 여기 있다."

다시 날아드는 주먹. 그러나 조금의 간격 후에 그 카랑카랑한 목소리는 여전히 대꾸했다.

"법은 당신들을 반드시 찾아갈 것이오."

하지만 사태는 절망적이었다. 뒤이어 날아든 주먹과 발길질에 그 깡마른 제대병은 결국 주저앉고 말았다.

그는 한결 암담한 마음으로 끊임없이 입구 쪽을 주시했다. 헌병이나 공안원이 나타나기를 구세주처럼 기다렸다. 그러나 그들은 법과 진리처럼 멀었다.

대신 그 출입구를 통해 나타난 것은 뜻밖의 현실이었다. 조금 전에 그들을 배신하고 떠났던 영웅이 비참한 몰골로 두 명의 검은 각반에게 끌려 들어왔다. 어디를 어떻게 맞았는지 얼굴이 알아볼 수 없을 만큼 부어 있었다. 그를 팽개치듯 자리에 처박은 검은 각반 하나가 모두에게 들으라는 듯 큰 소리로 중얼거렸다.

"쥐뿔도 없는 새끼가 뚝심만 믿구 까불어."

그리고 몰락한 영웅을 소리 나게 한 번 걷어차고는 훌쩍 가버렸다.

그 돌연한 사태는 언제부터인가 희미하게 술렁거리던 차 안을 다시 잠잠하게 만들어 버렸다. 깡마른 제대병이 일어설 때부터 웅얼거림처럼 들리던 탄식과 불평은 그 제대병이 쓰러질 때쯤 해서는 제법 구체적인 반항의 표현으로까지 번졌었다.

그는 착잡하고 음울한 심정으로 다시 계속되는 징수를 바라보았다. 그러나 인간이란 어떤 형태로든 집단을 이루기만 하면 끝까지 나약하게 죽어가는 것은 아닌 모양이었다. 검은 각반들이 깡마른 제대병을 주저앉히고 채 두 줄도 전진하기 전에 갑자기 반대편 구석에서 흥분에 찬 우렁우렁한 목소리가 차 안을 흔들었다.

"야, 이 답답한 친구들아, 삼 년간 당한 것도 분한데 끝나는 오늘까지 당하고만 있을 거여!"

모두들 꿈에서 깨난 듯 움찔했다. 절규와 같은 그 목소리에는 무언가 그들 마음 속의 희미한 불씨에 세찬 부채질을 하는 것이 있었다.

"웬 놈이야?"

"어떤 새끼야? 죽고 싶어?"

검은 각반들의 반응도 그때쯤은 거의 신경질적이었다. 그러나 목소리의 주인은 얼굴을 숨긴 채 선동만 계속했다.

"우리는 백 명이란 말여. 그런데 다섯 명한테 당해서야 쓰겄어?"

그리고 두리번거리던 검은 각반들을 무시한 채 목소리는 계속됐다.

"부랄들 떼 던짓뿌란 말여. 집에 가서 이 얘기를 어떻게 할 거여? 애인 보구는 뭐라고 할 거여?"

드디어 검은 각반들은 소리 나는 곳을 잡은 듯 그쪽으로 덮칠 자세였다. 불행하게도 그들은 너무나 사태의 변화에 둔감했다. 그들이 몇 발자국 옮기기도 전에 여기저기서 성난 부르짖음이 튀어나왔다.

"맞아, 끝까지 당할 수는 없다."

"저놈들도 피와 살로 된 인간이야, 혼자서 안 되면 셋이, 셋이 안 되면 열 명이 붙지."

차츰 목소리들이 불어났다. 특히 아직 징수를 당하지 않은 쪽의 호응이 컸다. 이미 빼앗긴 자의 분노보다 아직 빼앗기지 않은 자의 지키려는 의지가 더 무서운 것일까.

"저놈들 몇 놈 죽여 버린들 우리 백 명 모두 잡아 죽일 거여? 기껏해야 몇 달씩 집에 늦게 가면 되여."

다시 처음의 그 목소리. 그러자 이에 호응하는 목소리들도 점차 격렬해졌다.

"맞다, 죽여. 때려 죽여."

"문 막아. 못 토끼게."

여기저기서 제대병들이 일어서고 몇몇은 정말로 양쪽 출입구를 봉쇄해 버렸다.

검은 각반들은 처음 그 갑작스런 변화에 얼떨떨한 눈치였다. 그리하여 절대 이럴 리가 없다는 표정으로 서로를 바라보고 있는 사이에 왁살스런 여러 개의 손이 그 중 하나의 어깨를 끌어올렸다.

그 불행한 검은 각반은 거의 손 한번 써볼 틈도 없이, 마치 무슨 가벼운 공기돌처럼 수십 개의 손바닥에 받쳐져서 의자 몇 줄을 건넌 후, 바로 그의 옆 통로에 내동댕이쳐졌다. 그리고 그 위를 수십 개의 제대화발이 소나기처럼 쏟아졌다.

그러나 역시 검은 각반은 검은 각반이었다. 수많은 특수훈련과 거친 생활에 단련된 그들은 그 아연한 사태를 당해서도 재빠르게 대처했다. 남은 넷 중 하나가 들고 있던 소주병을 깨뜨려서 휘둘러 생긴 틈으로 다른 하나가 열차 창문을 구둣발로 박살내고, 이어 나머지가 칼처럼 생긴 그 유리조각으로 무장을 했다.

그리고 등을 맞대 원진을 친 그들은 성난 물결 같은 제대병들 속을 헤쳐 나가기 시작했다. 살기를 띤 채 흉기를 휘두르며 활로를 개척해 나가는 그들에게는 기세등등하던 제대병들도 어쩔 수 없는 모양이었다. 욕설과 고함 속에서도 조금씩 틔워주는 길로 검은 각반들은 조금씩 헤쳐 나갔다.

약간은 후련해 하면서도, 여전히 전권(戰圈) 밖에서 그 소동을 지켜보던 그는 왠지 이번에는 허전한 마음이 되어 그런 검은 각반들의 탈주를 바라보았다. 전권은 점점 그의 좌석 부근으로 옮겨오고 있었다.

"참말로 와이래 쌌는지 모르겠구마. 가겠다믄 보내주고 말끼지."

지금껏 잊고 있었던 홍이 불쑥 말했다. 술은 약한 듯 소주병이 반밖에 비지 않았는데도 얼굴이 불그레하게 익어 있었다. 그러고 보니 부근에서 그 소동에 말려들지 않고 제자리에 앉아 있는 것은 그와 홍뿐이었다. 그는 약간 기이한 느낌으로 홍을 쳐다보았다. 졸리운 돼지 같았다.

그런데 다시 갑작스런 사태의 변화가 그의 주의를 홍에게서 돌리게 하고 말았다. 검은 각반들이 거의 그의 앞 서너 발자국 앞에까지 접근해 왔을 때였다. 웃통을 벗어붙인 제대병 하나가 의자 등받이를 타넘고 달려와 검은 각반들의 앞길을 가로막았다.

"못 가, 이 나쁜 놈들. 너희 멋대로야. 갈 테면 나를 찌르고 가. 마침 나가 보아야 별 볼일 없는 몸이야."

다시 검은 각반들의 얼굴에 아연한 표정이 떠올랐다. 그들은 멈칫 전진을 중단했다.

"어디 찔러봐. 괴로운 세상 여기서 끝내는 것도 좋고, 통합병원에서 몇 달 쉬는 것도 괜찮아."

상대는 정말로 죽음을 각오했다는 투였다. 그런 그의 알몸에는 여기 저기 흉칙한 자상이 불빛 아래 위협적으로 번들거렸다. 검은 각반 중 하나가 질린 듯 멍청하게 물었다.

"그럼, 어, 어떻게 하란 말이야?"

"손에 든 걸 버려. 그리고 꿇어 앉아 여러 형님들에게 빌어."

그러나 무기를 잃은 순간이 바로 마지막이란 것을 검은 각반들도 직감하고 있었다.

"비켜, 죽여 버린다."

성마른 검은 각반 하나가 유리칼을 휘둘렀다. 벌거벗은 제대병의 팔어름에 한 줄기 피가 솟았다. 그러나 벌거벗은 제대병은 여전히 산악처럼 버티고 선 채 자기 배를 가리키며 이죽거렸다.

"여기야, 여길 찔러. 그래야 죽든지, 몇 개월이라도 편히 누워 지낼 수 있지. 그 따위 유리조각이 겁난다면 4부두의 아이구찌가 아니야."

마치 불사의 악귀 같았다.

"에잇, 죽어."

다시 검은 각반 하나가 표독스런 기합과 함께 유리칼을 휘둘렀다. 벌거벗은 제대병은 날쌔게 피했지만 가슴어림에 꽤 깊고 긴 상처가 났다. 여러 줄기의 피가 배를 타고 흘러내렸다.

그 끔찍한 광경이 다시 한 계기가 됐다. 지금껏 물러서고만 있던 제대병들이 갑작스레 공세로 전환했다.

'죽여, 죽여 버려' 하는 성난 외침과 함께 먼저 의자의 시트가 검은 각반들의 시야를 덮고, 뒤이어 손가방이며 세면도구함이 그들의 정신을 혼란시켰다. 그리고 그 뒤를 수십 개의 손과 발이 날아들었다. 눈 깜짝할 사이에 검은 각반 넷 중에 서 있는 것은 하나뿐이었다. 그 사이 셋은 각각 끌려가 여기저기서 비명과 신음을 내고 있었다.

홀로 남은 검은 각반도 사태가 절망적인 것을 깨달은 모양이었다. 얼굴에 본능적인 죽음의 공포가 어렸다. 그 검은 각반은 갑자기 들고 있던 유리조각을 떨어뜨리고 정말로 꿇어 앉아 빌기 시작했다.

"형님들 살려주십시오, 용서해 주십시오, 한번만……."

그러나 말을 맺을 새도 없이 사방에서 발길과 주먹이 날아들었다. 그 검은 각반은 새우처럼 몸을 구부린 채 꼬꾸라졌다.

마침 그 검은 각반이 쓰러진 곳은 그의 두어 발짝 앞 통로여서 그는 아무 행동도 않으면서도 저절로 전권에 휘말리게 되었다. 그는 한동안 거의 망연한 기분으로 이제는 잔인한 린치로 변한 그 광경을 살펴보았다.

순한 양처럼 당하고만 있던 제대병들 어디에 그런 광포함과 잔혹성이 숨겨져 있었던 것일까. 제대병들은 검은 각반이 일어나면 주먹으로 치고 쓰러지면 짓밟았다. 개중에 어떤 친구는 담뱃불로 지지기까지 했다. 그럴 때마다 검은 각반은 숨넘어가는 비명을 질렀다. 둔중한 신음과 함께 그런 찢어지는 듯한 비명이 객차 안 곳곳에서 들리는 것으로 보아 나머지 네 명의 운명도 그 검은 각반과 별반 다르지 않은 것 같았다.

"고만 합시다. 진정들 해요."

누군가가 이성을 회복한 듯 동료 제대병들을 만류하려 들었다. 그러나 곧 여럿의 흥분하고 성난 목소리가 그런 호소를 삼켜버렸다.

"당신은 속도 없어? 당한 게 분하지도 않아?"

"이런 악종들은 아예 씨를 말려야 해."

제대병들은 이미 제정신이 아니었다. 살기등등한 그들을 보며 그는 문득 섬뜩한 상상에 빠졌다. 만약 이 검은 각반들이 죽는다면?

만약 이들을 진실로 죽여야 할 대의(大義)가 있다면, 그에게도 동료제대병들과 함께 살인죄를 나눌 양심과 용기는 있었다. 그러나 이미 그곳을 지배하는 것은 눈먼 증오와 격앙된 감정이 있을 뿐, 대의는 없었다.

그렇다면 내가 할 일은—그는 잠시 생각에 잠겼다. 우선 어떻게든 이들을 말려야 한다는 생각이 들었다. 그러나 그런 시도가 무참히 묵살당하는 것을 바로 눈앞에서 보지 않았던가. 동료들이 부상당하고 피해를 당하고 있을 때 그들을 분기시키지 못했던 것처럼, 이제 불필요하게 난폭하고 잔인해진 것 또한 만류할 능력은 그에게 없었다.

그러다가 기껏 그가 생각한 것은 대의 없는 이 소동의 와중에서 벗어난다는 것이었다. 그는 날뛰는 동료들 사이를 조심스레 헤쳐 그 객차를 빠져나왔다. 법과 진리의 도착은 언제나 늦었다. 그가 막 다음 객차의 빈 자리를 찾아 앉을 때쯤, 호루라기 소리와 함께 한 떼의 헌병과 함께 호송병이 달려가는 것이 보였다. 그는 막연한 우울 속에서, 천천히 한숨을 내쉬었다.

그때였다. 그의 어깨를 치는 사람이 있었다. 흠칫 놀라 돌아보니 홍이었다. 어느새 빠져나왔는지 홍은 그의 등 뒤에 자리잡고 앉아 있었다.

"잘 나왔구마. 내 나올 때 이 형도 데불고 나올라카다가 또 성내까봐……."

그는 처음 송연한 기분이었다. 그러나 이내 원인 모를 슬픔과 절망으로 축 처져 내렸다.

"나는 당최 시끄러운 게 싫어서 — 자, 쏘주나 한 잔 하소."

홍은 먹다 남은 소주를 의자 등받이 위로 넘겼다. 그는 맥없이 소주병을 받았다. 그러나 졸음으로 가물거리는 홍과는 달리, 화끈거리는 소주를 병째 부어넣으면서 그래도 그가 이런 일화를 생각해 낼 수 있었던 것은, 순전히 논 팔고 밭 팔아 그를 대학에까지 보내준 고향의 늙은 부모 덕택이었다.

……필론이 한번은 배를 타고 여행을 했다. 배가 바다 한가운데서 큰 폭풍우를 만나자 사람들은 우왕좌왕 배 안은 곧 수라장이 됐다. 울부짖는 사람, 기도하는 사람, 뗏목을 엮는 사람…… 필론은 현자(賢者)인 자기가 거기서 해야 할 일을 생각해 보았다. 도무지 마땅한 것이 떠오르지 않았다.

그런데 그 배 선창에는 돼지 한 마리가 사람들의 소동에는 아랑곳없이 편안하게 잠자고 있었다. 결국 필론이 할 수 있었던 것은 그 돼지의 흉내를 내는 것뿐이었다.

1980년

우상偶像의 눈물 _ 전상국

학교 강당 뒤편 으슥한 곳에 끌려가 머리에 털 나고 처음인 그런 무서운 린치를 당했다. 끽소리 한번 못한 채 고스란히 당해야만 했다. 설사 소리를 내질렀다고 하더라도 누구 한 사람 쫓아와 그 공포로부터 나를 건져 올리지 못했을 것이다. 토요일 늦은 오후였고 도서실에서 강당까지 끌려가는 동안 나는 교정에 단 한 사람도 얼씬거리는 걸 보지 못했다. 더욱이 강당은 본관에서 운동장을 가로질러 아주 까마아득 멀리 떨어져 있었다. 재수파(再修派)들은 모두 일곱 명이었다. 그들은 무언극을 하듯 말을 아꼈다. 그러나 민첩하고 분명하게 움직였다. 기표가 윗옷을 벗어 던진 다음 바른손에 거머쥐고 있던 사이다 병을 담 벽에 깼다. 깨어져 나간 사이다 병의 날카로운 유리조각이 그의 걷어 올린 팔뚝에 사악사악 그어 갔다. 금간 살갗에서 검붉은 피가 꽃망울처럼 터져 올랐다. 기표가 그 팔뚝을 내 눈앞에 들이댔다. 핥아! 기표 아닌 다른 애가 말했다. 내가 고개를 옆으로 비키자 곁에 둘러선 서너 명의 구두 끝이 정강이에 쪼인트를 먹였다. 진득한 액체가 혀끝에 닿자 구역질이 났다. 오장이 뒤집히듯 역한 것이 치밀었다. 나는 비로소 온몸을 와들와들 떨기 시작했다. 나 자신도 헤아릴 길 없는 거센 공포로 해서 나는 그 자리에 무릎을 꿇고 앉아 두 손을 비벼댔다. 그들이 나를 일으켜 세웠다. 내 바지에서 혁대가 풀려 나간 다음 벗겨져 맨살이 드러난 허벅지에 칼끝이 박히는 것 같은 아픔이 왔다. 나는 그들에게 양쪽 겨드랑이를 잡힌 채 몸부림쳤다. 도저히 견딜 수 없는 고통이었다. 칼끝은 상당히 오랜 시간 허벅지에 박혀 있는 것 같았다. 나는 내 살 타는 냄새를 맡았다. 칼침이 아니라 그들은 담뱃불로 내 허벅지 다섯 군데나 지짐질을 했던 것이다. 소리 질러 봐, 죽여 버릴 거니, 한 놈이 귓가에 속삭였다. 나는 드디어 허물어져 내리듯 의식을 잃어 갔다. 그런 몽롱한 의식 속에서 기표가 씨부려 댄 한마디 말소릴 놓치지 않았다.

— 메스껍게 놀지 마!

어처구니없게도 그들이 내게 린치를 가한 이유란 단지 그것이었다. 2학년 재수파들이 나를 첫 표적으로 삼은 것은 내가 그들 눈에 메스껍게 보였기 때문이다.

"유대야, 너 그대로 참을 거냐?"

분식집에서 만난 형우가 슬쩍 내 심중을 떠보고 있었다. 내가 입 한번 벙긋하지 않았는데도 그 소문은 파다했다. 소문이 쉬쉬 떠도는 며칠 동안 나는 심한 공포에 휩싸였다. 그 소문이 학교 선생들에게 알려져 문제가 생길 경우 십중팔구 나는 결딴이 나고 말 것이다. 기표는 그런 일을 충분히 해낼 수 있는 아이였다.

"그 새낀 악마다."

형우가 동정어린 눈으로 나를 충동질했다. 그러나 나는 대답 없이 빙그레 웃어 보였을 뿐이다. 누구에게나 그렇게 해보였다. 그것은 이미 겪은 우월감 같은 오만감이었다. 나는 나를 충동질하는 형우의 눈에서 자기도 미지에 당해야 하는 두려움과 아울러 내게 대한 선망이 깔려 있음을 놓치지 않았다. 형우가 기표에게 당할 것은 너무나 당연했다. 그것은 기표와 같은 배에 오른 우리들의 공동 운명이었던 것이다.

그날 편반이 끝나고 키 크기에 따른 각자의 번호와 교실 좌석까지 다 정해졌을 때 새 담임이 된 김 선생이 입을 열었다.

"이제부터 66명이 운명을 함께 하는 역사적 출항을 선언한다. 목적지에 이를 때까지 단 한 사람의 낙오자나 이탈자가 없기를 진심으로 기원한다. 아울러 이 시간 분명히 밝혀 둘 것은 우리들의 항해를 방해하는 자, 배의 순탄한 진로를 헷갈리게 하는 놈은 용서하지 않을 것이다. 우리가 나무를 전정할 때 역행 가지를 잘라버려야 하듯 여러분의 항해에 역행하는 놈은 여러분 스스로가 엄단할 수 있어야 한다. 더 중요한 것은 1년간의 일사불란한 항해를 위해서는 서로 사랑과 신뢰로써 반을 하나로 결속하는 슬기를 보이는 일이다."

새 담임선생은 과학교사답지 않게 적절한 비유로써 자기가 맡은 반 아이들에게 뭔가 불어넣으려 애쓰고 있는 것 같았다. 그에게 중요한 것은 무사안일 속의 1년이었던 것이다.

"고삐는 여러분 손에 쥐어져 있다. 필요하다고 생각할 때 그 고삐를 당겨 여러분 스스로를 제어해 주기 바란다. 내가 가장 우려하는 바는 여러분 스스로가 내 손에 그 고삐를 쥐어주는 일이다. 나는 자율이라는 낱말을 좋아한다."

담임선생님은 자율이라는 낱말로 요술을 부려 우리들을 묶고 있었다. 어느 연극잡지에서 완숙한 연출가는 배우 스스로가 연출하도록 유도하는 비결을 가지고 있다는 것을 읽은 것이 생각났다. 대단한 담임을 만났다는 기대로 아이들은 가슴을 부풀이며 앉아 있었다. 14개 반에서 사오 명씩 떨어져 나와 새로이 편성된 새 반의 분위기는 사뭇 숙연했다. 나는 문득 이런 숙연한 분위기가 우습게 생각되었다. 단 며칠 못 가 형편없이 허물어질 아이들이 목에 잔뜩 힘을 주고 앉아 담임선생의 말을 경청하고 있는 게 우습게 보였던 것이다. 이들의 긴장을 풀어 주고 싶은 충동을 받았다.

"선생님, 우리가 탄 배의 선장은 누굽니까?"

내가 불쑥 일어나서 말했다. 선장은 도대체 누구란 말인가. 자율이라는 낱말로 우리를 묶으면서도 실상 우리들 머리 위에 군왕처럼 군림하고 싶은 그의 저의를 찔러주고 싶었던 것이다. 아이들이 내 느닷없는 질문에 부스럭부스럭 굳은 몸을 풀고 있었다.

"이 배의 선장이 누구냐, 그렇게 묻고 있는 사람의 번호와 이름은?"

담임이 얼굴 가득 미소를 잡으며 여유 있게 나를 훑었다. 반격을 당한 나는 얼굴을 붉히며 엉거주춤 다시 일어나야 했다.

"35번 이유댑니다."

"예수를 판 유단가, 이스라엘 유댄가?"

아이들이 와하하 웃음을 터뜨렸다.

"오얏 리, 옥 유, 큰 대자, 이유대입니다."

"좋았어. 이유대 군이 오늘 이 시간부터 일주일간 2학년 13반의 임시 선장이다. 물론 일주일 뒤에는 새 선장을 뽑겠다. 다시 한번 강조해 두겠다. 이 배의 주인은 여러분 자신이다. 이유대 선장, 내 말의 뜻을 알겠나?"

아이들이 와하하 웃으며 박수를 쳤다. 반장 하고 싶어 몸살난 애라구요. 그렇게 소리 지르는 놈도 있었다. 실로 난처한 입장이 돼버렸다. 한낱 농으로 시작한 일이 담임의 임기응변에 의해 꼼짝없이 임시 반장 감투를 쓰게 되었다. 꽁무니 빼고 어쩌고 할 기회를 주지 않은 채 담임은 첫 만남을 끝냈다. 이렇게 해서 된 임시 반장이 기표의 비위를 사납게 하는 결정적인 이유가 됐을 것이다.

"어떤가, 약 일주일간 반장을 하면서 느낀 우리 반에 대한 소감은?"

담임선생이 가정방문을 나왔다. 학교에서 만나는 선생과 집에서 만나는 선생의 이미지는 전연 다르게 마련이다. 학교에서보다 훨씬 부드럽게 대해 주는데도 공연히 거북스럽고 몸이 짜부러든다. 그래서 우리들이 경험한 바에 의하면 담임선생에게 가정방문을 당한 뒤로는 독 빠진 뱀처럼 맥을 쓸 수 없게 된다. 가정방문을 나온 담임선생은 대개 여러 가지 정보를 얻어 내려 부심하게 된다.

"애네 반 아이들이 좋은 담임선생님을 만났다고 좋아들 한답니다."

곁에서 엄마가 의례적인 아부의 말을 했고 담임은 내 얼굴에서 눈을 떼지 않은 채 못 들은 척했다. 사실 아이들은 좋은 선생이 어떤 사람인가를 알았다. 좋은 선생이란 조건 없이 아이들의 입장을 이해한 다음 그것을 가볍게 입 밖으로 내지 않는 사람이었던 것이다.

"어때, 유대가 그대로 반장을 맡는 게?"

이번에는 담임이 엄마의 귀를 겨냥한 말을 했다.

"아닙니다. 전 그런 일이 적성에 맞지 않습니다."

내가 단호한 어조로 말했고, 엄마가 거들었다.

"그래요, 선생님, 얜 반장 하는 게 죽어두 싫다는군요."

뭔가 아쉬워하면서도 엄마는 내 뜻을 따라 주었다. 반장을 하면 성적이 떨어지게 마련이란 내 생각을 잊지 않고 있었던 것이다. 남 앞에 나서는 일, 남들보다 한 발짝 높은 데 선다는 일이 얼마나 외롭고 번거로운 일인가를 나는 엄마의 극성에 의해 중학교 3년간 반장을 하면서 절실히 체득했던 것이다. 그것은 내게 무서운 구속이었다. 남을 다스리는 그런 자유보다 남에게 다스림 받는 데서 얻는 마음의 안일이 내게는 더 좋았다. 나는 고독하기를 바라지 않는다. 기표 같은 애들이 누리는 지배욕 그 안쪽에 몸을 뒤틀고 있는 고독의 그림자를 나는 어렴풋하게나마 본 것 같았다.

"맞습니다. 사실 유대는 반장을 하는 것보다 공부에 달라붙는 게 더 좋을 겝니다. 아깝지만 유대를 위해서 제가 양보할 수밖에요."

우리의 담임선생은 일을 요령 있게 풀어나가 재치 있게 마무리하는 명수였다. 아무튼 나는 굴레에서 벗어났고 담임선생의 논리대로라면 누군가 내 대신 희생이 되어야 한다.

"임형우, 걔가 반장으론 괜찮지?"

일주일 동안 그는 우리들을 상당히 깊게 파악한 것처럼 보였다. 그의 안목은 대단했다. 반장이 되고 싶어 하는 아이를 알고 있는 담임이었다.

"형우라면 틀림없습니다."

내 말의 꼬리를 잡아 엄마가 껴들었다.

"형우라니? 오매, 형우하고 또 한 반이 됐냐? 선생님, 얘하고 형우는 중학교 때부터 친구랍니다. 걔하고 늘 전교에서 일 이등을 다퉜는 걸요. 그룹 과외도 같은 데서 죽 함께 해왔고…… 우리 유대가 늘 앞선 편이긴 했지만…… 그래요, 걘 반장 같은 건 잘할 거예요. 애가 통솔력이 보통이 아녜요."

중학교 3년 동안 아들에게서 위대한 통솔력이 나타나 주기를 고대했던 엄마의 푸념이 깃든 말대로 형우는 반장이 될 만한 여건을 많이 갖추고 있었다. 무게가 있고 때로는 교만하고 생각한 것을 무슨 일이 있어도 해내는 결단력도 대단했다. 학교 당국의 지시에는 일단 긍정적인 생각을 가지고 임하다가도 어떤 결점이 보일 때는 무섭게 반격을 가하는 용기도 갖추고 있었다. 한마디로 그는 아이들에게 인기가 있었다.

"어떤가, 우리 반에 크게 문제가 될 만한 애는 없겠지?"

첫 만남에서 담임이 말한 우리들의 항해에 방해가 될 만한 그런 역행 가지를 귀띔해 달라는 것일 게다. 나는 불현듯 담뱃불에 지짐질 당해 아직도 진물이 줄줄 흐르는 내 허벅지를 내보이고 싶은 충동을 받았다. 어쩌면 담임도 내 입에서 기표에 대한 얘기가 나오길 기대하고 있었는지 모른다. 1학년 때의 기표 담임이 기표가 1학년 때 한 번 유급한 경력을 가지고 있다는 얘길 전하지 않았을 리가 없기 때문이다. 그러나 나는 입을 열 수가 없었다. 엄마 앞에서 반우를 매도하는 일 같은 건 할 수 없다고 생각한 것이다.

"최기표, 그놈 괜찮을까?"

담임선생이 조심스럽게 내 반응을 살폈다. 나는 내 허벅지의 상처를 내보인 것처럼 불유쾌한 기분이 되어 얼굴을 돌렸다.

"최기표라면 그 1학년 때 낙제해서 한 해 묵었다는 애 말이구나?"

엄마는 교육에 관심이 많았다. 학교에서 일어나는 모든 걸 알고 싶어 안달했다. 일주일에 두 번씩 담임선생한테 전화를 걸곤 했다. 그러나 엄마는 가장 가까운 데 있는 내 허벅지의 담뱃불 자국을 알지 못하고 있다. 최기표의 이름을 알고 있으면서도 최기표가 어떤 아이인지를 진정 모르는 어른들에 대해서 내 상처를 내보이는 것은 무의미한 일이었다.

"맞습니다, 갠 유급한 것도 문제지만 보통 말썽꾸러기가 아니지요. 왜, 한눈에 이건 범죄형이다, 그렇게 보여지는 얼굴이 있지 않습니까. 걔가 바로 그런 전형적인 범죄형이지요. 음침하고 포악스럽고…… 1학년 때 걔 담임을 한 선생이 그러더군요. 십년감수를 했다구요. 그러면서 나를 동정한다는 얘기였어요. 그 정도면 알조가 아닙니까."

"그런 애가 어떻게 여태 퇴학을 안 당했나요. 교칙이 엄하기로 이름난 학교인데……."

엄마가 의아하다는 듯 얼굴에 그늘을 깔았다.

"바로 그겁니다. 이놈이 원래 교활하고 지능적이어서 도대체 제적을 당할 만한 큰일에는 직접 앞에 나타나지 않고 뒤로 쑥 빠진다 그겁니다. 엉뚱한 놈이 당하곤 하지요. 정학을 몇 번 당하긴 했지만 어떤 결정적 꼬투릴 잡을 수 없으니까 제적을 못 시키는 거지요."

기표가 무서워서, 그의 안하무인한 앙갚음이 두려워서 제적을 못 시켰다는 그런 얘기는 할 수 없을 것이다. 어떻든 나는 놀라지 않을 수 없었다. 며칠 사이에 기표에 대해서 이처럼 깊이 파악하고 있다니 — 과연 기표는 이름난 애라는 생각이 들었다. 더구나 기표 얘기를 입에 올리는 담임은 얼굴까지 벌겋게 상기돼 있었다.

나는 문득 이제부터 1년간 담임선생과 최기표 사이에 치열하게 벌어질 싸움을 상상해 보았다. 이제까지의 결과로 미루어 보아 최기표에게 승산이 크다는 생각이 들면서도 우리의 담임선생 또한 그렇게 만만치 않으리란 예감이 들었다. 어쩌면 그 싸움에 임형우도 한몫 끼어들지 모른다. 그가 어떤 편에 서느냐 하는 문제도 퍽 흥미

있는 문제일 것이다. 아무튼 이처럼 멀찍이 떨어져서 그네들 싸움을 구경한다는 것은 진정 즐거운 일임에 틀림이 없다.

"이놈들이 옛날과 달라서 선생을 우습게 알기 때문에……."

담임선생은 엄마와 함께 교육론을 펴고 있었다.

그랬다. 슬픈 일이지만 우리들은 언제부터인가 교사들을 한낱 껄끄러운 존재로 여길 뿐 오히려 그룹 과외선생의 완벽함에 더 매료되곤 했다. 그것은 상대적이다. 우리들이 교사들을 존경하지 않는 것처럼 교사들도 우리를 사랑으로 가르치지 않았다. 그렇다고 그룹 과외선생처럼 철저하게 얼굴에 철판도 깔지 못하고 어정쩡한 태도를 취했다. 문제는 지배(支配)에 대한 견해의 다름이었다. 그네들은 옛날 훈장이 누렸던 권위가 고스란히 쥐어지길 바랐고 실상 그러한 권위만이 변화된 가치 속에서 그들이 누릴 수 있는 유일한 보상이었다. 그러나 우리들은 그러한 인습적 권위에 대해서 콧방귀를 날릴 수 있을 만큼 그보다 더 완벽하고 조직적인 분명한 권위의 다스림 속에 몸을 맡기길 좋아하고 있었다. 그 한 가지 예로 우리 엄마는 촌지 봉투로 담임선생을 움직일 수 있다는 확신을 가지고 있었던 것이다.

"선생님, 그 기표라는 애네 집에 가보셨어요?"

무슨 얘기 끝인가 엄마가 물었다.

"아직 못 갔습니다. 1학년 때 담임들도 걔 부모를 못 만났다더군요. 놈이 중간에서 훼방을 놓은 거지요. 한양천 뚝방 동네에 살고 있는 건 틀림이 없는데 번지를 제대로 알아도 집 찾아내기가 어렵다더군요. 어떤 애 얘기론 기표 아버지가 중풍으로 드러누운 폐인이래요."

담임선생은 우리 집 방문을 끝내고 다른 집으로 가는 도중에 내게 말했다.

"유대, 네 도움이 필요하다."

"뭘 말입니까?"

"우리 반을 위해서 네 협조를 받고 싶다는 얘기다. 물론 나는 네가 반에서 일어나는 일들을 일일이 고자질하는 그런 사람이라곤 생각하지 않는다. 다만 내가 원하는 것은 반 전체를 위한 너의 조언이다. 어때 협조해 줄 수 있겠지?"

나는 얼굴에 열기가 끼쳤다. 이것은 치욕이었다. 담임은 나를 자신의 첩자로 삼으려는 것이다. 1학년 때도 그랬다. 나는 담임선생이 원하는 대로 반에서 일어나는 일들을 하나도 빼놓지 않고 담임에게 알렸다. 그것은 즐거운 일이었다. 역사를 만든다고 생각하는 사람들이 바로 그런 즐거움을 느낄 것이다. 내 입에서 전해진 말이 요술을 부려 아이들이 일사불란하게 움직이고 있는 것을 시치미 떼고 바라볼 수 있다는 것은 통쾌한 일이었다. 아이들 자신을 위해서 내가 이바지했다고 하는 자부였다. '우리'를 위해서 내 힘이 쓰여지고 있다는 기꺼움 때문에 나는 그러한 고자질을 해낼 수 있었던 것이다. 그러나 나는 내가 어수룩하다고 생각했던 많은 아이들에게 따돌림 받았다. 나는 한낱 '우리'의 힘을 해치는 담임의 첩자였을 뿐이다. 나를 이용해 먹은 담임이 그 사실을 새 담임에게 인계하는 배신을 했다는 것을 안다는 것은 울화통이 터질 일이었다.

"불쾌하게 생각하지 않기를 바란다. 다만 나는……."

내 표정이 꽤 굳어 보였던 모양이다. 담임선생은 내 눈치를 살피며 말했다.

"다만 나는 인간적인 면에서 네 도움이 받고 싶었을 뿐이다."

"선생님, 그런 일이라면 임형우가 잘 해줄 겁니다. 선생님이 염려하는 최기표도 형우가 잘 다스려 나갈 겁니다. 내일 당장 형우를 반장에 임명하세요."

"그럴까? 네 말대로 임형우가 최기표를 잘 다스려 준다면 고맙겠지만…… 내 생각엔 최기표를 부반장에 임명하면……."

"선생님, 기표 한 개인을 위해서입니까, 아니면 기표의 힘을 빼어 반 아이들을 보호하기 위해서입니까?"

담임은 무슨 소리냐는 듯 내 얼굴을 뻔히 쳐다보다가 음모의 한 귀퉁이를 드러내 보인 무안감을 감추기라도 하듯,

"여러 사람에게 해가 되는 그런 힘은 아예 빼어 버리는 게 좋은 거다."

기표가 이 세상을 살아갈 수 있는 힘은 바로 그런 것에 있는지도 모르는데요 — 이렇게 말하려다 나는 그만두었다. 그 대신,

"선생님, 기표는 유급생인데다 여러 번 정학을 당했잖아요. 그런 아이를 간부로 임명하면 아이들이 좋지 않게 생각할 겁니다."

기표가 학교의 지시 사항을 전달하기 위해 교단 위에 서서 아이들한테 애원하는 광경은 생각만 해도 불쾌했다. 누가 사자를 울 속에 넣어 길들이는 발상을 처음 했는가. 나는 내 허벅지의 상처를 결코 격하시키고 싶지 않았다.

춘계 교내 체육대회를 위해서 우리는 정해진 체육복 외에도 마스게임용 추리닝 한 벌을 사야 했다. 협동심과 조화 속의 미를 창조하는 데 그것은 없어서는 안 되는 일이었다. 툴툴거리는 아이도 몇 없지는 않았지만 결국 그들도 그것을 모두 준비했다. 그러나 우리 반에 단 둘뿐인 재수파들은 끝내 그것을 사 입지 않았다. 담임이 말했다.

"두 사람 때문에 반의 일사불란한 결속이 깨질 수 없다. 두 사람 모두 집이 어려운 걸로 알고 있다. 그래서 담임이 두 사람 것을 준비했다. 받아주면 고맙겠다."

한 아이가 기표의 눈치를 살피며 머뭇거렸다. 그러나 기표는 무표정한 얼굴로 창쪽을 바라보고 있었다. 담임선생이 그 추리닝을 기표와 또 한 아이의 책상 위에 놓은 다음 교실을 나갔다.

담임선생이 교실을 나가기가 무섭게 기표가 주머니에서 칼을 꺼내 그 추리닝을 찢기 시작했다. 너덜너덜 조각난 추리닝을 쓰레기통 쪽으로 던졌다. 다른 한 아이가 기표처럼 그렇게 추리닝을 찢었다. 기표가 반의 총무를 맡고 있는 정수라는 애한테

다가갔다.

"야, 네 추리닝 나 줄 수 없냐?"

정수가 고개를 끄덕거렸다. 정수 뒤의 애한테도 같은 말을 했다.

"재도 나처럼 돈이 없어 못 사 입었다. 네 거 좀 얻자. 줄래?"

정수 뒤에 앉은 애도 고개를 끄덕거렸다. 이렇게 해서 우리 반 66명은 마스게임용 추리닝을 다 사 입었다.

우리가 볼 때 기표는 구제불능이었다. 그의 환경이 그를 그렇게 만들었다고 보기보다 선천적인 어떤 포악성을 가지고 있는 것처럼 보였다. 냉혈동물처럼 피가 찬지도 모르는 일이었다. 그는 뱀처럼 작고 징그러운 눈을 가지고 있었다. 그는 교활한 자들이 가끔 보이는 그런 거짓 착함마저도 나타내 보일 줄 몰랐다. 철저하게 악할 뿐이었다. 평생을 두고 사랑이라는 낱말로 미화될 수 있는 행동거지를 해보일 인간과는 거리가 멀어 보였다. 물론 그는 자신의 그런 포악성 때문에 누구에게도 사랑받지 못할 것이다. 그의 표정은 항상 독기를 음울하게 깔고 있어 맞서는 사람으로 하여금 섬뜩함을 느끼게 했다.

그런데 이해하기 어려운 것은 중학교 때부터 기표를 알고 지내온 아이들(대부분 3학년이거나 졸업했다)은 기표가 그처럼 철저하게 나쁜 애임에도 불구하고 그에 대해서 좋지 않게 말하는 것을 들어 본 적이 없다는 것이다. 물론 좋은 애라고 말하는 일도 없었지만 아무도 기표를 욕하지 않았다. 피해를 직접 받은 애들마저도 기표에 대해 나쁘게 말하지 않았다.

—말하길 꺼려하는 거야. 악에 대한 공포 때문이지.

나는 이렇게 생각해 보았다. 그러나 나는 내 생각이 옳지 않음을 나 자신의 경험 속에서 너무나 잘 알고 있었다. 기표에 대한 공포는 그에게 린치를 당할 때뿐이었다. 내가 린치를 당한 사실을 아무에게도 털어놓지 않은 것은 앙갚음에 대한 두려움 때문이 아니었다. 나는 또한 그처럼 무자비한 린치를 당했으면서도 그를 미워할 수가 없었다. 무언가 헤아릴 수 없는 신비한 힘이 그에게 있는 것 같았다.

"형!"

동급생이면서도 우리들은 2학년에 재학하는 유급생 20여 명을 꼭 공대했다. 재수파들이 그렇게 대해 주길 바랐기 때문이기도 했지만 그렇게 공대하면서도 입이 껄끄럽지 않은 것은 재수파를 이끌고 있는 기표의 위력 때문인지도 모른다.

"야, 체육복 좀 빌려 줘라."

재수 없는 아이가 유급생인지 모르고 말을 함부로 놓을 때가 더러 있었다. 그럴 때 그 아이는 영락없이 얻어터졌다. 일의 특징을 따지지 않는 게 기표가 행하는 악의 특징이었다.

—명칭, 조직의 목적, 모임의 횟수를 모두 대라구!

교실에서의 집단구타사건으로 그들이 걸려들었을 때 학생주임은 전말서를 내밀며 소리쳤다. 기표들은 1학년 때부터 음성 서클로 지목되어 수차례 조사를 받아 왔기 때문이다. 그러나 학생주임은 번번이 아무것도 알아내지 못했다. 하나도 그것에 대해 알고 있는 게 없었기 때문이다. 재수파는 우리들이 편의상 붙인 이름이었을 뿐이다. 조직이 아니기 때문에 어떤 목적이나 정기적인 모임 같은 게 없었다. 동물 영화를 보면 밀림을 달리는 맹수떼들은 한 리더를 중심해서 같은 방향으로 달려간다. 그들도 그랬다. 그냥 기표를 중심해서 그들은 모였고 계획된 것이 아니라 지극히 우발적인 악이 그들에 의해서 저질러졌을 뿐이다.

기표는 교실에서 담배를 피웠다. 그의 담배 은닉처는 고호의 자화상이 있는 액자 뒤쪽이었다. 쉬는 시간이면 그는 액자 뒤쪽을 더듬어 담배를 꺼냈다. 미션 계통의 학교라 일주일에 몇 번씩 있는 채플 시간을 통해 교목이 인간 양심의 타락을 개탄했다. 바로 그러한 시간에 기표는 주번을 대신해서 교실에 남아 담배를 피거나 아이들 도시락을 먹어 버리는 일을 했다. 그는 적어도 하루 두 개의 도시락을 축냈다. 아무도 그것을 항의하지 않았지만 기표 또한 미안해하는 표정이나 사과의 말을 남기는 법이 없었다.

기표들에게 린치를 당하고 학교 골목을 절뚝거리며 나오던 그 고통스럽고 긴 시간 내가 생각한 것은 기표야말로 우리들이 흔히 말하는 악마의 자식이 아닐까 하는 생각이었다.

내가 이런 생각을 얘기가 통할 만한 집안의 어떤 형에게 말했더니 그가 대답했다.

— 맞아. 신이 매우 거북하게 생각하는 악마란 바로 네가 말한 놈처럼 착함을 가질 수 있는 가능성이 전혀 없는 그런 순수한 악마지. 그러한 순수한 악마만이 신을 돋보이게 하기 때문에 신은 마음속으로 괴로운 거야. 그렇기 때문에 신은 결코 악마를 영원히 추방하지 않아. 항상 곁에 두고 자신을 돋보이게 하는 일에 그것을 이용할 뿐이야.

5월 중간고사가 끝나는 날 오후 반장인 임형우가 드디어 재수파한테 당했다. 아무도 상상하지 못한 일이었다. 그처럼 근본이 포악한 기표마저도 형우의 얘기라면 귀를 기울이곤 했었다. 그처럼 형우는 모든 아이들의 인심을 살 줄 알았다. 형우의 성실성이, 남을 위해 자기를 던질 줄 아는 의협심이, 그의 천성적으로 착하게 보이는 외모가 아이들을 사로잡았다. 다른 반 선생들도 2학년 13반 반장 임형우를 칭찬했다. 형우의 겸손함이 다른 선생님들의 호감을 샀다. 형우는 특히 기표에게 잘 해주었다. 아우가 형을 대하듯 스스럼없이 사랑해 주었다. 그렇다고 기표에게 특혜를 얻어 주려고 노력하는 것 같지도 않았다. 유독 그의 환심을 사려고 노력하는 것 같지도 않았다. 물론 다른 아이들이 기표에 대해 갖는 그런 공포 같은 것도 없어 보였다.

그런데 5월 고사에 이르러 형우가 결정적 실수를 했다. 기표와 또 다른 한 아이를 위해서 한 일의 결과가 그렇게 됐다. 시험을 며칠 앞둔 어느 날 형우가 반에서 성적이 괜찮은 몇몇 아이를 모았다.

"두 사람을 조금씩 도와주자."

그가 제의했다.

"이번 시험을 잘 못보면 또 낙제할 가능성이 있다고 담임선생님이 말했다."

"나쁜 낙제 제도 때문에 그들이 구제불능의 상태에 놓이도록 방관하는 것은 옳지 못한 것 같다. 물론 공부를 잘 못하는 것은 그들의 책임이다. 그러나 책임으로 그들을 추궁하기에는 그들이 너무 한심한 상태의 아이들이다."

"결국 동정하자는 거군."

어떤 아이가 말했다.

"인간을 구제한다는 것은 값싼 동정과는 근본적으로 다르다."

"다투고 싶지 않다. 결국 우리가 어떻게 돕자는 거냐?"

먼저 아이가 물었다.

"조금씩만 돕자."

"결국 부정행위를 하란 말이냐?"

"그렇다. 커닝이 교칙에 위반된다고 해서 하기 싫으면 안 해도 좋다. 나는 다만 너희에게 부탁했을 뿐이다."

"걸렸을 때는?"

"모든 책임은 내가 진다. 내가 시켜서 했다고 해라."

우리는 형우의 단호한 어조에 감명받았다.

"걔들이 우리들의 도움을 거부하면?"

어떤 애가 그런 우려성을 내놓았다. 충분히 있을 수 있는 일이었다.

"거부하지 않을 것이다. 4월 고사에서 내가 약간 시도해 보았기 때문에 자신할 수 있다."

나는 형우의 눈꼬리에 매달린 다소 교활해 뵈는 웃음을 보았다. 나는 참지 못하고 말했다.

"누구를 위해서 그렇게 하자는 거냐? 기표냐, 아니면 우리들 자신이냐?"

"유대, 네 말은 대답할 가치가 없다고 생각해서 대답을 않겠다."

"대답해라. 대답 못 할 것도 없을 텐데?"

내가 빈정거리는 투로 다그쳤다.

"그렇게 해주는 것이 옳다고 판단했기 때문이다. 왜 옳은가는 네 자신이 생각해도 된다."

"네 의협심을 존중한다."

내가 간단히 손을 들어버리자 형우가 당연하다는 듯이 씨익 웃었다.

"이왕 얘기가 났으니 말이지만 이 일은 우리 모두를 위해서 하는 것이라고 생각해도 좋다. 최소한 반장인 내가 기표의 환심을 사려는 개인적인 일이 아니라는 것만 알아줘라. 마지막으로 부탁할 것은 이 일이 내 제안에 의해 이루어졌다는 걸 기표가 모르도록 해달라는 것이다."

우리들은 형우의 말을 믿었다. 자기가 모든 것을 책임지겠다고 하는 얘기도 그의 진심으로 받아들였다. 4월 중순께 기표가 3학년 형을 구타한 일로 벌을 받게 됐을 때 학급 전원이 서명해서 기표를 구하기 위해 일사불란하게 움직였던 것처럼 우리는 형우의 지시에 따라 섬세한 계획을 짜고 시험날을 기다렸던 것이다. 무슨 과목은 누가 어떤 방법으로 도와준다는 등 그들이 또다시 유급하지 않을 정도의 점수를 올리기 위해 우리들은 빈틈없이 준비했다. 남을 위해서 일한다는 것이 마음에 이다지 큰 기꺼움을 준다는 것도 비로소 알게 되었다.

3일간 계속되는 중간고사 첫날이었다. 기표와 대각으로 앉게 된 정수가 자리의 이점을 이용해서 답안지를 바른쪽 허리께로 내리밀어 기표가 보기 좋게 해주었다.

첫 시간에 기표가 정수의 그러한 호의를 어떻게 받아들였는지는 알 수 없었다. 다만 그는 퇴장할 수 있는 30분이 되자 제일 먼저 답안지를 놓고 나갔을 뿐이다. 시간이 끝나고 답안지를 거둔 아이의 말에 의하면 기표의 답안지는 거의 백지에 가까웠다는 것만 알았을 뿐이다. 둘째 시간은 영어였다. 총무를 맡은 애가 시간 중간쯤에 문제 번호와 답을 쓴 커닝페이퍼를 몇 사람 손을 거쳐 기표에게 전달했다. 그러나 그것이 문제였다. 기표가 벌떡 일어나 감독선생 앞으로 걸어 나갔다.

"어떤 새끼가 이걸 나한테 전해 왔습니다."

그는 감독으로 들어온 선생한테 쪽지 한 장을 내밀었다. 그리고 제자리에 돌아와 앉으며 사방을 휘이 적의 깊게 노려봤다. 악한 자의 간특한 미소가 입가에 고물고물 기어 다녔다.

감독으로 들어온 선생은 마음 너그럽기로 이름난 영어교사였다. 그는 기표가 내놓은 종이쪽지를 한참 들여다본 후에 말했다.

"누가 이런 메모지를 지금 저 학생한테 전달했나?"

문제 풀기에 여념이 없던 아이들이 한 번씩 고개를 들었다간 다시 문제로 돌아갔다.

"누군가?"

그래도 대답이 없었다.

"어떤 개새끼야?"

이번에는 기표가 자리에 앉은 채 으르렁거렸다.

"선생님, 제가 그랬습니다."

반장인 임형우가 벌떡 일어섰다. 감독선생이 어이없다는 듯 허허 웃었다.

"아닙니다, 그건 제가 썼습니다."

불쑥 딴 자리에서 또 한 애가 일어섰다. 총무를 맡아보는 애였다.

"아닙니다, 제가 그랬습니다."

다른 아이 하나가 또 일어섰다. 함께 모의를 했던 아이 중의 하나였다.

"접니다."

또 다른 놈이 일어섰다. 접니다. 접니다. 사방에서 우르르 아이들이 일어섰다.

허, 허허, 허허허…… 감독선생은 이 어처구니없는 사태에 어리둥절한 모양이었다. 기표의 얼굴이 노오랗게 질렸다.

"자, 모두 앉아요."

감독선생이 뭔가 사태를 파악한 듯 이삼십 명의 아이들을 자리에 앉도록 지시했다. 아이들이 다 자리에 앉은 다음, 그 나이 많은 감독선생이 말했다.

"오늘 이 일은 전연 없었던 것으로 해두기로 한다. 아주 훌륭한 사람들이 모인 반이라는 생각이 든다. 종이쪽지를 가지고 나왔던 사람의 곧은 정신이나 우정이 무엇인가를 여실히 보여준 여러분 모두의 결의는 대단히 훌륭했다."

일은 이런 방향으로 매듭지어졌다. 그 시간이 끝나자 아이들은 숨을 죽이고 기표를 살폈지만 그는 자리에 보이지 않았다. 끝 시간인 셋째 시간도 별일 없이 끝났다. 종례가 끝나고 청소 시간까지 아무런 일이 없었다.

"유대야, 담임이 아까 오라고 한 사람 빨리 교무실로 오래."

한 애가 내게 말을 전해 왔다. 종례가 끝나고 교무실로 돌아가던 담임이 복도에서 나를 불러내어 청소가 다 끝난 뒤 나와 반장 그리고 정수를 교무실로 오라고 했던 것이다.

함께 교무실로 가려고 찾으니 반장도 정수도 보이지 않았다. 나는 운동장으로 내려서는 계단 휴게실까지 가 보았다. 거기도 그들은 없었다. 교무실에 먼저 가 있겠거니 하고 계단을 올라서는데 정수가 학교 후문 있는 데서 뛰어오면서 손짓하고 있는 게 보였다.

"반장은 어디 갔나?"

담임선생은 그날 끝낸 화학시험지의 답안지를 정리하면서 건성으로 물었다.

"아무리 찾아도 보이지 않아 저희들만 왔습니다."

나는 정수의 얼굴을 쳐다보지 않은 채 대답했다. 곁에 선 정수의 숨소리는 아직도 고르지 않았다.

"응, 됐어, 너희들 둘이 해도 되겠지."

짐작했던 대로였다. 우리는 담임선생님의 채점기계로 호출된 것이다. 답안지를 든 담임선생님을 따라 우리는 화학실로 올라갔다.

"나 화학실에 있다고 사환애한테 알려둬라. 밖에서 전화 올 게 있다."

복도에서 담임이 말했다. 내가 아래층 교무실로 뛰어 내려갔다. 우리들 사이에 넙쩍이라고 불리는 사환 계집애가 만화책을 보고 있었다.

"우리 담임선생님 화학실에 계셔. 무슨 일 있으면 그리 연락하라고!"

넙쩍이가 고개를 들지 않은 채, 알았어 — 했다.

우리는 담임선생님과 함께 아이들의 답안지에 ○×해 나갔다. 맞은 것 틀린 것, 좋은 답 나쁜 답, 착한 놈 나쁜 놈…… 우리들이 동그라미 하나 더 치면 그 아이는 5점이 올라갈 수 있었다.

"야, 느덜 오늘은 속도가 느리구나."

담임의 말이 사실이었다. 우리는 다른 때와 달리 몇 장 넘기지 못하고 있었다. 정수나 나나 매한가지였다. 정수는 눈에 띄게 허둥거리고 있었다. 나 역시 답안지의 내용이 자꾸 헛갈렸다. 적어도 일곱 명쯤의 재수파들 속에 형우가 무릎을 꿇고 와들와들 떨고 있을 것이다. 명치를 찌르는 주먹, 정강이뼈를 겨냥한 구둣발 세례, 피가 꽃망울처럼 솟아오르는 기표의 팔뚝, 허벅지를 태우는 살 냄새…… 하나, 두우울, 세에 — 엣, 네에 — 엣, 다아…… 아악. 소리 질러 봐, 죽여 버릴 거니! 석공이 돌을 다듬듯

완벽한 솜씨로 그들은 형우의 육체와 영혼을 주장질시키는 일에 탐닉하고 있을 것이다. 형우는 지금 어떤 표정으로 무슨 생각을 하고 있을까. 정수가 담임에게 일러바쳐 지금쯤 자기를 구원해 주러 오는 사람들을 기다리고 있을 것인가, 아니면 죽기를 각오하고 그들에게 도도한 자세를 보일 것인가, 나는 짐짓 정수의 눈을 찾았다. 나를 바라보는, 정수의 눈이 애원하듯 타고 있었다. 그렇게 무서우면 네가 말해! 그런 뜻의 눈짓을 내가 보냈지만 목덜미를 더욱 벌겋게 달구며 고개를 꺾었다.

"너희들이 잘 해주어서 올해는 퍽 수월하게 넘어갈 것 같구나."

담임선생은 채점을 쉬며 담배를 피워 물었다.

"반장이 생각했던 것보다 잘 해주는 것 같단 말이야. 느이들이 알다시피 우리 반이 2학년 전체에서 제일이거든. 지난 춘계 체육대회 때 종합 우승이며 이번 이사분기 납부금 실적도 단연 으뜸이고……."

나는 실소하며 정수의 눈을 찾았다. 그러나 정수는 고개를 들지 않았다. 아직 한 권에서 반도 넘기지 못한 채였다. 나는 다시 한 번 실소했다. 담임선생이 지금 형우가 처하고 있을 상황을 안다면 어떤 표정으로 바뀔 것인가.

"참 알 수 없는 일은 최기표가 듣던 것과는 달리 양처럼 순하다 그거야. 몇 번 말썽이 있긴 했지만 그까짓 거야 별거 아니지. 어떻든 그놈도 본성은 착한 놈인데 가정 형편이 좋지 못한가 보더라."

담임선생은 자기가 부리는 채점기계의 묵묵한 작업에 눈을 보낸 채 자못 흐뭇한 표정이었다.

"다 담임선생님께서 잘 지도해 주신 덕분이죠 뭐."

내가 시치미를 떼면서 말하자,

"아닌게아니라 나로서도 그동안 너희들이 이해 못 할 애로사항이 많았다. 인간을 교육한다는 것이 새삼 어렵다는 걸 깨닫게 됐고, 또한 그런 어려움 속에서 교육하는 보람도 얻을 수 있었던 거지."

정수가 비로소 고개를 들어 나를 쳐다보았다. 그의 이마에 번지르르 땀이 배어나고 있었다. 그의 눈알이 불안하게 움직였다. 그는 몹시 괴로워하고 있음이 분명했다. 형우가 재수파들한테 끌려 학교 뒷산 으슥한 곳으로 끌려갔다는 사실을 내게 전해준 것만으로도 그는 마음이 가벼워질 줄 알았을 것이다. 그러나 그는 지금 그 사실을 나한테 얘기한 것을 몹시 후회하고 있는지도 모른다. 나라면 담임선생한테 그 사실을 쉽게 알릴 수 있으리라고 생각한 자신의 판단이 빗나간 데 대한 당혹감으로 그는 떨고 있는 것이다.

—임마, 느덜이 생각한 것처럼 난 담임선생님의 첩자가 아냐.

나는 다시 정수의 눈에 맞춰 눈싸움을 벌였다. 정수는 금방 울음을 터뜨릴 것 같은 표정이었다. 자칫하다가는 이 녀석이 발광을 할는지도 모른다는 생각이 들었다.

1학년 때 나는 해중이란 아이가 기표 때문에 학교를 그만둔 일을 알고 있었다. 그 애 역시 재수파였다. 다섯 놈이 캠핑을 나가 여학생 하나를 결딴냈다. 피해자 측에서 사생결단하고 덤벼 일이 크게 번졌다. 당한 애가 인상을 말했기 때문에 범위는 대번 좁혀져 재수파들이 학생부실에 불려갔다. 그러나 그들은 한사코 잡아뗐다. 하루 내내 족쳐도 헛일이었다. 여학생과 대면을 시키겠다고 해도 만나게 해달라고 날뛰었다. 그때 그들 재수파 중의 한 아이 어머니가 학교에 나타난 것이다. 그네는 학생부실에 들어가기가 무섭게 기표를 손가락질했다. 저놈, 저놈이 우리 해중일 맨날 불러냈지! 우리 해중일 망치는 놈이 바로 저놈이라우! 모두 기표를 바라보았다. 기표는 눈썹 하나 까닥하지 않은 채 해중이를 돌아다보았다. 이 새끼야, 내가 느네 엄마 말대로 널 맨날 불러냈냐? 소름이 끼치도록 낮고 매서운 추궁이었다. 말해라, 이 녀석아, 왜 사실대로 말 못 하는 게야? 해중이 엄마가 퍼댔다. 말해! 기표가 씹어 뱉듯 말했다. 해중이가 느닷없이 몸을 와들와들 떨기 시작했다. 그리고 미친 사람처럼 부르짖기 시작했다. 엄마, 기표는 우리 집에 한 번도 안 왔어. 우리 집도 모른단 말이야. 선생님, 접때 그 일은 제가 했어요. 딴 학교 애들하고 그랬단 말예요. 그는 말을 마치기가 무섭게 학생부실 시멘트벽에 머리를 두어 번 부딪쳤다. 해중이가 병원으로 들려 간 뒤 학생부 선생이 함께 조사를 받던 놈들한테 물었다. 해중이 말이 사실이냐? 기표가 고개를 끄덕거린 다음, 그 썅새끼 — 하고 중얼거렸다. 다른 애들도 모두 기표처럼 고개를 끄덕거렸다. 해중이가 스스로 학교를 물러난 것으로 일은 끝나 버렸던 것이다.

"아직 멀었냐?"

담배를 피운 다음 책상에 앉아 잠시 졸고 난 선생님이 다시 물었다.

"느 정말 오늘 왜 이렇게 늦냐?"

우리들은 대답할 수가 없었다.

"어때, 90점 이상 많이 나오냐?"

"하나도 없는데요."

"참 느덜 공부 안 해 큰일났다."

그때 화학실 문이 열렸다. 넙쩍이 아가씨가 거기 서 있었다.

"왜, 나한테 전화 왔냐? 여자지?"

그러나 넙쩍이 아가씨가 헐떡이는 목소리로 말했다.

"전화가 아녜요. 선생님, 빨리 내려가 보세요. 야단났어요."

담임선생님이 허둥지둥 달려 나갔다. 정수의 얼굴이 하얗게 질리고 있었다.

"유대야, 말하는 건데 그랬다."

"난 네가 말할 줄 알았지."

"아까 네가 말랬잖아? 난 네가……."

정수는 금방 울음을 터뜨리기라도 할 듯 얼굴을 우그러뜨렸다.

"기표가 안 좋아할걸, 고자질하는 거 말이야."

"그렇지만 형우가……."

"아마 형우도 원하지 않았을 거다."

"왜, 왜 그렇게 생각하니?"

"응, 형우는 자신이 스스로 그렇게 당하길 원했거든."

정수가 무슨 얘기냐는 듯 나를 보았지만 나는 짐짓 딴전을 부렸다.

"죽진 않았을 거다."

우리들이 답안지를 정리해 들고 교무실을 내려왔을 때는 교무실은 넓적이 아가씨 혼자 있었다.

"김 선생님이 빨리 한강병원으로 오라고 하던데요."

"무슨 일이래요?"

"어떤 아줌마가 아까 막 달려와서 학생들이 뒷산에서 사람을 죽인다고 해 학생주임선생님이 가봤더니요, 2학년 13반 반장이 혼자 뒹굴고 있더래요."

우리들은 학교에서 가까운 한강병원까지 단 한마디 말도 않은 채 달려갔다. 죽지 않았을 거다. 나는 뛰면서 생각했다. 기표가 사람을 죽일 리가 없지. 기표는…….

형우는 응급실 의자에 엉거주춤 누워 있었다. 형우가 외관상 멀쩡해 보이는 데 대한 한 가닥 실망이 스쳤다. 그러나 자세히 보니 형우의 얼굴은 퉁퉁 부어 있었고 임시로 잡아맨 넓적다리의 붕대위엔 꽃송이처럼 선명한 핏자국이 피어올랐다.

우리를 발견한 형우가 재빠른 동작으로 손가락 하나를 퉁퉁 부은 제 입술에 댔다가 떼었다. 나는 고개를 끄덕거려 주었다.

"유대야, 너 형우네 집 전화번호 알지?"

학생주임과 함께 서 있던 담임이 물었다.

"모르겠는데요."

나는 시치미를 떼며 형우의 표정을 살폈다. 형우는 얼굴을 찡그리며 말했다.

"선생님, 제발 저를 그냥 돌아가게 해주세요. 전 아무렇지도 않단 말씀이에요."

"임마, 여길 나가기 전에 사실대로 대란 말이다."

학생주임이 다그쳤다.

"말씀드릴 수 없습니다. 제가 잘못한 일로 싸웠는데 왜 친구들을 괴롭혀야 합니까."

"임마, 넌 싸우지 않았어. 본 사람이 그랬어, 네가 몰매를 맞더라고."

"아닙니다, 선생님, 제가 먼저 그 아이한테 시비를 걸었던 것입니다. 그리고 싸웠던 겁니다."

"그게 누구냔 말이다."

"말할 수 없습니다."

"너 정말……."

학생주임이 혀를 내둘렀다.

"너 정말 학교를 허수아비로 아는 거냐? 학교 다니기 싫어?"

"저는 처벌을 달게 받겠습니다. 그러나 그 아이들을 말할 수는 없습니다."

담임선생은 얼굴에 그늘을 깐 채 팔짱을 끼고 한 편에 묵묵히 서 있었다. 우리 반의 일사불란한 항해를 거스른 자가 누굴 것인가, 그것을 생각하고 있는지도 몰랐다. 이제야말로 우리들 손에서 고삐를 낚아채어 거머쥐고 목을 옥죄고 싶은 심정일 것이다.

"유대, 넌 알 거다, 형우를 때린 놈들이 기표네 패라는 걸 말이다."

"형우가 그렇게 말했나요?"

"그런 건 아니지만 그건 틀림이 없다. 기표 놈이 아니곤 그런 짓을 할 놈이 없다."

담임은 헐떡거렸다. 양같이 순하게 길들여졌다고 확신했던 자신의 어리석음을 질타하고 있을 것이다.

"선생님, 형우가 뭘 잘못했다는 걸까요?"

내가 짐짓 떠보았다.

"형우가 거짓말을 하고 있는 거다. 잘못하기는커녕 형우가 그놈들을 위해서 얼마나 많은 일들을 했는지 넌 모를 게다."

담임선생은 몹시 흥분하고 있었다. 기표에 대한 혐오감으로 해서 얼굴이 벌겋게 달아올랐다. 기표를 미워하다니. 나 역시 담임선생에 대한 적대감으로 몸을 떨었다.

"뭡니까, 선생님. 형우가 기표를 위해서 무얼 했단 말입니까?"

내 반감 짙은 어투에 놀랐는지 담임선생은 좀 멈칫했다. 그러나 곧 비웃음을 섞어 말했다.

"임마, 나는 다 알고 있어. 기표가 저질러 온 짓 말이다. 유대, 너도 기표한테 당했잖아! 그리고 너희들이 그놈들 부정행위를 거들어 준 것도 알고 있다."

그랬겠지. 나는 속으로 신음처럼 중얼거렸다. 무서웠다. 어른들의 음흉스러운 심보, 알면서도 모른 체 시치미를 뗀 그 저의는 무엇인가.

형우는 우리들 사이에서 일약 영웅이 돼 버렸다. 예상 안 한 건 아니지만 그 여세는 보통이 아니었다. 3학년에도, 1학년 하급생들도 2학년 13반 반장 임형우가 입에 올랐다. 전치 2주의 상해를 입고도 끝내 그 상대를 입에 올리지 않음으로 해서 형우의 존재는 풍선처럼 부풀었다.

기표가 그 사건 다음 날부터 내리 사흘이나 학교에 나오지 않았어도 재수파들은 학생부에 불려 가지 않았다. 아무도 그것을 문제삼지 않았다.

담임이 학교에 나오지 않는 기표를 찾기 위해 뚝방 동네를 연 이틀이나 헤맨 사실도 학교에 널리 알려졌다. 기표가 학교에 나온 날 담임은 조회시간에 간단히 말했다.

"최기표 군은 그동안 피치 못할 가정사정으로 결석했다. 앞으로 다시는 결석이 없을 것으로 안다."

항상 빳빳하게 쳐들고 앉았던 기표의 고개가 잠깐 숙여지는가 싶게 느껴졌다. 그것은 이상한 조짐이었다.

형우가 병원에서 퇴원을 해 2주일 만에 학교에 나왔다. 악수 세례가 쏟아지고, 등을 두드리고, 체육시간에는 헹가래까지 시키려고 했지만 형우가 도망을 쳤다. 그렇게 하면서 우리들은 숨죽여 기표의 동정을 살폈다. 그러나 그의 차가운 시선에 부딪힌 아이들은 섬뜩한 느낌으로 고개를 돌리곤 했다. 나는 후우—가슴을 쓸어 내렸다.

"형, 우리 미술시간에 라면 먹으러 갈까?"

내가 말을 건넸다. 우리들은 가끔 후동교사 뒷담을 넘어 구멍가게에서 라면을 사 먹은 다음 감쪽같이 들어오곤 했다. 재수파들이 그 전문이었던 것이다.

"필요 없어."

기표가 쳐다보지도 않은 채 퉁명스럽게 뱉었다. 그는 국어책을 읽고 있었다. 안톤 슈나크의 「우리를 슬프게 하는 것들」. 울음 우는 아이는 우리를 슬프게 한다.

다른 반 애들이 말했다. 선생들이 교실에 들어올 때마다 임형우의 일화가 예로 들어지면서, 학우를 아끼고 의리로써 지켜 준 참다운 우정과 반의 결속을 위해 담임 선생과 함께 남모르게 애써 온 그 숨은 이야기가 술술 펼쳐지더란 것이다. 교정에 모여선 아이들도 입에 입에 형우의 얘기로 만발했다.

"우리들이 커닝을 도와준 것이 기표의 비위를 상하게 한 모양이지?"

병원에 있을 때는 남의 눈을 생각해 못 물어본 걸 하교 길 둘만의 자리가 됐을 때 내가 넌지시 물어보았다.

"글쎄 그런 것 같았다."

형우가 짐짓 좌우를 둘러보면서 대답했다.

"그때 그 일, 담임선생님이 시켜서 한 거지?"

내가 넘겨짚자 형우가 한순간 당황하는 것 같았다. 언제고 밝히고 싶었던 것이라 나는 다시 다그쳤다.

"그렇지?"

"꼭 그런 건 아니지만 그 문제를 담임선생님과 의논한 건 사실이다."

"합법적으로 만들기 위해서냐?"

"아니다. 담임선생님이 기표를 나한테 일임하겠다고 말했기 때문이다. 선생님은 기표를 구원해 주고 싶었던 것이다."

"그랬겠지. 형우야, 넌 지금 네가 기표를 구원했다고 보니?"

"아직 완전히는…… 그러나 멀지 않았다."

나는 웃어 주었다.

"기표는 그렇게 생각하지 않을걸. 형우, 네가 구원해 주고 있다고 말이야."

"그것은 기표가 생각할 일이 아니다."

"무슨 뜻이냐?"

"우리가 무서워했던 건 기표가 아니라 기표를 둘러싸고 있는 재수파들이었다."

"그런데?"

"이제 그 조직은 없어졌다."

"무슨 근거로 그렇게 말하는 거냐?"

"내가 병원에 있을 때 그 애들이 모두 나한테 사과하러 왔었다. 하나하나 서로가 모르게 다녀갔다."

"기표두 왔었니?"

내가 헐떡이면서 물었다.

"오지 않았다. 그러나 난 그런 놈한테 사과도 받고 싶지 않다."

그럴 테지. 나는 후우 가슴을 쓸어 내렸다.

"그래, 다른 애들이 너한테 사과를 했다고 해서 재수파가 없어졌다고 생각하는 건 잘못일 거야."

"물론 겉으로야 그대로 남아 있겠지. 그러나 그들은 이미 이빨 뺀 뱀이나 다름없어. 걔들이 모두 나한테 말했다. 기표는 악마라고. 자기들 피를 빨아먹고 사는 흡혈귀라고."

형우와 갈라서야 하는 길목에 와 있었다. 나는 형우네 집 쪽으로 따라가며 물었다.

"너 지금 무슨 얘길 하는 거냐?"

형우가 나를 향해 싱긋 웃었다.

"기표는 다 아는 것처럼 가난한 집 애다. 거기다가 그 부모가 다 병들어 누워 있다. 시집 간 기표 누나가 대주는 돈으로 겨우겨우 먹고 산댄다. 기표 동생이 셋이나 있다. 기표 바로 밑의 동생이 버스 안내원을 해서 생활비를 보탰는데 요즘 무슨 일로 해서 그것도 그만두었다. 아무튼 생활이 말두 아니란 거야. 재수파들이 매달 얼마씩 모아 생활비를 보태 줬다는 거야. 집에서 돈을 뜯어낼 수 없는 애들은 혈액은행에 가 피를 뽑아 그 돈을 내놓았다는 거다."

"그렇게 해달라고 기표가 강요한 건 아닐 텐데."

"마찬가지다. 재수파들은 기표가 무서웠다는 거야."

"지금도 무서워하고 있는걸."

"그렇지 않아."

병원에서 지내는 동안 혈색이 더 좋아진 형우가 자신 있게 말했다.

"이제 아무도 기표를 무서워하지 않게 될 거다."

형우가 손을 흔들고 자기 집 골목으로 사라져 버렸다. 그는 유능한 반장이 틀림

없다고 나는 생각했다. 씁쓸한 느낌이 가슴을 스쳤다.

담임의 예언대로 기표는 결석을 하지 않았다. 형우와 기표 사이에도 이렇다할 마찰이 없이 여름방학이 지났다. 교실에서 도시락이 없어지는 일도 드물었다. 물론 재수파들이 기표를 찾아 교실에 들락거리는 횟수는 잦았지만 아이들은 그닥 신경을 곤두세우지 않아도 되었다. 기표는 여전히 침묵하고 있었다. 담임선생이 가끔 기표에게 학급사무를 맡기는 게 눈에 띄었다. 기표가 별 표정 없이 그런 일을 맡아 했다.

그날도 기표는 담임선생의 지시에 의해 체육부실에 내려가 우리 반 아이들의 체력검사 통계를 내고 있었다. 그럴 시각 담임선생이 말했다.

"66명이 탄 우리 배는 순풍을 맞아 참으로 순탄한 항해를 하고 있다. 다 여러분의 노력에 의한 것이라고 생각한다. 그런데 한 가지 알려줄 게 있다. 여러분의 한 친구가 매우 어려운 처지에 놓여 있다. 그 자세한 얘기는 반장이 해줄 것이다. 다만 담임으로서 당부하고 싶은 것은 그것이 남의 일 아닌 내 일이라고 생각해서 그 사람을 돕는 일에 앞장서 주기 바란다."

담임선생님이 교단에서 내려서고 그 대신 반장 임형우가 사뭇 엄숙한 표정으로 단 위에 섰다.

"담임선생님의 말씀처럼 지금 우리 친구 하나가 매우 어려운 처지에 놓여 있다. 좀 늦은 감이 있지만 지금이라도 힘을 합쳐 그 친구를 구원해 주어야 한다고 생각한다."

이렇게 서두를 잡은 형우는 언젠가 하교길에서 내게 들려 준 기표네 가정형편을 반 아이들한테 이야기하기 시작했다. 그런데 놀라운 일은 형우의 혀였다. 나한테 얘기를 들려줄 때의 그런 적대감은 씻은 듯 감추고 오직 우의와 신뢰 가득한 말로써 우리의 친구 기표를 미화하는 일에 열을 올렸던 것이다.

기표 아버지가 중풍에 걸려 식물인간처럼 누워 있는 정경이며 기표 어머니의 심장병, 그러한 부모들을 위해서 버스 안내원을 하던 기표 여동생의 눈물겨운 얘기, 라면으로 끼니를 때우는 기표네 식구들의 배고픔이 눈에 보이듯 열거되었다. 그런 가난 속에서도 가난을 결코 겉에 나타내지 않고 묵묵히 학교에 나온 기표의 의지가 또한 높게 치하되었다. 더구나 그런 가난 속에서 유급을 했기 때문에 1년간의 학비를 더 마련해야 했던 그 고통스러운 얘기도 우리 가슴에 뭉클 뭔가 던져 주었다.

"나는 얼마 전 기표가 버스 안내원을 하던 여동생을 몹시 때린 일을 알고 있습니다. 그 여동생은 몸이 약해 버스 안내원을 그만두었던 것인데 생활이 더 어렵게 되자 돈을 벌기 위해 술집에 나가기로 했었다는 것입니다. 우리는 그 여동생이 앞으로 어떤 무서운 수렁에 떨어져 내릴는지 아무도 알 수가 없습니다."

반 아이들은 사뭇 숙연한 자세로 형우의 말에 귀를 기울였다.

형우는 기표네 가정사정을 낱낱이 얘기함으로써 이제까지 우리들에게 신화적 존재로 군림해 온 기표의 허상을 빈곤이라는 그 역겨운 것의 한 자락에 붙들어 맨 다음 벌거벗기려 하는 것 같았다. 기표는 판잣집 그 냄새 나는 어둑한 방에서 라면 가락을 허겁지겁 건져 먹는 한 마리 동정받아 마땅한 벌레로 변신되어 나타났다.

"한 가지 또 알려 줄 게 있습니다. 그것은 어려운 처지의 친구를 위해서 이제까지 남이 모르게 도와 온 우정이 있다는 것입니다. 그것은 기표의 가까운 친구들입니다. 이제까지 우리들이 재수파라고 불러 온 아이들입니다. 우리들이 무시해 온 그들이야말로 진정 아름다운 우정이 어떤 것인가를 보여주었던 것입니다. 그들은 매달 용돈을 저축하고 또는 방학 때 공사장에 나가 일을 해서 받는 돈으로 기표를 도와 온 것입니다. 그들 중에는 매달 자신의 귀한 피를 뽑아 그 돈을 내놓기도 했습니다. 한 달에 피를 세 번이나 뽑았기 때문에 빈혈을 일으켜 병원에 입원했던 사람도 있습니다. 사회에서 구원받지 못한 가난을 우정으로써 구원하려 한 그들이야말로 훌륭한 정신의 소유자입니다. 협동과 봉사 — 기여 정신의 산 증인들입니다. 우리들은 가끔 학교에 싸가지고 온 도시락이 텅텅 비어있는 것을 발견하고 기분 나쁘게 생각한 적이 있습니다. 그것은 진정으로 배고파 보지 못한 우리들의 우매함이었습니다. 남의 찬 도시락을 훔쳐 먹어야 했던 우리의 가난한 이웃을 우리는 너무나 모르고 지냈습니다. 나는 반장으로서 그 사실을 몹시 부끄럽게 생각합니다. 그것을 사과하는 뜻에서 나는 오늘이라도 우리의 친구 기표를 돕는 일에 앞장서기로 결심한 것입니다."

아이들이 술렁거리기 시작했다. 깊은 감동의 강물이 모두의 가슴 한가운데를 출렁이며 흘러가고 있었던 것이다.

담임선생이 교단으로 다가갔다. 그는 주머니에서 만 원짜리 한 장을 꺼내어 교탁 위에 놓았다. 반장도 안주머니에 손을 넣었다. 아이들이 조용한 술렁거림 속에서 모두 돈을 찾아 들었다.

"오늘 돈이 없는 사람은 내일 가져오는 게 어떻습니까?"

한 아이가 일어나서 큰 소리로 제안하자 모두, 그럽시다 — 소리쳤다. 박수가 쏟아져 나왔다.

모 일간지 편집부 국장을 지내는 학부형이 우리 반에 있었다. 담임선생님과 반장이 그 학부형을 만나러 갔다. 그 신문사 기자가 학교에도 여러 번 다녀갔다.

며칠 뒤에 신문 미담란에 우리 반 얘기가 크게 다뤄졌다. 박스 기사였다. 기표의 갸륵한 효성에서부터 재수파들의 우정어린 피 뽑기와 급우들로부터 시작된 친구 돕기 운동이 전교적으로 파급되어 이룩한 성과가 자세하게 났다. 기표의 여동생 얘기도 끼어 있어 그 기사를 읽은 우리들의 콧등이 새삼 찡했다. 기사 맨 위에 담임선생님과 반장, 그리고 기표의 사진이 박혀 있었다. 교장선생님 지시에 의해 그 기사는 각 교실 후편 게시판에 붙이게 돼 있었다.

그 신문 기사가 나가고부터 월요조회 때마다 교장선생님은 사회각계에서 보내오는 성금과 위문편지를 최기표에게 전달했다. 담임선생님도 종례 때면 기표에게 편지 여러 장을 건네며,

"거기 여학생 편지도 많이 있으니까 혼자 몰래 보라구."

아이들이 와하하 웃었다. 기표가 얼굴을 벌겋게 달구며 편지 다발을 책상 속에 넣곤 했다. 그럴 때마다 아이들이 박수를 쳤다. 실로 화기애애한 반이 되었던 것이다.

"기표 얘기가 영화로 된다며?"

"그렇대. 재수파들을 중심으로 한 얘긴데 TV에 나오는 제3교실 같은 거겠지."

어디서 나온 얘긴지 기표의 얘기가 영화로 만들어진다는 소문이 파다했다.

이제 아이들은 아무도 기표를 무서워하지 않았다. 형이라고 호칭하는 아이도 드물었다. 아무나 곁에 가서 말을 걸 수가 있었고 때로는 어깨도 쳤다.

그것은 기표가 아주 부끄러움을 잘 타는 아이로 변해버렸기 때문이다. 누구를 만나도 수줍어하는 그 아이는 그렇게 당당하던 체구마저도 왜소하게 짜부라진 채 우리가 보통 사진을 찍을 적에 '치즈' 하고 웃듯 그런 미소를 얼굴에 담고 있었다.

우리는 그렇게 미소 짓는 기표의 얼굴을 보면서 일사불란한 항해를 계속했다. 담임은 더욱 깊은 이해로써 우리 반을 돌봐주었다. 반장 형우는 그 나름의 성실과 지혜로 '우리'를 위해 헌신했다. 우리 교실에 들어오는 선생님마다 칭찬의 말을 아끼지 않았다. 기표의 얘기가 영화로 만들어진다는 얘기가 더욱 구체적으로 드러나기 시작했고 우리들은 덩달아 들떠서 술렁거렸다.

그러던 어느 날 우리는 기표의 자리가 빈 것을 알았다. 다음 날도 그는 결석했다. 무단결석이었다. 담임선생이 한 아이를 기표네 집에 보냈다.

"집에도 없어. 이틀 전에 집을 나갔대."

우리들은 서로 얼굴을 마주보며 술렁거리기 시작했다. 뭔가 심상찮은 생각들이 머리에 젖어들었다.

기표가 내리 사흘이나 결석을 한 아침나절이었다. 수업중인데 담임이 형우와 나를 찾는 쪽지가 왔다.

우리가 교무실에 내려갔을 때 담임선생은 병색이 완연해 뵈는 어떤 여자와 얘기를 나누고 있었다. 그네는 초가을인데도 낡고 두터운 오바를 걸치고 있었다.

"아이구, 우리 기표 친구들이구만, 시상에 이렇게 고마운 친구들이 어디 있겠누. 그런데 이눔에 자슥이……."

그네는 몸을 일으켜 우리에게 굽실거리며 때 낀 손수건으로 눈물을 찍어냈다. 그네는 우리의 손을 더듬어 쥐고 싶어 했다.

"자, 이제 고만 돌아가십시오. 얘들하고 의논해서 찾아보겠습니다."

담임선생은 기표 어머니를 내쫓듯 교무실에서 밀고 나갔다. 그네는 교무실을 나가며 자꾸 아쉬운 듯 우리들 얼굴을 돌아다보았다.

그네를 배웅하고 돌아온 담임이 의자에 소리 나게 주저앉으며 부들부들 떨리는 손으로 담배를 피워 물었다.

"이 망할 새끼가 끝까지 말썽이란 말이야."

그는 담배 연기를 깊이 빨아들였다가 내뿜으며 투덜거렸다.

"내일 천일영화사 사람들하고 만나기로 약속한 날이잖냐? 그런데 이 망할 새끼가……."

그는 서랍에서 편지 하나를 꺼내 우리들 앞에 내던졌다. 기표가 바로 밑의 여동생한테 보낸 편지였다. 편지 맨 앞줄에 이렇게 씌어 있었다.

―무섭다. 나는 무서워서 살 수가 없다.

1980년

홍염紅焰 _ 최서해

1

겨울은 이 가난한 — 백두산 서북편 서간도 한 귀퉁이에 있는 이 가난한 촌락 '빼허(白河)'에도 찾아들었다. 겨울이 찾아들면 조그마한 강을 앞에 끼고 큰 산을 등진 빼허는 쓸쓸히 눈 속에 묻혀서 차디찬 좁은 하늘을 쳐다보게 된다.

눈보라는 북국의 특색이라. 빼허의 겨울에도 그러한 특색이 있다. 이것이 빼허의 생령들을 괴롭게 하는 것이다.

오늘도 눈보라가 친다.

북국의 얼음 세계나 거쳐 오는 듯한 차디찬 바람이 우 — 하고 몰려오는 때면 산봉우리와 엉성한 가지 끝에 쌓였던 눈들이 한꺼번에 휘날려서 이 좁은 산골은 뿌연 눈안개 속에 들게 된다. 어떤 때는 강골 바람으로 빙판에 덮였던 눈이 산봉우리로 불리게 된다. 이렇게 교대적으로 산봉우리의 눈이 들로 내리고 빙판의 눈이 산봉우리로 올리달려서 서로 엇바뀌는 때면 그런대로 관계치 않으나, 하늬〔北風〕와 강 바람이 한꺼번에 불어서 강으로부터 올리닫는 눈과 봉우리로부터 내리닫는 눈이 서로 부딪치고 어우러지게 되면 눈보라와 바람소리에 빼허의 좁은 골짜기는 터질 듯한 동요를 받는다.

등진 산과 앞으로 낀 강 사이에 게딱지처럼 끼어 있는 것이 이 빼허의 촌락이다. 통틀어서 다섯 호밖에 되지 않는 집이나마 밭을 따라서 이리저리 흩어져 있다. 모두 커다란 나무를 찍어다가 우물정(井)자로 틀을 짜 지은 집인데 여기 사람들은 이것을

'귀틀집' 이라 한다. 지붕은 대개 조짚이요, 혹은 나무 껍질로도 이었다. 그 꼴은 마치 우리 내지(간도서는 조선을 내지라 한다)의 거름집[堆肥舍]과 같다. 심하게 말하는 이는 도야지굴과 같다고 한다.

이것이 남부여대로 서간도 산골을 찾아들어서 사는 조선 사람의 집들이다. 빼허의 집들은 그러한 좋은 표본이다.

험악한 강산, 세찬 바람과 뿌연 눈보라 속에 게딱지처럼 붙어서 위태위태하게 침묵을 지키고 있는 이 모든 집에도 언제든지 공도(公道)가—위대한 공도가 어그러지지 않으면, 언제든지 꼭 한때는 따뜻한 봄볕이 지나리라. 그러나 이렇게 눈발이 날리고 바람이 우짖으면 그 어설궂은 집 속에 의지 없이 들어박힌 넋들은 자기네로도 알 수 없는 공포에 몸을 부르르 떨게 된다.

이렇게 몹시 춥고 두려운 날 아침에 문 서방은 집을 나섰다. 산산이 흐트러진 머리카락을 뿌연 상투에 휘휘 거둬 감고 수건으로 이마를 질끈 동인 위에 까맣게 그을은 대팻밥 모자를 끈 달아 썼다. 부대처럼 툭툭한 토수래(베실을 삶아서 짠 것이다) 바지저고리는 언제 입은 것인지 뚫어지고 흙투성이 되었는데 바람에 무겁게 흩날린다.

"문 서뱅이 발써 갔소?"

문 서방은 짚신에 들막을 단단히 하고 마당에 내려서려다가 부르는 소리에 머리를 돌렸다. 펄쩍 문을 열면서 때가 찌덕찌덕한 늙은 얼굴을 내미는 것은 한 관청(韓官廳 : 관청은 직함)이었다.

"왜 그러시우?"

경기 말씨가 그저 남아 있는 문 서방은 한 발로 마당을 밟고 한 발로 흙마루를 밟은 채 한 관청을 보았다.

"엑, 바름두! 저, 엑 흑……."

한 관청은 몰아치는 바람이 아츠러운지 연방 흑흑 느끼면서,

"저, 일절 욕을 마오! 그게…… 엑, 워쩐 바름이 이런구! 그게 되놈〔胡人〕인데, 부모두 모르는 되놈인데……."

하는 양은 경험 있는 늙은 사람의 말을 깊이 들으라는 어조이다.

"나는 또 무슨 말씀이라구! 아 그늠이 이번두 그러면 그저 둔단 말이오?"

문 서방의 소리는 좀 분개하였다.

눈을 몰아치는 바람은 또 몹시 마당으로 몰아들었다. 그 판에 문 서방은 바람을 등지고 돌아서고 한 관청의 머리는 창문 안으로 자라목처럼 움츠렸다.

"글쎄 이 늙은 거 말을 듣소! 그늠이 제 가새비(장인)를 잘 알겠소! 흥……."

한 관청은 함경도 사투리로 뇌면서 다시 머리를 내밀었다.

"염려 마슈! 좋게 하죠."

문 서방은 더 들을 말 없다는 듯이 바람을 안고 획 돌아섰다.

"그새 무슨 일이나 없을까?"

밭 가운데로 눈을 헤갈면서 나가던 문 서방은 주춤하고 돌아다보면서 혼자 뇌었다.

눈보라 때문에 눈도 뜰 수 없거니와 지척을 분간할 수 없이 되어서 집은커녕 산도 보이지 않았다.

"그새 무슨 일이 날라구!"

그는 또 이렇게 혼자 뇌고 저고리 섶을 단단히 여미면서 강가로 내려가다가 발을 돌려서 언덕길로 올라섰다. 강얼음을 타고 가는 것이 빠르지만 바람이 심하면 빙판에서 걷기가 거북하여 언덕길을 취하였다. 하 다니던 길이니 짐작으로 걷지 눈에 묻히어서 길이 보이지 않았다.

언덕길에 올라서니 바람은 더욱 심하였다. 우와 하고 가슴을 치어서 뒤로 휘딱 자빠질 것은 고사하고 눈발에 아츠럽게 낯을 치어서 눈도 뜰 수 없고 숨도 바로 쉴

수 없었다. 뻣뻣하여 가는 사지에 억지로 힘을 주어 가면서 이를 악물고 두 마루턱이나 넘어서 '달리소' 강가에 이르니 가슴에서는 잔나비가 뛰노는 것 같고 등골에는 땀이 흘렀다. 그는 서리가 뿌연 수염을 씻으면서 빙판을 건너간다. 빙판에는 개가죽 모자 개가죽 바지에 커단 '울레(신)'를 신은 중국 파리(썰매)꾼들이 기다란 채찍을 휘휘 두르면서,

"뚜—어, 뚜—어, 딱딱."

하고 말을 몰아 간다.

"꺼울리 날취(저 조선 거지 어디 가나)?"

중국 파리꾼들은 문 서방을 보면서 욕을 하였으나 문 서방은 허둥허둥 빙판을 건너서 높다란 바위 모롱이를 지나 언덕에 올라섰다.

여기가 문 서방이 목적하고 온 달리소라는 땅이다. 이 땅 주인은 '인(殷)' 가라는 중국 사람인데 그 인가는 문 서방의 사위이다. 저편 밭 가운데 굵은 나무로 울타리를 한 것이 인가의 집이다 그 밖으로 오륙 호나 되는 게딱지 같은 귀틀집은 지팡살이(소작인) 하는 조선 사람들의 집이다. 문 서방은 바위 모롱이를 돌아 언덕에 오르니 산이 서북을 가리어서 바람이 좀 잠즉하여 좀 푸근한 느낌을 받았으나, 점점 인가—사위의 집 용마루가 보이고 울타리가 보이고 그 좌우에 같은 조선 사람의 집이 보이니 스스로 다리가 움츠러지면서 걸음이 떠지었다.

"엑, 더러운 되놈! 되놈에게 딸 팔아먹은 놈!"

그것은 자기 스스로 한 일은 아니지만 어디선지 이런 소리가 귀청을 징징 치는 것 같은 동시에 개기름이 번지르하여 핏발이 올올한 눈을 흉악하게 굴리는 인가—사위의 꼴이 언뜻 눈앞에 떠올라서 그는 발끝을 돌릴까 말까 하고 주저거렸다. 그러다가도,

"여보, 용례(딸의 이름)가 왔소? 용례 좀 데려다 주구려!"

하고 죽어가는 아내의 애원하는 소리가 귓가에 울려서 다시 앞을 향하였다.

"이게 문 서방이! 또 딸 집을 찾아 가옵느마?"

머리를 수굿하고 걷던 문 서방은 불의의 모욕이나 받는 듯이 어깨를 툭 떨어뜨리면서 머리를 들었다. 그것은 길 옆에서 도야지 우리를 손질하던 지팡살이꾼의 한 사람이었다.

"네! 아아니……."

문 서방은 대답도 아니요 변명도 아닌 이러한 말을 하고는 얼른얼른 인가의 집으로 향하였다. 온 동리가 모두 나서서 자기의 뒤를 비웃는 듯해서 곁눈질도 못 하였다.

여기는 서북이 가리어서 빼허처럼 바람이 심하지 않았다. 흐릿하나마 볕도 엷게 흘렀다.

2

"여보! 저 인가가 또 오는구려!"

가을볕이 쨍쨍한 마당에서 깨를 떨던 아내는 남편 문 서방을 보면서 근심스럽게 말하였다.

"오면 어쩌누? 와도 하는 수 없지!"

뒤줏간 앞에서 옥수수 껍질을 바르던 문 서방은 기탄없이 말하였다.

"엑, 그 단련을 또 어찌 받겠소?"

아내의 찌푸린 낯은 스르르 흐리었다.

"참 되놈이란 오랑캐……."

"여보 여기 왔소."

문 서방의 높은 소리를 주의시키던 아내는 뒤줏간 저편을 보면서,

"아, 오셨소?"

하고 어색한 웃음을 웃었다.

"예 왔소! 장구재(주인) 있소?"

지주 인가는 어설픈 웃음을 지으면서 마당에 들어서다가 뒤줏간 앞에 앉은 문 서방을 보더니,

"응 저기 있소!"

하고 손가락질을 하면서 그 앞에 가 수캐처럼 쭈그리고 앉았다.

서천에 기운 태양은 인가의 이마에 번지르르 흘렀다.

"어디 갔다 오슈?"

문 서방은 의연히 옥수수를 바르면서 하기 싫은 말처럼 힘없이 끄집어 내었다.

"문 서방! 그래 올에두 비들(빚을) 못 가프겠소?"

인가는 문 서방 말과는 딴전을 치면서 담뱃대를 쌈지에 넣는다.

"허허, 어제두 말했지만 글쎄 곡식이 안 된 거 어떡하오?"

"안 돼! 안 돼! 곡식이 자르 되고 모 되구 내가 알으오? 오늘은 받아가지구야 가갔소!"

인가는 담배를 피우면서 버티려는 수작인지 땅에 펑덩 들어앉았다.

"내년에는 꼭 갚아 드릴게 올만 참아 주오! 장구재(주인)도 알지만 흉년이 되어서 되지두 않은 이것(곡식)을 모두 드리면 우리는 어떻게 겨울을 나라우? 응! 자, 내년에는 꼭…… 하하."

인가를 보면서 넋없는 웃음을 치는 문 서방의 눈에는 애원하는 빛이 흘렀다.

"안 되우! 안 돼! 퉁퉁(모두) 디 주! 모두두 많이 많이 부족이오!"

"부족이 돼두 하는 수 없지. 글쎄 뻔히 보시면서 어떡하란 말이오! 휴."

"어째 어부소? 응 늬디 어째 어부소 마리해! 울리 쌀리디, 울리 소금이디, 울리 강냉이디…… 늬디 입이(그는 입을 가리키면서)디 안 먹어? 어째 어부소? 응."

인가는 낯빛이 거무락푸르락해서 소리를 고래고래 질렀다. 문 서방은 더 말이 나오지 않았다.

언제나 이놈의 소작인 노릇을 면하여 볼까? 경기도에서도 소작인 십 년에 겨죽만 먹다가 그것도 자유롭지 못하여 남부여대로 딸 하나 앞세우고 이 서간도로 찾아들었더니 여기서도 그네를 맞아 주는 것은 지팡살이였다. 이름만 달랐지 역시 소작인이다. 들어오던 해는 풍년이었으나 늦게 들어와서 얼마 심지 못하였고 그 이듬해에는 흉년으로 말미암아 일 년 내 꾸어 먹은 것도 있거니와 소작료도 못 갚아서 인가에게 매까지 맞고 금년으로 미뤘더니 금년에도 흉년이 졌다. 다른 사람들도 빚을 지지 않은 바가 아니로되 유독 문 서방을 조르는 것은 음흉한 인가의 가슴 속에 문 서방의 딸 용례(금년 열 일곱)가 걸린 까닭이었다. 문 서방은 벌써 그 눈치를 알아채었으나 차마 양심이 허락지 않았다. 인가의 욕심만 채우면 밭맥(1맥은 10일경=1일경은 약 천 평)이나 단단히 생겨서 한평생 기탄이 없을 것을 모르지는 않지만 무남독녀로 고이 기른 딸을 되놈에게 주기는 머리에 벼락이 내릴 것 같아서 죽으면 그저 굶어 죽었지 차마 할 수 없었다. 그는 그런 것 저런 것 생각할 때마다 도리어 내지(조선)가 그리웠다. 쪼들려도 나서 자란 자기 고향에서 쪼들리던 옛날이 — 삼 년 전의 그 옛날이 그리웠다. 그러나 그것도 한 꿈이었다. 그 꿈이 실현되기에는 그네의 경제적 기초가 너무도 어줄이 없었다. 빈 마음만 흐르는 구름에 부쳐서 내지로 보낼 뿐이었다.

"어째서 대답이 어부소, 응? 그래 울리 비디디 안 가파? 창우니! 빠피야(이놈 껍질 벗긴다)."

인가는 담뱃대를 꽁무니에 찌르면서 일어나 앉더니 팔을 걷는다. 그것을 본 문 서방 아내는 낯빛이 파랗게 질려서 부들부들 떨면서 이 편만 본다. 문 서방도 낯빛이 까맣게 죽었다.

"자, 그러면 금년 농사는 온통 드리지요!"

문 서방의 목소리는 힘없이 떨렸다. 마치 종아리채를 든 초학 훈장 앞에 엎드린 어린애의 소리처럼…….

"부요우(일 없다)…… 퉁퉁디…… 모모 모두 우리 가져가두 보미(옥수수) 쓰단(4石), 쌔옌(소금) 얼씨진(20斤), 쏘미(좁쌀)디 빠단(8石)디 유아(있다)…… 니디 자리 알라 있소! 그거 안 줘?"

검붉은 인가의 뺨은 성난 두꺼비 배처럼 불떡불떡하였다.

"나머지는 내년에 갚지요!"

문 서방은 머리를 뚝 떨어뜨렸다.

"슴마(무엇)? 창우니 빠피야!"

인가의 억센 손이 문 서방의 멱살을 잡았다. 문 서방은 가만히 받았다. 정신이 아찔하였다.

"에구, 장구재…… 흑흑…… 장구재…… 제발 살려 줍쇼! 제발 살려 주시면 뼈를 팔아서라두 갚겠습니다. 장구재 제발!"

문 서방의 아내는 부들부들 떨면서 인가의 팔에 매달렸다. 그의 애걸하는 소리는 벌써 울음에 떨렸다.

"내 보미 워디 소금이 낼라! 아니 줬소? 아니 줬소? 어 어째서 아니 줬소?"

인가의 주먹은 문 서방의 귓벽을 울렸다.

"아이구!"

문 서방은 땅에 쓰러졌다.

"엑 에구…… 응응응…… 에구 장구재! 제발 제제…… 흑 제발 살려 줍쇼…… 응응."

쓰러지는 문 서방을 붙잡던 아내는 인가를 보면서 땅에 엎드려서 손을 비빈다.

"이 상느므 샛지(상놈의 자식)…… 늬듸 로포(아내) 워디(내가) 가져가!"

하고 인가는 문 서방을 차더니 엎디어서 손이야 발이야 비는 문 서방의 아내의 손목을 잡아끌었다.

"늬듸 울리 집이 가! 오늘리부터 늬듸 울리 에미네(아내)!"

"장구재…… 제발…… 에이구 응응."

"에구, 엄마!"

집안에서 바느질하던 용례가 내달았다. 인가는 문 서방의 아내를 사정없이 끌고 자기 집으로 향한다.

"나를 잡아가라! 나를!"

쓰러졌던 문 서방은 인가의 팔을 잡았다.

"타마나!"

하는 소리와 같이 인가의 발길은 문 서방의 불거름으로 들어갔다. 문 서방은 거꾸러졌다.

"아이구 어머니! 왜 울 어머니를 잡아가요? 응응…… 흑."

용례는 어머니의 팔목을 잡은 중국인의 손을 물어뜯었다. 용례를 본 인가는 문 서방 아내는 놓고 문 서방의 딸 용례를 잡았다.

"이 개새끼야! 이것 놔라…… 응응 흑…… 아이구 아버지…… 엄마!"

억센 장정 인가에게 티끌같이 끌려가는 연연한 처녀는 몸부림을 하면서 발악을 하였다.

"용례야! 아이구 우리 용례야!"

"에이구 응…… 너를 이 땅에 데리구 와서 개 같은 놈에게……."

문 서방의 내외는 허둥지둥 달려갔다.

낯빛이 파랗게 질린 흰 옷 입은 사람들은 쭉 나와서 섰건마는 모두 시체같이 서 있을 뿐이었다. 여편네 몇몇은 치맛자락으로 눈물을 씻었다.

의연히 제 걸음을 재촉하는 볕은 서산 위에 뉘엿뉘엿하였다. 앞강으로 올라오는 찬바람은 스르르 스쳐가는데 석양에 돌아가는 까마귀 울음은 의지 없는 사람의 넋을 호소하는 듯 처량하였다.

"에구 용례야! 부모를 못 만나서 네 몸을 망치는구나! 에구 이놈에 돈이 우리를 죽이는구나!"

문 서방 내외는 그 밤을 인가의 집 울타리 밖에서 새었다. 누구 하나 들여다보지도 않는데 인가의 집에서 내놓은 개들은 두 내외를 잡아먹을 듯이 짖으며 덤벼들었다.

이리하여 용례는 영영 인가의 손에 들어갔다. 며칠 후에 인가는 지금 문 서방이 있는 빼허에 땅날갈이나 있는 것을 문 서방에게 주어서 그리로 이사시켰다. 문 서방은 별별 욕과 애원을 하였으나 나중에 인가는 자기 집 일꾼들을 불러서 억지로 몰아내었다. 이리하여 문 서방은 차마 생목숨을 끊기 어려워서 원수가 주는 땅을 파먹게 되었다. 그것이 작년 가을이었다. 그 뒤로 인가는 절대로 용례를 밖으로 내보내지 않을 뿐만 아니라 그 어버이 되는 문 서방 내외에게도 보이지 않았다.

"용례는 매일 밥도 안 먹고 어머니 아버지만 부르고 운다."

하는 희미한 소식을 인가의 집에 가까이 드나드는 중국인들에게서 들을 때마다 문 서방은 가슴을 치고 그 아내는 피를 토하였다.

이리하여 문 서방의 아내는 늦은 여름부터 아주 병석에 드러누웠다. 그는 병석에서 매일 용례만 부르고 용례만 보여 달라고 졸랐다. 그래서 문 서방은 벌써 세 번이나 인가를 찾아가서 말했으나 효과가 없었다.

이번까지 가면 네 번째다. 이번은 어떻게 성사가 될는지?(간도에 있는 중국인들은 조선 여자를 빼앗아 가든지 좋게 사가더라도 밖에 내보내지도 않고 그 부모에게까지 흔히 면회를 거절한다. 중국인은 의심이 많아서 그런다고 들었다.)

3

문 서방은 울긋불긋한 채필로 '관운장'과 '장비'를 무섭게 그려 붙인 집 대문 앞에 섰다. 문밖에서 뼈다귀를 핥던 얼룩개 한 마리가 웡웡 짖으면서 달려들더니 이 구석 저 구석에서 개 무리가 우아 하고 덤벼들었다. 어떤 놈은 으르렁 으르고, 어떤 놈은 뒷다리 사이에 바싹 끼면서 금방 물듯이 송곳 같은 이빨을 악물었고, 어떤 놈은 대들었다가는 뒷걸음을 치고 뒷걸음을 쳤다가는 대어들면서 산천이 무너지게 짖고, 어떤 놈은 소리도 없이 코만 실룩실룩하면서 달려들었다. 그 여러 놈들이 문 서방을 가운데 넣고 죽 돌아서서 각각 제 재주대로 날뛴다. 그러지 않아도 지금 개 때문에 대문 밖에서 기웃거리던 문 서방은 이 사면초가를 어떻게 막으면 좋을지 몰랐다. 이러는 판에 한 마리가 획 들어와서 문 서방의 바짓가랑이를 물었다.

"으악…… 꺼우디(개를)!"

문 서방은 소리를 치면서 돌멩이를 찾느라고 엎드리는 것을 보더니 개들은 일시에 뒤로 물러났으나 다시 덤벼들었다.

"창우니 타마나가비(상소리다)!"

안에서 개가죽 모자를 쓰고 뛰어나오는 일꾼은 기다란 호미자루를 두르면서 개를 쫓았다. 개들은 몰려가면서도 몹시 짖었다.

문 서방은 조짚 수수깡이가 지저분하게 널려 있는 마당을 지나서 왼편 일꾼들 있는 방문으로 들어갔다. 누릿하고 꿔쥐한 더운 기운이 후끈 낯을 스칠 때 얼었던 두 눈은 뿌연 더운 안개에 스르르 흐려서 어디가 어딘지 잘 분간할 수 없었다.

"원따야 랠라마(문 영감 오셨소)?"

캉(구들)에서 지껄이던 중국인 중에서 누군지 첫인사를 붙였다.

"에헤 랠라 장구재(주인) 유(있소)?"

문 서방은 어색한 웃음을 지었다. 얼었던 몸은 차차 녹고 흐리었던 눈앞도 점점 밝아졌다.

"쌍캉바(구들로 올라오시오)!"

구들 위에서 나는 틱틱한 소리는 인가였다. 그는 일꾼들과 무슨 의논을 하던 판인가? 지껄이던 일꾼들은 고요히 앉아서 담배를 피우면서 호기심에 번득이는 눈을 인가와 문 서방에게 보내었다.

어느 천 년에 지은 집인지? 거미줄이 얼키설키 서린 천장과 벽은 아궁이 속같이 꺼먼데 벽에 붙여 놓은 삼국풍진도(三國風塵圖)며 춘야도리원도(春夜桃李園圖)는 이리저리 찢기고 그을었다. 그을음과 담배 연기에 싸여서 눈만 반짝반짝하는 무리들은 아귀도(餓鬼道)를 생각케 한다. 문 서방은 무시무시한 기분에 몸을 부르르 떨었다.

"치옌바(담배 잡수시오)!"

인가는 웬일인지 서투른 대로 곧잘 하던 조선말은 하지 않고 알아도 못 듣는 중국말을 쓰면서 담뱃대를 문 서방 앞에 내밀었다.

"여보 장구재! 우리 로포(아내)가 딸을 못 봐서 죽겠으니 좀 보여주, 응……."

문 서방은 담뱃대를 받으면서 또 전처럼 애걸하였다. 인가는 이마를 찡그리면서 볼을 불렸다.

"저게(아내) 마지막 죽어가는데 철천지 한이나 풀어야 하지 않겠소, 응! 한 번만 보여주! 어서 그러우! 내가 용례를 만나면 꼬일까봐…… 그럴 리 있소! 이렇게 된 밧자에…… 한 번만…… 낯이나…… 저 죽어가는 제 에미 낯이나 한 번 보게 해주! 네?

제발……."

"안 되우! 보내지 모하겠소. 우리 지비 문 바께 로포(아내 — 용례를 가리키는 말) 나갔소. 재미 어부소."

배짱을 부리는 인가의 모양은 마치 전당포 주인과 같은 점이 있었다. 문 서방의 가슴은 죄었다. 아쉽고 안타깝고 슬픔이 어우러지더니 분한 생각이 났다. 부뚜막에 놓은 낫을 들어서 인가의 배를 왁 긁어놓고 싶었으나 아직도 행여나 하는 바람과 삶에 대한 애착심이 그 분을 제어하였다.

"그러지 말고 제발 보여주오! 그러면 내 아내를 데리고 올까? 아니 바람을 쏘여서는…… 엑 죽어두 원이나 끄고 죽게 내가 데리고 올게 낯만 슬쩍 보여주오…… 네…… 흑…… 끅…… 제발……."

이십 년 가까이 손끝에서 자기 힘으로 기른 자기 딸을 억지로 빼앗긴 것도 원통하거든 그나마 자유로 볼 수 없이 되는 것을 생각하니…… 더구나 그 우악한 인가에게 가슴과 배를 사정없이 눌리는 연연한 딸의 버둥거리는 그림자가 눈앞에 언뜻하여 가슴이 꽉 막히고 사지가 부르르 떨리면서 주먹이 쥐어졌다. 그러나 뒤따라 병석의 아내가 떠오를 때 그의 주먹은 풀리고 머리는 숙었다.

"낼리 또 왔소 이 얘기하오! 오늘리디 울리디 일이디 푸푸디! 많이 있소!"

인가는 문 서방을 어서 가라는 듯이 자기 먼저 캉(구들)에서 내려섰다.

"제발 이러지 말구! 으흑 흑…… 제제…… 제발 단 한 번만이라두 낯만…… 으흑 흑 응!"

문 서방은 인가를 따라 밖으로 나오면서 울었다. 등 뒤에서는 웃음소리가 들렸다. 그러니 그 웃음소리는 이때의 문 서방에게는 아무러한 자극도 주지 못하였다.

"자, 이게 적지만!"

마당에 한참이나 서서 무엇을 생각하던 인가는 백 조(百弔)짜리 관체(官帖 : 돈)

석 장을 문 서방의 손에 쥐였다. 문 서방은 받지 않으려고 했다. 더러운 놈의 더러운 돈을 받지 않으려 하였다. 그러나 지금 부쳐먹는 밭도 인가의 밭이다. 잠깐 사이 분과 설움에 어리어서 튀기던 돈은 — 돈 힘은 굵고 헐벗은 문 서방을 누르지 않을 수 없었다. 그는 못 이기는 것처럼 삼백 조를 받아넣고 힘없이 나오다가,

'저 속에는 용례가 있으려니!'

생각하면서 바른편에 놓인 조그마한 집을 바라볼 때 자기도 모르게 발길이 도로 돌아섰다. 마치 거기서는 용례가 울면서 자기를 부르는 것 같았다. 그러나 인가는 문 서방을 문밖에 내보내고 문을 닫아 잠갔다.

문밖에 나서니 천지가 아득하였다. 발길이 돌아가지 않았다. 사생을 다투는 아내를 생각하면 아니 가진 못할 일이고 이 울타리 속에는 용례가 있거니 생각하면 눈길이 다시금 울타리로 갔다.

그가 바위 모롱이 빙판에 올 때까지 개들은 쫓아나와 짖었다. 그는 제 분김에 한 마리 때려잡는다고 얼른 돌멩이를 집어 들었다가, 작년 가을에 어떤 조선 사람이 어떤 중국 사람의 개를 때려죽이고 그 사람이 주인에게 총 맞아 죽은 일이 생각나서 들었던 돌멩이를 헛뿌렸다.

돌아 떨어지는 겨울해는 어느새 강 건너 봉우리 엉성한 가지 끝에 걸렸다. 바람은 좀 자고 날씨는 맑으나 의연히 추워서 수염에는 우물가처럼 얼음 보쿠지가 졌다.

4

눈옷 입은 산봉우리 나뭇가지 끝에 남았던 붉은 석양볕이 스르르 자취를 감추고 먼 동쪽 하늘가에 차디찬 연자줏빛이 싸르르 돌더니 그마저 스러지고 쌀쌀한 하늘에 찬 별들이 내려다보게 되면서부터 어둑한 황혼빛이 빼허의 좁은 골에 흘러들어서 게

딱지 같은 집 속까지 흐리기 시작하였다.

꺼먼 서까래가 드러난 수수깡 천장에는 그을은 거미줄이 흐늘흐늘 수없이 드리우고, 빈대 죽인 자리는 수묵으로 댓잎〔竹葉〕을 그린 듯이 흙벽에 빈틈이 없는데 먼지가 수북한 구들에는 구름깔개(참나무를 엷게 밀어서 결은 자리)를 깔아 놓았다. 가마 저편 바당(부엌)에는 장작개비가 흩어져 있고 아궁이에서는 벌건 불이 훨훨 붙는다.

뜨끈뜨끈한 부뚜막에는 문 서방의 아내가 누덕 이불에 싸여 누웠고 문 앞과 윗목에는 이웃집 사람들이 모여 앉았는데 지금 막 달리소 인가의 집에서 돌아온 문 서방은 신음하는 아내의 가슴에 손을 얹고 앉았다.

등꽂이에 켜놓은 등(삼대에 겨를 올려서 불 켜는 것)불은 환하게 이 실내의 모든 사람을 비췄다.

"용례야! 용례야! 용례야!"

고요히 누웠던 문 서방의 아내는 마지막 소리를 좀 크게 질렀다. 문 서방은 아내의 가슴을 지그시 눌렀다.

"에구! 우리 용례! 우리 용례를 데려다 주구려!"

그는 눈을 번쩍 뜨면서 몸을 흔들었다.

"여보, 왜 이러우. 용례가 지금 와요! 금방 올걸!"

어린애를 달래 듯하면서 땀때가 께저분한 아내의 얼굴을 내려다보는 문 서방의 눈은 흐렸다.

"에구, 몹쓸 늠(인가)두! 저런 거 모르는 체하는가? 음!"

윗목에 앉은 늙은 부인은 함경도 사투리로 구슬피 뇌었다.

"허, 그러게 되놈이라지! 그놈덜께 인륜이 있소?"

문 앞에 앉았던 한 관청은 받아 치었다.

"용례야! 용례야! 홍 저기저기 용례가 오네!"

문 서방의 아내는 쑥 꺼진 두 눈을 모들떠서 천장을 뚫어지게 보면서 보기에 아츠러운 웃음을 웃었다.

"어디? 아직은 안 오! 여보, 왜 이러우? 정신을 채리우, 응!"

문 서방의 목소리는 떨렸다.

"저기 엑…… 용…… 용례……. "

그는 눈을 더 크게 뜨고 두 뺨의 근육을 경련적으로 움직이면서 번쩍 일어났다. 문 서방은 아내의 허리를 안았다. 그는 또 정신에 착각을 일으켰는지 창문을 바라보고 뛰어나가려고 하면서,

"용례야! 용례 용례…… 저 저기저기 용례가 있네! 용례야, 어디 가니? 용례야! 네 어디 가느냐? 으응."

고함을 치고 눈물 없는 울음을 우는 그의 눈에서는 퍼런 불빛이 번쩍하였다. 좌중은 모진 짐승의 앞에나 앉은 듯이 모두 숨을 죽이고 손을 들었다. 문 서방은 전신의 힘을 내어서 아내의 허리를 안았다.

"하하하(그는 이상한 소리를 내어 웃다가 다시 성을 잔뜩 내면서)…… 용례! 용례가 저리로 가는구나! 으응…… 저놈이 저놈이 웬 놈 이냐?"

하면서 한참 이를 악물고 창문을 노려보더니,

"저 저…… 이놈아! 우리 용례를 놓아라! 저 되놈이, 저 되놈이 용례를 잡아가네! 이놈 놔라! 이놈 모가지를 빼놓을 이 이."

그의 눈앞에는 용례를 인가에게 빼앗기던 그때가 떠올랐는지, 이를 빡 갈면서 몸을 번쩍 일으켜 창문을 향하고 내달았다.

"여보, 정신을 차리오! 여보, 왜 이러우? 아이구! 응."

쫓아 나가면서 아내의 허리를 안아서 뒤로 끌어들이는 문 서방의 소리는 눈물에

젖었다.

"이놈아! 이게 웬 놈이 남을 붙잡니? 응? 으윽."

그는 두 손으로 남편의 가슴을 밀다가도 달려들어서 남편의 어깨를 물어뜯으면서,

"이것 놔라! 에그 용례야, 저게 웬 놈이…… 에구구…… 저놈이 저놈이 용례를 깔고 앉네!"

하고 몸부림을 탕탕 하는 그의 눈에는 핏발이 서고 낯빛은 파랗게 질렸다.

이때 한 관청 곁에 앉았던 젊은 사람은 얼른 일어나서 문 서방을 조력하였다. 끌어들이려거니 뛰어나가려거니 하여 밀치고 당기는 판에 등꽂이가 넘어져서 등불이 펄렁 죽어 버렸다. 방안이 갑자기 깜깜하여지자 창문만 히슥하였다.

"조심들 하라니! 엑 불두!"

한 관청은 등대를 화로에 대고 푸푸 불면서 툭덕툭덕하는 사람들께 주의를 시켰다. 불은 번쩍 하고 켜졌다.

"우우 쏴— 스르륵."

문을 치는 바람소리가 요란하였다.

"엑, 또 바람이 나는 게로군! 날쎄두 페릅(괴상하)다."

한 관청은 이렇게 뇌면서 등꽂이에 등대를 꽂고 몸부림하는 문 서방 내외와 젊은 사람을 피하여 앉았다.

"이것 놓아 주오! 아이구, 우리 용례가 죽소! 저 흉한 되놈에게 깔려서…… 엑, 저 저 저…… 저것 봐라! 이놈, 네 이놈아! 에이구 용례야! 용례야! 사람 살려 주오! (소리를 더욱 높여서) 우리 용례를 살려 주! 응 으윽 에엑응……."

그는 마지막으로 오장육부가 쏟아지게 소리를 지르다가 검붉은 핏덩이를 왈칵 토하면서 앞으로 거꾸러졌다.

"으윽!"

"응 끔직두 한 게!"

하면서 여러 사람들은 거꾸러진 문 서방의 아내 앞에 모여들었다.

"여보! 여보! 아이구 정신 좀……."

떨려 나오는 문 서방의 소리는 절반이나 울음으로 변하였다.

거불거불하는 등불 속에 검붉은 피를 한 말이나 토하고 쓰러진 그는 낯이 파랗게 되어서 숨결이 없었다.

"허! 잡싱(雜神)이 붙었는가? 으흠 응! 으흠 응! 각황제방, 심미기, 두우열로 구슬벽……."

여러 사람들과 같이 문 서방의 아내를 부뚜막에 고요히 뉘어 놓은 한 관청은 귀신을 쫓는 경문이라고 발음도 바로 못 하는 이십팔수를 줄줄줄 읽었다.

"으응응…… 흑흑…… 여 여보!"

문 서방의 목메인 울음을 받는 그 아내는 한 관청의 서투른 경문소리를 듣는지 마는지, 손발은 점점 식어가고 낯은 파랗게 질렸는데, 무엇을 보려고 애쓰던 눈만은 멀거니 뜨고 그저 무엇인지 노리고 있다. 경문을 읽던 한 관청은,

"엑, 인제는 늙어가는 사람이 울기는? 우지 마오! 살아날껴!"

하고 문 서방을 나무라면서 문 서방의 아내 앞에 다가앉더니 주머니에서 은동침(어느 때에 얻어둔 것인지?)을 내어서 문 서방 아내의 인중(人中)을 꾹 찔렀다. 그러나 점점 식어가는 그는 이마도 찡그리지 않았다. 다시 콧구멍에 손을 대어 보았으나 숨결은 없었다.

바람은 우우 쏴— 하고 문에 눈을 들이치었다. 여러 사람은 약속이나 한 듯이 두려운 빛을 띤 눈으로 창을 바라보았다.

"으응 에이구! 여보! 끝끝내 용례를 못 보고 죽었구려…… 잉잉…… 흑."

문 서방은 울기 시작하였다. 그 울음소리는 고요한 방안 불빛 속에 바람소리와 함께 처량하게 흘렀다.

"에구 못된 놈두 있는 게!"

"에구 참 불쌍하게두!"

"흥 우리두 다 그 신세지!"

무시무시한 기분에 싸여서 낯빛이 푸르러 가는 여러 사람들은 각각 한마디씩 뇌었다. 그 소리는 모두 갈 데 없는 신세를 호소하는 듯하게 구슬프고 힘없었다.

5

문 서방의 아내가 죽은 그 이튿날 밤이었다. 그날 밤에도 바람이 몹시 불었다. 그 바람은 강 바람이어서 서북에 둘린 산 때문에 좀한 바람은 움쩍도 못 하던 달리소(문 서방의 사위 인가의 땅)까지 범하였다. 서북으로 산을 등지고 앞으로 강 건너 높은 절벽을 대하여 강골밖에 터진 데 없는 달리소는 강 바람이 들어차면 빠질 데는 없고 바람과 바람이 부딪쳐서 흔히 회오리 바람이 일게 된다. 이날 밤에도 그 모양으로, 달리소에는 회오리 바람이 일어서 낟가리가 날리고 지붕이 날리고 산천이 울려서 혼돈이 배판할 때 빙세계나 트는 듯한 판이라 사람은커녕 개와 도야지도 굴 속에서 꿈쩍 못 하였다.

밤이 썩 깊어서였다.

차디찬 별들이 총총한 하늘 아래, 우렁찬 바람에 휘날리는 눈발을 무릅쓰고 달리소 앞 강 빙판을 건너서 달리소 언덕으로 올라가는 그림자가 있다. 모진 바람이 스치는 때마다 혹은 엎드리고 혹은 우뚝 서기도 하면서 바삐바삐 가던 그 그림자는 게딱지 같은 지팡살이집 근처에서부터 무엇을 꺼리는지 좌우를 슬몃슬몃 보면서 자취를 숨기고 걸음을 느리게 하여 저편으로 돌아가 인가의 집 높은 울타리 뒤로 돌아간다.

"으르릉 웡웡."

하자 어느 구석에선지 개가 한 마리, 두 마리, 세 마리, 네 마리 뒤이어 나와서 짖으면서 그 그림자를 쫓아간다. 그 개소리는 처량한 바람소리 속에 싸여 흘러서 건너편 산을 즈르릉즈르릉 울렸다.

"꽝! 꽝꽝!"

인가의 집에서는 개짖음에 홍우재(마적)나 돌아오는가 믿었던지 헛총질을 네댓 방이나 하였다. 그 소리도 산천을 울렸다. 그 바람에 슬근슬근 가던 그림자는 휙 돌아서서 손에 들었던 보자기를 개 앞에 던졌다. 보자기는 터지면서 둥글둥글한 것이 우르르 쏟아졌다. 짖으면서 달려오던 개들은 짖음을 그치고 거기 모여들어서 서로 물고 뜯고 빼앗아 먹는다. 그러는 사이에 그림자는 인가의 울타리 뒤에 산같이 쌓아 놓은 보릿짚 더미에 가서 성냥을 쭉 긋더니 뒷산으로 올리닫는다.

처음에는 바람 속에서 판득판득하던 불이 삽시간에 그 산 같은 보릿짚 더미에 붙었다.

"훠쓰(불이야)!"

하고 고함과 같이 사람의 소리는 요란하였다. 모진 바람에 하늘하늘 일어서는 불길은 어느새 보릿짚 더미를 살라 버리고 울타리를 살라 버리고 울타리 안에 있는 집에 옮았다.

"푸우 우루루루 쐬아……."

동풍이 몹시 이는 때면 불기둥은 서편으로, 서풍이 몹시 부는 때면 불기둥은 동으로 쓸려서 모진 소리를 치고 검은 연기를 뿜다가도 동서풍이 어울치면 축융〔火神〕의 붉은 혓발은 하늘하늘 염염이 타올라서 차디찬 별 ─ 억만 년 변함이 없을 듯하던 별까지 녹아내릴 것같이 검은 연기는 하늘을 덮고 붉은빛은 깜깜하던 골짜기에 차

흘러서 어둠을 기회로 모여들었던 온갖 요귀를 몰아내는 것 같다. 불을 질러놓고 뒷숲속에 앉아서 내려다보던 그 그림자—딸과 아내를 잃은 문 서방은,

"하하하."

시원스럽게 웃고 가슴을 만지면서 한 손으로 꽁무니에 찼던 도끼를 만져보았다.

일 동리 사람들과 인가의 집 일꾼들은 불 붙는 데 모여들었으나 모두 어쩔 줄을 모르고 떠들고 덤비면서 달려가고 달려올 뿐이었다.

그러는 사이에 울타리는 물론 울타리 속에 엉큼히 서 있던 큰 집 두 채도 반이나 타서 쓰러졌다.

이런 불 속으로부터 여러 사람이 오고 가는 밭 가운데로 튀어나가는 두 그림자가 있었다. 하나는 커다란 장정이요, 하나는 작은 여자이다. 뒷산 숲에서 이것을 본 문 서방은 그 두 그림자를 향하고 내리뛰었다. 그는 천방지방 내리뛰었다. 독살이 잔뜩 올라서 불빛에 번쩍이는 그의 눈에는 이 두 그림자밖에는 아무것도 보이지 않았다.

"으윽 끅."

문 서방이 여러 사람을 헤치고 두 그림자 앞에 가 섰을 때, 앞에 섰던 장정의 그림자는 땅에 거꾸러졌다. 그때는 벌써 문 서방의 손에 쥐었던 도끼가 장정 인가의 머리에 박혔다. 도끼를 놓은 문 서방의 품에는 어린 여자의 그림자가 안겼다. 용례가…….

그 바람에 모여섰던 사람들은 혹은 허둥지둥 뛰어버리고 혹은 뒤로 자빠져서 부르르 떨었다. 용례도 거꾸러지는 것을 안았다.

"용례야! 놀라지 마라! 나다! 아버지다! 용례야!"

문 서방은 딸을 품에 안으니 이때까지 악만 찼던 가슴이 스르르 풀리면서 독살이 올랐던 눈에서 뜨거운 눈물이 떨어졌다. 이렇게 슬픈 중에도 그의 마음은 기쁘고 시원하였다. 하늘과 땅을 주어도 그 기쁨을 바꿀 것 같지 않았다.

그 기쁨! 그 기쁨은 딸을 안은 기쁨만이 아니었다. 작다고 믿었던 자기의 힘이 철통 같은 성벽을 무너뜨리고 자기의 요구를 채울 때 사람은 무한한 기쁨과 충동을 받는다.

불길은—그 붉은 불길은 의연히 모든 것을 태워 버릴 것처럼 하늘하늘 올랐다.

1927년

1. 알레고리(Allegory)의 정의에 대해 설명하고, 전상국의 「우상의 눈물」에 나타난 알레고리적인 요소에 대해 설명해 보시오.

알레고리라는 말은 그리스어 알레고리아(allegoria, 다른 이야기라는 뜻)에서 유래한다. 추상적인 개념을 직접 표현하지 않고 다른 구체적인 대상을 이용하여 표현하는 문학형식을 뜻한다. 알레고리는 흔히 의인화하여 표현되는 경우가 많다. 이솝우화(寓話)같은 경우가 대표적이라고 할 수 있다. 쉽게 말해 정치나 종교 등과 같이 직접적으로 대상을 언급하기 힘든 소재를 작품화할 때 이를 에둘러 설명하는 경우를 말한다. 또 상징처럼 알기 쉽게 기호나 사물로 표현되지 않고 수수께끼처럼 이면에 감춰져 표현되는 경우가 많다. 한국 문학 작품 중에서는 안국선의 「금수회의록」, 이문열의 『우리들의 일그러진 영웅』과 같은 소설이나 김수영의 「폭포」와 같은 시들이 알레고리적 수법을 통해 창작되었다고 할 수 있다.

전상국의 「우상의 눈물」은 교실에서 일어나는 권력의 문제를 통해 정치권력을 풍자하고자 하는 알레고리적인 수법을 사용한 작품이다. 이 작품에 등장하는 담임선생은 문제아인 기표를 길들이려고 한다. 그는 기표를 부반장에 임명하여 그의 반항을 다스리려고 하는데, 기표는 담임선생의 이러한 호의를 계속해서 거절하고 결국에 가서는 반장 임형우를 때려눕히기까지 한다. 담임은 계속해서 기지를 발휘해 기표를 일종의 영웅으로 만들어 그를 제압하려고 한다. 기표는 주위의 칭찬에 자꾸 수줍어하게 되고 결국에는 아무도 그를 두려워하지 않게 된다.

이 작품에서는 두 가지의 폭력이 등장하는 데 하나는 기표가 행사하는 물리적인 폭력이며, 다른 하나는 그러한 물리적 폭력을 막기 위해 호의를 가장해서 행사되는 합법적인 폭력이다. 70년대의 정치적인 상황과 연관지어 볼 때, 기표는 당시의 벌거벗은 젊은이들에 대한 은유로 해석할 수 있다. 그들이 보이는 정치적인 데모나 폭력 사태가 기표의 물리적인 폭력으로 바뀐 것이다. 기표를 일종의 영웅으로 만들어 그가 은밀한 폭력을 행사하지 못하도록 만드는 담임은 정치권력에 대한 은유로 해석할 수 있다. 젊은이들을 사회의 초점이 되도록 영웅화시켜 조금이라도 그에게 도덕적 손상이 올 경우 그의 존재에 흠집을 내려는 정치권력의 의도와 담임의 의도 사이의 유사점을 발견할 수 있다.

2. 「홍염」을 최서해의 자전적인 체험을 바탕으로 해석해 보시오.

한국 소설사에서 1920년대의 빈궁문학의 체험을 가장 사실적으로 표현한 작가는 최서해라고 할 수 있다. 그는 1901년 함북 성진에서 태어나, 32세를 일기로 생애를 마칠 때까지 기구한 운명을 살다 갔지만, 한국 문단사에 뚜렷한 획을 그었다. 문단 활동은 1924년부터 약 8년간이었지만 시, 소설, 수필, 평론, 시조, 잡문까지 합쳐 총 130여편을 발표했고, 아직도 미확인된 작품들이 있다.

그의 생애는 모질고도 비참했다. 부친이 집을 떠난 후 14살 부터 머슴살이를 했고, 19세 때는 간도로 이주해서 중국인들에게 학대 받고 비참한 생활고를 격어야 했으며, 회령시절 회령역의 노동자로 생명을 유지해야 했으며, 서울에서 도시 빈민으로서의 처절한 삶을 살아야 했지만, 문학에 대한 꿈을 버리지 못하고 춘원의 도움을 받아, 「탈출기」로 문단의 인정을 받았으며, 「홍염」으로 그의 문학의 절정을 이루었다.

그러나 그의 생활은 비참했고, 결국 일제 총독부의 기관지인 매일신보에 들어가면서 카프에서도 제명을 당하고, 사상의 변화가 아닌 생활의 변화를 꾀했지만 인정받지 못하고, 그의 작품의 변신도 꾀하지만 이것마저도 실패하고, 결국 32세의 젊은 나이로 세상을 등지게 된다. 그는 카프의 대표적인 작품계열이라 할 수 있는「홍염」을 써서 극찬을 받았지만, 결코 이 작품은 사상적으로 무장이 된 프로레타리아 문학이 아니었고, 생체험을 통한 자서전적인 일대기의 기록의 소설을 되었던 것이다. 그는 카프의 활동에 실제적인 역할을 하지도 않았다. 대신 좋은 외모는 아니지만 문우들에게 의협심이 강하고 의리가 있으며, 구수텁텁한 웃음의 호감이 가는 인상을 주어 대인의 폭이 넓었던 것으로 알려져 있다.

08
순정과 어른들의 세상

현진건(1900~1943)

호는 빙허(憑虛). 대구 출생. 어린 시절에는 한문을 배웠고, 일본과 중국에서 유학했다. 중국의 대학에서는 독일어 전문부를 다녔다. 일찍부터 문학에 뜻을 두었다가 1920년 11월 『개벽』에 「희생화」를 발표하면서 문단에 등단했고, 1921년 「빈처」와 「술 권하는 사회」를 발표하면서 소설가로 인정을 받았다. 빈곤 속에서 나타나는 아내의 따뜻한 애정을 그린 「빈처」와 암담한 현실에서 지식인이 할 수 있는 일이라고는 술 마시는 일밖에 없음을 보여준 「술 권하는 사회」는 1인칭 화자의 고백 형식을 통해 작가 자신의 체험을 소설로 옮긴 것 같은 느낌을 준다. 초기 작품들에서는 이와 같은 경향이 짙다. 『백조』 동인으로 참가하여 「유린」 「할머니의 죽음」과 같은 사실주의적 작품을 발표하기도 했고 「운수 좋은 날」 이후의 작품에서는 3인칭을 도입하여 작중인물의 삶을 좀더 치열하게 묘사하기 시작하였는데, 그의 대표 단편들이 라고 할 수 있는 「운수 좋은 날」 「불」 「B사감과 러브레터」 「고향」 등이 여기에 속한다. 1931년 10월 그의 최후의 단편인 「서투른 도적」을 발표한 이후에는 「적도」 「무영탑」 「흑치상지」 「선화공주」 등 장편 역사소설만을 발표했다. 이러한 역사소설은 일제의 탄압이 심해지면서, 작품의 표면에 민족주의 이념을 내세울 수 없었기 때문에 역사적 상황을 통해 우회적으로 그 이념을 드러내려고 했던 작가의 의도에서 나온 것이다.

김유정(1908~1937)

강원도 춘성 출생. 서울에서 성장. 서울 재동공립보통학교를 졸업하고 휘문고보를 거쳐 1930년 연희전문학교 문과에 입학했으나 곧 제명처분을 당하고, 이듬해 보성전문학교에 입학했으나 다시 퇴학당한다. 1935년 『조선일보』 신춘문예에 「소낙비」가 당선되었으며, 『조선중앙일보』 신춘문예에 「노다지」가 가작으로 입선되어 문단의 주목을 받았다. 그러나 실제로는 이미 1933년에 「산골 나그네」와 「총각과 맹꽁이」를 이미 발표한 상태였다. 같은 해 문학 친목단체이자 모더니즘 작가들이 주축이 되어 결성한 구인회(九人會)에 가입했다. 김유정은 불과 10년도 채 안 되는 짧은 창작기간 동안에 「동백꽃」 「봄봄」 「땡볕」 등 단편 소설 30여 편과 수필 10여 편을 발표하는 왕성한 활동을 펼쳤다. 그의 작품들은 본질적으로 희극적인 해학성을 특징으로 한다. 우직하지만 어딘가 바보스러운 인물을 등장시키고 판소리를 연상시키는 비속어, 토속어를 활용하여 당대의 어둡고 삭막한 농촌 현실을 해학적으로 그려내었다. 그래서 김유정은 일제 식민치하에서 농촌의 궁핍한 현실과, 가혹한 현실에도 불구하고 끈질기게 살아가는 하층민들의 삶을 해학적인 필치로 그려내어 독특한 소설세계를 창조했다고 평가된다.

황순원(1915~2000)

평남 대동 출생. 황순원은 원래 시인으로 문학활동을 시작했다. 숭실중학 재학중에 이미 1931년 『동광』에 「나의 꿈」 「아들아 무서워 말라」 등의 시를 발표했고, 『방가』 『골동품』 등 2권의 시집을 발간한 바 있다. 그러다가 1937년부터 소설을 창작하기 시작해서 「목넘이 마을의 개」 「학」 「소나기」 「별」 「독 짓는 늙은이」 등의 주옥같은 작품들을 남겼다. 짧으면서도 세련된 문체와 다양한 소설적 기법의 구사 그리고 소박하고 치열한 휴머니즘 정신과 한국인의 전통적 삶에 대한 애정이 황순원 소설의 주요한 특징이다. 특히 「소나기」나 「별」과 같은 소설들은 작품이 보여주는 차원 높은 서정성 때문에 남녀나 계층과는 무관하게 거의 모든 사람들에게 사랑받고 있다. 게다가 한국 전쟁 이후 황순원은 서정적인 아름다움을 추구하는데 그치지 않고, 당대의 역사와 사회에 대한 비판적인 의식도 함께 보여준다. 2000년 9월 14일 향년 86세로 타계했고, 그의 이름을 딴 황순원 문학상이 중앙일보의 주관하에 운영되고 있다.

사랑과 연애의 여러형태

B사감과 러브레터

현진건

동백꽃

김유정

소나기

황순원

각 나라와 시대를 대표하는 작품에는 언제나 남녀간의 사랑을 소재로 한 작품이 빠지지 않는다. 비단 문학뿐만 아니라 영화, 드라마 같은 여타의 장르에서도 사랑은 최고의 소재로 대접받고 있다. 『춘향전』의 경우만 보더라도 작품의 주제인 신분 차이의 극복이 사랑의 힘을 통해 더욱 극적으로 표현되고 있다.

사랑은 그 자체로 작품의 주제가 되기도 하지만 때로는 작품의 극적인 구성을 위해서 남녀간의 사랑이 소재가 되는 경우도 많다. 어쨌든 사랑은 사람들의 관심을 끌기에 충분한 소재이며, 작품을 통한 대리만족 욕구를 가장 잘 충족시켜 주는 소재이기도 하다.

사랑에 대한 예는 한국의 고전문학과 현대문학 모두에서 쉽게 찾을 수 있지만, 연애에 대해서는 고전문학에서 그 예를 찾기가 쉽지 않다. 이광수가 '자유 연애론'을 소리 높여 부르짖었던 일제 시대까지만 해도 남녀간의 연애가 보편적인 것으로 받아들여지기는 어려웠다. 남녀가 서로를 사랑하려는 욕구가 옛 사람이라고 해서 없었을 리는 없다. 다만 이런 남녀 사이의 사랑 행각이 사회적으로 공인되지 않았다고 보는 게 옳을 것이다. 남녀가 공공연히 만나서 담소를 나눌 공간도,

의 여러 형태

그리고 같이 시간을 보낼 만한 장소도 존재하지 않았던 것이다.

물론 한국 현대소설에서 연애이야기와 사랑이야기를 단순하게 구별하는 것은 쉽지 않다. 오히려 한국적 정서에 비추어 보면 공식과 문법이 존재하는 연애보다는, 감정 그 자체로 존재하는 순수한 사랑이야기가 훨씬 인기를 끌었다.

현진건의 「B사감과 러브레터」는 사랑과 연애에 대한 이중적인 감정이 잘 나타나 있다. C학교의 사감인 B여사는 나이 40에 가까운 노처녀로 성질이 괴팍한 인물이다. 독신주의자로 알려져 있는 그녀는, 기숙생에게 온 남학생의 러브레터를 가장 싫어한다. 그래서 학생들에게 러브레터가 올 때마다 발신인을 밝히려고 애를 쓴다. 그것도 모자라서 그녀는 노상 사내는 믿지 못할 것이고, 여성을 잡아먹는 마귀라는 둥, 연애가 자유니 신성하다느니 하는 말은 악마가 지어낸 소리라는 둥 한바탕 설교를 늘어놓는다. 그러나 어느 날 밤, 기숙사 내에서 나는 이상한 소리를 궁금히 여긴 세 학생은 소리의 근원지가 B사감의 방임을 알고, 그곳에서 놀라운 사실을 확인한다. B사감이 학생에게 온 러브레터를 품에 안고, 사랑을 고백하는 장면을 혼자 연출하고 있었던 것이다.

이 작품에서 B사감이 보여주는 이중적인 행동은 몇 가지 측면에서 이해할 수 있는데, 우선 첫 번째는 권위의식과 본능의 대립으로 볼 수 있다. 한 학교의 기숙사 사감. 사감이라는 직책은 학생들을 지도해야 하기 때문에 항상 규율을 지키고 근엄하게 행동해야 한다. 이런 권위의식 때문에 B사감은 사랑의 본능을 억눌러야만 했을 것이다. 그러나 누군가를 사랑하고, 또 누군가에게서 사랑받고 싶은 마음은 인간의 본능이어서 억누른다고 되는 것은 아니다. B사감은 사람들이 모두 자는 한밤중에, 그런 마음을 혼자서 몰래 표현한 것이다.

두 번째로 B사감의 위선적인 행동은, 자신의 약점으로 인해 상처받지 않으려는 인간의 본능을 드러낸 것으로 볼 수 있다. B사감의 외양 묘사를 보면, 마흔이 다된 노처녀에 딱장대(온화한 맛이 없고 딱딱한 사람)인데다가 주근깨투성이다. 게다가 비쩍 말라서 마치 곰팡이 슨 굴비 같다. 다소 풍자적이고 유머러스한 묘사로 과장되긴 했지만, 그녀가 남자의 사랑을 쉽게 받기 힘든 외양을 하고 있음을 암시하고 있다. B사감 자신 또한 스스로 사랑받지 못할 거라고 생각하고, 그것 때문에 사람들에게 웃음거리가 되지 않기 위해 독신을 자처하고 연애를 죄악시한 것이다. 상처받기 두려워하는 마음 때문에 지레 연애나 사랑 자체를 멀리하는 것이다. 어찌 보면 B사감의 아픔을 어느 정도 인간적으로 이해할 수 있다. 셋째 처녀가 B사감을 동정하는 이면에는 이런 이해가 바탕이 된 것이다.

마지막으로 사회 분위기를 들 수 있다. 해방 전만 하더라도 남녀 사이의 연애는 사회적인 공인을 받기 힘들었다. 남녀의 자유로운 교제를 허용치 않던 유교적인 관습은 일제시대까지 이어져 자유연애를 험악한 눈초리로 바라보는 사람들이 많았다. 이는 여성들에게 순결과 정숙을 강요하는 억압적인 사회 분위기를 형성했다. B사감이 사내란 믿지 못할 마귀이며, 연애가 자유라는 말도 악마가 지어낸 말이라고 설교

자유연애론

자유연애론은 단순히 남녀가 자유롭게 연애하자는 것이 아니다. 자유연애론은, 남녀관계에 변화가 있으려면 사회 전체의 관습과 시선이 변해야 함을 주장하면서, 이러한 모든 여건들의 변화를 촉구하자는 것이다. 따라서 자유연애론은 개인의 의식 개조뿐만 아니라 교육, 경제, 가정에서 특히 여성의 변화를 강조했다. 여기에는 과거 남성 주도의 사랑 방식에서 탈피해서 개인과 개인이 주체적으로 상대방을 만나고 둘만의 공간을 만들면서, 이에 따른 책임을 부과하는 서구식 사랑에 영향을 받은 점도 있다. 주로 이광수에 의해서 주창(主唱)되었으며, 신여성의 등장과 결혼 방식의 변화에 영향을 끼쳤다.

하는 것도 그 같은 사회 분위기에서 비롯한 것이다.

「B사감과 러브레터」에서는 사감이라는 지위에 따른 권위의식과 자기 자신의 약점에 대한 콤플렉스, 그리고 여성에게 순결과 정숙을 강요하는 사회적인 분위기 등에 의해 복잡하게 뒤틀린 한 인간의 내면 속에 나타난 사랑과 연애의 감정을 살펴볼 수 있다.

반면에 「동백꽃」은 연애의 문법에 익숙하지 않은 청춘 남녀의 사랑이야기를 통해 순박한 사랑의 모습을 형상화했다. 순진한 주인공 '나'는, 마름네 딸 점순이가 덩치 큰 자기네 닭과 우리 집 닭을 싸움 붙이는 것이 항상 못마땅하다. 하지만 사실 점순이의 이런 행동이야말로 애정의 표현이다. 아무리 눈치 없는 사람이라도 감자를 불쑥 내밀며 먹으라고 권할 때에는 그 애정을 눈치챌 수 있다. 그러나 이 소설의 순박한 주인공만은 그 점을 깨닫지 못한다.

'나'의 이런 순박함은 우리에게 의외의 상황을 보여줌으로써 웃음을 유발한다. 순진한 '나'는 점순이가 자꾸 걸어오는 닭싸움의 의미를 알지 못하고, 그 싸움에서 기를 쓰고 이기기 위해 닭에게 고추장까지 먹이는 해프닝을 연출한다. 이 작품에서

경악 강조 기법 Surprising emphasis

모파상의 「진주목걸이」를 보면, 가난한 주인공이 부자 친구에게 빌린 진주목걸이를 잃어버리고 그것을 돌려주기 위해 평생을 바쳐 일을 한다. 그러나 작품의 결말 부분에 이르면 놀랍게도 부자 친구의 진주목걸이가 가짜였다는 사실이 드러난다. 이처럼 결말에 새롭고 놀라운 사실을 보여주어 독자의 흥미를 고조시키는 기법을 종말 강조, 경악 강조 기법이라고 한다.
「B사감과 러브레터」의 마지막 장면에서 그토록 딱딱하고 권위적인 독신 여성 B사감이 교태 어린 목소리로 남녀의 사랑 고백을 혼자 연출하는 모습은 놀라움과 함께 흥미를 불러일으키고 있다. 이런 결말을 경악 강조 기법을 사용한 것이라고 할 수 있다.

닭싸움은 사건의 진행에 핵심적인 역할을 한다. 겉으로 보기에는 나와 점순이 사이의 갈등이 점차 고조되는 듯 보이지만, 사실은 닭싸움을 통해 나와 점순이 사이의 사랑이 진전되어 맺어지는 모습으로 나타나는 것이다. 따라서 닭싸움은 애증의 교차이자 일종의 사랑싸움으로 파악할 수 있다.

그러나 주인공만은 이 점을 깨닫지 못하고, 자신의 닭이 거의 빈사상태에 이르자 점순이네 닭을 패대기쳐서 죽이고는 울음을 터뜨린다. 이 대목을 사회 계층 간의 현실 문제로 보고 계층 간의 갈등을 끌어내는 해석도 있다. 주인공 '나'는 소작인의 아들이고, 점순이는 마름의 딸이다. 마름은 소작인에게 농사지을 땅을 줬다 뺐었다를 할 수 있는 권한을 갖고 있다. 그래서 주인공 '나'는 점순이의 행동을 참을 수밖에 없다. 점순이의 비위를 건드렸다가는 땅을 떼이고 쫓겨날지도 모르기 때문이다. 이처럼 마름과 소작인의 관계라는 현실 문제를 반영한 내용으로 해석하기도 한다.

하지만 어디까지나 이런 측면은 부분적인 것이고, 이 작품의 의도를 신분 간의 대립이나 위화감을 나타내는 것으로 볼 필요는 없다. 닭을 패대기치고 울음을 터뜨리는 장면에서 더 두드러지는 것은 주인공의 순박함이다. 울음을 터뜨린 '나'는 점순이가 자신에게 안기며 쓰러지자 그제서야 여인의 향기에 취해 점순이의 사랑을 향기로운 동백꽃 향기와 함께 깨닫게 된다.

작품의 마지막에 등장하는 '동백꽃'은 순박한 사랑을 상징하는 소재다. 여인의 향기와 동백꽃의 향취가 어우러져 만들어내는 풍경은 순박했던 '나'에게 사랑을 눈뜨게 만들어준다. 그전까지 있었던 점순이와 '나' 사이의 긴장감은 일시에 무너지고, 해학적인 결말에 미소짓게 된다. 「동백꽃」은 도시에서 이루어지는 숨가쁜 연애와는 다른 농촌의 순박한 사랑 형태를 보여주고 있다.

마지막으로 「소나기」는 순박한 시골 소년과 귀여운 도시 소녀의 순수하고 아름다운 사랑이야기이다. 주인공 소년은 어느 날 개울가에서 서울서 왔다는 윤초시네 증손녀를 만난다. 아름답고 귀여운 도시 아이인 소녀와 곧 친구가 된 소년은 함께 산에 놀러 갔다가 소나기를 만난다. 수숫단 밑에서 비를 피하고, 내려오는 길에 만난 물이 불은 도랑을 소년이 소녀를 업고 건너면서 애틋한 사랑이 움튼다. 그 이후 소나기로 인해 감기에 걸린 소녀는 병이 악화되어 죽음에 이르게 된다. 이 소식을 소년은 막 잠이 드려는 순간, 부모님의 대화를 통해 전해 듣는다.

똑같이 시골 풍경을 배경으로 했지만 「소나기」는 「동백꽃」에 비해 토속적이지는 않다. 작가가 주인공들의 순수성을 부각시키기 위해 일부러 간결하고 평이한 문체를 채택했고, 사투리나 토속어의 구사를 배제했기 때문이다. 그들의 대화는 "이 바보" 또는 "저 산 너머에 가본 일 있니?" 처럼 짧지만 서로의 감정을 압축해서 잘 전달하고 있다.

소설에서는 서로의 감정을 전달하는 일종의 '러브레터' 가 등장한다. 조약돌과 호두, 비단조개, 대추 등이 바로 그 러브레터의 역할을 한다. 소녀는 소년에게 조약돌을 던져 관심을 표현하기도 하고, 어느 토요일에는 비단조개를 소년에게 주면서 말을 건네기도 한다. 소녀가 소년을 마지막으로 만났을 때 건네준 대추도 소녀의 사랑을 매개하는 것이다. 소년은 덕쇠 할아버지의 호두밭에서 호두를 몰래 따서 소녀에게 주려고 한다. 소설의 순수함은 이런 사랑의 징표이자 일종의 러브레터인 이 모든 것들이 자연물이라는 데에 있다.

또한 이 소설은 시종 진지하다. 이는 순수한 유년의 사랑을 돋보이게 하기 위해서다. 그리고 소년과 소녀의 이름을 밝히지 않는다. 읽는 이로 하여금 유년 시절의 추억과 소설을 동일시하게 만들기 위해서 일부러 익명을 사용한 것이다. 게다가 뒷이야기를 추측하게 만드는 비극적 결말은, 대체로 이루어지기 힘들다는 첫사랑을 추억하게 한다. 소녀의 죽음은 소년에게 통과제의의 시련이다. 소년이 소녀를 만나 사랑을 느끼고 또 소녀의 죽음으로 인해 상처받는 것은, 유년기를 벗어나 어른이 되기 위한 과정으로 성숙에 따른 아픔이다.

사람들은 저마다 설사 죽음은 아니더라도 유년 시절 크고 작은 아픔들을 가지고 있고, 그 아픔을 통해 성숙한다. 우리는 자신의 아픔을 통해 소년의 아픔을 이해하고 공감할 수 있게 된다. 이처럼 이 소설은 사랑을 한 폭의 그림처럼 보여주면서 읽는 이로 하여금 보편적인 정서를 공유하도록 유도하고 있다.

「소나기」는 유년의 때묻지 않은 사랑을 보여줌으로써 신분과 나이를 넘어서 모든 이들에게 첫사랑의 추억을 불러일으키면서 보편적인 공감을 얻는다. 이처럼 순진하고 순박한 사랑은 아름답게 받아들여지지만, 「B사감과 러브레터」의 B사감처럼 구체적인 신분과 나이의 제약이 있는 성인의 경우, 사랑은 연애의 형태로 나타나며 여러 요인으로 인해 감정은 뒤틀리고 왜곡된다. 그래서 연애는 어떤 이들에게는 지지를 받지만, 다른 사람들에게는 비난의 대상이 될 수도 있다. 이처럼 사랑이 구체적인 연애로 전환되면, 갈등이 동반되고 이런 갈등의 해결 과정이 보는 이들로 하여금 사랑과 연애에 대해 복합적인 감정을 불러일으키게 하는 것이다.

토속성

'토속성'의 사전적 의미는 그 지방 특유의 습관이나 풍속을 드러내는 성질을 말한다. 그러나 일반적으로 문학작품을 가리켜 토속성이 두드러진다고 말할 때는 시골스럽고 촌스러운 느낌을 뜻한다. 소 몰고, 풀 베고, 닭 키우는, 시골 느낌이 물씬 풍기는 작품을 우리는 토속성이 두드러진다 혹은 토속적인 냄새가 물씬 풍긴다고 말한다.

「동백꽃」에서 이러한 토속성은 특히 구수한 문체를 통해 나타난다. 다양한 토속어의 사용과 구어체의 활용은 작품을 해학적이고 토속적으로 느껴지게 한다. 특히 이런 느낌은 사투리를 접하면 더 강하게 느낄 수 있다. 가령 '정말 보고 싶습니다'라는 표현에 비해 '참말로 징허게 보고 싶소'라는 표현은 재미있으면서도 토속적인 느낌을 준다.

이와 같은 과장과 익살이 넘치는 토속적인 어휘의 구사가 「동백꽃」을 비롯한 작가 김유정 문체의 특징적인 부분이며, 이는 판소리의 표현 방식과 유사해 판소리 미학의 현대적 계승이라는 평가를 받기도 한다.

B사감과 러브레터 _ 현진건

C여학교에서 교원 겸 기숙사 사감(舍監) 노릇을 하는 B여사라면 딱장대요 독신주의자요 찰진 야소꾼으로 유명하다. 사십에 가까운 노처녀인 그는 주근깨투성이 얼굴이 처녀다운 맛이란 약에 쓰려도 찾을 수 없을 뿐인가, 시들고 거칠고 마르고 누렇게 뜬 품이 곰팡 슬은 굴비를 생각나게 한다.

여러 겹 주름이 잡힌 훨렁 벗겨진 이마라든지, 숱이 적어서 법대로 쪽 찌거나 틀어올리지를 못하고 그냥 빗어넘긴 머리꼬리가 뒤통수에 염소똥만하게 붙은 것이라든지, 벌써 늙어가는 자취를 감출 길이 없었다. 뾰족한 입을 앙다물고 돋보기 너머로 쌀쌀한 눈이 노릴 때엔 기숙생들이 오싹하고 몸서리를 치리 만큼 그는 엄격하고 매서웠다.

이 B여사가 질겁을 하다시피 싫어하고 미워하는 것은 소위 '러브레터' 였다. 여학교 기숙사라면 으레 그런 편지가 많이 오는 것이지만 학교로도 유명하고 또 아름다운 여학생이 많은 탓인지 모르되 하루에도 몇 장씩 죽느니 사느니 하는 사랑타령이 날아 들어왔었다. 기숙생에게 오는 사신을 일일이 검토하는 터이니까 그따위 편지도 물론 B여사의 손에 떨어진다. 달짝지근한 사연을 보는 족족 그는 더할 수 없이 흥분되어서 얼굴이 붉으락푸르락, 편지 든 손이 발발 떨리도록 성을 낸다.

아무 까닭 없이 그런 편지를 받은 학생이야말로 큰 재변이었다. 하학하기가 무섭게 그 학생은 사감실로 불리어간다. 분해서 못 견디겠다는 사람 모양으로 쌔근쌔근하며 방 안을 왔다갔다하던 그는, 들어오는 학생을 잡아먹을 듯이 노리면서 한 걸음 두 걸음 코가 맞닿을 만치 바싹 다가들어서서 딱 마주 선다. 웬 영문인지 알지 못하면서도 선생의 기색을 살피고 겁부터 집어먹은 학생은 한동안 어쩔 줄 모르다가 간신히 모기만한 소리로,

"저를 부르셨어요?"

하고 묻는다.

"그래 불렀다. 왜!"

팍 무는 듯이 한 마디 하고 나서 매우 못마땅한 것처럼 교의를 우당퉁탕 당겨서 철썩 주저앉았다가 학생이 그저 서 있는 걸 보면,

"장승이냐? 왜 앉지를 못해."

하고 또 소리를 빽 지르는 법이었다.

스승과 제자는 조그마한 책상 하나를 새에 두고 마주 앉는다. 앉은 뒤에도,

"네 죄상을 네가 알지!"

하는 것처럼 아무 말 없이 눈살로 쏘기만 하다가 한참만에야 그 편지를 끄집어내어 학생의 코앞에 동댕이를 치며,

"이건 누구한테 오는 거냐?"

하고 문초를 시작한다.

앞장에 제 이름이 쓰였는지라,

"저한테 온 것이야요."

하고, 대답 않을 수 없다. 그러면 발신인이 누구인 것을 채쳐 묻는다.

그런 편지의 항용으로 발신인의 성명이 똑똑치 않기 때문에 주저주저하다가 자세히 알 수 없다고 내대일 양이면,

"너한테 오는 것을 네가 모른단 말이냐."

고, 불호령을 내린 뒤에 또 사연을 읽어 보라 하여 무심한 학생이 나직나직하나마

꿀 같은 구절을 입술에 올리면, B여사의 역정은 더욱 심해져서 어느 놈의 소위인 것을 기어이 알려 한다. 기실 보도 듣도 못한 남성의 한 노릇이요, 자기에게는 아무 죄도 없는 것을 변명하여도 곧이듣지를 않는다. 바른 대로 아뢰어야 망정이지 그렇지 않으면 퇴학을 시킨다는 둥, 제 이름도 모르는 여자에게 편지할 리가 만무하다는 둥, 필연 행실이 부정한 일이 있으리라는 둥…….

하다못해 어디서 한 번 만나기라도 하였을 테니 어찌해서 남자와 접촉을 하게 되었느냐는 둥, 자칫 잘못하여 학교에서 주최한 음악회나 '바자'에서 혹 보았는지 모른다고 졸리다 못해 주워댈 것 같으면 사내의 보는 눈이 어떻더냐, 표정이 어떻더냐, 무슨 말을 건네더냐, 미주알고주알 캐고 파며 얼르고 볶아서 넉넉히 십년감수는 시킨다.

두 시간이 넘도록 문초를 한 끝에는 사내란 믿지 못할 것, 우리 여성을 잡아먹으려는 마귀인 것, 연애가 자유이니 신성이니 하는 것도 모두 악마의 지어낸 소리인 것을 입에 침이 없이 열에 띄어서 한참 설법을 하다가 닦지도 않은 방바닥(침대를 쓰기 때문에 방이라 해도 마룻바닥이다)에 그대로 무릎을 꿇고 기도를 올린다. 눈에 눈물까지 글썽거리면서 말끝마다 하느님 아버지를 찾아서 악마의 유혹에 떨어지려는 어린 양을 구해 달라고 뒤삶고 곱삶는 법이었다.

그리고 둘째로 그의 싫어하는 것은 기숙생을 남자가 면회하러 오는 일이었다. 무슨 핑계를 하든지 기어이 못 보게 하고 만다. 친부모, 친동기간이라도 규칙이 어떠니, 상학중이니 무슨 핑계를 하든지 따돌려 보내기가 일쑤다. 이로 말미암아 동맹휴학을 하였고 교장의 설유까지 들었건만 그래도 그 버릇은 고치려 들지 않았다.

이 B사감이 감독하는 그 기숙사에 금년 가을 들어서 괴상한 일이 '생겼다'느니보다 '발각되었다'는 것이 마땅할는지 모르리라. 왜 그런고 하면 그 괴상한 일이 언제 '시작된' 것은 귀신밖에 모르니까.

그것은 다른 일이 아니라 밤이 깊어서 새로 한 점이 되어 모든 기숙생들이 달고 곤한 잠에 떨어졌을 제 난데없는 깔깔대는 웃음과 속살속살하는 말낱이 새어 흐르는 일이었다. 하루 밤이 아니고 이틀 밤이 아닌 다음에야 그런 소리가 잠귀 밝은 기숙생의 귀에 들리기도 하였지만 자던 잠결이라 뒷동산에 구르는 마른 잎의 노래로나, 달빛에 날개를 번뜩이며 울고 가는 기러기의 소리로나 흘려들었다. 그렇지 않으면 도깨비의 장난이나 아닌가 하여 무시무시한 증이 들어서 동무를 깨웠다가 좀처럼 동무는 깨지 않고 제 생각이 너무나 어림없고 어이없음을 깨달으면, 밤소리 멀리 들린다고, 학교 이웃집에서 이야기를 하거나 또 딴 방에 자는 제 동무들의 잠꼬대로만 여겨서 스스로 안심하고 그대로 자버리기도 하였다. 그러나 이 수수께끼가 풀릴 때는 왔다. 이때 공교롭게 한 방에 자던 학생 셋이 한꺼번에 잠을 깨었다. 첫째 처녀가 소변을 보러 일어났다가 그 소리를 듣고 둘째 처녀와 셋째 처녀를 깨우고 만 것이다.

"저 소리를 들어보아요. 아닌 밤중에 저게 무슨 소리야."

하고 첫째 처녀는 호동그래진 눈에 무서워하는 빛을 띄운다.

"어제 밤에 나도 저 소리에 놀랬었어. 도깨비가 났단 말인가?"

하고, 둘째 처녀도 잠 오는 눈을 비비며 수상해한다. 그 중에 제일 나이 많을 뿐더러(많았자 열여덟밖에 아니 되지만) 장난 잘 치고 짓궂은 짓 잘하기로 유명한 셋째 처녀는 동무 말을 못 믿겠다는 듯이 이윽히 귀를 기울이다가,

"딴은 수상한 걸. 나도 언젠가 한 번 들어 본 법도 하구먼. 무얼 잠 아니 오는 애들이 이야기를 하는 게지."

이때에 그 괴상한 소리는 땍때굴 웃었다. 세 처녀는 귀를 소스라쳤다. 적적한 밤 가운데 다른 파동 없는 공기는 그 수상한 말마디를 곁에서나 나는 듯이 또렷또렷

이 전해주었다.

"오, 태훈 씨! 그러면 작히 좋을까요."

간드러진 여자의 목소리다.

"경숙 씨가 좋으시다면 내야 얼마나 기쁘겠습니까. 아아, 오직 경숙 씨에게 바친 나의 타는 듯한 가슴을 인제야 아셨습니까!"

정열에 뜨인 사내의 목청이 분명하였다. 한동안 침묵…….

"인제 고만 놓아요. 키스가 너무 길지 않아요. 행여 남이 보면 어떡해요."

아양 떠는 여자 말씨,

"길수록 더욱 좋지 않아요. 나는 내 목숨이 끊어질 때까지 키스를 하여도 길다고는 못 하겠습니다. 그래도 짧은 것을 한하겠습니다."

사내의 피를 뿜는 듯한 이 말 끝은 계집의 자지러진 웃음으로 묻혀 버렸다.

그것은 묻지 않아도 사랑에 겨운 남녀의 허물어진 수작이다. 감금이 지독한 이 기숙사에 이런 일이 생길 줄이야! 세 처녀는 얼굴을 마주 보았다. 그들의 얼굴은 놀랍고 무서운 빛이 없지 않았으되 점점 호기심에 번쩍이기 시작하였다. 그들의 머릿속에는 한결같이 로맨틱한 생각이 떠올랐다. 이 안에 있는 여자 애인을 보려고 학교 근처를 뒤돌고 곰돌던 사내 애인이, 타는 듯한 가슴을 걷잡다 못하여 밤이 이슥하기를 기다려 담을 뛰어넘었는지 모르리라.

모든 불이 다 꺼지고 오직 밝은 달빛이 은가루처럼 서리인 창문이 소리 없이 열리며 여자 애인이 흰 수건을 흔들어 사내 애인을 부른지도 모르리라.

활동사진에 보는 것처럼 기나긴 피륙을 내리어서 하나는 위에서 당기고 하나는 밑에서 매달려 디룽디룽하면서 올라가는 정경이 있었는지 모르리라.

그래서 두 애인은 만나 가지고 저와 같이 사랑의 속살거림에 잦아졌는지 모르리라……. 꿈결 같은 감정이 안개 모양으로 눈부시게 세 처녀의 몸과 마음을 휩싸돌았다.

그들의 빰은 후끈후끈 달았다. 괴상한 소리는 또 일어났다.

"난 싫어요. 당신 같은 사내는 난 싫어요."

이번에는 매몰스럽게 내어대는 모양.

"나의 천사, 나의 하늘, 나의 여왕, 나의 목숨, 나의 사랑, 나를 살려주어요, 나를 구해주어요."

사내의 애를 졸리는 간청…….

"우리 구경 가볼까."

짓궂은 셋째 처녀는 몸을 일으키며 이런 제의를 하였다. 다른 처녀들도 그 말에 찬성한다는 듯이 따라 일어섰으되 의아와 공구와 호기심이 뒤섞인 얼굴을 서로 교환하면서 얼마쯤 망설이다가 마침내 가만히 문을 열고 나왔다. 쌀벌레 같은 그들의 발가락은 가장 조심성 많게 소리 나는 곳을 향해서 곰실곰실 기어간다. 컴컴한 복도에 자다가 일어난 세 처녀의 흰 모양은 그림자처럼 소리 없이 움직였다.

소리 나는 방은 어렵지 않게 찾을 수 있었다. 찾고는 나무로 깎아 세운 듯이 주춤 걸음을 멈출 만큼 그들은 놀랐다. 그런 소리의 출처야말로 자기네 방에서 몇 걸음 안 되는 사감실일 줄이야! 그렇듯이 사내라면 못 먹어하고 침이라도 뱉을 듯하던 B여사의 방일 줄이야! 그 방에 여전히 사내의 비대발괄하는 푸념이 되풀이되고 있다…….

나의 천사, 나의 하늘, 나의 여왕, 나의 목숨, 나의 사랑, 나의 애를 말려 죽이실 테요. 나의 가슴을 뜯어 죽이실 테요. 내 생명을 맡으신 당신의 입술로…….

셋째 처녀는 대담스럽게 그 방문을 빠끔히 열었다. 그 틈으로 여섯 눈이 방 안을 향해 쏘았다. 이 어쩐 기괴한 광경이냐. 전등불은 아직 끄지 않았는데 침대 위에는 기숙생에게 온 소위 '러브레터'의 봉투가 너저분하게 흩어졌고 그 알맹이도 여기저기 두서없이 펼쳐진 가운데 B여사 혼자 아무도 없이 제 혼자 일어나 앉았다. 누구를 끌어당길 듯이 두 팔을 벌리고 안경을 벗은 근시안으로 잔뜩 한곳을 노리며 그 굴비쪽 같은 얼굴에 말할 수 없이 애원하는 표정을 짓고는 키스를 기다리는 것같이 입을 쫑긋이 내어민 채 사내의 목청을 내어가면서 아깟말을 중얼거린다. 그러다가 그 넋두리가 끝날 겨를도 없이 급작스레 앵돌아지는 시늉을 내며 누구를 뿌리치는 듯이 연해 손짓을 하며, 이번에는 톡톡 쏘는 계집의 음성을 지어,

"난 싫어요. 당신 같은 사내는 난 싫어요."

하다가 제물에 자지러지게 웃는다. 그러더니 문득 편지 한 장(물론 기숙생에게 온 '러브레터'의 하나)을 집어 들어 얼굴에 문지르며,

"정 말씀이야요? 나를 그렇게 사랑하셔요? 당신의 목숨같이 나를 사랑하셔요? 나를, 이 나를."

하고 몸을 치수르는데 그 음성은 분명 울음의 가락을 띠었다.

"에구머니, 저게 웬일이야!"

첫째 처녀가 소곤거렸다.

"아마 미쳤나보아, 밤중에 혼자 일어나서 왜 저리고 있을꾸."

둘째 처녀가 맞방망이를 친다…….

"에그 불쌍해!"

하고, 셋째 처녀는 손으로 고인 때 모르는 눈물을 씻었다.

1925년

동백꽃 _ 김유정

오늘도 또 우리 수탉이 막 쪼이었다. 내가 점심을 먹고 나무를 하러 갈 양으로 나올 때이었다. 산으로 올라서려니까 등 뒤에서 푸드득, 푸드득, 하고 닭의 횃소리가 야단이다. 깜짝 놀라며 고개를 돌려보니 아니나다르랴, 두 놈이 또 얼리었다.

점순네 수탉(은 대강이가 크고 똑 오소리같이 실팍하게 생긴 놈)이 덩저리 작은 우리 수탉을 함부로 해내는 것이다. 그것도 그냥 해내는 것이 아니라 푸드득하고 면두를 쪼고 물러섰다가 좀 사이를 두고 푸드득하고 모가지를 쪼았다. 이렇게 멋을 부려가며 여지없이 닦아 놓는다. 그러면 이 못생긴 것은 쪼일 적마다 주둥이로 땅을 받으며 그 비명이 킥, 킥 할 뿐이다. 물론 미처 아물지도 않은 면두를 또 쪼이어 붉은 선혈은 뚝뚝 떨어진다. 이걸 가만히 내려다보자니 내 대강이가 터져서 피가 흐르는 것같이 두 눈에서 불이 번쩍 난다. 대뜸 지게막대기를 메고 달겨들어 점순네 닭을 후려칠까 하다가 생각을 고쳐먹고 헛매질로 떼어만 놓았다.

이번에도 점순이가 쌈을 붙여 놨을 것이다. 바짝바짝 내 기를 올리느라고 그랬음에 틀림없을 것이다. 고놈의 계집애가 요새로 접어들어서 왜 나를 못 먹겠다고 고렇게 아르렁거리는지 모른다.

나흘 전 감자 쪼각만 하더라도 나는 저에게 조금도 잘못한 것은 없다. 계집애가 나물을 캐러 가면 갔지 남 울타리 엮는 데 쌩이질을 하는 것은 다 뭐냐. 그것도 발소리를 죽여 가지고 등 뒤로 살며시 와서, "얘! 너 혼자만 일하니?" 하고 긴치 않은 수작을 하는 것이다.

어제까지도 저와 나는 이야기도 잘 않고 서로 만나도 본 척 만 척 하고 이렇게 점잖게 지내던 터이련만 오늘로 갑작스레 대견해졌음은 웬일인가. 황차 망아지만 한 계집애가 남 일하는 놈 보구—.

"그럼 혼자 하지 떼루 하디?"

내가 이렇게 내배알는 소리를 하니까,

"너 일하기 좋니?"

또는,

"한여름이나 되거든 하지 벌써 울타리를 하니?"

잔소리를 두루 늘어놓다가 남이 들을까 봐 손으로 입을 틀어막고는 그 속에서 깔깔댄다. 별로 우스울 것도 없는데 날씨가 풀리더니 이놈의 계집애가 미쳤나 하고 의심하였다. 게다가 조금 뒤에는 제 집께를 할끔할끔 돌아보더니 행주치마의 속으로 꼈던 바른손을 뽑아서 나의 턱밑으로 불쑥 내미는 것이다. 언제 구웠는지 더운 김이 확 끼치는 굵은 감자 세 개가 손에 뿌듯이 쥐였다.

"느 집엔 이거 없지?"

하고 생색 있는 큰소리를 하고는 제가 준 것을 남이 알면은 큰일날 테니 여기서 얼른 먹어 버리란다. 그리고 또 하는 소리가,

"너 봄감자가 맛있단다."

"난 감자 안 먹는다, 너나 먹어라."

나는 고개도 돌리려지 않고 일하던 손으로 그 감자를 도로 어깨너머로 쑥 밀어 버렸다. 그랬더니 그래도 가는 기색이 없고, 뿐만 아니라 쌔근쌔근하고 심상치 않게 숨소리가 점점 거칠어진다. 이건 또 뭐야 싶어서 그때서야 비로소 돌아다보니 나는 참으로 놀랐다. 우리가 이 동리에 들어온 것은 근 삼 년째 되어 오지만 여지껏 가무잡잡한 점순이의 얼굴이 이렇게까지 홍당무처럼 새빨개진 법이 없었다.

게다 눈에 독을 올리고 한참 나를 요렇게 쏘아보더니 나중에는 눈물까지 어리는 것이 아니냐. 그리고 바구니를 다시 집어들더니 이를 꼭 악물고는 엎어질 듯 자빠질 듯 논둑으로 횡허케 달아나는 것이다.

어쩌다 동리 어른이,

"너 얼른 시집가야지?" 하고 웃으면,

"염려 마서유. 갈 때 되면 어련히 갈라구!"

이렇게 천연덕스레 받는 점순이었다. 본시 부끄럼을 타는 계집애도 아니려니와 또한 분하다고 눈에 눈물을 보일 얼병이도 아니다. 분하면 차라리 나의 등어리를 바구니로 한 번 모질게 후려쌔리고 달아날지언정.

그런데 고약한 그 꼴을 하고 가더니 그 뒤로는 나를 보면 잡아먹으려고 기를 복복 쓰는 것이다. 설혹 주는 감자를 안 받아 먹은 것이 실례라 하면, 주면 그냥 주었지 '느 집엔 이거 없지' 는 다 뭐냐. 그러잖아도 저희는 마름이고 우리는 그 손에서 배재를 얻어 땅을 부치므로 일상 굽실거린다. 우리가 이 마을에 처음 들어와 집이 없어서 곤란으로 지낼 제, 집터를 빌리고 그 위에 집을 또 짓도록 마련해 준 것도 점순네의 호의였다. 그리고 우리 어머니 아버지도 농사 때 양식이 딸리면 점순이네한테 가서 부지런히 꾸어다 먹으면서 인품 그런 집은 다시없으리라고 침이 마르도록 칭찬하곤 하는 것이다. 그러면서도 열일곱씩이나 된 것들이 수군수군하고 붙어다니면 동네의 소문이 사납다고 주의를 시켜준 것도 또 어머니였다. 왜냐하면 내가 점순이하고 일을 저질렀다가는 점순네가 노할 것이고, 그러면 우리는 땅도 떨어지고 집도 내쫓기고 하지 않으면 안 되는 까닭이었다. 그런데 이놈의 계집애가 까닭 없이 기를 복복 쓰며 나를 말려 죽이려고 드는 것이다.

눈물을 흘리고 간 담날 저녁 나절이었다. 나무를 한 짐 잔뜩 지고 산을 내려오려니까 어디서 닭이 죽는소리를 친다. 이거 뉘 집에서 닭을 잡나, 하고 점순네 울 뒤로 돌아오다가 나는 고만 두 눈이 똥그래졌다. 점순이가 저희 집 봉당에 홀로 걸터앉았는데 이게 치마 앞에다 우리 씨암탉을 꼭 붙들어 놓고는,

"이놈의 닭! 죽어라, 죽어라."

요렇게 암팡스레 패주는 것이 아닌가. 그것도 대가리나 치면 모른다마는 아주 알도 못 낳으라고 그 볼기짝께를 주먹으로 콕콕 쥐어박는 것이다.

나는 눈에 쌍심지가 오르고 사지가 부르르 떨렸으나 사방을 한 번 휘둘러보고야 그제서 점순이 집에 아무도 없음을 알았다. 잡은 참 지게막대기를 들어 울타리의 중턱을 후려치며,

"이놈의 계집애! 남의 닭 알 못 낳으라구 그러니?"

하고, 소리를 빽 질렀다.

그러나 점순이는 조금도 놀라는 기색이 없고 그대로 의젓이 앉아서 제 닭 가지고 하듯이 또 죽어라, 죽어라, 하고 패는 것이다. 이걸 보면 내가 산에서 내려올 때를 겨냥해 가지고 미리부터 닭을 잡아 가지고 있다가 너 보란 듯이 내 앞에서 쥐지르고 있음이 확실하다. 그러나 나는 그렇다고 남의 집에 뛰어들어가 계집애하고 싸울 수도 없는 노릇이고 형편이 썩 불리함을 알았다. 그래 닭이 맞을 적마다 지게막대기로 울타리를 후려칠 수밖에 별도리가 없다. 왜냐하면 울타리를 치면 칠수록 울섶이 물러앉으며 뼈대만 남기 때문이다. 허나 아무리 생각하여도 나만 밑지는 노릇이다.

"아, 이년아! 남의 닭 아주 죽일 터이냐?"

내가 도끼눈을 뜨고 다시 꽥 호령을 하니까 그제서야 울타리께로 쪼르르 오더니 울 밖에 섰는 나의 머리를 겨누고 닭을 내팽개친다.

"에이 더럽다! 더럽다!"

"더러운 걸 널더러 입때 끼고 있으랬니? 망할 계집애년 같으니!"

하고, 나도 더럽단 듯이 울타리께를 횡허케 돌아 내리며 약이 오를 대로 다 올랐다, 라고 하는 것은 암탉이 풍기는 서슬에 나의 이마빼기에다 물지똥을 찍 깔겼는데 그걸 본다면 알집만 터졌을 뿐 아니라 골병은 단단히 든 듯싶다. 그리고 나의 등 뒤를 향하여 나에게만 들릴 듯 말 듯한 음성으로,

"이 바보 녀석아!"

"얘! 너 배냇병신이지?"

그만도 좋으련만,

"얘! 너 느 아버지가 고자라지?"

"뭐 울 아버지가 그래 고자야?"

할 양으로 열벙거지가 나서 고개를 홱 돌리어 바라봤더니 그때까지 울타리 위로 나와 있어야 할 점순이의 대가리가 어디를 갔는지 보이지를 않는다. 그러다 돌아서서 오자면 아까에 한 욕을 울 밖으로 또 퍼붓는 것이다. 욕을 이토록 먹어 가면서도 대거리 한 마디 못하는 걸 생각하니 돌부리에 채이어 발톱 밑이 터지는 것도 모를 만치 분하고 급기야는 두 눈에 눈물까지 불끈 내솟는다.

그러나 점순이의 침해는 이것뿐이 아니다. 사람들이 없으면 틈틈이 제 집 수탉을 몰고 와서 우리 수탉과 쌈을 붙여 놓는다. 제 집 수탉은 썩 험상궂게 생기고 쌈이라면 홰를 치는 고로 으레 이길 것을 알기 때문이다. 그래서 툭하면 우리 수탉이 면두며 눈깔이 피로 흐드르하게 되도록 해놓는다. 어떤 때에는 우리 수탉이 나오지를 않으니까 요놈의 계집애가 모이를 쥐고 와서 꾀어내다가 쌈을 붙인다.

이렇게 되면 나도 다른 배차를 차리지 않을 수 없었다. 하루는 우리 수탉을 붙들어 가지고 넌지시 장독께로 갔다. 쌈닭에게 고추장을 먹이면 병든 황소가 살모사를 먹고 용을 쓰는 것처럼 기운이 뻗친다 한다. 장독에서 고추장 한 접시를 떠서 닭 주둥아리께로 들이밀고 먹여 보았다. 닭도 고추장에 맛을 들였는지 거스르지

않고 거진 반 접시 턱이나 곧잘 먹는다. 그리고 먹고 금세는 용을 못 쓸 터이므로 얼마쯤 기운이 돌도록 홰 속에다 가두어 두었다.

밭에 두엄을 두어 짐 져내고 나서 쉴 참에 그 닭을 안고 밖으로 나왔다. 마침 밖에는 아무도 없고 점순이만 저희 울 안에서 헌옷을 뜯는지 혹은 솜을 터는지 웅크리고 앉아서 일을 할 뿐이다.

나는 점순네 수탉이 노는 밭으로 가서 닭을 내려놓고 가만히 맥을 보았다. 두 닭은 여전히 얼리어 쌈을 하는데 처음에는 아무 보람이 없었다. 멋지게 쪼는 바람에 우리 닭은 또 피를 흘리고 그러면서도 날갯죽지만 푸드득, 푸드득 하고 올라뛰고 뛰고 할 뿐으로 제법 한 번 쪼아보지도 못한다.

그러나 한 번엔 어쩐 일인지 용을 쓰고 펄쩍 뛰더니 발톱으로 눈을 하비고 내려오며 면두를 쪼았다. 큰 닭도 여기에는 놀랐는지 뒤로 멈씰하며 물러난다. 이 기회를 타서 작은 우리 수탉이 또 날쌔게 덤벼들어 다시 면두를 쪼니 그제서는 감때사나운 그 대강이에서도 피가 흐르지 않을 수 없었다. 옳다 알았다, 고추장만 먹이며는 되는구나, 하고 나는 속으로 아주 쟁그러워 죽겠다. 그때에는 뜻밖에 내가 닭쌈을 붙여 놓는 데 놀라서 울 밖으로 내다보고 섰던 점순이도 입맛이 쓴지 눈살을 찌푸렸다. 나는 두 손으로 볼기짝을 두드리며 연방,

"잘 한다! 잘 한다!" 하고, 신이 머리끝까지 뻗치었다.

그러나 얼마 되지 않아서 나는 넋이 풀리어 기둥같이 묵묵히 서 있게 되었다. 왜냐하면 큰 닭이 한 번 쪼이면 앙갚음으로 호들갑스레 연거푸 쪼는 서슬에 우리 수탉은 찔끔 못하고 막 곯는다. 이걸 보고서 이번에는 점순이가 깔깔거리고 되도록 이쪽에서 많이 들으라고 웃는 것이다.

나는 보다못하여 덤벼들어서 우리 수탉을 붙들어 가지고 도로 집으로 들어왔다. 고추장을 좀더 먹였더라면 좋았을걸, 너무 급하게 쌈을 붙인 것이 퍽 후회가 난

다. 장독께로 돌아와서 다시 턱밑에 고추장을 들이댔다. 흥분으로 말미암아 그런지 당최 먹질 않는다. 나는 하릴없이 닭을 반듯이 눕히고 그 입에다 궐련 물부리를 물리었다. 그리고 고추장 물을 타서 그 구멍으로 조금씩 들이부었다. 닭은 좀 괴로운지 킥킥 하고 재채기를 하는 모양이나 그러나 당장의 괴로움은 매일같이 피를 흘리는 데 댈 게 아니라 생각하였다.

그러나 한 두어 종지가량 고추장 물을 먹이고 나서는 나는 고만 풀이 죽었다. 싱싱하던 닭이 왜 그런지 고개를 살며시 뒤틀고는 손아귀에서 빠드러지는 것이 아닌가. 아버지가 볼까 봐서 얼른 홰에다 감추어 두었더니 오늘 아침에서야 겨우 정신이 든 모양 같다.

그랬던 걸 이렇게 오다 보니까 또 쌈을 붙여 놓으니 이 망한 계집애가 필연 우리 집에 아무도 없는 틈을 타서 제가 들어와 홰에서 꺼내 가지고 나간 것이 분명하다.

나는 다시 닭을 잡아다 가두고 염려는 스러우나 그렇다고 산으로 나무를 하러 가지 않을 수도 없는 형편이었다.

소나무 삭정이를 따며 가만히 생각해 보니 암만해도 고년의 목쟁이를 돌려놓고 싶다. 이번에 내려가면 망할 년 등줄기를 한 번 되게 후려치겠다 하고 싱둥겅둥 나무를 지고는 부리나케 내려왔다.

거지반 집에 다 내려와서 나는 호드기 소리를 듣고 발이 딱 멈추었다. 산기슭에 널려 있는 굵은 바윗돌 틈에 노란 동백꽃이 소보록하니 깔리었다.

그 틈에 끼어 앉아서 점순이가 청승맞게스리 호드기를 불고 있는 것이다. 그보다도 더 놀란 것은 그 앞에서 또 푸드득, 푸드득, 하고 들리는 닭의 횃소리다. 필연코 요년이 나의 약을 올리느라고 또 닭을 집어내다가 내가 내려올 길목에다 쌈을 시켜 놓고 저는 고 앞에 앉아서 천연스레 호드기를 불고 있음에 틀림없으리라.

나는 약이 오를 대로 다 올라서 두 눈에서 불과 함께 눈물이 펵 쏟아졌다. 나뭇지게도 벗어 놀 새 없이 그대로 내동댕이치고는 지게막대기를 뻗치고 허둥지둥 달려들었다.

가까이 와 보니 과연 나의 짐작대로 우리 수탉이 피를 흘리고 거의 빈사 지경에 이르렀다. 닭도 닭이려니와 그러함에도 불구하고 눈 하나 깜짝 없이 고대로 앉아서 호드기만 부는 그 꼴에 더욱 치가 떨린다. 동리에서도 소문이 났거니와 나도 한때는 걱실걱실히 일 잘하고 얼굴 예쁜 계집애인 줄 알았더니 시방 보니까 그 눈깔이 꼭 여우새끼 같다.

나는 대뜸 달겨들어서 나도 모르는 사이에 큰 수탉을 단매로 때려 엎었다. 닭은 푹 엎어진 채 다리 하나 꼼짝 못 하고 그대로 죽어 버렸다. 그리고 나는 멍하니 섰다가 점순이가 매섭게 눈을 흡뜨고 닥치는 바람에 뒤로 벌렁 나자빠졌다.

"이놈아! 너 왜 남의 닭을 때려죽이니?"

"그럼 어때?"

하고 일어나다가,

"뭐 이 자식아! 누 집 닭인데?"

하고, 복장을 떼미는 바람에 다시 벌렁 자빠졌다. 그리고 나서 가만히 생각하니 분하기도 하고 무안도 스럽고 또 한편 일을 저질렀으니 인젠 땅이 떨어지고 집도 내쫓기고 해야 될는지 모른다. 나는 비슬비슬 일어나며 소맷자락으로 눈을 가리고는 얼김에 엉, 하고 울음을 놓았다. 그러나 점순이가 앞으로 다가와서,

"그럼, 너 이담부텀 안 그럴 테냐?"

하고 물을 때에야 비로소 살길을 찾은 듯싶었다. 나는 눈물을 우선 씻고 뭘 안 그러는지 명색도 모르건만,

"그래!" 하고 무턱대고 대답하였다.

"요담부터 또 그래 봐라, 내 자꾸 못살게 굴 테니."

“그래 그래, 인젠 안 그럴 테야.”

“닭 죽은 건 염려 마라. 내 안 이를 테니.”

그리고 뭣에 떠다밀렸는지 나의 어깨를 짚은 채 그대로 퍽 쓰러진다. 그 바람에 나의 몸뚱이도 겹쳐서 쓰러지며 한창 피어 퍼드러진 노란 동백꽃 속으로 폭 파묻혀 버렸다.

알싸한, 그리고 향긋한 그 냄새에 나는 땅이 꺼지는 듯이 온 정신이 고만 아찔하였다.

“너 말 마라?”

“그래!”

조금 있더니 요 아래서,

“점순아! 점순아! 이년이 바느질을 하다 말구 어딜 갔어?”

하고 어딜 갔다 온 듯싶은 그 어머니가 역정이 대단히 났다.

점순이가 겁을 잔뜩 집어먹고 꽃 밑을 살금살금 기어서 산 알로 내려간 다음 나는 바위를 끼고 엉금엉금 기어서 산 위로 치빼지 않을 수 없었다.

1938년

소나기 _ 황순원

소년은 개울가에서 소녀를 보자 곧 윤 초시네 증손녀(曾孫女)딸이라는 걸 알 수 있었다. 소녀는 개울에다 손을 잠그고 물장난을 하고 있는 것이다. 서울서는 이런 개울물을 보지 못하기나 한 듯이.

벌써 며칠째 소녀는 학교서 돌아오는 길에 물장난이었다. 그런데 어제까지는 개울 기슭에서 하더니 오늘은 징검다리 한가운데 앉아서 하고 있다.

소년은 개울둑에 앉아 버렸다. 소녀가 비키기를 기다리자는 것이다.

요행 지나가는 사람이 있어 소녀가 길을 비켜 주었다.

다음날은 좀 늦게 개울가로 나왔다.

이날은 소녀가 징검다리 한가운데 앉아 세수를 하고 있었다. 분홍 스웨터 소매를 걷어올린 팔과 목덜미가 마냥 희었다.

한참 세수를 하고 나더니 이번에는 물 속을 빤히 들여다본다. 얼굴이라도 비추어 보는 것이리라. 갑자기 물을 움켜낸다. 고기 새끼라도 지나가는 듯.

소녀는 소년이 개울둑에 앉아 있는 걸 아는지 모르는지 그냥 날쌔게 물만 움켜낸다. 그러나 번번이 허탕이다. 그대로 재미있는 양, 자꾸 물만 움킨다. 어제처럼 개울을 건너는 사람이 있어야 길을 비킬 모양이다.

그러다가 소녀가 물 속에서 무엇을 하나 집어낸다. 하얀 조약돌이었다. 그리고는 훌 일어나 팔짝팔짝 징검다리를 뛰어 건너간다.

다 건너가더니만 홱 이리로 돌아서며,

"이 바보."

조약돌이 날아왔다.

소년은 저도 모르게 벌떡 일어섰다.

단발머리를 나풀거리며 소녀가 막 달린다. 갈밭 사잇길로 들어섰다. 뒤에는 청량한 가을 햇살 아래 빛나는 갈꽃뿐.

이제 저쯤 갈밭머리로 소녀가 나타나리라. 꽤 오랜 시간이 지났다고 생각했다. 그런데도 소녀는 나타나지 않는다. 발돋움을 했다. 그러고도 상당한 시간이 지났다고 생각됐다.

저쪽 갈밭머리에 갈꽃이 한 옴큼 움직였다. 소녀가 갈꽃을 안고 있었다. 그리고 이제는 천천한 걸음이었다. 유난히 맑은 가을 햇살이 소녀의 갈꽃머리에서 반짝거렸다. 소녀 아닌 갈꽃이 들길을 걸어가는 것만 같았다.

소년은 이 갈꽃이 아주 뵈지 않게 되기까지 그대로 서 있었다. 문득 소녀가 던진 조약돌을 내려다보았다. 물기가 걷혀 있었다. 소년은 조약돌을 집어 주머니에 넣었다.

다음날부터 좀더 늦게 개울가로 나왔다. 소녀의 그림자가 보이지 않았다. 다행이었다. 그러나 이상한 일이었다. 소녀의 그림자가 보이지 않는 날이 계속될수록 소년의 가슴 한구석에는 어딘가 허전함이 자리잡는 것이었다. 주머니 속 조약돌을 주무르는 버릇이 생겼다.

그러한 어떤 날, 소년은 전에 소녀가 앉아 물장난을 하던 징검다리 한가운데에 앉아 보았다. 물 속에 손을 잠갔다. 세수를 하였다. 물 속을 들여다보았다. 검게 탄 얼굴이 그대로 비치었다. 싫었다.

소년은 두 손으로 물 속의 얼굴을 움키었다. 몇 번이고 움키었다. 그러다가 깜짝 놀라 일어나고 말았다. 소녀가 이리로 건너오고 있지 않느냐.

숨어서 내 하는 꼴을 엿보고 있었구나. 소년은 달리기를 시작했다. 디딤돌을 헛짚었다. 한 발이 물 속에 빠졌다. 더 달렸다.

몸을 가릴 데가 있어 줬으면 좋겠다. 이쪽 길에는 갈밭도 없다. 메밀밭이다. 전에 없이 메밀꽃 내가 짜릿하니 코를 찌른다고 생각됐다. 미간이 아찔했다. 찝찔한 액체가 입술에 흘러들었다. 코피였다. 소년은 한 손으로 코피를 훔쳐내면서 그냥 달렸다. 어디선가, '바보, 바보' 하는 소리가 자꾸만 뒤따라오는 것 같았다.

토요일이었다.

개울가에 이르니 며칠째 보이지 않던 소녀가 건너편 가에 앉아 물장난을 하고 있었다.

모르는 체 징검다리를 건너기 시작했다. 얼마 전에 소녀 앞에서 한 번 실수를 했을 뿐, 여태 큰길 가듯이 건너던 징검다리를 오늘은 조심스럽게 건넌다.

"얘."

못 들은 체했다. 둑 위로 올라섰다.

"얘, 이게 무슨 조개지?"

자기도 모르게 돌아섰다. 소녀의 맑고 검은 눈과 마주쳤다. 얼른 소녀의 손바닥으로 눈을 떨구었다.

"비단조개."

"이름두 참 곱다."

갈림길에 왔다. 여기서 소녀는 아래편으로 한 삼 마장쯤, 소년은 우대로 한 십 리 가까운 길을 가야 한다.

소녀가 걸음을 멈추며,

"너, 저 산 너머에 가본 일 있니?"

벌 끝을 가리켰다.

"없다."

"우리 가보지 않을래? 시골 오니까 혼자서 심심해 못 견디겠다."

"저래 뵈두 멀다."

"멀면 얼마나 멀겠니? 서울 있을 땐 아주 먼 데까지 소풍 갔었다."

소녀의 눈이 금세 바보, 바보, 할 것만 같았다.

논 사잇길로 들어섰다. 벼 가을걷이하는 곁을 지났다.

허수아비가 서 있었다. 소년이 새끼줄을 흔들었다. 참새가 몇 마리 날아간다.

참 오늘은 일찍 집으로 돌아가 텃논의 참새를 봐야 할걸, 하는 생각이 든다.

"아, 재밌다!"

소녀가 허수아비 줄을 잡더니 흔들어댄다. 허수아비가 대고 우쭐거리며 춤을 춘다. 소녀의 왼쪽 볼에 살포시 보조개가 패었다.

저만치 허수아비가 또 서 있다. 소녀가 그리로 달려간다. 그 뒤를 소년도 달렸다. 오늘 같은 날은 일찌감치 집으로 돌아가 집안일을 도와야 한다는 생각을 잊어버리기라도 하려는 듯이.

소녀의 곁을 스쳐 그냥 달린다. 메뚜기가 따끔따끔 얼굴에 와 부딪친다. 쪽빛으로 한껏 개인 가을 하늘이 소년의 눈앞에서 맴을 돈다. 어지럽다. 저놈의 독수리, 저놈의 독수리, 저놈의 독수리가 맴을 돌고 있기 때문이다.

돌아다보니 소녀는 지금 자기가 지나쳐 온 허수아비를 흔들고 있다. 좀 전 허수아비보다 더 우쭐거린다.

논이 끝난 곳에 도랑이 하나 있었다. 소녀가 먼저 뛰어 건넜다.

거기서부터 산밑까지는 밭이었다.

수숫단을 세워 놓은 밭머리를 지났다.

"저게 뭐니?"

"원두막."

"여기 차미, 맛있니?"

"그럼, 차미 맛두 좋지만 수박 맛은 더 좋다."

"하나 먹어 봤으면."

소년이 참외 그루에 심은 무밭으로 들어가, 무 두 밑을 뽑아 왔다. 아직 밑이 덜 들어 있었다. 잎을 비틀어 팽개친 후 소녀에게 한 개 건넨다. 그리고는 이렇게 먹어야 한다는 듯이 먼저 대강이를 한 입 베물어 낸 다음, 손톱으로 한 돌이 껍질을 벗겨 우쩍 깨문다.

소녀도 따라 했다. 그러나 세 입도 못 먹고,

"아, 맵고 지려."

하며 집어던지고 만다.

"참, 맛없어 못 먹겠다."

소년이 더 멀리 팽개쳐 버렸다.

산이 가까워졌다.

단풍이 눈에 따가웠다.

"야아!"

소녀가 산을 향해 달려갔다. 이번은 소년이 뒤따라 달리지 않았다. 그러고도 곧 소녀보다 더 많은 꽃을 꺾었다.

"이게 들국화, 이게 싸리꽃, 이게 도라지꽃……."

"도라지꽃이 이렇게 예쁜 줄은 몰랐네. 난 보랏빛이 좋아!……근데 이 양산같이 생긴 노란 꽃이 뭐지?"

"마타리꽃."

소녀는 마타리꽃을 양산 받듯이 해보인다. 약간 상기된 얼굴에 살포시 보조개를 떠올리며.

다시 소년은 꽃 한 옴큼을 꺾어 왔다. 싱싱한 꽃가지만 골라 소녀에게 건넨다.

그러나 소녀는,

"하나두 버리지 말어."

산마루께로 올라갔다.

맞은편 골짜기에 오순도순 초가집이 몇 모여 있었다.

누가 말할 것도 아닌데 바위에 나란히 걸터앉았다. 별로 주위가 조용해진 것 같았다. 따가운 가을 햇살만이 말라가는 풀 냄새를 퍼뜨리고 있었다.

"저건 또 무슨 꽃이지?"

적잖이 비탈진 곳에 칡덩굴이 엉켜 끝물 꽃을 달고 있었다.

"꼭 등꽃 같네. 서울 우리 학교에 큰 등나무가 있었단다. 저 꽃을 보니까 등나무 밑에서 놀던 동무들 생각이 난다."

소녀가 조용히 일어나 비탈진 곳으로 간다. 꽃송이가 달린 줄기를 잡고 끊기 시작한다. 좀처럼 끊어지지 않는다. 안간힘을 쓰다가 그만 미끄러지고 만다. 칡덩굴을 그러쥐었다.

소년이 놀라 달려갔다. 소녀가 손을 내밀었다. 손을 잡아 이끌어 올리며, 소년은 제가 꺾어다 줄 것을 잘못했다고 뉘우친다.

소녀의 오른쪽 무릎에 핏방울이 내맺혔다. 소년은 저도 모르게 생채기에 입술을 가져다 대고 빨기 시작했다. 그러다가 무슨 생각을 했는지 홱 일어나 저쪽으로 달려간다.

좀 만에 숨이 차 돌아온 소년은,

"이걸 바르면 낫는다."

송진을 생채기에다 문질러 바르고는 그 달음으로 칡덩굴 있는 데로 내려가 꽃 달린 줄기를 이빨로 끊어 가지고 올라온다. 그리고는,

"저기 송아지가 있다. 그리 가보자."

누렁송아지였다. 아직 코뚜레도 꿰지 않았다.

소년이 고삐를 바투 잡아 쥐고 등을 긁어 주는 척 후딱 올라탔다. 송아지가 껑충거리며 돌아간다.

소녀의 흰 얼굴이, 분홍 스웨터가, 남색 스커트가 안고 있는 꽃과 함께 범벅이 된다. 모두가 하나의 큰 꽃묶음 같다. 어지럽다. 그러나 내리지 않으리라. 자랑스러웠다. 이것만은 소녀가 흉내내지 못할 자기 혼자만이 할 수 있는 일인 것이다.

"너희 예서 뭣들 하느냐?"

농부 하나가 억새풀 사이로 올라왔다.

송아지 등에서 뛰어내렸다. 어린 송아지를 타서 허리가 상하면 어쩌느냐고 꾸지람을 들을 것만 같다.

그런데 나룻이 긴 농부는 소녀 편을 한 번 훑어보고는 그저 송아지 고삐를 풀어 내면서,

"어서들 집으루 가거라. 소나기가 올라."

참 먹장구름 한 장이 머리 위에 와 있다. 갑자기 사면이 소란스러워진 것 같다. 바람이 우수수 소리를 내며 지나간다. 삽시간에 주위가 보랏빛으로 변했다.

산을 내려오는데 떡갈나뭇잎에서 빗방울 듣는 소리가 난다. 굵은 빗방울이었다. 목덜미가 선뜻선뜻했다. 그러자 대번에 눈앞을 가로막는 빗줄기.

비안개 속에 원두막이 보였다. 그리로 가 비를 그을 수밖에.

그러나 원두막은 기둥이 기울고 지붕도 갈래갈래 찢어져 있었다. 그런 대로 비

가 덜 새는 곳을 가려 소녀를 들어서게 했다. 소녀는 입술이 파랗게 질려 있었다. 어깨를 자꾸 떨었다.

무명 겹저고리를 벗어 소녀의 어깨를 싸주었다. 소녀는 비에 젖은 눈을 들어 한 번 쳐다보았을 뿐, 소년이 하는 대로 잠자코 있었다. 그러면서 안고 온 꽃묶음 속에서 가지가 꺾이고 꽃이 일그러진 송이를 골라 발밑에 버린다. 소녀가 들어선 곳도 비가 새기 시작했다. 더 거기서 비를 그을 수 없었다.

밖을 내다보던 소년이 무엇을 생각했는지 수수밭 쪽으로 달려간다. 세워 놓은 수숫단 속을 비집어 보더니 옆의 수숫단을 날라다 덧세운다. 다시 속을 비집어 본다. 그리고는 소녀 쪽을 향해 손짓을 한다.

수숫단 속은 비는 안 새었다. 그저 어둡고 좁은 게 안 됐다. 앞에 나앉은 소년은 그냥 비를 맞아야만 했다. 그런 소년의 어깨에서 김이 올랐다.

소녀가 속삭이듯이, 이리 들어와 앉으라고 했다. 괜찮다고 했다. 소녀가 다시 들어와 앉으라고 했다. 할 수 없이 뒷걸음질을 쳤다. 그 바람에, 소녀가 안고 있는 꽃묶음이 우그러들었다. 그러나 소녀는 상관없다고 생각했다. 비에 젖은 소년의 몸 내음새가 확 코에 끼얹혀졌다. 그러나 고개를 돌리지 않았다. 도리어 소년의 몸기운으로 해서 떨리던 몸이 적이 누그러지는 느낌이었다.

소란하던 수숫잎 소리가 뚝 그쳤다. 밖이 멀개졌다.

수숫단 속을 벗어 나왔다. 멀지 않은 앞쪽에 햇빛이 눈부시게 내리붓고 있었다.

도랑 있는 곳까지 와보니, 엄청나게 물이 불어 있었다. 빛마저 제법 붉은 흙탕물이었다. 뛰어 건널 수가 없었다.

소년이 등을 돌려댔다. 소녀가 순순히 업혔다. 걷어올린 소년의 잠방이까지 물이 올라왔다. 소녀는, 어머나 소리를 지르며 소년의 목을 그러안았다.

개울가에 다다르기 전에 가을 하늘은 언제 그랬는가 싶게 구름 한 점 없이 쪽빛으로 개어 있었다.

그 뒤로 소녀의 모양이 보이지 않았다. 매일같이 개울가로 달려와 봐도 보이지 않았다. 학교에서 쉬는 시간에 운동장을 살피기도 했다. 남몰래 오 학년 여자 반을 엿보기도 했다. 그러나 보이지 않았다.

그날도 소년은 주머니 속 흰 조약돌만 만지작거리며 개울가로 나왔다. 그랬더니 이쪽 개울둑에 소녀가 앉아 있는 게 아닌가.

소년은 가슴부터 두근거렸다.

"그 동안 앓았다."

알아보게 소녀의 얼굴이 해쓱해져 있었다.

"그날 소나기 맞은 것 땜에?"

소녀가 가만히 고개를 끄덕였다.

"인제 다 낫냐?"

"아직두……."

"그럼 누워 있어야지."

"하도 갑갑해서 나왔다. ……그날 참 재밌었어. ……근데 그날 어디서 이런 물이 들었는지 잘 지지 않는다."

소녀가 분홍 스웨터 앞자락을 내려다본다. 거기에 검붉은 진흙물 같은 게 들어 있었다.

소녀가 가만히 보조개를 떠올리며,

"이게 무슨 물 같니?"

소년은 스웨터 앞자락만 바라다보고 있었다.

"내, 생각해 냈다. 그날 도랑을 건널 때 내가 업힌 일 있지? 그때 네 등에서 옮은

물이다."

소년은 얼굴이 확 달아오름을 느꼈다.

갈림길에서 소녀는,

"저, 오늘 아침에 우리 집에서 대추를 땄다. 낼 제사 지낼려구……."

대추 한 줌을 내어준다. 소년은 주춤한다.

"맛봐라. 우리 증조할아버지가 심었다는데, 아주 달다."

소년은 두 손을 오그려 내밀며,

"참, 알두 굵다!"

"그리구 저, 우리 이번에 제사 지내구 나서 좀 있다 집을 내주게 됐다."

소년은 소녀네가 이사해 오기 전에 벌써 어른들의 이야기를 들어서, 윤 초시 손자(孫子)가 서울서 사업에 실패해 가지고 고향에 돌아오지 않을 수 없게 됐다는 걸 알고 있었다. 그것이 이번에는 고향집마저 남의 손에 넘기게 된 모양이었다.

"왜 그런지 난 이사 가는 게 싫어졌다. 어른들이 하는 일이니 어쩔 수 없지만……." 전에 없이 소녀의 까만 눈에 쓸쓸한 빛이 떠돌았다.

소녀와 헤어져 돌아오는 길에 소년은 혼잣속으로 소녀가 이사를 간다는 말을 수없이 되뇌어 보았다. 무어 그리 안타까울 것도 서러울 것도 없었다. 그렇건만 소년은 지금 자기가 씹고 있는 대추알의 단맛을 모르고 있었다.

이날 밤, 소년은 몰래 덕쇠 할아버지네 호두밭으로 갔다.

낮에 봐두었던 나무로 올라갔다. 그리고 봐두었던 가지를 향해 작대기를 내리쳤다. 호두송이 떨어지는 소리가 별나게 크게 들렸다. 가슴이 선뜩했다. 그러나 다음 순간, 굵은 호두야 많이 떨어져라, 많이 떨어져라, 저도 모를 힘에 이끌려 마구 작대기를 내리치는 것이었다.

돌아오는 길에는 열이틀 달이 지우는 그늘만 골라 짚었다. 그늘의 고마움을 처음 느꼈다.

불룩한 주머니를 어루만졌다. 호두송이를 맨손으로 깠다가는 옴이 오르기 쉽다는 말 같은 건 아무렇지도 않았다. 그저 근동에서 제일가는 이 덕쇠 할아버지네 호두를 어서 소녀에게 맛보여야 한다는 생각만이 앞섰다.

그러다 아차 하는 생각이 들었다. 소녀더러 병이 좀 낫거들랑 이사 가기 전에 한 번 개울가로 나와 달라는 말을 못해 둔 것이었다. 바보 같은 것, 바보 같은 것.

이튿날, 소년이 학교에서 돌아오니 아버지가 나들이옷으로 갈아입고 닭 한 마리를 안고 있었다.

어디 가시느냐고 물었다.

그 말에도 대꾸도 없이 아버지는 안고 있는 닭의 무게를 겨냥해 보면서,

"이만하면 될까?"

어머니가 망태기를 내주며,

"벌써 며칠째 '걀걀' 하구 알 낳을 자리를 보든데요. 크진 않아두 살은 쪘을 거예요." 소년이 이번에는 어머니한테 어디 가시느냐고 물어 보았다.

"저, 서당골 윤 초시 댁에 가신다. 제삿상에라도 놓으시라구……."

"그럼, 큰 놈으로 하나 가져가지. 저 얼룩 수탉으루……."

이 말에 아버지는 허허 웃고 나서,

"임마, 그래두 이게 실속이 있다."

소년은 공연히 열적어, 책보를 집어던지고는 외양간으로 가, 쇠잔등을 한 번 철썩 갈겼다. 쇠파리라도 잡는 척.

개울물은 날로 여물어 갔다.

소년은 갈림길에서 아래쪽으로 가보았다. 갈밭머리에서 바라보는 서당골 마을은 쪽빛 하늘 아래 한결 가까워 보였다.

어른들의 말이, 내일 소녀네가 양평읍으로 이사 간다는 것이었다. 거기 가서는 조그마한 가겟방을 보게 되리라는 것이었다.

소년은 저도 모르게 주머니 속 호두알을 만지작거리며, 한 손으로는 수없이 갈꽃을 휘어 꺾고 있었다.

그날 밤, 소년은 자리에 누워서도 같은 생각뿐이었다. 내일 소녀네가 이사하는 걸 가보나 어쩌나, 가면 소녀를 보게 될까 어떨까.

그러다가 까무룩 잠이 들었는가 하는데,

"허, 참, 세상일두……."

마을 갔던 아버지가 언제 돌아왔는지,

"윤 초시 댁두 말이 아니어. 그 많던 전답을 다 팔아 버리구, 대대로 살아오던 집마저 남의 손에 넘기더니, 또 악상꺼지 당하는 걸 보면……."

남폿불 밑에서 바느질감을 안고 있던 어머니가,

"증손(曾孫)이라곤 기집애 그 애 하나뿐이었지요?"

"그렇지. 사내 애 둘 있던 건 어려서 잃구……."

"어쩌믄 그렇게 자식 복이 없을까."

"글쎄 말이지. 이번 앤 꽤 여러 날 앓는 걸 약두 변변히 못 써 봤다더군. 지금 같애서는 윤 초시네두 대가 끊긴 셈이지. ……그런데 참 이번 기집애 어린것이 여간 잔망스럽지가 않어. 글쎄 죽기 전에 이런 말을 했다지 않어? 자기가 죽거든 자기 입던 옷을 꼭 그대루 입혀서 묻어 달라구……."

1953년

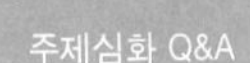

1. 각 소설에 나타난 사랑에 대한 작가의 시선을 비교해보자.

현진건의 「B사감과 러브레터」는 사랑과 연애에 대한 사람들의 이중적인 시선을 드러낸 작품이다. 대부분의 사람들은 이 작품에 등장하는 B사감과 마찬가지로 다른 사람들의 연애를 불장난처럼 여기지만, 자신의 사랑에 대해서는 언제나 진지하고 심각한 모습을 보인다. 타인의 사랑은 감정적 교류가 배제된 '연애', 즉 하나의 행위 정도로 인식하지만, 자신의 사랑은 순수한 감정적 상태라고 여기는 것이다. 이른바 '내가 하면 로맨스요, 남이 하면 스캔들' 인 것처럼 다른 사람의 사랑을 어쩐지 불결하고 비정상적으로 치부해버리고 싶은 마음을 현진건은 비꼰 것이다.

김유정의 「동백꽃」은 젊은 남녀 사이의 사랑이 아직 연애라는 형태로 나타나기 전의 풋풋한 사랑의 감정을 잘 보여주는 작품이다. 이 작품에서 돋보이는 것은 사춘기의 두 남녀가 사랑에 눈뜨면서 보여주는 행동이다. 점순이는 사랑하는 마음을 표현하는 데 있어서 상당히 위악적(僞惡的)이다. '나' 는 점순이가 표시하는 관심을 '쌩이질', '긴치않은 수작' 으로 받아들일 정도로 사랑이라는 감정에 서툰 모습을 보여준다. 두 사람 사이에 의사소통이 잘 되지 않으면서 발생하는 풋풋한 모습들이 이 작품의 해학성을 더해주는 것이다. 김유정은 젊은 사람들의 사랑의 풋풋함과 어색함, 그리고 서투름 등을 묘사하는 데 탁월했다.

황순원의 「소나기」 역시 사춘기에 갓 접어든 어린 소년과 소녀의 사랑을 다루고 있지만, 그 사랑을 바라보는 관점은 조금 다르다. 김유정의 「동백꽃」이 사랑의 감정을 전하는 데 있어서의 어려움과 오해에 대해 다루었다면, 황순원의 「소나기」는 첫사랑의 애틋함에 대해 다루고 있다. 작품의 결말에서 소녀의 죽음이 암시하는 것은 첫사랑의 비극적 성격과도 연관이 있다. 현진건과 김유정의 작품에서 사랑이 일종의 웃음거리를 자아내는 소재가 되었다면, 황순원의 작품에서는 사랑이 아주 진지

하고 순수한 대상으로 묘사가 된다.

2. 우리 사회에서 '자유연애론'에 관한 관심이 촉발된 계기와 전후사정을 설명해 보시오.

근대 이전까지만 하더라도 젊은 남녀에게는 같이 사랑을 나눌만한 공간도 마땅치 않았을 뿐더러, 연예에 대한 사회적인 공감대가 형성되지 못했다. 그랬던 것이 근대 이후에 들어오면서 '자유연애'에 대한 관심이 촉발되기 시작한다. 1917년 매일신보에 연재되기 시작한 이광수의 『무정(無情)』은 자유연애에 대한 사회적인 관심을 불러일으킨 작품이다. 『무정』이 발표된 직후 독자들은 주인공 이형식이 본래의 정혼자인 박영채와 맺어져야 한다고 작가에게 편지를 보낼 정도로 대단한 관심을 보냈다. 그러나 '자유연애'라는 입장에서 보자면 이형식은 과거의 의리에 얽매이지 않고 김선형과 맺어져야 한다. 작품은 이형식이 계몽의 주체가 되어 두 여자 사이에서 빚어지는 갈등을 봉합시켜 버린다.

이처럼 '자유연애'는 처음에는 비판적인 파장을 불러일으켰지만 차츰 사회적으로 공인되기 시작하여 일종의 유행이 되었다. 사실 누구에게나 아름다운 사랑을 키워가고 싶은 욕망이 있지만 이것이 사회적으로 용인되지 않으면 그 사랑은 음성적이고 변태적으로 변하게 되는 것이다. 실제로 자유연애가 당시 한국사회에 수용되기까지 걸린 시간을 생각해보면 기존의 관습의 무서움을 알게 된다.

주요섭(1902~1972)

호는 여심(餘心) 또는 여심생(餘心生). 평양 출생. 1921년 『매일신보』에 「깨어진 항아리」를 발표하면서 등단하였다. 창작 초기인 1920년대에는 당시 유행하던 신경향파적인 작품들을 많이 창작했다. 주로 가난한 사람들의 삶을 사실적인 수법으로 그려낸 「인력거꾼」 「살인」 등이 이 시기의 주요 작품들이다. 그러다가 30년대에 들어서면서 주로 전통적인 윤리나 못생긴 외모 그리고 배신으로 생겨나는 애틋한 애정의 문제를 주된 주제로 삼게 된다. 「사랑 손님과 어머니」 「아네모네 마담」 등 그의 대표작들이 이런 경향을 띠고 있다. 해방 이후에는 8·15 광복 이후 한국 사회의 무질서와 혼란을 비판하면서 자아 각성을 촉구하는 「대학 교수와 모리배」 「이십오 년」 등의 작품을 발표했다. 말년에는 삶과 죽음의 문제나 인간다운 삶이란 무엇인가와 같은 보편적인 인간의 존재 조건을 탐구하는 소설을 썼다. 소설집으로는 『사랑 손님과 어머니』 『미완성』 등이 있다.

채만식(1902~1950)

호는 백릉(白菱), 채옹(采翁). 전북 옥구 출생. 1924년 이광수의 추천으로 단편 「세 길로」를 『조선문단』에 발표하면서 등단했다. 그 이후로 습작 수준의 단편을 발표하다가 1932년부터 계급문학에 동조하는 동반자 문학류의 작품들을 발표하면서 문단에서 주목받게 되었다. 일제시대 실업자 신세로 전락한 지식인의 고뇌를 다룬 단편 「레디메이드 인생」이나 「인텔리와 빈대떡」과 같은 풍자적인 작품이 이런 류에 속한다. 1936년 창작활동에 전념하기 위해 개성으로 거처를 옮긴 작가는 그곳에서 대표적인 장편소설 「탁류」 「천하태평춘」 등을 집필하였다. 「탁류」는 여주인공 초봉의 기구한 운명을 통하여 타락한 현실과 인정세태를 풍자한 작품이며, 「천하태평춘」은 식민지 치하의 현실을 제대로 인식하지 못하는 주인공을 내세워 역사를 비판하고 있다. 하지만 그는 결국 일제 말기에 친일 문인 단체인 조선문인보국회에 가담했고, 일본군의 만주전선을 시찰하기도 하는 등 일제에 협력하게 된다. 그래서 해방 직후에는 일제 말기 지식인의 친일 행위를 한 자신을 스스로 비판한 「민족의 죄인」 「역로」 등을 집필했다. 아울러 새로운 조국의 건설 과정에서 친일파가 다시 득세하는 민족적 현실을 비판적으로 풍자하는 「미스터 방」 「맹순사」 「논 이야기」 등의 작품도 함께 발표하였다.

2

어린아이의 눈에 비친 세상

사랑 손님과 어머니

주요섭

치숙

채만식

어 린 아 이 의

작품 속에서 서술을 이끌어 가는 사람을 '화자(narrator)' 라고 한다. 그리고 화자가 이야기를 풀어가는 위치와 시선에 따라 시점이 결정된다. 따라서 '어린이 화자' 가 등장하는 소설은, 성인이 아닌 어린이의 시점에서 줄거리가 전개되고 분위기도 조성된다. 이 경우 어린이다운 시선이나 의식으로 세상을 바라보는 관찰의 형식을 주로 띠게 되어, 대부분 '일인칭 관찰자 시점' 이 채택된다.

'어린이 화자' 가 등장하는 소설은 어린이를 주인공으로 하는 성장소설과는 다르다. 성장소설이란 유년기에서 소년기를 거쳐 성인의 세계로 입문하면서 인물이 겪는 내면적 갈등과 정신적 성장 및 각성의 과정을 주로 담고 있다. 이에 반해 어린이가 화자인 소설은 어린이의 성장 기록이라기보다는, 어린이의 눈을 매개로 하여 삶과 세상의 진실을 드러내는 형식이다.

이 경우 '어린이' 만이 가질 수 있는 특징, 즉 순진성이나 천진함, 직관과 감각 등에 의해 세계의 의미가 포착되며, 성인이 세계를 바라보는 방식과는 다른 상상력을 불러일으키는 독특한 효과를 갖게 된다. 물론 지적 수준이 낮은 사람이나 순진한 어린이가 화자로 기용될 경우, 그들의 무지나 미숙함으로 인해 작품의 화자를 신뢰하기 어렵게 만들기도 한다. 따라서 논리적이거나 깊이 있는 서술과 묘사가 이루어지기 힘들고 표면적인 전달에 그치기도 하지만, 오히려 그 때문에 소설의 예술성이 극대화되는 장점을 가질 수 있다.

직접적으로 의미가 드러나지 않는 대신, 간접적이고 은밀한 방식으로 의미가 전달되어, 독자가 어떤 사건이나 인물에 대해 좀더 음미할 수 있는 기회를 가지게 된다. 물론 어린이가 화자로 등장한다고 해서 모두 순수하고 깨끗한 눈으로 세상을 바라보는 것은 아니다. 일찍 세상의 때가 묻어버린 어린이의 입을 통해 세상을 풍자하는 경우도 있다.

:: 어린이 화자의 두 가지 양상

「사랑 손님과 어머니」는 여섯 살 난 어린 소녀 '나(옥희)'의 눈을 통해 어른들의 애틋한 애정을 순수하게 그리고 있다. 젊은 나이에 과부가 된 어머니와 죽은 아버지의 친구 사이에 오가는 미묘한 감정은 작품이 쓰여진 1930년대의 사회 통념으로는 쉽게 밖으로 드러낼 수 없는 것이었다. 따라서 그들의 감정은 항상 암시적으로 나타날 수밖에 없다. 이런 감정은 아저씨가 잘 먹는 달걀을 은근히 반찬으로 올리거나, 아저씨가 건넨 것으로 오해한 꽃을 풍금 위에 올려두는 아주 소극적인 어머니의 행동으로 묘사된다. 옥희는 그런 어머니와 아저씨의 미묘한 심리와 감정을 포착하는 중요한 역할을 맡고 있다.

옥희는 어머니와 아저씨의 행동과 말을 어린이다운 순수함으로 의심 없이 있는 그대로 받아들이고 전달한다. "웬일인지 나를 그렇게도 귀애(貴愛)해 주던 아저씨도 아랫방에 외삼촌이 들어오면 갑자기 태도가 달라지지요. 이것저것 묻지도 않고 나를 꼭 껴안지도 않고, 점잖게 앉아서 그림책이나 보여 주고 그러지요. 아마 아저씨가 우리 외삼촌을 무서워하나 봐요"와 같은 서술은 애써 감정을 숨기려는 아저씨의 의도를 파악하지 못한 채, '아저씨가 외삼촌을 무서워한다'는 판단을 내리는 부분이다. '나'의 이러한 순진무구한 관찰은 읽는 이로 하여금 아저씨라는 인물의 심리상태를 분명히 짐작할 수 있게 한다.

또한 옥희는 어머니와 아저씨의 행동을 바라보면서 '모르겠다'는 말을 반복한다. 그러나 어른들의 마음을 짐작할 수 없는 '나'는 그들의 모습을 섬세하게 관찰하는 것만으로도 심리적 갈등과 번민을 선명하게 전달하게 된다. 그리고 천진난만하기만 한 '나'의 행동과 말을 통해 두 어른 사이의 감정이나 심리적 거리가 조절되기도 한다. 어린 화자가 없었더라면 두 남녀 주인공의 통속적인 사건으로 그쳤을 이야기가, 긴장과 암시로 가득한 예술성을 지닌 작품이 되는 것이다.

한편 이 작품은 이루어질 수 없는 애틋한 사랑 이면에 무거운 당시의 사회 문제를 포함하고 있다. 소설이 발표된 1930년대는 결혼한 여자가 재혼을 하거나 다른 남자를 사랑하는 것이 죄악시되는 분위기였다. 소설 속에 여러 번 나오는 '화냥년'이라는 말이나 어머니의 슬픈 울음 속에는 '여자는 한 남자만을 섬겨야 한다'는 봉건적 윤리관의 무게로 사랑의 감정을 속으로만 삭여야 하는 여인의 한스러움이 담겨 있다. '옥희 너 하나면 된다'며 아저씨의 애정을 애써 거부하는 어머니의 모습은 억압적인 당시 사회 분위기나 예전부터 내려오는 관습 속에서 취할 수 있는 최선의 선택이었는지도 모른다. 따라서 우리는 이 작품에서 봉건적 윤리관과 애정 사이의 갈등이라는 주제를 찾아볼 수 있다.

그렇다고 해서 이 작품을 '봉건적 윤리관으로 인해 고통받는 한 여인의 희생'이라는 차원으로만 이해할 필요는 없다. 어머니가 아저씨에게 사랑을 느끼면서 드는 여러 가지 생각 중에는 죽은 남편에 대한 그리움과 죄책감도 섞여 있다. 또 여자로서의 애욕과 어머니로서의 모성 사이에서 번민하는 한 인간의 내면적 고통으로도 이해할 수 있다.

또 하나의 어린 화자를 등장시키고 있는 채만식의 「치숙」은, 화자가 어른들의 세계를 관찰하고 그것을 자신의 입장에서 서술하고 있다는 점에서는 주요섭의 「사랑손님과 어머니」와 유사한 작품이다. 그러나 보통학교를 4학년까지 마치고 일본인 밑에서 사환 일을 하고 있는 「치숙」에서의 '나'는 마냥 천진난만하기만 한 옥희와는 다르다. 그는 이미 어느 정도 세상 물정을 깨닫고 그에 맞추어 출세를 하고자 하는 영악하고 약삭빠른 소년인 것이다. 또한 「사랑 손님과 어머니」에서 1인칭 관찰자인 옥희가 철저히 관찰자적인 위치에서 인물을 그려내고 전달하고 있다면, 「치숙」에서는 독백 형식으로 제시되는 '나'의 직접적이고 일방적인 판단이 인물을 드러내는 지배적인 방법이 되고 있다.

「치숙」은 '순진하기는커녕 어른만큼이나 영악한 소년'을 화자로 하여 당대의 부정적인 사회 분위기를 드러내고 있는 독특한 작품이다. 화자인 소년의 아저씨는 일본에서 대학을 다닌 엘리트로서 사회주의 운동을 하다가 투옥되어 5년만에 풀려났으나, 폐병환자가 되었다. 소년의 눈에 비친 아저씨의 모습은 풍자적이다. 경제학을 공부해 놓고 남의 재산을 강탈하여 나누어 먹자는 불한당 같은 사회주의 운동을 한다고 조롱한다. 그리고 일본인 주인의 눈에 들어 일본 여자와 결혼하여 잘살아 보겠다는 자신을 오히려 비난한다고 한심해 한다.

소년의 말을 들으면 아저씨는 현실인식이 거의 없고 생활 능력이 전무한 무능력

신뢰할 수 없는 화자 unreliable narrator

이야기를 이끌어가는 화자가 너무 어리거나 무지해서 상황이나 사건을 잘못 파악하여 전달하는 경우를 신뢰할 수 없는 화자라고 한다. 따라서 이때 독자는 화자가 전달하는 정보를 그대로 받아들이는 것이 아니라 전체 상황을 고려해서 독자 스스로 올바른 판단을 내리게 된다.

「사랑 손님과 어머니」에서도 '옥희'라는 신뢰할 수 없는 화자가 이야기를 이끌어 가고 있다. 독자들은 어린 옥희의 순진한 해석과 스스로 올바르다고 내린 판단과 현실 사이의 차이에서 귀엽고 순수한 느낌을 갖게 되며, 그로 인해 아저씨와 어머니의 사랑을 더욱 애틋하고 정감 있게 느끼게 된다.

한편 「치숙」의 화자 '나'는 아저씨를 험담하고 자신의 영악함을 자랑하기 위해 끊임없이 독자에게 말을 건네고 있다. 그래서 독자는 '나'의 이야기에 경청하게 되지만 곧 그가 신뢰하기 어려운 인물임을 알게 되고 그를 비판하게 된다. 결국 이 작품은 어린아이라는 신뢰할 수 없는 화자를 통해 모순적인 현실과 그에 영합하여 살아가려는 인물을 비판하려는 의도를 담고 있다.

자로 비춰지는 반면, 소년은 성실하고 현실에 만족하며 살아가는 근면한 생활인인 것처럼 보인다. 그러나 소설의 시간적 배경이 일제시대임을 염두에 두고 작품에 제시된 여러 상황을 종합해서 판단해 보면, 아저씨는 일제의 지배에 놓여 있던 현실을 추악하게 보고 개인적인 파멸을 감수하면서까지 현실에 대항한 긍정적인 인물이다. 이와 반대로 소년은 일본인 밑에서 만족을 느끼며 현실과 타협해서 살아가는 부정적인 인물임을 알 수 있다.

특히 소년 화자 '나'가 보여주는 어조나 태도는 그가 긍정적인 인물이 아님을 짐작케 한다. 세속적인 현실과 거리를 두고 힘겹게 싸우는 아저씨를 시종일관 비아냥거리는 '나'의 모습에서 순수함이나 진실함을 찾아보기 힘들기 때문이다. 따라서 이 작품은 아저씨를 비난하는 '나'에게 오히려 비판의 초점이 맞추어진다. 현실에 무능한 아저씨를 비판하고 스스로는 현실에 야합하는 '나' 자신이, 이 소설에서 부정적인 존재가 되는 것이다.

한편 소년이 가장 격심하게 반발을 일으키고 또 두려워하는 것은 사회주의다. 그것은 아편과 같은 것이요, 부랑자 패거리나 하는 짓이요, 부자의 돈을 빼앗는 것으로 나라에서 금하는 것이다. 그러나 그가 알고 있는 사회주의는 일본인 주인에게 배운 것이다. 소년은 일본인 주인의 말을 철석같이 믿으며, 열심히 일해서 일본인 주인의 신용을 얻어 일본인 처녀와 결혼하고 '내지인'으로 사는 것이 최상의 목표다. 그런데 이 모든 희망의 장애물이 되는 것이 바로 사회주의다. 소년의 희망을 막고 있는 사회주의야말로 증오의 대상이 될 수밖에 없다.

그런 사회주의 운동을 아저씨가 했으니 아저씨는 죽어 마땅한 대상이 되는 것이다. 이런 소년의 모습에서 우리는 일제시대 우민화 정책의 폐해를 확인할 수 있다. 작가는 화자인 '나'를 통해 일제의 우민화 정책을 비판하고 있는 것이다.

마지막으로 「치숙」은 풍자와 반어의 기법을 적절하게 사용하여 일제 식민지 시대의 현실을 효과적으로 비판하고 있다. 칭찬의 대상인 '나'와 비난의 대상인 '아저씨'가 사실은 정반대의 의미를 내포한다는 점에서 이 작품은 반어적인 색채가 짙다. 또한 아저씨를 풍자하는 '나'가 역으로 풍자의 대상이 된다는 점에서 이중의 풍자성이 드러나고 있다. 풍자나 반어는 부정과 모순이 가득 찬 현실을 우회적으로 고발하고 비판하는 유효한 방법으로, 중요한 소설적 장치로 사용된다.

풍자 Satire

풍자는 주로 누군가를 비난하거나 공격하기 위해서 사용되는 표현 방법으로 이의 궁극적인 목적은 교정과 개량을 위해서 대상을 비판하고 공격하는 것이다. 그런데 이때 직접적으로 대상을 공격하는 것이 아니라 비난의 대상을 웃음거리가 되도록 만드는 간접적인 방법을 취하는 것이다. 풍자가 웃음을 유발한다는 점에서는 해학이나 유머와 유사하지만, 익살이 아니라 비판과 교정의 의도를 담고 있다는 점에서는 구별된다. 코미디의 예를 들어보자. 코미디언이 나와서 바보 흉내를 내거나 우스갯소리를 하는 것은 해학이나 유머에 속한다. 그러나 코미디언이 사회적으로 물의를 빚은 정치인이나 연예인을 비꼬는 말로 사람들을 웃긴다면 그것은 풍자에 해당한다.

풍자의 기법으로는 역설, 반어, 과장, 축소 등의 방법과 해학과 기지(機智) 같은 웃기는 말투가 동원된다. 가령, 많은 뇌물을 받은 정치인이 있다고 했을 때, 그 정치인에 대해서 다음과 같이 말했다고 하자. '정말 위가 크신 분입니다. 그렇게 많이 받아먹고도 멀쩡하시다니요. 정말 위대하신 분입니다. 강철 위장을 가지신 그분께 존경을 표합니다'라고 풍자한 내용을 보자. 여기서 뇌물을 받아 '먹다'는 말과 '위가 크다'는 뜻을 연결시킨 것은 기지에 해당한다. 또 '강철 위장'이란 말에는 역설적 기법이, '위대하신 분'이나 '존경을 표한다'는 표현에는 반어의 기법이 사용된 것이다. 풍자는 이처럼 여러 가지 기법을 통해 비판의 대상을 희화시키고 조롱하면서 교정과 개량을 꾀하는 표현 방식이다.

사랑 손님과 어머니 _ 주요섭

나는 금년 여섯 살 난 처녀애입니다. 내 이름은 박옥희이구요. 우리 집 식구라고는 세상에서 제일 이쁜 우리 어머니와 단 두 식구뿐이랍니다. 아차 큰일났군, 외삼촌을 빼놓을 뻔했으니.

지금 중학교에 다니는 외삼촌은 어디를 그렇게 싸돌아다니는지 집에는 끼니때나 외에는 별로 붙어 있지를 않아, 어떤 때는 한 주일씩 가도 외삼촌 코빼기도 못 보는 때가 많으니까요, 깜박 잊어버리기도 예사지요, 무얼.

우리 어머니는, 그야말로 세상에서 둘도 없이 곱게 생긴 우리 어머니는, 금년 나이 스물네 살인데 과부랍니다. 과부가 무엇인지 나는 잘 몰라도, 하여튼 동리 사람들이 날더러 '과부딸'이라고들 부르니까 우리 어머니가 과부인 줄을 알지요. 남들은 다 아버지가 있는데 나만은 아버지가 없지요. 아버지가 없다고 아마 '과부딸'이라나 봐요.

외할머니 말씀을 들으면 우리 아버지는 내가 이 세상에 나오기 한 달 전에 돌아가셨대요. 우리 어머니하고 결혼한 지는 일 년 만이고요. 우리 아버지의 본집은 어디 멀리 있는데 마침 이 동리 학교에 교사로 오게 되었기 때문에, 결혼 후에도 우리 어머니는 시집으로 가지 않고 여기 이 집을 사고 (바로 이 집은 우리 외할머니 댁 옆집이지요) 여기서 살다가 일 년이 못 되어 갑자기 돌아가셨대요. 내가 세상에 나오기도 전에 아버지는 돌아가셨다니까 나는 아버지 얼굴도 못 뵈었지요. 그러기에 아무리 생각해 보아도 아버지 생각은 안 나요. 아버지 사진이라는 사진은 나두 한두 번 보았지요. 참으로 훌륭한 얼굴이야요. 아버지가 살아 계시다면 참말로 이 세상에서 제일 가는 잘난 아버지일 거야요. 그런 아버지를 보지도 못한 것은 참으로 분한 일이야요. 그 사진도 본 지가 퍽 오래 되었는데, 이전에는 그 사진을 늘 어머니 책상 위에 놓아 두시더니, 외할머니가 오시면 오실 때마다 그 사진을 치우라고 늘 말씀하셨는데, 지금은 그 사진이 어디 있는지 없어졌어요. 언젠가 한 번 어머니가 나 없는 동안에 몰래 장롱 속에서 무엇을 꺼내 보시다가 내가 들어오니까 얼른 장롱 속에 감추는 것을 내가 보았는데 그게 아마 아버지 사진인 것 같았어요.

아버지가 돌아가시기 전에 우리가 먹고 살 것을 남겨 놓고 가셨대요. 작년 여름에, 아니로군, 가을이 다 되어서군요. 하루는 어머니를 따라서 저 여기서 한 십 리나 가서 조그만 산이 있는 데를 가서 거기서 밤도 따먹고, 또 그 산 밑에 초가집에 가서 닭고깃국을 먹고 왔는데 거기 있는 땅이 우리 땅이래요. 거기서 나는 추수로 밥이나 굶지 않게 된다고요. 그래도 반찬 사고 과자 사고 할 돈은 없대요. 그래서 어머니가 다른 사람의 바느질을 맡아서 해주지요. 바느질을 해서 돈을 벌어서 그걸로 청어도 사고 달걀도 사고 내가 먹을 사탕도 사고 한다고요.

그리고 우리 집 정말 식구는 어머니와 나와 단둘뿐인데, 아버님이 계시던 사랑방이 비어 있으니까 그 방도 쓸 겸 또 어머니의 잔심부름도 좀 해줄 겸 해서 우리 외삼촌이 사랑방에 와 있게 되었대요.

금년 봄에는 나를 유치원에 보내 준다고 해서 나는 너무나 좋아서 동무아이들한테 실컷 자랑을 하고 나서 집으로 돌아오노라니까, 사랑에서 큰외삼촌이 (우리 집 사랑에 와 있는 외삼촌의 형님 말이야요) 웬 한 낯선 사람 하나와 앉아서 이야기를 하고 있었습니다. 큰외삼촌이 나를 보더니, "옥희야" 하고 부르겠지요.

"옥희야, 이리 온. 와서 아저씨께 인사 드려라."

나는 어째 부끄러워서 비슬비슬하니까, 그 낮선 손님이,

"아, 그 애기 참 곱다. 자네 조카딸인가?"

하고 큰외삼촌더러 묻겠지요. 그러니까 큰외삼촌은,

"응, 내 누이의 딸……. 경선 군의 유복녀 외딸일세."

하고 대답합니다.

"옥희야, 이리 온, 응! 그 눈은 꼭 아버지를 닮았네그려."

하고 낮선 손님이 말합니다.

"자, 옥희야, 커단 처녀가 왜 저 모양이야. 어서 와서 이 아저씨께 인사해여. 너이 아버지의 옛날 친구신데 오늘부터 이 사랑에 계실 텐데 인사 여쭙고 친해 두어야지."

나는 이 낮선 손님이 사랑방에 계시게 된다는 말을 듣고 갑자기 즐거워졌습니다. 그래서 그 아저씨 앞에 가서 사붓이 절을 하고는 그만 안마당으로 뛰어들어왔지요. 그 낮선 아저씨와 큰외삼촌은 소리를 내서 크게 웃더군요.

나는 안방으로 들어오는 나름으로 어머니를 붙들고,

"엄마, 사랑에 큰삼춘이 아저씨를 하나 데리구 왔는데에, 그 아저씨가아, 이제 사랑에 있는대."

하고 법석을 하니까,

"응, 그래."

하고 어머니는 벌써 안다는 듯이 대수롭잖게 대답을 하더군요. 그래서 나는,

"언제부터 와 있나?"

하고 물으니까,

"오늘부텀."

"에구 좋아."

하고 내가 손뼉을 치니까 어머니는 내 손을 꼭 붙잡으면서,

"왜 이리 수선이야."

"그럼 작은외삼춘은 어데루 가나?"

"외삼촌도 사랑에 계시지."

"그럼 둘이 있나?"

"응."

"한 방에 둘이 있어?"

"왜 장지문 닫구 외삼춘은 아랫방에 계시구, 그 아저씨는 윗방에 계시구, 그러지."

나는 그 아저씨가 어떠한 사람인지는 몰랐으나 첫날부터 내게는 퍽 고맙게 굴고 나도 그 아저씨가 꼭 마음에 들었어요. 어른들이 저희끼리 말하는 것을 들으니까 그 아저씨는 돌아가신 우리 아버지와 어렸을 적 친구라고요. 어디 먼 데 가서 공부를 하다가 요새 돌아왔는데 우리 동리 학교 교사로 오게 되었대요. 또, 우리 큰외삼촌과도 동무인데, 이 동리에는 하숙도 별로 깨끗한 곳이 없고 해서 윗사랑으로 와 계시게 되었다고요. 또 우리도 그 아저씨한테서 밥값을 받으면 살림에 보탬도 좀 되고 한다고요.

그 아저씨는 그림책들을 얼마든지 가지고 있어요. 내가 사랑방으로 나가면 그 아저씨는 나를 무릎에 앉히고 그림책을 보여 줍니다. 또 가끔 과자도 주고요.

어느 날은 점심을 먹고 이내 살그머니 사랑에 나가 보니까 아저씨는 그때에야 점심을 잡수셔요. 그래 가만히 앉아서 점심 잡숫는 걸 구경하고 있노라니까, 아저씨가,

"옥희는 어떤 반찬을 제일 좋아하누?"

하고 묻겠지요. 그래 삶은 달걀을 좋아한다고 했더니, 마침 상에 놓인 삶은 달걀을 한 알 집어주면서 나더러 먹으라고 합니다. 나는 그 달걀을 벗겨 먹으면서,

"아저씨는 무슨 반찬이 제일 맛나우?"

하고 물으니까 그는 한참이나 빙그레 웃고 있더니,

"나두 삶은 달걀."

하겠지요. 나는 좋아서 손뼉을 짤깍짤깍 치고,

"아, 나와 같네. 그럼, 가서 어머니한테 알려야지."

하면서 일어서니까, 아저씨가 꼭 붙들면서,

"그러지 말어."

그러시겠지요. 그래도 나는 한 번 맘을 먹은 다음엔 꼭 그대로 하고야마는 성미지요. 그래서 안마당으로 뛰쳐 들어가면서,

"엄마, 엄마, 사랑 아저씨두 나처럼 삶은 달걀을 제일 좋아한대."

하고, 소리를 질렀지요.

"떠들지 말어."

하고 어머니는 눈을 흘기십니다.

그러나 사랑 아저씨가 달걀을 좋아하는 것이 내게는 썩 좋게 되었어요. 그것은 그 다음부터는 어머니가 달걀을 많이씩 사게 되었으니까요. 달걀 장수 노파가 오면 한꺼번에 열 알도 사고 스무 알도 사고 그래선 두고두고 삶아서 아저씨 상에도 놓고 또 으레 나도 한 알씩 주고 그래요. 그뿐만 아니라 아저씨한테 놀러 나가면 가끔 아저씨가 책상 서랍 속에서 달걀을 한두 알 꺼내서 먹으라고 주지요. 그래, 그 담부터는 나는 아주 실컷 달걀을 많이 먹었어요.

나는 아저씨가 매우 좋았어요마는, 외삼촌은 가끔 툴툴하는 때가 있었어요. 아마 아저씨가 마음에 안 드나 봐요. 아니, 그것보다도 아저씨 잔심부름을 꼭 외삼촌이 하게 되니까 그것이 싫어서 그러나 봐요. 한 번은 어머니와 외삼촌이 말다툼하는 것까지 내가 들었어요. 어머니가,

"야, 또 어디 나가지 말구 사랑에 있다가 선생님 들어오시거든 상 내가야지."

하고 말씀하시니까, 외삼촌은 얼굴을 찡그리면서,

"제길, 남 어디 좀 볼일이 있는 날은 으레 끼니때에 안 들어오고 늦어지니……."

하고 툴툴하겠지요. 그러니까 어머니는,

"그러니 어짜갔니? 너밖에 사랑 출입할 사람이 어디 있니?"

"누님이 좀 상 들구 나가구려. 요새 세상에 내외합니까!"

어머니가 갑자기 얼굴이 발개지시고 아무 대답도 없이 그냥 외삼촌에게 향하여 눈을 흘기셨습니다. 그러니까, 외삼촌은 흥흥 웃으면서 사랑으로 나갔지요.

나는 유치원에 가서 창가도 배우고 댄스도 배우고 하였습니다. 유치원 여자 선생님이 풍금을 아주 썩 잘 타요. 그런데 우리 유치원에 있는 풍금은 예배당에 있는 풍금과는 아주 다른데 퍽 조그마한 것이지마는 소리는 썩 좋아요. 그런데 우리 집 윗간에도 유치원 풍금과 꼭 같이 생긴 것이 놓여 있는 것이 갑자기 생각이 났어요. 그래 그날 나는 집으로 돌아오는 길로 어머니를 끌고 윗간으로 가서,

"엄마, 이거 풍금 아니유?"

하고 물으니까 어머니는 빙그레 웃으시면서,

"그렇단다. 그건 어찌 알았니?"

"우리 유치원에 있는 풍금이 이것과 꼭 같은데 무얼. 그럼 엄마두 풍금 탈 줄 아우?"

하고 나는 다시 물었습니다. 그것은 내가 이때껏 한 번도 어머니가 풍금 앞에 앉은 것을 본 일이 없기 때문입니다.

어머니는 아무 대답도 아니하십니다.

"엄마, 이 풍금 좀 타 봐!"

하고 재촉하니까, 어머니 얼굴은 약간 흐려지면서,

"그 풍금은 너의 아버지가 날 사다 주신 거란다. 너의 아버지 돌아가신 후에는

그 풍금은 이때까지 뚜껑두 한 번 안 열어 보았다……."

이렇게 말씀하시는 어머니 얼굴을 보니까 금방 또 울음보가 터질 것만 같아 보여서 나는 그만,

"엄마, 나 사탕 주어."

하면서 아랫방으로 끌고 내려왔습니다.

아저씨가 사랑에 와 계신 지 벌써 여러 밤을 잔 뒤입니다. 아마 한 달이나 되었지요. 나는 거의 매일 아저씨 방에 놀러 갔습니다. 어머니는 나더러 그렇게 가서 귀찮게 굴면 못쓴다고 가끔 꾸지람을 하시지만, 정말인즉 나는 조금도 아저씨를 조금도 귀찮게 굴지는 않았습니다. 도리어 아저씨가 나를 귀찮게 굴었지요.

"옥희 눈이 아버지를 닮았다. 고 고운 코는 아마 어머니를 닮았지, 고 입하고! 응, 그러냐, 안 그러냐? 어머니도 옥희처럼 곱지, 응?"

이렇게 여러 가지로 물을 적도 있습니다. 그래서 나는,

"아저씨, 입때 우리 엄마 못 봤수?"

하고 물었더니 아저씨는 잠잠합니다. 그래 나는,

"우리 엄마 보러 들어갈까?"

하면서 아저씨 소매를 잡아당겼더니, 아저씨는 펄쩍 뛰면서,

"아니, 아니, 안 돼. 난 지금 분주해서."

하면서 나를 잡아끌었습니다. 그러나 정말로는 무어 그리 분주하지도 않은 모양이었어요. 그러기에 나더러 가란 말도 않고 그냥 나를 붙들고 앉아서 머리도 쓰다듬어 주고 뺨에 입도 맞추고 하면서,

"요 저고리 누가 해주지? ……밤에 엄마하구 한자리에서 자니?"

하는 둥 쓸데없는 말을 자꾸만 물었지요.

그러나 웬일인지 나를 그렇게도 귀애해 주던 아저씨도 아랫방에 외삼촌이 들어오면 갑자기 태도가 달라지지요. 이것저것 묻지도 않고 나를 꼭 껴안지도 않고 점잖게 앉아서 그림책이나 보여 주고 그러지요. 아마 아저씨가 우리 외삼촌을 무서워하나 봐요.

하여튼 어머니는 나더러 너무 아저씨를 귀찮게 한다고, 어떤 때는 저녁 먹고 나서 나를 꼭 방 안에 가두어 두고 못 나가게 하는 때도 더러 있었습니다. 그러나 조금 있다가 어머니가 바느질에 정신이 팔리어 골몰하고 있을 때 몰래 가만히 일어나서 나오지요. 그런 때에는 어머니가 내가 문 여는 소리를 듣고서야 퍼뜩 정신을 차려서 쫓아와 나를 붙들지요. 그러나 그런 때는 어머니는 골은 아니 내시고,

"이리 온, 이리 와서 머리 빗고……."

하고 끌어다가 머리를 다시 곱게 땋아 주시지요.

"머리를 곱게 땋고 가야지. 그렇게 되는 대루 하구 가문 아저씨가 숭보시지 않니?"

하시면서. 또 어떤 때에는 머리를 다 땋아 주시고는,

"응, 저고리가 이게 무어냐?"

하시면서 새 저고리를 내어주시는 때도 있습니다.

어떤 토요일 오후였습니다. 아저씨는 나더러 뒷동산에 올라가자고 하셨습니다. 나는 너무나 좋아서 가자고 그러니까, 아저씨가,

"들어가서 어머니께 허락 맡고 온."

하십니다. 참 그렇습니다. 나는 뛰쳐들어가서 어머니께 허락을 맡았습니다. 어머니는 내 얼굴을 다시 세수시켜 주고 머리도 다시 땋고 그리고 나서는 나를 아스러지도록 한 번 몹시 껴안았다가 놓아주었습니다.

"너무 오래 있지 말고, 응."

하고 어머니는 크게 소리치셨습니다. 아마 사랑 아저씨도 그 소리를 들었을 거야요.

뒷동산에 올라가서는 정거장을 한참 내려다보았으나 기차는 안 지나갔습니다. 나는 풀잎을 쭉쭉 뽑아 보기도 하고 땅에 누운 아저씨의 다리를 꼬집어보기도 하면서 놀았습니다. 한참 후에 아저씨가 손목을 잡고 내려오는데 유치원 동무들을 만났습니다.

"옥희가 아빠하구 어디 갔다 온다, 응."

하고 한 동무가 말하였습니다. 그 아이는 우리 아버지가 돌아가신 줄을 모르는 아이였습니다. 나는 얼굴이 빨개졌습니다. 그때 나는 얼마나 이 아저씨가 정말 우리 아버지였더라면 하고 생각했는지 모릅니다. 나는 정말로 한 번만이라도,

"아빠!"

하고 불러보고 싶었습니다. 그리고 그날 그렇게 아저씨하고 손목을 잡고 골목을 지나오는 것이 어찌도 재미가 좋았는지요.

나는 대문까지 와서,

"난 아저씨가 우리 아빠래문 좋겠다."

하고 불쑥 말해 버렸습니다. 그랬더니 아저씨는 얼굴이 홍당무처럼 빨개져서 나를 몹시 흔들면서,

"그런 소리 하문 못써."

하고 말하는데, 그 목소리가 몹시도 떨렸습니다. 나는 아저씨가 몹시 성이 난 것처럼 보여서 아무 말도 못하고 안으로 뛰어들어갔습니다. 어머니가,

"어디까지 갔던?"

하고 나와 안으며 묻는데, 나는 대답도 못하고 그만 훌쩍훌쩍 울었습니다. 어머니는 놀라서,

"옥희야, 왜 그러니? 응?"

하고 자꾸만 물었으나 나는 아무 대답도 못하고 울기만 했습니다.

이튿날은 일요일인 고로 나는 어머니와 함께 예배당에를 가려고 차리고 나서 어머니가 옷을 갈아입는 동안 잠깐 사랑에를 나가 보았습니다. '아저씨가 아직두 성이 났나?' 하고 가만히 방 안을 들여다보았더니 책상에 앉아서 무엇을 쓰고 있던 아저씨가 내다보면서 빙그레 웃었습니다. 그 웃음을 보고 나는 마음을 놓았습니다. 아저씨가 지금은 성이 풀린 것이 확실하니까요. 아저씨는 나를 이리 보고 저리 보고 훑어보더니,

"옥희 오늘 어디 가노? 저렇게 곱게 채리구."

하고 물었습니다.

"엄마하고 예배당에 가."

"예배당에?"

하고 나서 아저씨는 잠시 나를 멍하니 바라다보더니,

"어느 예배당에?"

하고 물었습니다.

"요 앞에 예배당에 가지 뭐."

"응? 요 앞이라니?"

이때 안에서,

"옥희야."

하고 부드럽게 부르는 어머니 목소리가 들리었습니다. 나는 얼른 안으로 뛰어들어오면서 돌아다보니까, 아저씨는 또 얼굴이 빨갛게 성이 났겠지요. 내 원, 참으로 무슨 일로 요새는 아저씨가 그렇게 성을 잘 내는지 알 수 없었습니다.

예배당에 가서 찬미하고 기도하다가 기도하는 중간에 갑자기 나는 '혹시 아저씨두 예배당에 오지 않았나?' 하는 생각이 나서 눈을 뜨고 고개를 들어 남자석을 바라다보았습니다. 그랬더니 하, 바로 거기에 아저씨가 와 앉아 있겠지요. 그런데 아저씨는 어른이면서도 눈감고 기도하지 않고 우리 아이들처럼 눈을 번히 뜨고 여기저기 두리번두리번 바라봅니다. 나는 얼른 아저씨를 알아보았는데 아저씨는 나를 못 알아보았는지 내가 방그레 웃어 보여도 웃지도 않고 멀거니 보고만 있겠지요. 그래 나는 손을 흔들었지요. 그러니까 아저씨는 얼른 고개를 숙이고 말더군요. 그때에 어머니가 내가 팔 흔드는 것을 깨닫고 두 손으로 나를 붙들고 끌어당기더군요. 나는 어머니 귀에다 입을 대고,

"저기 아저씨두 왔어."

하고 속삭이니까 어머니는 흠칫하면서 내 입을 손으로 막고 막 끌어잡아다가 앞에 앉히고 고개를 누르더군요. 보니까 어머니도 얼굴이 홍당무처럼 빨개졌군요.

그날 예배는 아주 젬병이었어요. 웬일인지, 예배가 다 끝날 때까지 어머니는 성이 나서 강대만 향하여 앞으로 바라보고 앉았고 이전 모양으로 가끔 나를 내려다보고 웃는 일이 없었어요. 그리고 아저씨를 보려고 남자석을 바라다보아도 아저씨도 한 번도 바라다보아 주지도 않고 성이 나서 앉아 있고, 어머니도 나를 보지도 않고 공연히 꽉꽉 잡아당기지요. 왜 모두들 그리 성이 났는지……. 나는 그만 으아 하고 한 번 울고 싶었어요. 그러나 바로 멀지 않은 곳에 우리 유치원 선생님이 앉아 있는 고로 울고 싶은 것을 아주 억지로 참았답니다.

내가 유치원에 입학한 후 처음 얼마 동안은 유치원에 갈 때나 올 때나 외삼촌이 바래다주었습니다. 그러나 여러 밤을 자고 난 뒤에는 나 혼자서도 넉넉히 다니게 되었어요. 그러나 언제나 내가 유치원에서 돌아오는 때면 어머니가 엽 대문 (우리 집에는 대문이 사랑 대문과 엽 대문 둘이 있어서 어머니는 늘 이 엽 대문으로만 출입하시

는 것이었습니다) 밖에 기다리고 섰다가 내가 달음질쳐 가면, 안고 집 안으로 들어가곤 하는 것이었습니다.

그런데 하루는 어쩐 일인지 어머니가 대문 간에 보이지를 않겠지요. 어떻게도 화가 나던지요. 물론 머릿속으로는 '아마 외할머니 댁에 가셨나 부다' 하고 생각했지마는, 하여튼 내가 돌아왔는데 문간에서 기다리지 않고 집을 떠났다는 것이 몹시 나쁘게 생각되더군요. 그래서 속으로 '오늘 엄마를 좀 골려야겠다' 하고 생각하고 있는데, 옆 대문 밖에서,

"아이고, 얘가 원 벌써 왔나?"

하고 어머니 목소리가 들리더군요. 그 순간 나는 얼른 신을 벗어 들고 안방으로 뛰어들어가서 벽장문을 열고 그 속에 들어가서 숨어 버렸습니다.

"옥희야, 옥희 너, 여태 안 왔니?"

하는 어머니 목소리가 바로 뜰에서 나더니,

"여태 안 왔군."

하면서 밖으로 나가는 모양이었습니다. 나는 재미가 나서 혼자 흐흥흐흥 웃었습니다.

한참을 있더니 집에서는 온통 야단이 났습니다. 어머니 목소리도 들리고 외할머니 목소리도 들리고 외삼촌 목소리도 들리고…….

"글쎄 하루 종일 집이라군 안 떠났다가 옥희 유치원 파하구 오문 멕일 과자가 없기에 어머님 댁에 잠깐 갔다 왔는데, 고 동안에 이런 변이 생긴걸……."

하는 것은 어머니 목소리.

"글쎄, 유치원에서 벌써 이십 분 전에 떠났다는데 원 중간에서……."

하는 것은 외할머니 목소리.

"하여튼 내 나가서 돌아댕겨 볼웨다. 원 고것이 어델 갔담?"

하는 것은 외삼촌의 목소리.

이윽고 어머니의 울음소리가 가늘게 들렸습니다. 외할머니는 무어라고 중얼중얼 이야기하는 모양이었습니다. '이젠 그만하고 나갈까?' 하고도 생각했으나, '지난 주일날 예배당에서 성냈던 앙갚음을 해야지' 하는 생각이 나서 나는 그냥 벽장 안에 누워 있었습니다. 벽장 안은 답답하고 더웠습니다. 그래서 이윽고 부지중에 나는 슬며서 잠이 들고 말았습니다.

얼마 동안이나 잤는지요? 이윽고 잠을 깨어 보니 아까 내가 벽장 안으로 들어왔던 것은 잊어버리고, 참 이상스러운 데에 내가 누워 있거든요. 어두컴컴하고 좁고 덥고……. 나는 갑자기 무서운 생각이 나서 엉엉 울기 시작했지요. 그러자 갑자기 어디 가까운 데서 어머니의 외마디 소리가 나더니 벽장문이 벌컥 열리고 어머니가 달려들어서 나를 안아 내렸습니다.

"요 망할 것아."

하면서 어머니가 내 엉덩이를 댓 번 때렸습니다. 나는 더욱더 소리를 내서 울었습니다. 그때에는 어머니는 나를 끌어안고 어머니도 따라 울었습니다.

"옥희야, 옥희야, 응 인제 괜찮다. 엄마 여기 있지 않니, 응. 울지 마라 옥희야. 엄마는 옥희 하나문 그뿐이다. 옥희 하나만 바라구 산다. 난 너 하나문 그뿐이야. 세상 다 일이 없다. 옥희만 있으면 바라고 산다. 옥희야 응, 울지 마라. 응, 울지 마라."

이렇게 어머니는 나더러 자꾸 울지 말라고 하면서도 어머니는 그치지 않고 자꾸자꾸 울었습니다. 외할머니는,

"원 고것이 도깨비가 들렸단 말일까, 벽장 속엔 왜 숨는담."

하고 앉아 있고, 외삼촌은,

"에, 재수, 메유다."

하면서 밖으로 나갔습니다.

이튿날 유치원을 파하고 집으로 오게 된 때 나는 갑자기 어제 벽장 속에 숨었다가 어머니를 몹시 울게 했던 생각이 나서 집으로 돌아가기가 어째 부끄러워졌습니다. '오늘은 어머니를 좀 기쁘게 해 드려얄 텐데……. 무엇을 갖다 드리면 기뻐할까?' 하고 생각하였습니다. 그러자 문득 유치원 안의 선생님 책상 위에 놓여 있던 꽃병 생각이 났습니다. 그 꽃병에는 나는 이름도 모르나 곱고 빨간 꽃이 꽂히어 있었습니다. 그 꽃은 개나리도 아니고, 진달래도 아니었습니다. 그런 꽃은 나도 잘 알고, 또 그런 꽃은 벌써 피었다가 져 버린 후였습니다. 무슨 서양 꽃이려니 하고 나는 생각하였습니다. 나는 우리 어머니가 꽃을 사랑하는 줄을 잘 압니다. 그래서 그 꽃을 갖다가 드리면 어머니가 몹시 기뻐하려니 하고 생각하였습니다.

그래서 나는 도로 유치원 방 안으로 들어갔습니다. 마침 방 안에는 아무도 없었습니다. 선생님도 잠깐 어디를 가셨는지 보이지 않았습니다. 그래 나는 그 꽃을 두어 개 얼른 빼 들고 달음질쳐 나왔지요.

집에 오니 어머니는 문간에 기다리고 있다가 나를 안고 들어왔습니다.

"그 꽃은 어디서 났니? 퍽 곱구나."

하고 어머니가 말씀하셨습니다. 그러나 나는 갑자기 말문이 막혔습니다. '이걸 엄마 드릴라구 유치원서 가져왔어' 하고 말하기가 어째 몹시 부끄러운 생각이 들었습니다. 그래 잠깐 망설이다가,

"응, 이 꽃! 저, 사랑 아저씨가 엄마 갖다 주라고 줘."

하고 불쑥 말했습니다. 그런 거짓말이 어디서 그렇게 툭 튀어나왔는지 나도 모르지요.

꽃을 들고 냄새를 맡고 있던 어머니는 내 말이 끝나기가 무섭게 무엇에 몹시 놀란 사람처럼 화닥닥하였습니다. 그리고는 금시에 어머니 얼굴이 그 꽃보다도 더 빨갛게 되었습니다. 그 꽃을 든 어머니 손가락이 파르르 떠는 것을 나는 보았습니다.

어머니는 무슨 무서운 것을 생각하는 듯이 방 안을 휘 한 번 둘러보시더니,

"옥희야, 그런 걸 받아 오문 안 돼."

하고 말하는 목소리는 몹시 떨렸습니다. 나는 꽃을 그렇게도 좋아하는 어머니가 이 꽃을 받고 그처럼 성을 낼 줄은 참으로 뜻밖이었습니다. 어머니가 그렇게도 성을 내는 것을 보니까 그 꽃을 내가 가져왔다고 그러지 않고, 아저씨가 주더라고 거짓말을 한 것이 참 잘 되었다고 나는 속으로 생각했습니다. 어머니가 성을 내는 까닭을 나는 모르지만 하여튼 성을 낼 바에는 내게 내는 것보다 아저씨에게 내는 것이 내게는 나았기 때문입니다. 한참 있더니 어머니는 나를 방 안으로 데리고 들어와서,

"옥희야, 너 이 꽃 이야기 아무보구두 하지 말아라, 응."

하고 타일러 주었습니다. 나는,

"응."

하고 대답하면서 고개를 여러 번 까닥까닥했습니다.

어머니가 그 꽃을 곧 내버릴 줄로 나는 생각했습니다마는 내버리지 않고 꽃병에 꽂아서 풍금 위에 놓아두었습니다. 아마 퍽 여러 밤 자도록 그 꽃은 거기 놓여 있어서 마지막에는 시들었습니다. 꽃이 다 시들자 어머니는 가위로 그 대를 잘라 내버리고 꽃만은 찬송가 책갈피에 곱게 끼워 두었습니다.

내가 어머니께 꽃을 갖다 주던 날 밤에 나는 또 사랑에 놀러 나가서 아저씨 무릎에 앉아서 그림책을 보고 있었습니다. 갑자기 아저씨 몸이 흠칫하였습니다. 그리고는 귀를 기울입니다. 나도 귀를 기울였습니다.

풍금 소리!

그 풍금 소리는 분명 안방에서 흘러나오는 것이었습니다.

"엄마가 풍금을 타나 부다."

하고 나는 벌떡 일어나서 안으로 뛰어왔습니다. 안방에는 불을 켜지 않았었습니

다. 그러나 그때는 음력으로 보름께나 되어서 달이 낮같이 밝은데 은빛 같은 흰 달빛이 방 안 절반 가득히 차 있었습니다. 나는 그 흰옷을 입은 어머니가 풍금 앞에 앉아서 고요히 풍금을 타는 것을 보았습니다.

나는 나이 지금 여섯 살밖에 안 되었지마는 하여튼 어머니가 풍금을 타시는 것을 보는 것은 오늘이 처음이었습니다. 어머니는 우리 유치원 선생님보다도 풍금을 더 잘 타시는 것이었습니다. 나는 어머니 곁으로 갔습니다마는 어머니는 내가 곁에 온 것도 깨닫지 못하는지 그냥 까딱 아니하고 앉아서 풍금을 탔습니다. 조금 있더니 어머니는 풍금 곡조에 맞추어서 노래를 부르기 시작하였습니다. 어머니의 목소리가 그렇게 아름다운 것도 나는 이때까지 모르고 있었습니다. 어머니는 참으로 우리 유치원 선생님보다도 목소리가 훨씬 더 곱고 또 노래도 훨씬 더 잘 부르시는 것이었습니다. 나는 가만히 서서 어머니 노래를 들었습니다. 그 노래는 마치도 은실을 타고 별나라에서 내려오는 노래처럼 아름다웠습니다. 그러나 얼마 오래지 않아 목소리는 약간 떨리기 시작하였습니다. 가늘게 떨리는 노랫소리, 그에 따라 풍금의 가는 소리도 바르르 떠는 듯했습니다. 노랫소리는 차차 가늘어지더니 마지막에는 사르르 없어져 버렸습니다. 풍금 소리도 사르르 없어졌습니다. 어머니는 고요히 일어나시더니 옆에 섰는 내 머리를 쓰다듬었습니다. 그 다음 순간 어머니는 나를 안고 마루로 나오셨습니다. 어머니는 아무 말씀도 없이 그냥 꼭꼭 껴안는 것이었습니다. 달빛을 함빡 받는 내 어머니 얼굴은 몹시도 새하얗다고 생각되었습니다. 우리 어머니는 참으로 천사 같다고 생각하였습니다.

우리 어머니의 새하얀 두 뺨 위로는 쉴새없이 두 줄기 눈물이 줄줄 흘러내리고 있는 것을 나는 보았습니다. 그것을 보니 나도 갑자기 울고 싶어졌습니다.

"어머니, 왜 울어?"

하고 나도 훌쩍거리면서 물었습니다.

"옥희야."

"응?"

한참 동안 어머니는 아무 말씀도 없었습니다. 그러다가 한참 후에,

"옥희야, 너 하나문 그뿐이다."

"엄마."

어머니는 다시 대답이 없으셨습니다.

하루는 밤에 아저씨 방에서 놀다가 졸려서 안방으로 들어오려고 일어서니까 아저씨가 하얀 봉투를 서랍에서 꺼내어 내게 주었습니다.

"옥희, 이거 갖다가 엄마 드리고 지나간 달 밥값이라구, 응."

나는 그 봉투를 갖다가 어머니에게 드렸습니다. 어머니는 그 봉투를 받아들자 갑자기 얼굴이 파랗게 질렸습니다. 그 전날 달밤에 마루에 앉았을 때보다도 더 새하얗다고 생각되었습니다. 어머니는 그 봉투를 들고 어쩔 줄을 모르는 듯이 초조한 빛이 나타났습니다. 나는,

"그거 지나간 달 밥값이래."

하고 말을 하니까 어머니는 갑자기 잠자다 깨나는 사람처럼 '응?' 하고 놀라더니, 또 금시에 백짓장같이 새하얗던 얼굴이 발갛게 물들었습니다. 봉투 속으로 들어갔던 어머니의 파들파들 떨리는 손가락이 지전을 몇 장 끌고 나왔습니다. 어머니는 입술에 약간 웃음을 띠면서 후 하고 한숨을 내쉬었습니다. 그러나 그것도 잠깐, 다시 어머니는 무엇에 놀랐는지 흠칫하더니 금시에 얼굴이 새하얘지고 입술이 바르르 떨렸습니다. 어머니의 손을 바라다보니 거기에는 지전 몇 장 외에 네모로 접은 하얀 종이가 한 장 잡혀 있는 것이었습니다.

어머니는 한참을 망설이는 모양이었습니다. 그러더니 무슨 결심을 한 듯이 입술

을 악물고 그 종이를 차근차근 펴 들고 그 안에 쓰인 글을 읽었습니다. 나는 그 안에 무슨 글이 씌어 있는지 알 도리가 없었으나, 어머니는 그 글을 읽으면서 금시에 얼굴이 파랬다 발갰다 하고 그 종이를 든 손은 이제는 바들바들이 아니라 와들와들 떨리어서 그 종이가 부석부석 소리를 내게 되었습니다.

한참 후에 어머니는 그 종이를 아까 모양으로 네모지게 접어서 돈과 함께 봉투에 도로 넣어 반짇고리에 던졌습니다. 그러고는 정신 나간 사람처럼 멀거니 앉아서 전등만 쳐다보는데 어머니 가슴이 불룩불룩합니다. 나는 어머니가 혹시 병이나 나지 않았나 하고 염려가 되어서 얼른 가서 무릎에 안기면서,

"엄마, 잘까?"

하고 말했습니다.

엄마는 내 뺨에 입을 맞추어 주었습니다. 그런데 어머니의 입술이 어쩌면 그리도 뜨거운지요. 마치 불에 달군 돌이 볼에 와 닿는 것 같았습니다.

한참을 자고 나서 잠이 채 깨지는 않았으나 어렴풋한 정신으로 옆을 쓸어보니 어머니가 없었습니다. 가끔 가다가 나는 그런 버릇이 있어요. 어렴풋한 정신으로 옆을 쓸면 어머니의 보드라운 살이 만져지지요. 그러면 다시 나는 잠이 들어 버리곤 하는 것이었습니다.

어머니가 자리에 없다는 것을 알게 되자 나는 갑자기 무서워졌습니다. 그래서 잠은 다 달아나고 눈을 번쩍 뜨고 고개를 돌려 살펴보았습니다. 방 안에는 불은 안 켰지만 어슴푸레하게 밝습니다. 뜰로 하나 가득한 달빛이 방 안에까지 희미한 밝음을 던져 주는 것이었습니다. 윗목을 보니 우리 아버지의 옷을 넣어 두고 가끔 어머니가 꺼내서 쓸어보시는 그 장롱 문이 열려 있고, 그 아래 방바닥에는 흰옷이 한 무더기 널려 있습니다. 그리고 그 옆에는 장롱을 반쯤 기대고 자리옷만 입은 어머니가 주춤하고 앉아서 고개를 위로 쳐들고 눈은 감고 무엇이라고 입술로 소곤소곤 외고 있는

것이 보였습니다. 아마 기도를 하나 보다 하고 나는 생각했습니다. 나는 자리에서 일어나 기어가서 어머니 무릎을 빼개고 기어 들어갔습니다.

"엄마, 무얼 해?"

어머니는 소곤거리기를 그치고 눈을 떠서 나를 한참이나 물끄러미 들여다보십니다.

"옥희야."

"응?"

"가서 자자."

"엄마두 같이 자."

"응, 그래 엄마두 같이 자."

그 목소리가 어째 싸늘하다고 내게 생각되었습니다.

어머니는 돌아가신 아버지의 옷들을 한 가지씩 들고는 가만히 손바닥으로 쓸어보고는 장롱 안에 넣었습니다. 하나씩 하나씩 쓸어보고는 장롱에 넣곤 하여 그 옷을 넣은 때 장롱 문을 닫고 쇠를 채우고 그러고 나서 나를 안고 자리로 돌아왔습니다.

"엄마, 우리 기도하고 자?"

하고 나는 물었습니다. 어머니는 나를 밤마다 재워 줄 때마다 반드시 기도를 하는 것이었습니다. 내가 할 줄 아는 기도는 주기도문뿐이었습니다. 그 뜻은 하나도 모르지만 어머니를 따라서 자꾸자꾸 해보아서 지금에는 나도 주기도문을 잘 외웁니다. 그런데 웬일인지 어젯밤 잘 때에는 어머니가 기도할 것을 잊어버리고 그냥 잤던 것이 지금 생각이 났기 때문에 나는 그렇게 물었던 것입니다. 어젯밤 자리에 들 때 내가,

'기도할까?'

하고 말하고 싶었으나 어머니가 너무도 슬픈 빛을 띠고 있는 고로 그만 나도 가

만히 아무 소리 없이 잠이 들고 말았던 것입니다.

"응, 기도하자."

하고 어머니가 고요히 대답했습니다.

"엄마가 기도해."

하고 나는 갑자기 어머니의 기도하는 보드라운 음성이 듣고 싶어져서 말했습니다.

"하늘에 계신 우리 아버지시여."

어머니는 고요히 기도를 시작하였습니다.

"이름을 거룩하게 하옵시며 나라에 임하옵시며 뜻이 하늘에서 이루어진 것처럼 땅에서도 이루어지이다. 오늘날 우리에게 일용할 양식을 주옵시고 우리가 우리에게 죄지은 자를 용서하여 준 것처럼 우리 죄를 사하여 주옵시고 우리를 시험에 들지 말게 하옵시고……우리를 시험에 들지 말게 하옵시고……시험에 들지 말게……시험에 들지 말게……."

이렇게 어머니는 자꾸 되풀이하였습니다. 나도 지금은 막히지 않고 줄줄 외는 주기도문을 글쎄 어머니가 막히다니 참으로 우스운 일이었습니다.

"시험에 들지 말게……시험에 들지 말게……."

하고 자꾸만 되풀이하는 것을 나는 참다 못해서,

"엄마, 내 마저 하께."

하고,

"다만 악에서 구하옵소서. 대개 나라와 권세와 영광이 아버지께 영원히 있사옵나이다."

하고 내가 끝을 마쳤습니다. 어머니는 한참이나 가만있다가 오랜 후에야 겨우,

"아멘."

하고 속삭이었습니다.

요새 와서 어머니의 하는 일이란 참으로 알 수가 없는 노릇입니다. 어떤 때는 어머니도 퍽 유쾌하셨습니다. 밤에 때로는 풍금도 타고 또 때로는 찬송가도 부르고 그러실 때에는 나도 너무도 좋아서 가만히 어머니 옆에 앉아서 듣습니다. 그러나 가끔 가끔 그 독창은 소리 없는 울음으로 끝을 맺는 때가 많은데, 그런 때면 나도 따라서 울었습니다. 그러면 어머니는 나를 안고 내 얼굴에 돌아가면서 무수히 입을 맞추어 주면서,

"엄마는 옥희 하나문 그뿐이야, 응, 그렇지……."

하시면서 언제까지나 언제까지나 우시는 것이었습니다.

어떤 일요일날, 그렇지요, 그것은 유치원 방학하고 난 그 이튿날이어요. 그날 어머니는 갑자기 머리가 아프시다고 예배당에를 그만두었습니다. 사랑에서는 아저씨도 어디 나가고, 외삼촌도 나가고, 집에는 어머니와 나와 단둘이 있었는데, 머리가 아프다고 누워 계시던 어머니가 갑자기 나를 부르시더니,

"옥희야, 너 아빠가 보고 싶니?"

하고 물으십니다.

"응, 우리두 아빠 하나 있으문."

나는 혀를 까불고 어리광을 좀 부려 가면서 대답을 했습니다. 한참 동안을 어머니는 아무 말씀도 아니하시고 천장만 바라다보시더니,

"옥희야, 옥희 아버지는 옥희가 세상에 나오기도 전에 돌아가셨단다. 옥희두 아빠가 없는 건 아니지. 그저 일찍 돌아가셨지. 옥희가 이제 아버지를 새로 또 가지면 세상이 욕을 한단다. 옥희는 아직 철이 없어서 모르지만 세상이 욕을 한단다. 사람들이 욕을 해. 옥희 어머니는 화냥년이다 이러구 세상이 욕을 해. 옥희 아버지는 죽

었는데 옥희는 아버지가 또 하나 생겼대, 참 망측두 하지. 이러구 세상이 욕을 한단다. 그리 되문 옥희는 언제나 손가락질받구, 옥희는 커두 시집두 훌륭한 데 못 가구. 옥희가 공부를 해서 훌륭하게 돼두, 에 그까짓 화냥년의 딸, 이러구 남들이 욕을 한단다."

이렇게 어머니는 혼잣말하시듯 드문드문 말씀하셨습니다. 그리고는 한참 있더니,

"옥희야."

하고 또 부르십니다.

"응?"

"옥희는 언제나, 언제나 내 곁을 안 떠나지. 옥희는 언제나, 언제나 엄마하구 같이 살지. 옥희는 엄마가 늙어서 꼬부랑 할미가 되어두 그래두 옥희는 엄마하구 같이 살지. 옥희가 유치원 졸업하구, 또 소학교 졸업하구, 또 중학교 졸업하구, 또 대학교 졸업하구, 옥희가 조선서 제일 훌륭한 사람이 돼두 그래두 옥희는 엄마하구 같이 살지. 응! 옥희는 엄마를 얼마큼 사랑하나?"

"이만큼."

하고 나는 두 팔을 짝 벌리어 보였습니다.

"응? 얼마만큼? 응! 그만큼! 언제나 언제나, 옥희는 엄마만 사랑하지. 그리구 공부두 잘하구, 그리구 훌륭한 사람이 되구……."

나는 어머니의 목소리가 떨리는 것으로 보아 어머니가 또 울까봐 겁이 나서,

"엄마, 이만큼, 이만큼."

하면서 두 팔을 짝짝 벌리었습니다.

어머니는 울지 않으셨습니다.

"응, 그래, 옥희 엄마는 옥희 하나문 그뿐이야. 세상 다른 건 다 소용없어. 우리 옥희 하나문 그만이야. 그렇지, 옥희야."

"응!"

어머니는 나를 당기어서 꼭 껴안고 내 가슴이 막혀 들어올 때까지 자꾸만 껴안아 주었습니다.

그날 밤 저녁밥 먹고 나니까 어머니는 나를 불러 앉히고 머리를 새로 빗겨 주었습니다. 댕기를 새 댕기로 드려 주고, 바지, 저고리, 치마 모두 새것을 꺼내 입혀 주었습니다.

"엄마, 어디 가?"

하고 물으니까,

"아니."

하고 웃음을 띠면서 대답합니다. 그러더니 풍금 옆에서 새로 다린 하얀 손수건을 내리어 내 손에 쥐어 주면서,

"이 손수건, 저 사랑 아저씨 손수건인데, 이것 아저씨 갖다 드리구 와, 응. 오래 있지 말구 손수건만 갖다 드리구 이내 와, 응."

하고 말씀하셨습니다.

손수건을 들고 사랑으로 나가면서 나는 접어진 손수건 속에 무슨 발각발각하는 종이가 들어 있는 것처럼 생각되었습니다마는 그것을 펴보지 않고 그냥 갖다가 아저씨에게 주었습니다.

아저씨는 방에 누워 있다가 벌떡 일어나서 손수건을 받는데 웬일인지 아저씨는 이전처럼 나보고 빙그레 웃지도 않고 얼굴이 몹시 파래졌습니다. 그리고는 입술을 질근질근 깨물면서 말 한 마디 아니하고 그 손수건을 받더군요.

나는 어째 이상한 기분이 들어서 아저씨 방에 들어가 앉지도 못하고 그냥 되돌아서 안방으로 도로 왔지요. 어머니는 풍금 앞에 앉아서 무엇을 그리 생각하는지 가만히 있더군요. 나는 풍금 옆으로 가서 가만히 그 옆에 앉아 있었습니다. 이윽고 어머

니는 조용조용히 풍금을 타십니다. 무슨 곡조인지는 몰라도 어째 구슬프고 고즈넉한 곡조야요.

밤이 늦도록 어머니는 풍금을 타셨습니다. 그 구슬프고 고즈넉한 곡조를 계속하고 또 계속하면서…….

여러 밤을 자고 난 어떤 날 오후에 나는 오래간만에 아저씨 방엘 나가 보았더니 아저씨가 짐을 싸느라고 분주하겠지요. 내가 아저씨에게 손수건을 갖다 드린 다음부터는 웬일인지 아저씨가 나를 보아도 언제나 퍽 슬픈 사람, 무슨 근심이 있는 사람처럼 아무 말도 없이 나를 물끄러미 바라다만 보고 있는 고로 나도 그리 자주 놀러 나오지는 않았던 것입니다. 그랬었는데 이렇게 갑자기 짐을 꾸리는 것을 보고 나는 놀랐습니다.

"아저씨, 어데 가우?"

"응, 멀리루 간다."

"언제?"

"오늘"

"기차 타구?"

"응, 기차 타구."

"갔다가 언제 또 오우?"

아저씨는 아무 대답도 없이 서랍에서 예쁜 인형을 하나 꺼내서 내게 주었습니다.

"옥희, 이것 가져, 응. 옥희는 아저씨 가구 나문 아저씨 이내 잊어버리구 말겠지!"

나는 갑자기 슬퍼졌습니다.

"아니."

하고 얼른 대답하고, 인형을 안고 안으로 들어왔습니다.

"엄마, 이것 봐. 아저씨가 이것 나 줬다우. 아저씨가 오늘 기차 타구 먼 데루 간대."

하고 내가 말했으나 어머니는 대답이 없으십니다.

"엄마, 아저씨 왜 가우?"

"학교 방학했으니깐 가지."

"어디루 가우?"

"아저씨 집으루 가지 어디루 가."

"갔다가 또 오우?"

어머니는 대답이 없으십니다.

"난 아저씨 가는 거 나쁘다."

하고 입을 쫑긋했으나 어머니는 그 말에 대답 않고,

"옥희야, 벽장에 가서 달걀 몇 알 남았나 보아라."

하고 말씀하셨습니다.

나는 깡충깡총 방 안으로 들어갔습니다. 달걀은 여섯 알이 있었습니다.

"여스 알."

하고 나는 소리쳤습니다.

"응, 다 가지고 이리 나오너라."

어머니는 그 달걀 여섯 알을 다 삶았습니다. 그 삶은 달걀 여섯 알을 손수건에 싸 놓고, 또 반지에 소금을 조금 싸서 한 귀퉁이에 넣었습니다.

"옥희야, 너 이것 갖다 아저씨 드리구, 가시다가 찻간에서 잡수시랜다구, 응."

그날 오후에 아저씨가 떠나간 다음, 나는 방에서 아저씨가 준 인형을 업고 자장 자장 잠을 재우고 있었습니다. 어머니가 부엌에서 들어오시더니,

"옥희야, 우리 뒷동산에 바람이나 쐬러 올라갈까?"

하십니다.

"응, 가, 가."

하면서 나는 좋아 덤비었습니다.

잠깐 다녀올 터이니 집을 보고 있으라고 외삼촌에게 이르고 어머니는 내 손목을 잡고 나섰습니다.

"엄마, 나 저, 아저씨가 준 인형 가지고 가?"

"그러렴."

나는 인형을 안고 어머니 손목을 잡고 뒷동산으로 올라갔습니다. 뒷동산에 올라가면 정거장이 빤히 내려다보입니다.

"엄마, 저 정거장 봐. 기차는 없군."

어머니가 아무 말씀도 없이 가만히 서 계십니다. 사르르 바람이 와서 어머니 모시 치맛자락을 산들산들 흔들어 주었습니다. 그렇게 산 위에 가만히 서 있는 어머니는 다른 때보다도 더한층 이쁘게 보였습니다.

저편 산모퉁이에서 기차가 나타났습니다.

"아, 저기 기차 온다."

하고 나는 좋아서 소리쳤습니다.

기차는 정거장에 잠시 머물더니 금시에 빽 하고 소리를 지르면서 움직였습니다.

"기차 떠난다."

하면서 나는 손뼉을 쳤습니다. 기차가 저편 산모퉁이 뒤로 사라질 때까지, 그리고 그 굴뚝에서 나는 연기가 하늘 위로 모두 흩어져 없어질 때까지, 어머니는 가만히 서서 그것을 바라다보았습니다.

뒷동산에서 내려오자 어머니는 방으로 들어가시더니, 이때까지 뚜껑을 늘 열어 두었던 풍금 뚜껑을 닫으십니다. 그리고는 거기 쇠를 채우고 그 위에다가 이전 모양으로 반짇고리를 얹어 놓으십니다. 그리고는 그 옆에 있는 찬송가를 맥없이 들고 뒤적뒤적하시더니 빼빼 마른 꽃송이를 그 갈피에서 집어내더니,

"옥희야, 이것 내다 버려라."

하고 그 마른 꽃을 내게 주었습니다. 그 꽃은 내가 유치원에서 갖다가 어머니께 드렸던 그 꽃입니다. 그러자 옆 대문이 삐걱 하더니,

"달걀 사소."

하고, 매일 오는 달걀 장수 노파가 달걀 광주리를 이고 들어왔습니다.

"인젠 우리 달걀 안 사요. 달걀 먹는 이가 없어요."

하시는 어머니 목소리는 맥이 한푼어치도 없었습니다.

나는 어머니의 이 말씀에 놀라서 떼를 좀 써보려 했으나, 석양에 빤히 비치는 어머니의 얼굴을 볼 때 그 용기가 없어지고 말았습니다. 그래서 아저씨가 주신 인형 귀에다가 내 입을 갖다 대고 가만히 속삭이었습니다.

"얘, 우리 엄마가 거짓부리 썩 잘하누나. 내가 달걀 좋아하는 줄 잘 알문성 생 먹을 사람이 없대누나. 떼를 좀 쓰고 싶다만 저 우리 엄마 얼굴을 좀 봐라. 어쩌문 저리두 새파래졌을까? 아마 어데가 아픈가 보다."

라고요.

1935년

치숙痴叔 _ 채만식

우리 아저씨 말이지요, 아따 저 거시기, 한참 당년에 무엇이냐 그놈의 것, 사회주의라더냐 막걸리라더냐, 그걸 하다 징역 살고 나와서 폐병으로 시방 앓고 누웠는 우리 오촌 고모부(姑母夫) 그 양반…….

뭐, 말두 마시오. 대체 사람이 어쩌면 글쎄……. 내 원!

신세 간데없지요.

자, 십 년 적공, 대학교까지 공부한 것 풀어먹지도 못했지요, 좋은 청춘 어영부영 다 보냈지요, 신분(身分)에는 전과자(前科者)라는 붉은 도장 찍혔지요, 몸에는 몹쓸 병까지 들었지요, 이 신세를 해가지굴랑은 굴속 같은 오두막집 단칸 셋방 구석에서 사시장철 밤이나 낮이나 눈 따악 감고 드러누웠군요.

재산이 어디 집 터전인들 있을 턱이 있나요. 서발 막대 내저어야 짚검불 하나 걸리는 것 없는 철빈(鐵貧)인데.

우리 아주머니가, 그래도 그 아주머니가, 어질고 얌전해서 그 알량한 남편 양반 받드느라 삯바느질이야 남의 집 품빨래야 화장품 장사야, 그 칙살스런 벌이를 해다가 겨우겨우 목구멍에 풀칠을 하지요.

어디루 대나 그 양반은 죽는 게 두루 좋은 일인데 죽지도 아니해요.

우리 아주머니가 불쌍해요. 아, 진작 한 나이라도 젊어서 팔자를 고치는 게 아니라, 무슨 놈의 수난 후분을 바라고 있다가 끝끝내 고생을 하는지.

근 이십 년 소박을 당했지요.

이십 년을 쉷은 청춘 한숨으로 보내고서 다아 늦게야 송장 여대치게 생긴 그 양반을 그래도 남편이라고 모셔다가는 병 수발 들으랴, 먹고살랴, 애가 진하고 다니는 걸 보면 참말 가엾어요.

그게 무슨 죄다짐이람? 팔자, 팔자 하지만 왜 팔자를 고치지를 못하고서 그래요. 죄선(朝鮮) 구식 부인네들은 다아 문명을 못하고 깨지를 못해서 그러지.

그 양반이 한시바삐 죽기나 했으면 우리 아주머니는 차라리 신세 편하리다.

심덕 좋것다, 솜씨 얌전하것다 하니 어디 가선들 제가 일신 몸 가누고 편안히 못 지내요?

가만있자, 열여섯 살에 아저씨네 집으로 시집을 갔다니깐 그게 내가 세 살 적이니 꼬박 열여덟 해로군. 열여덟 해면 이십 년 아니오.

그때 우리 아저씨 양반은 나이 어리기도 했지만 공부를 한답시고 서울로, 동경으로 십여 년이나 돌아다녔고 조금 자라서 색시 재미를 알 만하니까는 누가 예쁘달까봐 이혼하자고 아주머니를 친정으로 쫓고는 통히 불고를 하고…….

공부를 다 마치고 오더니만 그 담에는 그놈의 짓에 들입다 발광해 다니면서 명색 학생 출신이라는 딴 여편네를 얻어 살았지요. 그 여편네는 나도 몇 번 보았지만 상판때기라고 별반 출 수도 없이 생겼습디다. 그 인물로 남의 첩이야? 일색 소박은 있어도 박색 소박은 없다더니, 사실 소박 맞은 우리 아주머니가 그 여편네께다 대면 월등 예뻤다우.

그래 그 뒤에, 그 양반은 필경 붙들려 가서 오 년이나 전중이를 살았지요. 그 동안에 아주머니는 시집이고 친정이고 모두 폭 망해서 의지가지 없이 됐지요.

그러니 어떻게 해요? 자칫하면 굶어 죽을 판인데.

할 수 없이 얻어먹고 살기도 해야 하려니와 또 아저씨 나오는 것도 기다려야 한다고 나를 반연 삼아 서울로 올라왔더군요. 그게 그러니까 아저씨가 나오던 전해로군.

그때 내가 나이는 어려도 두루 날뛴 보람이 있어서 이내 구라다상네 식모로 들어갔지요.

그 무렵에 참 내가 아주머니더러 여러 번 권면을 했지요. 그러지 말고 개가(改嫁)를 가라고. 글쎄 어린 소견에도 보기에 퍽 딱하고 민망합디다.

계제에 마침 또 좋은 자리가 있었고요. 미네상이라고 미츠코시 앞에서 바나나 다다키우리〔投賣〕를 하는 인데 사람이 퍽 좋아요.

우리 집 다이쇼〔主人〕도 잘 알고 허는데, 그이가 늘 날더러 죄선 오깜상하구 살았으면 좋겠다고, 중매 서달라고 그래쌌어요.

돈은 모아 둔 게 없어도 다아 벌어먹고 살 만하니까 그런 사람 만나서 살면 아주머니도 신세 편할 게 아니냐구요.

그런 걸 글쎄 몇 번 말해도 숭헌 소리 말라고 듣덜 않는 걸 어떡허나요.

아무튼 그런 것 말고라도 참, 흰말이 아니라 이날 이때까지 내가 그 아주머니 뒤도 많이 보아주었다우. 또 나도 그럴 만한 은공이 없잖아 있구요.

내가 일곱 살에 부모를 잃었지요. 그리고 나서 의탁할 곳이 없이 됐는데 그때 마침 소박을 맞고 친정살이를 하는 그 아주머니가 나를 데려다가 길러 주었지요.

그때만 해도 그 집이 그다지 궁색하게 지내든 않았으니깐요. 아주머니도 아주머니지만 종조할머니며 할아버지도 슬하에 딴 자손이 없어서 나를 퍽 귀애하겠지요.

열두 살까지 그 집에서 자랐군요.

사 년이나마 보통학교도 다녔고.

아마 모르면 몰라도 그 집안이 그렇게 치패(致敗)하지만 않았으면 나도 그냥 붙어 있어서 시방쯤은 전문학교까지는 다녔으리다.

이런 은공이 있으니까 나도 그걸 저바리지 않고 그래서 내 깜냥에는 갚을 만치 갚노라고 갚은 셈이지요.

허기야 요새도 간혹 아주머니가 찾아와서 양식 없다는 사정을 더러 하곤 하는데 실로 정말이지 좀 성가시기는 해요.

그러는 족족 그 수응을 하자면 내 일을 못하겠는걸. 그래 대개 잘라 떼기는 하지요.

그렇지만 그밖에 가령 양 명절 때면 고깃근이라도 사 보낸다든지, 또 오며가며 이야기 날이라도 한다든지 그런 걸 결단코 범연히 하든 않으니까요.

아무튼 그래서, 아주머니는 꼬박 일 년 동안 구라다상네 집 오마니로 있으면서 월급 오 원씩 받는 걸 그래도 고스란히 저금을 하고, 또 틈틈이 삯바느질을 맡아다가 조금씩 벌어 보태고, 또 나올 무렵에 구라다상네 양주가 퍽 기특하다고 돈 칠 원을 상급(賞給)으로 주고, 그런 게 이럭저럭 돈 백 원이나 존존히 됐지요.

그 돈으로 방 한 칸 얻고 살림 나부랭이도 조금 장만하고, 그래 놓고서 마침 그 알량꼴량한 서방님이 놓여 나오니까 그리로 모셔들였지요.

놓여 나오는 날 나도 가서 보았지만 가막소 문 앞에 막 나서자 아주머니가 기다리고 있으니까 그래도 눈물이 핑 — 돌던데요.

전에 그렇게도 죽을 둥 살 둥 모르고 좋아하던 첩년은 꼴도 안 뵈구요. 남의 첩년이란건 다아 그런 거지요, 뭐.

우리 아저씨 양반은 혹시 그 여편네가 오지 않았나 하고 사방을 휘휘 둘러보던데요. 속이 그렇게 없다니까. 여편네는커녕 아주머니하구 나하구 그 외는 어리친 개새끼 한 마리 없더라.

그래 마악 자동차에 올라타려다가 피를 토했지요. 나중에 들었지만 가막소 안에서 달포 전부터 토혈을 했다나 봐요.

그래 다아 죽어 가는 반송장을 업어 오다시피 해다가 뉘어 놓고, 그날부터 아주머니는 불철주야 할 짓 못할 짓 다해 가면서 부수대고 날뛴 덕에 병도 차차로 차도가 있고 그러더니 인제는 완구히 살아는 났지요. 뭐 참 시방은 용 꼴인걸요, 용 꼴.

부인네 정성이 무서운 겝디다.

꼬박 삼 년이군. 나 같으면 돌아가신 부모가 살아오신대도 그 짓 못해요.

자, 그러니 말이지요. 우리 아저씨라는 양반이 작히나 양심이 있고 다아 그럴 양이면, 어—허, 내가 어서 바삐 몸이 충실해져서 어서 바삐 돈을 벌어다가 저 아내를 편안히 거느리고 이 은공과 전날의 죄를 갚아야 하겠구나……이런 맘을 먹어야 할 게 아니냐구요?

아주머니의 은공을 갚자면 발에 흙이 묻을세라 업고 다녀도 참 못다 갚지요.

그러고 저러고 간에 자기도 인제는 속 차려야지요. 허기야 속을 차려서 무얼 하재도 전과자니까 관리나 또 회사 같은 데는 들어가지 못하겠지만, 그야 자기가 저지른 일인 걸 누구를 원망할 일도 아니고, 그러니 막 벗어붙이고 노동이라도 해야지요.

대학교 출신이 막벌이 노동이라니께 꼴 가관이지만 그래도 할 수 없지, 뭐.

그런 걸 보고 가만히 나를 생각하면, 만약 우리 종조할아버지네 집안이 그렇게 치패를 안해서 나도 전문학교나 대학교를 졸업을 했으면 혹시 우리 아저씨 모양이 됐을지도 모를 테니 차라리 공부 많이 않고서 이 길로 들어선 게 다행이다……이런 생각이 들어요.

사실 우리 아저씨 양반은 대학교까지 졸업하고도 인제는 기껏 해먹을 거란 막벌이 노동밖에 없는데, 요 보통학교 사 년 겨우 다니고서도 시방 앞길이 환히 트인 내게다 대면 고츠카이〔小使〕만도 못하지요.

아, 그런데 글쎄 막벌이 노동을 하고 어쩌고 하기는커녕 조금 바시시 살아날 만하니까 이 주책꾸러기 양반이 무슨 맘보를 먹는고 하니, 내 참 기가 막혀!

아—니, 그놈의 것하고는 무슨 대천지 원수가 졌단 말인지, 어쨌다고 그걸 끝끝내 하지 못해서 그 발광인고?

그러나마 그게 밥이 생기는 노릇이란 말인지? 명예를 얻는 노릇이란 말인지. 필경은 붙잡혀 가서 징역 사는 놀음?

아마 그놈의 것이 아편하구 꼭 같은가 봐요. 그렇길래 한 번 맛을 들이면 끊지를 못하지요.

그렇지만 실상 알고 보면 그게 그다지 재미가 난다거나 맛이 있다거나 그런 것도 아니더군 그래요. 부랑당패던데요. 하릴없이 부랑당팹디다.

저어 서양 어디선가, 일하기 싫어하는 게으름뱅이 몇 놈이 양지짝에 모여 앉아서 놀고 먹을 궁리를 했더라나요. 우리 집 다이쇼가 다아 자상하게 이야기를 해줍디다.

게―, 그 녀석들이 서로 구논을 하기를, 자, 이 세상에는 부자가 있고 가난한 사람이 있고 하니 그건 도무지 공평한 일이 아니다. 사람이란 건 이목구비하며 사지육신을 꼭 같이 타고났는데, 누구는 부자로 잘살고 누구는 가난하다니 그게 될 말이냐. 그러니 부자가 가진 것을 우리 가난한 사람들하고 다같이 고르게 나눠 먹어야 경우가 옳다.

야―그거 옳은 말이다. 야―그 말 좋다. 자―나눠 먹자.

아, 이렇게 설도를 해가지고 우―하니 들고 일어났다는군요.

아―니, 그러니 그게 생날부랑당놈의 짓이 아니고 무어요?

사람이란 것은 제가끔 분지복이 있어서 기수(氣數)를 잘 타고나든지 부지런하면 부자가 되는 법이요, 복록을 못 타고나든지 게으른 놈은 가난하게 사는 법이요, 다아 이렇게 마련인데 그거야말로 공평한 천리인 것을, 됩다 불공평하다께 될 말이요? 그리구서 억지로 남의 것을 뺏어 먹자고 들다니 그놈들이 부랑당이지 무어요.

짓이 부랑당 짓일 뿐만 아니라, 또 만약에 그러기로 들면 게으른 놈은 점점 더 게으름만 부리고 쫓아다니면서 부자 사람네가 가진 것만 뺏어 먹을 테니 이 세상은 통으로 도적놈의 판이 될 게 아니요? 그나마, 부자 사람네가 모아둔 걸 다아 뺏기고 더는 못 먹어내는 날이면 그때는 이 세상 망하는 날이 아니요?

제마다 남이 농사지어 놓으면 그걸 빼어 먹으려고 일 않고 번둥번둥 놀 것이고 남이 옷감 짜 놓으면 그걸 빼어다가 입으려고 번둥번둥 놀 것이고 그럴 테니, 대체 곡식이며 옷감이며 그런 것이 다아 어디서 나올 데가 있어야지요. 세상 망할밖에!

글쎄 그놈의 짓이 그렇게 세상 망쳐 놓을 장본인 줄은 모르고서 가난한 놈들, 그 중에도 일하기 싫은 게으름뱅이들이 위선 당장 부잣집 사람네 것을 빼어 먹는다니까 거기 혹해가지굴랑 너도나도 와―하니 참석을 했다는구려.

바로 저 아라사가 그랬대요.

그래서 아니나다를까 농군들이 곡식을 안 만들기 때문에 사람이 수만 명씩 굶어 죽는다는구려. 빠안한 이치지 뭐.

위선 먹기는 곶감이 달다고 그 지랄들을 했다가 잘코사니야!

아, 그런데 그 못된 놈의 풍습이 삽시간에 동서양 각국 안 간 데 없이 퍼져가지굴랑 한동안 내지에도 마구 굉장히 드세게 돌아다녔고, 내지가 그러니까 멋도 모르는 죄선 영감상들도 덩달아서 그 숭내를 냈다나요. 그렇지만 시방은 그새 나라에서 엄하게 밝히고 금하고 한 덕에 많이 머츰해졌고 그런 마음먹는 사람은 별반 없다나 봐요.

그럴 게지 글쎄. 아, 해서 좋을 양이면야 나라에선들 왜 금하며 무슨 원수가 졌다고 붙잡아다가 징역을 살리나요.

좋고 유익한 것이면 나라에서 도리어 장려하고 잘할라치면 상금도 주고 그러잖아요.

활동사진이며 스모며 만자이며 또 왓쇼왓쇼랄지 세이레이 낭아시랄지 라디오 체조랄지 그런 건 다아 유익한 일이니까 나라에서 설도도 하고 그러잖아요.

나라라는 게 무언데? 그런 걸 다아 잘 분간해서 이럴 건 이러고 저럴 건 저러라고 지시하고 그 덕에 백성들을 제가끔 제 분수대루 편안히 살도록 애써주는 게 나라 아니요?

그놈의 것 사회주의만 하더라도 나라에서 금하질 않고 저희가 하는 대루 두어 두었어 보아? 시방쯤 세상이 무엇이 됐을지…….

다른 사람들도 낭패 본 사람이 많았겠지만 위선 나만 하더래도 글쎄 어쩔 뻔했어! 아무 일도 다 틀리고 뒤죽박죽이지.

내 이상과 계획은 이렇거든요.

우리 집 다이쇼가 나를 자별히 귀애하고 신용을 하니깐 인제 한 십 년만 더 있으면 한 밑천 들여서 따로 장사를 시켜 줄 눈치거든요.

그러거들랑 그것을 언덕 삼아 가지고 나는 삼십 년 동안 예순 살 환갑까지만 장사를 해서 꼭 십만 원을 모을 작정이지요. 십만 원이면 죄선 부자로 쳐도 천석꾼이니 뭐, 떵떵거리고 살 게 아니라구요.

그리고 우리 다이쇼도 한 말이 있고 하니까, 나는 내지인 규수한테로 장가를 들래요. 다이쇼가 다아 알아서 얌전한 자리를 골라 중매까지 서준다고 그랬어요. 내지 여자가 참 좋지요.

나는 죄선 여자는 거저 주어도 싫어요.

구식 여자는 얌전은 해도 무식해서 내지인하구 교제하는 데 안 됐고, 신식 여자는 식자가 들었다는 게 건방져서 못쓰고, 도무지 그래서 죄선 여자는 신식이고 구식이고 다아 제에발이야요.

내지 여자가 참 좋지 뭐. 인물이 개개 일자로 예쁘것다, 얌전하것다, 상냥하것다, 지식이 있어도 건방지지 않것다, 좀이나 좋아!

그리고 내지 여자한테 장가만 드는 게 아니라 성명도 내지인 성명으로 갈고 집도 내지인 집에서 살고 옷도 내지 옷을 입고 밥도 내지 식으로 먹고 아이들도 내지인 이름을 지어서 내지인 학교에 보내고…….

내지인 학교래야지 죄선 학교는 너절해서 아이들 버려 놓기나 꼭 알맞지요.

그리고 나도 죄선말은 싹 걷어치우고 국어만 쓰고요.

이렇게 다아 생활법식부텀도 내지인처럼 해야만 돈도 내지인처럼 잘 모으게 되거든요.

내 이상이며 계획은 이래서 십만 원짜리 큰 부자가 바로 내다뵈고 그리루 난 길이 환하게 트이고 해서 나는 시방 열심으로 길을 가고 있는데, 글쎄 그 미쳐 살기 든 놈들이 세상 망쳐버릴 사회주의를 하려드니 내가 소름이 끼칠 게 아니라구요? 말만 들어도 끔찍하지!

세상이 망해서 뒤집히면 그래 나는 어쩌란 말인고? 아무 것도 다아 허사가 될 테니 그런 억울할 데가 있더람?

뭐 참, 우리 집 다이쇼 말이 일일이 지당해요.

여느 절도나 강도나 사기나 그런 죄는 도적이면 도적을 해가는 그 당장, 그 돈만 축을 내니까 오히려 죄가 가볍지만, 그놈의 것 사회주의인지 지랄인지는 온 세상을 뒤죽박죽을 만들어 놓고 나라를 통째로 소란하게 하니까 도저히 용서할 수가 없대요.

용서라니! 나 같으면 그런 놈들은 모조리 쓸어다가 마구 그저 그냥…….

그런 일을 생각하면 털어놓고 말이지 우리 아저씬가 그 양반도 여간 불측스러 뵈질 않아요. 사실 아주머니만 아니면 내가 무슨 천주학이라고 나쁜 병까지 앓는 그 양반을 찾아다니나요. 죽는대도 코도 안 풀어 붙일걸.

그러나마 전자의 죄상을 다아 회개를 하고 못된 마음은 씻어 버렸을세 말이지, 뭐 흰 개꼬리 삼 년이라더냐, 종시 그 모양인걸요.

그러니깐 그가 밉살머리스러워서, 더러 들렀다가 혹시 마주앉아도 위정 뻐끝 저린 소리나 내쏘아 주고 말을 다잡아가지굴랑 꼼짝 못하게시리 몰아세주곤 하지요.

저번에도 한 번 혼을 단단히 내주었지요. 아, 그랬더니 아주머니더러 한다는 소리가, 그 녀석 사람 버렸더라고, 아무짝에고 못 쓰게 길이 들었더라고 그러더라나요.

내 원, 그 소리 듣고 하두 어처구니가 없어서!

대체 사람도 유만부동(類萬不同)이지 그 아저씨가 날더러 사람 버렸느니 아무짝에도 못 쓰게 길이 들었느니 하더라니, 원 입이 몇 개나 되면 그런 소리가 나오는 구멍도 있누? 죄선 벙어리가 다아 말을 해도 나 같으면 할 말 없겠더구먼서도, 하면 다아 말인 줄 아나봐?

이를테면 그게 명색 훈계 비슷한 거이렷다? 내게다가 맞대 놓고 그런 소리를 하다가는 되잡혀서 혼이 날 테니까 슬며시 아주머니더러 이르란 요량이던 게지?

기가 막혀서……하느님이 사람의 콧구멍 두 개로 마련하기 참 다행이야.

글쎄 아무려면 내가 자기처럼 다아 공부는 못하고 남의 집 고조〔小僧〕 노릇으로 반토〔番頭〕 노릇으로 이렇게 굴러먹을 값에, 이래 보여도 표창을 두 번이나 받은 모범 점원이요, 남들이 똑똑하고 재주 있고 얌전하다고 칭찬이 놀랍고 앞길이 환히 트인 유망한 청년인데, 그래 자기 눈에는 내가 버린 놈이고 아무짝에도 못 쓰게 길이 든 놈으로 보였단 말이지?

하하, 오옳지! 거 참 그렇겠군. 자기는 자기 하는 짓이 옳으니까 나의 하는 짓은 다아 글렀단 말이렷다. 그러니까 나도 자기처럼 그놈의 것 사회주의인지 급살맞을 것인지나 하다가 징역이나 살고 전과자나 되고 폐병이나 앓고 다아 그랬더라면 사람 버리지도 않고 아무짝에도 못 쓰게 길든 놈도 아니고 그럴 뻔했군 그래!

흥! 참……. 제 밑 구린 줄 모르고서 남더러 어쩌구저쩌구 한다는 게 꼭 우리 아저씨 그 양반을 두고 일른 말인가봐.

그날도 실상 이랬더라우. 혼을 내주었더니 아주머니더러 그런 소리를 하더란 그날 말이요.

그날이 마침 내가 쉬는 날이길래 아주머니더러 할 이야기도 있고 해서 아침결에 좀 들렀더니, 아주머니는 남의 혼인집으로 바느질을 해주러 갔다고 없고, 아저씨 양반만 여전히 아랫목에 가서 드러누웠어요.

그런데 보니깐 어디서 모두 뒤져냈는지 머리맡에다가 헌 언문 잡지를 수북이 쌓아 놓고는 그걸 뒤져요.

그래 나도 심심 삼아 한 권 집어들고 떠들어 보았더니, 뭐 읽을 맛이 나야지요.

대체 죄선 사람들은 잡지 하나를 해도 어찌 모두 그 꼬락서니로 해 놓는지.

사진도 없지요, 망가〔漫畵〕도 없지요. 그리고는 맨판 까달스런 한문 글자로다가 처박아 놓으니 그걸 누구더러 보란 말인고? 더구나 우리 같은 놈은 언문도 그런대로 뜯어보기는 보아도 읽기에 여간 괴롭지가 않아요.

그러니 어려운 언문하고 까다로운 한문하고를 섞어서 쓴 글은 뜻을 몰라 못 보지요. 언문으로만 쓴 것은 소설 나부랭인데 읽기가 힘이 들 뿐 아니라 또 죄선 사람이 쓴 소설이란 건 재미가 있어야죠. 나는 죄선 신문이나 죄선 잡지하구는 담쌓고 남 된 지 오랜 걸요.

잡지야 뭐 '킹구' 나 '쇼넹구라부' 덮어먹을 잡지가 있나요. 참 좋아요. 한문 글자마다 가나를 달아 놓았으니 어떤 대문을 척 펴 들어도 술술 내리읽고 뜻을 횅하니 알 수가 있지요.

그리고 어떤 대문을 읽어도 유익한 교훈이나 재미나는 소설이지요.

소설 참 재미있어요. 그중에도 기쿠지 캉(菊池寬) 소설……어쩌면 그렇게도 아기자기하고도 달콤하고도 재미가 있는지. 그리고 요시가와 에이지(吉川英治), 그의 소설은 진친바라바라 하는 지다이모노(時代物)인데 마구 어깻바람이 나구요.

소설이 모두 그렇게 재미있지요, 망가가 많지요, 사진이 많지요, 그리고도 값은 좀 헐하나요. 십오 전이면 바로 고 전달치를 사볼 수 있고, 보고 나서는 오 전에 도로 파는데요.

잡지도 기왕 하려거든 그렇게나 해야지, 죄선 사람들은 제엔장 큰소리는 곧잘 하더구만서두 잡지 하나 반반한 거 못 맨들어내니!

그날도 글쎄 잡지가 그 꼴이라 아예 글을 볼 멋도 없고 해서 혹시 망가나 사진이라도 있을까 하고 책장을 후루루 넘기노라니깐 마침 아저씨 이름이 있겠다요! 하도 신통해서 쓰윽 펴 들고 보았더니 제목이 첫줄은 경제, 사회……무엇 어쩌구 잔 주를 달아놨겠지요.

그것만 보아도 벌써 그럴듯해요. 경제는 아저씨가 대학교에서 경제를 배웠다니까 경제 속은 잘 알 것이고, 또 사회는 그것 역시 사회주의를 했으니까 그 속도 잘 알 것이고, 그러니까 경제하고 사회주의하고 어떻게 서로 관계가 되는 것이며 어느 편이 옳다는 것이며 그런 소리를 썼을 게 분명해요.

뭐, 보나 안 보나 빠안하지요. 대학교까지 가설랑 경제를 배우고도 돈 모을 생각은 않고서 사회주의만 하고 다닌 양반이라 경제가 그르고 사회주의가 옳다고 우겨댔을 거니깐요.

아무렇든 아저씨가 쓴 글이라는 게 신기해서 좀 보아 볼 양으로 쓰윽 훑어봤지요. 그러나 웬걸 읽어 먹을 재주가 있나요. 글자는 아주 어려운 자만 아니면 대강 알기는 알겠는데 붙여 보아야 대체 무슨 뜻인지를 알 수가 있어야지요.

속이 상하길래 읽어 보자던 건 작파하고서 아저씨를 좀 따잡고 몰아세울 양으로 그 대목을 차악 펴놨지요.

"아저씨?"

"왜 그러니?"

"아저씨가 여기다가 경제 무어라구 쓰구, 또 사회 무어라구 썼는데, 그러면 그게 경제를 하란 뜻이오? 사회주의를 하라는 뜻이오?"

"뭐?"

못 알아듣고 뚜렷뚜렷 해요. 자기가 쓰고도 오래 돼서 다아 잊어버렸거나 혹시 내가 말을 너무 까다롭게 내기 때문에 섬뻑 대답이 안 나왔거나 그랬겠지요. 그래 다시 조곤조곤 따졌지요.

"아저씨! 경제란 것은 돈 모아서 부자되라는 거 아니오. 그런데 사회주의란 것은 모아둔 부자 사람의 돈을 뺏어 쓰는 것 아니오?"

"이 애가 시방!"

"아아니, 들어보세요."

"너, 그런 경제학, 사회주의 어디서 배웠니?"

"배우나마나, 경제란 건 돈 많이 벌어서 애껴 쓰구 나머지 모아 두는 게 경제 아니오?"

"그건 보통 경제한다는 뜻으로 쓰는 경제고, 경제학이니 경제적이니 하는 건 또 다르다."

"다른 게 무어요? 경제는 돈 모으는 것이고, 그러니까 경제학이면 돈 모으는 학문이지요."

"아니란다. 혹시 이재학(理財學)이라면 돈 모으는 학문이라고 해도 근리(近理)할지 모르지만 경제학은 그런 게 아니란다."

"아—니, 그렇다면 아저씨 대학교 잘못 다녔소. 경제 못하는 경제학 공부를 오년이나 했으니 그게 무어란 말이오? 아저씨가 대학교까지 다니면서 경제 공부를 하구두 왜 돈을 못 모으나 했더니 인제 보니깐 공부를 잘못해서 그랬군요!"

"공부를 잘못했다? 허허, 그랬을는지도 모르겠다. 옳다, 네 말이 옳아!"

이거 봐요 글쎄, 담박 꼼짝 못하잖나. 암만 대학교를 다니고, 속에는 육조를 배포

했어도 그렇다니깐 글쎄…….

"아저씨?"

"왜 그러니?"

"그러면 아저씨는 대학교를 다니면서 돈 모아 부자 되는 경제 공부를 한 게 아니라 모아 둔 부자 사람네 돈 뺏어 쓰는 사회주의 공부를 했으니 말이지요……."

"너는 사회주의가 무얼루 알구서 그러냐?"

"내가 그까짓 걸 몰라요?"

한바탕 주욱 설명을 했지요.

내 얼굴만 물끄러미 올려다보고 누웠더니 피쓱 한 번 웃어요. 그리고는 그 양반이 하는 소리겠다요.

"그게 사회주의냐? 불한당이지."

"아—니, 그럼 아저씨두 사회주의가 부랑당인 줄은 아시는구려?"

"내가 어째 사회주의가 불한당이랬니?"

"방금 그러잖았어요?"

"글쎄, 그건 사회주의가 아니라 불한당이란 그 말이다."

"거 보시우! 사회주의란 것은 그렇게 날부랑당이에요. 아저씨두 그렇다구 하면서 아니래시오?"

"이 애가 시방 입심 겨름을 하재나!"

이거 봐요. 또 꼼짝 못하지요? 다아 이래요 글쎄…….

"아저씨?"

"왜 그러니?"

"아저씨두 맘 달리 잡수시오."

"건 어떻게 하는 말이냐?"

"걱정 안 되시우?"

"나 같은 사람이 걱정이 무슨 걱정이냐? 나는 네가 걱정이더라."

"나는 머 버젓하게 요량이 있는 걸요."

"어떻게?"

"이만저만한가요!"

또 한바탕 주욱 설명을 했지요. 이 얘기를 다아 듣더니 그 양반 한다는 소리 좀 보아요.

"너두 딱한 사람이다!"

"왜요?"

"……"

"아—니, 어째서 딱하다구 그러시유?"

"……"

"네? 아저씨."

"……"

"아저씨?"

"왜 그래?"

"내가 딱하다구 그러셨지요?"

"아니다. 나 혼자 한 말이다."

"그래두……."

"이 애!"

"네?"

"사람이란 것은 누구를 물론허구 말이다, 아첨하는 것같이 더러운 게 없느니라."

"아첨이요?"

"저 — 위로는 제왕, 밑으로는 걸인, 그 모든 사람이 위선 시방 이 제도의 이 세상에서 말이다, 제가끔 제 분수대루 살아가는 데 있어서 말이다, 제 개성을 속여 가면서까정 생활에다가 아첨하는 것같이 더러운 것이 없고, 그런 사람같이 가련한 사람은 없느니라. 사람이란 건 밥 두 그릇이 밥 한 그릇보다 더 배가 부른 건 아니니까."

"그건 무슨 뜻인데요."

"네가 일본인 여자와 결혼을 해서 성명까지 갈고 모든 생활 법도를 일본화하겠다는 것이 말이다."

"네, 그게 좋잖아요?"

"그것이 말이다, 진실로 깊은 교양이나 어진 지혜의 판단에서 우러나온 것이라면 그도 모를 노릇이겠지. 그렇지만 나는 보매, 네가 그런다는 것은 다른 뜻으로 그러는 것 같다."

"다른 뜻이라니요?"

"네 주인의 비위를 맞추고, 이웃의 비위를 맞추고 하자고……."

"그야 물론이지요! 다이쇼의 신용을 받아야 하고 이웃 내지인들하구두 좋게 지내야지요. 그래야 할 게 아니겠어요?"

"……"

"아저씨는 아직두 세상 물정을 모르시오. 나이는 나보담 많구 대학교 공부까지 했어도 일찌감치 고생살이를 한 나만큼 세상 물정은 모릅니다. 시방이 어느 세상인데 그러시우?"

"이 애!"

"네?"

"네가 방금 세상 물정이랬지?"

"네."

"앞길이 환하게 틔었다구 그랬지?"

"네."

"환갑까지 십만 원 모은다구 그랬지?"

"네."

"네가 말하려는 세상 물정하구 내가 말하려는 세상 물정하구 내용이 다르기도 하지만 세상 물정이란 건 그야말로 그리 만만한 게 아니니다."

"네?"

"사람이란 건 제아무리 날구 뛰어도 이 세상에 형적없이 그러나 세차게 주욱 흘러가는 힘 — 그게 말하자면 세상 물정이겠는데, 결국 그것의 지배하에서 그것을 따라가지, 별수가 없는 거다."

"네?"

"쉽게 말하면 계획이나 기회를 아무리 억지루 만들어 놓아도 결과가 뜻대루는 안 된단 말이다."

"젠장, 아저씨두……요전 '킹구'라는 잡지에두 보니까, 나폴레옹이라는 서양 영웅이 그랬답디다. 기회는 제가 만든다구, 그리고 불가능이란 말은 바보의 사전에서나 찾을 글자라구요. 아 자꾸자꾸 계획하구 기회를 만들구 해서 분투 노력해 나가면 이 세상 일 안 되는 일이 어디 있나요? 한 번 실패하거든 갑절 용기를 내가지구 다시 일어서지요. 칠전팔기 모르시오?"

"나폴레옹도 세상 물정에 순응할 때는 성공했어도 그것에 거슬리다가 실패를 했더란다. 너는 칠전팔기해서 성공한 몇 사람만 보았지, 여덟 번 일어섰다가 아홉 번째 가서 영영 쓰러지구는 다시 일지 못한 숱한 사람이 있는 건 모르는구나?"

"그래두 인제 두고 보시우. 나는 천하없어두 성공하구 말 테니……아저씨는 그래서 더구나 못 써요. 일해 보기두 전에 안 될 줄로 낙심 먼저 하구……"

"하늘은 꼭 올라가 보구래야만 높은 줄 아니?"

원 마지막 가서는 할 소리가 없으니깐 동에도 닿지 않는 비유를 가져다 둘러대는 걸 보아요. 그게 어디 당한 말인고? 안 올라가 보면 머 하늘 높은 줄 모를 천하 멍텅구리도 있을까?

그만 해두려다가 심심하길래 또 말을 시켰지요.

"아저씨?"

"왜 그래?"

"아저씨는 인제 몸 다아 충실해지면 어떡허실려우?"

"무얼?"

"장차……."

"장차?"

"어떡허실 작정이세요?"

"작정이 새삼스럽게 무슨 작정이냐?"

"그럼 아저씨는 아무 작정 없이 살아가시우?"

"없기는?"

"있어요?"

"있잖구."

"무언데요?"

"그새 지내오던 대루……."

"그러면 저 거시기, 무엇이냐 도루 또 그걸……?"

"그렇겠지."

"아저씨?"

"……"

"아저씨?"

"왜 그래?"

"인제 그만두시우."

"그만두라구?"

"네."

"누가 심심 소일루 그러는 줄 아느냐?"

"그러잖구요?"

"……"

"아저씨?"

"……"

"아저씨?"

"왜 그래?"

"아저씨 올에 몇이지요?"

"서른셋."

"그러니 인제는 그만큼 해두고 맘 잡아서 집안일 할 나이두 아니오?"

"집안일을 해서 무얼 하나?"

"그렇기루 들면 그 짓은 해서 또 무얼 하나요?"

"무얼 하려고 하는 게 아니란다."

"그럼, 아무 희망이나 목적이 없으면서 그래요?"

"목적? 희망?"

"네."

"개인의 목적이나 희망은 문제가 다르니까……문제가 안 되니까……."

"원, 그런 법도 있나요?"

"법?"

"그럼요!"

"법이라……!"

"아저씨?"

"……"

"아저씨"

"왜 그래?"

"아주머니가 고맙잖습디까?"

"고맙지."

"불쌍하지요?"

"불쌍? 그렇지, 불쌍하다면 불쌍한 사람이지!"

"그런 줄은 아시누만?"

"알지."

"알면서 그러시우?"

"고생을 낙으로, 그 쓰라린 맛을 씹고 씹고 하면서 그것에서 단맛을 알아내는 사람도 있느니라. 사람도 있는 게 아니라 사람마다 무슨 일에고 진정과 정신을 꼬박 거기다가만 쓰면 그렇게 되는 법이니라. 그러니까 그쯤 되면 그때는 고생이 낙이지. 너희 아주머니만 두고 보더라도 고생이 고생이면서도 고생이 아니고 고생하는 게 낙이란다."

"그렇다고 아저씨는 그걸 다행히만 여기시우?"

"아—니."

"그렇거들랑 아저씨두 아주머니한테 그 은공을 더러는 갚아야 옳을 게 아니오?"

"글쎄, 은공을 모르는 건 아니지만……."

“그러니 인제 병이나 확실히 다아 나신 뒤엘랑컨…….”

“바빠서 원…….”

글쎄 이 한다는 소리 좀 보지요? 시치미 뚜욱 떼고 누워서 바쁘다는군요!

사람 속 차릴 여망 없어요. 그저 어디루 대나 손톱만치도 쓸모는 없고 남한테 사폐만 끼치고 세상에 해독만 끼칠 사람이니, 뭐 하루바삐 죽어야 해요. 죽어야 하고 또 죽어서 마땅해요. 그런데 글쎄 죽지를 않고 꼼지락꼼지락 도로 살아나니 성화라구는, 내…….

1938년

1. 두 작품에서 어린 아이의 시점을 통해 얻는 효과에 관해 설명하시오.

주요섭의 「사랑방 손님과 어머니」와 채만식의 「치숙」은 모두 어린이를 화자로 내세운 작품이다. 어린이를 화자로 내세우게 되면 성인의 시점으로 사건을 바라보는 것과는 다른 시각을 얻을 수 있다. 어린이의 순수한 눈으로 세상을 바라볼 수도 있고, 성인이면 모두 알만한 내용을 어린 아이의 관점에서는 모르는 척 하면서 넘어갈 수도 있다. 때로는 위악(僞惡)한 어린 아이를 화자로 내세워 성인을 곤란한 지경에 빠뜨리게 만들기도 한다.

주요섭의 「사랑방 손님과 어머니」의 경우 어린 아이인 옥희의 시점에서 소설이 진행된다. 성인의 관점에서 보자면 이 소설은 자칫 불륜으로 오해받을 수 있는 소재에 해당된다. 옥희의 어머니는 일찍 남편을 사별했기 때문에 과부로서 가지는 외로움과 남편의 친구인 손님에 대한 애틋한 마음을 동시에 가진 인물이다. 남편에 대한 정절을 지켜야 한다는 기존의 관습 때문에 손님과 어머니의 사랑은 이루어지지 못한다. 그러나 옥희의 눈으로는 두 사람 사이에 오가는 감정의 긴장감을 눈치챌 수가 없다. 그렇지만 대부분의 독자들은 손님과 어머니 사이의 감정을 따라 사건을 읽어내며, 거기에 덧붙여 옥희가 서술하는 부분에서 어린이의 순수한 측면을 읽어내는 것이다. 따라서 이 소설에서 어린이를 화자로 내세운 이유는 똑같은 사건을 어린 아이의 관점에서 바라볼 때 얻을 수 있는 신선한 시각을 목표로 한 것이라 할 수 있다.

채만식의 「치숙」 역시 어린 아이를 화자로 내세우고 있지만, 주요섭의 작품과는 그 맥락이 조금 다르다. 작중인물 '나'는 무능한 지식인인 집안의 아저씨를 무시한다. 사회주의자 인텔리로 묘사된 아저씨의 생활 방식과 사고방식을 비판하는데 아이의 시점을 인용한 것이다. 작품을 읽어나가면서 독자들은 '나'의 서술을 신뢰하지 않게 되는데, 그것은 '나'가 보여주는 미숙한 사고방식과 아저씨에 대한 오해에 기인하는 것이다. 이를 통해 작가는 궁극적으로는 아저씨의 세계관을 인정하고 있는 셈이다.

채만식은 KAPF에 직접 참가하지는 않았지만 그 세계관에 동조했던 동반자 작가로 알려져 있다. 어린 아이의 시선을 통해 지식인 인텔리를 풍자하고자 했던 「치숙」은 지식인에 대한 풍자와 더불어 그 세계관에 대한 동조를 동시에 드러냄으로서 채만식을 동반자 작가로 인식하게끔 만들어준 작품이다.

2. 이 두 작품 외에도 어린 아이를 화자로 내세운 작품을 알아보자.

윤흥길의 「장마」 역시 어린 아이를 화자로 내세운 작품이다. 이 작품에서 어린 아이를 화자로 내세운 이유는 두 가지 정도로 요약할 수 있다. 아이의 할머니와 외할머니는 각각 자신이 낳은 자식들이 이념이 다르다는 이유 때문에 갈등이 생긴다. 아이의 눈에서 바라본 이 갈등은 결국에는 증폭되어 전쟁과 이념의 무서움을 깨닫게 해준다. 다시 말해 이데올로기로 인해 빚어진 갈등과 비극을 더욱 심각한 형태로 전달하기 위해 어린 아이의 시점을 빌려온 것이다.

최근에 발표된 소설로는 은희경의 『새의 선물』이 어린 아이를 화자로 내세우고 있다. 이 소설에서는 눈치 빠르고 위악하면서 머리까지 좋은 아이를 화자로 내세우고 있다. 이미 어른의 시각에서 사건을 판단할 수 있는 '나'는 어린 아이라는 위치를 이용해 여러 장면에서 이익을 본다. 이 작품에서 어린 아이의 시점을 택한 이유는 흔히 어린이를 화자로 내세운 소설의 효과를 정반대로 활용하기 위한 것이다.